A Maldição do Rei

Obras da autora publicadas pela Editora Record

Série *Tudors*

A irmã de Ana Bolena

O amante da virgem

A princesa leal

A herança de Ana Bolena

O bobo da rainha

A outra rainha

A rainha domada

Três irmãs, três rainhas

A última Tudor

Série *Guerra dos Primos*

A rainha branca

A rainha vermelha

A senhora das águas

A filha do Fazedor de Reis

A princesa branca

A maldição do rei

Terra virgem

PHILIPPA GREGORY

A Maldição do Rei

Tradução de
Patrícia Cardoso

1ª edição

EDITORA RECORD
RIO DE JANEIRO • SÃO PAULO
2021

EDITORA EXECUTIVA
Renata Pettengill

SUBGERENTE EDITORIAL
Mariana Ferreira

ASSISTENTE EDITORIAL
Pedro de Lima

AUXILIAR EDITORIAL
Juliana Brandt

REVISÃO
Renato Carvalho

DIAGRAMAÇÃO
Beatriz Carvalho
Beatriz Araujo

CAPA
Leticia Quintilhano

ILUSTRAÇÃO DA CAPA
© iStock

IMAGEM DA CAPA
Reprodução de "Mulher desconhecida, antes conhecida como Margaret Pole, condessa de Salisbury", por artista desconhecido © National Portrait Gallery, Londres

TÍTULO ORIGINAL
The King's Curse

CIP-BRASIL. CATALOGAÇÃO NA PUBLICAÇÃO
SINDICATO NACIONAL DOS EDITORES DE LIVROS, RJ

G833m

Gregory, Philippa, 1954-
A maldição do rei / Philippa Gregory; tradução de Patrícia Cardoso. – 1ª ed. – Rio de Janeiro: Record, 2021.

Tradução de: The King's Curse
Sequência de: A princesa branca
ISBN 978-85-01-11942-1

1. Ficção inglesa. I. Cardoso, Patrícia. II. Título. III. Série.

20-65333

CDD: 823
CDU: 82-3(410.1)

Camila Donis Hartmann – Bibliotecária – CRB-7/6472

Publicado mediante acordo com a Touchstone, uma divisão da Simon & Schuster, Inc.

Texto revisado segundo o novo Acordo Ortográfico da Língua Portuguesa.

Impresso no Brasil

ISBN 978-85-01-11942-1

Para Anthony

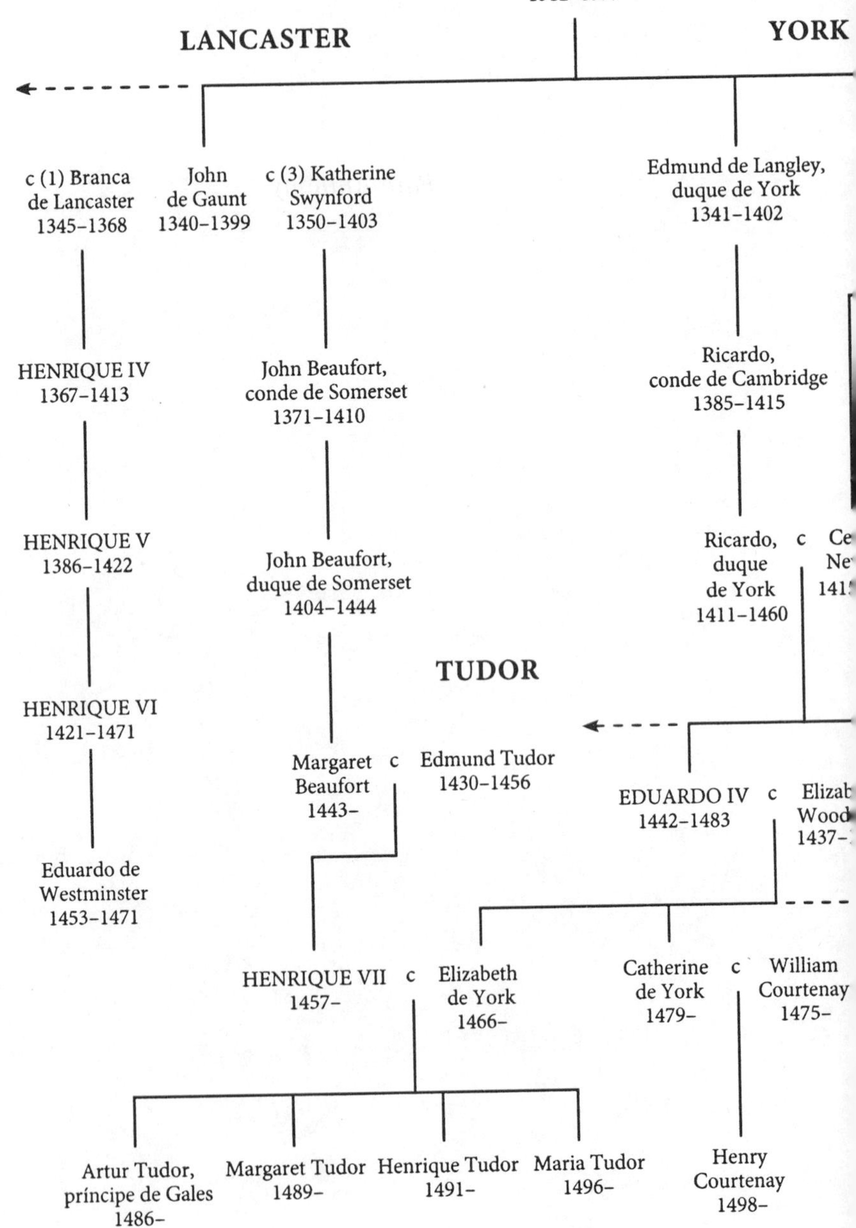
CASA DE PLANTAGENETA
EDUARDO III
1312–1377
LANCASTER
YORK
c (1) Branca
de Lancaster
1345–1368
John
de Gaunt
1340–1399
c (3) Katherine
Swynford
1350–1403
Edmund de Langley,
duque de York
1341–1402
HENRIQUE IV
1367–1413
John Beaufort,
conde de Somerset
1371–1410
Ricardo,
conde de Cambridge
1385–1415
HENRIQUE V
1386–1422
John Beaufort,
duque de Somerset
1404–1444
Ricardo,
duque
de York
1411–1460
c
TUDOR
HENRIQUE VI
1421–1471
Margaret
Beaufort
1443–
c
Edmund Tudor
1430–1456
EDUARDO IV
1442–1483
c
Eduardo de
Westminster
1453–1471
HENRIQUE VII
1457–
c
Elizabeth
de York
1466–
Catherine
de York
1479–
c
William
Courtenay
1475–
Artur Tudor,
príncipe de Gales
1486–
Margaret Tudor
1489–
Henrique Tudor
1491–
Maria Tudor
1496–
Henry
Courtenay
1498–

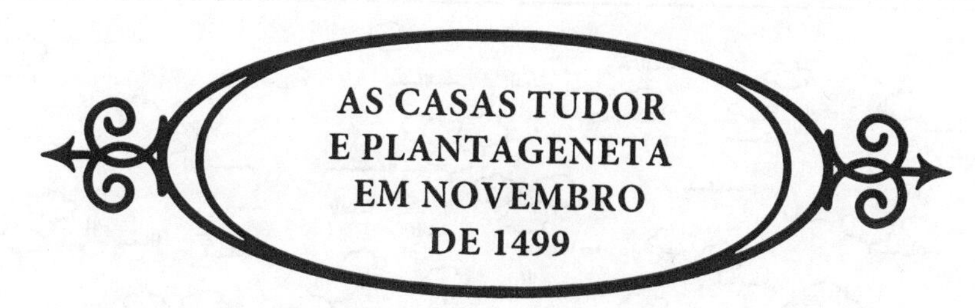
AS CASAS TUDOR
E PLANTAGENETA
EM NOVEMBRO
DE 1499

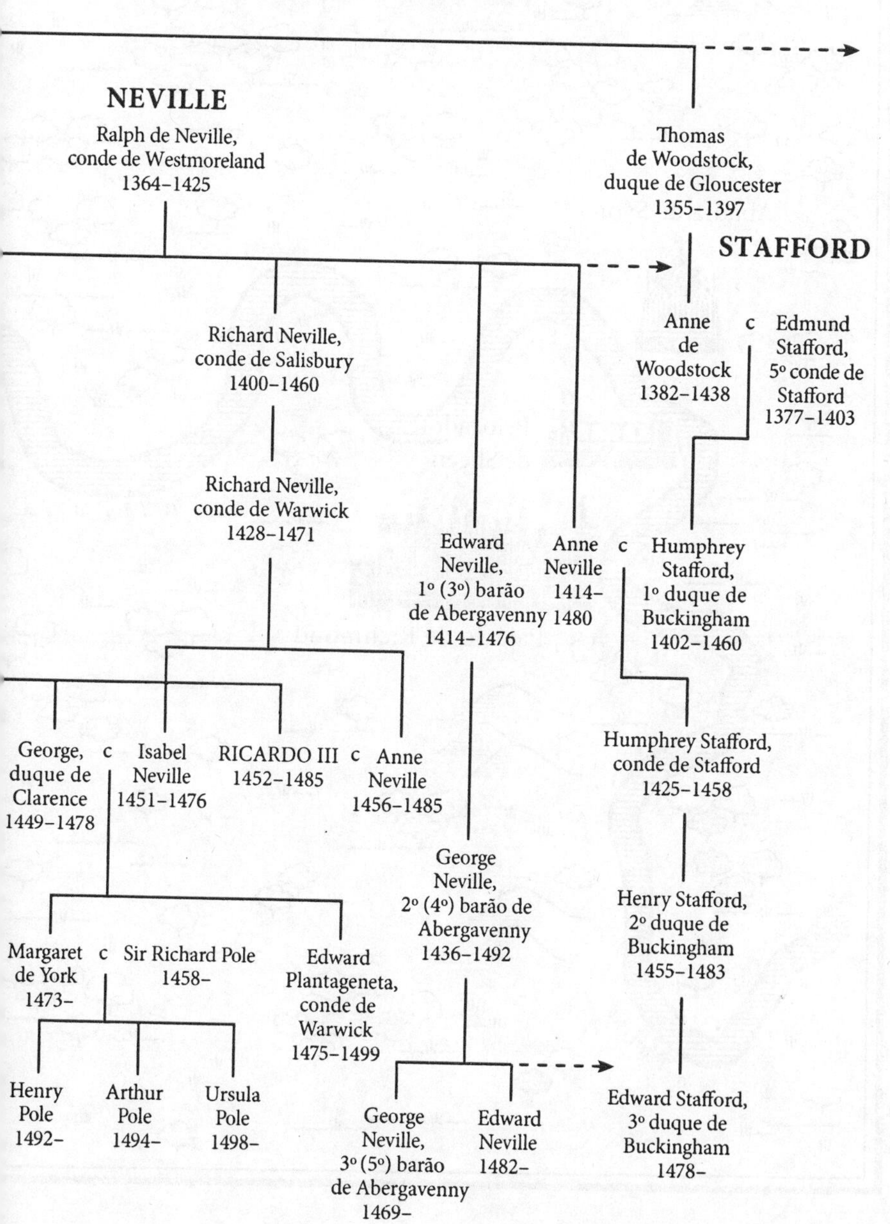
NEVILLE
Ralph de Neville, conde de Westmoreland 1364–1425
Thomas de Woodstock, duque de Gloucester 1355–1397
STAFFORD
Richard Neville, conde de Salisbury 1400–1460
Anne de Woodstock 1382–1438
c
Edmund Stafford, 5º conde de Stafford 1377–1403
Richard Neville, conde de Warwick 1428–1471
Edward Neville, 1º (3º) barão de Abergavenny 1414–1476
Anne Neville 1414–1480
c
Humphrey Stafford, 1º duque de Buckingham 1402–1460
George, duque de Clarence 1449–1478
c
Isabel Neville 1451–1476
RICARDO III 1452–1485
c
Anne Neville 1456–1485
Humphrey Stafford, conde de Stafford 1425–1458
George Neville, 2º (4º) barão de Abergavenny 1436–1492
Henry Stafford, 2º duque de Buckingham 1455–1483
Margaret de York 1473–
c
Sir Richard Pole 1458–
Edward Plantageneta, conde de Warwick 1475–1499
Henry Pole 1492–
Arthur Pole 1494–
Ursula Pole 1498–
George Neville, 3º (5º) barão de Abergavenny 1469–
Edward Neville 1482–
Edward Stafford, 3º duque de Buckingham 1478–

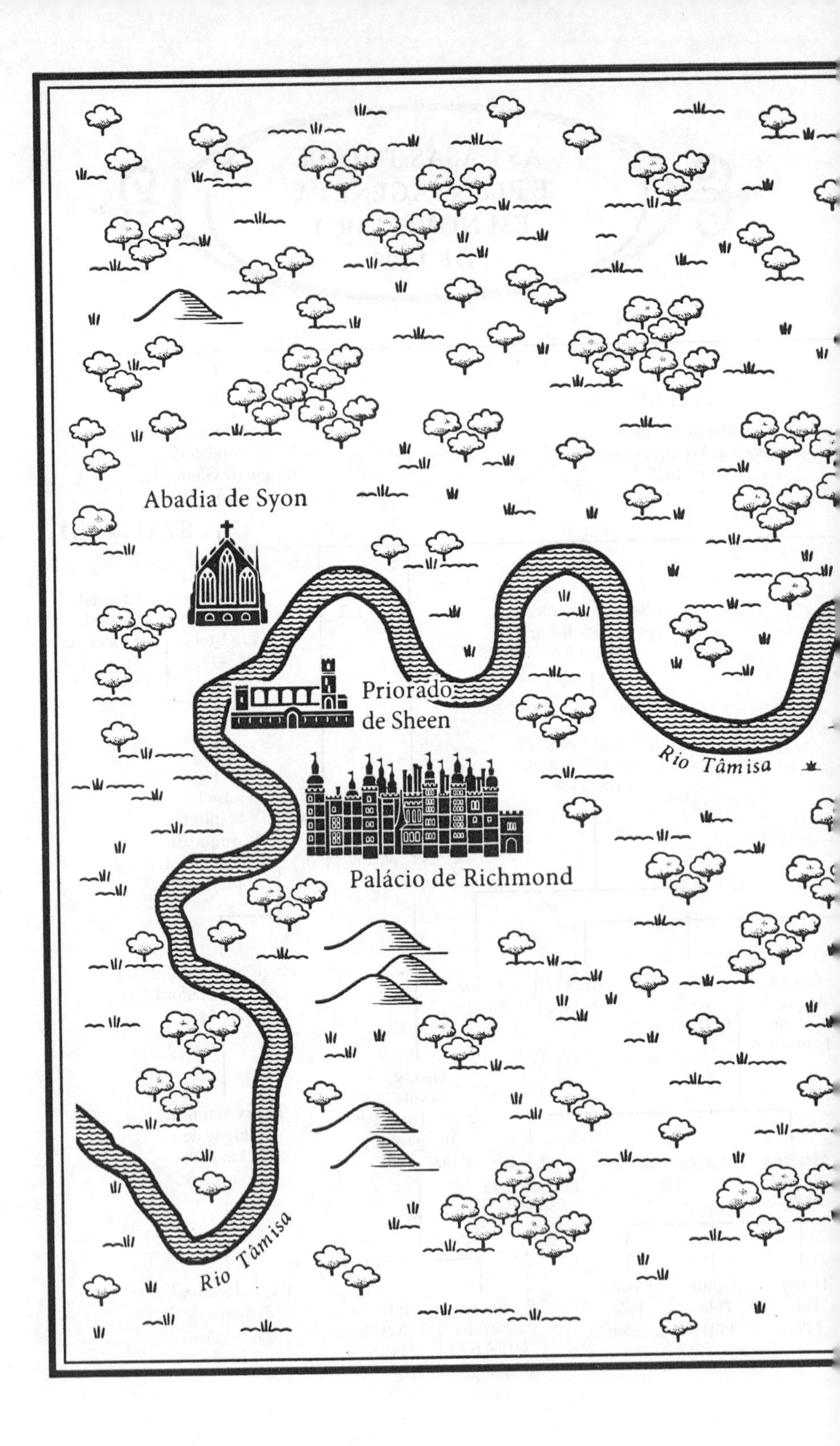

Abadia de Syon
Priorado
de Sheen
Palácio de Richmond
Rio Tâmisa
Rio Tâmisa

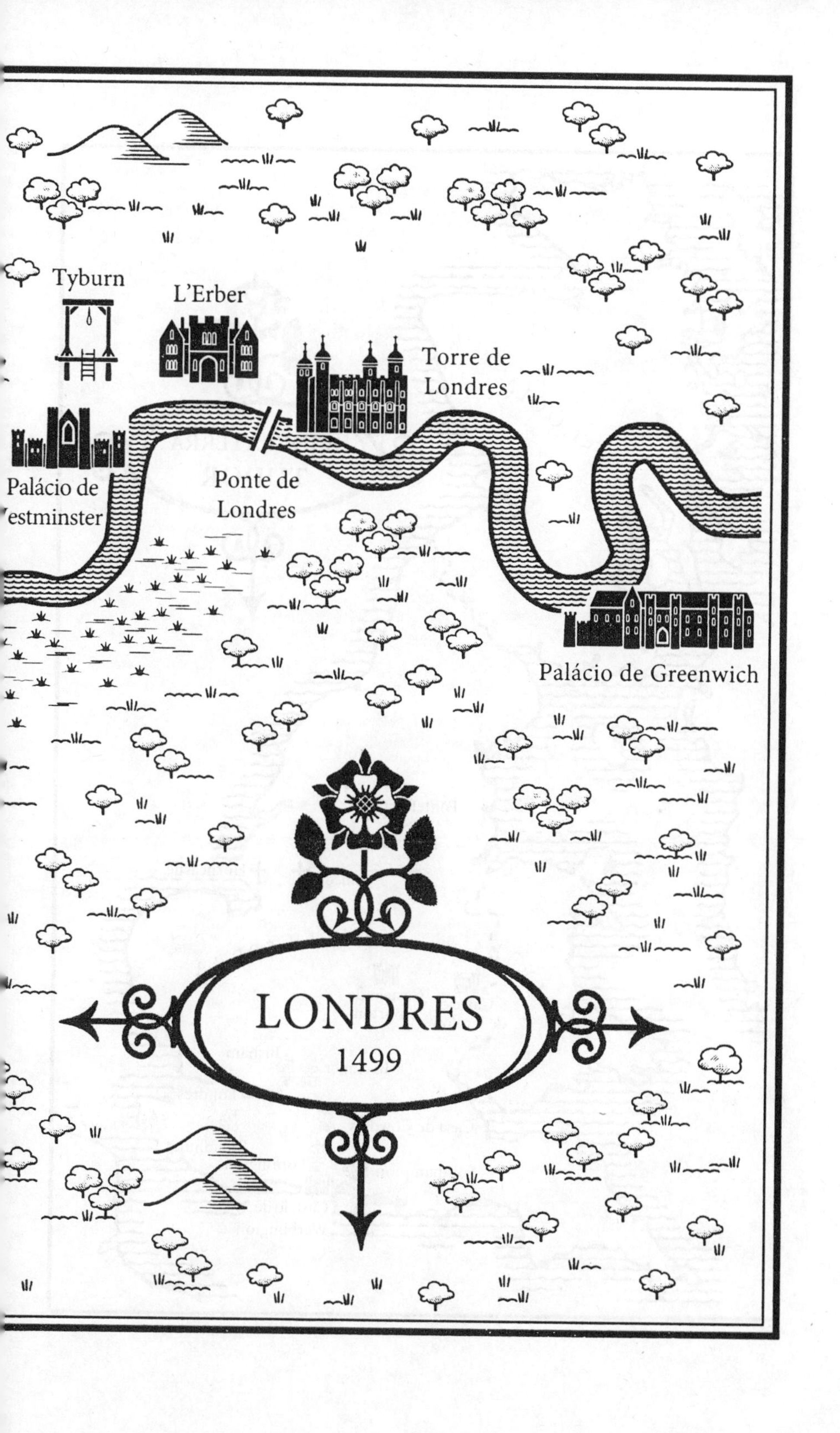
Tyburn
L'Erber
Torre de Londres
Palácio de Westminster
Ponte de Londres
Palácio de Greenwich
LONDRES
1499

A INGLATERRA
TUDOR
ESCÓCIA
INGLATERRA
GALES
York
Pontefract
Doncaster
Lincoln
Horncastle
Castelo
de Ludlow
Castelo de
Stourton
Bisham
Bockmer
Londres
Casa de Cowdray
Broadhurst
Dover
Southampton
Lordington
Castelo de
Warblington

Palácio de Westminster, Londres, 29 de novembro de 1499

No momento em que desperto, sou ingênua, minha consciência limpa de qualquer mal. Nesse primeiro momento enevoado, enquanto abro meus olhos, não penso em nada. Sou apenas uma jovem de músculos fortes e pele macia, uma mulher de 26 anos despertando lenta e alegremente para a vida. Não tenho percepção de minha alma imortal, não tenho compreensão de pecado ou culpa. Sinto uma sonolência tão deliciosa e preguiçosa que mal sei quem sou.

Vagarosamente, abro meus olhos e percebo que a luz que emana das venezianas indica que já passou da metade da manhã. Enquanto me espreguiço, voluptuosamente, como um gato ao acordar, lembro-me de que estava exausta quando caí no sono e agora sinto-me bem e descansada. E então, imediatamente, como se a realidade despencasse subitamente sobre minha cabeça como dossiês de denúncias selados despencando de uma estante alta, lembro-me de que não estou bem, de que nada está bem, de que este é o momento que eu esperava que jamais chegasse, pois agora não posso negar meu nome mortal: sou uma herdeira de sangue real, e meu irmão — culpado do mesmo modo que eu — está morto.

Meu marido, sentado ao lado de minha cama, está completamente vestido, com seu colete de veludo vermelho, a jaqueta deixando-o largo e corpulento, sua corrente de ouro indicativa de seu posto como camarista do príncipe de Gales cobrindo o forte peito. Lentamente, percebo que esteve esperando que eu acordasse, o rosto enrugado de preocupação.

— Margaret?

— Não diga nada — falo rápido, como uma criança, como se parar as palavras fosse atrasar os fatos, e viro meu rosto para o travesseiro.

— Deve ser corajosa — diz, atormentado. Dá tapinhas em meu ombro como se eu fosse um filhote de cão de caça adoecido. — Deve ser corajosa.

Não ouso impedir seu toque. É meu marido, não ousarei ofendê-lo. É meu único refúgio. Fui enterrada nele, meu nome escondido no dele. Minhas relações com meu título foram cortadas tão prontamente como se meu nome tivesse sido decapitado e jogado em um cesto.

Meu nome é o mais perigoso de toda a Inglaterra, Plantageneta, e houve um tempo em que o carreguei com orgulho, como uma coroa. Houve um tempo em que fui Margaret Plantageneta de York, sobrinha de dois reis, os irmãos Eduardo IV e Ricardo III, cujo terceiro irmão era meu pai, George, duque de Clarence. Minha mãe era a mulher mais rica da Inglaterra e filha de um homem tão poderoso que era chamado de "Fazedor de Reis". Meu irmão, Teddy, foi nomeado por nosso tio, o rei Ricardo, como herdeiro ao trono da Inglaterra, e partilhávamos o amor e a lealdade de metade do reino. Éramos os nobres órfãos Warwick, salvos pelo destino, arrebatados das garras de bruxa da rainha branca, criados no berçário real do Castelo de Middleham pela rainha Ana em pessoa — e nada, nada no mundo era bom, caro ou raro demais para nós.

Mas quando o rei Ricardo foi morto, fomos, de uma hora para outra, de herdeiros a pretendentes, sobreviventes da família real anterior, após um usurpador tomar o trono. O que deveria ser feito com as princesas de York? O que deveria ser feito com os herdeiros Warwick? Os Tudor, mãe e filho, tinham uma resposta pronta. Todas deveríamos ser casadas com homens obscuros, prometidas às sombras, escondidas pelos votos de casamento.

Então agora estou segura, rebaixada em muitos níveis, até ter me tornado pequena o suficiente para me esconder sob o nome de um pobre cavaleiro em um pequeno solar no meio da Inglaterra, onde a terra é barata e não há quem possa cavalgar em batalha pela promessa de meu sorriso diante dos gritos que proclamam: "À Warwick!"

Sou Lady Pole. Não uma princesa, não uma duquesa, nem sequer uma condessa. Sou só a esposa de um humilde cavaleiro, jogada na obscuridade como um emblema bordado numa capa em um baú de roupas esquecido. Margaret Pole, a jovem esposa grávida de Sir Richard Pole, e já lhe dei três filhos, sendo dois meninos: Henry, nomeado para bajular o rei Henrique VII, e Arthur, em homenagem a seu filho, o príncipe Artur, para agradá-lo. Também tenho uma menina, Ursula. Fui autorizada a escolher qualquer nome para uma mera menina, então a batizei em homenagem a uma santa que preferiu a morte a se casar com um estranho e ser forçada a tomar seu nome. Duvido que alguém tenha notado esse meu pequeno ato de rebeldia. Certamente espero que não.

Mas meu irmão não pôde ser batizado novamente por meio de um casamento. Com quem quer que ele se casasse, não importava quão humilde fosse a origem dela, não conseguiria mudar seu nome como meu marido fez com o meu. Ainda seria possuidor do título de conde de Warwick, ainda responderia ao ser chamado de Edward Plantageneta, ainda seria o verdadeiro herdeiro do trono da Inglaterra. Quando erguessem seu estandarte (e alguém, mais cedo ou mais tarde, iria de fato fazê-lo) metade da Inglaterra mostraria apoio só pela aparição tremulante e fantasmagórica do bordado branco, da rosa branca. É assim que o chamavam: "a Rosa Branca".

Então, já que não puderam tirar seu nome, tomaram sua fortuna e suas terras, e roubaram sua liberdade, guardando-o como uma bandeira esquecida, dentre outras coisas sem valor, na Torre de Londres, com traidores, devedores e tolos. Mas, mesmo que não tivesse criados, nem terras, nem um castelo, nem educação, meu irmão ainda tinha seu nome, o meu nome. Teddy ainda possuía seu título, o título de meu avô. Ainda era o conde de Warwick, a Rosa Branca, herdeiro do trono Plantageneta, uma reprimenda viva e constante aos Tudor, que usurparam esse trono e agora chamam-no de seu. Levaram Edward para as sombras quando era um menininho de 11 anos e não saiu de sua cela até que se tornasse um homem de 24 anos. Não sentia a grama fresca dos prados sob os pés havia treze anos. Então caminhou para fora da Torre, talvez aproveitando o cheiro da chuva na terra molhada, talvez ouvindo o alvoroço das gaivotas sobre o rio, talvez escutando, além das altas muralhas da Torre, os gritos e risos dos homens livres, dos ingleses livres, seus súditos. Com um guarda de cada lado, caminhou pela ponte levadiça até Tower Hill, ajoelhou-se diante do cepo de execução e abaixou a cabeça como se merecesse morrer, como se estivesse disposto a morrer, e decapitaram-no.

Isso aconteceu ontem. Há apenas poucas horas. Choveu por todo o dia. Houve uma tremenda tempestade, como se o céu estivesse revoltando-se contra a crueldade, a chuva caindo como se por tristeza. Ao contarem-me, na presença de minha prima, a rainha, em seus aposentos lindamente decorados, fechamos as venezianas contra a escuridão, como se não quiséssemos ver a chuva que, em Tower Hill, lavava o sangue até as sarjetas, o sangue de meu irmão, meu sangue, sangue real.

— Deve ser corajosa — meu marido murmura novamente. — Pense no bebê. Tente não ficar com medo.

— Não estou com medo. — Viro a cabeça para falar por sobre o ombro. — Não tenho de ser corajosa. Não tenho o que temer. Sei que estou a salvo com você.

Ele hesita. Não quer me lembrar de que, talvez, eu ainda tenha algo a temer. Talvez nem mesmo sua condição inferior seja humilde o suficiente para manter-me segura.

— Referia-me a tentar não demonstrar seu pesar...

— Por que não? — Soa como uma reclamação infantil. — Por que não deveria? Por que não deveria ficar de luto? Meu irmão, meu único irmão, está morto! Decapitado como um traidor quando era inocente como uma criança. Por que não deveria sentir pesar?

— Porque não gostarão disso. — É tudo que diz.

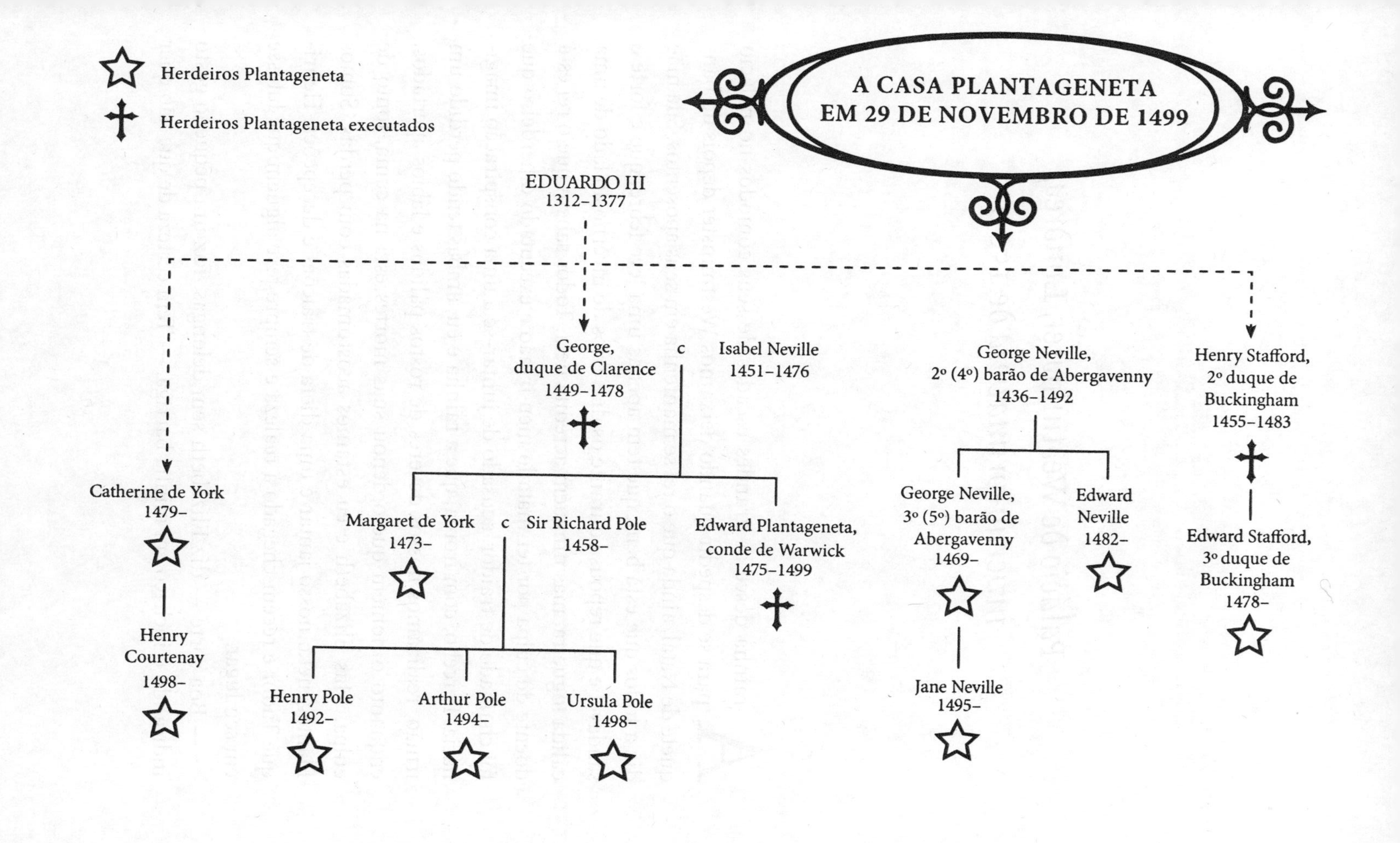
A CASA PLANTAGENETA
EM 29 DE NOVEMBRO DE 1499
Herdeiros Plantageneta
Herdeiros Plantageneta executados
EDUARDO III
1312–1377
George,
duque de Clarence
1449–1478
c
Isabel Neville
1451–1476
George Neville,
2º (4º) barão de Abergavenny
1436–1492
Henry Stafford,
2º duque de
Buckingham
1455–1483
Catherine de York
1479–
Margaret de York
1473–
c
Sir Richard Pole
1458–
Edward Plantageneta,
conde de Warwick
1475–1499
George Neville,
3º (5º) barão de
Abergavenny
1469–
Edward
Neville
1482–
Edward Stafford,
3º duque de
Buckingham
1478–
Henry
Courtenay
1498–
Henry Pole
1492–
Arthur Pole
1494–
Ursula Pole
1498–
Jane Neville
1495–

Palácio de Westminster, Londres, inverno-primavera de 1500

A rainha desce as grandes escadas de seus cômodos no palácio para se despedir quando deixamos Westminster depois do banquete de Natal, ainda que o rei se mantenha em seus aposentos. Sua mãe diz a todos que está bem, que tem apenas uma leve febre, que é forte e saudável e que repousa durante os dias frios de inverno ao lado de uma cálida fogueira, mas ninguém acredita nela. Todos sabem que o rei está doente de culpa por ter matado meu irmão e executado o herdeiro que foi chamado de traidor, acusado de juntar-se a uma conspiração imaginária. Percebo, com ironia, que a rainha e eu, ambas tendo perdido um irmão, realizamos nossos deveres de rostos pálidos e lábios apertados, enquanto o homem que ordenou suas mortes está na cama, tonto de culpa. Mas Elizabeth e eu estamos acostumadas com perdas. Somos Plantageneta: nosso jantar é uma dieta de traições e decepções. Henrique Tudor é recém-chegado à realeza e sempre teve alguém que lutasse em seu lugar.

— Boa sorte — diz Elizabeth sem delongas. Faz um pequeno gesto indicando o inchaço em minha barriga. — Tem certeza de que não quer ficar? Pode ficar de resguardo aqui. Seria bem servida e eu a visitaria. Mude de ideia e fique, Margaret.

Nego com a cabeça. Não posso dizer-lhe que estou farta de Londres e da corte, farta do governo de seu marido e sua mãe dominadora.

— Muito bem — diz, entendendo tudo isso. — E irá para Ludlow assim que estiver recuperada? E irá juntar-se a eles lá?

Ela prefere que eu fique em Ludlow com seu filho Artur. Meu marido é seu guardião naquele castelo distante, e ela se sente aliviada ao saber que estarei lá também.

— Irei assim que for possível — prometo-lhe. — Mas sabe que Sir Richard manterá seu menino são e salvo quer eu esteja lá, quer não. Cuida dele como se fosse um príncipe feito de ouro puro.

Meu marido é um bom homem, jamais o negarei. Milady, a Mãe do Rei, escolheu bem por mim ao arranjar meu casamento. Ela só queria um homem que me mantivesse longe da vista do povo, mas encontrou um que me trata com carinho em casa. E fez um ótimo negócio. Pagou a meu marido o menor dote possível no dia de nosso casamento. Até hoje sou capaz de dar risadas ao pensar no que lhe deram para se casar comigo: dois solares, dois míseros solares, e um pequeno castelo caindo aos pedaços! Poderia ter exigido muito mais, mas sempre serviu aos Tudor por nada além de seus agradecimentos, seguindo-os apenas para lembrá-los de que estava a seu lado, indo atrás de seu estandarte aonde quer que fosse levá-lo, sem pensar nas consequências ou fazer perguntas.

Ainda era muito jovem quando começou a confiar em Lady Margaret Beaufort, sua parente. Ela o convenceu, como convenceu a tantos, de que seria uma aliada vitoriosa, mas também uma inimiga perigosa. Quando era um rapazinho, aproveitou-se do intenso apreço familiar dela e colocou-se sob sua proteção. Ela o fez jurar estar a serviço da causa de seu filho, e ele e todos os seus aliados arriscaram as vidas para trazer o filho dela ao trono e chamá-la pelo título que inventou para si: Milady, a Mãe do Rei. Ainda hoje, mesmo com seu triunfo incontestável, ela se agarra a seus primos, temerosa por amigos incertos e estranhos medonhos.

Olho para minha prima, a rainha. Somos tão diferentes dos Tudor. Casaram-na com o filho de Milady, o rei Henrique, e somente após terem posto à prova sua fertilidade e sua lealdade por quase dois anos, como se fosse uma cadela parideira sendo testada, coroaram-na como sua rainha — apesar de ela ser uma princesa desde o nascimento e ele ter nascido muito longe do trono. Casaram-me com o meio-primo de Milady, Sir Richard. Exigiram de nós que negássemos nossa criação, nossa infância, nosso passado, para tomar seus nomes e jurar lealdade, e o fizemos. Mas, mesmo assim, duvido que algum dia confiem em nós.

Elizabeth, minha prima, olha para onde o jovem príncipe Artur, seu filho, espera seu cavalo ser trazido dos estábulos.

— Gostaria que vocês três pudessem ficar.

— Ele precisa ficar em seu principado — lembro-lhe. — É o príncipe de Gales, precisa ficar perto de Gales.

— Eu só...

— O país está em paz. O rei e a rainha da Espanha enviarão sua filha a nós agora. Voltaremos logo, prontos para o casamento de Artur. — Não comento que somente irão mandar a jovem infanta agora que meu irmão está morto. Morreu para que não houvesse um herdeiro rival; o tapete que levará a infanta ao altar será vermelho como seu sangue. E deverei caminhar sobre ele, no séquito Tudor, e sorrir.

— Havia uma maldição — conta ela repentinamente, aproximando-se de mim e colocando a boca perto do meu ouvido, de modo que eu consigo sentir o calor de sua respiração contra minha face. — Margaret, tenho de lhe contar. Havia uma maldição. — Ela pega em minha mão e sinto-a tremer.

— Que maldição?

— Quem quer que tenha tirado meus irmãos da Torre, quem quer que tenha matado meus irmãos, deverá morrer por isso.

Horrorizada, afasto-me para ver seu rosto pálido.

— De quem é essa maldição? Quem diria tal coisa?

A sombra de culpa que passa por seu rosto me diz tudo. Deve ter sido sua mãe, a bruxa Elizabeth. Não há dúvida em minha mente de que é uma maldição assassina de uma mulher assassina.

— O que ela disse, exatamente?

Elizabeth encaixa uma das mãos em meu braço e me leva aos jardins do estábulo, pelo arco da porta, para que fiquemos a sós no espaço fechado, uma única árvore sem folhas erguendo seus galhos sobre nossas cabeças.

— Eu também participei — admite. — Foi minha maldição, tanto quanto foi dela. Lancei-a com minha mãe. Era apenas uma menina, mas deveria ter tido juízo... Mas a fiz com ela. Falamos para o rio, para a deusa... você sabe!... a deusa que fundou nossa família. Dissemos: "Nosso menino foi levado quando ainda não era homem, nem rei, apesar de ter nascido para ser ambos. Então leve o filho de seu assassino enquanto ele ainda for um menino, antes de ser um homem, antes de receber o que deve. E então tome seu neto também, e, quando tomá-lo, saberemos por essas mortes que isso é graças à nossa maldição e este é o pagamento pela perda de nosso filho."

Tremo e coloco minha capa de montaria em meus ombros como se o pátio cheio de sol tivesse ficado repentinamente úmido e frio com um suspiro de consentimento do rio.

— Você disse isso?

Ela assente com a cabeça, seus olhos escuros e temerosos.

— Bem, o rei Ricardo morreu, e o filho, antes dele — afirmo ousadamente. — Um homem e o filho. Seus irmãos desapareceram enquanto estavam sob custódia dele. Se for culpado e a maldição tiver funcionado, então talvez tenha acabado e sua linhagem esteja extinta.

Ela dá de ombros. Ninguém que tenha conhecido Ricardo pensaria por um segundo sequer que ele tinha matado seus sobrinhos. É uma sugestão ridícula. Devotou a vida ao irmão, teria sacrificado a vida por seus sobrinhos. Odiava a mãe deles e tomou o trono, mas jamais teria machucado os meninos. Nem sequer os Tudor ousariam sugerir tal crime, nem mesmo eles seriam descarados o suficiente para acusar um homem morto de um crime que jamais teria cometido.

— Se for este rei... — Minha voz não é mais do que um sussurro, e seguro Elizabeth tão perto de mim que poderíamos estar abraçadas, minha capa sobre seus ombros, sua mão na minha. Mal ouso falar nesta corte de espiões. — Se foi ele quem ordenou a morte de seus irmãos...

— Ou a mãe dele — acrescenta bem lentamente. — O marido dela tinha as chaves da Torre, meus irmãos estavam entre ela e o trono...

Trememos, mãos apertadas com força, como se Milady estivesse aproximando-se de nós para ouvir. Ambas temos um medo terrível do poder de Margaret Beaufort, mãe de Henrique Tudor.

— Muito bem, está tudo bem — digo, tentando conter meus temores, tentando negar o tremor de nossas mãos. — Mas, Elizabeth, se foram eles que mataram seu irmão, então a maldição recairá sobre o filho dela, seu marido, e em seu filho também.

— Eu sei — murmura suavemente. — É o que temo desde o momento em que pensei nisso. E se o neto do assassino for *meu* filho, príncipe Artur? Meu menino? E se eu amaldiçoei meu próprio filho?

— E se a maldição acabar com a linhagem? — sussurro. — E se não houver mais meninos Tudor e no fim não restar nada além de meninas estéreis?

Ficamos imóveis, como se estivéssemos congeladas no jardim invernal. Na árvore sobre nossas cabeças um tordo gorjeia uma canção, um som de aviso, e então alça voo.

— Mantenha-o a salvo! — pede com repentina paixão. — Mantenha Artur a salvo em Ludlow, Margaret!

Castelo de Stourton, Staffordshire, primavera de 1500

Entro em meu resguardo de um mês em Stourton e meu marido deixa-me para escoltar o príncipe até Gales, até seu castelo em Ludlow. Fico parada em frente à grande porta de nossa casa velha e em ruínas para acenar em despedida para eles. Príncipe Artur ajoelha-se para receber minha bênção, coloco a mão em sua cabeça e então beijo-o em ambas as faces quando se levanta. Tem 13 anos e já é mais alto do que eu, um menino com toda a beleza e o charme de York. Não há quase nada de Tudor nele, exceto seu cabelo castanho-avermelhado e seus ocasionais e imprevisíveis ataques de ansiedade; todos os Tudor compõem uma família cheia de temores. Coloco os braços ao redor dos ombros magros do menino e o abraço com força.

— Comporte-se — ordeno-lhe. — E tome cuidado ao justar e cavalgar. Prometi à sua mãe que nenhum mal lhe aconteceria. Certifique-se disso.

Ele revira os olhos como qualquer rapaz faz quando uma mulher se preocupa consigo, mas abaixa a cabeça em sinal de obediência e então vira-se e monta em seu cavalo, pegando as rédeas de modo a fazê-lo pular e dançar.

— E não se exiba — peço-lhe. — E se chover, entre no abrigo.

— Pode deixar, pode deixar — diz meu marido. Sorri para mim gentilmente. — Sabe que tomarei conta dele. Preocupe-se em cuidar de si, é você quem tem trabalho a fazer este mês. E mande-me notícias no momento em que a criança nascer.

Coloco uma das mãos sobre minha grande barriga, sentindo o bebê se mexer, e aceno para eles. Fico observando enquanto vão na direção sul pela estrada de barro vermelho até Kidderminster. O chão está duro e congelado; passarão rápido pelas pistas estreitas que se esgueiram entre a colcha de retalhos que se forma com campos gélidos da cor de ferrugem. Os estandartes do príncipe vão à frente, os soldados em suas librés de cores vivas. Artur cavalga ao lado de meu marido, os homens de seu séquito à volta deles em formação protetora. Atrás vão os animais de carga levando os tesouros pessoais do príncipe: a bandeja de prata, os bens de ouro, as preciosas selas, a armadura esmaltada e entalhada, até mesmo os tapetes e roupas de cama. Carrega uma fortuna em tesouros aonde quer que vá. É o príncipe Tudor da Inglaterra e é servido como um imperador. Os Tudor reforçam que pertencem à realeza com truques de riqueza, como se esperassem que interpretar o papel fosse tornar tudo realidade.

Ao redor do menino, à volta das mulas carregando seu tesouro, cavalga a guarda Tudor, a nova guarda que seu pai reuniu, os integrantes em librés verdes e brancas. Quando nós, Plantageneta, éramos a família real, viajávamos por todas as estradas da Inglaterra, largas ou estreitas, com amigos e companheiros, desarmados, sem elmos; nunca precisamos de uma guarda, nunca tememos o povo. Os Tudor estão sempre prontos para ataques repentinos. Vieram com um exército invasor, seguidos por uma praga e até hoje, quase quinze anos após sua vitória, ainda agem como invasores, incertos de sua segurança, duvidando de sua recepção.

Fico parada com uma das mãos levantada em gesto de despedida até que uma curva na estrada os esconde, e então entro, arrumando o fino xale de lã em torno de mim. Irei à ala das crianças ver meus filhos antes que o jantar seja servido para todo o séquito, e depois do jantar farei um brinde aos administradores de minha casa e de minhas terras, para então pedir que deixem tudo em ordem durante minha ausência e me retirar para meus cômodos com minhas damas de companhia, minhas parteiras e as amas. Lá, terei de esperar as longas quatro semanas de minha reclusão, por nosso novo bebê.

Não temo sentir dor, então não fico apreensiva. É meu quarto trabalho de parto e ao menos sei o que esperar. Mas tampouco anseio pelo momento. Nenhum de meus filhos me traz a alegria que vejo em outras mães. Meus filhos não me enchem de ambição feroz, não consigo rezar para que se destaquem no mundo — seria louca ao querer que chamassem a atenção do rei, pois o que ele enxergaria além de mais um menino Plantageneta? Um herdeiro rival ao trono? Uma ameaça? Minha filha não me dá o prazer de ver a criação de uma pequena mulher: mais uma de mim, mais uma princesa Plantageneta. Como posso pensar que não está fadada a algo, além da ruína, se brilhar na corte? Permaneci segura por todos estes anos por me manter quase invisível, como poderia vestir uma menina, exibi-la e esperar que as pessoas a admirem? Tudo o que lhe desejo é o conforto do anonimato. Para ser uma mãe amorosa, uma mulher deve ser otimista, repleta de esperança por seus bebês, planejando seu futuro em segurança, sonhando com grandes propósitos. Mas pertenço à Casa de York: sei melhor do que ninguém que o mundo é incerto e perigoso, e o melhor plano que consigo elaborar para meus filhos é o de que sobrevivam nas sombras — desde o nascimento serão os melhores atores, mas devo esperar que sempre estejam nas coxias, ou anônimos na multidão.

O bebê chega cedo, uma semana antes do que eu pensara, e é belo e forte, com um pequeno tufo de cabelo castanho no meio de sua cabeça como a crista de um galo. Gosta do leite da ama e ela o amamenta constantemente. Mando as boas novas a seu pai e recebo felicitações e uma pulseira de ouro galês em resposta. Diz que virá para o batizado e que devemos chamá-lo de Reginald — Reginald, o conselheiro — como uma sutil sugestão ao rei e sua mãe de que este menino será criado para ser um conselheiro e humilde servo de sua linhagem. Não é surpresa para mim que meu marido queira que até mesmo o nome do bebê indique nossa servidão a eles. Quando conquistaram o país, também nos conquistaram. Nosso futuro depende de sua boa vontade. Agora os Tudor são donos de tudo na Inglaterra, talvez para sempre o sejam.

Às vezes a ama de leite entrega o bebê a mim e balanço-o e admiro a curva de suas pálpebras fechadas e o perfil de seus cílios contra suas bochechas. Lembra-me de meu irmão quando era bebê. Consigo lembrar-me muito bem de seu rosto gordinho de criança e de seus olhos escuros e ansiosos quando era menino. Mal o vi como rapaz. Não posso imaginá-lo como um prisioneiro caminhando pela chuva até o patíbulo em Tower Hill. Seguro o bebê perto de meu coração e penso que a vida é frágil. Talvez seja mais seguro que não amemos ninguém.

Meu marido volta para casa, como prometeu — sempre faz o que promete —, a tempo do batizado e, assim que saio do resguardo e recebo minha bênção, retornamos a Ludlow. É uma viagem longa e difícil para mim, e sigo em parte de liteira, em parte a cavalo, cavalgando pela manhã e repousando à tarde, mas são precisos dois dias na estrada. Fico feliz ao ver os muros altos da cidade — as ripas e o reboco formando listras pretas e creme das casas com telhado de palha, e, atrás delas, altas e escuras, as grandes muralhas do castelo.

Castelo de Ludlow, Marcas Galesas,
primavera de 1500

Abrem-se totalmente os portões em homenagem a mim, a esposa do lorde camarista do príncipe de Gales, e o próprio Artur vem do portão principal pulando como uma mola, depressa e animado, para ajudar-me a descer de meu cavalo e pergunta-me como estou, e por que não trouxe o bebê.

— É frio demais para ele. É melhor que fique com sua ama de leite em casa. — Abraço-o, ele se ajoelha para receber minha bênção, enquanto esposa de seu guardião e prima real de sua mãe, e quando se ergue faço uma reverência curta a ele, na condição de herdeiro ao trono. Cumprimos esses passos do protocolo facilmente, sem pensar neles. Artur foi criado para ser um rei, e eu fui criada como uma das pessoas mais importantes de uma corte cerimonial, onde quase todos me reverenciavam, caminhavam atrás de mim, levantavam-se quando eu chegava, ou saíam de minha presença curvando-se. Até a vinda dos Tudor, até o momento em que me casei, até o dia em que me transformei na desimportante Lady Pole.

Artur dá um passo para trás para analisar meu rosto. Ele é um menino engraçado, que faz 14 anos agora, mas de natureza doce e pensativa como sua mãe, uma mulher de coração meigo.

— A senhora está bem? — pergunta com cuidado. — Foi tudo bem, realmente bem?

— Muito bem — digo-lhe com firmeza. — Não me sinto tão diferente.

Com isso, ele sorri. Este menino tem o coração amoroso de sua mãe, será um rei com compaixão, e Deus sabe que é disso que a Inglaterra precisa para curar as feridas após trinta longos anos de batalhas.

Meu marido chega alvoroçado dos estábulos, e, com Artur, leva-me rapidamente ao grande salão, onde a corte curva-se diante de mim. Caminho, então, pelas centenas de homens de nosso séquito até meu lugar de honra entre meu marido e o príncipe de Gales, à mesa de honra.

Mais tarde naquela noite, vou ao quarto de Artur para ouvi-lo recitar suas preces. Seu capelão está ali, ajoelhado no genuflexório a seu lado, ouvindo a recitação cuidadosa da coleta do dia e da oração da noite em latim. Lê uma passagem de um dos salmos e Artur inclina a cabeça para rezar pela segurança de seu pai e de sua mãe, o rei e a rainha da Inglaterra.

— E por Milady, a Mãe do Rei, a condessa de Richmond — acrescenta, recitando seu título, para que Deus não se esqueça de quanto ela subiu, e de quão válido é seu direito de pedir Sua atenção. Abaixo a cabeça quando diz: — Amém — e então o capelão arruma suas coisas e Artur pula em sua grande cama.

— Lady Margaret, sabe se irei me casar este ano?

— Ninguém me falou de datas — digo. Sento-me ao lado de sua cama e olho para seu rosto iluminado, o suave declive de seu lábio superior que ele adora acariciar, como se o encorajasse a crescer. — Mas não agora, poderá haver objeções contra o casamento.

Imediatamente, estende a mão para tocar a minha. Sabe que os monarcas da Espanha juraram que enviariam sua filha para ser sua noiva somente quando estivessem certos de que não haveria herdeiros rivais ao trono da Inglaterra. Não se referiram somente a meu irmão Edward, mas também ao pretendente que se identificava pelo nome do irmão da rainha, Ricardo de York. Determinado a que o noivado seguisse, o rei Henrique prendeu os dois rapazes juntos, como se fossem igualmente herdeiros, como se fossem igualmente culpados, e ordenou que ambos fossem mortos. O pretendente reclamava um nome mais perigoso, pegou em armas contra Henrique, e morreu por isso. Meu irmão negou o próprio nome, nunca levantou a voz, que dirá um exército, e ainda assim morreu. Resta-me tentar não estragar minha vida com amargura. Tenho de guardar ressentimentos como se fossem uma medalha esquecida. Tenho de esquecer que sou uma irmã, tenho de esquecer o único menino que de fato amei, meu irmão, a Rosa Branca.

— Sabe que eu jamais pediria isso — diz Artur, a voz muito baixa. — A morte dele. Não pedi isso.

— Sei que não — digo. — Não há relação entre nós dois e a morte dele. Não estava em nossas mãos. Não havia nada que qualquer um de nós pudesse fazer.

— Mas eu fiz uma coisa — diz, com um tímido olhar de soslaio para mim. — Não deu certo, mas pedi a meu pai que tivesse piedade.

— Foi muito bondoso de sua parte — digo. Não revelo a ele que fiquei de joelhos diante do rei, sem meu véu, meu cabelo despenteado, as lágrimas caindo no chão, as mãos agarradas aos saltos de suas botas, até que me levantaram e me levaram embora, e meu marido implorou-me para que não falasse mais, por medo de lembrar o rei de que um dia tive o nome de Plantageneta, e de que agora tenho filhos com sangue perigosamente real. — Nada podia ser feito. Estou certa de que Sua Graça, seu pai, fez somente o que pensava ser a coisa certa.

— Será que poderia... — Artur hesita — Poderia perdoá-lo?

Nem sequer consegue olhar para mim ao fazer esta pergunta, e seu olhar repousa sobre nossas mãos unidas. Gentilmente, vira o anel novo que estou usando no dedo, um anel de luto com um *W* de Warwick, meu irmão.

Cubro sua mão com a minha.

— Não tenho nada para perdoar — digo com firmeza. — Não foi um ato de ódio ou vingança de seu pai contra meu irmão. Foi algo que ele sentiu que tinha de fazer para assegurar seu trono. Não fez isso com paixão. Não poderia ser convencido com um apelo. Calculou que os monarcas da Espanha não enviariam a infanta se meu irmão ainda estivesse vivo. Calculou que o povo da Inglaterra sempre iria sublevar-se por alguém que fosse Plantageneta. Seu pai é um homem ponderado, um homem cuidadoso. Analisou as possibilidades quase como um contador organiza dados em um daqueles novos livros de registro, com os ganhos de um lado e as perdas de outro. É assim que seu pai pensa. É como os reis devem pensar hoje em dia. Não é mais uma questão de honra e lealdade. É uma questão de cálculo. É problema meu que meu irmão fosse um perigo, e que seu pai o tenha riscado do livro.

— Mas ele não era um perigo! — exclama Artur. — E tudo na honra...

— Edward nunca foi um perigo, mas seu sobrenome era.

— Mas não é seu sobrenome também?

— Oh, não. Meu nome é Margaret Pole — digo secamente. — Sabe disso. E tente se esquecer de que nasci com qualquer outro.

Palácio de Westminster, Londres, outono de 1501

A noiva de Artur não virá à Inglaterra até completar 15 anos. No fim do verão viajamos a Londres, e Artur, sua mãe e eu temos dois meses para encomendar roupas e coordenar alfaiates, joalheiros, fabricantes de luvas, chapeleiros e costureiras para criarmos um guarda-roupa para o jovem príncipe e um belo traje para o dia de seu casamento.

Ele está nervoso. Escreveu para a futura esposa regularmente, cartas afetadas em latim, a única língua que têm em comum. Minha prima, a rainha, recomendou insistentemente que a infanta aprendesse inglês e francês.

— É uma barbaridade se casar com uma estranha e nem sequer ser capaz de conversar — sussurra para mim, enquanto bordamos as camisas novas de Artur em seus aposentos. — Irão se sentar para tomar o desjejum com um embaixador entre eles para traduzir?

Sorrio em resposta. É rara a mulher que consegue falar livremente com um marido amoroso, e ambas sabemos disso.

— Aprenderá — digo. — Deverá aprender nossos hábitos.

— O rei viajará à costa sul para encontrá-la — conta Elizabeth. — Pedi-lhe que esperasse e a saudasse aqui em Londres, mas ela disse que levará Artur consigo e cavalgará como um cavaleiro errante para surpreendê-la.

— Sabe, não creio que os espanhóis gostem de surpresas — comento. Todos sabem que são um povo bastante formal. A infanta viveu quase em reclusão no antigo harém do Palácio de Alhambra.

— É prometida, foi prometida há dez anos, e agora está entregue — diz Elizabeth secamente. — Do que gosta ou deixa de gostar, pouco importa. Não importa para o rei, e agora talvez nem sequer para sua mãe e seu pai.

— Pobre criança — lamento. — Mas não poderia ter um noivo mais belo ou bem-intencionado do que Artur.

— Ele é um bom rapaz, não é? — O rosto da mãe anima-se diante do elogio. — E cresceu ainda mais. O que está dando-lhe de comer? Está mais alto do que eu agora, e creio que será tão alto quanto meu pai. — Corta duas palavras, como se fosse traição falar o nome de seu pai, o rei Eduardo.

— Será tão alto quanto o rei Henrique — corrijo-a. — E se Deus quiser, ela será uma rainha tão boa quanto você tem sido.

Elizabeth me oferece um de seus fugazes sorrisos.

— Talvez seja. Talvez nos tornemos amigas. Creio que talvez seja um pouco parecida comigo. Foi criada para ser rainha, assim como eu. E tem uma mãe com a determinação e a coragem da minha.

Esperamos na ala das crianças até que o noivo e seu pai voltem para casa depois de sua missão de cavalaria errante. O pequeno príncipe Henrique, de 10 anos, está animado com a aventura.

— Irão cavalgar até ela e raptá-la?

— Ah, não. — Sua mãe puxa a filha mais nova, Maria, de 5 anos, e coloca-a no colo. — Isso não funcionaria de jeito nenhum. Irão até onde quer que ela esteja e pedirão para entrar. Irão elogiá-la e talvez jantar com ela, então partirão na manhã seguinte.

— Eu cavalgaria e a raptaria! — Henrique gaba-se, levantando a mão como se segurasse um par de rédeas e galopa pelo cômodo em um cavalo imaginário. — Iria até lá e me casaria com ela na hora. Já demorou o bastante para vir à Inglaterra. Não toleraria mais atrasos.

— Tolerar? — pergunto. — Que palavra é essa? O que, em nome de Deus, você anda lendo?

— Lê o tempo todo — diz sua mãe amavelmente. — É um estudioso. Lê romances e teologia, e orações, e as vidas dos santos. Em francês, latim e inglês. Está começando grego.

— E sou músico — lembra-nos Henrique.

— Muito talentoso — louvo-o com um sorriso.

— E cavalgo em cavalos grandes, não só pôneis pequeninos, e consigo lidar com falcões também. Tenho meu próprio falcão, um açor chamado Ruby.

Sua mãe e eu trocamos um sorriso triste sobre sua cabeça ruiva, que balanceia.

— É, sem dúvida, um verdadeiro príncipe — digo-lhe.

— Eu deveria ir a Ludlow — diz-me. — Deveria ir a Ludlow com você e seu marido e aprender como se governar um país.

— Seria muito bem-vindo.

Ele para seu galope pelo quarto e vem ajoelhar-se no banco diante de mim, segura meu rosto com as duas mãos.

— Quero ser um bom príncipe — diz sinceramente. — Quero, de verdade. Qualquer trabalho que meu pai dê a mim. Quer seja governar a Irlanda ou comandar a marinha. Aonde quer que me envie. A senhora não entenderia, Lady Margaret, pois não é uma Tudor, mas é um chamado, um chamado divino, nascer na família real. Nascer na realeza é um destino. E quando minha noiva vier para a Inglaterra, cavalgarei para saudá-la e irei disfarçado, e quando me vir, ela dirá: "Oh! Quem é aquele belo menino naquele grande cavalo?" E direi: "Sou eu!" E todos dirão: "Hurra!"

— Não correu tudo bem, de modo algum — diz Artur a sua mãe, carrancudo. Ele entra no quarto da rainha, onde ela está se vestindo para o jantar. Estou segurando seu diadema, observando sua dama de companhia escovar-lhe o cabelo.

— Chegamos lá, mas ela já estava deitada, e enviou uma mensagem avisando que não poderia receber-nos. Papai não aceitou a recusa e consultou os lordes que estavam conosco. Concordaram com ele... — Artur olha para baixo, e nós duas podemos ver seu ressentimento. — É claro que sim, quem discordaria? Então cavalgamos sob chuva torrencial até o Palácio de Domersfield e insistimos que ela nos deixasse entrar. Papai foi até sua câmara privada, e creio que houve uma algazarra porque ela parecia furiosa quando saiu, então todos jantamos.

— Como ela é? — pergunto diante do silêncio, quando ninguém mais fala.

— Como posso saber? — indaga, desapontado. — Mal falou comigo. Eu só fiquei pingando pelo chão. Papai exigiu que ela dançasse e ela dançou à moda espanhola com três de suas damas. Usava um grosso véu sobre o adereço de cabeça e mal pude ver seu rosto. Imagino que nos odeie por fazê-la sair do quarto para jantar depois de ter recusado. Falou em latim e conversamos algo sobre o tempo e sua viagem. Ficou terrivelmente enjoada por conta da viagem.

Quase rio alto diante de seu rosto taciturno.

— Ah, pequeno príncipe, tenha bom coração! — digo, e coloco o braço em volta de seus ombros para abraçá-lo. — São os dias iniciais. Ela aprenderá a amá-lo e valorizá-lo. Irá se recuperar de seu enjoo e aprenderá a falar inglês.

Sinto-o recostar-se em mim para reconfortar-se.

— Mesmo? Realmente crê nisso? Ela parecia muito brava.

— Ela terá de fazê-lo. E você será gentil com ela.

— O senhor meu pai está muito encantado com ela — diz para sua mãe, como se a avisasse.

Ela sorri, contrariada:

— Seu pai adora uma princesa — diz. — Não há nada de que goste mais do que de uma mulher nascida na realeza sob seu poder.

Estou no berçário real brincando com a princesa Maria quando Henrique chega de sua lição de leitura. Imediatamente vem até mim, empurrando sua irmã para o lado com o cotovelo.

— Tome cuidado com Sua Alteza — lembro-lhe. Ela ri, é uma belezinha robusta.

— Mas onde está a princesa espanhola? — exige. — Por que não está aqui?

— Porque ainda está a caminho — digo, oferecendo à princesa Maria uma bola lindamente colorida. Pega-a, joga-a para cima cuidadosamente e pega-a novamente. — A princesa Catarina deve fazer uma procissão pelo país para que o povo possa vê-la, e então você viajará para conhecê-la e escoltá-la a Londres. Seu novo traje está pronto, e também sua nova sela.

— Espero fazer tudo direito — diz, com sinceridade. — Espero que meu cavalo se comporte, e que eu deixe minha mãe orgulhosa.

Coloco o braço em volta dele.

— Você deixará — garanto-lhe. — Cavalga belamente, terá uma aparência principesca, e sua mãe sempre tem orgulho de você.

Sinto-o endireitando seus pequeninos ombros. Está imaginando-se em um traje de tecido dourado, altivo em seu cavalo.

— Tem mesmo — diz, com a vaidade de um menininho bem-amado. — Não sou o príncipe de Gales, sou somente um segundo filho, mas orgulha-se de mim.

— E quanto à princesa Maria? — provoco-o. — A mais bela princesa do mundo? Ou sua irmã, princesa Margaret?

— São apenas meninas — diz, com escárnio fraternal. — Quem se importa com elas?

Estou vigiando para garantir que os novos vestidos da rainha sejam limpos com talco, escovados e pendurados no guarda-roupa corretamente, quando Elizabeth entra e fecha a porta atrás de si.

— Deixe-nos — ordena rapidamente à chefe dos vestidos, e com isso sei que há algo muito errado, pois a rainha nunca é rude com as mulheres que trabalham para ela.

— O que foi?

— É Edmund, o primo Edmund.

Meus joelhos enfraquecem com a menção de seu nome. Elizabeth empurra-me para um banco, então vai à janela, abre-a para que o ar fresco entre no cômodo e minha cabeça se firme. Edmund é um Plantageneta como nós. É o filho de minha tia, é o duque de Suffolk, e é muito considerado pelo rei. Seu irmão foi um traidor, liderando os rebeldes contra o rei na batalha de Stoke, e acabou morto no campo de batalha. Mas Edmund de la Pole, em contraste absoluto, sempre foi ferozmente leal, braço direito e amigo do rei Tudor. É um ornamento para a corte, o líder dos participantes de justas, um belo, corajoso e inteligente duque Plantageneta, um alegre lembrete a todos de que York e Tudor vivem lado a lado como uma família real amorosa. É um membro do mais fechado círculo real, um Plantageneta servindo um Tudor, um vira-casaca, uma bandeira que se agita do outro lado, uma nova rosa, vermelha e branca, uma indicação para todos nós.

— Preso? — sussurro meu maior medo.

— Foragido — diz ela, brevemente.

— Para onde? — pergunto, horrorizada. — Oh, Deus. Para onde terá ido?

— Até o Sacro Imperador Romano Maximiliano, para levantar um exército contra o rei. — Engasga, como se as palavras estivessem grudadas em sua garganta, mas precisa me perguntar: — Margaret, diga-me, não sabia nada sobre isso?

Nego com a cabeça e pego-lhe a mão. Meus olhos encontram os seus.

— Jure — exige ela. — Jure.

— Nada. Nem uma palavra. Juro. Ele não fazia confidências a mim.

Ficamos ambas em silêncio enquanto pensamos naqueles em que Edmund normalmente confia: o cunhado da rainha, William Courtenay; nossos primos, Thomas Grey e William de la Pole; meu primo em segundo grau, George Neville; nosso parente, Henry Bourchier. Somos uma rede de primos e parentes bem documentada e bem conhecida, fortemente ligada por casamento e sangue. Os Plantageneta espalharam-se por toda a Inglaterra, uma família corajosa, impetuosa e aparentemente interminável, de rapazes ambiciosos, homens guerreiros e mulheres férteis. E, contra nós, somente quatro Tudor: uma velha senhora, seu filho ansioso e seus herdeiros Artur e Henrique.

— O que acontecerá? — pergunto. Levanto-me e caminho pelo quarto até aproximar-me da janela. — Estou bem agora.

Estende os braços para mim e nos abraçamos com força por um momento, como se ainda fôssemos mulheres jovens aguardando notícias de Bosworth, repletas de temor.

— Nunca poderá voltar para casa — diz ela, com infelicidade. — Nunca veremos o primo Edmund novamente. Nunca. E os espiões do rei certamente o encontrarão. Ele emprega centenas de vigilantes agora. Onde quer que Edmund esteja, irão encontrá-lo...

— E então encontrarão todos com quem ele falou em algum momento — prevejo.

— Você, não? — pergunta novamente. Deixa a voz cair em um sussurro. — Margaret, fale a verdade. Você, não?

— Eu, não. Nem uma palavra. Sabe que não dou ouvidos a traições.

— E então será neste ano, ou no próximo, ou ainda no seguinte, que o trarão de volta e o matarão — diz, sem alterar-se. — Nosso primo Edmund. Teremos de assistir-lhe subir no patíbulo.

Solto um pequeno gemido de aflição. Ficamos de mãos dadas. Mas no silêncio, enquanto pensamos em nosso primo e no cadafalso em Tower Hill, ambas sabemos que já sobrevivemos a coisas ainda piores do que isso.

Não fico para o casamento real. Vou para Ludlow antes do jovem casal para certificar-me de que o lugar esteja quente e confortável para sua chegada. Enquanto o rei cumprimenta todos os seus parentes Plantageneta cheio de sorrisos e excessiva e opressiva afeição, fico feliz de me afastar da corte com medo de que sua charmosa conversa me atrase no salão, enquanto seus espiões vasculham meus cômodos. O rei fica muito perigoso quando parece contente, buscando a companhia de sua corte, anunciando jogos divertidos, pedindo-nos que dancemos, rindo e passeando pelo banquete enquanto lá fora, nas galerias escuras e ruas estreitas, seus espiões fazem seu trabalho. Posso não ter nada a esconder de Henrique Tudor, mas isso não quer dizer que eu queira ser vigiada.

De qualquer modo, o rei determinou que o jovem casal vá a Ludlow depois de seu casamento, sem delongas, e eu devo arrumar as coisas para eles. A pobre menina terá de dispensar a maior parte de suas companheiras espanholas e viajar pelo país, no pior dos climas invernais, até um castelo situado quase mais de trezentos quilômetros de Londres, e a uma vida de distância do conforto e luxo de seu lar. O rei quer que Artur exiba sua noiva, impressione a todos pela estrada com a nova geração da linhagem Tudor. Pensa em modos de estabelecer o poder e glamour do novo trono: não está pensando em uma jovem sentindo falta da mãe em uma terra estranha.

Castelo de Ludlow, Shropshire, inverno de 1501

Faço com que os criados de Ludlow virem o lugar de cabeça para baixo e lustrem o piso, escovem os muros de pedra e então pendurem as ricas e quentes tapeçarias. Faço com que os carpinteiros preguem as portas novamente para tentar prevenir a entrada de correntes de ar. Compro dos mercadores de vinho um imenso e novo barril serrado ao meio para servir de banheira à princesa; a rainha, minha prima, escreve para mim dizendo que a infanta espera banhar-se diariamente, um hábito estrangeiro do qual espero que desista quando sentir os ventos frios que circulam nas torres do Castelo de Ludlow. Mando fazer novas cortinas, que serão instaladas na cama que deve ser dela — e esperamos que o príncipe encontre o caminho até Catarina todas as noites. Encomendo novos lençóis de linho de fabricantes em Londres, e enviam-me os melhores que o dinheiro pode comprar, de fato. Mando que lavem o chão e espalhem novas ervas para que todos os cômodos cheirem assombrosamente a feno colhido no verão e flores do campo. Ordeno que limpem as chaminés para que suas fogueiras, feitas com madeira de macieira, possam brilhar ao máximo. Exijo de todas as fazendas em torno do pequeno castelo a melhor comida:

o mais doce mel, a mais bem fermentada cerveja, as frutas e legumes que foram guardados desde a colheita, as barricas de peixe salgado, as carnes defumadas, as grandes peças de queijo que esta parte do mundo fabrica tão bem. Aviso-lhes que precisarei de abastecimento constante de carnes de caça frescas e que terão de matar seus animais para servir ao castelo. Faço com que todas as minhas centenas de servos e as dezenas de seus superiores garantam que suas áreas estejam o mais preparadas possível, e então aguardo, todos aguardamos, a chegada do casal que é a esperança e a luz da Inglaterra, que deverão viver sob meus cuidados, aprender a ser príncipe e princesa de Gales e conceber um filho o mais rápido possível.

Estou olhando por cima dos telhados de palha da pequena vila a leste, esperando ver o balançar dos estandartes da guarda real vindo pela estrada molhada e escorregadia em direção ao portão de Gladford, quando vejo, em seu lugar, um único cavaleiro, galopando em alta velocidade. Sei imediatamente que se trata de más notícias: meu primeiro pensamento vai para a segurança de meus parentes Plantageneta. Ao mesmo tempo que visto minha capa, corro até o corredor que leva ao portão do castelo, preparada, mas com o coração batendo forte. O cavaleiro trota pelo caminho de pedras que leva à ampla estrada principal, desce diante de mim, ajoelha-se e entrega-me uma carta selada. Pego-a e rompo o selo. Meu maior medo é que meu parente rebelde, Edmund de la Pole, tenha sido capturado e me indicado como companheira de conspiração. Estou tão assustada que não consigo ler as palavras espalhadas pela página.

— O que é? — digo rapidamente. — Quais são as novidades?

— Lady Margaret, sinto muito dizer-lhe que as crianças estavam muito doentes quando deixei Stourton — diz ele.

Pisco diante da escrita confusa e obrigo-me a ler a curta nota de meu administrador. Escreve que Henry, de 9 anos, ficou doente, com erupções na pele e febre. Arthur, que tem 7 anos, continua bem, mas temem que

Ursula esteja adoecida. Está chorando e parece ter uma dor de cabeça, e certamente estava com febre no momento em que a carta foi escrita. Tem somente 3 anos, uma época perigosa para uma criança que acaba de deixar de ser bebê. Nem sequer menciona o bebê, Reginald. Devo presumir que está vivo e bem no berçário. Certamente meu administrador me contaria se o bebê já estivesse morto.

— Não é a doença do suor — digo ao mensageiro, dando nome à nova doença que todos tememos, a doença que seguiu o exército Tudor e quase devastou a cidade de Londres quando o povo se reuniu para recebê-lo. — Diga-me que não se trata da doença do suor.

Persigna-se.

— Espero que não. Creio que não. Ninguém havia... — diz, e logo faz uma pausa. Quer dizer que ninguém havia morrido, prova de que não é o suor, capaz de matar um homem saudável em um dia, sem dar aviso. — Enviaram-me no terceiro dia da indisposição do menino mais velho — explica ele. — Estava durando três dias quando parti. Talvez continue...

— E o bebê Reginald?

— Permaneceu com a ama de leite em seu chalé, longe da casa.

Vejo meu próprio medo em seu pálido rosto.

— E você? Como está, rapaz? Sem sinais?

Ninguém sabe como a doença vai de um lugar a outro. Alguns acreditam que mensageiros a carregam em suas roupas, no papel da mensagem, de modo que a mesma pessoa que traz um aviso também traz sua morte.

— Estou bem, graças a Deus — diz. — Sem coceira. Sem febre. Do contrário, não haveria me aproximado da senhora, milady.

— É melhor que eu volte para casa — digo. Estou dividida entre meu dever com os Tudor e meu medo por meus filhos. — Avise aos homens do estábulo que partirei em uma hora, e que precisarei de uma escolta e de um cavalo a mais.

Ele confirma com a cabeça e leva seu cavalo pelo arco, ecoando, voltando-se na direção do pátio do estábulo. Vou pedir às minhas damas que arrumem minhas roupas e que uma delas vá comigo neste clima invernal, pois precisamos chegar em Stourton. Meus filhos estão doentes e devo ficar com eles. Cerro os dentes enquanto dou ordens rápidas: o número de homens na guarda, a comida que devemos carregar conosco, a capa engraxada com óleo que quero que seja amarrada em minha sela em caso de chuva ou neve, e a outra, que vestirei. Não me permito pensar no ponto de chegada. Acima de tudo, não me permito pensar em meus filhos.

A vida é um risco, quem sabe disso melhor do que eu? Quem sabe mais certamente que bebês morrem facilmente, que crianças arranjam males de causas pequenas, que sangue real é fatalmente fraco, que a morte caminha atrás de minha família, os Plantageneta, como um fiel cão de caça?

Castelo de Stourton, Staffordshire, inverno de 1501

Encontro meu lar em um estado de ansiedade febril. Todas as três crianças estão adoecidas; somente o bebê Reginald não está suando ou apresentando erupções vermelhas. Vou à ala das crianças imediatamente. O mais velho, Henry, de 9 anos, está dormindo pesadamente na grande cama de dossel; seu irmão Arthur está encolhido a seu lado e, a alguns passos de distância, minha menininha Ursula se remexe em sua cama de armar. Olho para eles e sinto meus dentes cerrarem-se.

Diante de um gesto meu, a ama vira Henry para que fique deitado de costas e levanta sua camisola. Seu peito e barriga estão cobertos de pintas vermelhas, algumas delas juntando-se nas outras. Seu rosto está inchado com as erupções, e atrás das orelhas e no pescoço não há sinal de pele normal. Está inchado e ferido em toda parte.

— É catapora? — pergunto a ela rapidamente.

— Isso, ou varíola — responde-me.

Dormindo ao lado de Henry, Arthur choraminga quando me vê, então levanto-o dos lençóis quentes e sento-o em meu joelho. Consigo sentir seu pequeno corpo queimando.

— Tenho sede — diz. — Sede. — A ama me entrega um copo de cerveja para crianças, ele bebe três goles, e então empurra o copo. — Meus olhos doem.

— Mantivemos as cortinas fechadas — diz a ama em voz baixa para mim. — Henry reclamou que a luz machuca seus olhos, então as fechamos. Espero que tenhamos feito certo.

— Creio que sim — digo. Sinto tanto medo diante de minha própria ignorância. Não sei o que deveria ser feito por estas crianças, nem sequer sei o que há de errado com elas. — O que o médico disse?

Arthur encosta-se em mim, até sua nuca está quente quando a beijo.

— Ele disse que é provavelmente catapora e que, com a vontade de Deus, todos os três deverão recuperar-se. Disse que devemos mantê-los quentes.

Estamos certamente mantendo-os quentes. O quarto está sufocante, o fogo na grelha e no braseiro brilha sob a janela, as camas cheias de cobertas, e todas as três crianças suam, coradas com o calor. Coloco Arthur de volta em seus lençóis quentes e vou até a pequena cama onde Ursula está deitada, mole e silenciosa. Tem somente 3 anos, é pequenina. Quando me vê, levanta a pequena mão e acena, mas não fala ou diz meu nome.

Volto-me para a ama, aterrorizada.

— Não enlouqueceu! — exclama ela defensivamente. — Só está divagando por causa do calor. O médico disse que se a febre passar ela ficará bem. Canta um pouco e choraminga durante o sono, mas não enlouqueceu. De forma alguma, não ainda.

Balanço a cabeça, tentando ser paciente neste cômodo quente demais, com meus filhos deitados à volta como cadáveres afogados na praia.

— Quando o médico virá novamente? — pergunto.

— Deve estar a caminho agora, milady. Prometi que o chamaria assim que a senhora chegasse, para que pudesse falar-lhe. Mas jura que irão recuperar-se. — Olha para meu rosto. — Provavelmente — acrescenta.

— E o resto da casa?

— Alguns pajens também pegaram. Um deles estava doente antes de Henry. E a empregada da cozinha, que cuida das galinhas, morreu. Mas mais ninguém pegou ainda.

— E a vila?

— Não sei nada sobre a vila.

Assinto com a cabeça. Terei de perguntar ao médico sobre isso; todas as doenças em nossas terras são de minha responsabilidade. Terei de ordenar à nossa cozinha que mande comida para chalés onde há doença, terei de garantir que o padre os visite e que, quando morrerem, tenham dinheiro suficiente para o coveiro. Se não, terei de pagar por um túmulo e uma cruz de madeira. Se piorar, terei de ordenar que cavem fossas de praga para enterrar os corpos. Essas são minhas obrigações enquanto senhora de Stourton. Preciso cuidar de todos sob meu domínio, não apenas de meus filhos. E, como de costume, não temos ideia do que causa a doença, não sabemos sobre a cura, nenhuma ideia de quando irá passar para alguma outra pobre vila arruinada e matar pessoas de lá.

— Escreveu para meu senhor? — pergunto.

Meu administrador, aguardando no batente, com a porta aberta, responde pela ama.

— Não, milady. Sabíamos que ele estava viajando com o príncipe de Gales, mas não sabíamos em que ponto da estrada estavam. Não sabíamos para onde mandar a carta.

— Escreva em meu nome e envie para Ludlow — ordeno. — Leve-a até mim antes de selar e envie-a. Ele estará em Ludlow dentro de alguns dias. Pode até estar lá agora. Mas terei de ficar aqui até que todos estejam bem novamente. Não posso arriscar levar esta doença para o príncipe de Gales e sua noiva, quer seja catapora ou varíola.

— Que Deus não permita — diz o administrador, devotamente.

— Amém — responde a ama, rezando pelo príncipe até quando sua mão está sobre o rosto ardente de meu filho, como se ninguém importasse mais do que um Tudor.

Castelo de Stourton, Staffordshire, primavera de 1502

Passo mais de dois meses com meus filhos em Stourton enquanto eles, vagarosamente, um depois do outro, perdem o calor no sangue, as manchas na pele e a dor nos olhos. Ursula é a última a melhorar, e mesmo quando não está mais doente, fica rapidamente cansada ou mal-humorada e protege os olhos da luz com a mão. Há mais algumas pessoas doentes na vila e uma criança morre. Não há banquete de Natal, e proíbo os habitantes da vila de vir ao castelo para buscarem seus presentes de dia de Reis. Há muita reclamação de que me neguei a dar comida e vinho e lembrancinhas, mas tenho medo da doença na cidade e fico apavorada com a possibilidade de os moradores trazerem doenças para dentro do castelo se eu deixá-los entrar.

Ninguém sabe o que causou a doença, ninguém sabe se acabou de verdade ou se voltará com o tempo quente. Somos impotentes diante dela, como o gado com a morrinha. Tudo o que podemos fazer é sofrer como vacas que se deitam e esperar que o pior passe por nós sem nos afetar. Quando finalmente o último homem está bem, e as crianças da vila voltam para as suas atividades, fico tão profundamente aliviada que pago para que uma missa seja realizada na igreja local para dar graças, pois a doença parece ter acabado entre nós por enquanto. Fomos poupados nesta dura estação de inverno, mesmo se neste verão os ventos quentes nos trouxerem a praga.

Só depois de ter ficado parada na frente da igreja e visto-a cheia com uma congregação nem mais magra, nem mais suja, nem aparentando desespero maior do que o de costume, só depois de ter cavalgado pela vila e perguntado em cada porta caindo aos pedaços se estão todos bem, só depois de ter confirmado o estado de saúde de todos em nosso serviço, dos meninos que espantam os pássaros das plantações até meu administrador-chefe, só então sei que posso deixar meus filhos em segurança e voltar para Ludlow.

As crianças ficam paradas na porta da frente para acenar em despedida. A ama segura meu bebê Reginald nos braços, ele sorri para mim e acena com suas mãozinhas gordas:

— Ma! Ma! — grita.

Ursula mantém as mãos sobre os olhos para protegê-los da luz matutina.

— Arrume sua postura — digo-lhe, enquanto subo em minha sela. — Deixe as mãos ao lado do corpo e pare de franzir a testa. Sejam boas crianças, todos os quatro, e virei vê-los em breve.

— Quando virá? — pergunta Henry.

— No verão — digo para acalmá-lo, mas, na verdade, não sei. Se o príncipe Artur e sua noiva fizerem uma procissão de verão com a corte real, então posso vir a Stourton para passar todo o verão. Mas enquanto estiverem em Ludlow, sob a proteção de meu marido, tenho de ficar lá também. Não sou só a mãe destas crianças, tenho outras obrigações. Sou a senhora de Ludlow e a guardiã do príncipe de Gales. E devo atuar perfeitamente nesses papéis, para que possa esconder o que nasci para ser: uma menina da Casa de York, uma Rosa Branca.

Mando-lhes um beijo, mas minha atenção já se afasta deles, concentrando-se na estrada à minha frente. Faço um aceno de cabeça para o cavalariço-chefe e nosso pequeno séquito — meia dúzia de homens armados, um par de mulas com meus bens, três damas de companhia e um grupo ruidoso de empregados — inicia o longo périplo até Ludlow, onde encontrarei pela primeira vez a menina que será a próxima rainha da Inglaterra: Catarina de Aragão.

Castelo de Ludlow, Marcas Galesas, março de 1502

Sou saudada por meu marido em seus aposentos. Ele está trabalhando com dois escriturários e a papelada se espalha por sobre toda a grande mesa. Assim que entro, ele acena para que saiam, empurra a cadeira para trás e me saúda com beijos em ambas as faces.

— Você chegou cedo.

— As estradas estavam boas — explico.

— Tudo bem em Stourton?

— Sim, as crianças por fim se recuperaram.

— Muito bem, muito bem. Recebi sua carta. — Ele parece aliviado. Deseja filhos e herdeiros saudáveis como qualquer outro homem e conta com nossos três meninos para servir aos Tudor e aumentar as venturas da família. — Já jantou, minha querida?

— Ainda não. Jantarei com você. Devo ir ao encontro da princesa agora?

— Assim que estiver preparada. O príncipe quer trazê-la até você pessoalmente — diz, enquanto recua para sentar-se atrás da mesa. Ele sorri ao pensamento de que Artur está noivo. — Ele estava bastante convicto de que deveria fazer as apresentações. Perguntou-me se poderia trazê-la sozinho até você.

— Muito bem — digo secamente. Não tenho dúvida de que Artur ponderara que apresentar-me à jovem, cujos pais exigiram que meu irmão fosse morto antes de enviá-la à Inglaterra, é uma tarefa a ser executada com cuidado. Da mesma maneira, sei que esta ideia nem sequer passara pela cabeça de meu marido.

Encontro-me com a princesa, como deseja Artur, sem cerimônias, sozinha na sala de recepção real do Castelo Warden de Ludlow, um vasto salão revestido com painéis de madeira, localizado imediatamente abaixo dos aposentos dela. Há um bom fogo na lareira e ricas tapeçarias nas paredes. Não se trata do glorioso Palácio de Alhambra, mas nada há de pobre ou vergonhoso aqui. Dirijo-me ao espelho de metal batido e ajeito meu ornato de cabeça. Meu reflexo mira-me vagamente: meus olhos escuros, pele clara e lindos lábios avermelhados — eis meus principais atributos. Meu comprido nariz Plantageneta é minha maior decepção. Aperto o adorno de cabeça e sinto os alfinetes penetrando meus cabelos castanhos densamente cacheados e então dou as costas ao espelho, cheia de uma vaidade que eu deveria desprezar, e espero junto ao fogo.

Em alguns momentos ouço a batida de Artur à porta e aceno para minha dama de companhia, que a abre e sai, enquanto Artur entra sozinho e inclina-se suavemente para mim, enquanto lhe faço uma mesura. Então nos beijamos em ambas as faces.

— Todos os três estão bem? — pergunta ele. — E o bebê?

— Graças a Deus — digo.

Ele se persigna rapidamente.

— Amém. E você não pegou a doença?

— É surpreendente como tão poucas pessoas pegaram a doença desta vez — digo. — Fomos muito abençoados. Somente um punhado de moradores da vila e apenas duas mortes. O bebê não teve qualquer sinal. Deus é mesmo misericordioso.

Ele acede com a cabeça.

— Posso trazer a princesa de Gales?

Sorrio quando ele pronuncia o título dela com tanto cuidado.

— E o que acha de ser um homem casado, Vossa Graça?

O rápido rubor que lhe sobe às faces revela-me que ele gosta muito da princesa e se sente embaraçado por isso.

— Acho bom o suficiente — diz ele, em voz baixa.

— Vocês se dão bem, Artur?

O rubor em seu rosto se intensifica e sobe até a testa.

— Ela é... — interrompe-se. Fica claro que não há palavras para dizer o que ela é.

— Linda? — sugiro eu.

— Sim! E...

— Agradável?

— Oh! Sim! E...

— Encantadora?

— Ela é tão... — começa ele, para logo cair em silêncio.

— Seria melhor se eu a visse. Claramente, ela está além de qualquer descrição.

— Ah, a senhora ri de mim, mas verá...

Ele sai para buscá-la. Eu não me dei conta de que a estávamos fazendo esperar, e me pergunto se ela teria se ofendido. Afinal, trata-se de uma infanta da Espanha e foi criada para ser uma dama verdadeiramente importante.

Quando a pesada porta de madeira se abre, eu me ergo e Artur a introduz no salão, curva-se e se vai. Fecha a porta. A princesa de Gales e eu nos encontramos a sós.

Meu primeiro pensamento é o de que ela é tão esbelta e tão delicada que se pensaria tratar-se do quadro de uma princesa num vitral, não de uma moça de verdade. Ela traz os cabelos cor-de-bronze modestamente cobertos por um capuz pesado, a fina cintura atada por uma barrigueira grande e pesada como um peitoral de armadura e um alto adorno de cabeça drapejado em rendas caríssimas, que caem pelas laterais do corpo e a cobrem como se fosse desabar sobre o rosto, como o véu de um infiel. Ela faz uma mesura mantendo os olhos e o rosto voltados para baixo. Somente quando tomo suas mãos é que ela levanta os olhos, então vejo que são azuis brilhantes, e que tem um bonito sorriso tímido.

Está pálida de nervosismo enquanto eu me dirijo a ela em latim, dando--lhe as boas-vindas ao castelo e me desculpando por minha ausência até o momento. Noto seu olhar à procura de Artur. Vejo que morde o lábio inferior, como se reunisse coragem, e desata a falar. De imediato menciona o único assunto sobre o qual eu jamais desejaria ouvir, principalmente vindo dela.

— Senti muitíssimo pela morte de seu irmão, muitíssimo — diz ela.

Estou atônita que ela tenha ousado fazê-lo com franqueza e compaixão.

— Foi uma perda terrível — digo com frieza. — Ai de mim! O mundo funciona dessa maneira.

— Tenho medo de que minha vinda...

Não sou capaz de suportar que ela se desculpe pelo assassinato cometido em seu nome. Interrompo-a com algumas poucas palavras. Ela me olha, pobrezinha, como se fosse perguntar de que maneira poderia me consolar. Olha-me como se estivesse pronta a se atirar aos meus pés e confessar que foi culpa sua. Não suporto ouvir o nome dele em seus lábios, não posso permitir que essa conversa prossiga, ou não resistirei e romperei em lágrimas na frente desta jovem, cuja vinda causou a morte dele. Estaria vivo se não fosse por ela. Como posso conversar calmamente sobre tal assunto?

Estendo a mão para mantê-la a distância, para silenciá-la, mas ela a agarra, curva-se levemente.

— Não é sua culpa — consigo sussurrar. — E todos nós devemos nos manter obedientes ao rei.

Seus olhos azuis se enchem de lágrimas.

— Sinto muito — diz ela. — Sinto tanto.

— Não é sua culpa — digo, para impedi-la de pronunciar qualquer outra palavra. — E não foi culpa dele. Nem minha.

E então, estranhamente, vivemos felizes para sempre. Todos os dias eu vejo em Catarina a coragem que ela mostrou quando me enfrentou, dizendo que sentia muito por meu sofrimento e que gostaria de ter impedido os acontecimentos. Ela sente muita saudade de casa; sua mãe escreve com pouca frequência e, mesmo assim, brevemente. Catarina é um pouco mais que uma órfã numa terra estranha, com tudo ainda por aprender: nossa língua, nossos costumes, mesmo nossas comidas lhe são estrangeiras e por vezes, quando nos sentamos juntas para costurar durante a tarde eu a distraio, perguntando-lhe como são as coisas em sua terra.

Ela me descreve o palácio, Alhambra, como se tratasse de uma joia posta sobre um revestimento feito de verdes jardins, localizado no baú de tesouros do Castelo de Granada. Ela me conta sobre a água gelada que jorra das fontes dos jardins, trazidas das montanhas da Serra Nevada e do sol ardente que abrasa a paisagem de ouro árido. Ela me fala das sedas que vestia todos os dias e das lânguidas manhãs passadas na banheira revestida de mármore. Conta sobre sua mãe, na sala do trono, distribuindo justiça e governando o reino em pé de igualdade com seu pai, e das determinações de ambos de que seu governo e as leis de Deus se espalhem por toda a Espanha.

— Isso tudo deve parecer-lhe estranho — digo, pensativa, olhando através da janela estreita para onde escorre a luz vinda da sombria paisagem de inverno, o céu convertendo-se de um cinzento claro a cinza-ardósia e a um cinza fuliginoso. Há neve nas montanhas e as nuvens flutuavam sobre o vale, enquanto um escudo de chuva martela os pequenos painéis de vidro da janela. — Deve parecer que está num outro mundo.

— É como um sonho — diz ela baixinho. — Entende? Quando tudo é diferente e você espera acordar?

Assinto silenciosamente. Sei como é pensar que tudo está mudado e que é impossível voltar à vida anterior.

— Se não fosse por Art... por Sua Graça — sussurra ela e baixa os olhos mirando a costura. — Se não fosse por ele, eu seria a mais infeliz.

Ponho minhas mãos sobre as dela.

— Graças a Deus ele a ama — digo baixo. — E espero que nós possamos sempre fazê-la feliz.

Imediatamente ela olha para cima, seus olhos azuis procurando os meus.

— Ele me ama, não é?

— Sem qualquer sombra de dúvida. — Sorrio. — Eu o conheço desde que era um bebê e ele possui o mais amoroso e generoso dos corações. É uma bênção que vocês dois estejam juntos. Que rei e que rainha vocês hão de ser um dia.

Ela tem a aparência deslumbrada de uma jovem que está muitíssimo apaixonada.

— E há algum sinal? — pergunto-lhe em voz baixa. — Algum sinal de uma gravidez? Você saberia dizer quando um bebê está chegando? Sua mãe ou sua *duenna* conversaram sobre isso com você?

— Você nada precisa dizer-me; minha mãe contou-me tudo a esse respeito — diz ela com terna dignidade. — Eu sei de tudo. E ainda não há qualquer sinal. Mas tenho certeza de que teremos uma filha. E eu quero dar-lhe o nome de Maria.

— Você deveria rezar para ter um filho — lembro-lhe. — Um filho, e dar-lhe o nome de Henrique.

— Um filho chamado Artur, mas antes uma menina chamada Maria — diz ela, como se já estivesse certa de que seria assim. — Maria para Nossa Senhora, que me trouxe em segurança até aqui e me deu um marido jovem que me ama. E depois Artur, para o pai e a Inglaterra que construiremos juntos.

— E como será esse seu reino? — indago-lhe.

Catarina está séria. Não se trata de uma brincadeira para ela.

— Não haverá multas para pequenas transgressões — diz ela. — A justiça não deve ser usada para forçar as pessoas à obediência.

Assinto, fazendo o menor movimento possível com a cabeça. A rapacidade do rei para taxar seus nobres, e mesmo seus amigos, comprometendo-os legalmente com tremendas dívidas, está corroendo a lealdade de sua corte. Mas não posso discutir isso com o herdeiro do trono.

— E nada de prisões injustas — diz ela, bem baixinho. — Creio que seus primos estão na Torre de Londres.

— Meu primo William de la Pole foi encarcerado na Torre, mas não há qualquer acusação formal contra ele — digo. — Rezo para que ele nada tenha com seu irmão Edmund, um rebelde que fugiu. Não sei onde está nem o que faz.

— Ninguém duvida de sua lealdade! — assegura-me ela.

— Eu me certifico de que eles não duvidem — digo, com austeridade. — E raramente falo com meus parentes.

Castelo de Ludlow, Marcas Galesas, abril de 1502

Artur faz o melhor que pode — todos procuramos manter a infanta animada —, mas para ela é um inverno longo e frio esse das colinas nas fronteiras de Gales. Ele promete tudo a ela, com exceção da lua: um jardim para cultivar verduras, encomendas de laranja para que ela faça uma espécie de geleia que eles adoram comer na Espanha, óleo de rosas para os cabelos, lírios frescos — jura que eles haverão de florir até mesmo aqui. Constantemente garantimos a ela que o clima ameno chegará em breve e que será quente — não tão quente como na Espanha, dizemos, cheios de precaução, mas suficientemente quente para que se possa caminhar lá fora sem estar envolto em camadas e camadas de xales e peles. Afirmamos que um dia a chuva incessante chegará ao fim e o sol se elevará mais cedo num céu brilhante, e a noite chegará mais tarde, e ela ouvirá os rouxinóis.

Juramos que maio será ensolarado e lhe contamos das brincadeiras e jogos bobos das Festas de Maio: ela abrirá sua janela ao amanhecer, será saudada com cânticos e todos os belos jovens depositarão varinhas em sua porta. Nós a coroaremos a Rainha de Maio e a ensinaremos a dançar em volta do mastro enfeitado.

No entanto, apesar de nossos planos e promessas, não é bem assim. Maio não é nem um pouco assim. Talvez jamais pudesse ser o que nós prometemos, mas não seria o clima que nos faltaria, nem os prazeres tão facilmente evocáveis de uma corte enjaulada por meses. Não seriam as florações, ou a desova dos peixes no rio; os rouxinóis vieram e cantaram, mas ninguém os ouviu — era um desastre que nenhum de nós poderia ter imaginado.

— É Artur — diz-me meu marido, esquecendo-se dos vários títulos do príncipe, esquecendo de bater à porta de meu quarto, invadindo-o, o cenho cerrado de preocupação. — Venha imediatamente, ele está doente.

Estou sentada defronte ao espelho, minha dama de companhia atrás de mim, trançando meus cabelos com meu ornato de cabeça; à espera, meu vestido do dia pendurado na porta de madeira entalhada do armário atrás dela. Fico de pé com um salto, puxando a trança da mão dela, jogo minha capa sobre a camisola e a amarro apressadamente.

— O que houve?

— Diz que está cansado, diz que sente dor como se tivesse febre.

Artur jamais reclama de doenças, nunca manda vir o médico. Eu e meu marido seguimos a passos rápidos do meu quarto, descendo a escada e atravessando o salão em direção à torre do príncipe e subimos até seu quarto, que fica no topo. Meu marido ofega na subida da escada, atrás de mim, enquanto eu corro degraus de pedra acima, dando voltas e voltas, a mão apoiada no frio pilar de pedra do centro da espiral.

— Chamou o médico para vê-lo? — grito por sobre o ombro.

— É claro, mas ele não estava. Seu serviçal foi até a cidade procurá-lo. — Meu marido se acalma, uma das mãos apoiada no pilar de pedra, a outra, sobre o peito, que sobe e desce. — Não demorarão.

Chegamos à porta do quarto de Artur e bato, entrando sem esperar por uma resposta. O menino está na cama. Seu rosto tem o brilho do suor que o recobre. Está pálido como o linho, a gola franzida de seu traje de dormir encostada em seu rosto não produz qualquer contraste.

Estou chocada, mas procuro não demonstrar.

— Meu menino — digo delicadamente, com a voz mais calorosa e confiante de que sou capaz. — Está se sentindo mal?

Ele vira a cabeça em minha direção:

— Apenas quente — diz, por entre os lábios rachados. — Muito quente. Faz um gesto na direção de seus criados. — Ajudem-me. Vou me levantar e sentar junto ao fogo.

Afasto-me e os observo. Eles retiram as cobertas e cobrem seus ombros com o robe. Ajudam-no a sair da cama. Vejo que faz caretas quando se move, como se lhe doesse dar dois passos até a cadeira e, quando chega junto ao fogo, senta-se pesadamente, como se estivesse exausto.

— Você poderia ir buscar Sua Graça, a princesa, para mim? — pergunta. — Tenho de dizer-lhe que não posso cavalgar com ela hoje.

— Eu mesma posso dizer a ela.

— Quero vê-la.

Não discuto com ele. Desço as escadas de sua torre, cruzo o salão, subo as escadas da torre onde ficam os aposentos da princesa, peço que venha ver seu marido. Ela está em meio aos seus estudos da manhã, lendo em inglês, a testa franzida sobre o livro. Vem imediatamente, sorrindo e cheia de esperanças; sua *duenna*, Doña Elvira, segue-a, olhando-me ferozmente como se perguntasse: o que há de errado? O que há de errado agora, neste país úmido e frio? De que maneira vocês, ingleses, fracassaram novamente?

A princesa me segue através da grande sala de recepção de Artur, onde meia dúzia de homens aguardam para ver o príncipe. Eles se curvam à medida que passa, ela avança exibindo um sorriso discreto à direita e à esquerda, uma princesa graciosa. Então adentra o quarto do príncipe e o brilho desaparece de seu rosto.

— Está doente, meu amor? — pergunta ela, imediatamente.

Artur se encontra arqueado na cadeira ao lado do fogo; meu marido, agoniado como um cão ansioso, permanece atrás dele. O príncipe estende a mão, impedindo-a de se aproximar, murmurando tão baixinho que não consigo entender o que diz. Catarina se volta rapidamente para mim e sua expressão é de choque.

— Lady Margaret, temos de chamar o médico do príncipe.

— Já enviei meus serviçais para procurá-lo.

— Não quero confusão — diz ele, imediatamente. Desde a infância ele odeia ficar doente e estar sob cuidados. Seu irmão Henrique se deleita com a atenção e adora ficar doente e ser mimado, mas Artur sempre jura não haver nada de errado.

Há uma batida na porta e uma voz grita:

— O Dr. Bereworth está aqui, Sua Graça.

Doña Elvira incumbe-se ela mesma de abrir a porta e, assim que o médico entra, a princesa vai em sua direção com uma onda de perguntas em latim, rápidas demais para que ele possa compreender. Ele olha para mim, em busca de socorro.

— Sua Graça não está passando bem — digo, simplesmente. Afasto-me e ele vê o príncipe levantar-se da cadeira, cambaleando com o esforço, completamente pálido. Observo o médico recuar quando avista Artur e, por seu olhar consternado, de imediato sei o que ele está pensando.

A princesa fala insistentemente com sua *duenna*, que responde num rápido espanhol murmurado. Artur desloca o olhar de sua jovem noiva a seu médico com os olhos vazios, a pele amarelecendo de uma hora para outra.

— Venha — digo à princesa, tomando-a pelo braço e conduzindo-a para fora do quarto. — Seja paciente. O Dr. Bereworth é um excelente médico que conhece o príncipe desde a infância. Provavelmente não há nada com que se preocupar. Se o Dr. Bereworth estiver preocupado, mandamos chamar o médico do rei em Londres. Em breve o veremos bem novamente.

Seu rostinho está abatido, mas Catarina permite que eu a leve a um assento perto da janela da sala de recepção. Ela vira a cabeça e olha para a chuva lá fora. Com um gesto de mão, indico aos que pretendiam falar com o príncipe que deixem a sala de recepção e eles saem, curvando-se com relutância, olhando para a figura imóvel sentada diante da janela.

Esperamos em silêncio até que o médico reapareça. Consigo entrever, quando ele fecha a porta, que Artur retornou à sua cama e repousa sobre os travesseiros.

— Penso que devem deixá-lo dormir — diz o médico.

Vou em sua direção.

— Não é o suor — sussurro para ele de imediato, desafiando-o a contradizer-me, olhando de volta para a jovem imóvel no assento da janela. Dou-me conta de que não estou perguntando qual é sua opinião, eu o estou proibindo de nomear nosso maior temor. — Não é o suor, não pode ser.

— Milady, não sei dizer.

Ele está horrorizado demais para falar. O suor mata no espaço de tempo de um dia e uma noite, levando consigo o velho e o moço, o saudável e o frágil, sem fazer distinção. É a maldição que o rei trouxe atrás de si quando marchou sobre seu próprio país com um exército de mercenários trazido das sarjetas e das prisões da Europa. É a praga que Henrique Tudor lança sobre o povo inglês e, nos primeiros meses após a batalha, as pessoas diziam que aquilo era prova de que sua linhagem não prosperaria, diziam que um reino iniciado na aflição terminaria em suor. Penso se essa era uma previsão ligada ao nosso jovem príncipe, penso se sua vida frágil está duplamente amaldiçoada.

— Deus permita que não seja o suor — diz o médico.

A princesa vai em sua direção e fala lentamente em latim, desesperada por saber sua opinião. Ele lhe garante que não é mais do que uma febre, que ele pode ministrar uma beberagem e a temperatura do príncipe baixará. O médico lhe fala num tom de voz tranquilizador e se vai, deixando para mim a tarefa de persuadir a princesa de que ela não pode velar por seu marido enquanto ele dorme.

— Se eu deixá-lo agora, você jura que ficará com ele o tempo todo? — implora ela.

— Voltarei lá para dentro agora, se você sair daqui e for direto para seu quarto ler, estudar ou costurar.

— Irei! — diz ela, obediente de imediato. — Irei para os meus aposentos se você ficar com ele.

Doña Elvira troca um olhar frio comigo e segue sua obrigação, saindo do quarto. Vou até a cabeceira do príncipe, consciente de que jurei tanto a sua mulher quanto a sua mãe que cuidaria dele, porém esses meus cuidados podem ter pouca utilidade se o jovem que está tão pálido e inquieto na cama de dossel for vítima da doença de seu pai e da maldição de sua mãe.

O dia escorre em dolorosa lentidão. A princesa mantém a palavra e caminha nos jardins, estuda em seus aposentos e, de hora em hora, manda alguém saber como está seu marido. Respondo que ele está descansando, que a febre ainda está alta. Não lhe conto que está piorando, que rola na cama com delírios, que mandamos vir de Londres o médico do rei, que aplico vinagre e água gelada com uma esponja em sua testa, rosto e peito, mas nada o faz esfriar.

Catarina vai até a capela circular no pátio do castelo e reza de joelhos pela saúde de seu jovem marido. Tarde da noite, olho lá para baixo da janela da torre de Artur e vejo a vela tremeluzente no pátio escurecido e a fila de mulheres seguindo-a da capela para seu quarto. Espero que ela consiga dormir enquanto volto para a cama e para o menino que arde em febre. Jogo sais purificadores no fogo e assisto às chamas queimando, azuis. Pego suas mãos e sinto o suor das palmas quentes e do pulso martelando sob a ponta de meus dedos. Não sei o que fazer por ele. Não sei o que é possível fazer por ele. Temo que não haja nada que se possa fazer por ele. Na longa e fria escuridão da noite começo a crer que morrerá.

Como meu desjejum no quarto do príncipe, mas não tenho o menor apetite. Artur tresvaria em seus pensamentos e não comerá ou beberá nada. Faço com que os lacaios do quarto o segurem por um momento, enquanto forço a caneca em sua boca, derramando um pouco de cerveja em sua garganta até que ele sufoca, e engasga, e engole. Depois os lacaios o deitam de volta no travesseiro e Artur se remexe na cama, ainda febril.

A princesa vem até a porta da sala de recepção e mandam me chamar.

— Eu o verei. Você não me impedirá.

Fecho a porta às minhas costas e confronto a determinação estampada em seu rosto pálido. Seus olhos estão ensombrecidos como violetas pisadas; não conciliou o sono a noite toda.

— Pode ser uma doença grave — digo, omitindo o nome do maior temor. — Não posso permitir que vá até ele. Eu estaria faltando ao meu dever se a deixasse visitá-lo.

— Seu dever é para comigo! — grita a filha de Isabel de Castela, conduzida à ira pelo medo.

— Meu dever é para com a Inglaterra — explico em voz baixa. — E se você estiver carregando um herdeiro Tudor em seu ventre, então meu dever é para com essa criança, tanto quanto para com você. Não posso deixá-la chegar além do pé da cama.

Por um momento, ela quase desmorona.

— Deixe-me entrar — implora. — Por favor, Lady Margaret, apenas deixe-me vê-lo. Eu paro onde mandar que eu pare, farei o que ordenar, mas, pelo amor de Nossa Senhora, deixe-me vê-lo.

Trago-a para dentro, passando pela multidão expectante que grita uma bênção, passando pela mesa montada sobre cavaletes onde o médico improvisou um pequeno armário com ervas, óleos e sanguessugas arrastando-se num pote. Atravesso a porta dupla que leva ao quarto onde Artur descansa, sereno e silencioso, sobre a cama, então ele abre os olhos escuros quando a princesa se aproxima e as primeiras palavras que murmura são:

— Eu a amo. Não se aproxime.

Ela agarra a coluna entalhada no pé da cama como para se conter e não subir para ficar ao lado do marido.

— Eu também o amo — diz, sem fôlego. — Você vai ficar bem?

Ele apenas balança a cabeça e, naquele momento terrível, eu sei que não cumpri a promessa que fiz à mãe dele. Eu disse que o manteria seguro e falhei. De um céu invernal, de um vento leste — quem sabe como? —, veio-

-lhe a maldição da doença de seu pai, e Milady, a Mãe do Rei, será punida pela maldição de duas rainhas. Ela pagará pelo que fez aos meninos delas, e verá seu neto enterrado e, sem dúvida, seu filho também. Avanço e seguro a princesa pela cintura, conduzindo-a para a porta.

— Voltarei! — grita ela para Artur ao afastar-se contra sua vontade. — Fique comigo! Eu não o decepcionarei!

Durante o dia todo lutamos por ele, ardorosamente, como se fôssemos homens da infantaria atolada no lamaçal do Campo de Bosworth. Colocamos emplastros escaldantes em seu peito, sanguessugas em suas pernas, umedecemos seu rosto com água gelada, colocamos uma caçarola aquecida em suas costas. Enquanto ele repousa ali, pálido como um santo de mármore, nós o atormentamos com todo tipo de cura em que conseguimos pensar, e ainda assim ele sua como se estivesse em chamas, nada faz baixar sua febre.

A princesa volta para vê-lo, como prometeu fazer, e desta vez contamos-lhe que é o suor e que ela não pode aproximar-se além da soleira da porta do quarto. Ela diz que precisa falar com ele a sós, ordena que nós todos saiamos do quarto e fica na ponta dos pés, segurando a maçaneta da porta, dirigindo-se a ele através do chão recoberto de ervas. Ouço uma breve troca de votos. Ele pede que ela faça uma promessa, ela concorda, mas implora para que ele fique bem. Pego-a pelo braço.

— É para o seu próprio bem — digo. — Você deve deixá-lo.

Artur se ergue, apoiando-se sobre um dos cotovelos, e eu capturo um vislumbre de seu rosto, mortalmente determinado.

— Prometa — diz ele a ela. — Por favor, por mim, prometa agora, minha amada.

— Eu prometo! — grita Catarina, como se as palavras fossem arrancadas dela, como se ela não quisesse conceder-lhe seu último desejo, e eu a puxo para fora do quarto.

O sino do grande relógio do castelo badala as seis horas. O confessor de Artur dá-lhe a extrema-unção e ele volta a se deitar em seu travesseiro, fechando os olhos.

— Não — sussurro. — Não permita que ele se vá.

Eu deveria estar rezando ao pé da cama, mas, em vez disso, tenho minhas mãos fechadas apertando os olhos molhados e tudo o que consigo fazer é sussurrar "não". Não consigo me lembrar da última vez que deixei o quarto, quando comi ou dormi, mas não consigo suportar a ideia de que este príncipe, este jovem príncipe supremamente belo e talentoso, vá morrer — e sob meus cuidados. Não consigo suportar a ideia de que ele seja obrigado a desistir da vida, uma bela vida tão cheia de promessas e esperança. Fracassei em ensinar-lhe aquilo em que mais acredito: que nada importa mais do que a vida em si, que ele deveria agarrar-se a ela.

— Não — digo. — Não.

Orações são incapazes de impedi-lo de escapulir; as sanguessugas, as ervas, os óleos e o coração carbonizado de um pardal atado em seu peito não têm o poder de segurá-lo aqui. Ele está morto quando o relógio bate sete horas. Vou até o lado da cama e aperto seu colarinho, como costumava fazer quando ele estava vivo, fecho seus olhos escuros que nada mais veem, puxando a colcha bordada e cobrindo seu peito, como se o estivesse preparando para uma noite de sono, e beijo seus lábios frios.

— Deus o abençoe. Boa noite, doce príncipe — sussurro, e então mando chamar as ajudantes para arrumá-lo e deixo o quarto.

À Sua Graça, a rainha da Inglaterra:
Querida prima Elizabeth,

Já terão lhe contado a esta altura, então esta é uma carta entre nós: da mulher que amou Artur como a um filho à mãe que não poderia tê-lo amado mais. Ele encarou a morte com coragem, como os homens de nossa família fazem. Seu sofrimento foi breve e ele morreu na graça de Deus.

Não peço que me perdoe por falhar em salvá-lo porque eu mesma jamais me perdoarei. Não houve qualquer outro sinal da causa exceto o suor, e não há cura para isso. Você não precisa se recriminar, não havia qualquer sinal da maldição nele. Morreu como o amado menino corajoso que ele era da doença que, sem saber, os exércitos de seu pai trouxeram a este pobre país.

Conduzirei sua viúva, a princesa, até você em Londres. É uma jovem com o coração partido. Eles chegaram a amar um ao outro e a perda por que ela passa é imensa.

Assim como é a sua, minha querida

E a minha.
Margaret Pole

Castelo de Ludlow, Marcas Galesas, verão de 1502

A rainha, minha prima, envia sua liteira particular para que a viúva faça a longa viagem até Londres. Catarina viaja chocada e muda, e em todas as noites na estrada vai para a cama em silêncio. Sei que ela reza para que não desperte pela manhã. Pergunto-lhe, como sou obrigada a fazer, se crê que pode estar grávida e ela treme de ódio à pergunta, como se eu estivesse me intrometendo na privacidade de seu amor.

— Se você estiver grávida, e a criança for um menino, ele será o príncipe de Gales e, mais tarde, o rei da Inglaterra — digo gentilmente, ignorando sua fúria trêmula. — Você se tornaria uma mulher tão grandiosa quanto Lady Margaret Beaufort, que criou seu próprio título: Milady, a Mãe do Rei.

Ela mal consegue falar.

— E se eu não estiver?

— Aí você é a princesa viúva e o príncipe Henrique se torna o príncipe de Gales — explico. — Se você não tiver um filho que receba o título, ele irá para o príncipe Henrique.

— E quando o rei morrer?

— Pelo amor de Deus, este dia está distante.

— Amém. Mas quando chegar?

— Então o príncipe Henrique será rei e sua esposa, seja ela quem for, será rainha.

Ela me dá as costas e vai até a lareira, mas não sem que antes eu veja a suave expressão de desdém que atravessa seu rosto à menção do irmão mais novo de Artur.

— Príncipe Henrique! — exclama.

— Você tem de aceitar a posição na vida que Deus lhe deu — lembro-lhe baixinho.

— Não tenho.

— Vossa Alteza sofreu uma grande perda, mas precisa aceitar seu destino. Deus solicita de todos nós que aceitemos nosso destino. Talvez Deus ordene que você se resigne — sugiro.

— Não, não ordena — diz ela, com firmeza.

Palácio de Westminster, Londres, junho de 1502

Deixo a princesa viúva de Gales, como agora devemos chamá-la, na casa de Durham, em Strand, e vou para Westminster, onde a corte encontra-se em luto profundo. Caminho, pelos salões familiares, na direção dos aposentos da rainha. As portas encontram-se abertas para a sala de recepção, que está repleta dos cortesãos e requerentes de sempre, mas todos estão consternados e falando baixinho. E muitos usam um adorno preto sobre os casacos.

Passo por eles, saudando com a cabeça uma ou duas pessoas que conheço, mas não paro. Não quero falar nada. Não quero precisar falar, ainda mais uma vez:

— Sim, é uma doença súbita. Sim, tentamos esse remédio. Sim, foi um choque terrível. Sim, a princesa está inconsolável. Sim, é uma tragédia que não haja filhos.

Eu bato à porta interior e Lady Katherine Huntly abre-a e olha para mim. Ela é a viúva do pretendente que foi executado com meu irmão, e não há grande afeto entre nós. Recua e eu passo por ela, sem dizer uma palavra.

A rainha está ajoelhada em seu genuflexório, a face voltada para o crucifixo dourado, os olhos cerrados. Ajoelho-me a seu lado, abaixo a cabeça e rezo, pedindo forças para falar com a mãe de nosso príncipe sobre sua perda.

Ela suspira e olha para mim:

— Estive à sua espera — diz ela, em voz baixa.

Tomo suas mãos:

— Lamento mais do que sou capaz de expressar.

— Eu sei.

Permanecemos ajoelhadas, as mãos dadas, em silêncio, como se mais nada houvesse a ser dito.

— A princesa?

— Muito quieta, muito triste.

— Não há nenhuma chance de que ela possa estar grávida?

— Ela diz que não.

Minha prima concorda com a cabeça, como se não estivesse esperando por um neto que ocupasse o lugar do filho que acabou de perder.

— Nada ficou por fazer... — começo.

Ela põe a mão em meu ombro suavemente.

— Sei que você cuidou dele como um dos seus — diz ela. — Sei que você o amou desde que ele era um bebê. Ele foi um verdadeiro príncipe York, ele foi nossa Rosa Branca.

— Ainda temos Henrique — digo.

— Sim. — Ela se inclina sobre meu ombro ao pôr-se de pé. — Mas Henrique não foi criado para ser o príncipe de Gales ou o rei. Eu temo tê-lo mimado. Ele é inconstante e fútil.

Fico tão surpresa ao ouvi-la dizer uma palavra contra seu filho amado que por um momento não consigo responder.

— Ele pode aprender — hesito. — Vai amadurecer.

— Ele jamais será um novo príncipe Artur — diz ela, como se avaliasse a profundidade de sua perda. — Artur foi o filho que eu fiz para a Inglaterra. De qualquer maneira — continua —, Deus seja louvado, acho que estou grávida novamente.

— Está?

— Ainda é incerto, mas rezo para que esteja. Seria um grande consolo, não seria? Um outro menino?

Ela tem 36 anos, está velha para outro parto.

— Seria maravilhoso — digo, tentando sorrir. — Benevolência de Deus para os Tudor, misericórdia depois do sacrifício.

Acompanho-a até a janela e olhamos os jardins esplendorosos, as pessoas brincando com bolas de madeira no gramado abaixo de nós.

— Ele era um menino tão precioso, vindo como veio, tão cedo em nosso casamento, como uma bênção. E era um menino tão feliz... Você se lembra, Margaret?

— Eu me lembro — digo, em poucas palavras. Não contarei a ela que minha tristeza é porque eu me esqueci de tantas coisas, que os anos que passou comigo me escorreram pelos dedos, como se não fossem mais do que dias de sol em que nada acontecia. Ele era um menino tão feliz, e a felicidade não é memorável.

Ela não soluça, apesar de secar constantemente as lágrimas das faces com as costas das mãos.

— O rei enviará Henrique para Ludlow? — pergunto. Se meu marido tem de ser o guardião de outro príncipe, então eu terei de cuidar dele também, e eu não creio que seja capaz de suportar ver outro menino, nem mesmo Henrique, no lugar do príncipe Artur.

Ela balança a cabeça.

— Milady proíbe — responde ela. — Ela diz que ele deve ficar conosco, na corte. Ele será educado aqui e treinado para seu novo chamado sob seus olhos, sob nossa constante supervisão.

— E a princesa viúva?

— Ela vai para casa, para a Espanha, suponho. Não há nada para ela aqui.

— Nada, pobre criança — concordo, pensando na menina de rosto pálido no grande palácio.

Visito a princesa Catarina antes de voltar para o Castelo de Stourton. Ela é jovem demais para ser deixada sozinha, sem ninguém, exceto acompanhantes pagos — sua *duenna* rígida e suas damas de companhia, seu padre e seus serviçais —, no lindo palácio de grandes jardins avarandados avançando na direção do rio. Torço para que eles a levem para os aposentos da rainha na corte, em vez de deixá-la aqui, para dirigir seus próprios subordinados.

Ela ficara mais bonita nos meses do luto, a pele luminosa em contraste com o bronze do cabelo. Está mais magra e isso faz com que seus olhos azuis pareçam maiores no rosto em formato de coração.

— Vim para me despedir — digo-lhe com ânimo forçado. — Vou para minha casa em Stourton e espero que em breve você esteja a caminho da Espanha.

Ela olha ao redor como para se certificar de que ninguém estaria nos ouvindo; suas damas estão a uma boa distância e Doña Elvira não fala inglês.

— Não, eu não vou para casa — diz, com calma e determinação.

Espero por uma explicação. Ela me dá um sorriso suave e malicioso que ilumina a gravidade de seu rosto triste.

— Não vou para casa — repete. — Então, não há necessidade de me olhar dessa maneira. Eu não vou.

— Não há mais nada para você aqui — lembro-lhe.

Catarina pega meu braço com a intenção de poder falar muito baixo enquanto caminhamos pela galeria para longe das damas, com o ruído de nossos sapatos abafando o som de nossa conversa.

— Não, você está enganada. Há algo aqui para mim, sim. Eu fiz uma promessa a Artur em seu leito de morte de que eu iria servir à Inglaterra como eu fui criada para servir — diz ela baixinho. — Você mesma escutou-o dizer: "Prometa agora, minha amada." Estas foram suas últimas palavras para mim. Manterei minha promessa.

— Você não pode ficar.

— Eu posso, e da maneira mais simples. Se eu me casar com o príncipe de Gales, eu me transformo em princesa de Gales uma vez mais.

Fico atônita, sem conseguir falar, mas finalmente recupero a voz.

— Você não pode desejar se casar com o príncipe Henrique — afirmo o óbvio.

— Eu preciso.

— Foi esta a sua promessa ao príncipe Artur?

Ela assente com a cabeça.

— Ele não pode ter querido dizer que você se cassasse com seu irmão mais novo — digo.

— Ele disse. Artur sabia que essa seria a única maneira de eu ser a princesa de Gales e a rainha da Inglaterra, e nós dois tínhamos muitos planos, concordávamos em muitas coisas. Ele sabia que o governo Tudor na Inglaterra não é como os York governaram. Desejava ser um rei de ambas as casas. Queria governar com justiça e compaixão. Queria ganhar o respeito das pessoas, não as coagir. Tínhamos planos. Quando soube que estava morrendo, ainda desejava que eu fizesse o que havíamos planejado... Mesmo que ele não pudesse. Eu guiarei e ensinarei Henrique. Eu o transformarei em um bom rei.

— O príncipe Henrique tem muitas qualidades — escolho as palavras com cuidado. — Mas ele não é, e nunca será, o príncipe que perdemos. Ele é charmoso e cheio de energia. Ele é corajoso como um pequeno filhote de leão e está pronto a servir sua família e seu país... — hesito. — Ele é como o esmalte, minha querida. Brilha na superfície, cintila, mas não é de ouro puro. Não é como Artur, que era genuíno do começo ao fim.

— Ainda assim, eu me casarei com ele. Eu o farei melhor do que é.

— Sua Alteza, minha querida, o pai de Henrique estará procurando um grande partido para ele, uma outra princesa. E seus pais estarão procurando por um segundo casamento para você.

— Então resolvemos dois problemas com uma só solução. E, além disso, o rei se esquiva de pagar meu subsídio de viúva. Gostará disso. E terá o restante de meu dote. Gostará disso. O rei mantém uma aliança com a Espanha, o que queria tanto que ele... — interrompe-se.

— Ele queria tanto que matou meu irmão por ela — termino a sentença em voz baixa. — Sim, eu sei. Mas você não é mais a infanta espanhola. Você foi casada. Não é a mesma coisa. Você não é a mesma.

Ela cora:

— Eu serei a mesma. Eu farei com que seja a mesma coisa. Direi que sou virgem e que o casamento não se consumou.

Engasgo:

— Vossa Alteza, ninguém jamais acreditaria...

— Mas ninguém perguntará! — declara ela. — Quem ousaria me desafiar? Se eu digo uma coisa dessas, é porque assim deve ser. E você permanecerá minha amiga, não é, Margaret? Porque eu estou fazendo isso por Artur, e você o amava como eu. Se você afirmar o que eu digo, ninguém contestará. Todos desejarão pensar que eu posso me casar com Henrique, ninguém vai interrogar meus serviçais e acompanhantes em busca de fofocas. Nenhuma de minhas damas responderia qualquer pergunta de um espião inglês. Se você não disser nada, ninguém mais dirá.

Estou tão atônita com este salto da tristeza à conspiração que só consigo ficar sem ar e olhar para ela. Seu rosto demonstra completa determinação e seus dentes estão cerrados.

— Creia-me, não pode fazer isso.

— Eu o farei — diz ela soturnamente. — Eu prometi. Eu o farei.

— Vossa Alteza, Henrique é uma criança...

— Acha que eu não sei disso? É para o melhor. É por isso que Artur estava tão determinado. Henrique precisa ser treinado. Henrique será guiado por mim. Eu o aconselharei. Sei que ele é um menininho mimado e fútil, mas vou transformá-lo no rei que ele terá de ser.

Estou prestes a discutir com Catarina, mas repentinamente a vejo como a rainha em que poderá se transformar. Ela será formidável. Esta menina foi criada para ser rainha da Inglaterra desde os 3 anos de idade. Parece que será a rainha, não importa o quanto a sorte jogar contra ela.

— Não sei qual é a coisa certa a fazer — digo, indecisa. — Se eu fosse você..

Ela balança a cabeça, sorrindo.

— Lady Margaret, se você fosse eu, iria voltar para a Espanha e esperar viver sua vida em tranquila segurança porque aprendeu a manter distância do trono. Você foi criada no temor do rei, de qualquer rei. Eu fui criada para ser a princesa de Gales, e depois, a rainha da Inglaterra. Não tenho escolha. Chamaram-me de princesa de Gales desde o berço! Não posso simplesmente trocar de nome agora e me esconder de meu destino. Tenho de fazer o que prometi a Artur. Você precisa me ajudar.

— Metade da corte viu-os serem postos na cama juntos em sua noite de núpcias.

— Direi que ele era incapaz, se for necessário.

Fico assustada com sua determinação.

— Catarina, você seria capaz de envergonhá-lo?

— Não é uma vergonha para ele — diz ela com ferocidade. — É uma vergonha para quem me perguntar. Sei o que ele significava para mim e o que eu significava para ele. Sei que ele me amava e o quão importante éramos um para o outro. Mas ninguém mais precisa saber. Ninguém jamais saberá.

Ainda vejo nela a paixão que sente por ele.

— Mas sua *duenna*...

— Ela nada dirá. Ela não quer voltar para a Espanha com uma mercadoria estragada e um dote meio gasto.

Volta-se para mim e abre aquele seu sorriso destemido, como se fosse ser fácil.

— E eu terei um filho com Henrique — promete. — Exatamente como Artur e eu esperávamos. E uma menina chamada Maria. Você cuidará de meus filhos para mim, Lady Margaret? Não quer cuidar dos filhos que Artur queria que eu tivesse?

Eu teria sido mais sábia se nada dissesse, embora devesse ter dito que as mulheres devem trocar de nome e calar seus desejos, embora pudesse ter dito que os destinos são para os homens.

— Sim — digo com relutância. — Sim, eu quero cuidar das crianças prometidas a ele. Eu quero ser a governanta de Maria. E jamais direi uma palavra sobre você e Artur. Eu não soube nada ao certo, eu nem estava em sua noite de núpcias, e se você estiver verdadeiramente determinada, então não a trairei. Não manifestarei nenhuma opinião.

Ela baixa a cabeça e eu me dou conta de que está profundamente aliviada com minha decisão.

— Estou fazendo isso por ele — lembra-me ela. — Por amor a ele. Não por ambição própria, nem mesmo por meus pais. Ele me pediu e eu irei fazê-lo.

— Eu a ajudarei — prometo-lhe. — Por ele.

Castelo de Stourton, Staffordshire, outono de 1502

No entanto, há pouca coisa que posso fazer por Catarina. Não sou mais a esposa do guardião do príncipe de Gales, uma vez que já não há mais uma corte do príncipe de Gales ou um serviço galês. Declara-se que o novo príncipe, Henrique, é precioso demais para ser enviado para longe. Enquanto minha prima, a rainha, ganha peso à espera de uma criança que todos dizem ser um provável menino, Henrique, seu único herdeiro vivo, é educado no Palácio de Eltham próximo a Greenwich, juntamente com suas irmãs Margaret e Maria. Embora ele seja um robusto e forte rapaz de 11 anos, e que tenha idade suficiente para assumir seus deveres como herdeiro real, idade suficiente para ter seus próprios conselheiros e aprender com eles a tomar decisões sensatas, Milady, a Mãe do Rei, ordena que ele seja mantido em casa com suas irmãs; o senhor adorado e mimado do reino do berçário.

Henrique possui o melhor dos mestres, os mais excelentes músicos e os melhores cavalariços para lhe ensinar todas as artes e ofícios de um jovem príncipe. Minha prima, mãe de Henrique, assegura que ele é um grande intelectual e que um rei não pode fazer tudo segundo sua própria vontade, mas Milady insiste que ele não deve jamais ser exposto a qualquer perigo.

Ele não poderá se aproximar de uma pessoa doente, seus aposentos serão limpos constantemente, será examinado seguidas vezes por um médico. Montará os cavalos mais maravilhosos, mas eles devem ser refreados pelos cavalariços, que manterão em segurança seu mais precioso cavaleiro. A ele é permitido avançar contra a quintana, mas jamais enfrentar um oponente numa justa. A ele é permitido remar no rio, mas jamais se parecer que choverá. A ele é permitido jogar tênis, embora ninguém jamais poderá vencê-lo, e cantar canções e tocar música, mas nunca será excessivamente estimulado, ou corar demais, ou esforçar-se demais. De modo algum o ensinam a governar, em nenhum momento o ensinam nem mesmo a governar a si mesmo. O menino, que já era paparicado e mimado, agora é o único degrau a levar os Tudor ao futuro. Se o perdessem, eles perderiam tudo por que lutaram, conspiraram e trabalharam. Sem um filho e herdeiro para suceder ao rei Tudor, não há uma dinastia Tudor, não há uma Casa de Tudor. Com a morte de seu irmão, Henrique tornou-se agora o único filho e herdeiro. Não é de espantar que o envolvam em arminho e o tratem como se fosse de ouro.

Não podem vê-lo dar um passo sem estar vertiginosamente cientes de que ele é seu único menino. A família Tudor é tão pequena: nossa rainha enfrentando o ordálio de um parto, um rei amaldiçoado por uma angina, que não pode sequer respirar sem sentir dor, sua velha mãe, duas meninas e apenas um menino. Eles são poucos e frágeis.

E ninguém se dá conta do fato, mas nós, Plantageneta da Casa de York, somos tão numerosos! Eles nos chamam de crias do demônio e, de fato, nós damos crias como o demônio. Somos ricos em herdeiros, liderados por meu primo Edmund, conquistando seguidores e poder todo o tempo na corte do imperador Maximiliano, seu irmão Richard, e dezenas de parentes e primos. O sangue Plantageneta é fértil; o nome da família vem de *Planta genista*, o arbusto de giesta, que jamais deixa de ter flores, que cresce em toda parte, no solo mais improvável. O arbusto que não pode nunca ser arrancado, que, mesmo se for queimado, vicejará e crescerá de novo na primavera seguinte, amarelo como o ouro, ainda que lance suas raízes no carvão mais escuro.

Dizem que, quando se decapita um dos Plantageneta, um outro brota, fresco no verde. Traçamos nossa linhagem até Fulque de Anjou, marido de uma deusa das águas. Nós sempre parimos dezenas de herdeiros. Mas se os Tudor perderem Henrique, não há outro na família que possa substituí-lo, exceto o bebê que minha prima carrega, com dificuldade, em seu ventre, drenando as cores de seu rosto e fazendo-a ficar enjoada todas as manhãs.

Uma vez que o príncipe Henrique é tão raro, uma vez que ele é o herdeiro precioso singular dos Tudor, é preciso casá-lo, e eles sucumbem à tentação da riqueza espanhola, do poder espanhol e à conveniência de ter Catarina, obediente e prestativa, aguardando a palavra certa em seu palácio em Londres. Prometem-lhe Henrique em casamento e, assim, ela encontra seu caminho. Rio alto quando meu marido volta de Londres e me conta a novidade. Ele me olha com curiosidade, pergunta-me o que é tão divertido.

— Só me conte novamente — peço.

— O príncipe Henrique foi declarado noivo da princesa viúva de Gales — repete ele. — Mas não entendo o que há de tão engraçado nisso.

— É que Catarina resolveu em seu coração que isso aconteceria e eu nunca pensei que eles consentiriam — explico.

— Bem, eu estou surpreso que tenham consentido. Precisaram de uma dispensa e negociaram um acordo, e eles não poderão se casar por anos. Eu pensava que nada menos que o melhor seria bom para o príncipe Henrique. E não a viúva de seu irmão.

— Por que não, se o casamento jamais foi consumado? — arrisco.

Ele olha para mim:

— Isso é o que os espanhóis estão alegando, segundo o que se diz na corte. Eu não o contradigo, embora tivesse olhos na cara em Ludlow. Eu não sei qual é a verdade e não sabia o que dizer. — Ele parece subserviente. — Não sabia o que Milady, a Mãe do Rei, gostaria de ouvir. Até que ela me diga, permanecerei calado.

Castelo de Stourton, Staffordshire, fevereiro de 1503

Elizabeth, minha prima, a rainha, rezava para que estivesse gerando um outro menino, rezava para que a praga que rogara quando era uma jovem de 17 anos não passasse mais do que palavras lançadas ao vento frio, rezava para que a linhagem dos Tudor não morresse. No entanto, ela foi levada ao leito e deu à luz uma menina, uma menina inútil, que custou sua vida; o bebê também morreu.

— Sinto muito — diz meu marido gentilmente, tendo nas mãos a carta selada com cera e fitas pretas de cetim. — Sinto muito, sei o quanto a amava.

Balanço a cabeça. Ele não sabe o quanto eu a amava, e eu não serei capaz de lhe contar. Quando eu era uma menininha e meu mundo não estava menos que destruído pela vitória Tudor, minha prima estava lá, pálida e medrosa como eu, mas cheia de determinação de que nós, os Plantageneta, sobreviveríamos, cheia de determinação que partilharíamos os despojos Tudor, cheia de determinação de que encabeçaríamos a corte Tudor, cheia de determinação de que seria a rainha e que a Casa de York ainda governaria a Inglaterra, ainda que tivesse de se casar com o invasor.

Quando eu estava doente de medo e absolutamente perdida quanto à maneira como manteria meu irmão a salvo do novo rei e de sua mãe, foi Elizabeth quem me tranquilizou, quem me prometeu que, juntamente com a mãe dela, iria nos proteger. Foi Elizabeth quem barrou o caminho dos integrantes da guarda quando vieram prender meu irmãozinho, Teddy, e ela quem declarou que não o deveriam levar. Foi Elizabeth quem falou vezes seguidas com seu marido, implorando-lhe para que libertasse Teddy, e foi ela quem me abraçou e chorou comigo quando finalmente o rei decidiu-se a realizar aquele terrível ato que matou meu irmão, Teddy, pelo crime de ser Edward Plantageneta, por carregar seu nome, o nome que eu e Elizabeth compartilhávamos.

— Você me acompanhará nos funerais? — pergunta-me Richard.

— Não sei se consigo. Enterrei seu filho e agora tenho de enterrá-la. Um morreu da doença dos Tudor, a outra, da ambição dos Tudor. Minha família está pagando um preço alto demais para mantê-los seguros em seu trono.

— Eles querem que você esteja lá — diz com brevidade, como se simplesmente definisse as coisas.

— Eu irei — digo, porque precisa ser assim.

Palácio de Westminster, Londres, primavera de 1503

Milady, a Mãe do Rei, determina como o velório de uma rainha deve ser feito, assim como determina como são realizadas todas as cerimônias importantes desta grande corte. O caixão de Elizabeth é levado pelas ruas de Londres por oito cavalos pretos, seguidos por duzentos indigentes que carregam velas acesas. Vestida de preto, sigo o caixão juntamente com as damas que a serviam, enquanto os cavalheiros da corte cavalgam logo atrás, com roupas e chapéus pretos, através de ruas que estão ardendo com as tochas e cheias de pessoas em luto, até a Abadia de Westminster.

Londres se despede da princesa York. Londres sempre amou os York, e, à medida que avanço, seguindo seu caixão, há um murmúrio que me segue pela rua pavimentada, "À Warwick!", como uma bênção, como uma oferta. Mantenho meus olhos e minha cabeça baixos, como se não fosse capaz de ouvir o grito de batalha de meu pai.

O rei não está presente. Ele foi rio acima, para o lindo palácio que construiu para ela, Richmond, entrou na câmara privada no seio do palácio e fechou a porta, como se não suportasse viver sem a esposa, como se não ousasse olhar para perceber que amigos o abandonaram agora que a princesa da Casa de York se fora. Henrique sempre jurou que Elizabeth jamais levaria a Inglaterra até ele. Ela colocava tudo em sua própria conta. Agora que ela se foi, entende até onde vai mesmo sua conta: quais amigos tem, quais ele mantém sem ela. Percebe como se sente seguro entre a gente dela.

O rei não deixa as trevas e a solidão até o meio da primavera, ocasião em que ainda se veste de preto por ela. Milady, sua mãe, ordena que cesse seu luto solitário e cuida para que recupere a saúde. Sir Richard e eu estamos na corte a pedido dela, sentados entre os cavaleiros e suas damas, no grande salão de jantar. Para minha surpresa, o rei atravessa toda a extensão da sala e, quando me levanto para me curvar diante dele, retira-me de entre as damas e me conduz a uma alcova nos fundos do grande salão.

Toma minhas mãos entre as suas:

— Você a amou como eu, eu sei disso. Não consigo acreditar que ela se foi — diz ele simplesmente.

Parece um homem ferido fatalmente. Seu rosto está esculpido com novas linhas de sofrimento, sua aparência grisalha demonstra que está exaurido pela dor. A pele pendente sob seus olhos revela um homem que chorou noite após noite em vez de dormir, e ele permanece um pouco encurvado, como se procurasse aliviar a dor que lhe ia no peito.

— Não consigo acreditar — repete.

Não tenho qualquer palavra de consolo porque compartilho sua perda e ainda estou atarantada pela inesperada partida de Elizabeth. Toda minha vida minha prima esteve comigo, uma constante presença carinhosa. Não sou capaz de entender por que ela não está mais aqui.

— Deus é...

— Por que Deus a levaria? Ela era a melhor rainha que a Inglaterra poderia ter! Era a melhor esposa que eu poderia ter.

Nada digo. É evidente que ela era a melhor rainha que a Inglaterra poderia ter: pertencia à família real inglesa que governava muito antes de ele tropeçar na praia, ao desembarcar no porto de Milford. Ela não veio com um exército de doentes nem fez sua coroa de um arbusto espinhento. Ela era nossa, a nascida e criada para ser uma princesa inglesa.

— E meus filhos! — exclama, passando seu olhar sobre eles.

Henrique era colocado ao lado do pai na hora do jantar e agora se senta junto ao trono vazio, o rosto voltado para o prato, sem comer nada. Para ele fora o pior golpe que um filho poderia sofrer; eu me pergunto se algum dia ele se recuperará. Sua mãe o amava com uma calma firme que o favoritismo apaixonado de sua avó não poderia suplantar. Elizabeth o via como ele era — um menino altamente talentoso e encantador —, e ainda assim colocava diante dele o retrato do que deveria ser: o mestre de si mesmo. Só de andar com ele pela ala das crianças mostrava-lhe que não bastava ser o centro das atenções; todo príncipe obtém essa posição desde o nascimento. Ao contrário, ela solicitava que ele fosse honesto consigo mesmo, que ele contivesse sua vaidade explosiva, que aprendesse a se colocar no lugar dos outros, que praticasse a compaixão.

Suas irmãs, Margaret e Maria, terrivelmente perdidas sem ela, estão sentadas ao lado da avó, Milady, a Mãe do Rei, e Catarina, a princesa espanhola, está ao lado delas. Sente meu olhar pousado nela e olha para cima, dirigindo-me um sorriso suave e inescrutável.

— Pelo menos puderam viver sua infância com ela — digo. — Uma mãe que os amou de verdade. Pelo menos Henrique teve uma infância segura, velado pelo amor da mãe.

O rei assente com a cabeça:

— Ao menos eles tiveram isso — diz. — Pelo menos eu tive meus anos com ela.

— É uma perda terrível para a princesa viúva também — observo cuidadosamente. — A rainha era muito carinhosa com ela.

Ele segue meu olhar. Catarina está sentada num lugar de honra, mas as jovens princesas não conversam com ela como irmãs deveriam fazer. Margaret, com 13 anos de idade, virara-se de costas para ela e cochichava com a irmã mais nova, Maria, as cabeças bem juntas uma da outra. Catarina parece solitária na mesa alta, como se estivesse em sofrimento. Quando olho mais detidamente, percebo que ela está pálida e ansiosa, ocasionalmente mirando através da mesa onde Henrique fixa cegamente o olhar no prato, como se desejasse capturar o olhar de seu noivo.

— Está mais bonita cada vez que vem à corte — diz ele, em voz baixa, os olhos postos nela, inconsciente de que essas palavras me atingem como um insulto à minha dor. — Ela está se tornando uma beleza verdadeira. Sempre foi uma menina bonita, mas agora está se tornando uma jovem notável.

— De fato — digo com dureza. — E quando acontecerá seu casamento com o príncipe Henrique?

O olhar que ele lança para os lados me faz tremer, como se uma corrente de ar frio soprasse pela sala. Parece malicioso, como o príncipe Henrique quando é pego roubando doces da cozinha, excitado e pedindo perdão ao mesmo tempo, sabendo que está sendo travesso, com esperança de que possa sair dessa com seu charme, ciente de que ninguém pode lhe negar o que quer que seja.

— É cedo demais. — Vejo que ele decide não me contar o que o fez sorrir. — É cedo demais para dizer.

Milady, a Mãe do Rei, me chama a seu quarto antes que eu e Richard partamos para Stourton. Seus aposentos estão cheios de pessoas em busca de favores e auxílio. O rei começou a multar severamente as pessoas pelos delitos mais leves, e muitos se dirigem à Milady em busca de misericórdia. Uma vez que ela trabalha com ele nos livros de contabilidade reais e se deleita com os lucros das multas, a maioria dos demandantes sai insatisfeita, vários deles mais pobres do que eram antes.

Milady sabe muito bem que seu filho só manterá a Inglaterra sob seu domínio se for capaz de sempre manter um exército em campo, e esses exércitos consomem tesouros inteiros. Ela e seu filho trabalham constantemente em favor de um fundo de guerra, economizando recursos contra a rebelião que, temem eles, virá.

Ela indica para que eu me sente a seu lado com um gesto rápido e suas damas, com tato, levantam-se de seus assentos e vão embora, de maneira que possamos conversar a sós.

— Você esteve no Castelo de Ludlow com o jovem casal, o príncipe e a princesa — observa Milady, fazendo um preâmbulo.

— Sim.

— Você jantava com eles todos os dias?

— Quase todos os dias. Eu não estava lá quando chegaram, mas desde que lá cheguei vivi com eles.

— Você os via juntos, como marido e mulher.

Tive a arrepiante percepção de que não sei aonde esta linha de questionamento irá chegar, e que Milady sempre fala com algum propósito em mente.

— É claro.

— E você nada viu que poderia sugerir que eles não estivessem casados por pensamentos, palavras e ações.

Hesito:

— Eu jantava com eles todas as noites no grande salão. Eu os via em público. Eles se portavam como um jovem casal devotado em público — digo.

Milady para, com o olhar duro como um punho em meu rosto:

— Eles se casaram e se deitaram juntos — diz ela simplesmente. — Não pode haver a menor dúvida.

Penso em Artur arrancando da princesa a promessa, uma promessa no leito de morte, de que ela se casaria novamente e seria a rainha da Inglaterra. Acho que esse era o plano dele e seu desejo. Lembro que teria feito qualquer coisa por Artur. Creio que ainda faria qualquer coisa por ele.

— É claro que não posso saber o que ocorria no dormitório de Sua Graça — digo. — Mas ela me disse, e a outros, que o casamento não se consumara.

— Oh! Você afirma isso, então? — diz Milady como se fosse assunto de pequeno interesse.

Respiro fundo:

— Sim.

— Por quê? — indaga. — Por que diz uma coisa dessas?

Tento encolher os ombros, ainda que eles estejam rígidos demais para se mexerem.

— Isso é tudo o que eu observei. Tudo que ouvi — procuro falar casualmente, mas estou sem fôlego.

Ela se volta para mim tão ferozmente que eu desvio meu olhar de seu rosto furioso.

— O que você observou! O que você ouviu! Isso é o que vocês tramaram, entre vocês três: a *duenna*, a infanta espanhola e você. Três mulheres perversas, visando à queda de minha casa e à destruição de meu filho! Eu sei disso! Eu a conheço! Gostaria que ela jamais tivesse vindo para este país! Tudo o que ela nos trouxe foi dor!

Um silêncio se instaura; todos olham para mim especulando horrorosamente sobre o que eu havia feito para aborrecer Milady. Eu caio de joelhos, as pancadas do coração martelando em minhas têmporas:

— Perdoe-me, Vossa Graça. Eu não fiz nada. Eu jamais faria algo contra a senhora ou seu filho. Não compreendo.

— Diga-me uma coisa — cospe ela. — Você sabe que é verdade que o príncipe Artur e a princesa viúva eram amantes, não sabe? Você testemunhou os sinais inequívocos de que eles se deitaram juntos. Sob seu teto ele era conduzido aos aposentos dela uma vez por semana, não era? Eu o ordenei, então minha ordem foi executada? Ou você está dizendo que me desobedeceu e que eles não foram postos juntos todas as semanas?

Mal consigo falar:

— A senhora foi obedecida — sussurro. — É claro que lhe obedeci. Ele era levado ao quarto dela todas as semanas.

— Então — diz ela um pouco pacificada. — Então você admite isso. Ele ia ao quarto dela. Sabemos disso. Você não nega.

— Mas se eles eram amantes ou não eu não posso dizer — afirmo. Minha voz está tão apequenada que eu temo que ela não me escute e de algum lugar me vem o medo de ter de encontrar coragem para falar novamente.

Mas sua audição é precisa, sua compreensão é como uma armadilha:

— Então você a está apoiando — diz. — Apoiando sua alegação ridícula de que seu marido foi incapaz, durante todos os quatro meses de casamento. Embora ele jamais tenha dito qualquer coisa a ninguém naquele momento. Embora ela nunca tenha reclamado. Ela nem sequer mencionou o fato.

Eu havia prometido à princesa Catarina que a ajudaria, e estou presa a ela. Eu amava Artur e o ouvira sussurrar para ela: "Prometa!" Permaneço ajoelhada e mantenho minha cabeça baixa enquanto rezo para este ordálio passar.

— Não posso dizer — repito. — Ela me disse que não havia a menor possibilidade de ela estar grávida. Eu entendi que ela quis dizer que eles não eram amantes. Que eles nunca foram amantes.

Sua fúria passara; as cores fugiram de seu rosto e ela está pálida como se fosse desmaiar. Uma dama avança para lhe dar apoio, mas recua diante de seu olhar feroz.

— Você sabe o que está fazendo, Margaret Pole? — indaga Milady, com a voz gélida. — Você sabe o que está dizendo?

Sento-me sobre os calcanhares, descobrindo que minhas mãos estão juntas sob meu queixo, como se rezasse por perdão. Balanço a cabeça:

— Perdoe-me, Vossa Graça, eu não sei o que quer dizer.

Milady se inclina para a frente e murmura em meu ouvido, de maneira que ninguém possa ouvir. Ela está tão próxima que consigo sentir seu hálito de malvasia em minha face:

— Você não está casando sua amiguinha com o príncipe Henrique, caso este fosse o seu plano. Você está colocando aquela putinha espanhola na cama do sogro!

A palavra *putinha* saída da boca de Milady é tão chocante quanto o conteúdo do que diz.

— O quê? Do sogro?

— Sim.

— O rei?

— Meu filho, o rei — diz, trêmula de frustração. — Meu filho, o rei.

— Ele agora quer se casar com a princesa viúva?

— É claro que quer! — Sua voz remói baixo e eu sou capaz de sentir sua fúria atingindo meu cabelo, meu ouvido. — Porque dessa maneira ele não terá de pagar sua dotação de viúva, dessa maneira poderá manter o dote que ela trouxe e poderá requerer o restante, dessa maneira ele mantém uma aliança com a Espanha contra nosso inimigo, a França. Dessa maneira, conseguirá para si um casamento barato com uma princesa que já está aqui em Londres e dela consegue um novo bebê, outro filho e herdeiro. E dessa maneira — ela se interrompe para ofegar como um cão sendo caçado —, dessa maneira mantém a moça em luxúria pecaminosa. Numa luxúria incestuosa. Ela o tentou com seus olhos atrevidos e maus. Ela o inflamou com sua dança, ela anda com ele, cochicha com ele, sorri para ele, e faz mesuras quando o vê. Ela o tenta, ela o conduzirá até o inferno.

— Mas ela está noiva do príncipe Henrique.

— Diga-lhe isso, enquanto ela se pendura no braço do rei e se esfrega nele.

— Ele não pode se casar com a nora — digo, absolutamente confusa.

— Tola! — estala ela. — Tudo que ele precisa é de uma dispensa do papa. E a obterá se ela continuar a dizer, como constantemente diz, que seu casamento jamais se consumou. Se suas amigas a apoiarem, como você está fazendo. E sua mentira, porque eu sei que é uma mentira, lança meu filho no pecado e arruína minha Casa. Esta mentira nos destruirá. E você está afirmando isso por ela. Você é tão ruim quanto ela. Jamais me esquecerei disto. Jamais perdoarei isto. Jamais a perdoarei!

Não consigo dizer nada, apenas lhe dirijo um olhar embasbacado.

— Fale! — ordena-me. — Diga que ela se casou e se deitou com ele.

Balanço a cabeça emudecida.

— Se não falar, será pior para você — avisa ela.

Eu baixo minha cabeça. Nada digo.

Castelo de Stourton, Staffordshire, outono de 1504

Estou grávida novamente e opto por permanecer no Castelo de Stourton enquanto meu marido governa Gales de Ludlow. Ele vem para casa me ver e fica satisfeito com os cuidados que dedico a nossas terras, a nossa casa e à educação de nossos filhos.

— Mas temos de ser cuidadosos com o dinheiro — lembra-me ele. Estamos sentados juntos na sala da administração em Stourton, com os livros de aluguel espalhados em volta. — Temos de tomar todos os cuidados, Margaret. Com quatro filhos e mais um a caminho temos de economizar nossa pequena fortuna. Todos eles vão precisar de um lugar no mundo, e Ursula necessitará de um bom dote.

— Se o rei lhe concedesse algumas terras... — digo. — Deus sabe o quanto você o serve bem. Cada vez que encerra um julgamento na corte, você envia a multa para ele. Você deve ganhar milhares de libras para ele e nunca recebe de volta nem um centavo. Não como os outros.

Sir Richard encolhe os ombros. Não é um cortesão, meu marido. Ele nunca foi atrás do rei por dinheiro, sempre foi pago com a menor soma que os Tudor julgaram que ele aceitaria. E, além disso, há cada vez mais indo para os cofres reais e cada vez menos saindo de lá. Henrique Tudor pagou a todos que o serviram em Bosworth nos primeiros anos de seu reinado e, desde então, vem se apossando de volta das terras que tão generosamente concedeu naqueles seus primeiros impetuosos dias. Todo traidor tem sua casa de família confiscada, cada pequeno criminoso é onerado com ordens de pagamento de multas. Até a menor das contravenções se vê diante de uma grande ordem de pagamento e tudo — do sal sobre à mesa à cerveja da taberna — é taxado.

— Talvez você possa falar com Milady da próxima vez que formos à corte — sugiro. — Todos são mais bem recompensados que você.

— Você não pode pedir a ela?

Balanço a cabeça. Nunca contei a meu marido sobre a cena terrível nos aposentos de Milady. Acho que ela encontrou uma saída — nunca mais ouvi conversas sobre o rei se casar com a princesa viúva —, mas jamais esquecerá ou me perdoará por não ter feito um testemunho escrito de acordo com o que ela me ordenara.

— Não sou sua grande favorita — digo com brevidade. — Não com meu primo Edmund rodando pela Europa, reunindo um exército contra eles. Não com dois outros primos, William de la Pole, ainda na Torre, e William Courtenay, recentemente preso.

— Eles não foram acusados de nada — observa ele.

— Também não foram libertados.

— Então você não conseguiria cortar os custos aqui? — pergunta meu marido, irritado. — Não gosto de ir ter com ela. Não é uma mulher fácil a quem pedir algo.

— Eu tento. Mas, como você diz, temos quatro filhos e outro a caminho. Todos eles precisam ter cavalos e mestres. Todos precisam ser alimentados.

Olhamos um para o outro com mútua impaciência. Eu penso: isto é tão injusto! Ele não pode me criticar. Casou-se comigo, uma jovem de nascimento nobre, e eu lhe dei filhos — três deles meninos — e nunca me jactei de meu nome ou de minha linhagem. Jamais o censurei por me rebaixar a esposa de um mero cavaleiro, ainda que eu tenha nascido nada menos que uma princesa e herdeira da fortuna Warwick. Jamais reclamei de ele não ter feito qualquer tentativa de recuperar meu título e minha herança. Fiz meu papel de Lady Pole e administrei suas duas mansões e um castelo, não os milhares e milhares de hectares que eram meus por direito.

— Aumentaremos os aluguéis dos arrendatários — diz ele rapidamente. — E lhes diremos que têm de aumentar o que enviam para nós de suas fazendas.

— No momento, mal conseguem pagar o que devem — observo. — Não com as novas multas do rei e o novo serviço real.

Ele encolhe os ombros.

— Eles terão de fazê-lo — diz simplesmente. — O rei o exige. São tempos difíceis para todos.

Sigo para o meu resguardo pensando em como os tempos são difíceis e me perguntando por que tem de ser assim. Nossa corte York era notoriamente rica e pródiga, com uma infinda sucessão anual de divertimentos e festas, caças, justas e celebrações. Eu tinha dez primos reais e todos eles eram magnificamente vestidos e equipados, e se casaram bem. Como pode ser que o mesmo reino que despejava ouro no colo de Eduardo IV e o distribuía entre uma enorme família não consegue mais arrecadar dinheiro suficiente para pagar as multas e impostos de um único homem, Henrique Tudor? Como pode ser que uma família real com apenas cinco membros necessite de tanto dinheiro quando todos os que tinham afinidade com os Plantageneta e os River fizeram sua felicidade com tanto menos?

Meu marido diz que permanecerá no Castelo de Stourton durante meu resguardo para me saudar quando eu sair. Não posso vê-lo durante o resguardo, é claro, mas ele me envia mensagens animadoras contando que vendemos um pouco da colheita de feno e que ele mandou matar e salgar um porco para a festa de batizado de nosso bebê.

Uma noite ele me manda uma curta mensagem manuscrita:

Eu estou com febre e descansando na cama. Ordenei que as crianças não viessem me ver. Fique de bom ânimo, minha esposa.

Eu não sinto mais do que irritação. Não haverá ninguém para supervisionar o administrador, que contabiliza os lucros da Festa dos Arcanjos, nem para coletar as taxas de aprendizado dos jovens que começaram a trabalhar nestes últimos três meses. Os cavalos começarão a comer o feno armazenado e não haverá ninguém para se certificar de que não estejam sendo superalimentados. Não temos condições de comprar feno, por isso o dividimos para que dure todo o inverno. Não há nada que eu possa fazer, exceto amaldiçoar o azar que me colocou de resguardo e meu marido doente ao mesmo tempo. Eu sei que nosso administrador, John Little, é um homem honesto, mas a abundância da Festa dos Arcanjos é um dos momentos mais lucrativos de nossas terras e, se nem Sir Richard nem eu estivermos nos inclinando sobre seus ombros e verificando cada número que escreve, John tende a ser menos cuidadoso ou, pior, mais generoso com os arrendatários, perdoando-lhes dívidas ou permitindo-lhes ficar sem pagar alugueis já vencidos.

Duas noites depois, recebo outro bilhete de Sir Richard.

Me sinto muito pior, e estou mandando vir o médico. Mas as crianças estão com boa saúde, Deus queira.

É bem incomum que Sir Richard adoeça. Ele participou de campanha após campanha para os Tudor, cavalgou por eles em todo tipo de clima, atravessando três reinos e um principado. Escrevo de volta:

Está muito doente? O que diz o médico?

Não vem nenhuma resposta e, na manhã seguinte, mando minha dama de companhia, Jane Mallet, até o camareiro de meu marido para saber se ele está bem.

Assim que chega ao meu quarto de resguardo, posso dizer, por sua expressão chocada, que se trata de más notícias. Coloco a mão na intumescência da barriga onde meu bebê está tão firmemente envolvido quanto um arenque num barril. Posso sentir cada um de seus movimentos dentro do meu ventre que o abraça e subitamente ele também fica imóvel, como se estivesse ouvindo, assim como eu, as más notícias.

— Qual o problema? — pergunto, com a voz endurecida pela preocupação. — O que aconteceu para deixá-la tão pálida? Fale, Jane, você está me assustando.

— É o senhor — diz ela, simplesmente. — Sir Richard.

— Eu sei disso, sua boba! Eu adivinhei! Ele está muito doente?

Ela faz uma mesura, como se a deferência pudesse amenizar o golpe:

— Ele morreu, milady. Morreu durante a noite. Sinto tanto por ser eu a lhe contar... Ele se foi. O senhor se foi.

Estar de resguardo faz tudo ser muito pior. O padre vem à porta e sussurra palavras de consolo pelo vão, como se seus votos de castidade fossem todos sobrepujados caso visse meu rosto coberto de lágrimas. O médico me diz que uma febre derrotou a grande força de Sir Richard. Ele era um homem de 46 anos, certa idade já, mas era forte e ativo. Não foi o suor, nem bexigas, nem sarampo, nem calafrios nem o fogo de santo antônio. O médico lista todas as doenças descartadas, por isso perco a paciência, peço que vá embora e chame o administrador; mas antes de ele se retirar ordeno, em sussurros pela porta, que se assegure de que seja feito tudo o que precisa ser feito para que Sir Richard repouse em seu caixão nos degraus da capela-mor da Igreja de Stourton e que a vigília adequada seja observada. O sino será tocado e todos os arrendatários receberão uma quantia em dinheiro, as pessoas em luto se vestirão de preto e Sir Richard será enterrado com toda a dignidade que lhe é devida — mas ao menor custo possível.

Em seguida escrevo para o rei e para sua mãe, Milady, que seu honroso servo, meu marido, morrera em seu serviço. Não me refiro ao fato de que ele me deixa sem um centavo, com quatro crianças de sangue real a serem criadas com nada e um filho ainda não nascido a caminho. Milady, a Mãe do Rei, entenderá tudo perfeitamente. Ela saberá que eles precisam me ajudar com uma doação imediata de dinheiro e em seguida a concessão de mais um pouco de terra para que eu possa manter a mim e a meus filhos, agora que não podemos mais contar com as taxas do trabalho dele em Gales ou de seus outros postos. Eu sou uma parente, pertenço à antiga Casa Real; eles não têm outra escolha senão assegurar-se de que eu viva com dignidade e alimente e vista meus filhos e meus servidores.

Mando buscar meus dois filhos mais velhos, meus meninos, os meninos que terei de criar sozinha. Deixarei que a governanta conte a Ursula e a Reginald que seu pai foi para o céu. Mas Henry tem 12 anos, e Arthur, 10, então devem tomar conhecimento pela boca da mãe de que seu pai morreu e que, daqui por diante, não haverá mais ninguém a não ser nós. Teremos de ajudar uns aos outros.

Eles entram muito quietos e nervosos, olhando para todos os lados da sombria câmara de resguardo com a ansiedade supersticiosa de meninos em fase de crescimento. É apenas o meu quarto, onde eles estiveram cem vezes antes, mas agora há tapeçarias cobrindo as janelas para impedir que entrem luz e umidade, há pequenas fogueiras acesas em cada uma das extremidades do quarto e há o cheiro forte das ervas que dizem ser boas para o parto. Na parede, uma vela queima diante de uma imagem da Virgem Maria emoldurada em prata e a hóstia está em exposição numa custódia. Há uma mesinha para os utensílios usados no parto no pé de minha grande cama de dossel e as agourentas cordas atadas às duas colunas de baixo para eu puxar quando a hora chegar: uma tira de lã para eu morder, uma guirlanda benta para amarrar na cintura. Eles observam tudo isso com olhos arregalados, temerosos.

— Tenho más notícias para vocês, meninos — digo com firmeza. Não faz sentido tentar falar de uma coisa dessas para eles com suavidade. Todos nascemos para sofrer, todos nascemos para a perda. Meus meninos pertencem a uma Casa que sempre lidou com a morte de maneira natural, tanto ao dá-la como ao recebê-la.

Henry me olha nervosamente:

— Você está doente? — pergunta. — O bebê está bem?

— Sim. As más notícias não são a meu respeito.

Arthur percebe de imediato. Ele sempre é rápido para compreender e rápido para falar:

— Então é o papai — diz ele, com simplicidade. — Milady mãe, meu pai está morto?

— Sim. Sinto muitíssimo em contar a vocês — digo. Seguro a mão fria de Henry. — Você agora é o chefe desta família. Assegure-se de que guiará seus irmãos e irmã a contento, protegerá nossa fortuna, servirá ao rei e evitará a malignidade.

Seus olhos escuros se enchem de lágrimas.

— Não consigo — diz ele, com a voz tremendo. — Não sei como.

— Eu consigo — Arthur se voluntaria. — Eu consigo fazê-lo.

Balanço a cabeça.

— Você não pode. Você é o segundo filho — lembro-lhe. — O herdeiro é Henry. Sua tarefa é ajudá-lo e apoiá-lo, defendê-lo, se precisar. E você é capaz de fazer qualquer coisa, Henry. Eu o aconselharei e guiarei, e encontraremos uma maneira de avançar na riqueza e na grandeza desta família, mas não avançaremos demais.

— Não avançaremos demais? — pergunta Arthur.

— Grandes sob um grande rei — diz Henry, demonstrando, exatamente como eu pensava, que ele tem idade para cumprir seus deveres e é sábio o suficiente para saber que nós desejamos prosperar, mas não tanto que causemos inveja.

Somente então, depois de meus meninos terem chorado um pouco e partido, tenho tempo para me ajoelhar diante do oratório, lamentar a perda de meu marido e orar por sua alma imortal. Não posso duvidar de que ele vai para o céu, ainda que tenhamos de obter em algum lugar o dinheiro para que missas sejam rezadas. Ele era um bom homem, leal aos Tudor e a mim como um cão. Gentil, como um homem forte e de poucas palavras é, com seus filhos, serviçais e arrendatários. Eu jamais conseguiria me apaixonar por ele, mas sempre lhe fui grata e contente em carregar seu nome. Agora que ele morreu e eu jamais o verei novamente, sei que sentirei sua falta. Ele era um consolo, um escudo, um marido gentil — e tais qualidades são raras.

Deu-me seu nome, e a morte não o tira de mim. Agora eu sou Lady Margaret Pole, a viúva, assim como antes era Lady Margaret Pole, a esposa. Mas o importante é que seu nome não está sepultado com ele. Eu posso mantê-lo. Posso esconder meu ser verdadeiro atrás dele; mesmo na morte ele me manterá segura.

Dou à luz um menino — um filho que jamais conhecerá o pai. No momento de fraqueza depois de o colocarem em meus braços, descubro-me chorando sobre sua cabecinha macia. Este é o último presente que meu marido me deu, este é o último filho que terei. Esta é a minha última oportunidade de amar um inocente que depende de mim, como eu amava meu irmão, que dependia de mim. Beijo sua cabecinha molhada e sinto seu pulso vibrar. Este é meu último, meu mais precioso filho. Deus permita que eu o mantenha a salvo.

Saio do resguardo para rezar no memorial que carrega o nome *Sir Richard Pole,* localizado sob uma janela de nossa igrejinha. O rei manda de presente cento e cinquenta e sete moedas para as despesas com roupas de velório para mim e para todos os arrendatários, o que — administrado cuidadosamente — também paga pelo banquete depois das exéquias e servirá para manter por um longo tempo a pedra do memorial também. Chamo o administrador John Little à minha presença para dizer-lhe que estou satisfeita com o que fizera.

— E Sua Graça, o rei, mandou permissão para que a senhora tomasse emprestadas cento e vinte moedas das propriedades de seu filho — diz ele. — De maneira que estaremos bem até as Quadras Natalícias, pelo menos.

— Cento e vinte moedas? — repito. É um auxílio, mas não chega a ser um presente principesco. Não é generoso. Os Tudor terão de fazer melhor do que isso se quiserem nos manter aquecidos.

Enquanto isso, todo dinheiro vai na direção errada: de nós para eles. Meus filhos devem ser transformados em guardas reais, uma vez que seu pai faleceu quando eles ainda eram crianças. Este é um desastre para mim e para minha família. Todos os ganhos da propriedade irão para o rei, despejados no Tesouro Real até que meu filho seja um homem e possa herdar o que é seu — ou o que quer que seja que tenha restado depois de ter sido sangrado pelo Tesouro. Se Henrique quiser colocar abaixo cada árvore que estiver em pé para obter madeira, poderá fazê-lo. Se quiser sacrificar cada vaca no pasto, ninguém poderá impedi-lo. Tudo o que eu posso receber é minha dotação de viúva, um terço dos alugueis e dos lucros — apenas cento e vinte moedas para um ano inteiro! O rei me oferece um empréstimo por aquilo que antes era todo meu; não consigo me sentir grata.

— Cento e vinte moedas nos levam apenas até a Quadra Natalícia. E o que acontece depois disso? — pergunto ao meu administrador.

Ele apenas me olha. Sabe que não se espera que tenha uma resposta para isso. Sabe que eu não tenho a resposta. Sabe que não há uma resposta.

Castelo de Stourton, Staffordshire, *primavera de 1505*

O Natal chega e se vai sem banquete para os arrendatários e o Dia de Reis se vai apenas com os menores dos presentes para as crianças. Anuncio que ainda estamos de luto pela morte de meu marido, mas cochicha-se na aldeia que é assim que as coisas são feitas agora e que era melhor nos velhos tempos, quando o amável cavalheiro Sir Richard mandava servir um bom banquete para os serviçais e todos os arrendatários. Se lembrava de que aqueles eram os meses de frio e fome, de que uma boa refeição é útil para os que têm muitas bocas para alimentar, e madeira gratuita para o aquecimento devia ser garantida também.

Geoffrey, meu bebê, viceja com sua ama de leite, mas eu me pego pensando no dia em que ele vai poder ser desmamado, já que ela representa um gasto extraordinário na ala das crianças. Não posso deixar que o mestre dos meninos se vá — estes são os netos de meu pai, os netos de George, duque de Clarence, o mais culto nobre de uma corte excepcional; estas são as crianças Warwick, precisam ser capazes de ler e escrever em três línguas, pelo menos. Não posso deixar esta família cair na ignorância e na imundície, mas aprendizado e limpeza são terrivelmente caros.

Sempre vivemos da produção da fazenda e vendemos parte de nossos excedentes nas feiras locais. Fazemos queijos e manteiga, colhemos frutas e salgamos carne. A comida restante vendemos no mercado local, qualquer grão a mais, vendo para o moleiro, o feno e a palha, vendo para um comerciante local. Os moinhos do rio garantem-me uma taxa a cada vez que moem, os oleiros pagam-me para cozer seus potes em meus fornos e também comercializo a madeira da floresta.

Mas a parte final do inverno é a pior época do ano; nossos cavalos comem a colheita de feno do verão e não há nenhum excedente a ser vendido. Os outros animais estão comendo palha e, se acabarem com ela antes de a grama da primavera aparecer, terão de ser mortos pela carne e não me restará mais gado nenhum. Tendo sido alimentados todos os serviçais, não há qualquer sobra de comida que possa ser vendida para arrecadar dinheiro; na verdade, confiamos em que os arrendatários nos deem nossa parte de suas colheitas, já que não conseguimos plantar o suficiente em nossos próprios campos.

A princesa Catarina escreve para mandar suas condolências por minha perda. Ela também sofreu uma perda terrível. Sua mãe raramente lhe escrevia, e muito poucas vezes era calorosa, mas Catarina nunca deixou de procurar por suas cartas e sentia sua falta todos os dias. Agora Isabel de Castela está morta, e Catarina jamais verá sua mãe novamente. Ainda pior que isso, a morte de sua mãe significa que seu pai não governa mais a Espanha inteira, apenas seu reino de Aragão. Sua riqueza e sua posição no mundo foram reduzidas a menos da metade, e sua filha mais velha, Joana, herdou da mãe o trono de Castela. Catarina não é mais a filha dos monarcas da Espanha, ela é apenas a filha de Fernando de Aragão — uma perspectiva bem diferente. Não me surpreendo ao ler que o príncipe Henrique e seu pai não a visitam mais como costumavam fazer. Ela sobrevive de pequenos presentes em dinheiro do rei e, ocasionalmente, eles são menores do que espera; às vezes o tesoureiro real se esquece de pagar-lhe. O rei insiste que seu dote inteiro deve ser pago pela Espanha, antes que o casamento com o príncipe Henrique possa prosseguir e, em resposta, o pai de Catarina requer que o subsídio de viúva seja pago a ela, inteira e imediatamente.

Você escreveria para Milady em meu nome e perguntaria se eu posso ir à corte? Você diria a ela que eu sinto muito, mas não consigo ver como pagar as contas de minha casa e que estou solitária e infeliz aqui? Gostaria de viver em seus aposentos como sua neta, como deveria ser.

Respondo-lhe dizendo que eu sou uma viúva, tal qual ela, e que eu também estou lutando para pagar por meu caminho neste mundo. Digo que sinto muito, mas não tenho qualquer influência sobre Milady. Escreverei para ela, mas duvido que será gentil com Catarina a meu pedido. Não conto que Milady disse que jamais me perdoaria por me recusar a testemunhar contra a princesa, que duvido que qualquer palavra vinda de mim, qualquer palavra vinda de quem quer que seja, faria com que ela agisse com gentileza em relação a ela.

Catarina responde cheia de alegria que sua *duenna*, Doña Elvira, é tão mal-humorada que ela a manda para o mercado para pechinchar com os comerciantes e que seu inglês ruim e bravo acaba lhes conseguindo boas barganhas. A princesa escreve como se isso fosse engraçado, e eu rio alto quando leio sua carta e conto-lhe sobre a briga que tenho com o ferreiro por causa do preço das ferraduras.

Não é a tristeza que me privará de minha sagacidade, mas a fome. Rondo a cozinha sob o pretexto de que não pode haver qualquer desperdício, mas, na verdade, estou tão mal que começarei a lamber as colheres e raspar as panelas.

Demito tantos serviçais quanto é possível assim que chegamos à época das festas da Anunciação. Alguns deles choram quando vão embora e eu não tenho qualquer dinheiro para dar-lhes. Os que ficaram têm de trabalhar mais, e muitos não conhecem o serviço. A empregada da cozinha agora precisa acender o fogo, varrer a lareira do meu quarto, e ela se esquece constantemente de trazer a madeira ou derrama as cinzas no chão. É um trabalho duro para ela, eu a vejo em luta com o cesto de toras e desvio o olhar. Coloco-me a cargo dos serviços de laticínios e aprendo a fazer queijo e creme de leite; mando a moça do leite de volta para sua família. Mantenho o menino da casa de malte, mas aprendo a fazer cerveja. Meu filho Henry tem de cavalgar pelos campos com o administrador e assistir à semeadura. Chega em casa com medo de que estejam espalhando as sementes grosseiramente, que as colheres de grãos cuidadosamente medidas não estão cobrindo o solo.

— Então terei de comprar mais de alguma forma — digo sombriamente. — Precisamos ter uma boa colheita ou não haverá pão no próximo inverno.

Quando as tardes ficam mais claras, desisto de usar as velas de cera e digo às crianças que elas precisam realizar seus estudos antes do pôr do sol. Vivemos entre as sombras das goteiras, o mau cheiro das velas de sebo e suas gotas no chão. Acho que terei de me casar novamente, mas nenhum homem com riqueza ou posição consideraria a possibilidade, e Milady não ordenará a alguém de suas relações que assuma a tarefa desta vez. Sou uma viúva de 31 anos com cinco filhos pequenos e dívidas crescentes. Quando me casar novamente, perderei todos os meus direitos sobre as propriedades e tudo irá para o rei como guardião de Henry, de forma que eu iria para um novo marido na condição de pobre. Pouquíssimos homens me enxergariam como uma esposa desejável. Nenhum homem que queira prosperar na corte dos Tudor se casaria com uma viúva com cinco filhos de sangue Plantageneta. Se Milady, a Mãe do Rei, não arranjar um casamento para mim com alguém a quem ela ordene, não vejo como criar meus filhos e me alimentar.

Castelo de Stourton, Staffordshire, verão de 1505

Tudo reflui para Milady. Tudo reflui para seu favor e sua influência. No verão dou-me conta de que, não importa o quão abundante seja a colheita, não importa o quão alto seja o preço de venda do trigo, não ganharemos o suficiente para enfrentar outro inverno. Precisarei arrecadar dinheiro para ir até Londres e pedir sua ajuda.

— Nós poderíamos vender o cavalo de guerra de Sir Richard — sugere John Little, meu administrador.

— Ele está tão velho! — exclamo. — Quem o compraria? E ele serviu a Sir Richard tão bem por tanto tempo!

— Não tem utilidade para nós — diz ele. — Não podemos utilizá-lo no arado, ele não se submeteria a ficar entre as hastes. Eu poderia conseguir um bom preço por ele em Stourbridge. Ele é muito conhecido como o cavalo de Sir Richard; as pessoas sabem que se trata de um bom cavalo.

— Assim todos saberão que não tenho condições de mantê-lo — protesto. — Que não tenho condições de mantê-lo como montaria para Henry.

O administrador assente com a cabeça, mirando suas próprias botas, sem olhar para mim:

— Todos já sabem disso, milady.

Baixo a cabeça diante desta nova humilhação.

— Leve-o, então.

Vejo o grande cavalo ser selado. Ele baixa sua cabeça orgulhosa para receber a brida e permanece imóvel enquanto o encilham. Pode estar velho, mas suas orelhas vêm para a frente quando o administrador deixa o bloco de montaria, passando uma perna sobre ele para acomodar-se na sela. O velho cavalo de guerra pensa que está saindo para a batalha mais uma vez. Seu pescoço se curva em arco e ele pisoteia o chão, como se estivesse ansioso para trabalhar. Por um momento eu quase grito: "Não! Deixem-no ficar! É o nosso cavalo, serviu tão bem a meu marido! Deixem-no ficar para Henry."

Mas então me lembro de que não há com que alimentá-lo, a menos que obtenha ajuda de Milady, a Mãe do Rei, em Londres e que o preço da venda do cavalo pagará minha viagem.

Viajamos com nossos próprios cavalos e nos hospedamos nas casas de visitantes dos conventos e abadias ao logo do caminho. Elas se localizam junto às estradas, para auxiliar peregrinos e andarilhos. Sinto-me consolada cada vez que avisto uma torre com sineira no horizonte e sei que se trata de um lugar de refúgio, todas as vezes que entro num quarto limpo caiado e experimento uma sensação de paz celestial. À noite, o único lugar aonde ir é uma estalagem, na qual tenho de arcar com as minhas despesas e as de todos os meus funcionários. No momento em que avistamos os pináculos de Londres emergindo da neblina da tarde e escuto dúzias de sinos anunciando as Nonas, gastei quase todo meu dinheiro.

Palácio de Westminster, Londres, verão de 1505

A corte está reunida em Westminster, e isso é uma bênção para mim porque lá eles sempre têm aposentos vazios no imenso palácio de espaços mal conectados. Antigamente eu costumava dormir no melhor quarto, na cama da rainha, para fazer-lhe companhia durante a noite. Agora estou alojada num quartinho, distante do grande salão. Noto como o administrador foi rápido e preciso na observação da perda que houve em minha fortuna.

Este palácio é como uma cidade fechada, enclausurada em seus próprios muros, no interior da muralha de Londres. Conheço todos os corredores tortuosos e os pequenos jardins murados, as escadas dos fundos e as portas secretas. Este foi meu lar desde a infância. Lavo meu rosto e minhas mãos e prendo minha touca. Escovo a poeira do vestido e mantenho minha cabeça erguida, enquanto caminho pelas pequenas vias pavimentadas que conduzem ao grande salão.

Estou prestes a atravessar os jardins da rainha quando ouço alguém chamar meu nome, viro-me e vejo o bispo John Fischer, confessor de Milady e velho conhecido meu. Quando eu era pequena ele costumava ir ao

Castelo de Middleham para nos ensinar o catecismo ou ouvir confissões. Conhecia meu irmão desde pequeno, como o herdeiro do trono, e me ensinou os salmos quando o nome que constava em meu saltério era Margaret Plantageneta, e eu era sobrinha do rei da Inglaterra.

— Milorde bispo! — exclamo e faço uma pequena reverência, pois ele se tornou um grande homem sob o governo pio de Milady.

Ele me benze a cabeça e se curva tão baixo quanto eu, como se ainda fosse a herdeira da Casa Real.

— Lady Pole! Sinto muito por sua perda. Seu marido era um excelente homem.

— Ele o era de fato — digo.

O bispo Fisher oferece-me o braço e andamos lado a lado no pequeno caminho.

— É raro que a vejamos na corte, minha filha.

Estou prestes a dizer algo frívolo sobre querer comprar luvas novas quando algo em seu rosto amigável, sorridente, faz-me desejar confiar nele.

— Vim para pedir ajuda — digo honestamente. — Espero que Milady me aconselhe. Meu marido deixou-me com quase nada e eu não estou conseguindo dar conta apenas com os aluguéis de minha concessão de viúva.

— Sinto por ouvi-lo — diz ele simplesmente. — Mas tenho certeza de que ela a ouvirá com carinho. Tem muitas preocupações e muito trabalho, Deus a abençoe, mas jamais negligenciaria um membro da família.

— Assim espero — digo. Estou pensando se haverá uma maneira de pedir-lhe que advogue por meu caso junto a ela, quando a vejo apontar para as portas abertas da galeria que precedem sua sala de recepção.

— Venha — insta-me ele. — Entrarei com você. Não há momento melhor do que agora, e sempre há muitas pessoas esperando para vê-la.

Caminhamos juntos.

— Você soube que seu antigo encargo, a princesa viúva de Gales, voltará para a Espanha? — pergunta-me ele em voz baixa.

Fico chocada com a notícia.

— Não! Pensei que ela tivesse sido prometida em casamento ao príncipe Henrique.

Ele balança a cabeça:

— Ainda não é amplamente sabido, mas eles não conseguem chegar a um acordo quanto aos termos — diz ele. — Pobre criança, acho que se sente muito sozinha em seu grande palácio, sem outra companhia além de seu confessor e suas damas. É melhor para ela ir para casa, na Espanha, do que viver sozinha aqui, porque Milady não quer que venha para a corte. Mas isso fica entre nós. Nem sei se eles já disseram a ela. Você irá visitá-la durante sua estada em Londres? Sei que ela a ama muito. Você poderia aconselhá-la a aceitar seu destino alegre e graciosamente. Eu de fato penso que ela seria mais feliz em casa do que aguardando, cheia de esperanças, aqui.

— Eu a aconselharei. Sinto tanto!

O bispo concorda com a cabeça.

— É dura a vida que ela tem. Enviuvou tão cedo e agora precisa voltar para casa na condição de viúva. Mas Milady é guiada por suas orações. Acredita que é o desejo de Deus que o príncipe Henrique se case com outra noiva. A princesa viúva não é para ele.

Os guardas se mantêm enfileirados diante do bispo e abrem as portas da sala de recepção. Está lotada de demandantes; todos querem encontrar Milady e pedir-lhe um ou outro favor. Todos os encargos da função de rainha caíram sobre seus ombros, e ela também tem de cuidar de suas imensas terras. Ela é uma das mais ricas proprietárias de terras do reino, de longe a mulher mais rica da Inglaterra. Concedeu doações a escolas e chantrias, construiu hospitais, igrejas, universidades e escolas, e todos eles enviam representantes para lhe apresentar relatórios ou lhe pedir favores. Olho em torno da sala e calculo que há cerca de duzentas pessoas esperando para vê-la. Eu sou uma entre muitas.

Mas ela me divisa. Vem da capela para a sala com duas damas andando a sua frente, carregando seus missais, como se de um convento de freiras exclusivo se tratasse, e ela olha em torno, com seu olhar agudo e observador. Tem mais de 60 anos de idade agora e é bastante vincada e séria, mas tem a cabeça ereta sob sua touca alta e, embora se apoie sobre uma de suas damas quando atravessa a sala, suspeito que faça isso somente para exibir-se. Ela poderia perfeitamente andar sozinha.

Todos fazem mesuras ou se curvam baixo como se fosse a rainha que ocupasse aqueles aposentos. Eu me abaixo muito, mas mantenho a cabeça alta e sorrio: quero que ela me veja. Capturo seu olhar e, no momento em que ela para diante de mim, eu beijo a mão que estende em minha direção e, quando indica que eu posso me levantar e se inclina à frente, beijo seu rosto enrugado e macio.

— Querida prima Margaret — diz, com frieza, como se houvéssemos nos despedido como boas amigas ainda ontem.

— Vossa Graça — respondo.

Ela indica com a cabeça para que eu caminhe a seu lado. Tomo o lugar de sua dama de companhia e ela se apoia no meu braço, enquanto andamos em meio a centenas de pessoas. Percebo que estou sendo publicamente honrada com sua atenção.

— Você veio para me ver, minha querida?

— Tenho esperança de obter seu aconselhamento — digo, cheia de cuidado.

O nariz em forma de bico volta-se para mim, seus olhos duros perquirem meu rosto. Acede com a cabeça. Ela sabe muito bem que não preciso de aconselhamento, e sim que estou desesperadamente sem dinheiro.

— Você veio de longe em busca de conselho — observa ela secamente. — Está tudo bem em sua casa?

— Meus filhos estão bem e pedem suas bênçãos — digo. — Mas não consigo administrar minhas terras apenas com a concessão de viúva. Meus rendimentos, agora que meu marido morreu, são insuficientes, e eu tenho cinco filhos pequenos. Faço o melhor que posso, mas só tenho um pequeno pedaço de terra em Stourton e as propriedades em Medmenham e Ellesborough rendem apenas cinquenta libras por ano em alugueis e, é claro, só recebo um terço disso. — Estou ansiosa por não soar como se reclamasse. — Não é o suficiente para pagar minhas contas — digo, simplesmente. — Nem para manter meu pessoal.

— Então terá de reduzir seu pessoal — aconselha-me. — Você não é mais uma Plantageneta.

Usar meu nome em público, mesmo tão baixo que ninguém possa ouvir, só pode ser para me ameaçar.

— Não ouço esse nome há anos — digo-lhe. — E nunca vivi de acordo com ele. Já reduzi meu pessoal. Só desejo viver como a viúva de um leal cavaleiro Tudor. Não procuro por nada mais grandioso do que isso. Meu marido e eu éramos orgulhosos de sermos seus humildes servos e servi-la bem.

— Você gostaria que seu filho viesse para a corte? Para fazer companhia ao príncipe Henrique? — pergunta-me. — Gostaria de ser minha dama de companhia?

Mal consigo falar; é uma solução com a qual nem sequer sonhara.

— Seria uma honra... — gaguejo. Estou admirada de que ela possa sugerir um tamanho favor. Isto resolveria todas as minhas dificuldades. Se eu pudesse colocar Henry no Palácio de Eltham, ele teria a melhor educação do mundo, viveria como um príncipe, com o príncipe em pessoa. E uma dama de companhia recebe um rendimento por seus serviços, é recompensada com postos quando eles ficam vagos, recebe emolumentos pelas menores tarefas, é subornada por forasteiros que chegam à corte. Uma dama de companhia recebe presentes em forma de joias e vestidos, uma bolsa de ouro no Natal, sua manutenção e a do pessoal de sua casa, seus cavalos são cuidados de graça nos estábulos, seus serviçais são alimentados no salão real. O pensamento de me alimentar do que sai das cozinhas reais, com meus cavalos no estábulo real comendo o feno dos Tudor, é como uma promessa de libertação de um cárcere de preocupações.

Lady Margaret vê que a esperança ilumina meu rosto.

— É possível — concede ela. — Afinal, é conveniente.

— Eu ficaria honrada — digo. — Ficaria encantada.

Um homem vestido vistosamente para diante de nós e se curva. Faço uma expressão de estranhamento para ele. Este é meu momento com Milady. Ela é a fonte de toda riqueza e de todo patronato, ela e seu filho, o rei, possuem tudo. Este é meu momento e minha única oportunidade, ninguém nos interromperá se eu puder evitar. Para minha surpresa, o bispo Fisher coloca a mão sobre o braço do homem, antes que ele possa apresentar sua petição, e o afasta com uma palavra dita em voz baixa.

— Preciso perguntar-lhe sobre algo que já perguntei uma vez antes — diz Lady Margaret baixinho. — É sobre seu tempo em Ludlow, com o príncipe e a princesa de Gales.

Consigo sentir meu corpo gelar. John Fisher acabou de me contar que eles estão planejando mandar Catarina de volta para a Espanha. Se este for o caso, por que se importariam se o casamento se consumou ou não?

— Sim?

— Estamos atravancados com um pequeno assunto, uma questão legal para a dispensa de seu primeiro casamento. Temos de nos assegurar de estar instruindo corretamente o pedido de dispensa para que nossa querida Catarina possa se casar com o príncipe Henrique. É no interesse da princesa que você deve me dizer o que eu preciso saber.

Sei que isso é uma mentira. Lady Margaret deseja mandá-la de volta para casa.

— O casamento entre o príncipe Artur e a princesa se consumou, não? — Ela aperta meu braço, como se fosse arrancar a confissão do tutano de meus ossos. Chegamos a uma das extremidades do salão, mas, em vez de caminharmos de volta, no meio da multidão de demandantes, ela faz um aceno de cabeça para seus serviçais de libré na porta dupla para que a abram. Nós adentramos seus aposentos e as portas são fechadas às nossas costas. Estamos a sós; ninguém, a não ser ela, pode ouvir a minha resposta.

— Não sou capaz de dizer — digo com firmeza, muito embora ache que esteja me amedrontando, aqui neste quarto vazio, com homens montando guarda à porta. — Vossa Graça, já lhe disse, meu marido levou o príncipe até seu quarto, mas a princesa me disse que ele não era apto.

— Sim, eu sei o que ela disse. — Há uma impaciência incômoda em sua voz, mas ela consegue sorrir. — Mas, minha querida Margaret, em que você acredita?

Mais do que tudo, acredito que isto me custará meu posto como dama de companhia, e a meu filho, sua educação. Forço o cérebro a pensar em algo que eu possa dizer para satisfazer-lhe, sem trair a princesa. Ela está à espera, com as feições duras. Não se satisfará com nada que não sejam as palavras que quer ouvir. É a mulher mais poderosa da Inglaterra e insistirá para que eu concorde com ela. Arrasada, sussurro:

— Acredito em Sua Alteza, a princesa viúva.

— Ela pensa que, se for uma virgem intocada, nós a casaremos com o príncipe Henrique — diz Milady, diretamente. — Os pais dela solicitaram uma dispensa do papa e disseram-lhe que o casamento não foi consumado. Ele concedeu-lhes uma dispensa que deixa tudo deliberadamente confuso. É típico de Isabel de Castela obter um documento que pode ser lido da maneira que ela quiser. Até depois da morte nos engana. Aparentemente, sua filha não pode ser desafiada. Não pode sequer ser interrogada. Acredita que pode entrar em nossa família, entrar em nossa casa, entrar nestes aposentos — os meus aposentos — e torná-los seus. Ela pensa que pode tomar o príncipe e tudo o mais de mim.

— Tenho certeza de que o príncipe Henrique estará bem arranjado...

— O príncipe Henrique não escolherá sua noiva — declara. — Eu a escolherei. E não terei aquela jovem como minha nora. Não depois desta mentira. Não depois de sua tentativa de seduzir o rei bem nos primeiros dias de seu luto. Ela acha que, porque é uma princesa nascida e criada como tal, pode obter tudo o que conquistei, tudo que Deus me concedeu: meu filho, meu neto, minha posição, o trabalho de minha vida inteira. Gastei os melhores anos de minha vida trazendo meu filho para a Inglaterra, mantendo-o seguro. Casei-me para dar-lhe aliados, em seu nome tornei-me amiga de pessoas que desprezava. Eu me inclinei para... — Ela se interrompe como se não quisesse lembrar-se para o que se curvara. — Mas ela pensa que pode entrar aqui com uma mentira na boca porque é uma princesa de sangue real. Ela pensa que tem o título. Mas eu digo que não tem.

Dou-me conta de que quando Catarina se casar com o príncipe Henrique precederá Milady em todos os cortejos, todas as vezes que forem à missa ou para o jantar. Ocupará estes mesmos quartos, mandará vir os melhores vestidos do guarda-roupa real, ultrapassará em poder a mãe de Henrique e, se a corte seguir os gostos do rei — e sempre o fazem — então eles esvaziarão os aposentos de Milady e irão como um rebanho para a bela jovem princesa. A princesa Catarina jamais recuará e se submeterá à Milady como minha prima, a rainha, fizera. Catarina é corajosa. Se vier a ser princesa de Gales, obrigará Milady a dar-lhe precedência em todos os lugares, em tudo. Lutará pelo que lhe é devido por essa velha possessiva e retribuirá sua inimizade.

— Eu já contei tudo o que sei — digo em voz baixa. — Estou às suas ordens, Milady.

Ela dá as costas para mim, como se não se importasse de ver meu rosto pálido e meus olhos suplicantes.

— Você tem duas opções — diz, com brevidade. — Você pode ser minha dama de companhia e seu filho pode ser companheiro do príncipe Henrique. Você será paga generosamente e haverá presentes e concessões de terra. Ou você pode apoiar a princesa viúva em sua mentira monstruosa e sua ambição nojenta. A escolha é sua. Mas, se você conspirar para tentar o príncipe de Gales, nosso príncipe, nosso único príncipe, a se casar com aquela jovem, então jamais pisará na corte enquanto eu viver.

Espero até o anoitecer para ir visitar a princesa Catarina. Vou a pé com uma dama de companhia, um serviçal e meu administrador à frente com uma maça na mão. Os pedintes estão por toda a parte em Londres hoje em dia. Homens desesperados arrancados de suas fazendas por alugueis mais altos, transformados em sem-teto quando não conseguiram pagar as multas, tornados miseráveis pelos impostos do rei. Alguns de meus antigos arrendatários podem estar dormindo nos umbrais das igrejas de Londres e suplicando por comida.

Ando com o capuz puxado sobre meus cabelos castanhos que traem quem sou e olho para todos os lados, para o caso de estarmos sendo seguidos. Há mais espiões na Inglaterra do que jamais houvera antes, já que todos são pagos para denunciarem seu vizinho, e eu preferiria que Milady não soubesse que estou fazendo uma visita à casa da princesa que ela chama de "aquela jovem".

Nenhuma luz ilumina seu portal, e leva um longo tempo até que alguém responda à batida fraca de meu administrador nas portas duplas de madeira. Não há um guarda para abri-las, apenas um pajem que nos conduz pelo grande salão frio e bate à porta do que costumava ser a grande câmara de recepção.

Uma das damas espanholas que restam a Catarina espia pela porta e, ao me ver, se empertiga, alisa o vestido, faz uma profunda mesura e me conduz à câmara privada, onde um pequeno grupo de senhoras encolhe--se diante do fogo.

Catarina me reconhece assim que eu ponho meu capuz para trás, pula com um grito e corre em minha direção. Estou prestes a fazer uma mesura, mas ela se lança em meus braços e me enlaça, beija-me as faces, recua para analisar meu rosto e então me abraça novamente.

— Tenho pensado muito em você. Fiquei tão triste quando soube de sua perda. Recebeu minhas cartas? Senti tanto por você e pelas crianças. E pelo bebê novo! Um menino, Deus o abençoe! Está vingando? E você? Conseguiu preços melhores pelas ferraduras?

Leva-me até a luz do único castiçal com vela de cera, de maneira que possa olhar meu rosto.

— *Santa María!* Mas você está tão magra e, minha querida, parece tão cansada.

Ela se vira e enxota suas damas dos assentos junto à lareira:

— Vão embora. Todas vocês. Vão para seus quartos. Vão para a cama. Eu e Lady Margaret conversaremos a sós.

— Para os quartos? — indago.

— Não há madeira suficiente para acender as lareiras em lugar algum, exceto aqui e na cozinha — diz, sem rodeios. — E elas são nobres demais para se sentarem na cozinha. Assim, se não ficam sentadas aqui, têm de ir para a cama para se manterem aquecidas.

Olho para ela, descrente:

— Eles a mantêm com tão pouco dinheiro que não pode acender o fogo nos quartos?

— Como você bem vê — diz, com austeridade.

— Venho de Westminster — explico, pegando um banco ao lado de sua cadeira. — Tive uma conversa terrível com Milady.

Ela acena com a cabeça, como se isso não a surpreendesse.

— Interrogou-me sobre seu casamento com... — Mesmo agora, passados três anos, não é fácil para mim dizer o nome dele. — Com nosso príncipe — emendo.

— É o que ela faria. Está radicalmente contra mim.

— E por que você acha que estaria? — indago com curiosidade.

Ela dirige seu sorriso de menina maliciosa em minha direção:

— Oh! Teria sido ela uma sogra amorosa para sua prima, a rainha? — pergunta.

— Não foi, não. Tínhamos ambas pavor dela — admito.

— Ela não é uma mulher que aprecia a companhia de outras mulheres — observa. — Tendo o filho viúvo e o neto solteiro, ela é a senhora da corte. Não quer uma jovem na família que seja contente, amável e feliz, transformando-a numa verdadeira corte de cultura, elegância e prazer. Sequer gosta tanto assim da neta, a princesa Maria, por ser tão bonita. Vive dizendo a ela que a aparência nada significa e que deve se empenhar em ser humilde! Não gosta de meninas bonitas, não gosta de rivais. Se ela deixar o príncipe Henrique se casar, será com uma jovem em quem possa mandar. Vai casá-lo com uma criança, alguém que nem mesmo saiba falar inglês. Não quer alguém como eu, que sabe como as coisas deveriam ser feitas, e garantirá que sejam feitas e que o reino fique às direitas. Não quer na corte ninguém que tentará persuadir o rei a governar como deveria.

Assinto com a cabeça. É exatamente o que eu estive pensando.

— Ela tenta mantê-la fora da corte?

— Oh, ela é bem-sucedida, é triunfante! — aponta para os panos puídos pendurados pelo quarto e pelos intervalos nas paredes, onde as molduras para ricas tapeçarias estão vazias. — O rei não paga meu subsídio, faz-me viver das coisas que trouxe comigo da Espanha. Não tenho vestidos novos, de forma que, quando me convidam para a corte, eu pareço ridícula em figurinos espanhóis que estão todos fora de uso. Milady tem esperança de quebrar minha determinação e de me forçar a pedir ao meu pai que me leve de volta para casa. Mas mesmo que eu pedisse, ele não me levaria de volta. Eu estou presa aqui.

Estou horrorizada. Nós duas decaímos da grande prosperidade para a grande pobreza num período curtíssimo de tempo.

— Catarina, o que você fará?

— Esperarei — diz com determinação tranquila. Inclina-se para bem perto de mim e coloca a boca junto a meu ouvido. — Ele tem 48 anos, está em mau estado de saúde, mal pode respirar por causa da angina. Esperarei.

— Não fale nem mais uma palavra — digo, nervosamente. Olho na direção da porta fechada e para as sombras nas paredes.

— Milady pediu-lhe que jurasse que Artur e eu consumamos o casamento? — pergunta-me, com franqueza.

— Sim.

— O que respondeu?

— No início, falei que não tinha testemunhado nenhum sinal disso e que não era capaz de dizer.

— O que ela disse?

— Prometeu-me uma posição na corte, um lugar para meu filho e o dinheiro de que eu preciso, se lhe disser o que ela quer ouvir.

Ela ouve a angústia em minha voz, toma minha mão e me olha com firmeza, com aquele seu olhar azul:

— Oh, Margaret, não posso pedir que passe necessidade por mim. Seus filhos deveriam estar na corte, sei disso. Você não tem de me defender. Eu a libero de sua promessa, Margaret. Pode dizer o que quiser.

Devo cavalgar para casa, mas vou com minhas roupas de montaria até os aposentos da rainha, onde Milady está ouvindo um salmo ser lido antes da refeição no grande salão de Westminster.

Vê-me no momento em que entro discretamente na sala e, quando o salmo termina, indica-me para me postar a seu lado. Suas damas ficam para trás e fingem estar arrumando os ornatos de cabeça umas das outras. Claramente, depois do encontro de ontem, sabem que ela brigou comigo e acham que eu vim para me render.

Ela sorri para mim:

— Ah, Lady Margaret. Podemos tomar as providências para sua vinda para a corte?

Respiro fundo.

— Eu deveria estar muito feliz em vir para a corte — digo. — Deveria estar muito feliz por meu filho ir ter com o príncipe Henrique no Palácio de Eltham. Imploro-lhe, Milady, que o privilegie com isso. Por amor de seu pai, seu meio-primo que tanto a amava. Permita que o filho de Sir Richard seja criado como um nobre. Permita que esse menino, seu parente, venha até a senhora, por favor.

— Permitirei, se você me servir nesta única coisa — diz ela com firmeza. — Diga-me a verdade e você estará salvando a nós, sua família, de uma noiva desonrosa. Diga-me algo que eu possa levar até meu filho, o rei, e impeça-o de casar a espanhola mentirosa com nosso menino inocente. Eu orei por isso e tenho certeza. Catarina de Aragão jamais se casará com o príncipe Henrique. Você precisa ser leal a mim, a mãe do rei, não a ela. Eu a advirto, Lady Margaret, tome cuidado com o que diz. Tema as consequências! Pense com muito cuidado antes de consultar sua própria vontade.

Encara-me, os olhos sombrios hesitando, como se para se assegurar de que eu compreendera a ameaça que me lançara e, de imediato, tenho uma reação contrária. Meu temor se esvai quando ela abusa de mim. Eu quase poderia rir de suas palavras. Que tola é. Velha tola, má e cruel é o que ela é! Esqueceu-se ela de quem eu sou, ameaçando-me dessa maneira? Perante Deus eu sou uma Plantageneta. Sou filha da Casa de York. Meu pai rompeu santuário, assassinou um rei e foi morto por seu próprio irmão. Minha mãe acompanhou seu pai na rebelião e depois trocou de lado e, juntamente com o marido, promoveu uma guerra contra seu próprio pai. Nós somos uma Casa de homens e mulheres que seguem suas próprias vontades; ninguém nos faz temer as consequências. Se nos mostrarem o perigo, nós *sempre* iremos em sua direção. Chamam-nos de crias do demônio por causa de nossa demoníaca força de vontade.

— Não posso mentir — digo-lhe em voz baixa. — Não sei se o príncipe estava apto para se deitar com sua esposa ou não. Nunca vi qualquer sinal. Ela me disse, e eu acreditei nela, que não consumaram o casamento. Creio que ela é virgem, tal qual era quando veio para este país. Acredito que possa se casar com qualquer príncipe apropriado que seu pai aprove. De minha parte, creio que ela daria uma boa esposa para o príncipe Henrique e uma excelente rainha da Inglaterra.

Seu rosto obscurece e posso ver uma veia pulsar em sua têmpora, mas nada diz. Com um movimento rápido, irritado, ordena que suas damas façam uma fila atrás de si. Ela as conduzirá para o jantar, e eu jamais comerei na mesa alta, nunca mais.

— Como desejar — cospe as palavras como se fossem veneno. — Verdadeiramente espero que consiga viver com seus proventos de viúva, Lady Margaret Pole.

Curvo-me, numa grande reverência:

— Compreendo — digo humildemente. — Mas e quanto a meu filho? Ele é um guarda real, é filho de seu meio-primo, um excelente menino, Vossa Graça...

Ela passa por mim sem uma palavra, e todas as suas damas seguem-na. Levanto-me para assistir a sua saída. Já tive meu momento de orgulho, já travei minha própria batalha no Campo de Bosworth, e não encontrei nada além de derrota. E não sei o que farei.

Castelo de Stourton, Staffordshire, outono, 1506

Por mais um ano faço de tudo para espremer mais dinheiro de minhas terras. Quando os respigadores vão para os campos, confisco uma xícara de grãos de cada cesta, quebrando as regras usuais e aborrecendo todas as pessoas mais velhas da aldeia. Persigo os caçadores clandestinos nas cortes das propriedades, e os surpreendo ao requerer pagamento de multas em dinheiro pelos menores furtos que executaram desde a infância. Proíbo os arrendatários de pegar qualquer coisa viva da terra — nem mesmo coelhos, nem mesmo ovos velhos que as galinhas abandonaram — e contrato um vigia para impedi-los de tirar trutas de meus rios. Se flagro uma criança pegando ovos em ninhos de patos selvagens, multo seus pais. Se encontro um homem com uma acha feita de gravetos e uma simples vara grossa demais, eu tomo todo o lote e ainda o multo. Multaria os pássaros por voarem no ar sobre meus campos, ou os galos, por cantarem, se eles pudessem pagar.

As pessoas estão tão pobres que é ir contra o razoável tomar mais ainda delas. Descubro que estou começando a contar os ovos que posso esperar de uma mulher que tem apenas seis galinhas. Exijo minha parte do mel de um homem que tem apenas uma colmeia e que guarda os favos desde o verão. Quando o fazendeiro Stride mata uma vaca que caiu num fosso e quebrou o pescoço, exijo cada onça de minha parte da carne, exijo o sebo tirado de sua gordura e um pouco de sua pele para couro dos sapatos. Não sou uma boa senhoria para ele, sou gananciosa durante o desastre que o atinge, tornando um tempo ruim ainda pior para ele, da mesma forma que o Tesouro Real é ganancioso comigo.

Mando os membros de meu pessoal atrás de veados, faisões, garças, galinhas-d'água e qualquer outra coisa que possamos comer. O caçador de coelhos tem de trazer mais peças das criações, o menino que esvazia os ninhos dos pombos aprende a esperar que eu esteja no pé da escada. Fico aterrorizada que as pessoas estejam roubando de mim e começo a roubar delas à medida que insisto naquilo que me devem e mais.

Estou me tornando o tipo de senhoria que eu desprezo, estamos nos tornando uma família cujos arrendatários odeiam. Minha mãe era a mais rica herdeira da Inglaterra, meu pai era irmão do rei. Eles mantinham seguidores, criados e apaniguados por meio de uma constante generosidade de mãos abertas. Meu avô alimentava a todos em Londres que escolhessem bater em sua porta. Qualquer homem podia chegar nas horas das refeições e ir embora com toda a carne que conseguisse espetar na lâmina de sua adaga. Sou herdeira deles, mas traio suas tradições. Acho que fiquei meio louca pela preocupação com dinheiro, a dor do medo em meu estômago às vezes vem da ansiedade, às vezes, da fome, e eu me tornei tão atormentada que não sou mais capaz de dizer qual é qual.

Um dia, saindo da igreja, ouço um dos velhos da aldeia reclamar para o padre e suplicar para que ele intervenha:

— Padre, o senhor precisa falar com ela. Não conseguimos pagar nossas obrigações. Nem sabemos o que devemos. Ela verificou cada arrendamento, indo anos e anos atrás, e encontrou novas multas. É pior que um Tudor, é pior do que o rei em olhar através das leis e voltá-las contra nós. Ela está nos matando de fome.

De qualquer maneira, não é suficiente. Não consigo comprar novas botas de montaria para os meninos, não consigo alimentar seus cavalos. Luto por um ano, tentando negar que tomo emprestado de mim mesma, roubando meus próprios arrendatários, furtando dos pobres, para descobrir que minhas tentativas vergonhosas fracassaram.

Estamos arruinados.

Ninguém me ajudará. Minha viuvez, minha pobreza e meu nome estão contra mim. Pior de tudo, a mãe do rei está contra mim e ninguém ousará me ajudar. Dois de meus primos ainda estão presos na Torre, então também não podem me ajudar. Apenas meu parente George Neville responde às dezenas de cartas que envio. Ele se oferece para criar meus meninos mais velhos em sua casa, então terei de mandar Henry e Arthur embora com a promessa de que irei pegá-los assim que puder, que não viverão em exílio para sempre, que algo há de acontecer para nos reunir novamente, para nos devolver nossa casa.

Como um apostador que perde, digo-lhes que os bons tempos logo chegarão, mas duvido de que algum deles acredite em mim. Meu administrador, John Little, leva-os até a casa do primo Neville, Birling Manor, em Kent, nos cavalos que restaram. John montado no grande cavalo do arado, Henry, em seu caçador, e Arthur, em seu potro crescido. Tento sorrir e acenar para eles, mas as lágrimas embaçam meus olhos e mal consigo enxergá-los — apenas seus rostos pálidos e seus olhos amedrontados, dois meninos em roupas gastas, distanciando-se de seu lar, sem terem ideia de seu destino. Não sei quando os verei novamente, não velarei e guardarei sua infância como esperava fazer. Não os criarei como Plantageneta. Fracassei como sua mãe e eles terão de crescer sem mim.

Ursula, aos 8 anos, pequena demais para ser enviada a uma grande casa, tem de ficar comigo, e Geoffrey, com quase 2, é meu bebê. Ele mal aprendeu a andar, ainda não fala, é apegado e nervoso, chega rapidamente às lágrimas e é medroso. Não posso deixar Geoffrey ir embora. Já sofreu, nascido numa casa em luto, órfão de pai desde o dia em que veio ao mundo.

Geoffrey ficará comigo, custe o que custar. Não posso me separar dele, a única palavra que fala é "mamãe".

Mas para meu menino Reginald, o menino brilhante, alegre, bochechudo, preciso encontrar um lugar. Ele é jovem demais para ser posto a serviço como escudeiro, e eu não tenho nenhum parente com filhos que o aceitariam entre os seus. Os amigos que conhecia nas Marcas Galesas sabem muito bem que não sou convidada para a corte, nem recebo pensão. Com todo o direito, eles tomam essas como evidências de que os Tudor não me veem com estima. Só consigo pensar em um homem, desinteressado demais para calcular o perigo de me ajudar, gentil demais para recusar. Escrevo ao confessor de Milady, o bispo Fisher:

Prezado Padre,

Espero que possa me ajudar, pois não tenho mais a quem recorrer. Não consigo pagar minhas contas nem manter meus filhos em casa.

Fui forçada a mandar meus dois meninos mais velhos para o meu primo Neville, mas gostaria de encontrar um lugar numa boa casa religiosa para meu filho pequeno, Reginald. Se a Igreja insistir, eu o entregarei a Deus. É um menino inteligente, de pensamento rápido e vivaz, talvez mesmo um menino espiritual. Creio que ele servirá bem a Deus. E, de qualquer maneira, não posso mantê-lo comigo.

Por mim e por meus dois filhos menores, espero encontrar refúgio num convento, onde possamos viver dos pequenos rendimentos que tenho.

Sua filha em Cristo,
Margaret Pole

Ele me responde imediatamente. Fez mais do que eu lhe pedi — encontrou um lugar para Reginald e um refúgio para mim. Diz que posso ficar na Abadia de Syon, uma das casas religiosas prediletas de minha família, em frente ao velho Palácio de Sheen. A abadia é dirigida por uma madre abadessa e conta com cinquenta freiras, mas sempre recebem visitantes nobres e eu posso viver lá com minha filha e meu bebê Geoffrey. Quando Ursula chegar à idade certa, poderá se tornar noviça, depois, freira na ordem e seu futuro estará garantido. Pelo menos teremos comida sobre a mesa e um teto sobre nossas cabeças pelos próximos anos.

O bispo Fisher encontrou um lugar para Reginald na casa-irmã da abadia — o Priorado de Sheen, um mosteiro da Ordem dos Cartuxos. Estará a poucos minutos de nós, do outro lado do rio. Se me for permitido acender uma vela junto à minha janela, ele veria o brilho da luz e saberia que eu estaria pensando nele. Talvez me permitam contratar um remador e vê-lo nos dias de festa. Estaremos separados pela disciplina das casas religiosas e pelo rio muito, muito largo, mas poderei ver as chaminés do priorado que abriga meu filho. Há todas as razões do mundo para que eu fique encantada com uma solução tão generosa para minhas dificuldades. Meu filho será provido em uma casa e as outras crianças e eu teremos um teto sobre nossas cabeças quase ao alcance de sua vista. Eu deveria estar alegre com tal alívio.

Exceto, exceto, exceto... Caio no chão sobre os joelhos e rezo a Nossa Senhora que nos salve desse refúgio. Sei, com plena convicção, que este não é o lugar certo para Reginald, meu menino inteligente, brilhante, conversador. Os cartuxos são uma ordem de eremitas silenciosos. O Priorado de Sheen é um lugar de silêncio inquebrantável, da mais estrita disciplina religiosa. Reginald, meu menininho alegre, que está tão orgulhoso de aprender a cantar numa roda, que adora ler em voz alta, que aprendeu algumas charadas e piadas e adora contá-las lentamente para seus irmãos, com concentração intensa, esta criança ativa, falante, terá de servir aos monges que vivem como eremitas em suas celas individuais, cada um rezando e trabalhando sozinho. Nenhuma palavra é dita no priorado, exceto aos domingos e dias de festa. Uma vez por semana os monges trilham juntos um caminho e então podem conversar em tom baixo, entre eles. No resto do tempo permanecem em silêncio de oração, cada um sozinho em sua cela com seus pensamentos e com sua luta com Deus, enclausurado por muros altos, ouvindo apenas o som do vento.

Não suporto pensar em meu menino conversador e espirituoso silenciado num lugar com tal disciplina santa. Tento me convencer de que Deus falará a Reginald na quietude fria e o chamará para uma vocação. Reginald aprenderá a ser silencioso, da mesma forma que aprendeu a falar. Aprenderá a dar valor a seus pensamentos, em vez de rir, ou dançar, ou cantar, ou dar cambalhotas e se fazer de bobo para seus irmãos mais velhos. Seguidamente me convenço de que se trata de uma grande oportunidade para meu menino brilhante. Mas sei no fundo do coração que se Deus falhar no chamado deste menininho para uma vida de serviço santo, então eu terei colocado meu menino brilhante e amável numa prisão silenciosa para sempre.

Sonho com ele trancado numa cela minúscula, acordo com um sobressalto e grito seu nome. Torturo meu cérebro pensando em que outra coisa poderia fazer por ele. Mas não conheço ninguém que pudesse aceitá-lo como escudeiro e não tenho dinheiro para prometê-lo como aprendiz e, além de tudo, o que ele poderia fazer? É um Plantageneta — não posso fazer com que aprenda a ser um remendão. Um herdeiro da Casa de York deveria mexer o caldo para um cervejeiro? Eu seria uma mãe melhor se o mandasse para aprender pragas e blasfêmias como menino de recados numa estalagem, em vez de oração e silêncio numa ordem devota?

O bispo Fisher encontrou um lugar para ele, um lugar seguro onde o alimentarão e o educarão. Tenho de aceitá-lo. Não há mais nada que eu possa fazer por ele. Mas quando penso em meu filho bem-humorado num lugar cujo único som é o tique-taque do relógio contando as horas para os próximos serviços ou liturgia, não posso impedir que meus olhos se encham de lágrimas.

É meu dever destruir minha casa e minha família, que eu criei tão orgulhosamente na minha nova condição de Lady Pole. Convoco todo o pessoal, serviçais e cavalariços, ao grande salão e lhes digo que atravessamos tempos difíceis e que eu os libero do serviço. Pago seus vencimentos até aquele dia. Nada mais posso oferecer, mesmo sabendo que os lanço à pobreza. Digo às crianças que temos de deixar nosso lar, tentando sorrir e sugerindo que se trata de uma aventura. Digo que será emocionante viver em outro lugar. Fecho o Castelo de Stourton, para onde meu marido me trouxe na condição de noiva e onde meus filhos nasceram, deixando apenas John Little para servir de beleguim e receber os aluguéis e taxas. Dois terços ele tem de enviar ao rei, um terço mandará para mim.

Cavalgando, nos afastamos de nosso lar. Geoffrey está nos meus braços, já que vou na garupa de John Little, Ursula, no poneizinho, e Reginald, tão pequeno, no velho caçador de seu irmão. Ele monta bem, tem o jeito do pai com cavalos e pessoas. Sentirá falta dos estábulos, dos cães e do barulho animado da fazenda. Não consigo reunir forças para contar qual será seu destino. Fico me perguntando se, quando estivermos na estrada, ele me questionará para onde vamos e se eu encontrarei coragem para dizer que teremos de nos separar: Ursula, Geoffrey e eu numa casa religiosa, ele em outra. Tento me enganar, pensando que ele compreenderá que este é seu destino — não aquele que teríamos escolhido, mas agora inevitável. No entanto, confiando em mim, nada pergunta. Assume que permaneceremos juntos. Não lhe ocorre que possa ser enviado para outro lugar.

Está arrasado por deixar o lar, enquanto o pequeno Geoffrey está animado com a viagem, ao passo que Ursula começa bravamente e, mais tarde, principia a choramingar. Reginald não me pergunta em nenhum momento para onde estamos indo e eu começo a imaginar que, de alguma maneira, já sabe e quer evitar conversar sobre isso, assim como eu.

Somente na última manhã de viagem, quando cavalgamos pelo caminho que margeia o rio na direção de Sheen, digo:

— Logo estaremos lá. Este será seu novo lar.

Lá de baixo de seu pônei ele olha para cima, em minha direção:

— Nosso novo lar?

— Não — digo rapidamente. — Eu ficarei por perto, um pouco mais adiante, do outro lado do rio.

Ele nada diz, e eu penso que talvez não tenha entendido.

— Sempre vivi longe de você — lembro-lhe. — Quando tive de ir para Ludlow e o deixei em Stourton.

Ele volta o rosto com os olhos arregalados para mim e não diz "Mas daquela vez eu estava com meus irmãos e irmã, e com toda a gente que eu conhecia toda a minha vida, minha ama-seca no quarto das crianças, meu mestre, que ensinou a mim e a meus irmãos". Ele apenas olha para mim, sem atinar bem:

— A senhora não vai me deixar sozinho, vai? — pergunta, finalmente. — Num lugar estranho? Mãe? A senhora não vai me deixar, vai?

Balanço a cabeça. Mal consigo acreditar no que eu mesma digo:

— Eu o visitarei — sussurro. — Prometo.

As torres altas do priorado tornam-se visíveis, o portão se abre e o prior em pessoa sai para me saudar, toma Reginald pela mão e o ajuda a descer da sela.

— Eu virei para vê-lo — prometo, do alto do meu cavalo, olhando a coroa dourada de sua cabeça abaixada. — E você terá permissão para me visitar.

Ele parece minúsculo ali, de pé, ao lado do prior. Não tenta soltar a mão, nem demonstra qualquer rebeldia, mas volta seu rosto pálido em minha direção, olha-me com seus olhos escuros e diz com clareza:

— Milady mãe, deixe-me ir com a senhora, meu irmão e minha irmã. Não me deixe aqui.

— Ora, ora — diz o prior com firmeza. — Não vamos ouvir palavras de crianças que deveriam estar sempre quietas diante dos mais velhos e melhores. E nesta casa você falará apenas quando for solicitado a fazê-lo. Silêncio, silêncio santo. Você aprenderá a amá-lo.

Obedientemente, Reginald dobra seu lábio inferior sob os dentes e não diz mais nenhuma palavra, mas ainda olha para mim.

— Eu o visitarei — digo desamparadamente. — Você será feliz aqui. É um bom lugar. Você servirá a Deus e à Igreja. Será feliz aqui, tenho certeza.

— Tenha um bom dia. — O prior indica que eu me vá. — Melhor que se faça logo, já que tem de ser feito.

Viro a cabeça de meu cavalo e olhos para trás, na direção de meu filho. Reginald tem apenas 6 anos, parece minúsculo ao lado do prior. Ele está pálido de medo. Obedientemente, nada diz, mas sua boquinha forma a palavra silenciosa: *mamãe*. Não há nada que eu possa fazer. Não há nada que eu possa dizer. Viro a cabeça de meu cavalo e me afasto.

Abadia de Syon, Brentford, oeste de Londres, inverno de 1506

Meu filho Reginald tem de aprender a viver nas sombras e no silêncio, assim como eu. A Abadia de Syon, dirigida pela Ordem do Santíssimo Salvador de Santa Brígida, não é devotada ao silêncio. As freiras até vão a Londres para ensinar e rezar, mas eu vivo entre elas como se tivesse jurado silêncio, assim como meu menininho. Não posso falar de meu ressentimento, nem de meu amargor, e nada tenho a falar que não seja sobre ressentimento e amargor.

Jamais perdoarei os Tudor por esta mágoa. Eles se enfiaram no trono por intermédio do sangue dos meus parentes. Puxaram meu tio Ricardo da lama do Campo de Bosworth, tiraram-lhe as roupas, ataram-no sobre sua própria cela e o jogaram numa cova anônima. Meu irmão foi decapitado para tranquilizar o rei Henrique, minha prima Elizabeth morreu tentando dar-lhe outro filho. Casaram-me com um cavaleiro pobre para me rebaixar, agora ele está morto, e eu, mais rebaixada do que jamais imaginei que uma Plantageneta poderia estar. Tudo isto — tudo isto! — para legitimar sua pretensão a um trono que eles, de qualquer maneira, tomaram à força.

E claramente os Tudor sentem um pouco de prazer em seu triunfo e nossa sujeição. Desde a morte de sua esposa, nossa princesa, o rei está incerto quanto a sua corte, nervoso com seus súditos e aterrorizado por nós, Plantageneta da Casa de York. Durante anos ele derramou dinheiro nos bolsos do imperador Maximiliano, pagando-lhe para trair meu primo, Edmund de la Pole, o reclamante York ao trono da Inglaterra, mandando-o de volta a sua casa para morrer. Agora compreendo que o acordo foi feito. O imperador pega o dinheiro e promete a Edmund que estará a salvo, mostrando a carta de salvo-conduto do rei, assinada de próprio punho. Ela garante que Edmund pode vir para casa. Meu primo acredita nas garantias de Henrique Tudor, confia na palavra de um rei entronado. Vê a assinatura, confere o selo. Henrique Tudor jura que ele terá passagem segura e boas-vindas honestas. Edmund é um Plantageneta. Ele ama seu país, quer voltar para casa. Mas, no momento em que caminha na ponte levadiça do Castelo de Calais, é preso.

Isto dá início a uma série de acusações que retalha meus parentes como uma tesoura na seda, e agora estou de joelhos, rezando por suas vidas. Meu primo William Courtenay, já encarcerado, agora é acusado de conspiração para traição. Meu parente William de la Pole, na Torre, é interrogado asperamente em sua cela. Meu primo Thomas Grey cai sob suspeita por nada mais que jantar com o primo Edmund, anos atrás, antes de ele ter fugido do país. Um após o outro, os homens de minha família desaparecem na Torre de Londres, forçados a suportar solidão e medo, convencidos a denunciar outros convidados do jantar e mantidos naquela escura torre ou secretamente expulsos para o Castelo de Calais.

Abadia de Syon, Brentford, oeste de Londres, primavera de 1507

Escrevo para meus filhos Henry e Arthur para perguntar como vão e se eles estão estudando e aprendendo. Não ouso ultrapassar a generosidade da abadia, convidando-os para vir até aqui; as freiras não podem receber dois jovens cheios de energia naqueles claustros silenciosos e, de qualquer maneira, não posso pagar por sua viagem.

Vejo meu pequeno Reginald apenas uma vez a cada três meses, quando o enviam para atravessar o rio num barco a remo alugado. Ele vem tal como o mandam fazer, gelado e encolhido na proa do botezinho. Só pode ficar por uma noite e tem de voltar para o priorado. Ensinaram-no a ficar quieto, ensinaram-no muito bem. Ele mantém os olhos baixos e as mãos ao lado do corpo. Quando corro para cumprimentá-lo e abraçá-lo com força, fica hirto e reticente, como se meu filho vivaz e conversador estivesse morto e enterrado e tudo que me restasse para abraçar fosse esta pequena lápide.

Ursula, com quase 9 anos, parece crescer a cada dia que passa, e eu baixo as bainhas de seus vestidos de segunda mão vezes seguidas. Os dedinhos dos pés de Geoffrey, com 2 anos, estão imprensados pela parte da frente de suas botinhas. Quando o coloco na cama à noite eu massageio seus pezinhos e puxo seus dedos, como se pudesse evitar que eles cresçam tortos e espremidos. Os aluguéis de Stourton são recebidos e fielmente enviados a mim, mas tenho de entregá-los à abadia para pagar nossa manutenção. Não sei para onde irá Geoffrey depois que for velho demais para permanecer aqui. Talvez tanto ele quanto Ursula tenham que ser entregues à Igreja, a exemplo de seu irmão Reginald, e desapareçam no silêncio. Fico horas a fio ajoelhada, orando a Deus que me envie um sinal, alguma esperança, ou só uma quantia em dinheiro. Às vezes penso que quando meus dois últimos filhos estiverem seguramente trancados no seio da Igreja eu amarrarei um grande saco de pedras em meu cinto e seguirei para as profundezas geladas do rio Tâmisa.

Abadia de Syon, Brentford, oeste de Londres, primavera de 1508

Ajoelho-me nos degraus da capela-mor e alço os olhos para a imagem do Cristo crucificado. Sinto como se percorresse a via-sacra dos Plantageneta, a *Via Dolorosa*, exatamente como Ele, por dois longos anos.

Então o perigo se aproxima um passo a mais de mim: o rei prende meu primo Thomas Grey e meu primo George Neville, barão de Abergavenny, que está cuidando de meus dois meninos, Henry e Arthur. George deixa meus meninos em sua casa em Kent e entra na Torre, que, as pessoas começam a comentar, o rei visita em horas noturnas para orientar as torturas infligidas aos homens de quem suspeita. O vendedor ambulante que vem à porta da abadia oferecer livros de cordel e rosários conta à porteira Joan que, na cidade, estão dizendo que o rei se transformou num monstro que aprecia os gritos de dor.

— Um Fura-Terra — sussurra a velha palavra que nomeia uma toupeira que opera na escuridão, entre as coisas mortas e enterradas, minando seus próprios pastos.

Estou desesperada para mandar buscar meus meninos da casa de um homem que foi preso como traidor, mas não ouso fazê-lo. Tenho medo de chamar a atenção para mim mesma, quase em reclusão, quase escondida, praticamente em santuário. Não devo chamar a atenção do sistema de espionagem dos Tudor para Reginald, mantido em silêncio na Cartuxa de Sheen, nem para Ursula e para mim, escondidas por trás de nossas devoções em Syon. Também não posso fazer isso com Geoffrey, o mais precioso de todos, agarrado à barra da minha saia, já que as freiras sabem que não tem para onde ir, que nem mesmo uma criança de 3 anos tem permissão para estar no mundo lá fora, uma vez que não há dúvida de que Henrique Tudor, sensível ao cheiro dos Plantageneta, irá farejá-lo.

Este é um rei que se tornou um mistério sombrio para seu povo. Ele não é como os reis de minha Casa — abertos, sensualistas radiantes que governavam por acordo e abriram o caminho com seu encanto. Este rei espiona as pessoas, aprisiona-as por uma palavra, tortura-as de maneira que elas acusem e contra-acusem umas às outras e, quando obtém provas de traição, surpreendentemente as perdoa, libertando-as com um indulto, mas sobrecarregadas de multas tão terríveis que jamais estarão libertas de seu serviço por várias gerações. Este é um rei conduzido pelo medo e governado pela ambição.

George Neville, meu primo em segundo grau, guardião de meus filhos, sai da Torre de boca fechada a respeito de estar manco — o que faz parecer que sua perna foi quebrada e deixada para se curar mesmo, torta —, além de ter perdido uma fortuna, mas está livre. Meus outros primos ainda estão aprisionados. George Neville não conta a ninguém o acordo que fez no interior daquelas muralhas úmidas. Paga discretamente ao rei metade de suas rendas a cada três meses e jamais reclama. Recebe multas tão pesadas que vinte e seis de seus amigos têm de servir-lhe de fiadores, e está proibido para sempre de ir para casa, seu amado lar em Kent, ou para Surrey, Sussex ou Hampshire. É um exilado em seu próprio país, embora não tenha sido acusado de nada e não tenha havido nenhuma prova contra ele.

Nenhum dos homens presos com ele jamais fala dos contratos que cada um assinou com o rei nos quartos escurecidos sob a Torre, onde os muros são espessos, e as portas, aferrolhadas. Apenas o rei permanece no canto do quarto, enquanto seu carrasco levanta uma alavanca do supliciador e as cordas se tornam um pouco mais firmes. Mas as pessoas dizem que os acordos que geram grandes dívidas são assinados com seu próprio sangue.

Meu primo George escreve sucintamente para mim.

> *Você pode deixar seus meninos comigo em segurança. Eles não estão sob qualquer suspeita. Sou um homem mais pobre do que já fui e banido de meu lar, mas ainda posso abrigá-los. Melhor deixá-los comigo até a poeira baixar. Não faz sentido fazer com que eles conduzam as pessoas até você. O melhor que faz é permanecer quieta aí. Não fale nem confie em ninguém. São tempos difíceis para a Rosa Branca.*

Queimo a carta e não a respondo.

Abadia de Syon, Brentford, oeste de Londres, primavera de 1509

O rei fica mais desconfiado a cada ano que passa, retirando-se nos quartos mais reclusos do palácio para sentar-se com sua mãe, recusando-se a permitir que qualquer estranho ultrapasse a soleira da porta, dobrando o número de membros da guarda real que permanecem diante de sua porta, consultando infinitas vezes seus livros contábeis, submetendo a multas enormes mesmo os homens que já eram leais em manter a paz, tomando suas terras como garantia de bom comportamento, pedindo-lhes presentes que demonstrem boa vontade, interferindo nos casos da corte de justiça e pegando as taxas para si. A própria justiça agora pode ser comprada por meio de um pagamento ao rei. A segurança pode ser adquirida mediante taxa recolhida a seu Tesouro. Palavras podem ser registradas na prestação de contas pelo preço de um presente ao empregado certo, ou apagadas em troca de um suborno. Nada é certo, exceto que o dinheiro ofertado ao Tesouro Real pode comprar qualquer coisa. Creio que meu primo George Neville está nada menos que arruinado, pagando por sua liberdade a cada três meses, mas ninguém ousa escrever para me contar. Recebo ocasionalmente cartas de Arthur e Henry, e eles nem mencionam a prisão de seu guardião nem seu retorno; um homem aquebrantado, proibido de entrar no lar que era seu orgulho. Meus filhos têm apenas 16 e 14 anos, mas já sabem que os homens de nossa Casa devem permanecer calados. Nasceram no seio da família mais talentosa, intelectual e questionadora da Inglaterra, e foram ensinados a segurar a língua por medo de que a cortassem. Sabem que, se você for de sangue Plantageneta, deveria ter nascido mudo e surdo. Leio suas cartas inocentes e as queimo em seguida. Não ouso manter nem sequer essas cartas com os bons votos de meus meninos. Nenhum de nós ousa possuir o que quer que seja.

Viúva há quatro anos, sem qualquer perspectiva de auxílio, quase sem dinheiro suficiente para comer, sem teto para colocar sobre as cabeças de meus filhos, sem dote para minha filha, sem noivas para meus filhos, sem amante, sem amigos, sem chance de me casar novamente, já que nunca sequer vejo um homem que não seja padre. Fico de joelhos oito horas por dia junto às freiras para observar a liturgia das horas e assisto às mudanças em minhas orações.

No primeiro ano eu rezava por ajuda, no segundo, por libertação. No fim do terceiro ano estou rezando pela morte do rei Henrique e pela danação de sua mãe e a volta ao poder de minha Casa de York. No silêncio, converti-me numa rebelde amarga. Condeno os Tudor ao inferno e mantenho a esperança de que a praga que minha prima Elizabeth lhes rogou se concretize no decorrer dos longos anos até que chegue o fim desta Casa e a destruição de sua linhagem.

Abadia de Syon, oeste de Londres, abril de 1509

Recebo primeiro as notícias da velha porteira da abadia, que vem à porta de minha cela e a abre sem bater. Ursula está em sua caminha rasteira, que se guarda embaixo da minha, e não se mexe, mas Geoffrey dorme em minha cama estreita, envolto em meus braços, e levanta a cabecinha quando Joan irrompe no quarto e diz:

— O rei morreu. Acorde, milady. Estamos livres. Deus é misericordioso. Ele nos abençoou. Deus nos salvou. A maldição do Dragão Vermelho já passou por nós. O rei morreu.

Eu sonhava que estava na corte de meu tio Ricardo em Sheriff Hutton e minha prima Elizabeth dançava com ele envolta em brocados de ouro e prata. Sento-me de imediato e digo:

— Quieta. Não quero ouvir.

Seu rosto murcho se abre num sorriso. Nunca havia visto seu brilho antes:

— A senhora terá de ouvir! — diz. — E qualquer pessoa pode dizer, e qualquer pessoa pode ouvir. Porque o mestre dos espiões morreu e todos eles perderam seu emprego. O rei morreu e o lindo príncipe chegou ao trono, bem a tempo de salvar a todos nós.

Bem nesse momento o sino da abadia começa a tocar, num tom firme, profundo, sonoro. Geoffrey salta, ficando sobre os joelhos, e diz:

— Viva! Viva!

A velha segura suas mãozinhas e ele dança na cama.

— Meu irmão Henry! — Geoffrey guincha. — Rei da Inglaterra!

Fico tão horrorizada por essa inocente manifestação de traição que o agarro e ponho a mão sobre sua boca, voltando-me para Joan num apelo agonizante por seu silêncio. Mas ela apenas balança a cabeça e ri, diante do orgulho dele:

— Por direito, sim — diz, atrevida. — Deveria ser seu irmão Henry. Mas temos um lindo príncipe Tudor que sucederá o velho mestre do suor. O príncipe Henrique Tudor tomará o trono e os espiões e cobradores de impostos irão embora.

Salto da cama e começo a vestir a roupa.

— Ela mandará chamá-la? — pergunta-me a porteira, enquanto balança Geoffrey, tirando-o da cama e deixando que dance em torno de si.

Ursula se levanta, esfrega os olhos e diz:

— O que está acontecendo?

— Quem? — Estou pensando em Milady, a Mãe do Rei, que enterrou o neto e agora enterrará o filho, assim como previra a maldição de Elizabeth. Estará arrasada. Acreditará, como eu, que os Tudor assinaram sua própria sentença de morte quando mataram nossos príncipes na Torre. Pensará, como eu, que eles são assassinos amaldiçoados.

— Catarina, a princesa viúva de Gales — diz Joan simplesmente. — Ele não se casará com ela e a fará rainha da Inglaterra, como prometeu? Não mandará chamá-la, a senhora, que é sua mais querida amiga? A senhora não poderá ficar com seus filhos na corte, vivendo de acordo com seu nascimento? Não será um milagre para a senhora, como a laje deslizando do sepulcro, permitindo que todos vocês saiam?

Fico muda. Estou tão desacostumada com a esperança que mal sei o que dizer. Nunca sequer pensei nisso.

— Bem que ele podia — digo, maravilhada. — Ele bem que podia se casar com ela. E ela bem que podia mandar me chamar. Você sabe, se ele o fizer, ela também o fará.

É como um milagre, uma libertação tão poderosa como a da primavera após um inverno cinzento e gelado. Sempre quando eu vir o espinheiro florir, tornando as sebes brancas como a neve, ou os narcisos curvados ao vento, pensarei naquela primavera em que o velho rei Tudor morreu e o seu filho subiu ao trono e consertou tudo.

Henrique me dissera em seu quarto de dormir quando criança que ser rei era um dever sagrado. Eu pensava que ele era um pequeno arrogante amável: um menino estragado por mulheres que tricotavam, um menino querido, cheio de boas intenções. Ainda assim, quem pensaria que ele se alçaria para desafiar o velho mau, para tomar Catarina como sua prometida, para declarar-se rei e estar pronto para se casar com ela, tudo num único fôlego? Foi a primeira coisa que fez, esse menino de 17 anos, a primeiríssima coisa que fez. Exatamente como meu tio, o rei Eduardo, o príncipe assumiu o trono e a mulher que amava. Quem pensaria que Henrique Tudor tinha a coragem de um Plantageneta? Quem pensaria que ele tinha sua imaginação? Quem pensaria que ele tinha sua paixão?

Henrique é o filho de sua mãe; esta é a única explicação possível. Herdou seu amor, sua coragem e seu radiante otimismo, que são a natureza de nossa família. É um rei Tudor, mas é um menino da Casa de York. Com sua alegria e otimismo, é um dos nossos. Em sua ambição de atingir o poder e em sua rápida execução, é um dos nossos.

Catarina, a princesa, manda me chamar com um curto bilhete que me convida a ir até a casa de Lady Williams, onde encontrarei aposentos adequados a uma nobre da minha posição. De modo que devo seguir imediatamente para o Palácio de Westminster, diretamente para os aposentos onde se localizam os guarda-roupas, escolher meia dúzia de vestidos e me apresentar a ela, ricamente vestida, na condição de sua primeira dama de companhia. É minha libertação. Estou livre. É a restauração de meus direitos.

Deixo as crianças em Syon enquanto sigo rio abaixo, na direção de Londres. Ainda não ouso trazê-los comigo. Sinto como se tivesse de me certificar de que estamos em segurança, se estamos verdadeiramente livres, antes de ousar convocá-los para estarem comigo.

Londres não parece uma cidade que perdeu um rei. Não é uma capital em luto, mas uma cidade louca de alegria. Estão assando carne nas esquinas, compartilhando a cerveja pelas janelas das cervejarias. O rei mal foi sepultado; o príncipe ainda não foi coroado, mas o lugar está em júbilo. Estão abrindo as prisões onde ficavam os devedores, e saem à rua homens que imaginavam jamais ver a luz do sol novamente. É como se um monstro tivesse morrido e estivéssemos livres de um encanto. É como acordar de um pesadelo. É como a primavera depois de um longo, longo inverno.

Usando meu vestido novo no tom verde claro dos Tudor, ostentando uma toca alta e pesada como a de uma princesa, vou até a sala de recepção do rei da Inglaterra e vejo o príncipe, não em seu trono, não de pé numa pose rígida sob as armas do Estado como se fosse o retrato da majestade, mas rindo com os amigos pela sala, com Catarina a seu lado, como se fossem um casal de amantes, encantados um com o outro. E, na extremidade da sala, sentada em sua cadeira, com um círculo de damas silenciosas a sua volta, um padre de cada lado para dar-lhe apoio, está Milady, vestindo luto fechado, esmagada entre a dor e a fúria. Ela não é mais Milady, a Mãe do Rei; o título que lhe deu tanto orgulho foi sepultado com seu filho. Agora, se escolhê-lo, pode ser chamada de Milady, a Avó do Rei; pela tormentosa expressão de seu rosto, ela não o escolhe.

Inglaterra, 1509

Para os plebeus da Inglaterra, trata-se da liberdade clemente depois do sofrimento. Para os lordes, trata-se de uma fuga da tirania. Para as pessoas de minha família e minha Casa, trata-se da suspensão miraculosa de uma sentença de morte. Qualquer um que tivesse sangue Plantageneta ou afinidade com York estava vivendo por força de uma permissão, duramente consciente de que a qualquer momento o rei poderia revogar essa autorização e então haveria guardas reais em suas librés verdes e brancas batendo na porta e uma viagem rápida, em sua barca sem identificação, até o portão da Torre de Londres, junto ao rio. A grande porta levadiça se ergueria, a barca entraria e o prisioneiro jamais sairia.

Mas agora de fato saímos. William Courtenay emerge da Torre com um perdão real, e oramos para que William de la Pole saia logo. Meu primo Thomas Gray é liberto do Castelo de Calais e volta para casa. Sem conseguir acreditar, como proprietários que abrem lentamente as portas pintadas de suas casas depois que a praga passa pela cidade, todos começamos a emergir. Primos vêm a Londres de seus castelos distantes, esperando que seja seguro serem vistos na corte novamente. Parentes que não se escreveram por anos agora ousam enviar uma mensagem, compartilhando notícias da família, contando sobre o nascimento de bebês e a morte de membros da família, perguntando, temerosos, como vão os outros. Será que alguém viu fulano? Alguém sabe se um primo distante está a salvo no exterior? O poder mortal que o rei exercia sobre cada um de nós subitamente se esvai. Henrique, o príncipe, não herdou as suspeitas temerosas de seu pai, e dispensa espiões, cancela as dívidas, perdoa os prisioneiros. Parece que todos podemos sair, piscando os olhos diante da luz.

Servos e mercadores que me evitaram desde a morte de meu marido e minha preterição vêm a mim às dezenas para oferecerem seus serviços, agora que meu nome não está mais escrito em alguma lista, em algum lugar, com uma interrogação ao lado.

Vagarosamente, sem ser capaz de acreditar em minha sorte, percebo que estou segura, assim como o restante do país. Parece que sobrevivi aos vinte e quatro anos perigosos do primeiro reinado Tudor. Meu irmão foi assassinado no patíbulo do rei Henrique, meu marido morreu a seu serviço, minha prima dando à luz na tentativa de dar-lhe mais um herdeiro; mas eu sobrevivi. Fui arruinada, meu coração foi partido, fui afastada dos meus filhos, à exceção de dois, e vivi escondida com eles, mas agora posso sair, um pouco cega, e ver a luz do sol do verão do jovem príncipe.

Catarina, um dia uma viúva tão pobre quanto eu, eleva-se em direção ao brilho solar do favoritismo Tudor, como um falcão abrindo suas asas ruivas à luz da manhã, suas dívidas foram perdoadas, seu dote foi esquecido. O príncipe casa-se com ela, com pressa, privadamente, com o deleite da paixão que finalmente se expressa. Agora diz que a amou em silêncio e à distância por todo este tempo. Esteve a observá-la, desejando-a. Somente seu pai e sua avó, Milady, obrigavam-no a silenciar-se. A dispensa papal ambígua para o casamento, que a mãe de Catarina tão astutamente providenciou havia tanto tempo, faz com que o casamento seja legal, sem sombra de dúvida. Ninguém pergunta sobre seu primeiro marido, ninguém se importa, casam-se e consumam sua união em questão de dias.

E tomo meu lugar ao lado dela. Mais uma vez tenho o direito de selecionar os veludos mais finos do guarda-roupa real, sirvo-me de cordões de pérolas, ouro e joias do Tesouro Real. Novamente sou a mais importante dama de companhia da rainha da Inglaterra e não vou atrás de alguém, além de um Tudor, para jantar. O novo marido de Catarina, o rei Henrique — Henrique VIII, como nos lembramos todos alegremente — paga-me uma pensão de cem libras por ano. A partir do momento em que chego à corte, saldo minhas dívidas: para meu fiel administrador, John Little, em Stourton, para meus primos, para as freiras em Syon, para o priorado de Reginald. Peço que Arthur e Henry venham, e o rei lhes oferece lugares em seu séquito. O rei fala muito bem de se ter educação em novos costumes, e ordena que Reginald seja bem-educado em seu monastério; virá à corte como um filósofo e acadêmico. Mantenho meus filhos Geoffrey e Ursula nos aposentos da rainha, por enquanto, mas logo irei enviá-los para casa; poderão viver novamente no campo e ser criados como herdeiros Plantageneta devem ser.

Até recebo uma proposta de casamento. Sir William Compton, o amigo mais querido do jovem rei, companheiro de suas diversões e justas, pergunta-me humildemente, de joelhos, com seus olhos sorridentes olhando corajosamente para mim, se consideraria tê-lo como marido. Seu joelho dobrado indica que eu teria domínio sobre ele, sua mão quente segurando a minha sugere que talvez seja agradável. Vivi como uma freira durante quase cinco anos; a ideia de um belo homem sob bons lençóis de linho realmente me faz hesitar por um momento e olhar para os olhos castanhos sorridentes de William.

Levo apenas um minuto para decidir-me, mas para fazer jus à consciência que ele tem da própria dignidade, já que é um homem vindo de quase lugar nenhum, finjo considerar por alguns dias. Graças a Deus não preciso de seu nome recém-forjado, não tenho de esconder meu nome agora. Não preciso dos favores reais que ele carrega. Minha popularidade na corte é alta, e só cresce enquanto o jovem rei volta-se a mim para pedir conselhos, para que lhe conte histórias dos velhos tempos, e pelas lembranças que guardo de sua mãe. Conto-lhe sobre a corte de conto de fadas que tinham os Plantageneta e vejo que ele anseia por recriar nosso reinado. Então, não preciso da casa recém-construída de Compton; minha imagem está tão completamente restaurada, minhas perspectivas são tão amplas, que o favorito do rei me vê como um partido vantajoso. Gentilmente, respondo-lhe que não. Graciosamente, cortesmente, expressa sua decepção. Concluímos essa passagem como dois hábeis artistas realizando os passos de uma elegante dança. Sabe que estou no auge de meu triunfo, sou sua igual, não preciso dele.

Uma onda de riqueza e prosperidade passa pelas portas abertas do Tesouro. Inacreditavelmente, abrem-se armários, caixas e baús em todas as casas reais, e em todos os lugares encontram-se baixelas de prata e ouro, joias e tecidos, tapetes e especiarias. O antigo rei tomou impostos, multas em dinheiro e bens, sugando de maneira indiscriminada móveis de casas, materiais de comerciantes, até mesmo as ferramentas de aprendizes, empobrecendo mais ainda os pobres. O novo rei, o jovem Henrique, devolve às pessoas inocentes o que seu pai lhes roubou, em um festival de reparações. Multas injustas são devolvidas pelo Tesouro, terras são restauradas a nobres, meu primo George Neville, que cuidou de meus filhos, é libertado de suas dívidas esmagadoras e recebe o posto de Chefe dos Mantimentos, protetor de milhares de pessoas, mestre de outras tantas centenas, com uma fortuna real à sua disposição só esperando para ser gasta em coisas boas. É muito querido e admirado pelo rei, que o chama de parente e confia nele. Ninguém menciona sua perna aleijada; pode ir a qualquer uma, a todas as suas belas moradas.

Seu irmão, Edward Neville, é um favorito e serve o quarto do rei. Henrique jura que Edward é seu sósia, chama-o para ficar de pé a seu lado, comparando suas alturas e a cor de seus cabelos, garantindo a meu primo que poderiam ser tomados por irmãos, que nos ama a todos como se fôssemos seus irmãos e irmãs. É caloroso com toda a minha família — Henry Courtenay de Devon, meu primo Arthur Plantageneta, os de la Pole, os Stafford, os Neville, todos nós — como se estivesse buscando sua mãe em nossos rostos sorridentes e familiares. Lentamente, retornamos para onde todos nascemos para estar, no centro do poder e da riqueza. Somos os primos do rei, não há alguém mais próximo dele.

Até mesmo Milady, a mãe do antigo rei, é recompensada com a volta a seu Palácio de Woking, apesar de não viver o suficiente para aproveitá-lo por muito tempo. Vê a coroação de seu neto, então vai para o leito e morre. Seu confessor, o caro John Fisher, declama o elogio em seu velório e a descreve como uma santa que investiu sua vida a serviço de seu filho e de seu país, que só deixou seu trabalho quando estava terminado. Escutamos em silêncio por educação, mas, verdade seja dita, poucos ficam de luto por ela; muitos conheceram mais seu orgulho familiar do que seu amor fraterno. E não sou a única que secretamente crê que morreu de um ataque de nervos por medo de que sua influência houvesse acabado, e para que não fosse obrigada a ver nossa rainha Catarina, tão bela, tornando alegres os cômodos onde a velha senhora governara de forma tão mesquinha, por tanto tempo.

Deus está abençoando a nova geração, e não nos importamos com aqueles que se vão. A rainha Catarina concebe uma criança quase de imediato, durante os dias despreocupados da procissão de verão, e anuncia seu estado de felicidade antes do Natal, no Palácio de Richmond. Por um momento, naquela época de celebrações, em uma constante busca por entretenimento, começo a pensar que a maldição de minha prima foi esquecida, que a linhagem Tudor herdará a sorte de minha família e será tão resistente e prolífica quanto nós sempre fomos.

Palácio de Richmond, oeste de Londres, primavera de 1510

É uma noite ruim para Catarina, quando perde o bebê, e dias ainda piores se seguem. O tolo do médico diz-lhe e, ainda por cima, garante ao rei que ela carregava gêmeos e que há outro bebê saudável em sua barriga. Ela pode ter tido um aborto agonizante, mas não há causa para preocupação: ela ainda carrega um herdeiro, há um menino Tudor esperando para nascer.

É assim que descobrimos que o jovem rei gosta de ouvir boas notícias, e, de fato, insiste em continuar a ouvi-las, e no futuro será necessário um bocado de coragem para forçá-lo a encarar a verdade. Um homem mais velho, um homem mais ponderado, poderia ter questionado um médico tão otimista, mas Henrique está ansioso para acreditar que é abençoado e continua alegremente a celebrar a gravidez de sua esposa. No banquete da Terça de Penitência, ele caminha ao redor dos comensais, propondo brindes à rainha e ao bebê que crê ainda carregar em seu ventre inchado. Observo-o, incrédula. Esta é a primeira vez que percebo que seu pai doente e sua avó temerosa instauraram nele uma devoção absurda a médicos. Acredita em qualquer coisa que eles lhe dizem. Possui um profundo e supersticioso pavor a doenças, e anseia por curas.

Palácio de Greenwich, Londres, primavera de 1510

Obedientemente, Catarina entra em resguardo no Palácio de Greenwich e, mesmo que sua barriga inchada diminua até sumir, aguarda com terrível determinação, sabendo que não haverá nascimento algum. Quando seu tempo se acaba e ela não tem resultados a mostrar, banha-se como uma princesa espanhola, em jarro seguido de jarro de água quase fervendo e óleo de rosas, com o mais fino dos sabões, veste-se em seu melhor vestido, e reúne a coragem para sair e enfrentar a corte, parecendo uma tola. Permaneço a seu lado como uma guardiã feroz, meus olhos explorando o cômodo, esperando que qualquer um ouse comentar sua longa e infrutífera ausência e sua atual reaparição surpreendente.

Sua coragem é muito mal recompensada. É recebida sem simpatia, pois ninguém se interessa pelo retorno à corte de uma recém-casada sem filhos. Algo muito mais intrigante está acontecendo; a corte está curiosa com um escândalo.

É William Compton, meu antigo pretendente, que parece ter se contentado em flertar com minha prima em segundo grau, Anne, uma das belas irmãs do duque de Buckingham, recentemente casada com Sir George

Hastings. Estive ausente durante o desenrolar desse tolo caso amoroso, pois estava absorta com o pesar de Catarina, e sinto em saber que o assunto foi tão longe que meu primo Stafford discutiu com o rei diante do insulto à sua família, e retirou-a da corte.

Isto é loucura da parte do duque, mas típico do seu estranho sentimento de orgulho. Não há dúvida alguma em minha mente de que sua irmã terá sido culpada de quase toda indiscrição. Anne é filha de Katherine Woodville e, como a maior parte das meninas que carregam esse nome, é extraordinariamente bela e caprichosa. Está infeliz com seu novo marido, e ele aparentemente permitirá qualquer tipo de contravenção. Mas depois, como a corte continua a sussurrar sobre isso, começo a pensar que deve haver mais do que a escapada de uma integrante da corte, um episódio de sexo cortês, desejo encenado que foi além das regras. Henrique, que normalmente é pomposo com relação às regras do amor cortês, parece ficar do lado de Compton, que se declara insultado pelo duque. O jovem rei entra em estado de fúria, ordena que Buckingham fique longe da corte, e vai de um lado a outro, de braços dados com Compton, que parece encabulado e jovial ao mesmo tempo, como um carneirinho novo num campo viçoso cheio de ovelhas.

O que quer que esteja acontecendo aqui parece ser mais inquietante do que William Compton pulando a cerca com a irmã do duque. Deve haver um motivo para que o rei apoie seu amigo e não o marido traído, deve haver uma razão para que o duque caia em desgraça e o sedutor seja favorecido. Alguém está mentindo e escondendo algo da rainha. As damas de seu séquito são inúteis, não vão denunciar ninguém. Minha prima Elizabeth Stafford mantém uma discrição aristocrática, já que o centro do escândalo envolve sua parente. Lady Maud Parr diz que não sabe nada além de fofocas vulgares.

Catarina manda trazer os registros do séquito e vê que, enquanto esteve confinada, aguardando um bebê que já sabia que se fora havia muito tempo, a corte esteve em festa, e foi Anne Hastings a eleita para Rainha de Maio.

— O que é isso? — pergunta-me, apontando para o pagamento a um coral para que cantasse sob a janela de Anne na manhã do Primeiro de Maio — O que é isso? — Eram as contas do guarda-roupa real para a fantasia de Anne para um baile.

Digo que não sei, mas consigo entender a situação tão bem quanto ela. O que vejo, e o que sei que ela vê, o que qualquer um veria, é uma pequena fortuna do Tesouro Real sendo gasta para a diversão de Anne Hastings.

— Por que a Casa Real pagaria pela serenata de William Compton para Lady Anne? — pergunta-me. — Isso é normal na Inglaterra?

Catarina é a filha de um rei cuja devassidão era bem conhecida. Sabe que um rei pode ter quantas amantes desejar, que não deve haver reclamações, muito menos por parte de sua esposa. A rainha Isabel da Espanha teve seu coração partido pelos casos amorosos de seu marido, e era da realeza tanto quanto ele, não uma mera esposa coroada de favor, mas uma monarca por direito próprio. Mesmo assim, ele nunca se emendou. Isabel sofreu os tormentos infernais do ciúme, sua filha Catarina presenciou-os e determinou-se a jamais sentir tal dor. Não sabia que este jovem príncipe que lhe disse que a amava, que esperara por ela durante anos, acabaria assim. Não imaginou que, enquanto estava na escura solidão do resguardo, sabendo que perdera seu bebê e ninguém a deixara guardar seu luto, seu jovem esposo estava iniciando um flerte com uma de suas damas de companhia, uma jovem a seu serviço, em seus aposentos, uma parente minha, uma amiga.

— Temo que seja o que você está pensando — digo bruscamente, contando-lhe o pior para acabar logo. — William Compton fingiu cortejar Anne; todos os viram juntos, todos sabiam que estavam encontrando-se. Mas ele era um escudo. Todo o tempo ela estava a encontrar-se com o rei.

É um golpe duro para ela, mas toma-o como uma rainha.

— E há algo pior que isso — digo. — Sinto muito em ter de contar-lhe.

Ela inspira.

— Conte-me. Conte-me, Margaret, o que pode ser pior do que isso?

— Anne Hastings disse a uma das outras damas que não foi apenas flerte, não uma corte do Primeiro de Maio, acabada e esquecida em um dia. — Olho para seu rosto pálido, sua boca dobrando-se em uma linha resoluta — Anne Hastings disse que o rei lhe fez promessas.

— O quê? O que poderia prometer?

Ignoro o protocolo e sento-me a seu lado, colocando meu braço ao redor de seus ombros, como se ainda fosse uma princesa saudosa e estivéssemos de volta a Ludlow.

— Minha querida...

Por um momento, ela deixa a cabeça repousar em meu ombro, eu seguro-a com mais força.

— É melhor que você me conte, Margaret. É melhor que eu saiba de tudo.

— Diz que jurou estar apaixonado por ela. Anne respondeu-lhe que seus votos poderiam ser anulados e, mais importante, disse-lhe que os votos dele eram inválidos. Falaram em casamento.

Há um longo momento de silêncio. Penso que pelo amor de Deus ela não se comporte como uma rainha, levantando-se subitamente e enfurecendo-se comigo por ter lhe trazido notícias tão ruins. Mas então sinto-a amolecer, todo seu corpo cede, e ela encosta seu rosto quente, com suas faces molhadas com lágrimas, em meu pescoço. Abraço-a enquanto chora como uma menina machucada.

Ficamos em silêncio por um longo tempo, então ela se afasta e esfrega os olhos violentamente com as mãos. Dou-lhe um lenço, ela limpa o rosto e assoa o nariz.

— Eu sabia — suspira, como se estivesse cansada até os ossos.

— Sabia?

— Ele me contou uma parte disso noite passada, e adivinhei o resto. Deus o perdoe: disse-me que estava confuso. Disse-me que, quando a levou para a cama, ela gritou de dor e disse que não suportava. Teve de ser gentil com ela, que lhe disse que uma virgem sangra quando é sua primeira vez. — Ela faz uma expressão de nojo, de ridículo. — Aparentemente, ela sangrou. Copiosamente. Mostrou-lhe tudo e convenceu-o de que eu não era mais virgem na nossa noite de núpcias, que meu casamento com Artur foi consumado.

Ela fica imóvel e em seguida arrepia-se profundamente.

— Sugeriu-lhe que seu casamento comigo é inválido, pois casei-me e fui levada para a cama por Artur. Que, na visão de Deus, sempre serei a esposa de Artur, não de Henrique. E que Deus nunca nos dará um filho.

Estou pasma. Olho para ela sem expressão. Não tenho palavras para defender nosso segredo, só fico admirada diante dessa descoberta inconsequente de nossa antiga conspiração.

— Ela mesma é uma mulher casada — digo sem me exaltar. — Casou-se duas vezes.

Catarina me oferece um sorriso pesaroso diante de minha incredulidade.

— Colocou na cabeça dele que nosso casamento é contra a vontade de Deus e que essa é a razão de termos perdido o bebê. Disse-lhe que jamais teremos um filho.

Fico tão horrorizada que minha única reação é estender-lhe a mão. Ela a aceita, dá-lhe um tapinha e coloca-a de lado.

— Sim — diz, pensativamente. — Ela é cruel, não é? Malvada, não é?

E, quando não respondo, diz:

— Isto é sério. Ela disse a ele que minha barriga cresceu, mas como não houve nascimento, era uma mensagem de Deus de que jamais haverá um, pois o casamento é contra a palavra de Dele. Que um homem não deveria se casar com a viúva de seu irmão, e que, se ele o fizer, seu casamento não terá descendentes. Está escrito na Bíblia. — Ela sorri sem humor. — Citou o livro de Levítico para ele: "Se um homem tomar a esposa de seu irmão, será uma impureza; ofenderá a honra de seu irmão: não terão filhos."

Fico abismada diante do interesse súbito de Anne Hastings por teologia. Alguém a treinou para sussurrar este veneno nos ouvidos de Henrique.

— O próprio papa deu a dispensa a vocês — insisto. — Sua mãe arrumou tudo! Sua mãe certificou-se de que a dispensa serviria, quer você tivesse sido desvirginada por Artur ou não. Garantiu isso.

Ela assente com a cabeça.

— Sim. Mas Henrique teve seus medos alimentados por aquela avó. Ela citou o Levítico antes do nosso casamento. O pai dele vivia aterrorizado com a ideia de que sua sorte não se manteria. E agora esta moça Stafford faz Henrique ficar louco de luxúria, diz-lhe que é o desejo de Deus que eu perca um filho e que outro desapareça de meu ventre. Diz que nosso casamento está amaldiçoado.

— Não importa o que ela diz. — Fico furiosa com essa moça cruel. — Seu irmão a levou da corte, não precisa nunca mais colocá-la a seu serviço. Pelo amor de Deus, ela tem um marido! É casada e não pode se libertar! Não pode se casar com o rei! Por que causar todos esses problemas? E Henrique não pode realmente acreditar que ela era virgem! Ela já se casou duas vezes! São loucos de falar disso?

Catarina concorda. Ela está pensando, não está resistindo às circunstâncias, e repentinamente percebo que esta deve ser a mulher que sua mãe era, uma mulher que no meio de um desastre conseguia avaliar suas chances, olhar os fatos e planejar. Uma mulher que, quando seu campo cheio de barracas pega fogo, constrói um acampamento de pedra para um cerco.

— Sim, creio que conseguiremos nos livrar dela — diz, pensativamente. — E teremos de fazer as pazes com seu irmão, o duque, e trazê-lo de volta à corte; é poderoso demais para tornar-se um inimigo. A velha Milady está morta, não pode mais apavorar Henrique. Temos de silenciar essa conversa.

— Conseguiremos — digo. — Silenciaremos.

— Pode escrever para o duque? — pergunta. — É seu primo, não é?

— Edward é meu primo em segundo grau — especifico. — Nossas avós eram meias-irmãs.

Sorri.

— Margaret, sou capaz de jurar que você tem parentesco com todos.

Concordo.

— Tenho. E ele voltará. É leal ao rei e gosta de você.

Ela balança a cabeça.

— Não vem dele meu perigo.

— O que quer dizer?

— Meu pai era conhecido por sua devassidão; todos sabiam, minha mãe sabia. Mas todos sabiam que as mulheres eram seu prazer; ninguém em momento algum falou de amor. — Ela faz uma expressão de nojo, como se amor entre um rei e uma mulher fosse sempre algo vulgar. — Meu pai nunca teria falado de amor com qualquer uma além de sua esposa. Ninguém nunca duvidou de seu matrimônio, ninguém nunca desafiou minha mãe, rainha Isabel. Casaram-se em segredo, sem dispensa papal alguma. O casamento deles foi o mais incerto do mundo, mas ninguém pensava que não fosse durar até a morte. Meu pai levou dezenas de outras mulheres para a cama, provavelmente centenas. Mas nunca disse uma palavra de amor a qualquer uma delas. Nunca deixou que alguém pensasse, sequer por um instante, que havia outra esposa para ele, qualquer outra rainha da Espanha possível, além de minha mãe.

Aguardo.

— O perigo vem de meu marido — diz ela, cansada, seu rosto é como uma dura máscara de beleza. — Um jovem tolo, um tolo mimado. Agora deveria ter idade suficiente para ter uma amante sem se apaixonar. Jamais deveria permitir que alguém duvide de nosso matrimônio. Nunca deveria pensar, por um momento sequer, que isso pode ser deixado de lado. Fazer isso é destruir sua própria autoridade, tanto quanto a minha. Sou a rainha da Inglaterra. Só pode haver uma rainha. Só pode haver um rei. Sou sua esposa. Fomos ambos coroados. Isso jamais pode ser colocado em xeque.

— Podemos nos assegurar de que isso não continue — sugiro.

Ela balança a cabeça.

— O pior estrago já foi feito. Um rei que fala de amor para qualquer uma que não a sua esposa, que duvida de seu casamento, é um rei que abala as fundações de seu próprio trono. Podemos evitar que essa bobagem continue, mas o estrago foi feito quando Anne entrou na estúpida cabeça dele.

Sentamo-nos em silêncio por um longo momento, pensando na bela cabeça dourada de Henrique.

— Casou-se comigo por amor — observa com cansaço, como se fosse há muito tempo. — Não foi um casamento arranjado, foi por amor.

— É um mau precedente — digo eu, filha de um casamento arranjado, viúva de um casamento arranjado. — Se um homem se casa por amor, não crê que conseguirá anular o casamento quando não amar mais?

— Ele já não me ama?

Não consigo lhe responder. É uma pergunta tão dolorosa de uma mulher que foi amada tão profundamente por seu primeiro marido, falecido, que jamais teria levado outra mulher para a cama e falado de amor a ela.

Balanço minha cabeça pois não sei. Duvido que o próprio Henrique saiba.

— Ele é jovem — digo. — E impulsivo. E poderoso. É uma combinação perigosa.

Anne Hastings nunca mais voltou à corte; seu marido a enviou a um convento. Meu primo Edward Stafford, o duque de Buckingham, seu irmão, retoma seu bom humor e se junta a nós mais uma vez.

Catarina conquista Henrique novamente para sua causa e concebem outro filho, o menino que provará que Deus sorri para seu casamento. A rainha e eu nos comportamos como se sua percepção de que seu marido é um tolo nunca tivesse acontecido. Não conspiramos a esse respeito. Não temos de discutir o assunto. Simplesmente agimos de acordo.

Palácio de Richmond, oeste de Londres, janeiro de 1511

Somos abençoados, somos redimidos, e Catarina em particular é salva. Dá ao rei um filho Tudor e o herdeiro acaba de vez com os rumores crescentes sobre a maldição colocada sobre a família Tudor e a dúvida sobre o casamento.

Tenho a honra de ir até o jovem rei e dizer-lhe que é pai de um menino. Vejo-o ficar exultante entre os jovens de sua corte, que bebem em nome de seu grande triunfo. Catarina, confinada em seus aposentos, apoiada sobre travesseiros na grande cama real, está exausta e sorridente quando volto.

— Consegui — diz, em voz baixa, para mim, enquanto inclino-me para beijar seu rosto.

— Conseguiu — confirmo.

No dia seguinte, Henrique manda me chamar. Em seus aposentos, ainda encontro multidões de homens gritando parabéns e bebendo pela saúde de seu filho. Mais alto que o barulho e a gritaria, ele pergunta-me se posso ser a governanta do príncipe, providenciar seu séquito, indicar pessoas para a criadagem e criá-lo como herdeiro do trono.

Coloco minha mão sobre meu coração e faço uma cortesia. Quando me levanto, o menino Henrique se atira em meus braços e abraço-o em nossa alegria compartilhada.

— Obrigado — diz. — Sei que cuidará dele, irá criá-lo e ensiná-lo como se fosse minha mãe.

— Sim — digo-lhe. — Sei exatamente como ela gostaria que tudo fosse feito, e farei tudo corretamente.

O bebê é batizado na capela dos Frades Observantes em Richmond. Se chamará Henrique, lógico. Será Henrique IX um dia, se Deus quiser, e reinará sobre um país que terá esquecido que um dia a rosa da Inglaterra era puramente branca. Sua cuidadora é escolhida, bem como sua ama de leite; dorme em um berço de ouro, é embrulhado nos mais finos tecidos, vai a todos os lugares carregado à altura do peito, com dois guardas à frente de sua ama e dois atrás. Catarina faz com que o tragam a seu quarto todos os dias, e enquanto repousa na cama, deita-o a seu lado e, quando dorme, colocam o pequeno berço ao lado de sua cabeceira.

Henrique sai em uma peregrinação em ação de graças. Catarina recebe a bênção pelo nascimento de seu filho e deixa o leito, toma um de seus banhos quentes espanhóis e retorna à corte, brilhando de orgulho em sua juventude e fertilidade. Nem uma menina em seu séquito, nem uma dama em seus aposentos, hesita um momento sequer antes de fazer uma mesura exagerada a esta rainha triunfante. Não creio que haja uma mulher no país que não compartilhe sua alegria.

Palácio de Westminster, Londres, *primavera de 1511*

O rei, de volta da peregrinação a Walsingham, onde agradeceu a Nossa Senhora ou, talvez, na verdade, tenha Lhe contado de sua realização, chama-me até sua nova arena de justas. Meu filho Arthur vem com um sorriso e diz que não devo contar a ninguém que estou indo assistir a um treino para a justa em celebração ao nascimento do príncipe, mas para sair discretamente dos aposentos da rainha.

Indulgentemente, vou até a arena, e, para minha surpresa, vejo que Henrique está sozinho, cavalgando um grande cavalo de guerra acinzentado, dando voltas e voltas em círculos cuidadosos, primeiro em um sentido e depois em outro. Henrique faz um gesto indicando que me sente no camarote real, tomo o lugar que seria de sua mãe, e sei, pois conheço-o tão bem, que me deseja ali, tomando conta dele, como nós duas um dia o observamos, treinando em seu pônei.

Traz o cavalo até o balcão e mostra-me que foi treinado para fazer reverências, uma pata dianteira estendida, uma pata traseira dobrada para trás.

— Levante uma luva ou algo assim — diz.

Tiro um lenço de meu pescoço e seguro-o no alto. Henrique vai ao outro lado da arena e grita:

— Deixe cair! — No momento em que cai, ele vai adiante e pega-o com uma das mãos, dando a volta na arena segurando-o acima de sua cabeça, como a uma bandeira.

Para diante de mim, seus olhos azuis fixos em meu rosto.

— Muito bem — digo, em tom de aprovação.

— E ainda há mais uma coisa — diz. — Não tenha medo. Sei o que estou fazendo.

Faço um gesto com a cabeça concordando. Henrique vira o cavalo para a minha visão lateral e o faz andar para trás e então dar um pinote, primeiro as pernas dianteiras para cima, depois as pernas traseiras coiceando, em uma exibição fantástica. Muda o modo de sentar sutilmente e o cavalo pula pelo chão, como fazem os cavalos mouros, todas as pernas no ar ao mesmo tempo, como se estivesse voando, e então trota sem sair do lugar, levantando uma perna orgulhosamente no ar e depois a outra. É realmente um cavaleiro excepcional: senta-se completa e lindamente empertigado, segurando as rédeas com firmeza, todo o seu corpo ligado à montaria, alerta, relaxado, formando um todo com o grande e musculoso animal.

— Prepare-se — avisa-me, e então faz o cavalo girar e o faz andar para trás, empinando, extremamente alto, sua cabeça levantada à minha altura, mesmo no camarote real, construído acima da arena. O cavalo apoia suas patas dianteiras na parede do camarote, balança-se para trás novamente, e então deixa-se cair.

Quase grito de medo, então levanto-me e aplaudo. Henrique sorri para mim, solta as rédeas, dá tapinhas no pescoço do cavalo.

— Ninguém mais consegue fazer isso — comenta, sem fôlego, trazendo o cavalo para mais perto, observando minha reação. — Ninguém na Inglaterra consegue fazer isso, além de mim.

— Creio que não.

— Acha que é muito barulhento? Ela ficará assustada?

Catarina já ficou ao lado de sua mãe para enfrentar um ataque de cavalaria árabe inimiga, composta dos cavaleiros mais ferozes do mundo. Sorrio.

— Não, ela ficará muito impressionada, sabe reconhecer boas demonstrações de hipismo.

— Ela nunca deve ter visto algo assim — alega ele.

— Deve sim — contradigo-o. — Os mouros na Andaluzia têm cavalos árabes e cavalgam maravilhosamente.

Imediatamente o sorriso se vai de seu rosto. Volta-se com uma expressão furiosa para mim.

— O quê? — pergunta, gélido. — O que está dizendo?

— Compreenderá a dimensão de sua conquista — digo, as palavras jorrando com minha pressa em corrigir a ofensa. — Catarina consegue admirar o hipismo bem-feito por seu lar ter sido a Espanha, mas nunca terá visto algo assim. E nenhum homem na Inglaterra consegue fazer isto. Nunca vi um cavalo ou um cavaleiro melhor.

Está inseguro e puxa as rédeas; o cavalo, sentindo a mudança de seu humor, levanta as orelhas, escutando.

— É como um cavaleiro de Camelot — digo apressadamente. — Ninguém vê algo assim desde a era de ouro.

Sorri diante disso, e é quase como se o sol saísse e os pássaros começassem a cantar.

— Sou um novo Artur — concorda.

Ignoro a pontada de dor que sinto diante do uso casual do nome do príncipe que amávamos, cujo irmão mais novo ainda luta para suplantar.

— É o novo Artur da nova Camelot — repito. — Mas onde está sua outra montaria, Vossa Graça? Sua bela égua negra?

— Era desobediente — diz, por cima do ombro, enquanto sai da pista. — Desafiou-me. Não queria aprender comigo.

Volta-se e oferece-me seu mais charmoso sorriso, lindo como a luz do sol, novamente. Estou a pensar que é o mais adorável rapaz, quando diz com leveza:

— Mandei-a ser sacrificada. Os cães a mataram. Não suporto deslealdade.

É a melhor justa que já vi, que a Inglaterra já viu. O rei está em toda a parte, nenhuma cena está completa sem ele, trajando uma roupa diferente. Lidera a procissão do Mestre de Armas, com os tocadores de trombetas, os cortesãos, os arautos, os assistentes da corte, os poetas, os cantores, e, ao final, a longa fila de participantes das justas. Henrique anunciou um torneio em que enfrentará todos os participantes.

Monta seu grande cavalo de guerra cinzento, vestido em tecido de ouro, entretelado com o mais suntuoso veludo azul, brilhando no belo sol de primavera, como um rei recém-coroado. Por toda a sua casaca, seu chapéu, sua calça de montaria, suas capas, há pequenos *C* bordados, como se desejasse mostrar ao mundo que é dela, que a rainha colocou sua inicial por todo seu corpo. Sobre sua cabeça está o estandarte que escolheu para este dia: *Loyall*. Seu nome quando está em torneio é *Coeur Loyall*. Henrique é Sir Coração Leal e, enquanto Catarina brilha de orgulho, ele cavalga em seu cavalo pelo ringue e mostra os truques que praticou diante de mim, um príncipe perfeito.

Todos partilhamos de sua alegria, até mesmo as jovens que aceitariam de bom grado as atenções do príncipe para si. Catarina está sentada em um trono, com o sol atravessando o tecido de ouro do baldaquino, tornando sua pele rosada e dourada, sorrindo para o rapaz que ama, sabendo que seu primeiro filho, seu menino, está a salvo em um berço de ouro.

Mas, apenas dez dias mais tarde, vão buscá-lo e está gelado, seu rostinho está azul e ele está morto.

É como se o mundo tivesse acabado. Henrique se retira para seus aposentos; os cômodos da rainha estão paralisados e silenciosos. Quaisquer palavras de consolo que podem ser oferecidas a uma jovem que perdeu seu primeiro filho dissolvem na língua diante do rosto de Catarina, repleto de horror infindável. Por dias a fio, ninguém lhe diz coisa alguma. Não há nada a ser dito. Henrique cai em silêncio. Não falamos do filho perdido e ele não comparece ao velório ou à missa. Não conseguem consolar um ao outro, não suportam ficar juntos. Esta perda em seu casamento recente é tão terrível que Henrique não é capaz de compreendê-la, não consegue sequer tentar compreendê-la. A escuridão se espalha sobre a corte.

Mas mesmo durante o pesar, Catarina e eu sabemos que temos de nos manter vigilantes todo o tempo. Temos de esperar pela próxima moça que Henrique levará para cama, cujos braços envolverão seu pescoço e sussurrará em seu ouvido para que olhe! veja! Deus não abençoa seu casamento! Após apenas vinte meses, já aconteceram três tragédias: um aborto, uma criança desaparecida do ventre e um bebê morto no berço. Isto não será prova crescente de que o casamento é contra a vontade de Deus, mas ela — uma virgem de saudável origem inglesa — pode dar-lhe um filho?

— E de qual de minhas damas de companhia devo suspeitar? — pergunta-me Catarina com amargura — Quem? Quem devo vigiar? Lady Maud Parr? É uma bela mulher? Mary Kingston? Lady Jane Guilford? Lady Elizabeth Bolena? É casada, é claro, mas por que isso deveria evitar que seduza o rei? Você?

Nem sequer fico ofendida com seu ataque.

— A rainha deve ser servida pelas damas mais belas e ricas do reino — digo, simplesmente. — É como uma corte funciona. Deve estar cercada por belas moças. Elas estão aqui para encontrar um marido, determinadas a brilhar, e certamente arrancarão olhares dos cortesãos e do rei.

— O que posso fazer? — pergunta-me. — Como posso tornar meu casamento inatacável?

Balanço a cabeça. Ambas sabemos que o único modo de provar que Deus abençoou seu casamento é dar à luz um menino saudável. Sem ele, sem esse pequeno salvador, todas estamos esperando pelo momento em que o rei começará a interrogar Deus.

Palácio de Westminster, Londres, primavera de 1512

O rei, no momento em que emerge de seu luto pelo bebê, é gentil comigo, e sou aconselhada a pedir a devolução da fortuna e das terras de meu irmão. Deveria até solicitar a restauração de meus títulos familiares. Depois de passar a vida fingindo que meu nome não significava nada e que minha fortuna estava perdida, recebo a proposta de reclamar ambos.

É uma experiência violenta, como sair de um frio convento para a corte durante a primavera, como sair das trevas, piscando para me acostumar com a luz. Faço um inventário da grande fortuna que meu irmão perdeu quando o pai deste rei o arrancou da sala de aula e prendeu-o na Torre. Listo os títulos que me pertenciam antes de caminhar pelo altar na direção contrária para me casar com um cavaleiro Tudor de baixo escalão. Em um primeiro momento, tento, como se estivesse assumindo um grande risco, confirmar meu grandioso nome, estimar minha grande fortuna e dizer que era meu o que os Tudor tomaram de má-fé, e que quero tudo de volta.

Penso em minhas orações raivosas na Abadia de Syon, controlo meus sentimentos e escrevo uma cuidadosa petição para o rei, colocando meu pedido de tal modo que não se trata de uma crítica a seu pai, aquele tirano desesperado, mas um pedido justo pelo que é meu. Uma reivindicação em nome de meus filhos, para que possam ter o que nos pertence. Almejo ter minha grandeza restaurada, desejo ser uma Plantageneta novamente. Ao que parece, finalmente, posso ser eu mesma.

Inacreditavelmente, o rei aceita. Livremente, generosamente, docemente, concede-me tudo o que peço, e diz que, já que sou uma das maiores damas do reino, por nascimento e inclinação, devo desfrutar da maior fortuna. Serei o que nasci para ser: Margaret Plantageneta, rica como uma princesa de York deve ser.

Peço permissão à rainha para me ausentar da corte durante a noite.

— Deseja contar a seus filhos. — Ela sorri.

— Isto muda tudo para nós — digo.

— Vá — diz. — Vá a seu novo lar e encontre-os lá. Fico feliz que tenha conquistado justiça, finalmente. Fico contente que é, novamente, Margaret Plantageneta.

— Condessa de Salisbury — digo, prestando-lhe uma profunda mesura. — Deu-me meu título familiar, por direito próprio. Sou a condessa de Salisbury.

Ri com prazer e diz:

— Muito elegante. Muito real. Minha querida, fico feliz por você.

Levo Ursula, que agora é uma menina alta de 13 anos, e seu irmão mais novo, Geoffrey, na embarcação real pelo rio até L'Erber, o lindo palácio Plantageneta na beira do rio, próximo à Torre, que o rei me devolveu. Certifico-me de que a lareira seja acesa no grande salão e que as chamas das velas das arandelas estejam queimando para que esteja quente e convidativo quando meus meninos entrarem, e para que todos de meu séquito vejam, iluminados como atores em uma apresentação, os meninos de York assumindo seus devidos papéis.

Espero por eles, parada diante da grande lareira no salão principal, com Ursula a meu lado, e o pequeno Geoffrey, de 7 anos, de mãos dadas comigo. Como é esperado, Henry chega primeiro. Ele se ajoelha para pedir minha bênção e beija-me as faces, então dá um passo para o lado para oferecer lugar a seu irmão Arthur. Lado a lado ajoelham-se diante de mim, sua altura e sua força ensombrecidas por sua deferência. Estes já não são meninos, são jovens rapazes. Estive ausente por cinco, quase seis anos de suas vidas, e ninguém, nem um rei Tudor, pode devolver isso a mim. Esta é uma perda que jamais poderá ser compensada.

Peço a Henry que se levante e sorrio com orgulho quando ele parece continuar crescendo diante de mim e ficar cada vez mais alto. É um rapaz grande, bem constituído, de quase 20 anos. Ultrapassa-me por uma cabeça de altura, e consigo sentir a força em seus braços.

— Meu filho — digo, e pigarreio, para que minha voz não soe trêmula. — Meu filho, senti saudades suas, mas agora devolvemos um ao outro nossa presença, e voltamos ao nosso lugar no mundo.

Peço que Arthur se levante e o beijo também. Aos 17 anos, está quase tão alto quanto seu irmão mais velho, mais largo e mais forte. É um atleta, um grande cavaleiro. Lembro que meu primo, George Neville, barão de Abergavenny, prometeu-me que transformaria este rapaz em um grande praticante de esportes: "Coloque-o na corte do rei e todos se apaixonarão por ele e sua coragem na justa", disse-me.

O próximo da fila, Reginald, levanta-se quando me aproximo dele, mas, mesmo quando o abraço com força, ele não coloca os braços à minha volta, não me abraça. Beijo-o e me afasto para contemplá-lo. É alto e magro, com um rosto estreito, sensível e móvel como o de uma menina, seus olhos castanhos muito cansados para os de um menino de 11 anos, a boca firme como se fosse fechada por um silêncio imposto. Creio que nunca me perdoará por tê-lo deixado no monastério.

— Sinto muito — digo-lhe. — Não sabia como deixá-lo a salvo, não sabia sequer como alimentá-lo. Agradeço a Deus por ter voltado para mim agora.

— Claramente, garantiu o bem-estar dos outros — diz curtamente, sua voz incerta, uma hora o agudo de um menino, na outra falhando e engrossando. Olha de esguelha para Geoffrey, a meu lado, que aumenta o aperto em minha mão ao ouvir a hostilidade na voz do irmão. — Não foram obrigados a viver como ermitões silenciosos, sozinhos no meio de estranhos.

— Por favor! — Surpreendentemente, Henry interrompe seu irmão. — Agora estamos juntos novamente! Milady mãe conquistou de volta nossa fortuna e nosso título. Resgatou-nos de uma vida de dificuldades. O que está feito, está feito.

Ursula aproxima-se de mim, como se para defender-me do ressentimento de Reginald, e abraço-a de lado.

— Tem razão — digo para Henry. — E você está certo em repreender seu irmão. É o homem da família, será lorde Montague.

Enrubesce de alegria.

— O título será meu? Irão me dar seu título também? Serei eu o portador de seu nome?

— Ainda não — digo. — Mas será. Irei chamá-lo de Montague de agora em diante.

— Devemos todos chamá-lo de Montague e não de Henry? — pergunta Geoffrey, animado. — E eu tenho um nome novo também?

— Certamente será um conde, no mínimo — comenta Reginald com desprazer. — Se não lhe encontrarem uma princesa para desposar.

— E moraremos aqui, de agora em diante? — pergunta Ursula, olhando à volta do salão principal, com as grandes vigas pintadas e a lareira antiga no centro do ambiente. Aprendeu a ter gosto por coisas boas e pela vida na corte.

— Esta será nossa casa em Londres, mas permaneceremos na corte — digo-lhe. — Você e eu, nos cômodos da rainha, seu irmão Geoffrey, como pajem da rainha. Seus irmãos continuarão a servir o rei.

Montague sorri, Arthur fecha a mão em punho.

— Exatamente o que eu esperava!

O rosto de Reginald se ilumina.

— E eu? Irei à corte também?

— Você tem sorte — digo-lhe. — Reginald irá para a universidade! — anuncio aos outros, enquanto seu sorriso some. — O rei em pessoa ofereceu-se para pagar suas despesas. É um afortunado, favorecido por ele. Ele mesmo é um grande acadêmico, admira os novos conhecimentos. É um grande privilégio. Contei-lhe de seus estudos com os irmãos cartuxos, e por isso está oferecendo a você uma vaga no Magdalen College, em Oxford. É um grande favor.

Olha para seus pés, seus cílios escuros ocultando seus olhos, e creio que está lutando para não chorar.

— Então devo morar longe de casa novamente — observa, sua voz muito baixa. — Enquanto todos vocês estão na corte. Todos juntos.

— Meu filho, é um grande privilégio — digo, um pouco impaciente. — Se obtiver a preferência do rei e galgar posições na Igreja, quem sabe onde poderá acabar?

Parece querer discutir, mas seu irmão o interrompe.

— Cardeal! — exclama Montague, bagunçando seu cabelo. — Papa!

Reginald não é capaz sequer de encontrar um sorriso para seu irmão.

— E agora está rindo de mim?

— Não! Digo de coração! — responde Montague. — Por que não?

— Por que não? — pergunto. — Tudo nos foi restaurado, tudo é possível.

— E o que temos exatamente? — pergunta Arthur. — Porque se eu for servir ao rei, será preciso comprar um cavalo, uma sela e uma armadura.

— Sim, o que ele nos deu? — pergunta Montague. — Deus o abençoe por endireitar as coisas. O que recebemos?

— Somente o que nos pertencia, devolvido a nós — digo, com orgulho. — Pedi ao rei o que é meu por direito, o título e as terras que foram levadas de mim quando meu irmão foi erroneamente executado. Ele concordou que meu irmão não era um traidor, então restaurou nossa fortuna. É justiça, não caridade.

Meus filhos aguardam, como crianças à espera de lembrancinhas de Ano-Novo. Ao longo de suas vidas, souberam da existência sombria de um tio cujo nome não deveria ser mencionado, de um passado tão glorioso que deveria ser escondido, de uma riqueza tão imensa que não suportaríamos falar do que havia sido perdido. Agora é como se o sonho de sua mãe se revelasse real.

Inspiro.

— Obtive a posição de condessa novamente — digo. — O nome de minha família, meu título me foi devolvido. Serei condessa de Salisbury.

Montague e Arthur, que entendem a dimensão desse privilégio, aparentam estar perplexos.

— Deu a você, uma mulher, um condado? — pergunta Montague.

Assinto. Sei que estou radiante, não consigo esconder minha alegria.

— Por direito meu. E as terras. Todas as posses de meu irmão nos foram devolvidas.

— Estamos ricos? — pergunta Reginald.

Confirmo.

— Estamos. Somos uma das famílias mais ricas de todo o reino.

Ursula engasga levemente e junta as mãos.

— Isto é nosso? — pergunta Arthur, olhando à sua volta. — Esta casa?

— Era a casa de minha mãe — digo, com orgulho. — Dormirei em sua grande câmara, onde ela costumava dormir com seu marido, o irmão do rei. É um palácio do tamanho de qualquer outro em Londres. Consigo lembrar daqui, de quando era uma menininha. Sou capaz de lembrar-me de morar aqui. Agora é meu novamente, e devem chamá-lo de lar.

— E as casas de campo? — pergunta Arthur com ansiedade.

Vejo a avidez em seu rosto, e reconheço minha própria cobiça e excitação.

— Construirei — prometo-lhe. — Construirei uma grande casa de tijolos, um castelo planejado com tanta riqueza quanto qualquer palácio, na cidade de Warblington, em Hampshire. Será nossa maior casa. E teremos Bisham, a casa de minha família, em Berkshire, esta casa em Londres, e uma mansão em Clavering, em Essex.

— E nossa casa? — pergunta Reginald. — Stourton.

Rio.

— Não é nada comparada com estas — digo, como quem deixa algo de lado. — Um lugar pequeno. Uma de nossas muitas casas. Temos dezenas de casas como Stourton. — Volto-me para Montague: — Arranjarei um grande casamento para você, e possuirá casas e terras próprias.

— Irei me casar — promete. — Agora tenho um nome a oferecer.

— Possuirá um título a oferecer a sua noiva — garanto-lhe. — Agora posso olhar à minha volta e achar uma pessoa adequada. Terá algo a trazer ao matrimônio. O rei em pessoa chama-me de "prima". Agora poderemos procurar uma herdeira cuja fortuna se equiparará à sua.

Olha como se tivesse uma sugestão, mas sorri e guarda para si, por enquanto.

— Sei quem é — provoca Arthur.

Imediatamente, fico alerta.

— Pode contar-me — digo a Montague. — E, se for rica e bem-criada, conseguirei arrumar tudo. Pode escolher. Não há uma família no reino que não pensaria que é uma honra juntar-se à nossa, agora.

— Foi de paupérrima a princesa — diz Reginald, lentamente. — Deve sentir que Deus atendeu às suas preces.

— Deus não me enviou nada além de justiça — digo, com cautela. — E devemos, enquanto família, agradecer por isso.

Lentamente, acostumo-me a ter posses mais uma vez, do mesmo modo como fui obrigada a acostumar-me a ser pobre. Peço que pedreiros venham à minha casa em Londres, e começam a transformar o grande Palácio L'Erber em uma casa ainda mais imponente, pavimentando o átrio e entalhando lindos painéis de madeira para o grande salão. Para Warblington eu encomendo um castelo, com fosso e uma ponte levadiça, uma capela e um campo. Faço tudo do modo como meus pais teriam escolhido, exatamente como o Castelo de Middleham em minha infância, quando sabia que nascera para a grandeza e nunca sonhava que tudo poderia desaparecer do dia para a noite. Construo algo que esteja no mesmo nível de qualquer castelo do país, e crio belos quartos de visitas para quando o rei e a corte vierem se hospedar comigo, sua grande súdita, em seu próprio grande castelo.

Por toda parte coloco meu brasão e tenho de confessar o pecado do orgulho todos os dias, mas não me importo. Quero declarar ao mundo:

"Meu irmão não foi traidor, meu pai tampouco. Este é um nome honrado, este é um estandarte real. Sou a única condessa na Inglaterra que possui um título por direito próprio. Aqui está meu símbolo, por todas as minhas muitas casas. Aqui estou. Viva. Não sou traidora. Aqui estou!"

Meus filhos entram para a vida na corte como os príncipes que de fato são. O rei imediatamente simpatiza com Arthur por sua valentia e sua habilidade nas justas. Meu parente George Neville serviu muito bem meus filhos quando os criou e ensinou-lhes tudo o que precisavam saber para ser cortesãos populares. Montague fica confortável e elegante nos cômodos reais; Arthur é um dos mais corajosos jogadores de justa em uma corte que não se importa com nada além de coragem. É um dos únicos homens que ousam cavalgar contra o rei e um dos muito poucos que conseguem derrotá-lo. Quando Arthur derruba o rei da Inglaterra, pula de seu cavalo, correndo na frente dos pajens para ajudá-lo a se erguer, e Henrique ri em altos brados e abraça Arthur. "Ainda não, primo Plantageneta! Ainda não!", grita, e vociferam juntos como se um rei caído fosse uma grande piada e um Plantageneta parado sobre um Tudor derrubado pudesse ser apenas uma bela pilhéria entre camaradas.

Reginald estuda na universidade; Ursula serve a meu lado nos aposentos da rainha, na corte; Geoffrey permanece na ala das crianças, em L'Erber, com seus tutores e companheiros e, às vezes, vem à corte para servir à rainha. Não creio ser capaz de mandá-lo para o campo, não depois da tristeza de ficar longe de meus meninos mais velhos, não depois da dor contínua do exílio de Reginald. Este menino, meu menino mais novo, meu bebê, manterei em casa. Juro que o manterei ao meu lado até que se case.

O rei está desesperado para entrar em guerra e determinado a punir os franceses por seus avanços na Itália, convencido a defender o papa em suas terras. Durante o verão, meu primo Thomas Grey, marquês de Dorset, lidera uma expedição para tomar a Aquitânia, mas não consegue realizar nada sem o apoio do pai da rainha, que se recusa a tomar parte em seus planos de batalha conjuntos. Thomas é culpado por isso e pela má conduta de suas tropas, e uma sombra recai, mais uma vez, sobre sua reputação como um apoiador dos Tudor e nosso familiar.

— A culpa não é de seus primos, Vossa Graça, e sim de seu sogro. — Tom Darcy, o lorde do norte, diz ao rei, em tom ríspido. — Não me apoiou quando fui em cruzada. Não apoiou Thomas Grey. Quem peca é vosso aliado, não vossos generais.

Ele me vê observando-o e pisca rapidamente para mim. Sabe que toda a minha família teme a perda da amizade dos Tudor.

— É possível que esteja certo — diz Henrique, amuado. — Mas o rei espanhol é um grande general, e Thomas Grey certamente não é.

Palácio de Westminster, Londres, verão de 1513

Nem um grande imprevisto é capaz de diminuir permanentemente o entusiasmo do rei por uma guerra contra a França, guiado por sua consciência, que lhe garante estar defendendo a Igreja, e pela promessa do título de "rei da França". O papa é esperto o suficiente para saber que Henrique almeja conquistar novamente o título que outros monarcas ingleses perderam e mostrar-se como um verdadeiro rei e um líder para vários homens.

Neste verão, a corte e meus meninos não conseguem pensar em nada além de fortalezas e armaduras, cavalos e provisões. O novo conselheiro do rei, Thomas Wolsey, prova ser capaz, de forma sem igual, de colocar um exército em marcha, pedindo mantimentos conforme o necessário, controlando a reunião de tropas, ordenando aos ferreiros que façam lanças, e às selarias que façam jaquetas de couro. Os detalhes, os constantes pedidos para transporte, suprimentos, e ritmo — nos quais nenhum nobre consegue se concentrar para seguir — é tudo em que Wolsey pensa, e não tem mais nada na cabeça.

As damas da câmara da rainha costuram bandeiras, lembranças e camisas especiais feitas de tecido grosso para serem usadas sob a cota de malha; mas Catarina, a filha de uma rainha lutadora, criada em um país em guerra, encontra-se com os comandantes de Henrique e fala com eles sobre provisões, disciplina e sobre a saúde das tropas que levarão para invadir a França. Somente Wolsey entende suas preocupações, e ela e o administrador se encontram sozinhos com frequência, discutindo rotas para a marcha, provisões ao longo do caminho, como estabelecer linhas com mensageiros e como um comandante poderá comunicar-se com outro e ser persuadido a trabalhar em conjunto.

Thomas Wolsey trata-a com respeito, comentando que possui mais conhecimento de guerra que muitos dos nobres da corte, pois foi criada durante o cerco de Granada. Toda a corte trata-a com um sorriso orgulhoso e discreto, pois todos sabem que está grávida novamente, sua barriga começando a tornar-se dura e curva. Caminha a toda parte, negando-se a cavalgar, repousando durante a tarde, rechonchuda, emanando uma brilhante confiança.

Canterbury, Kent, junho de 1513

Partimos em direção à costa com o exército, viajando lentamente por Kent, e paramos no glorioso Santuário de Canterbury, repleto com o ouro e os rubis de Thomas Becket de Canterbury, onde rezamos pela vitória da Inglaterra.

A rainha toma minha mão quando me ajoelho para orar a seu lado e passa-me seu rosário, apertando-o em minha mão.

— O que é isto? — sussurro.

— Segure-o — diz. — Enquanto conto-lhe uma coisa ruim. Tenho de lhe contar algo que a deixará aflita.

O afiado crucifixo de marfim fura a palma de minha mão como um prego. Já imagino o que está para contar-me.

— É seu primo, Edmund de la Pole — conta gentilmente. — Sinto muito, minha querida. Sinto muitíssimo. O rei ordenou que fosse executado.

Apesar de já esperar por isso, mesmo que soubesse que a hora viria, mesmo que estivesse à espera dessa notícia há anos, ouço minha própria voz dizendo:

— Mas por quê? Por que agora?

— O rei não pode ir à guerra com um pretendente ao trono na Torre. — Percebo, pela culpa em seu rosto, que se lembra de que o último pretendente ao trono Tudor foi meu irmão, morto para que ela pudesse vir à Inglaterra e se casar com Artur. — Sinto muito, Margaret. Sinto muito, minha querida.

— Estava preso há sete anos! — protesto. — Sete anos, e não houve problema algum!

— Sei disso. Mas também há a opinião do Conselho Privado.

Inclino minha cabeça como se estivesse orando, mas não consigo achar as palavras para rezar pela alma de meu primo, morto por um machado Tudor, pelo crime de ser um Plantageneta.

— Espero que seja capaz de perdoar-nos — sussurra.

Sob o som dos cânticos que se elevam na missa, mal consigo ouvi-la. Seguro sua mão.

— Não é você — digo. — Nem sequer é culpa do rei. É o que qualquer um faria para livrar-se de um rival.

Ela assente, como se estivesse reconfortada, mas ponho a cabeça em minhas mãos e sei que não se livraram dos Plantageneta. É impossível livrarem-se de nós. O irmão de meu primo Edmund, Richard de la Pole, seu herdeiro e agora o novo pretendente, fugiu da Inglaterra e está em algum lugar da Europa tentando juntar um exército; e, depois dele, há mais um de nós, e mais outro, sem fim.

Castelo de Dover, Kent, junho de 1513

A rainha despede-se de seu esposo no Castelo de Dover e ele a honra com o título de Regente da Inglaterra — governará este país com a autoridade de um rei coroado. É uma monarca da Inglaterra, uma mulher nascida para reinar. Ele repousa gentilmente a mão em sua barriga e pede-lhe para manter este país e este bebê a salvo até a sua volta.

Não consigo pensar em nada além de meus meninos, principalmente em meu filho Montague, cujas obrigações incluem manter-se ao lado do rei e cuja honra irá levá-lo ao centro de qualquer batalha. Aguardo até que seu cavalo de guerra seja carregado no navio e que ele venha até mim e ajoelhe-se, pedindo minha bênção. Estou determinada a dizer um adeus sorridente, e tento esconder meu medo por ele.

— Mas cuide-se — peço-lhe.

— Milady mãe, irei à guerra. Não é suposto que me cuide. Seria uma péssima guerra se todos cavalgássemos com cuidado!

Torço meus dedos.

— Ao menos cuide de sua comida, e não se deite sobre o chão úmido. Certifique-se de que seu criado sempre coloque uma capa de couro antes. E nunca tire seu elmo se estiver perto de...

Ele ri e toma minha mão na sua.

— Milady mãe, voltarei a encontrá-la! — É um jovem e esperançoso, crê que viverá para sempre, e então promete a coisa que, na verdade, não pode prometer: que nada nunca irá machucá-lo, nem sequer um campo de batalha.

Falo de uma só vez.

— Meu filho!

— Irei certificar-me de que Arthur esteja a salvo — promete-me. — E voltarei para casa são e salvo. Talvez capture prisioneiros franceses para resgate, talvez volte para casa rico. Talvez ganhe terras francesas e você poderá construir castelos na França assim como na Inglaterra.

— Só volte — digo. — Nem castelos novos importam mais do que o herdeiro.

Ela inclina a cabeça para receber sua bênção e tenho de deixá-lo ir.

A guerra termina melhor do que qualquer sonho preveria. O exército inglês, sob o comando do rei em pessoa, toma Therouanne, e a cavalaria francesa foge diante deles. Meu filho Arthur escreve-me dizendo que seu irmão lutou como um herói e foi sagrado cavaleiro pelo rei por sua bravura em batalha. Meu filho Montague é agora Sir Henry Pole — Sir Henry Pole! — e está a salvo.

Palácio de Richmond, oeste de Londres, verão de 1513

As notícias que chegam a Londres são encorajadoras, mas coisas muito mais sérias do que a calma procissão da campanha do rei estão acontecendo em nossa terra. Quase que imediatamente depois da saída da frota de Henrique, e, apesar do fato de que o rei da Escócia jurou um tratado de paz sagrado e permanente, selado com seu matrimônio com uma princesa inglesa, Margaret, a irmã do rei, Jaime IV da Escócia nos invade, e somos obrigados a defender o reino com nosso exército na França e nosso rei brincando de comandante no estrangeiro.

O único homem que ficou na Inglaterra capaz de comandar é Thomas Howard, conde de Surrey, o velho cão de guerra que Henrique deixou para trás, para sua rainha usar como achasse melhor. O guerreiro de 70 anos e a rainha grávida dominam a sala de recepção de Richmond e, em vez de partituras musicais e planos de coreografias espalhados sobre a mesa, há mapas da Inglaterra e da Escócia, listas de convocações e os nomes dos donos de terras que cederão seus arrendatários para a guerra da rainha contra a Escócia. As damas da rainha analisam seus criados e trazem informações sobre seus castelos fronteiriços.

Os anos de juventude de Catarina, passados com seus pais enquanto lutavam por cada centímetro de seu reino, são notados em todas as decisões que ela e Thomas Howard tomam juntos. Apesar de todos os que ficaram na Inglaterra reclamarem de estarem sendo protegidos por um velho e uma grávida, creio que estes dois são melhores comandantes do que aqueles que estão na França. Ela compreende os perigos do campo de batalha e o uso de tropas como se fossem assuntos habituais para uma princesa. Quando Thomas Howard reunir seus homens para marchar para o norte, eles executarão um plano de batalha em que ele atacará os escoceses no norte, e ela manterá uma segunda linha nas Midlands, para o caso de sua derrota. É ela que desafia sua condição para cavalgar até o exército em um cavalo branco, vestida de dourado, e vocifera um discurso para dizer-lhes que nenhuma nação do mundo consegue lutar como os ingleses.

Observo-a e mal reconheço a menina saudosa que chorou em meus braços em Ludlow. É uma mulher. De fato, é uma rainha. Melhor do que isso, é uma rainha militante, tornou-se uma grande rainha da Inglaterra.

Palácio de Westminster, Londres, outono de 1513

O plano de batalha dos dois é admiravelmente bem-sucedido. Thomas Howard envia a ela o casaco manchado de sangue de Jaime IV. O cunhado e companheiro de monarquia do rei está morto, tornamos a princesa Margaret viúva, fazemos dela uma rainha viúva com um bebê de dezessete meses nos braços e a Escócia está à nossa mercê.

Catarina está repleta de um deleite sedento de sangue, e rio enquanto ela dança pelo quarto, cantando uma canção de guerra em espanhol. Tomo suas mãos e imploro-lhe que se sente, fique parada e calma, mas é comprovadamente a filha de sua mãe, exigindo que a cabeça de Jaime da Escócia lhe seja enviada, até que a persuadimos de que um monarca inglês não pode ser tão feroz. No lugar disso, ela manda seu casaco manchado de sangue e estandartes rasgados para Henrique na França, para que ele saiba que ela protegeu o reino melhor do que qualquer regente anterior, que derrotou os escoceses como ninguém fez antes. Londres celebra, com a corte que temos, uma rainha heroína, uma rainha militante, que consegue manter o reino e carregar uma criança na barriga.

Catarina passa mal durante a noite. Estou dormindo em sua cama e escuto-a gemer antes da dor atravessar seu sono. Viro-me e ergo-me em um cotovelo para ver seu rosto, pensando que está tendo um pesadelo, e que devo acordá-la. Então sinto sob meus pés descalços a umidade na cama e tremo com a sensação. Eu pulo da cama, puxo os lençóis, e vejo que minha própria camisola está vermelha, terrivelmente manchada com o sangue dela.

Corro até a porta e abro-a de uma vez, gritando para chamar suas damas e para que alguém chame as parteiras e os médicos, e então volto para segurar as mãos da rainha enquanto ela geme e as dores começam a vir.

É cedo, mas não cedo demais; talvez o bebê sobreviva a esta súbita, urgente, temerosa pressa. Seguro os ombros de Catarina enquanto inclina-se para a frente e então passo uma esponja em seu rosto enquanto ela se recosta e engasga com alívio.

As parteiras gritam para que empurre e, de repente, dizem "Pare! Pare!" e ouvimos, todos conseguimos ouvir, um choro baixo, murmurado.

— Meu bebê? — pergunta a rainha quase para si mesma, e então levantam-no, suas perninhas balançando, o cordão pendente, o restante dele sobre sua barriga, que está relaxada e trêmula.

— Um menino — diz alguém em voz baixa, maravilhado. — Meu Deus, que milagre. — Cortam o cordão umbilical e apertam-no num embrulho, depois dobram lençóis quentes sobre Catarina e colocam-no em seus braços. — Um menino para a Inglaterra.

— Meu bebê — sussurra, seu rosto iluminado de alegria e amor. Parece-se, creio, com uma imagem da Virgem Maria em um quadro, segurando a graça de Deus em seu colo.

— Margaret — diz em um sussurro. — Envie uma mensagem ao rei...

Sua expressão muda, o bebê se mexe levemente, suas costinhas arqueiam, parece sufocar.

— Qual é o problema? — pergunta. — Qual é o problema com ele?

A ama de leite, que se aproximava, abrindo a frente de seu vestido, anda para trás como se subitamente temesse tocar a criança. A parteira olha por cima da bacia de água e do pano e corre na direção do bebê, dizendo:

— Dê-lhe um tapa nas costas! — Como se ele tivesse de nascer e respirar novamente.

— Pegue-o! Salve-o! — diz Catarina e coloca-se na frente da cama, empurrando-o para a parteira. — O que há com ele? Qual é o problema?

A parteira prende a boca sobre o nariz e a boca do bebê, suga e cospe bile escura no chão. Algo está errado. Ela claramente não sabe o que fazer, ninguém sabe o que fazer. O corpinho vomita, uma poça de algo que parece óleo sai de sua boca, de seu nariz, até mesmo de seus olhos fechados, de onde saem pequenas lágrimas escuras, que escorrem por suas bochechas pálidas.

— Meu filho! — grita Catarina.

Colocam-no de pé, como um homem afogado num fosso, dão-lhe tapas, balançam-no, colocam-no sobre os joelhos da ama e batem em suas costas. Está mole, está pálido, seus dedinhos das mãos e dos pés estão azuis. Evidentemente, está morto, e estapeá-lo não vai trazê-lo à vida.

A rainha se joga na cama, puxa as cobertas sobre seu rosto como se desejasse estar morta também. Ajoelho-me ao lado da cama e estendo meu braço para pegar sua mão. Cegamente, segura-me.

— Margaret — diz, debaixo das cobertas, como se não suportasse que eu visse seus lábios exprimindo as palavras. — Margaret, escreva ao rei e diga-lhe que o bebê está morto.

Assim que as parteiras limparam tudo e se foram, assim que os médicos deram suas opiniões, que não servem para coisa alguma, Catarina escreve ao rei pessoalmente e manda a notícia por intermédio dos mensageiros de Thomas Wolsey. Deve contar a Henrique, o conquistador em seu momento de triunfo na volta para casa, que, apesar de dar provas de seu valor, não há prova de sua potência. Ele não tem filhos.

Aguardamos seu retorno; a rainha está banhada, abençoada e vestida com uma roupa nova. Tenta sorrir, vejo-a praticando diante de um espelho, como se houvesse esquecido de como se faz. Tenta parecer alegre por sua vitória, contente por seu regresso e esperançosa por seu futuro.

O rei não a observa com proximidade suficiente para perceber que está somente fingindo essa felicidade. Interpreta uma mascarada de alegria para ele, que mal olha em sua direção, tão cheio está de histórias de batalha e captura de vilas. Metade de sua corte foi premiada com espólios. É como se ele houvesse tomado Paris e fosse coroado em Rheims, mas ninguém menciona que o papa não lhe deu o título prometido de "rei mais cristão da França". Viajou tão longe, fez tanto, para ganhar quase nada.

Para sua rainha ele demonstra um ressentimento zangado. É sua terceira perda e, desta vez, ele aparenta estar mais perplexo do que triste. Não consegue compreender por que ele, tão jovem, tão belo, tão amado e, neste ano, tão triunfante, não poderia ter um filho para cada ano de seu casamento, como Eduardo, o rei Plantageneta. Por essa contagem, ele deveria ter quatro filhos nesta altura. Então, por que o berçário está vazio?

O menino que possuía tudo que um príncipe desejaria, o jovem que obteve seu trono e sua noiva no mesmo ano, aclamado por seu povo, não consegue entender como algo daria tão errado para si. Observo-o e vejo-o intrigado com a decepção, como uma nova e desagradável experiência. Vejo-o procurando os homens que estavam ao seu lado na França para reviver seus triunfos, como se para assegurar-se de que também é um homem, igual a qualquer um, superior a todos. E então, seguidas vezes, seu olhar passa pela rainha, como se não fosse capaz de entender o porquê de ela, dentre todos no mundo, não lhe dar o que ele quer.

Palácio de Greenwich, Londres, primavera de 1514

A corte não consegue pensar em nada além de quando poderá ir à guerra contra a França novamente. O triunfo de Thomas Howard contra os escoceses não é esquecido e ele é recompensado com a restauração de seu ducado em Norfolk. Vejo-o vindo em nossa direção, com seu coxear obstinado, enquanto a rainha, eu e suas damas caminhamos à beira do rio em uma tarde gelada de primavera. Sorri para mim, faz uma reverência profunda para ela.

— Parece que também fui restaurado — diz diretamente, postando-se a meu lado. — Sou eu mesmo novamente. — O velho soldado não é um cortesão, mas é um bom amigo e o súdito mais leal do reino. Servia meu tio, o rei Eduardo, inclusive em práticas escusas, e foi um comandante fiel para meu outro tio, o rei Ricardo. Quando pediu perdão a Henrique Tudor, explicou que não havia feito mal, só servira ao rei. Quem quer que se sente no trono tem a lealdade de Howard, sua compleição é a mesma de um cão.

— Fez de você um duque novamente? — adivinho. Olho rapidamente para sua esposa, Agnes — E Vossa Senhoria será duquesa?

Elas faz reverência.

— Sim, condessa — diz Thomas, com um sorriso. — Todos temos nossos diademas de volta.

Agnes Howard sorri para mim.

— Parabenizo os dois — digo. — Esta é uma grande honra. — É verdade. Isto alça Thomas Howard à condição de um dos maiores homens do reino. Duques são inferiores apenas ao próprio rei. Somente Buckingham, um duque de sangue real, é mais importante do que Norfolk. Mas o novo duque traz-me rumores que tiram o brilho de seu triunfo. Pega meu braço e dá um passo ao meu lado, para me fazer parar.

— Decerto já ouviu dizer que o rei também dará um título real a Charles Brandon.

— Não! — Estou genuinamente escandalizada. Esse homem não fez nada além de seduzir mulheres e divertir o rei. Metade das jovens da corte está apaixonada por ele, incluindo a irmã mais nova do rei, a princesa Maria, apesar de ele não ser nada além de um belo bruto. — Por quê? O que fez para merecer?

Os olhos do velho se estreitam.

— Thomas Wolsey — diz brevemente.

— Por que ele favoreceria Brandon?

— Não é que admire tanto Charles Brandon, mas deseja que um poder se oponha àquele de Edward Stafford, duque de Buckingham. Quer um amigo no poder para ajudar a derrubar o grande duque.

Absorvo isso, olhando à frente, para conferir se a rainha consegue ouvir-me.

— Thomas Wolsey está se tornando muito importante — observo, reprovadora. — E isso vindo de origens bastante modestas.

— Desde que o rei parou de aceitar os conselhos da rainha, tornou-se presa de qualquer falante esperto que consegue articular um argumento — diz o duque, com severidade. — E este Wolsey não tem nada de que se gabar, além de uma biblioteca cheia e a mente de um ourives. Consegue dizer-lhe o preço de qualquer coisa, consegue dizer-lhe o nome de todas as cidades da Inglaterra. Sabe o preço de suborno de cada membro do

Parlamento e todos os segredos que escondem. Qualquer coisa que o rei deseje, é ele quem obtém, e agora obtém antes mesmo de o rei saber o que quer. Quando Henrique ouvia a rainha, sabíamos onde estávamos: amigos da Espanha, inimigos da França e governados pela nobreza. Agora que o rei é aconselhado por Wolsey, não temos ideia de quem é nosso amigo ou nosso inimigo, nem sabemos para onde vamos.

Olho adiante, para onde a rainha está, apoiada no braço de Margery Horsman. Já parece um pouco cansada, apesar de termos andado menos de dois quilômetros.

— Ela costumava mantê-lo no lugar — reclama Howard em meu ouvido. — Mas Wolsey dá-lhe o que quer que queira, e o incita a querer mais. Ela é a única que consegue negar-lhe algo. Um jovem precisa de orientação. Ela tem de retomar as rédeas, tem de guiá-lo.

É verdade que a rainha perdeu sua influência sobre Henrique. Ganhou a maior batalha que a Inglaterra já travou com os escoceses, mas ele não consegue perdoá-la por perder a criança.

— Ela faz o que pode — digo.

— E você sabe como devemos chamá-lo? — rosna Howard.

— Chamar Thomas Wolsey?

— É bispo, agora. Bispo de Lincoln, nada menos — confirma, diante de minha surpresa. — Deus sabe o que isso vai lhe render anualmente. Se ela conseguisse dar-lhe um filho, todos nós lucraríamos. O rei a escutaria se ela lhe desse um herdeiro. É porque falha nesta única coisa que ele não consegue confiar nela para nenhum outro assunto.

— Ela tenta — digo simplesmente. — Não há uma mulher que reze mais pela bênção de um filho. E talvez...

Ele ergue uma sobrancelha escarpada depois de minha discreta sugestão.

— São ainda os primeiros dias — digo, com cuidado.

— Deus queira — diz, devotadamente. — Pois este é um rei sem paciência, e não podemos esperar muito mais.

Inglaterra, verão de 1514

A rainha se avoluma com a gravidez. Seu transporte é uma liteira levada por duas mulas brancas quando saímos em procissão. Nada é luxuoso demais para a gravidez mais importante de todas.

Henrique já não vai ao quarto dela à noite. Claro, nenhum bom marido faz uso de sua esposa durante uma gravidez, mas tampouco vem a ela para conversar ou receber conselhos. O pai dela se recusa a entrar em guerra com a França novamente e a fúria de Henrique, a decepção com Fernando de Aragão, transborda para a filha do espanhol. Mesmo o casamento planejado para a irmã mais nova de Henrique, a princesa Maria, com o arquiduque Carlos é cancelado quando a Inglaterra dá as costas à Espanha e a tudo que é espanhol. O rei jura que não considerará conselhos de qualquer estrangeiro, que ninguém sabe melhor do que ele o que o bom povo da Inglaterra deseja. Zomba das damas espanholas da rainha e finge que não as entende quando educadamente lhe desejam um bom dia. A própria Catarina, assim como seu pai e seu reino, é publicamente insultada por seu marido enquanto ela se senta, muito calma e silenciosamente, no baldaquino, e aguarda até que a tempestade passe, com as mãos unidas sobre a barriga arredondada.

Henrique declara em voz alta que governará a Inglaterra sem conselhos ou ajuda de ninguém, mas na verdade ele não faz nada; tudo é lido, estudado e ponderado por Wolsey. O rei mal olha duas vezes os documentos antes de assinar seu nome. Às vezes, ele nem sequer se dá ao trabalho de fazer isso, e Wolsey envia ordens reais sob seu próprio selo.

Wolsey é um entusiasta da paz com os franceses. Até mesmo a amante atual do rei é uma mulher francesa, uma das damas de honra da princesa Maria, jovem muito inapropriada para uma corte decente, uma conhecida puta da corte francesa. O rei fica encantado com sua reputação indecente e a procura, seguindo-a pela corte, como se ele fosse um jovem cão de caça, e ela, uma cadela no cio. Tudo que é francês está na moda, putas, fitas e alianças, todas juntas. Parece que o rei se esqueceu de tudo sobre sua cruzada e irá se aliar ao inimigo histórico da Inglaterra. Não sou a única súdita inglesa cética que crê que Wolsey está planejando selar a paz com um casamento: a princesa Maria, irmã de Henrique, a princesa mais delicada que já se viu, será sacrificada para o velho rei francês, como uma virgem acorrentada à rocha de um dragão.

Suspeito disso, mas não conto a Catarina. Não a preocuparei enquanto estiver carregando uma criança, talvez até gerando um filho homem. Adivinhos e astrólogos prometem constantemente ao rei que desta vez nascerá um filho homem que certamente viverá. Certamente, toda mulher na Inglaterra ora para que desta vez Catarina seja abençoada e dê ao rei seu herdeiro.

— Duvido que Bessie Blount reze por mim — diz, amargamente, dando nome à recém-chegada à corte, cuja beleza jovial e loura é muito admirada por todos, inclusive pelo rei.

— Estou certa de que ela o faz — digo com firmeza. — E eu preferiria tê-la como centro das atenções muito mais do que aquela mulher francesa. Bessie ama você e é um doce de jovem. Não é culpa dela se o rei a prefere dentre todas as suas outras damas. Não é como se ela pudesse negar-se a dançar com ele.

E ela não nega. O rei escreve-lhe poemas e dança com ela de noite, provoca-a e ela ri como uma criança. A rainha se senta em seu trono, a barriga pesada, determinada a descansar e permanecer calma, marcando o ritmo da música com a mão em que pesa sua aliança, e sorridente como se estivesse contente de ver Henrique, corado de animação, dançando como um menino, enquanto todos na corte aplaudem sua graça. Quando faz o sinal de partida, Bessie se retira com o restante de nós, mas todos sabem que ela voltará de fininho até o grande salão com algumas das outras damas de companhia e dançará até o amanhecer.

Se eu fosse Lady Blount, sua mãe, iria mandá-la embora da corte, pois o que uma jovem pode esperar ganhar de um caso amoroso com o rei, além de uma temporada de destaque, seguida de um casamento com alguém que aceite uma rejeitada real? Mas Lady Blount está longe, no oeste da Inglaterra, e o pai de Bessie, Sir John, está encantado com o fato de que o rei admira sua menina, prevendo um rio de favores, postos e riquezas correndo em sua direção.

— É mais bem-comportada do que algumas seriam — lembro a Catarina, em voz baixa. — Não pede coisa alguma e nunca diz uma palavra contra você.

— O que poderia dizer? — pergunta, com ressentimento repentino. — Não fiz tudo que uma esposa pode fazer? Não derrotei a Escócia quando ele sequer estava no país? Não trabalhei no governo do reino quando ele não podia ser incomodado? Não leio os documentos do Conselho para que ele esteja livre para caçar o dia inteiro? Não escolho constantemente minhas palavras para manter o tratado com meu pai, quando Henrique poderia acabar com seu juramento todo dia? Não me sento em silêncio e escuto enquanto ele fala mal de meu pai e meus conterrâneos, chamando-os de mentirosos e traidores? Não ignoro a vergonhosa amante francesa, e agora o novo flerte com a senhorita Blount? Não faço tudo, *tudo* que posso, para evitar que Thomas Wolsey nos force a fazer uma aliança com os franceses, que será a ruína da Inglaterra, meu lar, e da Espanha, minha terra natal?

Ambas ficamos em silêncio. Catarina nunca falou algo ruim de seu jovem marido antes. Mas ele nunca antes fora tão abertamente guiado por sua vaidade e seu egoísmo.

— E o que Bessie faz de tão charmoso? — pergunta Catarina, raivosamente. — Escreve poemas, compõe música, canta canções de amor? É inteligente, talentosa e bela. Por que isso importa?

— Você sabe o que não fez — digo, gentilmente. — Mas você consertará isso. E quando ele tiver um filho, será amoroso e grato, e poderá trazê-lo de volta à aliança com a Espanha, tirá-lo das garras de Thomas Wolsey e escondê-lo dos sorrisos da senhorita Blount.

Ela põe a mão sobre sua barriga.

— Estou fazendo isso agora — diz. — Desta vez dar-lhe-ei um filho. O próprio Deus sabe que tudo depende disso, e nunca irá dar as costas para mim.

Palácio de Greenwich, Londres, outono de 1514

Mas três meses antes de o bebê nascer, recebemos más notícias da Escócia, onde a irmã do rei, a rainha viúva Margaret, foi tola o bastante para se casar com um tolo em sua corte: o belo Archibald Douglas, conde de Angus. Em uma tacada só ela perde seu direito de ser regente e a guarda do filho de 2 anos, também seu herdeiro, assim como de seu irmão mais novo, de apenas seis meses de idade. Os recém-casados escondem-se no Castelo de Stirling com as crianças, e o novo regente da Escócia, João Stuart, segundo duque de Albany, toma o poder.

Henrique e todo o norte da Inglaterra estão temerosos de que o duque de Albany faça alianças com os franceses e se volte contra a Inglaterra. Mas, antes que os escoceses assinem um acordo com os franceses, agimos mais rápido. Henrique decidiu que sua amizade com a França deve ser selada com o casamento de sua irmã mais nova, a princesa Maria, e a rainha é obrigada a ver sua cunhada contrair matrimônio com o rei que ela encara como um inimigo, não apenas de si própria, mas de seu pai e de seus dois países.

A princesa Maria opõe-se amarguradamente ao noivado — o rei francês quase tem idade para ser seu avô — e entra chorando nos aposentos da rainha sussurrando que está apaixonada por Charles Brandon, e que implorou ao rei para que lhe desse permissão para se casar com ele. Pede à rainha para tomar seu partido e convencer Henrique de que sua irmã pode firmar matrimônio por amor, assim como ele.

Catarina e eu trocamos um olhar por cima dos cabelos ruivos da jovem princesa, enquanto ela chora com o rosto no colo da rainha.

— É uma princesa — diz Catarina controladamente. — Seu destino traz grande riqueza e poder, mas não nasceu para se casar por amor.

Henrique se diverte com esta oportunidade de ser dominador e majestoso. Quase consigo vê-lo admirando sua própria determinação política no momento em que se coloca acima da esposa e da irmã, e prova-lhes que sabe mais, como homem e rei. Ignora tanto a princesa — a qual barganha com fúria — quanto os protestos contidos de sua esposa. Manda a princesa Maria para a França com uma companhia nobre, composta por damas e cavalheiros da corte. Meu filho Arthur, com a reputação crescente por sua habilidade nas justas e outros esportes perigosos, está entre eles.

Cuidadosamente, a rainha sugere que Bessie Blount possa ir à França com a princesa Maria e, imediatamente, a princesa pergunta à linda Bessie se ela não gostaria de conhecer a corte francesa. A princesa Maria sabe muito bem que sua cunhada, a rainha, entraria de resguardo para ter o bebê com o coração mais leve se Bessie não estivesse dançando com o rei enquanto ela estiver em trabalho de parto. Mas o pai de Bessie recusa de pronto a honra oferecida a sua filha e sabemos que está obedecendo ao rei. Bessie não deve deixar a corte.

Pego em seu braço um dia, quando estou a caminho do quarto escuro de Catarina, e Bessie, vestida para caçar, corre na direção contrária.

— Bessie!

— Não posso parar, Vossa Senhoria! — diz, apressada. — O rei espera por mim. Trouxe-me um cavalo novo e tenho de ir vê-lo.

— Não a atrapalharei — respondo. É claro, não posso atrapalhá-la. Ninguém pode exercer qualquer autoridade sobre a favorita escolhida do rei. — Mas gostaria de lembrá-la de não dizer coisa alguma contra a rainha. Está ansiosa em seu resguardo, e todos mexericam. Não esquecerá, certo, Bessie? Não deseja magoar a rainha Catarina.

— Eu nunca a magoaria! — ilumina-se. — Todas nós, damas de companhia, a amamos. Eu faria qualquer coisa para servi-la. E meu pai disse-me principalmente que não falasse nada para preocupar o rei.

— Seu pai? — repito.

— Disse-me que, se o rei dissesse qualquer coisa para mim, eu não deveria dizer nada sobre a saúde da rainha, somente comentar que viemos de uma família fértil.

— Família fértil?

— Sim — diz, orgulhosa de haver se lembrado da instrução de seu pai.

— Ah, então é isso? — digo, com fúria. — Bem, se seu pai deseja um bastardo sem nome em sua casa, isso é problema dele.

Bessie enrubesce, as lágrimas vêm rápido a seus olhos quando dá as costas para mim.

— Sou comandada por meu pai e pelo rei da Inglaterra — murmura. — Não adianta me repreender, Vossa Senhoria. Não é como se eu tivesse escolha.

Castelo de Dover, Kent, *outono de 1514*

A corte se reúne para escoltar a princesa até Dover e ver seu cortejo embarcar. Depois de esperar as tempestades cessarem, finalmente os cavalos e carroças com o guarda-roupa imenso de Maria, sua mobília, bens, tapetes e tapeçarias são colocados a bordo e a jovem princesa e suas damas caminham sobre a prancha e ficam paradas sobre o convés, como mártires bem-vestidas, acenando para aqueles de nós que tiveram a sorte de permanecer na Inglaterra.

— Esta é uma grande aliança que fiz — declara Henrique à rainha, e todos os seus amigos e cortesãos concordam. — E seu pai, senhora, irá se arrepender do dia em que tentou me fazer de tolo. Aprenderá quem é o melhor homem. Aprenderá quem será aquele que fará e dissolverá reinos na Europa.

Catarina abaixa os olhos para que ele não consiga ver o surgimento do ódio. Vejo-a apertando as próprias mãos com tanta força que seus anéis ferem seus dedos inchados.

— Penso, meu senhor, que... — começa.

— Não há necessidade de que pense em coisa alguma — sobrepõe-se a ela. — Tudo o que pode fazer pela Inglaterra é dar-nos um filho. Tenho o governo de meu país, cuido da parte de pensar; você fica com a gestação de meu herdeiro.

Ela faz-lhe uma mesura, consegue exibir um sorriso. É capaz de evitar o olhar da corte, que acaba de ouvir uma princesa da Espanha ser repreendida por um Tudor, e dá as costas em direção ao Castelo de Dover. Ando meio passo atrás dela. Quando estamos em uma reentrância do muro, em que se pode observar o mar, ela volta-se e toma meu braço, como se precisasse de apoio.

— Sinto muito — peço, de maneira inadequada, ruborizando pela falta de educação dele.

Ela dá de ombros.

— Quando eu tiver um filho... — diz.

Palácio de Greenwich, Londres,
outono de 1514

O rei está reformando o Palácio de Greenwich em grande estilo. Era o palácio preferido de minha prima, sua mãe, e caminho com Catarina por onde caminhei com sua antecessora, pelas alamedas pavimentadas com pedras, abertas em paralelo com a vastidão do rio, quando a rainha para e coloca a mão sobre a barriga, como se sentisse algo se movendo, profundamente, poderosamente.

— Deu um chute forte? — pergunto, sorrindo.

Abaixa a cabeça, dobrando-se como uma rainha de papel, e cegamente estende uma mão para mim.

— Sinto dor. Sinto dor!

— Não! — digo, e tomo sua mão quando suas pernas amolecem e ela cai. Fico de joelhos a seu lado, enquanto suas damas vêm correndo. Olha para mim, seus olhos sombriamente temerosos e seu rosto pálido como uma das velas dos navios do rio, e diz:

— Não diga nada! Isto passará!

Eu me volto para Bessie e para Elizabeth Bryan na mesma hora.

— Ouviram Sua Graça. Não digam coisa alguma, vamos levá-la para dentro.

Estamos prestes a levantá-la, quando de repente ela grita alto, como se alguém a tivesse atingido com uma lança. Imediatamente, alguns guardas correm em sua direção, mas desaceleram e param quando a veem no chão. Não ousam tocá-la, seu corpo é sagrado. Não têm ideia do que fazer.

— Pegue uma cadeira! — grito, e um deles corre no outro sentido. Vem do palácio com uma cadeira de madeira com braços e um encosto, e nós, damas, a ajudamos a se sentar. Carregam a cadeira com cuidado até o palácio, o lindo palácio junto ao rio em que Henrique nasceu, o palácio de sorte para os Tudor, e a levamos para seu quarto escuro.

O bebê não está pronto, já que falta mais de um mês para a data estimada, mas Catarina entra em trabalho de parto, apesar do que diz o grande livro de regras da corte. As parteiras parecem austeras; as criadas correm com lençóis limpos, água quente, tapeçarias para as paredes, tapetes para as mesas, todas as coisas que estavam sendo providenciadas tornam-se subitamente necessárias agora. As dores da rainha vêm longas e lentas, enquanto preparam o quarto ao seu redor. Um dia e uma noite depois, o quarto está perfeito, mas o bebê ainda não nasceu.

A rainha apoia-se nos travesseiros ricamente bordados e vasculha entre as cabeças das damas, abaixadas em oração. Sei que está me procurando, levanto-me e vou em sua direção

— Reze por mim — sussurra. — Por favor, Margaret, vá à capela e reze por mim.

Vejo-me ajoelhando ao lado de Bessie, nossas mãos apertando a grade do altar. Olho para o lado e vejo que seus olhos azuis estão repletos de lágrimas.

— Queira Deus que seja um menino e venha logo — sussurra para mim, tentando sorrir.

— Amém — digo. — E saudável.

— Não há razão para que a rainha não possa ter um menino, há, Lady Salisbury?

Firmemente, balanço a cabeça.

— Razão nenhuma, em absoluto. E se alguém lhe perguntar, se qualquer pessoa, a qualquer momento, lhe perguntar, Bessie, você deve, por lealdade à Sua Graça, dizer que não conhece razão alguma para que ela não tenha um filho saudável.

Senta-se, apoiando-se nos calcanhares.

— Ele pergunta — confessa. — Pergunta, sim.

Fico chocada.

— O que ele pergunta?

— Pergunta se a rainha fala em particular com suas amigas, com a senhora e com suas damas. Pergunta se está ansiosa para ter um filho. Pergunta se há alguma dificuldade secreta.

— E o que lhe diz? — indago. Tenho o cuidado de manter o ódio ardente longe de minha voz.

— Digo-lhe que não sei.

— Então diga-lhe isto — falo com firmeza. — Diga-lhe que a rainha é uma grande dama... Isso é verdade, não é?

Pálida de concentração, ela concorda.

— Diga-lhe que é uma verdadeira esposa para ele... Isso é verdade, não é?

— Ah, sim.

— E que ela serve ao reino como rainha e serve-lhe como uma parceira amorosa e companheira colaboradora. Não há uma mulher melhor para estar a seu lado, uma princesa de nascimento e rainha por matrimônio.

— Sei que ela é. Sei, sim.

— Então, se sabe tanto, diga-lhe que não há dúvida de que seu casamento é bom, na visão de Deus, como perante todos nós, e que um filho virá para abençoá-los. Mas ele deve ser paciente.

Ela faz uma careta e encolhe os ombros.

— Sabe, não posso dizer-lhe tudo isso. Ele não me ouve.

— Mas pergunta-lhe! Acabou de dizer que pergunta a você!

— Creio que pergunte a todos. Mas não ouve ninguém, exceto talvez ao bispo Wolsey. É natural que isso aconteça, meu senhor é tão sábio e conhecedor das vontades de Deus e tudo.

— De qualquer modo, não lhe diga que o casamento é inválido — digo abruptamente. — Eu nunca a perdoaria, Bessie, se dissesse algo assim. Seria maldade. Seria mentira. Deus jamais a perdoaria por tal mentira. E a rainha ficaria magoada.

Fervorosamente, ela balança a cabeça, e as pérolas em seu novo adereço de cabeça balançam e brilham com a luz das velas.

— Jamais o faria! Amo a rainha. Mas só posso dizer ao rei o que ele quer ouvir. A senhora sabe disso tanto quanto eu.

Volto ao quarto de resguardo e fico com Catarina durante o parto até que as dores vêm mais e mais rápido e ela puxa com força as cordas atadas à cama; as parteiras jogam punhados de pimenta em seu rosto para que espirre. Ela engasga querendo ar, lágrimas escorrem furiosamente por sua face, seus olhos e narinas queimam com o poder da especiaria e, quando grita de dor, com sangue escorrendo, o bebê nasce. A parteira agarra-o, puxa-o como a um peixe que se debate, e corta o cordão umbilical. A ama envolve-o em tecido de linho puro e num cobertor de lã, e segura-o para que a rainha o veja. Está cega com as lágrimas, e engasga com a pimenta e com a dor.

— É menino? — pergunta.

— Um menino! — contam-lhe, em um coro encantado. — Um menino! Um menino vivo!

Ela estende os braços para tocar seus punhos fechados, seus pés que chutam, mas, desta vez, tem medo de pegá-lo. Mas ele é forte, com o rosto vermelho, gritando alto como seu pai, dando-se a importância costumeira dos Tudor. Ela dá uma risada maravilhada, de puro deleite, e estende os braços.

— Ele está bem?

— Está ótimo — confirmam. — Pequeno, pois veio cedo, mas está bem.

Ela volta-se para mim e dá-me a grande honra:

— Deve contar ao rei — diz.

Encontro-o em seus aposentos jogando cartas com seus amigos, Charles Brandon, William Compton e meu filho Montague. Sou anunciada pouco antes de uma confusão de cortesãos que esperavam conseguir as primeiras novas das damas à porta, com a intenção de chegar ao rei com as primeiras informações, e ele sabe imediatamente porque vim procurá-lo. Pula e fica de pé, seu rosto brilha de esperança. Vejo mais uma vez o menino que conhecia, que sempre alternava a jactância com o temor. Faço-lhe uma mesura, e minha alegria, enquanto levanto-me, diz tudo.

— Vossa Graça, a rainha deu à luz um belo menino — digo, com simplicidade. — Tem um filho, tem um príncipe.

Henrique vacila e coloca a mão no ombro de Montague para se equilibrar. Meu próprio filho apoia o rei e é o primeiro a dizer:

— Que Deus abençoe! Que seja louvado!

A boca de Henrique está tremendo e lembro-me de que, apesar de sua vaidade, tem somente 23 anos, e sua ostentação é um escudo contra seu medo de falhar. Vejo as lágrimas em seus olhos e percebo que viveu sob um terrível medo de que este casamento estivesse amaldiçoado, que nunca teria um filho. Neste momento exato, enquanto as pessoas no lado de fora do cômodo celebram as notícias, seus camaradas lhe dão tapas nas costas e dizem-lhe que é um grande homem, um touro, um garanhão, um homem de fato, ele está sentindo a maldição ser tirada de si.

— Devo rezar, devo agradecer — gagueja, como se não soubesse o que está dizendo, não sabe o que deveria dizer. — Lady Margaret! Devo agradecer, não devo? Devo encomendar uma missa imediatamente? Esta é a bênção de Deus sobre mim, não é? Prova de Sua predileção? Sou abençoado, sou abençoado. Todos podem ver que sou abençoado. Minha Casa é abençoada.

Cortesãos agrupam-se à sua volta. Vejo Thomas Wolsey empurrando todos os jovens com os cotovelos para abrir caminho, depois mandando uma mensagem para que os canhões sejam disparados e que todos os sinos de igreja na Inglaterra repiquem, e que uma missa em ação de graças seja rezada em todas as igrejas. Acenderão fogueiras nas ruas, servirão cerveja e carne assada de graça e a notícia de que a linhagem do rei continuará segura se espalhará pelo reino, de que a rainha lhe deu um filho, de que a dinastia Tudor viverá para sempre.

— Ela está bem? — pergunta-me Henrique, num tom acima do som da conversa e dos parabéns deleitados. — O bebê é forte?

— Ela está bem — confirmo. Não há necessidade de contar-lhe que ela foi cortada, que está sangrando terrivelmente, que está quase cega por causa das especiarias que jogaram em seu rosto e exausta do parto. Henrique não gosta de ouvir falar de doenças, tem horror às fraquezas físicas. Se soubesse que a rainha está rasgada e sangrando, nunca mais conseguiria voltar à sua cama. — O bebê é vistoso e forte. — Tomo fôlego e jogo minha carta mais valiosa em favor da rainha. — Parece-se muito com o senhor, *sire*. Tem o cabelo da cor ruiva dos Tudor.

Henrique grita de alegria e imediatamente começa a pular pelo cômodo como um menino, batendo nas costas dos homens, abraçando seus amigos, contente como um carneiro no campo.

— Meu filho! Meu filho!

— O duque da Cornualha — lembra-lhe Thomas Wolsey do título.

Alguém traz uma garrafa de vinho e a divide em uma dezena de copos.

— Ao duque da Cornualha! — gritam. — Deus o abençoe! Deus salve o rei e o príncipe de Gales!

— E você cuidará do berçário — grita Henrique por cima do ombro para mim. — Querida Lady Margaret, cuidará e protegerá meu filho? É a única mulher na Inglaterra em quem confiaria para criá-lo.

Hesito. Eu seria a governanta do primeiro filho e tenho medo de me comprometer com isso novamente, mas preciso consentir. Senão, parece que duvido de minhas habilidades, parece que duvido da saúde da criança que estão colocando sob minha proteção. Todo o tempo, todos os dias de nossas vidas, todos os minutos de cada dia, temos de agir como se nada estivesse ruim, como se nada pudesse dar errado, como se os Tudor estivessem sob uma bênção excepcional de Deus.

— Não haveria como escolher cuidado mais gentil — diz meu filho Montague rapidamente, quando hesito. Olha-me como se para lembrar-me de que devo responder, e prontamente.

— Fico honrada — digo.

O rei em pessoa passa uma taça de vinho para minha mão.

— Cara Lady Margaret — diz. — Criará o próximo rei da Inglaterra.

Então é a mim que a ama chama primeiro quando retira o pequenino bebê de seu berço banhado a ouro e o encontra azulado e sem vida. Estavam no cômodo ao lado do quarto de dormir da rainha; a ama estava sentada ao lado do berço, observando-o, mas achou que ele estava quieto demais. Colocou a mão sobre sua cabecinha e não sentiu seu pulso. Colocou os dedos por dentro de sua camisola e percebeu que ainda estava quente, mas não respirava. Acabara de parar de respirar, como se alguma velha maldição houvesse posto gentilmente a mão gelada sobre seu nariz e boquinha, e dado fim à linhagem que matou os príncipes de York.

Seguro o corpo sem vida enquanto a ama chora diante de mim de joelhos, gritando vezes seguidas que nunca deveria ter tirado os olhos dele. O bebê não emitiu um som, não havia modo de saber que algo estava errado — e então coloco-o de volta em seu berço ornamentado, como se esperasse que ele tivesse um bom sono. Sem saber o que dizer, caminho até a porta que divide o berçário do quarto de resguardo, onde a rainha foi lavada; fizeram-lhe um curativo, vestiram-lhe sua camisola, preparando-a para a noite.

As parteiras estão colocando lençóis novos na grande cama, algumas damas de companhia estão sentadas ao lado do fogo, a rainha em pessoa está rezando diante do pequeno altar no canto do aposento. Ajoelho-me diante dela e ela volta o rosto para mim, vê minha expressão.

— Não — diz, simplesmente.

— Sinto muitíssimo. — Por um terrível instante penso que vou vomitar, meu estômago revira de enjoo, estou cheia de terror diante do que tenho de dizer. — Sinto muito.

Está balançando a cabeça, sem uma palavra, como um idiota na feira.

— Não — repete. — Não.

— Está morto — digo, em voz muito baixa. — Morreu no berço enquanto dormia. Há um instante atrás. Sinto muitíssimo.

A rainha torna-se lívida e balança para trás. Solto um grito de aviso e uma de suas damas, Bessie Blount, segura-a enquanto desmaia. Nós a levantamos e a colocamos na cama, enquanto a parteira vem para embeber um tecido com um óleo amargo, pressionando-o contra seu nariz e boca. Ela engasga e abre os olhos, vê meu rosto.

— Diga-me que não é verdade. Diga-me que foi um pesadelo terrível.

— É verdade — digo, e consigo sentir meu próprio rosto molhado de lágrimas — É verdade. Sinto muito. O bebê está morto.

Do outro lado da cama vejo a expressão horrorizada de Bessie, como se seus piores medos tivessem sido confirmados, enquanto cai de joelhos e baixa a cabeça em oração.

A rainha permanece deitada em sua gloriosa cama real por dias. Deveria estar vestida com suas melhores roupas, reclinando-se sobre almofadas douradas, recebendo presentes de padrinhos e embaixadores estrangeiros. Mas ninguém aparece, e, de qualquer modo, ela não os veria. Volta o rosto para o travesseiro e deita-se em silêncio.

Sou a única que pode ir até ela, pegar em sua mão gelada e dizer seu nome — Catarina —, que sussurro como se fosse sua amiga, não sua súdita. — Catarina.

Por um instante, penso que continuará muda, mas move-se um pouco na cama e olha para mim por sobre o ombro curvado. Seu rosto está marcado de dor — parece muito mais velha do que seus 28 anos —, é como uma estátua caída retratando a dor.

— O quê?

Oro para que me surja uma palavra de encorajamento, por uma mensagem de paciência cristã, por um lembrete de que ela deve ser tão valente quanto sua mãe, de que é uma rainha, e tem um destino a cumprir. Penso que talvez reze com ela, ou chore com ela. Mas seu rosto, pálido como mármore de Carrara, proíbe-me, à espera de que eu encontre algo a dizer enquanto ela jaz deitada, retorcida, agarrada à sua dor.

No silêncio compreendo que não há palavras para tranquilizá-la. Nada pode ser dito para trazer-lhe conforto. Mas ainda há algo que devo dizer-lhe.

— Tem de se levantar. — É tudo que digo. — Não pode ficar aqui. Tem de se erguer.

Todos imaginam, mas ninguém fala. Ou talvez: todos imaginam, mas ninguém fala ainda. Catarina recebe a bênção e retorna à corte e Henrique a recebe com uma espécie de frieza que é nova para ele. Foi criado para ser um menino chamativo, mas ela está lhe ensinando o que é a dor. Foi um menino confiante em sua boa sorte, exigindo a boa fortuna, mas Catarina está ensinando-lhe a duvidar. Homem ou menino, ele lutou para ser o melhor em tudo que faz, deleitou-se com sua própria força, habilidade e boa aparência. Não consegue suportar o fracasso em si ou em qualquer um à sua volta. Mas agora ela o decepcionou, seus filhos mortos decepcionaram-no, até Deus o decepcionou.

Palácio de Greenwich, Londres, Natal de 1514

Bessie Blount vai a toda parte com o rei. Só lhes falta dar as mãos, como se fossem um jovem marido e sua linda esposa. As festividades de Natal ocorrem com uma rainha silenciosa presidindo tudo, como se ela fosse um dos bonecos que a corte alegremente esculpe na densa neve dos jardins. Ela ainda é a versão perfeita de uma rainha, em toda a sua elegância, mas é fria como o gelo. Henrique conversa com os amigos sentados à sua esquerda no jantar, e com frequência desce do estrado real e passeia pelo salão, com seu jeito tranquilo e alegre, falando com um homem aqui, outro ali, espalhando a graça real e sendo saudado em cada mesa com risos e piadas. É como o mais belo ator em uma peça, atraindo admiração aonde quer que vá, interpretando o papel de um homem belo, amado por todos.

Catarina senta-se imóvel em seu trono, comendo quase nada, mostrando um sorriso amarelo que não chega a iluminar seu olhar vazio. Depois do jantar sentam-se lado a lado em seus tronos para assistir aos divertimentos, e Bessie fica em pé ao lado do rei, inclinando-se para ouvir seus comentários sussurrados, rindo de tudo que ele diz, de cada coisinha, em ondas de um riso infantil tão sem significado quanto o canto de um pássaro.

A corte organiza um desfile de Natal e Bessie veste-se como uma dama de Savoy em um vestido azul, com o rosto mascarado. Na dança, ela e suas companheiras são resgatadas por quatro corajosos cavaleiros mascarados, e todos dançam juntos, o homem alto e ruivo de rosto coberto com a excepcionalmente graciosa jovem. A rainha agradece a todos o entretenimento maravilhoso, sorri e distribui pequenos presentes, como se não houvesse nada que lhe desse mais prazer do que ver seu marido dançar com a amante, para o prazer de uma corte embriagada.

Palácio de Greenwich, Londres, primavera de 1515

Meu filho Arthur e a jovem princesa Maria não permanecem por muito tempo na França. Após somente dois meses do casamento da mais bela princesa da Cristandade com o mais velho rei, Luís da França morre e a princesa torna-se rainha viúva. O séquito inglês do casamento precisa permanecer na França até ter certeza de que ela não está grávida — os criadores de escândalos dizem prazerosamente que ela não pode estar nessa condição, considerando-se que o velho rei se matou tentando engravidá-la —, e então todos devem esperar mais algumas semanas. Além disso, a pequena senhora casou-se com Charles Brandon, enviado pelo rei para trazê-la de volta da França, e eles são obrigados a implorar o perdão de Henrique para poderem retornar.

Maria sempre foi uma jovem determinada, tão apaixonada e teimosa quanto seu irmão. Quando ouço que se casou por amor, contra os desejos do rei, sorrio pensando em sua mãe, minha prima Elizabeth, que também se apaixonou e jurou que iria se casar com quem escolheu. Também penso na mãe dela, que se casou em segredo por amor, e na avó de Maria, antes disso, que foi uma duquesa real e casou-se com o escudeiro de seu falecido marido, causando um escândalo. A princesa Maria vem de três gerações de mulheres que acreditavam em agradar a si mesmas.

Henrique foi enganado pelos dois, ou, na verdade, os dois homens foram enganados pela jovem. Henrique sabia que ela estava loucamente apaixonada por Charles Brandon e fez seu amigo prometer que a escoltaria com segurança de volta, como uma viúva, que nem sonhasse em falar com ela sobre amor. Mas assim que Charles chegou da Inglaterra, ela chorou e jurou que se casaria com ele ou iria para um convento. Entre lágrimas ardentes e manha, ela o seduziu completamente e o fez desposá-la.

Também deixou seu irmão sem chão, pois não pode culpá-la por atá-lo a sua palavra. Quando insistiu no casamento francês, Maria concordou que se casaria com a escolha dele para seu primeiro marido se ela pudesse escolher o segundo — e agora ela o fez. Henrique está furioso com a irmã e com seu caro amigo Charles, e há muitos que dizem que Brandon é culpado de alta traição por se casar com uma princesa sem permissão.

— Deveria ser decapitado — diz, abruptamente, o velho Thomas Howard. — Homens melhores do que ele, muito melhores, já subiram no patíbulo por muito menos. É traição, não é?

— Não creio que este seja um rei de execuções — digo. — E agradeço a Deus isso.

É verdade. Diferentemente de seu pai, Henrique não é um rei da Torre nem do machado e anseia pelo amor e admiração de sua corte. Rapidamente, perdoa tanto sua amada irmã mais nova quanto seu mais antigo amigo, quando retornam triunfalmente à corte e planejam um segundo casamento, público, para maio.

É um dos poucos eventos felizes desta primavera, quando o rei e a rainha estão unidos em seu afeto por sua bela e desobediente irmã e seu retorno à corte. Tirando isso, são frios um com o outro e a princesa Maria, rainha viúva da França, encontra a corte bastante mudada.

— Ele não aceita em nenhum momento os conselhos da rainha? — pergunta-me. — Não vem mais a seus aposentos como costumava fazer?

Nego com a cabeça e corto um fio de minha costura.

— Agora não ouve ninguém além de Thomas Wolsey? — insiste.

— Ninguém além de Thomas Wolsey, arcebispo de York — digo. — E o arcebispo, em sua sabedoria, prefere os franceses.

O arcebispo tomou o lugar da rainha nos Conselhos Privados, além do lugar de todos os outros conselheiros nas câmaras do governo. Trabalha tanto que consegue engolir as funções e salários de uma dezena de homens. Enquanto Thomas Wolsey passeia por escritórios e cofres reais, Henrique fica livre para brincar de se apaixonar, e a rainha não pode fazer nada senão sorrir e fingir que não se importa.

O rei ainda visita a cama de Catarina devido à necessidade contínua de um herdeiro, mas seus prazeres o levam a outras partes. O elogio de Catarina representa menos para ele, agora que ela já não é a bela viúva de seu irmão mais velho, a mulher que lhe era proibida para casamento. Tem menos consideração por seu pai, Fernando de Aragão, desde que falhou contra a França e menor é sua consideração pela rainha, por não lhe gerar um herdeiro. Ainda ficam lado a lado em todos os jantares e, claro, ela recebe as honrarias como rainha da Inglaterra em cada grande evento, mas ele não é mais Sir Coração Leal, e todos conseguem notar isso agora, não somente as damas em alerta dos aposentos da rainha e suas famílias oportunistas.

Palácio de Greenwich, Londres, maio de 1515

Não gosto de Charles Brandon. Nem mesmo no dia de seu casamento oficial com nossa princesa Maria consigo ser calorosa com ele, mas isso é culpa de meu cuidado. Quando vejo um homem que todos adoram, cuja ascensão às mais altas posições do reino foi como a de um rojão, sempre me pergunto o que fará com todo esse calor e luz, e qual será o telhado que irá queimar.

— Mas ao menos é um casamento por amor para nossa princesa Maria — diz-me a rainha, enquanto estou parada atrás de si, segurando seu diadema e a dama de companhia prende seu cabelo. Ainda é de um castanho-avermelhado rico, que o príncipe Artur adorava, com apenas alguns fios grisalhos.

Sorrio-lhe.

— De sua parte certamente há amor, mas está assumindo que Charles Brandon tem um coração.

Balança a cabeça para mim em reprovação sorridente, e a dama agarra um grampo que cai.

— Oh, perdão — a rainha diz, e fica imóvel. — Vejo que não é a favor do amor, Lady Margaret. — Sorri. — Tornou-se uma velha viúva fria.

— De fato, é o que sou — digo, alegremente. — Mas a princesa — refiro-me à rainha viúva da França — tem coração que baste para ambos.

— Bem, eu com certeza estou feliz em tê-la de volta à corte — diz Catarina. — E fico contente que o rei tenha perdoado seu amigo. Formam um belo casal. — Exibe-me um sorriso de esguelha. Catarina jamais é tola. — O arcebispo de York, Thomas Wolsey, aprovou o compromisso? — pergunta.

— Certamente aprovou — digo. — E tenho certeza de que Charles Brandon está agradecido por seu apoio. E estou certa de que isso irá lhe custar.

Assente, silenciosamente. O rei é cercado por preferidos como vespas à volta de uma salva cheia de tortas recheadas de geleia, colocada sobre um peitoril para esfriar. Devem superar uns aos outros em zumbidos elogiosos. Wolsey e Brandon estão unidos contra meu primo, o duque de Buckingham, mas todos os lordes do país têm inveja de Wolsey.

— O rei é leal a seus amigos — observa.

— É claro — concordo. — Sempre foi um menino de temperamento muito doce. Nunca guarda um ressentimento que seja.

O banquete de casamento é muito alegre. Maria é querida por todos na corte e ficamos felizes por tê-la novamente conosco, apesar de estarmos ansiosos com relação à saúde e segurança de sua irmã, Margaret, na Escócia. Desde que Margaret tornou-se viúva e casou-se novamente com um homem que os lordes escoceses não aceitam, todos desejamos que ela também volte para casa em segurança.

Meu filho Arthur procura-me durante a dança, beija-me as faces e ajoelha-se para receber minha bênção.

— Não está dançando? — pergunto.

— Não, pois quero que conheça alguém.

Volto-me para ele.

— Algum problema? — pergunto, com rapidez.

— Somente um visitante à corte que deseja vê-la.

Ele abre caminho entre os dançarinos, exibindo um sorriso para um, tocando o braço de outro, e ali está a última pessoa que eu esperava ver: meu menino Reginald, desengonçado como um potro, mostrando os pulsos com as mangas curtas de sua jaqueta, suas botas gastas e seu sorriso tímido.

— Milady mãe — diz. Coloco minha mão sobre sua cabeça cálida e então abraço-o quando se levanta.

— Meu menino! — digo, com deleite — Ah, Reginald!

Seguro-o em meus braços, mas sinto a tensão em seus ombros. Nunca me abraça como meus dois meninos mais velhos fazem, nunca se agarra em mim como seu irmão mais novo, Geoffrey. Foi ensinado a ser uma criança diferente. Agora, aos 15 anos, é um jovem criado em um monastério.

— Milady mãe — repete, como se estivesse testando o significado das palavras.

— Por que não está em Oxford? — solto-o. — O rei sabe que está aqui? Tem permissão para afastar-se?

— Ele formou-se, milady mãe! — tranquiliza-me Arthur. — Nunca mais precisa voltar a Oxford! Saiu-se muito bem. Completou seus estudos. Triunfou. É considerado um acadêmico muito promissor.

— É? — pergunto-lhe, duvidando.

Timidamente, abaixa a cabeça.

— Sou o melhor latinista de minha faculdade — diz, em voz baixa. — Dizem que sou o melhor da cidade.

— Então é o melhor da Inglaterra! — declara Arthur, exuberante.

A porta atrás de nós se abre, um jorro de música entra com Montague, Geoffrey está a seu lado. Geoffrey, de 10 anos, caminha em direção a seu irmão mais velho como uma criança animada, e Reginald desvia dele, abraçando Montague.

— Debateu por três dias sobre a natureza de Deus — conta-me Arthur. — É muito admirado. Parece que nosso irmão é um grande estudioso.

Rio.

— Bem, fico feliz por isso — digo. — E agora, Reginald? O rei ordenou--lhe? Irá se juntar à Igreja? O que ele deseja que faça?

Reginald olha para mim com ansiedade.

— Não possuo vocação para a Igreja — diz, em voz baixa. — Então espero que me permita, Milady mãe...

— Sem vocação? — repito. — Viveu dentro dos muros de uma abadia desde os 6 anos de idade! Passou quase toda a sua vida como um religioso. Foi educado como tal. Por que não faria votos?

— Não recebi o chamado — repete.

Volto-me para Montague.

— O que ele quer dizer? — pergunto. — Desde quando um religioso deve ser chamado por Deus? Todos os bispos desta terra estão nessa posição para a conveniência de suas famílias. Obviamente, foi educado para a Igreja. Arthur me diz que é muito considerado. O rei em pessoa não poderia ter feito mais por ele. Se for ordenado, pode ter uma vida condizente com nossas grandes posses e será, sem dúvida, um bispo. E poderia elevar-se, quem sabe tornar-se um arcebispo.

— É uma questão de consciência. — Arthur interrompe a resposta de seu irmão. — Realmente, milady mãe...

Vou até a cadeira na ponta da mesa, sento-me e olho sobre a longa superfície polida que alcança meus meninos. Geoffrey segue-me, fica parado atrás de minha cadeira, olhando seriamente para seus irmãos mais velhos, como se fosse meu pajem, meu pequeno criado, e eles fossem pedir-nos favores.

— Todos nesta família servem o rei — digo, sem mudar de tom. — É o único caminho para a riqueza e o poder. É segurança, assim como sucesso. Arthur é um cortesão, um dos melhores lutadores de justa da corte, um ornamento para o grupo. Montague conquistou seu lugar como servo do corpo, a melhor posição da corte, e está sendo cada vez mais preferido. Será um conselheiro de alto nível, sei disso. Geoffrey entrará para os aposentos do rei quando for um pouco mais velho e servirá o rei tão bem quanto qualquer um de vocês. Ursula irá se casar com um nobre, irá nos ligar à mais grandiosa família que pudermos alcançar e continuará nossa linhagem. Nosso Reginald aqui será um religioso e servirá ao rei e a Deus. Qual seria a outra possibilidade? O que mais ele pode fazer?

— Amo e admiro o rei — diz Reginald, em voz baixa. — E sou-lhe grato. Ofereceu-me a reitoria do Ministério de Wimborne, uma posição valiosa. Mas não preciso ordenar-me para aceitá-la. Posso tornar-me reitor sem fazê-lo. E ele diz que pagará para que eu possa estudar no exterior.

— Insiste para que você faça votos?

— Não.

Fico surpresa.

— Isso é um sinal de grande simpatia — digo. — Pensei que ele iria exigir isso de você, depois de tudo que fez por você.

— O rei leu um dos ensaios de Reginald — explica Arthur. — Reginald diz que a Igreja não deve ser servida por ninguém além de homens que ouviram o chamado de Deus, e não por homens que esperam subir no mundo usando a Igreja como escada. O rei ficou muito impressionado. Admira a lógica de Reginald, seu julgamento. Crê que é tão inspirado quando educado.

Tento ocultar minha surpresa diante deste filho meu que parece ter-se tornado um teólogo, não um padre. Não posso forçá-lo a fazer seus votos neste estágio da vida, principalmente se o rei está disposto a indicá-lo como um acadêmico leigo.

— Bem, então que seja — concordo. — Muito bem por enquanto. Mais tarde, terá de aceitar a ordenação para crescer na Igreja, Reginald. Não pense que poderá evitá-lo. Mas por enquanto pode aceitar a reitoria e estudar como desejar, já que Sua Graça aprova. — Olho para Montague. — Juntaremos o dinheiro das taxas para ele. Iremos pagar-lhe uma mesada.

— Não quero viajar ao exterior — fala Reginald, em voz muito baixa. — Se me permitir, milady mãe, eu gostaria de permanecer na Inglaterra.

Estou tão chocada, que por um momento não digo coisa alguma, e Arthur fala para o silêncio.

— Nunca viveu conosco, desde que era criança, milady mãe. Deixe-o estudar em Oxford e morar em L'Erber, passar seus verões conosco. Pode juntar-se a nós quando estivermos em procissão e, quando formos a Warblington ou Bisham, ele poderá vir conosco. Tenho certeza de que o rei o permitiria. Montague e eu podemos pedir-lhe por Reginald. Agora que obteve seu diploma, certamente poderá voltar para casa.

Reginald, o menino que eu não conseguia manter em nossa casa, olha diretamente para mim.

— Desejo voltar para casa — diz. — Quero viver com minha família. É hora. É minha vez. Deixe-me voltar. Estive longe de todos vocês por tempo demais.

Hesito. Reunir minha família novamente seria o maior triunfo de minha volta à riqueza e privilégio. A presença de todos os meus filhos sob meu teto e vê-los trabalhando pelo poder e força de nossa família é meu sonho.

— É o que desejo — digo-lhe. — Nunca lhe disse, nunca lhe *direi* o quanto senti sua falta. É claro. Mas terei de pedir ao rei. Nenhum de vocês irá pedir-lhe. Eu o farei, e se ele concordar, então esse será meu mais caro desejo.

Reginald cora como uma menina e vejo seus olhos escurecerem subitamente com lágrimas. Percebo que mesmo que possa ser um acadêmico brilhante e promissor, ainda é somente um rapaz de 15 anos — um garoto que nunca teve uma infância. É claro que quer morar conosco. Quer ser novamente meu filho querido. Encontramos nosso lar mais uma vez, deseja estar conosco. É certo que esteja entre nós.

Palácio de Richmond, oeste de Londres, junho de 1515

O retorno de nossa princesa Maria como rainha viúva da França traz energia e beleza a uma corte onde a alegria estiolava-se. Entra e sai dos aposentos da rainha para mostrar-lhe a saia de um novo vestido, ou para trazer-lhe um livro da nova escola. Ensina às damas da rainha as danças que estão em voga na França, e a presença de seu séquito traz todos os jovens rapazes do rei, e o rei em pessoa, para os aposentos da rainha, para que cantem, joguem, flertem e escrevam poesias.

O acontecimento traz o rei de volta à companhia de sua esposa, e ele descobre novamente o charme e inteligência que lhe são naturais. Percebe mais uma vez que é casado com uma mulher bela, culta, divertida e lembra-se de que Catarina é uma verdadeira princesa: linda, admirada, a mais fina mulher na corte. Comparada às moças que se jogam diante dele por sua atenção, Catarina só faz brilhar. Quando o verão começa a se tornar mais quente e a corte principia a velejar pelo rio e jantar nos ricos jardins à volta da cidade de Londres, o rei vem com frequência à cama de Catarina e, apesar de dançar com Bessie Blount, dorme com sua esposa.

Nesses dias ensolarados, aproveito a chance de pedir ao rei para que Reginald permaneça na Inglaterra.

— Ah, Lady Margaret, terá de dizer adeus a seu menino, mas não por muito tempo — diz, amavelmente. Caminho a seu lado no percurso de volta do campo de boliche. Diante de nós estão algumas das damas da rainha, andando devagar, com muitas risadas afetadas e brincadeiras, esperando que o rei as note.

— Todos os reinos da Europa estão envolvidos com novos conhecimentos — explica Henrique. — Todos estão escrevendo artigos, esboçando planos, inventando máquinas, construindo grandes monumentos. Todos os reis, duques, e mesmo o mais reles lorde desejam abrigar acadêmicos em sua casa, desejam ser patronos. A Inglaterra precisa de estudiosos tanto quanto Roma. E seu filho, pelo que me dizem, será um dos maiores.

— Agrada-lhe muito estudar — digo. — De fato, acredito que possui um dom. E está grato ao senhor por enviá-lo a Oxford. Todos estamos. Mas certamente pode ser um acadêmico para o senhor em Westminster, assim como em qualquer outra parte, e pode morar em casa.

— Pádua — determina o rei. — É para Pádua que deve ir. É onde tudo está acontecendo, e onde todos os maiores intelectuais estão. Precisa ir até lá e aprender tudo que conseguir, e então poderá voltar para casa e para nós, trazendo o novo conhecimento para nossas universidades, publicando seus pensamentos em inglês. Poderá traduzir para o inglês os grandes textos que estão escrevendo, para que os estudiosos ingleses consigam estudá-los. Pode trazer sua sabedoria para nossas universidades. Espero grandes realizações de sua parte.

— Pádua?

— Na Itália. Conseguirá encontrar, e comprar, livros e manuscritos para nós, além de traduzi-los. Poderá dedicá-los a mim. Poderá fundar uma biblioteca para mim. Poderá indicar acadêmicos italianos para nossa corte. Será meu intelectual e servo em Pádua. Será uma luz brilhante. Mostrará à Cristandade que aqui na Inglaterra também estamos lendo, estudando e compreendendo. Sabe que sempre amei os estudos, Lady Margaret. Sabe o quão impressionado Erasmo ficou comigo quando eu era apenas um menino! E todos os meus tutores observavam que quando eu adentrasse a

Igreja, seria um grande teólogo. E linguista também. Ainda escrevo poesia, sabe. Se eu tivesse as oportunidades que Reginald tem diante de si, não sei o que eu poderia ter feito. Se fosse criado como ele foi, como acadêmico, desejaria nada fazer, além de estudar.

— O senhor foi muito bom para ele. — Não consigo mudar a visão do rei da lisonjeira imagem de sua corte como um centro de novos saberes e de Reginald como seu embaixador para um mundo admirado. — Mas ele precisa partir imediatamente?

— Oh, assim que for possível, creio — diz Henrique, com eloquência. — Irei lhe pagar um salário e terá um soldo do... — Ele se vira, e Thomas Wolsey, que esteve caminhando atrás de nós e claramente escutando a conversa, diz:

— Ministério de Wimborne.

— Sim, é isso. E haverá outras fontes de renda para ele, Wolsey se certificará disso. Wolsey é tão inteligente para arrumar posições para homens e ligá-los a suas necessidades. Desejo que Reginald seja nosso representante. Ele deverá apresentar-se como um estudioso altamente considerado em Pádua e viver como tal. Sou seu patrono, Lady Margaret, sua posição reflete a minha própria sabedoria. Quero que o mundo saiba que sou um homem de pensamento, à frente do novo conhecimento, um rei acadêmico.

— Agradeço muito — digo. — É que nós, sua família, queríamos tê-lo em casa conosco por algum tempo.

Henrique pega minha mão e coloca-a na dobra de seu braço.

— Sei disso — diz, calorosamente. — Sinto falta de minha mãe também, sabe. Eu a perdi quando era mais jovem do que Reginald é agora, mas tive de aguentar. Um homem tem de ir aonde seu destino o chama.

O rei caminha com minha mão quente sob seu braço. Uma moça bonita passa e mostra-lhe um sorriso radiante. Quase consigo sentir o interesse de Henrique se incendiar no momento em que ela lhe faz uma mesura, sua cabeça clara abaixada.

— Todas as damas parecem ter mudado seus capuzes — comenta Henrique. — Que moda é essa que minha irmã trouxe? O que estão vestindo ultimamente?

— É o capuz francês — digo. — A rainha viúva da França trouxe consigo. Creio que mudarei também. É muito mais leve e fácil de usar.

— Então Sua Graça deve usá-los — diz. Puxa-me um pouco mais para perto. — Você acha que ela está bem? Será que teremos sorte desta vez? Ela me disse que sua menstruação está atrasada.

— São os primeiros dias, mas eu espero que sim — digo, sem falsear. — Oro para que assim seja. E ela reza todos os dias pela bênção que é uma criança, eu sei.

— Então por que Deus não nos escuta? — pergunta-me. — Se ela reza todos os dias, e eu rezo todos os dias, e você também? Assim como metade da Inglaterra? Por que Deus daria as costas para minha esposa e não me daria um filho?

Fico tão horrorizada com ele verbalizando este pensamento em voz alta para mim, com Thomas Wolsey em nosso campo de audição, que meus pés tropeçam, como se estivesse caminhando na lama. Henrique lentamente vira-me para que o encare, e ficamos imóveis.

— Não é errado fazer tais perguntas — insiste, defensivo como uma criança. — Não é deslealdade à Sua Graça, a quem amo e sempre amarei. Não é questionar o desejo de Deus, não é heresia. Tudo o que digo é: por que uma gorda tola de uma vila qualquer consegue um filho, e o rei da Inglaterra, não?

— Pode ter um agora — digo, com fraqueza. — Ela pode estar carregando seu filho agora mesmo.

— Ou ela pode ter mais um que morra.

— Não diga isso!

Mostra-me um olhar suspeito.

— Por que não? Suspeita que haja mau-olhado, agora? Acha que ela tem má sorte?

Engasgo com minhas palavras. Este jovem me pergunta se acredito em mau-olhado quando sei a verdade, que sua própria mãe amaldiçoou sua linhagem paterna, e lembro-me muito claramente de ajoelhar-me e rezar a Deus para que punisse os Tudor pelo mal que fizeram a mim e aos meus.

— Acredito na vontade de Deus — digo, evitando a pergunta. — E nenhuma mulher, tão boa, tão querida e santa quanto a rainha poderia ser qualquer coisa, além de abençoada.

O rei não está reconfortado. Parece infeliz, como se eu não lhe tivesse dito o suficiente. Não consigo pensar no que mais ele deseja escutar.

— *Eu* deveria ser abençoado — lembra-me, como se ainda fosse um menino mimado em um berçário que girasse em torno de suas vontades infantis. — Sou eu quem deveria ser abençoado. Não pode ser certo que eu não consiga ter um filho.

Inglaterra, verão de 1515

A corte entra em procissão para o oeste, a rainha viajando com eles em uma liteira para que não fique excessivamente cansada. O rei, ansioso como uma criança, levanta-se ao amanhecer todos os dias para ir caçar, e volta para onde quer que estejamos gritando que está faminto! Morto de fome! Os cozinheiros servem um gigantesco desjejum ao meio--dia, às vezes no campo de caça, onde instalam uma vila de barracas, como se estivéssemos em campanha militar.

Thomas Wolsey viaja conosco, sempre cavalgando um burrinho branco, como fizera o Senhor, mas sua montaria modesta está equipada com o melhor couro tingido de vermelho cardeal, que eu não acredito que fosse a preferência de Jesus. O funcionário de origem humilde deu o maior salto que qualquer homem da Igreja pode dar, e agora possui um chapéu de cardeal e é precedido em qualquer lugar por uma cruz de prata e um séquito de libré completa.

— A maior ascensão possível, a menos que possa persuadi-los a transformá-lo em papa — sussurra a rainha pelas cortinas de sua liteira, enquanto cavalgo a seu lado.

Rio, mas não deixo de me perguntar qual seria a resposta do cardeal se o rei lhe indagasse por que Deus não o abençoa com um filho. Um religioso — tão próximo de Roma, tão instruído, tão elevado na Igreja — certamente deve ter uma resposta para o mestre que o criou, justamente por ser capaz de responder qualquer pergunta. Tenho certeza de que Henrique irá lhe perguntar. Estou certa de que sua resposta será a que Henrique deseja ouvir, e me pergunto qual será essa.

Palácio de Westminster, Londres, outono de 1515

Finalmente, temos notícias da Escócia. A irmã do rei, a rainha viúva Margaret, fugiu do país que tão obviamente fracassou em governar e acabou em um castelo do norte para dar à luz uma menininha, a ser batizada de Lady Margaret Douglas. Deus ajude a criança, pois sua mãe está exilada e seu pai fugiu de volta para a Escócia. A rainha viúva terá de seguir seu caminho, rumo ao sul, para buscar segurança junto a seu irmão, e a rainha Catarina envia-lhe tudo o que poderia desejar para a viagem.

Palácio de Greenwich, Londres, primavera de 1516

Estamos preparando os aposentos da rainha para seu resguardo. Suas damas observam enquanto os servos penduram ricas tapeçarias de um lado a outro, impedindo que qualquer luz entre pelas janelas, e supervisionam a organização das taças e dos pratos de ouro e prata nos armários. Não serão usados pela rainha, que comerá nos pratos de ouro de costume, mas toda câmara de resguardo deve ser ricamente equipada para honrar o príncipe que nascerá ali.

Uma das damas, Elizabeth Bryan, agora de sobrenome Carew, confere a arrumação de uma imensa cama real com lençóis de linho de um branco cremoso, e as colchas de rico veludo que se lhes sobrepõem. Mostra esse preparo cuidadoso para as jovens recém-chegadas à corte; elas devem conhecer os rituais corretos para o resguardo de uma rainha. Mas não é novidade para Bessie Blount e para as outras damas, e vamos adiante com nosso trabalho, em silêncio, sem grandes animações.

Bessie está tão calada que paro para perguntar se está bem. Parece tão perturbada que a levo até os aposentos da rainha, e a parca chama da vela no pequeno altar joga seu rosto na luz dourada e nas sombras simultaneamente.

— Parece uma perda de tempo para nós e sofrimento para ela — diz.

— Quieta! — digo no mesmo instante. — Cuidado com o que diz, Bessie.

— Mas é óbvio, não é? Não sou apenas eu que digo. Todos sabem.

— Todos sabem o quê?

— Que ela jamais lhe dará um filho — sussurra Bessie.

— Não há como alguém saber disso! — exclamo. — Ninguém pode saber o que vai acontecer! Talvez, desta vez, ela dará à luz um forte e belo menino e ele será Henrique, duque da Cornualha, e crescerá para tornar-se príncipe de Gales, e todos seremos felizes.

— Bem, espero que sim, tenho certeza — responde, com o mínimo de obediência, mas seus olhos afastam-se de mim, como se as palavras saídas de sua boca nada significassem, e em um instante ela passa pelo batente da porta em arco e se vai.

Assim que os aposentos estão prontos, a rainha entra em resguardo, seus lábios apertados, formando uma linha severa de determinação. Entro com ela nos cômodos escuros e familiares, e, covardemente, admito para mim mesma que não creio que conseguirei suportar passar por mais uma morte. Se ela tiver mais um filho, não penso que terei a coragem de colocá-lo sob meu cuidado. Meus medos tornaram-se tão grandes que afogaram quase todas as minhas esperanças. Convenci-me de que ela dará à luz uma criança morta, ou que qualquer bebê que nascer morrerá dentro de dias.

Sinto-me apenas mais triste quando o rei me chama para encontrá-lo, depois das primeiras orações da manhã, e caminha comigo na escuridão do início do dia, acompanhando-me até a sombria instalação do resguardo.

— O pai da rainha, rei Fernando, morreu — diz-me rapidamente. — Não creio que devamos contar-lhe isso enquanto está de resguardo. E você?

— Não — digo, imediatamente. Há uma regra absoluta de que uma rainha deve se manter afastada de más notícias nesse momento. Catarina adorava seu pai, apesar de ser inegável que ele fosse um mestre exigente com sua pequenina filha. — Pode dizer-lhe depois do parto. Não deve ser perturbada agora.

— Mas minha irmã Margaret entrou de resguardo temendo que sua vida lhe fosse tirada pelos rebeldes — reclama. — Mal conseguiu ultrapassar a fronteira para se refugiar. E ainda assim teve uma menina saudável.

— Sei disso — digo. — Sua Graça, a rainha da Escócia, é uma mulher valente. Mas ninguém pode duvidar da coragem de nossa rainha.

— E Catarina está bem? — pergunta, como se eu fosse o médico, como se minha certeza contasse para alguma coisa.

— Ela está bem — digo, com firmeza. — Estou confiante.

— Está?

Há somente uma resposta que ele deseja escutar. É claro que eu a digo:

— Sim.

Tento agir como se estivesse confiante quando a cumprimento alegremente todas as manhãs e ajoelho-me a seu lado, na grade onde o padre se apresenta três vezes por dia para rezar. Quando pede a bênção de Deus sobre a fertilidade da mãe e a saúde do bebê, digo "Amém" com convicção, e às vezes sinto sua mão agarrar a minha, como se buscasse arrancar de mim a segurança. Sempre pego seus dedos com firmeza. Nunca permito uma sombra de dúvida em meus olhos, nunca uma palavra hesitante de minha boca. Mesmo quando ela sussurra para mim:

— Às vezes, Margaret, suspeito que haja algo de errado.

Nunca digo: "E está certa. O que teme é uma maldição terrível". Em vez disso, sempre a olho nos olhos e digo:

— Toda esposa no mundo, toda mulher que eu conheço, perdeu ao menos um filho e prosseguiu para ter outros. Você vem de uma família fértil e é jovem e forte, e o rei é um homem distinto de seus pares. Ninguém pode duvidar de seu vigor e sua força, ninguém pode duvidar de que é fértil como sua insígnia, a romã. Desta vez, Catarina, desta vez tenho certeza.

Ela assente. Vejo o sorriso estanque, com que se obriga a ter confiança.

— Então terei esperança — diz. — Se você tiver. Se você realmente tiver.

— E tenho — minto.

É um parto mais fácil do que o último e, quando as parteiras gritam que estão vendo a coroa sangrenta da cabeça e Catarina agarra-se a meu braço, há um momento em que penso que talvez este bebê seja forte. Talvez tudo dê certo.

Aperto sua mão e mando-a esperar, e então as parteiras berram que o bebê está chegando, que ela deve empurrar. Catarina range os dentes e segura um gemido de dor. Acredita — alguma velha devota tola lhe disse — que uma rainha não grita durante o parto, e seu pescoço está contraído como o galho de uma árvore retorcida com o esforço de manter-se majestosamente silenciosa, tão tranquila quanto a Virgem Maria.

Então há um choro, um grito alto de reclamação. Catarina solta um soluço rouco e todos exclamam que o bebê chegou. Ela volta o rosto assustado para mim e pergunta:

— Está vivo?

Há mais uma turbulência de movimentos, seu rosto se contorce de dor, e a parteira diz:

— Uma menina. Uma menina, uma menina viva, Vossa Graça.

Fico quase enjoada de decepção pela rainha, mas quando ouço o bebê chorar, um belo e alto grito, sinto-me desarmada diante do pensamento de que ela vive, de que há uma criança viva, uma criança viva neste quarto que já viu tantas mortes.

— Deixe-me vê-la! — pede Catarina.

Embrulham o bebê em linho perfumado e passam-no para a mãe, enquanto as parteiras se ocupam, e Catarina cheira a cabecinha úmida, como se fosse uma gata em um cesto com uma ninhada de gatinhos, e a menininha para de chorar e se aconchega contra o pescoço da mãe.

Catarina fica paralisada e olha para baixo.

— Está respirando?

— Sim, sim, está apenas com fome — anuncia uma das parteiras, sorrindo. — Pode entregá-la à ama de leite, Vossa Graça?

Relutantemente, Catarina coloca-a nas mãos da robusta mulher. Não tira os olhos do pequeno embrulho nem por um momento.

— Sente-se ao meu lado — pede. — Deixe-me vê-la mamando.

A mulher faz como lhe ordenam. Esta é uma nova ama de leite; eu não suportaria ver a mesma mulher que alimentou o bebê anterior. Quis tudo novo: novos lençóis, novos cueiros, novo berço, nova ama. Não queria que qualquer coisa fosse reutilizada, então estou temendo o que pode acontecer agora, enquanto a rainha volta-se para mim e diz seriamente:

— Querida Margaret, pode ir contar à Sua Graça?

Isto não é mais uma honra, penso, enquanto caminho lentamente do quarto superaquecido ao frio salão. Sem ser chamado, meu filho Montague espera por mim do lado de fora. Estou tão aliviada em vê-lo que poderia chorar. Pego seu braço.

— Pensei que poderia querer alguém para conversar — diz.

— Sim — digo brevemente.

— O bebê?

— Vivo. Uma menina.

Aperta os lábios diante da ideia de que tenhamos de contar ao rei notícias desagradáveis, e caminhamos rapidamente e em silêncio, juntos, pelo corredor até os aposentos de Henrique. Ele está aguardando, o cardeal Wolsey ao seu lado, seus companheiros calados e ansiosos. Não esperam mais com animação e confiança como antes, com taças cheias nas mãos esperando pelo brinde. Vejo Arthur entre eles, balançando a cabeça para mim, seu rosto pálido de expectativa.

— Vossa Graça, estou feliz em contar-lhe que tem uma filha — digo ao rei Henrique.

Não há como confundir a alegria que salta em seu rosto. Qualquer coisa vale, contanto que tenha uma criança viva saída de sua rainha.

— Ela está bem? — pergunta, esperançosamente.

— Está bem e forte. Deixei-a no peito da ama de leite e está mamando.

— E Sua Graça?

— Está bem. Melhor do que nunca.

O rei vem em minha direção e pega meu braço para falar em voz baixa comigo, para que ninguém, nem o cardeal que vem atrás, consiga ouvir.

— Lady Margaret, teve muitos filhos...

— Cinco — respondo.

— Todos nasceram vivos?

— Perdi um nos meses iniciais, uma vez. É normal, Vossa Graça.

— Sei disso, sei disso. Mas este bebê parece forte? O que acha? Viverá?

— Sua aparência é boa — digo.

— Tem certeza? Lady Margaret, iria me contar se tivesse dúvidas, não?

Olho-o com compaixão. Como alguém encontrará a coragem de dizer-lhe algo que não o agrade? Como este menino mal-acostumado irá ter sabedoria em sua vida adulta se ninguém ousar negar-lhe em algum momento? Como aprenderá a diferenciar um mentiroso de um homem sincero se ninguém, nem mesmo o mais sincero de todos, consegue lhe dizer uma palavra que não seja de boas notícias?

— Vossa Graça, estou lhe dizendo a verdade: parece estar bem e ser forte agora. O que acontecerá com ela, só Deus pode dizer. Mas a rainha deu à luz em segurança uma bela menina, e ambas estão passando bem esta tarde.

— Graças a Deus. Amém. — Está profundamente comovido, posso perceber. — Graças a Deus — diz novamente.

Volta-se para a corte, que espera.

— Temos uma menina! — anuncia. — Princesa Maria.

Todos festejam; ninguém revela a mais leve ansiedade. Ninguém ousaria demonstrar a mais sutil dúvida.

— Urra! Deus salve a princesa! Deus salve a rainha! Deus salve o rei! — exclamam todos.

O rei Henrique volta-se para mim mais uma vez com a pergunta que mais temo.

— E será sua governanta, minha cara Lady Margaret?

Não serei capaz de fazê-lo. Realmente não conseguirei desta vez. Não será possível deitar sem conseguir dormir mais uma vez, esperando o engasgo de susto no berçário, o barulho de pés correndo e as batidas na minha porta, a menina de rosto pálido gritando que o bebê parou de respirar, por nenhuma razão, por qualquer razão, posso ver o bebê? E quem irá contar à rainha?

O olhar de meu filho Montague encontra o meu e ele faz um gesto positivo com a cabeça. Não precisa fazer mais nada para lembrar-me de que temos de suportar coisas que preferiríamos evitar se queremos manter nossos títulos, nossas terras e nosso lugar favorecido na corte. Reginald é obrigado a manter-se longe de casa, Arthur deve sorrir e jogar tênis quando suas costas estão arruinadas pelas justas, deve montar novamente no cavalo que o derrubou e sorrir como se não tivesse nada a temer. Montague tem de perder nos jogos de cartas, quando preferia nem sequer apostar, e tenho de cuidar de um bebê cuja vida é insuportavelmente incerta.

— Ficarei honrada — digo, e faço meu rosto sorrir.

O rei se volta a lorde John Hussey:

— E será seu guardião? — pergunta-lhe.

Lorde John inclina a cabeça, como se estivesse transbordado de honra, mas quando olha para cima, seu olhar encontra o meu e vejo em seu rosto meu próprio terror silencioso refletido.

Nós a batizamos rapidamente, como se não tivéssemos a ousadia de esperar, na capela dos Frades Observantes, ali perto, como se não fôssemos capazes de levá-la mais longe no ar frio do inverno. E será crismada na mesma missa, como se não pudéssemos garantir que ela viverá tempo o suficiente para fazer seus próprios votos. Sou testemunha de sua crisma, fazendo seus votos por ela, como se fossem deixá-la segura quando os ventos agourentos soprarem, quando as brumas doentias se erguerem do rio, quando a ventania fria balançar as venezianas. Quando me ungem na testa e seguro a vela em minha mão, não consigo deixar de me perguntar se ela viverá tempo suficiente para que eu lhe conte que foi crismada na fé da Igreja e que fui sua procuradora, orando desesperadamente por sua pequena alma.

Sua madrinha, minha prima Catherine, carrega-a pela nave, entregando-a à sua outra madrinha, Agnes Howard, duquesa de Norfolk, que se encontra na porta da igreja. Enquanto as damas se apresentam, cada uma fazendo uma pequena cortesia ao bebê real, a duquesa entrega-a novamente para mim. Não é uma mulher sentimental, não adora segurar um bebê. Vejo Agnes balançar a cabeça com firmeza para sua enteada, Lady Elizabeth Bolena. Gentilmente, coloco a pequena princesa nos braços de sua Senhora Preceptora, Margaret Bryan, e caminho a seu lado, embrulhada em pele de arminho para proteger-me do vento frio que sopra pelo vale do Tâmisa. Guardas reais estão à minha volta, a cobertura do baldaquino real carregada sobre nossas nobres cabeças, e todas as damas do berçário do bebê seguindo-me.

É um momento de grandeza para mim, de ostentação, até. Sou a governanta do bebê real, a herdeira. Eu deveria estar saboreando este momento, mas não posso maravilhar-me com ele. Tudo que consigo fazer, tudo o que quero fazer, é ajoelhar-me e rezar para que este bebê viva mais do que seus pobres irmãozinhos.

Inglaterra, verão de 1517

A doença do suor vem até Londres. A rainha viúva da Escócia, Margaret, espera evitá-la viajando em direção ao norte, voltando ao seu próprio país para reunir-se ao marido e ao filho. Assim que parte, o rei ordena que todos façamos as malas e vamos a Richmond, mais longe da poeira, dos cheiros e das névoas baixas da cidade.

— Ele seguiu à frente apenas com um séquito de montaria — conta-me meu filho Montague, inclinando-se no batente de meu quarto e assistindo a minhas damas irem de um lado ao outro, embalando todos os nossos bens em baús de viagem. — Está apavorado.

— Fique quieto — digo, com cuidado.

— Não é segredo que está doente de medo. — Montague dá um passo para dentro e fecha a porta atrás de si. — Ele mesmo admitiu. Tem pavor de todas as doenças, mas o suor é seu terror em particular.

— Não é surpresa, considerando-se que foi o pai que o trouxe e que matou seu irmão Artur — comento. — Chamavam-na de Maldição Tudor até mesmo naquela época. Diziam que o reino começaria com suor e terminaria com lágrimas.

— Bem, peço a Deus que estejam errados — diz meu filho alegremente. — A rainha virá conosco hoje?

— Assim que estiver pronta. Mas está fazendo uma peregrinação para rezar em Walsingham no final do mês. Não a verá mudar seus planos por causa do suor.

— Não, ela não se imagina morta ao sinal de uma mera tosse — diz. — Pobre senhora. Irá rezar pedindo um novo filho?

— Claro.

— Ainda espera ter um menino?

— Claro.

Os relatos sobre a doença pioram e parecem ainda mais graves nas narrativas populares. É a doença mais aterrorizante de todas por sua rapidez. Um homem, na hora do jantar, pode avisar seus pares que está forte e sadio e que tem sorte por ter escapado, reclamar de uma dor de cabeça e de sentir calor à tarde, e estar morto ao pôr do sol. Ninguém sabe por que a doença vai de um lugar a outro, nem por que leva um homem saudável mas poupa outro. Thomas Wolsey pega a doença e todos nos preparamos para ouvir notícias de sua morte, mas o cardeal sobrevive. Henrique, o rei, não se tranquiliza com isso. Ele está inteiramente determinado a escapar totalmente ileso.

Ficamos em Richmond e então um dos servos cai doente. Henrique imediatamente mergulha em terror diante da ideia de que um menino sob o signo da morte tenha lhe servido sua carne. Pensa na pobre vítima como um assassino. A corte inteira prepara-se para partir. Cada chefe de cada divisão é ordenado a revisar seus subordinados e examinar minuciosamente cada um, perguntar a cada homem se tem algum sintoma, algum calor, alguma dor, alguma fraqueza. É claro, todos negam que estão doentes — ninguém deseja ser largado para trás como o pajem moribundo em Richmond. Além disso, a doença aparece tão rápido que, pela hora que todos juraram estar com a saúde plena, o primeiro deles pode começar a adoecer.

Viajamos rio abaixo para Greenwich, onde o ar limpo cheira a sal marinho. Henrique insiste que seus aposentos sejam varridos e lavados diariamente, e que ninguém chegue perto demais dele. O rei, que supostamente é abençoado com um toque curativo, não deixa ninguém se aproximar dele.

Distraem-no de seus medos os espanhóis, que enviam uma missão diplomática esperando forjar uma aliança contra a França, e, sob seu escrutínio polido, fingimos que não há problema algum durante semanas, que o reino não foi atingido por uma doença e que nosso rei não está apavorado. Como sempre acontece com o rei em seus encontros com os espanhóis, valoriza sua esposa espanhola o máximo possível, então é gentil e atencioso com sua rainha, ouvindo seus conselhos, admirando sua elegante conversa com os emissários em sua língua, vindo à sua cama durante a noite, repousando em seus lençóis limpos. Sua querida amiga, Maria de Salinas, casou-se com um nobre inglês, William Willoughby, e há elogios quanto ao amor natural entre os dois países. Há banquetes, celebrações, justas e, por um breve período, é como no passado. Mas depois que os visitantes espanhóis partem, ouvimos falar de doentes na vila de Greenwich, e o rei decide que estaremos mais seguros no Castelo de Windsor.

Desta vez, o rei fecha a corte completamente. Somente a rainha, uma pequena corte de montaria, composta por amigos do rei, e seu médico pessoal são autorizados a viajar com ele. Vou à minha própria casa em Bisham e oro para que o suor passe direto por nós em Berkshire.

Mas a morte segue o rei Tudor, assim como seguiu seu pai. Os pajens que servem em seu quarto são contaminados e, quando um deles morre, Henrique está certo de que a morte o está cercando, como um cão de caça. Esconde-se, deixa todos os seus criados para trás, abandona seus amigos e, levando somente a rainha e seu médico, viaja de uma casa a outra, como um homem culpado buscando santuário.

Manda batedores à frente, aonde quer que planeje ir, e seu médico interroga seus anfitriões, perguntando se alguém está doente ou se a doença do suor passou por eles. Henrique só vai a uma casa onde garantem-lhe que todos estão bem, mas, mesmo assim, vez por outra, tem de pedir que os cavalos sejam selados enquanto prosseguem, porque uma dama reclama do calor do meio-dia, ou uma criança chora de dor de dente. A corte perde sua dignidade e sua elegância correndo de uma casa a outra, deixando mobília, roupa de cama, até prataria, para trás no meio da confusão. Os anfitriões do rei não conseguem preparar-se para recebê-lo e, quando encomendam comidas caras e atrações, ele declara que não se sente seguro e que não pode ficar. Enquanto outros repousam em suas casas, evitam viagens, desencorajam estranhos e silenciosamente, com confiança, depositam sua fé em Deus, o rei percorre o interior exigindo segurança em um mundo perigoso, tentando arranjar uma garantia em um reino incerto, como se temesse que até mesmo o ar e os córregos da Inglaterra fossem veneno para o homem cujo pai reclamou-os contra sua vontade.

Em Londres, uma cidade sem líder, impregnada de doença, os aprendizes vão às ruas em revoltas a pé, exigindo saber: onde está o rei? Onde está o chanceler? Onde estão o prefeito e os pais da cidade? Londres foi abandonada? Até onde o rei fugirá? Irá a Gales? À Irlanda? Além? Por que não se posiciona ao lado de seu povo e divide seus problemas?

O povo — que desmaia ao caminhar atrás do arado, repousando suas cabeças ardentes nas mesas de trabalho, os fabricantes de cerveja dispensando suas colheres de medir malte, dizendo que têm de descansar, as fiandeiras deitando-se com febre para nunca mais levantar — ressente-se do jovem rei que antes adorava. Dizem que é covarde, fugindo da doença que carrega seu nome. Amaldiçoam-no, dizendo que seu pai Tudor trouxe a morte e agora o filho abandona-os com a dor.

Mansão de Bisham, Berkshire, verão de 1517

Liberada da corte graças à fuga do rei, não preciso cuidar da princesa Maria, que está sã e salva no berçário. Posso cuidar de meus assuntos no verão, tomando conta de minhas próprias edificações, terras, fazendas, lucro e — finalmente — do casamento de meu filho Montague.

Agora que temos nossa fortuna e nosso nome restaurados, ele é o melhor partido da Inglaterra. Prometê-lo-ei somente a uma grande herdeira, cuja fortuna aumente a nossa, ou a uma jovem de grande nome. Claro, não tenho de procurar muito. Montague passou a infância na ala das crianças de meu primo George Neville, barão de Abergavenny, e conviveu com a prima Jane quase todos os dias. Os meninos foram criados juntos, como jovens nobres devem ser. Não dividiam professores com as filhas da casa, mas ele a via no jantar, na igreja, nos grandes dias de banquetes e feriados. Quando o professor de dança aparecia, eram colocados em par; quando o professor de alaúde tocava, cantavam duetos; quando o séquito saía para caçar, ela seguia sua orientação, entre cercas vivas e escadas. Gostava dela sem consideração, como meninos costumam fazer, e ela dedicou seu coração a ele, como é de praxe para meninas bobinhas.

Quando ficaram mais velhos, vivendo no mesmo ambiente, viajando de um grande palácio a outro, Jane emergiu da sala de aula e Montague a viu realizando essa transformação, quase alquímica, de uma menininha, uma companheira de brincadeiras, uma criatura desinteressante, quase como uma irmã inferior, em uma jovem mulher, um ser de mistério, uma beleza.

É Montague que me pergunta o que penso sobre um compromisso entre ele e Jane. Não o exige como um tolo, pois sabe o que é condizente com seu nome. Faz uma sugestão, cautelosamente, e diz-me que gosta mais dela do que de qualquer outra jovem que viu na corte.

Pergunto:

— Mais do que de Bessie Blount? — Que é popular com todos os rapazes da corte, por sua doçura e beleza radiante.

— Mais do que de qualquer uma — diz. — Mas a senhora deve ser a juíza, milady mãe.

Creio que será o final feliz de uma história difícil. Sem a ajuda do pai de Jane, meu primo, eu não teria conseguido alimentar meus filhos. Agora, fico feliz que ele possa ter alguma vantagem por sua lealdade e cuidado comigo e minha família, fazendo de sua filha Lady Pole, recebendo duzentas libras agora e a perspectiva de minha fortuna e meu título depois de minha morte. Casando-se com meu filho, ela se liga a um grande título e a terras vastas. E ela é uma herdeira por direito próprio, então trará uma grande quantia de dinheiro como dote, e com a morte de meu primo George, herdará metade de sua riqueza. George Neville está envelhecendo e tem somente duas filhas; acontece que o desejo de Montague se acendeu por uma grande herdeira, e ela corresponde.

Seus filhos serão Plantageneta de ambos os lados, duplamente reais, e serão ornamentos para a corte e apoiadores de seus primos Tudor. Sem dúvida alguma terão belos filhos. Meu filho é um jovem de 25 anos alto e atraente, e sua noiva combina com ele, sua bela cabeça loura chega à altura de seu ombro. Espero que seja fértil, mas, como diz meu primo George, ao assinar o detalhado contrato de casamento:

— Acho que podemos ficar confiantes, não, prima? Plantageneta nunca tiveram problemas para fazer filhos.

— Shhh — digo, sem pensar, enquanto coloco a cera para selos na chama da vela e carimbo-a com a insígnia em meu anel, a Rosa Branca.

— Na verdade, o próprio rei comenta. Pergunta a todos por que um homem cheio de desejo, forte e belo como ele não poderia ter um filho no berçário a esta altura. Três ou quatro filhos no berçário agora. O que acha? É alguma fraqueza da rainha? Vem de uma família capaz de reproduzir, afinal de contas. O que pode estar errado? Pode ser que seu casamento não seja abençoado?

— Não quero ouvir falar nisso. — Faço um gesto com a mão, como se quisesse parar um exército de sussurros. — Não quero ouvir falar nisso, e não quero falar sobre isso. E digo a todas as suas damas que não o discutam. Pois, se fosse verdade, o que aconteceria? Ainda é sua esposa, com ou sem bebê, e ainda é rainha da Inglaterra. Suporta toda a dor e tristeza de suas perdas, deve também aguentar a culpa? Fofocar sobre isso e difamá-la apenas deixará as coisas mais difíceis para ela.

— Ela nunca desistiria? — pergunta, bem sutilmente.

— Não consegue — digo com simplicidade. — Acredita que Deus a chamou para ser rainha da Inglaterra e realizou grandes, terríveis mudanças para tomar a coroa, ao lado do rei. Deu-lhe uma princesa e, se Deus quiser, eles terão um filho. De qualquer modo, o que as pessoas estão dizendo? Que um casamento deve acabar porque um homem não teve um filho em oito anos? Em cinco anos? Uma esposa é um arrendamento que ele pode cancelar ao fim de uma colheita? É "na saúde e na doença, até que a morte os separe", não é "até que eu tenha dúvidas".

Meu primo sorri.

— Em você, ela tem uma valente defensora — diz.

— Deveria ficar feliz por isso. — Aponto o contrato. — Sua filha irá se casar com meu filho e jurarão separar-se somente pela morte. Sua filha, ou qualquer mulher, só pode ter certeza de seu futuro se o casamento durar sem dúvida, até o fim. A rainha acabaria com a segurança de todas as mulheres da Inglaterra se concordasse que um marido pode deixar uma mulher de lado se tiver vontade. Não seria uma boa rainha para as mulheres da Inglaterra se o fizesse.

— Ele tem de gerar um herdeiro — comenta.

— Pode nomear um — observo. Permito-me dar o menor dos sorrisos. — Afinal de contas, há herdeiros — digo. A filha de meu primo está casando-se com um deles, meu filho Montague. — Há muitos herdeiros.

Meu primo fica em silêncio por um momento, ao pensar em quão próximos do trono estamos.

— A volta dos Plantageneta — diz, com a voz bem baixa. — Irônico seria se, depois de tudo isso, algum de nós acabasse de volta ao trono.

Castelo de Warblington, Hampshire, primavera de 1518

O Natal vem e passa, mas o rei não volta à capital, nem reúne a corte para seu banquete. Visito a princesa bebê no berçário em Greenwich e descubro que o palácio está livre de qualquer doença, com a menininha balbuciando, brincando e aprendendo a dançar.

Passo uma semana feliz com Maria, de mãos dadas, obedecendo às suas exigências imperativas de dançarmos para cima e para baixo das longas galerias, enquanto o tempo torna-se cada vez mais frio, até que, finalmente, neva do lado de fora das janelas que dão vista para o rio. É uma criança adorável, e deixo-a com uma pilha de presentes e a promessa de meu retorno em breve.

A rainha escreve contando que se mudaram para Southampton, para que possam comprar provisões que entram com os mercadores de Flandres; o rei não quer mercadorias inglesas, temendo que estejam contaminadas. Não permite que os criados de seus anfitriões vão ao mercado da cidade.

Não nos encontramos com ninguém além dos amigos mais próximos do rei, sem quem ele não vive. O rei sequer aceita receber cartas de Londres por medo da doença. O cardeal Wolsey escreve-lhe em papel especial do Palácio de Richmond e mora lá, governando como um rei. Ouve pedidos de todo o país e toma decisões sobre eles na Câmara Real de Audiências, sentado em um trono. Implorei ao rei para voltarmos para Westminster e abrirmos a corte para a Páscoa, mas o cardeal se posiciona firmemente contra mim, e o rei não ouve mais ninguém. O cardeal enche suas cartas com avisos de doenças e o rei crê que é mais seguro nos mantermos afastados.

Queimo a carta da rainha a mim endereçada, pelo velho hábito de ter cautela, mas suas palavras permanecem comigo. A ideia de que a corte da Inglaterra, a corte da minha família, deva se esconder dos lordes naturais e conselheiros como bandidos, vivendo perto de um porto para que possa comprar comida de estrangeiros, para não comprar produtos honestos nos mercados ingleses, aceitando conselhos de apenas um homem que não é um Plantageneta, nem sequer um duque, ou lorde, mas um homem dedicado somente à sua própria ascensão, preocupa-me seriamente, enquanto celebro a virada do ano em minha casa recém-construída, e cavalgo pelos campos, onde meus servos operam os arados, as lâminas virando a rica terra.

Não escolheria viver em lugar algum além de minhas próprias terras, não comeria nada além do que plantamos. Não aceitaria ser servida por alguém além de meus criados. Sou uma Plantageneta nascida e criada no coração de meu país. Jamais partiria por minha própria vontade. Então por que o rei, cujo pai passou a vida tentando entrar na Inglaterra e arriscou a própria vida para conquistá-la, não experimentaria esta profunda e sentimental ligação a este reino?

Mansão de Bisham, Berkshire, Páscoa de 1518

Realizamos o banquete de Páscoa em Bisham, só entre nossa família. A corte real, ainda fechada a todos, exceto ao círculo mais próximo a Henrique e ao cardeal, agora viaja pelos arredores de Oxford. Começo a me perguntar se algum dia voltarão à capital.

Ao cardeal se confiam todos os negócios do reino, pois ninguém pode visitar o rei. Ele sequer aceita receber documentos. Tudo vai a Wolsey e seu séquito, que se avoluma eternamente. Seus oficiais escrevem as cartas reais, seus pesquisadores sabem o preço de tudo, seus conselheiros julgam como as coisas devem acontecer, e seu favorito, Thomas More, que recentemente passou à condição de intermediário confiável entre o rei e o cardeal, assumiu agora a enorme responsabilidade sobre a saúde da corte. Exige que qualquer lar do reino o qual apresente um membro doente tenha de colocar um monte de feno à porta para que todos possam ver o sinal e manter-se longe.

As pessoas reclamam que o advogado More está perseguindo os pobres por marcá-los e excluí-los, mas escrevo ao jovem conhecedor da lei para agradecer-lhe seu cuidado com o rei. Quando ouço dizer que até ele caiu doente, envio-lhe uma garrafa de óleos de minha própria destilaria, que dizem baixar a febre.

— É muito generosa — comenta meu filho Montague, quando vê o mensageiro levar uma cesta de meus preciosos remédios destinados a Thomas More, em Abingdon, perto de Oxford. — Não sabia que More era nosso amigo.

— Se é o favorito do cardeal, irá se tornar próximo do rei — digo, simplesmente. — E se estiver perto do rei, gostaria que pensasse carinhosamente em nós.

Meu filho ri.

— Estamos seguros agora, sabe — indica-me. — Talvez todos tivessem de comprar a amizade da corte antigamente, quando o velho rei estava no trono, mas os conselheiros de Henrique não são uma ameaça para nós agora. Ninguém se voltaria contra nós agora.

— É um hábito — admito. — Durante toda a minha vida fui salva pela gentileza da corte. Não conheço outro modo de sobreviver.

Já que nenhum de nós é convidado à diminuta corte que está autorizada a viver com o rei, meus parentes Neville e Stafford vêm passar uma semana para celebrar o fim da Quaresma e para o Festival de Páscoa. O duque de Buckingham, Edward Stafford, meu primo em segundo grau, traz consigo seu filho, Henry, um menino adorável e alegre de 16 anos. Meu filho Geoffrey é só três anos mais novo e os dois descobrem uma afinidade, desaparecendo por dias inteiros, indo cavalgar no ringue da arena de justas, na prática de falcoaria, e mesmo pescando na água gélida do Tâmisa, trazendo para casa um salmão gordo que insistem em cozinhar pessoalmente na cozinha, para fúria do cozinheiro.

Alegramo-nos com seu orgulho e fazemos trompeteiros anunciarem a chegada do prato no salão de refeições, onde é carregado acima do ombro, em triunfo, e trezentas pessoas de nossos séquitos combinados, que se sentam para jantar em meu grande salão, põem-se de pé e aplaudem o nobre salmão e os jovens e sorridentes pescadores.

— Já ouviu notícias sobre quando a corte será reunida? — pergunta George Neville a Edward Stafford quando o jantar acaba e nós, os primos e nossos filhos estamos sentados em minha câmara privada, tranquilos, com vinho e doces, diante do fogo.

Seu rosto se torna sombrio.

— Se o cardeal conseguir o que quer, manterá o rei longe de sua corte para sempre — diz, sem delongas. — Fui ordenado a não ir até ele. Banido da corte? Por que isso aconteceria? Estou bem, meu séquito está bem. Não é nada relacionado à doença, é que o cardeal teme que o rei me ouça. Por isso estou impedido de servi-lo.

— Meus senhores — digo, com cuidado. — Primos. Devemos ser cautelosos com nossas palavras.

George sorri para mim e coloca a mão sobre a minha:

— É sempre cuidadosa — diz. Para o duque, ele acena a cabeça: — Não pode simplesmente ir até o rei, mesmo sem permissão, e dizer-lhe que o cardeal não está defendendo seus interesses? Certamente, ele irá ouvi-lo. Somos uma grande família do reino, nada temos a ganhar causando problemas, pode confiar em nossos conselhos.

— O rei não me ouve — diz Edward Stafford, irritado. — Não ouve ninguém. Nem a rainha, nem a mim, nem a qualquer um dos grandes homens do reino que têm nas veias sangue tão bom ou melhor do que o dele, que sabem tanto quanto ele, ou mais, como o país deve ser governado. E não posso simplesmente ir até ele. Não admite qualquer um em sua corte, a não ser que haja garantias de que não estão carregando a doença. E quem você acha que julga isso? Nem sequer um médico, mas o novo assistente do cardeal, Thomas More!

Indico com a cabeça para que meus filhos, Montague e Arthur, deixem o cômodo. Pode ser que seja seguro falar contra o cardeal; há muito poucos lordes de terra que não se opõem a ele. Mas eu prefiro que meus filhos não os ouçam. Se alguém lhes perguntar, podem sinceramente dizer que não ouviram nada.

Ambos hesitam em partir.

— Ninguém poderia duvidar de nossa lealdade ao rei — diz Montague, em nome de ambos.

O duque de Buckingham solta uma risada relutante, mais como um rosnado.

— É melhor que ninguém duvide da minha — diz. — Venho de uma linhagem tão boa quanto a do rei, melhor, na verdade. Quem crê em lealdade ao trono mais do que um nobre? Não desafio o rei. Nunca o faria. Mas questiono, sim, as motivações e o avanço daquele maldito filho de açougueiro.

— Creio, milorde tio, que o pai do cardeal era um mercador, não era? — pergunta Montague.

— Que diferença isso faria para mim? — devolve Buckingham. — Latoeiro ou alfaiate ou mendigo? Já que meu pai era um duque e meu avó era um duque e seu avô era duque e meu tatara-tatara-tatara-tataravô era rei da Inglaterra?

Mansão de Bisham, Berkshire, verão de 1518

O cavaleiro responsável por encontrar acomodações para a corte em viagem chega à minha porta, com meia dúzia de guardas reais cavalgando ao seu lado, olha para a nova pedra entalhada que exibe minha insígnia, motivo de meu orgulho, sobre a porta do antigo lar que pertenceu a minha família, e desmonta. Seus olhos passeiam pelas torres recém-reformadas, os belos telhados cobertos recentemente, os pastos que avançam até o rio largo, os campos bem cultivados, os montes de feno, o dourado do trigo e o brilho verde da cevada. Conta — sei disso, mesmo sem ver a cobiça em seus olhos — a riqueza de meus campos, o viço de meu gado, a prosperidade desta bela, vasta e extensa propriedade que possuo no interior.

— Bom dia — digo, saindo pela grande porta em meu traje de montaria, um capuz simples sobre minha cabeça, a imagem clara de uma senhoria trabalhadora, com grandes terras sob seu cuidado.

Faz uma grande reverência, como deveria.

— Vossa Senhoria, fui enviado pelo rei para dizer que ele permanecerá convosco por oito noites, caso não haja doença na vila.

— Estamos todos bem, graças ao bom Deus — respondo. — E o rei e sua corte serão bem-vindos aqui.

— Vejo que poderá alojá-los — diz, comentando a grandiosidade de minha casa. — Estivemos em situação muito mais modesta recentemente. Posso dirigir-me ao administrador de seu séquito?

Volto-me e consinto com a cabeça, e James Upsall dá um passo à frente.

— Senhor?

— Tenho uma lista com os aposentos necessários. — O cavaleiro tira do bolso interno de sua jaqueta um pedaço de papel enrolado. — E tenho de ver cada um de seus ajudantes de estábulo e servos domésticos. Tenho de conferir em pessoa se passam bem.

— Por favor, ajude o cavaleiro — digo calmamente a Upsall, que está encantado com o tratamento de alto nível. — Quando chegará Sua Graça, o rei?

— Em algum momento da semana — responde o alojador e aceno com a cabeça, como se esse fosse um assunto de um dia qualquer para mim, e vou silenciosamente até meu quarto, onde pego meu vestido e corro para contar a Montague, Jane, Arthur, Ursula e, principalmente, Geoffrey, que o rei em pessoa virá a Bisham e tudo deverá ser absolutamente perfeito.

Montague cavalga pessoalmente com os trabalhadores que fazem indicações de caminhos e arruma os sinais na estrada para garantir que os batedores que vão à frente da corte não se percam. Atrás deles virão guardas reais, certificando-se de que o interior está seguro e que não há lugar algum onde o rei possa sofrer uma emboscada ou um ataque. Entram nos estábulos e desmontam seus cavalos suados, e Geoffrey, que esteve em vigília constante durante toda a manhã, vem correndo contar-me que os guardas estão aqui, então a corte não pode estar muito para trás.

Estamos prontos. Meu filho Arthur, que conhece os gostos do rei melhor do que qualquer um de nós, contratou músicos e ensaiou com eles; tocarão depois do jantar, para o baile. Combinou o empréstimo de bons cavalos para caçada com todos os nossos vizinhos, para complementar o equivalente a um estábulo repleto de caçadores que virá com a corte. Arthur avisou a nossos inquilinos que o rei cavalgará por todos os seus campos e pela floresta e que qualquer dano às colheitas será indenizado depois que a visita acabar. Estão estritamente proibidos de reclamar antes desse momento. Os inquilinos foram aconselhados a saudar o rei e gritar bênçãos para ele em qualquer momento que o vejam, mas não podem apresentar reclamações ou pedidos. Tenho de enviar meu administrador a todos os mercados locais para comprar quitutes e queijos, enquanto Montague manda seu criado a Londres para procurar os melhores rótulos na adega de L'Erber.

Ursula e eu mandamos o chefe da limpeza trazer os melhores lençóis para os dois melhores cômodos, o aposento do rei, na ala oeste do prédio, e o da rainha, na ala leste. Geoffrey executa as tarefas de um quarto ao outro, de uma torre à outra, mas até ele, com sua alegria de menino, não está mais animado do que eu com o fato de que o rei da Inglaterra dormirá sob meu teto, que todos verão que retornei ao meu lugar, no lar de meus ancestrais, e que o rei da Inglaterra é um amigo que visita.

É estranho que a melhor parte de tudo, o melhor momento — depois de todo trabalho de preparação e do orgulho que sentimos —, é quando Geoffrey fica ao meu lado enquanto ajudo Catarina a sair de sua liteira e vejo seu rosto radiante. Ela agarra-se a mim como se fosse minha irmãzinha, não minha rainha, e sussurra em meu ouvido:

— Margaret! Adivinhe por que estou numa liteira e não cavalgando?

E quando hesito, temendo dizer o que estou repentinamente, loucamente, esperando, ela ri alto e abraça-me novamente.

— Sim! Sim! É verdade. Estou grávida.

É evidente que eles estão felizes juntos, longe da corte, com os bajuladores e arrivistas banidos da presença do rei. Catarina foi servida por apenas algumas de suas damas — sem moças cheias de flertes. Por um ano completo, viveram como um casal, em particular, com somente um punhado de amigos e companheiros. Henrique foi privado do constante jorro de atenção e elogios, e isso lhe fez bem. Na ausência de outras pessoas, aproveitaram a companhia um do outro. Quando Henrique presta atenção em Catarina, ela floresce sob o calor de sua afeição, e ele redescobre a sabedoria contínua e o conhecimento genuíno da mulher charmosa com quem se casou por amor.

— O problema é que temo que o rei esteja negligenciando seu governo — diz.

— Negligenciando?

Ninguém poderia julgar a monarquia melhor do que Catarina de Aragão: foi criada para acreditar que gerir um reino é um dever sagrado pelo qual se reza no último momento antes de dormir e no qual se pensa ao acordar. Quando Henrique era um menininho, sentia-se do mesmo jeito, mas cresceu e tornou-se acomodado com o trabalho de reinar. Quando a rainha era regente da Inglaterra, encontrava-se com seus conselheiros todos os dias, consultava os especialistas, aceitava conselhos dos grandes lordes e lia e assinava todo e qualquer documento que era proveniente da corte. Quando Henrique voltava para casa, dedicava-se a caçar.

— Deixa todo o trabalho para o cardeal — diz. — E temo que alguns dos lordes possam sentir que foram ignorados.

— De fato foram ignorados — digo bruscamente.

A rainha abaixa os olhos.

— Sim, eu sei — concorda. — E o cardeal é bem recompensado por seu trabalho.

— Quanto está ganhando agora? — pergunto. Consigo escutar a irritação em minha própria voz. Sorrio e toco a manga de seu vestido. — Perdoe-me, eu também creio que o cardeal governa de maneira abrangente demais e é pago em excesso.

— Os favoritos são sempre caros. — Sorri. — Mas esta nova honra custará pouco ao rei. Provém do Santo Padre. O cardeal será transformado em um legado papal.

Engasgo.

— Um legado papal? Thomas Wolsey governará a Igreja?

Catarina ergue as sobrancelhas e concorda.

— Ninguém acima dele além do papa?

— Ninguém — observa. — Ao menos ele promove a paz. Creio que devemos ficar felizes por isso. Propõe paz entre nós e a França bem como o casamento de minha filha com o delfim.

Com rápida empatia coloco minha mão sobre a dela.

— Sua filha tem apenas 2 anos, ainda falta muito para isso. Pode ser que nunca aconteça. É certo que haja uma guerra com a França antes que ela tenha de ir.

— Sim — cede Catarina. — Mas o cardeal... perdoe-me, Vossa Santidade, o legado papal, sempre parece conseguir o que quer.

Tudo funciona tranquilamente durante a visita real. O rei admira a casa, aproveita as caçadas, aposta com Montague, cavalga com Arthur. A rainha caminha pela propriedade comigo, elogia, sorrindo, minha câmara de audiências, minha câmara privada, meu quarto. Reconhece a alegria que minha casa me dá e em saber que tenho todas as minhas propriedades de volta. Admira minha sala do tesouro e meu arquivo de registros e entende que a gestão do meu reino é meu orgulho e minha alegria.

— Você nasceu para habitar um grande lugar — diz. — Deve ter tido um ano maravilhoso, organizando um casamento e ajeitando tudo exatamente como desejava aqui.

Quando a corte segue seu caminho, leva Arthur junto. O rei jura que ninguém consegue acompanhá-lo no campo de caça como Arthur.

— Ele irá fazer de mim um cavalheiro da câmara privada. — Arthur vem ao meu quarto na última noite.

— Um o quê?

— O rei está criando uma nova ordem para seu séquito. Será composta de seus melhores amigos, como somos agora, mas seremos ligados à câmara privada, como faz o rei da França com seus cavalheiros. Henrique quer fazer tudo como o rei da França faz. Quer ser seu rival. Então teremos uma câmara privada e eu serei um de seus poucos, muito poucos, cavalheiros.

— E quais serão seus deveres?

Ele ri.

— Os mesmos de agora, acho. Alegrá-lo.

— E beber muito — complemento.

— Alegrá-lo, beber muito e flertar com as damas.

— E levar o rei pelo mau caminho?

— Ai de mim, milady mãe. O rei é um homem jovem, e todos os dias parece tornar-se mais jovem ainda. Pode levar a si mesmo por maus caminhos, não precisa de mim para guiá-lo.

— Arthur, meu menino, sei que não pode detê-lo, mas há algumas jovens que ficariam felizes em partir o coração da rainha. Se puder direcioná-lo para longe delas...

Ele assente com a cabeça:

— Sei disso. Sei o quanto ela é querida para você, e Deus sabe que a Inglaterra não poderia ter uma rainha melhor. Henrique nunca faria qualquer coisa desrespeitosa. Ele a ama verdadeiramente, é só que...

— Se conseguir manter o rei em prazeres superficiais, com mulheres que se lembram que o amor na corte é um jogo e que deve ser jogado com tranquilidade, estaria prestando um serviço à rainha e ao país.

— Sempre desejo servir à rainha. Mas nem sequer William Compton, nem sequer Charles Brandon conseguem guiar o rei. — O rosto de Arthur se ilumina com um riso. — E, mamãe, nada pode impedi-lo de se apaixonar. É um tanto ridículo! É a mais estranha mistura entre luxúria e afetação. Vê uma bela jovem, uma lavadeira em uma tinturaria, e poderia comprá-la com o que vale uma moeda. Mas, em vez disso, obriga-se a escrever-lhe um poema e falar palavras de amor antes que possa realizar um ato que a maioria de nós já teria terminado depois de minutos, ainda no pátio de varais, escondidos pelos lençóis molhados.

— Sim, e é isso que incomoda a rainha — digo. — As palavras de amor, não a moeda, não o negócio que se dá em minutos.

— Bem, assim é o rei. — Arthur dá de ombros. — Não deseja o prazer momentâneo, anseia por palavras de amor.

— Da parte de uma lavadeira em uma tinturaria?

— Da parte de qualquer uma — diz Arthur. — Ele é cavaleiresco.

Diz como se se tratasse de uma doença, e sou obrigada a rir.

Despeço-me da corte e não viajo com eles. Em vez disso, decido ir a Londres e visito a princesa Maria por algumas semanas e então vou aos vendedores de seda, pois tenho muita coisa para comprar. Minha filha Ursula irá se casar em casa durante o outono. Preparei para ela um casamento verdadeiramente grande e irei celebrá-lo como meu triunfo, assim como sua felicidade. Irá se casar com Henry Stafford, filho e herdeiro de meu primo Edward, o duque de Buckingham. Será duquesa e uma das maiores proprietárias de terra da Inglaterra. Forjaremos uma nova ligação com nossos primos, a mais importante família ducal do país.

— Ele é uma criança — diz Ursula brevemente quando lhe conto as novidades. — Quando ele esteve aqui na Páscoa, era o companheirinho de brincadeiras de Geoffrey.

— Tem 17 anos, é um homem — digo.

— Tenho 20 anos! — exclama. — Não quero me casar com um dos amiguinhos de Geoffrey. Mamãe, como poderia? Como posso me casar com o coleguinha de meu irmão? Parecerei uma tola.

— Parecerá uma herdeira — digo. — E mais tarde, a seu tempo, parecerá uma duquesa. Perceberá que isso é uma grande compensação por qualquer coisa que sinta agora.

Ursula balança a cabeça, mas sabe que não tem escolha, e ambas sabemos que tenho razão.

— E onde viveremos? — pergunta-me, mal-humorada. — Pois não posso viver aqui com Geoffrey e ver os dois correndo para brincar todas as manhãs.

— É um jovem. Deixará de brincar — digo, pacientemente. — Mas, de qualquer modo, você irá morar com o duque, pai de Henry, que a trará à corte para viver nas dependências de Buckingham. Irei visitá-la lá e continuará a servir a rainha quando estiver na corte. Mas ao caminhar para o jantar, ficará praticamente em seus calcanhares. Será mais importante na hierarquia do que quase qualquer outra mulher, exceto as princesas reais. — Vejo seu rosto se aquecer ao pensar nisso, e escondo um sorriso. — Sim, pense nisso! Possuirá um título mais importante do que o meu. Irá à minha frente, Ursula.

— Ah, é?

— Sim. E quando não estiver na corte, viverá em uma das casas de Sua Graça.

— Onde?

Rio.

— Não sei. Em qualquer um de seus doze castelos, creio. Ursula, consegui deixá-la muitíssimo bem estabelecida. Será uma jovem abastada no dia de seu casamento, mesmo antes da morte do sogro e, quando ele se for, seu marido herdará tudo.

Ela hesita.

— Mas o duque ainda servirá ao rei? Pensei que Arthur havia dito que é sempre o legado papal que aconselha o rei agora, não os lordes.

— O duque de Buckingham frequentará a corte — garanto-lhe. — Nenhum rei consegue governar sem o apoio dos grandes lordes, nem com Thomas Wolsey fazendo todo o trabalho. O rei sabe disso, seu pai sabia disso. O rei jamais confrontará seus grandes lordes, seria um modo de dividir o país. O duque possui terras tão vastas e tantos homens sob seu comando, tantos inquilinos leais, que ninguém será capaz de administrar a Inglaterra sem ele. Lógico que ele entrará na corte como um dos maiores lordes deste país, e você será respeitada em todo lugar como sua filha e a próxima duquesa de Buckingham

Ursula não é tola. Desconsiderará a infantilidade de seu novo marido pelas riquezas e posição que lhe trará. E compreende mais uma coisa:

— A família Stafford é descendente direta do rei Eduardo III — observa. — São de sangue real.

— Não menos do que nós — concordo.

— Se eu tivesse um filho, seria Plantageneta de ambos os lados — comenta. — Real de ambos os lados.

Dou de ombros.

— Você pertence à antiga família real da Inglaterra — digo. — Nada pode mudar isso. Seu filho herdará sangue real. Nada pode mudar isso. Mas são os Tudor que estão no trono, a rainha está grávida e se der à luz um menino, então será um príncipe Tudor, e tampouco há algo que possa mudar isso.

Não me oponho a melhorar minha condição por intermédio da ascensão de uma filha, que será duquesa um dia, pois, pela primeira vez, tenho uma dúvida passageira sobre minha posição na corte. Desde o primeiro momento em que chegou ao trono, o rei não fez coisa alguma além de distinguir-me com preferências: elevando-me, restaurando-me as terras de minha família, dando-me o mais alto título, percebendo que disponho dos melhores aposentos da corte, encorajando a rainha a indicar-me como dama principal e, claro, confiando-me a futura orientação e educação da princesa. Não há outro modo de demonstrar ao mundo que sou uma parente real favorecida. Sou uma das proprietárias mais ricas do país. Sou, de longe, a mulher mais rica e a única com um título e terras por direito próprio.

Mas uma sombra caiu sobre nós, mesmo que eu não consiga determinar o porquê. O rei é mais contido em seus sorrisos, menos alegre em nos ver — a mim e a toda minha grande família. Arthur permanece seu favorito, Montague ainda faz parte de seu círculo mais próximo, mas todos os primos mais velhos — o duque de Buckingham, George Neville, Edward Neville — estão sendo excluídos aos poucos da câmara privada do rei para juntar-se aos menos privilegiados convidados da sala de audiências do lado de fora.

A corte de montaria com quem o rei viveu seu ano de exílio durante o suor tornou-se seu círculo mais íntimo: um grupo privado de amigos de sua idade ou mais novos. Até nomeiam-se com um apelido: "os subalternos" — os alegres companheiros do rei.

Meus primos, principalmente Edward Stafford, duque de Buckingham, e George Neville, são velhos e dignos demais para agir como tolos só para divertimento do rei. Há um incidente em que os jovens tentam cavalgar pelas escadas do palácio e trotar pela câmara de audiências; é suposto que se trate do mais interessante dos esportes. Alguém equilibra um jarro de água sobre uma porta, e um embaixador vindo em uma visita oficial fica ensopado. Armam uma emboscada à cozinha, com um ataque militar em miniatura, capturam o jantar e resgatam-no para a corte, que tem de comer o que já está frio, depois que as carnes assadas foram atravessadas com espetos e jogadas de mão em mão. Ninguém acha isso engraçado, exceto os próprios rapazes. Vão a Londres e atacam uma feira, derrubando várias barracas, quebrando as mercadorias e estragando os produtos, bebem até ficarem paralisados e vomitam nas lareiras, infernizam as criadas da corte até o ponto em que já não resta uma mulher honesta na leiteria.

É claro, meus parentes mais velhos são excluídos de tais diversões, mas dizem que se trata de algo mais sério do que distrações e brincadeiras de meninos. Enquanto Henrique apronta com seus subalternos, todo o trabalho do reino é realizado por seu ajudante sorridente, o cardeal Wolsey. Todos os presentes, privilégios e posições bem pagas passam pelas mãos cálidas e macias do cardeal, e muitas escorregam para dentro de suas capazes mangas vermelhas. Henrique não tem pressa alguma de convidar conselheiros sérios e mais velhos para que retornem à sua presença para colocar em questão seu entusiasmo crescente por outro jovem e belo rei, Francisco da França, e não ouvir nada a respeito de sua contínua tolice e da extravagância de seus amigos.

Então estou preocupada com o fato de que ele possa estar pensando em mim como uma das pessoas velhas e tediosas, e consterno-me no dia em que ele me diz que pensa que ceder-me de volta algumas de minhas mansões em Somerset foi um erro — pois, na verdade, deveriam pertencer à Coroa.

— Não creio que seja o caso, Vossa Graça — digo, imediatamente. Passo os olhos sobre os jovens e vejo a cabeça de meu filho Montague aparecendo para escutar, no momento em que contradigo o rei.

— Sir William parece pensar assim. — Henrique se arrasta.

Sir William Compton, meu antigo pretendente, dá-me um de seus mais sedutores sorrisos.

— Na verdade, são terras da Coroa — determina. Aparentemente, tornou-se um especialista. — E três delas pertencem ao ducado de Somerset. Não a você.

Ignoro-o e volto-me para o rei.

— Tenho os documentos que mostram que estão, e sempre estiveram, com minha família. Vossa Graça foi gentil o bastante para devolver-me o que é meu. Possuo somente o que é meu de direito.

— Oh, a família. — Sir William boceja. — Meu Deus, aquela família!

Fico pasma por um instante, não sei o que dizer ou pensar. O que ele quis dizer com tal comentário? Indica que minha família, a família Plantageneta da Inglaterra, não é merecedora do mais profundo respeito? Meu jovem primo Henry Courtenay levanta as sobrancelhas diante do insulto e encara William Compton, sua mão vagueando por onde sua espada deveria estar, em seu cinto vazio.

— Vossa Graça — volto-me para o rei.

Para meu alívio, o rei faz um pequeno gesto com a mão, e Sir William faz uma reverência, sorri, e se retira.

— Mandarei meu administrador investigar isso — diz Henrique, simplesmente. — Mas Sir William tem certeza de que são minhas terras e está com elas por um erro.

Estou prestes a dizer, como seria ajuizada em fazer: *Oh! Deixe-me devolvê-las ao senhor imediatamente, agora, sem demora, quer sejam minhas por direito ou não* — esse seria o trabalho de um bom cortesão. Tudo pertence ao rei, mantemos nossas fortunas pois ele assim deseja, e se eu lhe der no primeiro momento em que me pede, posso ter algo em troca mais tarde.

Quase cedo minha propriedade quando vejo um sorriso rápido e malicioso no rosto de Sir William quando se afasta de meu filho Montague. É o brilho de triunfo de um homem que sabe que é o favorito absoluto, a quem se permite todo tipo de liberdade, culpado de todo tipo de indiscrição, sobre outro, mais jovem, mais resoluto, e um homem melhor, de longe. Então sinto uma teimosia crescer dentro de mim quando penso que não irei desfazer-me da herança de meu filho porque este papagaio acha que não me pertence. É meu. Essas são as terras de minha família. Tive de suportar a pobreza sem elas e foi difícil para mim conquistá-las de volta. Não será por isso que irei cedê-las, diante do pedido de um tipo como William Compton, a um rei como Henrique, a quem assisti dançar no berçário, roubando os brinquedos de sua irmã e recusando-se a dividir.

— Pedirei a meu administrador, Sir Thomas Bolena, que investigue isso e depois informe Sir William — digo friamente. — Mas tenho certeza de que não há erro nenhum.

Estou caminhando no sentido contrário ao da câmara privada do rei, com algumas de minhas damas de companhia, em direção aos aposentos da rainha, quando Arthur alcança-me e pega meu braço para que consiga falar em voz baixa e mais ninguém escute.

— Milady mãe, só lhe dê as terras — diz brevemente.

— São minhas!

— Todos sabem disso. Não importa. Apenas as entregue a ele. Não gosta de ser contrariado e não gosta de ter trabalho para fazer. Não quer ler um relatório, não quer tomar uma decisão. E mais do que tudo, não quer escrever coisa alguma, nem a assinar.

Paro e volto-me para ele:

— Por que você me aconselharia a devolver a herança de seu irmão? Onde estaríamos se eu não tivesse dedicado minha vida a conquistar de volta o que nos pertence?

— Ele é o rei, está acostumado a ter o que pede — diz Arthur brevemente. — Dá uma ordem a Wolsey, às vezes não faz mais do que um meneio de cabeça, e está feito. Mas você e meu tio Stafford, e meu tio Neville, discutem com ele. Esperam que aja dentro de um conjunto de regras, de tradições. Esperam que ele explique qualquer mudança. Creem que ele seja responsável. Henrique não gosta disso. Quer ser um poder que não é questionado. Realmente não suporta ser desafiado.

— São as minhas terras! — Levanto minha voz, olho em volta, depois falo mais baixo. — Essas são as propriedades de minha família, que possuo por direito.

— Meu primo, o duque, diria que ganhamos o trono por direito — sibila Arthur. — Mas nunca diria isso em voz alta na frente do rei. Somos donos dessas propriedades, somos donos de toda a Inglaterra por direito. Mas nunca o dizemos, ou sequer o sugerimos. Devolva as terras. Deixe-o ver que acreditamos que não temos direitos, que não reclamamos direitos, que não somos nada além de seus mais humildes súditos. Que estamos contentes em receber somente o que ele nos dá livremente.

— Ele é o rei da Inglaterra — digo impacientemente. — Vou concordar com essa parte. Mas o pai dele conseguiu o trono por conquista e, alguns diriam, traição no campo de batalha. Foi por muito pouco que conseguiu mantê-lo. Não o herdou, não tem o antigo sangue real da Inglaterra. E o jovem Henrique é o melhor dos iguais, não está acima de nós, não está acima da lei, nem acima de ser desafiado. Nós o tratamos com respeito, como trataríamos qualquer duque, como trataríamos seu primo Stafford. É um de nós, honrado, mas não acima de nós. Não está acima de qualquer desafio. Sua palavra não é a de Deus. Não é o papa.

Palácio de Westminster, Londres, novembro de 1518

Em novembro, a corte se muda para Westminster e a rainha e eu planejamos juntas seu resguardo, pedindo que sua cama favorita seja colocada na grande câmara e escolhendo as tapeçarias que serão penduradas sobre as janelas, bloqueando a perturbadora luz do dia.

Utilizaremos o leito de parto em que deu à luz a princesa Maria. Até preparo a mesma roupa de cama. Sem dizer qualquer coisa, ambas esperamos que nos traga sorte. Está ocupada, feliz e confiante, sua barriga curvada como um grande caldeirão, aproximando-se de seu oitavo mês. Estamos paradas lado a lado, analisando um espaço no quarto onde planejamos colocar uma grande cômoda para exibir seus pratos de ouro, quando ela subitamente para, como se ouvisse algo, um sussurro de desconforto.

— O que foi?

— Nada, nada. — Catarina está incerta. — Só senti...

— Quer se sentar?

Ajudo-a a chegar a sua cadeira e senta-se com cuidado.

— O que sentiu?

— Senti... — começa, e subitamente puxa as saias de seu vestido em sua direção, como se fosse segurar o bebê dentro de seu ventre só com força de vontade. — Chame as parteiras — diz quase inaudivelmente, como se tivesse medo de que alguém a escutasse. — Chame as parteiras e feche a porta. Estou sangrando.

Corremos com a água quente, as toalhas e o berço para dentro do quarto, enquanto envio uma mensagem ao rei de que a rainha entrou em trabalho de parto, semanas antes, claro, mas que está bem e estamos cuidando dela.

Ouso ter esperanças; a pequena Maria está florescendo no berçário, uma menina de 2 anos esperta, e veio mais cedo. Talvez este seja outro bebê assustadoramente pequeno que surpreenderá a todos com sua força e tenacidade. E se for um menininho resistente...

É a única coisa em que pensamos, e ninguém o diz em voz alta. Se a rainha tivesse um menino, mesmo neste estágio tardio da vida, mesmo tendo perdido tanto, seria triunfante. Todos que sussurraram que ela era fraca, infértil ou amaldiçoada se tornariam tolos. O grandioso recém-alçado à posição de legado papal, Wolsey em pessoa, ficaria em segundo lugar, com uma esposa que deu a seu marido a única coisa que lhe falta. As moças que acompanham a rainha quando janta com o rei, ou caminha com ele, ou joga cartas com ele, sempre com seus olhos modestamente virados para baixo, sempre com seus capuzes para trás para mostrar os cabelos macios, sempre com os vestidos bem decotados à frente para mostrar a convidativa curva dos seios, essas moças perceberão que o rei só tem olhos para a rainha — se ela conseguir lhe dar um filho.

À meia-noite ela entra em trabalho de parto, seu olhar fixo na imagem sagrada, na hóstia dentro da custódia sobre o altar. A um canto do quarto, as parteiras puxam seus braços e gritam-lhe para que empurre, mas tudo acaba rápido demais, e não há choro algum, somente uma pequena criatura que mal é visível em uma confusão de sangue e água. A parteira pega o pequeno corpo, esconde-o da vista da rainha com tecido de linho destinado a embrulhar um saudável menino, e diz:

— Sinto muito, Vossa Graça, era uma menina, mas já estava morta dentro da senhora. Não há nada aqui.

Nem espero para que me peça nada. Esgotada, Catarina volta-se para mim e discretamente indica com a cabeça que eu cumpra meu dever, seu rosto transformado pela tristeza. Exausta, levanto-me e saio da câmara de resguardo, desço as escadas, atravesso o grande salão, e subo as escadas até a ala do rei no palácio. Demoro-me para passar pelos guardas, que levantam suas lanças em um cumprimento para deixar-me entrar, cruzo com alguns cortesãos que fazem reverências e dão licença para que eu continue, atravesso as portas externas da câmara de audiências, todo o burburinho das multidões que encaram, esperando e desejando ver o rei. Um silêncio surge por toda parte quando entro no cômodo. Todos sabem qual é meu objetivo, todos adivinham que são más notícias, julgando por minha expressão congelada; quando atravesso as portas da câmara privada, lá está ele.

O rei está jogando cartas, Bessie Blount é sua parceira. Há outra moça no lado oposto da mesa, mas nem sequer dou-me ao trabalho de olhar. Consigo ver, graças à pilha de moedas de ouro diante de Bessie, que está ganhando. Esta nova corte íntima de amigos e pessoas próximas, vestidas com moda francesa, bebendo seu melhor vinho de manhã cedo, impetuosos, barulhentos, infantis, olha quando entro no aposento, lê com exatidão a derrota estampada em meu rosto e o cair de meus ombros. Vejo, não posso deixar de notar, o brilho ávido de alguns que sentem o cheiro da decepção e sabem que problemas trazem oportunidades. Consigo escutar, quando o rebuliço do quarto diminui, alguém produzir um som de desprezo e impaciência quando vê que trago más notícias mais uma vez.

O rei joga suas cartas e vem rapidamente em minha direção, como se fosse silenciar-me, como se fosse guardar isto como um segredo culpado e vergonhoso.

— Não deu certo? — pergunta rapidamente.

— Sinto muito, Vossa Graça — digo. — Uma menina, natimorta.

Por um momento sua boca se volta para baixo, como se tivesse engolido algo muito amargo. Vejo sua garganta apertar, como se fosse vomitar.

— Uma menina?

— Sim. Mas não chegou a respirar.

Não me pergunta se sua esposa está bem.

— Um bebê morto. — É tudo o que diz, quase perguntando a si mesmo. — É um mundo cruel para mim, não acha, Lady Salisbury?

— É uma tristeza profunda para ambos — digo. Mal consigo fazer meus lábios formarem as palavras. — A rainha está extremamente angustiada.

Ele demonstra concordar, como se não fosse necessário dizer, quase como se ela merecesse sofrer, mas ele não.

Atrás dele, Bessie levanta-se da mesa onde jogavam cartas enquanto a rainha estava penando para dar à luz uma criança morta. Algo no modo como ela se volta atrai minha atenção. Vira seu rosto e depois dá um passo para trás, quase como se estivesse tentando escapar e evitar meu olhar, como se estivesse escondendo algo.

Sem ser vista, faz uma mesura para as costas do rei, e sai, deixando seu ganho como se houvesse se esquecido dele, e então, quando se vira para passar pela porta aberta, vejo a curva de sua barriga contra a ondulação do rico tecido de seu vestido. Vejo que Bessie Blount está grávida, e concluo que é do rei.

Palácio de Westminster, Londres, inverno de 1518

Espero até que a rainha esteja pronta para retornar à corte, com sua dor forçosamente escondida, abençoada, banhada e vestida. Creio que tentarei falar com ela pela manhã, depois das Matinas, enquanto caminhamos, voltando de sua capela.

— Margaret, não acha que vejo que está esperando para falar comigo? Acha que depois de todos estes anos não sei interpretá-la? Pedirá que vá para casa e cuide do casamento de seu belo rapaz, Arthur?

— Irei pedir-lhe isso — concordo. — E logo. Mas não preciso falar sobre isso agora.

— Então o que foi?

Mal tenho a coragem de fazê-la tirar o sorriso do rosto quando está tentando tanto mostrar-se alegre e despreocupada. Mas não sabe o quanto nossa corte tornou-se feliz e despreocupada.

— Vossa Graça, temo que terei de contar-lhe algo que irá perturbá-la.

Maria de Salinas, agora condessa Willoughby, dá um passo para o lado e olha para mim, como se fosse uma traidora ao trazer desengano a uma rainha que já sofreu demais.

— O que houve agora? — É tudo que diz.

Inspiro profundamente.

— Vossa Graça, é Elizabeth Blount. Enquanto você esteve de resguardo, ela estava com o rei.

— Isso não é novidade, Margaret. — Consegue soltar uma risada indiferente. — É péssima fofoqueira por trazer-me um escândalo tão antigo. Bessie sempre está com o rei quando estou grávida. É uma espécie de fidelidade.

Maria murmura uma única palavra ao respirar e vira o rosto.

— Sim, mas o que não sabe é que agora ela está grávida.

— É um filho de meu marido?

— Creio que sim. Ele não assumiu. Bessie não está chamando atenção alguma para si, exceto seus vestidos, que estão ficando justos sobre sua barriga. Não me contou. Não está fazendo exigências.

— A pequena Bessie Blount, minha própria dama de companhia?

Severamente, concordo.

Catarina não chora. Antes, dá as costas para a galeria, olha por uma das janelas com sacada do castelo, e afasta com um pequeno gesto a mão que Maria oferece em apoio. Observa os campos irrigados, cobertos de gelo e neve, através dos pequenos pedaços de vidro. Olha para o rio gelado, nada vendo além da memória de sua mãe, chorando, com a cabeça enterrada em suas almofadas, ouvindo seu coração partir com a infidelidade do marido, o rei da Espanha.

— Essa menina esteve comigo desde que tinha 12 anos — diz, como se estivesse admirada. Consegue soltar uma dura risadinha. — Claramente, eu não fui boa professora.

— Vossa Graça, era impossível para ela recusar o rei — digo, em voz baixa. — Não duvido de seu afeto pela senhora.

— Não me surpreende — diz a rainha, sem baixar o nível, como se fosse tão fria quanto as marcas de geada nas persianas.

— Não, creio que não.

— O rei parece muito feliz?

— Não se pronunciou sobre o assunto. E ela não está lá agora. Bessie retirou-se da corte assim que... no momento em que...

— Quando todos conseguiram perceber?

Indico que sim com a cabeça.

— E para onde foi? — pergunta a rainha, sem muito interesse.

— Para uma casa, o Priorado de St. Lawrence, no condado de Essex.

— Não conseguirá dar-lhe um filho! — grita Maria de repente, apaixonadamente. — A criança morrerá, tenho certeza!

Fico sem ar diante de suas palavras, que soam como uma maldição.

— O rei não pode ter culpa alguma no fato de que só temos a princesa Maria! — corrijo-a no mesmo instante. Dizer qualquer outra coisa seria duvidar da saúde e potência do rei. Volto-me para minha amiga, a rainha. — E tampouco há culpa sua — digo em voz baixa. — Deve ser o desejo de Deus, desejo de Deus.

A rainha vira a cabeça para olhar para Maria:

— Por que Bessie, tão jovem e tão saudável, não lhe daria um filho?

— Calma, calma — sussurro.

Mas Maria responde:

— Porque Deus não pode ser tão cruel com você!

Catarina persigna-se e beija o crucifixo pendurado no rosário de contas de coral amarrado à sua cintura.

— Creio que sofri mais desgraças do que o nascimento do bastardo da pequena Bessie — diz. — E, de qualquer modo, não sabe que agora o rei perderá todo o seu interesse por ela?

Palácio de Greenwich, Londres, *maio de 1519*

Meus primos e outros lordes do reino, Thomas Howard, o velho duque de Norfolk, e seu genro, meu administrador, Sir Thomas Bolena, encontram-se a sós com o rei e o legado papal Wolsey e explicam que o comportamento dos jovens mais selvagens da corte passa uma imagem ruim de todos nós. Henrique, que ama a animação e o riso de seus camaradas, não quer ouvir falarem mal de seus amigos, até que os homens mais velhos lhe dizem que os cortesãos mais jovens, em uma visita diplomática, se fizeram de tolos na França, diante do próprio rei Francisco.

Isso gera efeito. Henrique ainda é o menino que admirava seu irmão Artur, que desejava ser seu igual, que corria atrás dele com suas pernas gordinhas e pedia um cavalo tão grande quanto o de seu irmão. Agora, vê em Francisco da França uma nova versão de um príncipe glorioso. Reconhece-o como modelo de elegância e estilo e deseja ser como ele. O rei Francisco tem um pequeno grupo íntimo de amigos e conselheiros que são sofisticados, inteligentes e altamente cultos. Não pregam peças e fazem piadas uns com os outros, trapaceiam no carteado ou bebem até passar mal. Henrique arde com a ambição de agregar uma corte tão cosmopolita e elegante quanto a francesa.

Extraordinariamente, o cardeal e os conselheiros estão unidos e convencem Henrique a deixar que partam os subalternos. Meia dúzia deles é expulsa da corte e proibida de voltar. Bessie Blount afasta-se para seu resguardo e ninguém sequer a menciona. Alguns dos integrantes mais bem comportados da corte, incluindo meu filho Arthur e meu herdeiro Montague, são mantidos. A corte está purgada de seus elementos mais bárbaros, mas minha família, com nosso excelente berço e bom treinamento, conserva seu lugar. O cardeal até comenta comigo que está feliz com o fato de que visito a princesa Maria com tal regularidade que ela deve aprender comigo a ser um modelo de decoro.

— Não é esforço algum passar tempo com ela — digo, sorrindo. — É uma linda criança. É realmente um prazer brincar com ela. E estou ensinando-lhe as letras e a ler.

— Não haveria uma melhor governanta para ela — fala. — Contam-me que corre para saudá-la, como se fosse uma segunda mãe.

— Não a amaria mais nem se fosse minha — digo. Obrigo-me a parar de repetir o quão esperta ela é, e quão alegre, como dança belamente, e como tem uma voz excelente.

— Bem, Deus abençoe vocês duas — diz o cardeal aereamente, abanando seus dedos gordos em uma cruz sobre minha cabeça.

Castelo de Warblington, Hampshire, junho de 1519

Deixo a nova corte, sóbria e composta, e viajo para minha casa preferida para planejar o casamento de Arthur. É um excelente matrimônio. Eu não lançaria meu filho Arthur, tão popular, em qualquer uma que não fosse uma herdeira bem-nascida. Sua esposa será Jane Lewknor, a única filha — e, portanto, herdeira universal — de um cavaleiro de Sussex, uma família boa e tradicional, que acumulou uma fortuna. Casou-se uma vez antes e traz uma bela riqueza desse compromisso. Tem uma filha, vivendo com sua guardiã, portanto sei que é fértil. Melhor de tudo, para Arthur, na corte entre os amigos do rei que estão prontos, ao som de um alarme, para escrever um poema sobre a Beleza e a Verdade Inatingível, é que ela tem cabelos claros, olhos acinzentados e é linda, mas não é tola. Não escreverá poemas de amor em resposta, e é educada e possui maneiras boas o bastante para servir à rainha. De modo geral, é um bem caro para nossa família adquirir, mas creio que vai nos servir bem.

Penhurst Place, Kent, junho de 1519

O rei está prestigiando meu primo, Edward Stafford, duque de Buckingham, com mais uma visita a Penhurst Place, e primo Edward implora que eu venha, traga os recém-casados, e ajude a entreter o rei. É um grande momento para meu primo, mas um evento até mais importante para minha filha, Ursula, que percebe, como lhe prometi, que ser casada com o pequeno Henry Stafford traz recompensas. Fica de pé ao lado de sua sogra, a duquesa Eleanor, para saudar o rei da Inglaterra e sua corte, e todos dizem-me que vai se tornar uma duquesa encantadora um dia.

Espero uma exibição magnífica, e, mesmo assim, fico surpresa diante da hospitalidade profusa de meu primo. Todo dia há uma caçada e um divertimento, assim como um piquenique na floresta. Há mascaradas e brigas de cães, cães abatendo touros e um embate de cães contra um urso, um animal magnífico, que dura três horas. O duque preparou bailes de máscaras e disfarces que o rei ama, e contratou músicos e espetáculos. Há peças satíricas que zombam da ambição de Carlos de Castela, que acabou de desperdiçar uma fortuna comprando o cargo de Sacro Imperador Romano. Nosso rei Henrique, que também esperava ganhar o título, ri tanto que quase chora quando a peça acusa Carlos de ganância e insolência. A rainha ouve os insultos contra seu próprio sobrinho com um sorriso tolerante, como se não houvesse relação alguma com ela.

Somos despertados algumas manhãs por um coro cantando sob nossas janelas, outras por barqueiros que nos chamam do lago, para onde saímos e remamos por prazer, com músicos nos acompanhando, em seguida nos juntamos para uma tremenda regata. O rei ganha a corrida, lutando contra a água, seu rosto vermelho com o esforço, os músculos de seus ombros e peitoral destacando-se sob sua bela camisa de linho, bem como ganha no carteado, no jogo de tênis, nas corridas de cavalo, na luta greco-romana, e, claro, nas grandes justas que meu primo, o duque, organiza para o divertimento da corte e para demonstrar a habilidade e coragem do rei e de seus amigos. Tudo é estudado para o entretenimento e a recreação do rei, nenhum momento do dia sequer passa sem alguma extravagância nova. Henrique se diverte com tudo, o ganhador de todos os jogos, uma cabeça mais alto do que qualquer outro homem, inegavelmente belo, como a estátua de um príncipe, seu cabelo enrolado, seu sorriso largo, seu corpo como o de um jovem deus.

— Gastou uma fortuna para dar ao rei a melhor visita do ano — comento com meu primo. — Este foi seu reino.

— Por pura sorte, tenho uma fortuna — responde, sem fazer caso. — E este é meu reino.

— Foi bem-sucedido em convencer o rei de que esta é a mais bela e bem organizada casa da Inglaterra.

Sorri.

— Fala como se isso não fosse um triunfo. Para mim, para minha Casa, para meu nome. Para sua filha, do mesmo modo, que herdará tudo.

— Só digo porque o rei, desde a infância, nunca admirou algo sem desejá-lo para si. Não é dado à alegria desinteressada.

Meu primo coloca minha mão na dobra de seu braço e caminha comigo até o outro lado das paredes de arenito de seu jardim inferior, em direção ao campo de arco e flecha, onde conseguimos escutar a corte exclamando diante de uma competição, e a onda de aplausos diante de um belo tiro.

— É gentil de sua parte alertar-me, prima Margaret, mas não preciso de avisos. Nunca esqueço de que este é um rei cujo pai nada possuía, que veio à Inglaterra com pouco mais do que as poucas roupas que vestia. Toda vez que seu filho vê um proprietário de terras como eu e você, cujos direitos são herdados desde a época do duque William da Normandia, ou até antes, sente uma pontada de inveja, um pequeno tremor de medo de que não tenha o suficiente, de que ele mesmo não baste. Não foi criado como nós, em uma família que sabia seu lugar entre os grandes da Inglaterra. Não como eu e você, nascidos nobres, criados como príncipes, a salvo nas mais suntuosas construções da Inglaterra, olhando para os maiores campos. Henrique nasceu filho de um pretendente ao trono. Creio que sempre se sentirá inseguro em um trono tão recente.

Aperto seu braço.

— Cuide-se, primo — aconselho. — Não é sábio que qualquer um, principalmente aqueles de nós que em algum momento sentaram-se naquele trono, fale dos Tudor como recém-chegados. Nenhum de nós foi criado por nossos pais.

O pai do duque foi executado por traição contra o rei Ricardo, o meu, por traição contra o rei Eduardo. Talvez a traição corra em nossas veias, assim como o sangue real, e seria sensato garantir que ninguém se lembre disso.

— Ah, não é educado — reconhece. — É verdade, claro, mas não educado para mim como anfitrião. No entanto, creio que lhe mostrei o que desejava que visse. Viu como vive um grande lorde da Inglaterra. Sem cavalgar pelas escadas como uma criança, sem jogar ovos em seus inquilinos, sem vadiar como um idiota e brincar o dia inteiro, sem prometer amor a atendentes de cervejaria, e mandando uma amante bem-nascida para ter um filho escondida, como se tivesse vergonha de seus erros.

Não posso discutir isso.

— Ele é contraditório. Sempre foi.

— Vulgar — sussurra o duque.

Vamos passando pelos cortesãos mais distantes do centro, e as pessoas viram-se e fazem-nos reverências profundas, dando espaço para que possamos ver o rei, que está prestes a pegar o arco. Henrique parece-se com uma estátua muito bem-feita de um arqueiro, posicionado, seu peso jogado levemente para trás, seu corpo uma linha longa e esbelta, desde a cabeça ruiva encaracolada até a perna estendida. Esperamos em silêncio atencioso enquanto Sua Graça inclina o pesado e longo arco, puxa a corda, aponta com cuidado, e delicadamente libera a flecha.

Ela voa pelo ar com um assobio e adentra o círculo central no alvo, não exatamente no centro, mas quase na beira, perto — não é perfeito, mas é bem perto. Todos caem em uma salva de palmas entusiasmada. A rainha sorri e levanta uma fina corrente de ouro, pronta para oferecê-la a seu marido.

Henrique volta-se para meu primo.

— Consegue fazer melhor? — grita, triunfante. — Alguém consegue?

Seguro a mão do duque antes que ele possa dar um passo à frente e pegar um arco e uma flecha.

— Estou certa de que não — digo.

E o duque sorri e diz:

— Duvido que haja alguém que consiga atirar melhor que Vossa Graça.

Henrique solta um pequeno grito de satisfação e então ajoelha-se diante da rainha, olhando para ela e sorrindo enquanto inclina-se para colocar a corrente de ouro da vitória à volta de seu pescoço. Ela beija-o na boca, e ele levanta suas mãos e gentilmente segura seu rosto por um instante, como se estivesse apaixonado por ela ou, de qualquer maneira, apaixonado pelo quadro que representam: o jovem e belo homem ajoelhado diante da esposa, seu grosso cabelo ruivo cacheando entre seus carinhos.

Naquela noite apresenta-se uma peça interpretada de um modo novo, com os atores entrando disfarçados, fazendo uma cena e depois convidando membros da corte para dançar com eles. O rei está usando uma máscara sobre o rosto e um grande chapéu, mas todos reconhecem-no imediatamente por sua altura e pela deferência dos atores à sua volta. Fica encantado quando todos fingimos que é um estranho e que estamos impressionados com seu dançar gracioso e seu charme. Quando os atores saem de seu círculo e misturam-se com a corte, todas as damas de companhia ficam alvoroçadas quando o rei se aproxima delas. Ele escolhe dançar com Elizabeth Carew. Agora que Bessie está longe, há uma oportunidade para atrair mais uma moça bonita que goste mais de presentes do que de seu bom nome.

Estou parada atrás da cadeira da rainha quando vejo uma pequena comoção no final do salão principal, através da fumaça quente da fogueira central, que o duque orgulhosamente manteve aqui em Penhurst, conservando o jeito antigo neste grande saguão. Alguém fala com urgência com um dos homens do cardeal Wolsey, e então a mensagem é passada de um para outro pelo salão, até que chega ao jurista Thomas More, que se inclina sobre o ombro grande e vermelho e sussurra em seu ouvido atento.

— Aconteceu algo — digo, em voz baixa, para a rainha.

— Descubra — responde.

Dou um passo para trás de sua cadeira, em direção às sombras do salão e parto — não em direção ao cardeal, que se manteve em seu lugar e seu sorriso insosso, acompanhando o ritmo da dança, como se não tivesse escutado coisa alguma, mas para fora do saguão, atravessando o pátio, onde o menino dos estábulos está segurando o cavalo suado do mensageiro, e outro retira sua sela molhada.

— Ele parece quente — comento, caminhando por ali, como se fosse a outro lugar.

Ambos me cumprimentam com uma reverência.

— Quase ficou manco — reclama um dos rapazes. — Eu não forçaria a tal ponto uma beleza destas.

Hesito e dou tapinhas no pescoço do cavalo.

— Pobrezinho. Veio de longe?

— De Londres — diz o rapaz. — Mas o mensageiro está em estado ainda pior. Cavalgou desde Essex.

— É um longo caminho — concordo. — Então deve ser pelo rei.

— É. Mas valeu o esforço. Disse que ganharia uma moeda de ouro, no mínimo.

Rio.

— Bem, você terá de recompensar o pobre cavalo — digo, e continuo caminhando.

Viro assim que sei que não posso ser vista e atravesso o pequeno pátio ao lado do grande salão, entrando pela porta lateral com um aceno de cabeça para os guardas. Encontro Thomas More ao fundo, observando o baile. Ele sorri e inclina-se para mim.

— Então Bessie Blount teve um menino — afirmo.

Não está há muito tempo na corte, ainda não aprendeu a esconder seus honestos olhos castanhos.

— Vossa Senhoria... Não posso falar — gagueja.

Sorrio para ele.

— Não é necessário falar — digo-lhe. — De fato, não falou. — E volto a meu lugar, ao lado da rainha, antes que alguém perceba que saí.

— São notícias de Bessie Blount — digo-lhe. — Componha-se, Vossa Graça.

Ela sorri e inclina-se para a frente para bater palmas acompanhando a música, enquanto o rei pisa no centro do círculo, coloca as mãos nos quadris e dança uma jiga rápida, os pés batendo no chão.

— Conte-me — fala mais alto do que os gritos animados.

— Deve ter dado à luz um menino — digo. — O mensageiro contava com uma recompensa. O rei só pagaria por notícias sobre um menino. E o ajudante de Wolsey, Thomas More, não o negou. Nunca se tornará um cortesão, aquele homem, é incapaz de mentir.

Seu sorriso fixo nunca desanima. Henrique rodopia, agradecendo a salva de palmas que começa quando sua dança termina, e vê sua esposa pulando para ficar em pé, com todo o prazer de ver sua apresentação. Ele faz-lhe uma reverência e guia mais uma moça para a pista.

Ela senta-se novamente.

— Um menino — diz, sem alterar-se. — Henrique tem um filho vivo.

Palácio de Greenwich, Londres, *primavera de 1520*

O menino de Bessie resiste aos meses iniciais, apesar de nenhuma das damas dos aposentos da rainha, que já enterraram os corpos malformados dos príncipes Tudor, apostar mais de um centavo em sua sobrevivência. Claro que ninguém pode dizer coisa alguma, mas na corte criou-se um conhecimento tácito de que o rei não pode gerar meninos, ou, se o fizer, a mulher não poderá gestá-los. Chamam o pobre bastardo de Henry e dão-lhe o sobrenome Fitzroy, que é atribuído aos filhos ilegítimos do rei. Bessie recebe uma pensão para cuidar de seu menino e ele é conhecido, geral e vastamente, como o filho do rei. Não há dúvida em minha mente de que o homem publicamente reconhecido como seu padrinho, o cardeal Thomas Wolsey, encoraja os rumores por todo o reino, dizendo que o menino é filho do rei para que todos possam ouvir que o rei é capaz de fazer um filhinho forte, e que de fato o fez.

Bessie sai de seu resguardo e se encontra rapidamente abençoada e casada com o protegido do cardeal Wolsey, o jovem Gilbert Tailboys, cujo pai é tão fraco de cabeça que não consegue proteger o filho de uma mulher que é mercadoria usada. Exatamente como a rainha previu, o rei não volta à sua antiga amante, como se o parto tivesse lhe criado um desgosto por ela. Ao amadurecer, o rei parece desenvolver gosto por belezas notórias ou moças imaculadas.

A rainha Catarina não diz nada: nada a respeito de Bessie, nada sobre Henry Fitzroy, nada que envolva Maria Bolena, a filha de Sir Thomas, meu administrador, que agora chega da França à corte e atrai atenção por sua beleza loura. É uma coisinha inconsequente, casada com William Carey, que parece gostar da admiração da corte por sua charmosa esposa. O rei a escolhe, convida-a para dançar, promete-lhe um bom cavalo só para ela, que ri diante de seus galanteios, admira sua música e bate as mãos de prazer, como uma criança bonita quando vê seu cavalo. Escolhe o papel de uma inocente, e o rei gosta de mimá-la.

— Melhor para mim que se divirta com uma mulher casada que com uma donzela — comenta a rainha, em voz baixa. — Parece-me menos... — escolhe sua palavra — ... ofensivo.

— Melhor para todos nós — respondo. — Que ele a possua, dê-lhe um filho, e então o bastardo seja colocado no berço Carey, batizado Henry Carey, e não tenhamos mais um Henry Fitzroy.

— Acha que ela também terá um menino? — pergunta-me, com um sorriso contido e triste. — Crê que Maria Bolena conseguirá carregar um menino Tudor? Pari-lo com vida? Criá-lo? Acha que eu sou a única que não consegue dar um filho ao rei?

Pego sua mão, mas não consigo olhá-la nos olhos e ver sua dor.

— Não tive a intenção de dizer isso, Vossa Graça, porque não sei. Ninguém pode saber.

O que eu realmente sei, enquanto os lírios da Quaresma nascem ao longo da margem do rio e os melros principiam a cantar na aurora, que começa mais cedo a cada dia, é que certamente o rei levará Maria Bolena para a cama, pois o caso já foi além de pequenos presentes — ele está escrevendo poemas. Contratou um coral para cantar sob sua janela na manhã do Primeiro de Maio e a corte a coroou Rainha de Maio. Sua família — meu administrador Sir Thomas e sua esposa, Elizabeth, filha do velho duque de Norfolk — veem sua bela filha sob uma nova luz, como um degrau para novas riquezas e posições e, como um par de alcoviteiras, lavam-na e vestem-na, enchem-na de joias e apresentam-na ao rei, como se fosse um pombo roliço pronto para virar torta.

Campo do Pano de Ouro, França, verão de 1520

O ponto alto da estratégia de Thomas Wolsey é que haja um encontro com Francisco da França, uma campanha de paz com barracas, cavalos e um exército invasor de cortesãos alegres em suas roupas novas, milhares e milhares de guardas, cavalariços e estribeiros, damas de ambas as cortes vestidas como rainhas, e as próprias rainhas constantemente trocando de vestidos, todos novos, com adereços de cabeça incrustados de pedras preciosas. Wolsey planeja, encomenda e constrói uma extraordinária cidade temporária, situada em um vale próximo a Calais, com um castelo de beleza digna de um conto de fadas, criado do dia para a noite, como um sonho, e em seu centro está nosso Henrique, em exibição como uma bela raridade, em um cenário criado por seu conselheiro.

O local foi chamado de Campo do Pano de Ouro, pois os dosséis e estandartes, e até as tendas, brilham com fio real de ouro, e os campos úmidos à volta de Calais tornam-se o envolvente centro da Cristandade. Aqui, dois dos maiores reis encontram-se em uma competição por beleza e força jurando paz, uma paz que durará para sempre.

Henrique é nosso rei dourado, tão elegante, vistoso e belo quanto o rei da França, extravagante como seu pai nunca poderia ter sido, generoso em sua política, sincero em sua busca por paz: todos em seu séquito orgulham-se dele. E, a seu lado, rejuvenescida, linda, tomando seu lugar no mais importante palco da Cristandade, está minha amiga, a rainha, e estou radiante de orgulho por ela, por ambos, pela longa luta que travaram para chegar à paz com a França, prosperidade na Inglaterra, e um firme acordo de amor entre si.

Não me importa, ou à rainha, que todas as damas façam cortesia, ou quase se extasiem, quando o rei — qualquer um deles — passa. Não me aflige que Francisco da França beije todas as damas da rainha, com exceção da velha Lady Eleanor, a duquesa de Buckingham, a feroz sogra de Ursula. Catarina e a rainha Cláudia da França forjam uma amizade imediata e compreendem uma à outra: são ambas casadas com jovens e belos reis. Imagino que tenham mais dificuldades em comum do que ousam debater.

Meus filhos Montague e Arthur brilham na ardente competição entre essas duas cortes; Geoffrey está a meu lado, aprendendo a etiqueta da corte neste que é o maior evento que o mundo verá; Ursula está servindo à rainha, apesar de precisar entrar em resguardo no outono; e uma tarde, sem aviso prévio, meu filho Reginald entra em meus aposentos, na ala da rainha no interior do castelo, e ajoelha-se aos meus pés para receber minha bênção.

Fico sem fôlego com a surpresa.

— Meu menino! Oh! Meu menino, Reginald.

Ponho-o de pé e beijo-o nas faces. É mais alto do que eu e tornou-se mais forte: é um belo rapaz agora, forte e sério, de 20 anos de idade. Seu cabelo é grosso e castanho, e seus olhos, castanho-escuros. Somente eu seria capaz de ver em seu rosto o menininho que era. Somente eu consigo recordar de deixá-lo no Priorado de Sheen, quando seu lábio tremia, mas disseram-lhe que não podia falar para pedir-me que ficasse.

— Permitiram sua vinda aqui? — pergunto.

Ele ri:

— Não sou dedicado a uma ordem — lembra-me. — Não sou uma criança na escola. É claro que posso estar aqui.

— Mas o rei...

— O rei espera que eu estude por toda a Cristandade. Com frequência eu saio de Pádua para visitar um mestre ou uma biblioteca. Ele espera que eu faça isso. Paga por isso. Encoraja-me. Escrevi-lhe para dizer-lhe sobre minha vinda para cá. Encontrar-me-ei com Thomas More. Escrevemos muito um ao outro e nos prometemos uma noite de debates.

Tenho de manter em mente que meu menino agora é um teólogo respeitado, um pensador, que conversa com os mais importantes filósofos de nossa época.

— O que discutirá com ele? — pergunto. — Tornou-se um homem importante na corte. Agora é o secretário do rei, escreve cartas importantes e leva a cabo muitas das discussões sobre paz.

Meu filho sorri.

— Conversaremos sobre a natureza da Igreja — diz. — É sobre o que todos discutimos hoje em dia. Sobre se a consciência de um homem pode ensinar-lhe, ou se está destinado a acreditar nos ensinamentos da Igreja.

— E o que você acha?

— Creio que Cristo criou a Igreja para ensinar-nos. Nossa lição é a liturgia, e os padres e clérigos traduzem Deus para nós, assim como nós, acadêmicos, traduzimos os ensinamentos de Cristo do grego. Não há guia melhor do que a Igreja que o próprio Cristo nos deu. A consciência imperfeita de um único homem nunca será superior a séculos de tradição.

— E o que acha Thomas More?

— O mesmo, em grande parte — diz, negligentemente, como se não valesse a pena discutir os sutis detalhes da teologia com sua mãe. — E citamos autoridades, e contra-argumentamos mutuamente. Não interessaria à senhora, há detalhes demais.

— E você será ordenado? — pergunto, ansiosa. Reginald não conseguirá elevar-se se não vestir a batina, e foi treinado para liderar a Igreja.

Ele balança a cabeça.

— Ainda não — diz. — Não sinto que tenha sido chamado.

— Mas, certamente, sua própria consciência não pode ser seu guia! Acabou de dizer, um homem deve ser guiado pela Igreja.

Ele ri e demonstra sua concordância com a cabeça.

— Milady mãe, é uma retórica, devia levá-la comigo para conhecer Erasmus e More. Tem razão. A consciência de um homem não pode ser seu guia se opuser-se aos ensinamentos da Igreja. Um homem não pode rebelar-se contra seu mestre, a Igreja. Mas as lições da própria Igreja dizem-me que devo esperar e estudar até que chegue a hora em que seja chamado. Então, se for chamado, atenderei. Se a Igreja exigir minha obediência, devo servi-la, assim como qualquer outro homem, até mesmo um rei.

— E ser ordenado — pressiono.

— Já não fiz tudo o que me ordenou?

Consinto com a cabeça. Não desejo escutar esse tom impaciente.

— Mas se eu for ordenado, terei de servir onde quer que a Igreja me envie — indica. — E se for enviado ao Oriente? Ou para a Rússia? E se me colocarem em um posto tão distante que eu jamais retorne?

Não posso dizer a esse jovem que estar a serviço de sua família muitas vezes significa não poder viver em seu seio. Deixei-o quando era um bebê, para cuidar de Artur Tudor, e não estarei presente no parto de Ursula se a rainha precisar de mim a seu lado.

— Bem, espero que volte para casa — digo, inadequadamente.

— É o que eu gostaria — responde. — Sinto que mal conheço minha família, e estive fora por muito tempo.

— Quando terminar seus estudos...

— Acha que o rei irá me convidar para a corte e trabalharei lá? Ou para dar aula nas universidades?

— Acho. É o que espero. Em todos os momentos que posso, menciono você. E Arthur o mantém presente em sua mente, assim como Montague.

— Fala de mim? — pergunta, com um leve sorriso cético. — Encontra tempo para falar de mim ao rei, dentre todos os favores que pede a seus outros filhos em favor de Geoffrey?

— Este é um rei que comanda todas as posições e todos os favores — digo, brevemente. — É claro que menciono seu nome. Menciono todos vocês. Não há muito mais que possa fazer.

Reginald passa a noite e janta com os lordes e seus irmãos. Arthur vem me ver depois do jantar e diz que Reginald foi uma excelente companhia, muito estudado e capaz de explicar clara e criticamente o novo conhecimento que está tomando a Cristandade de assalto.

— Ele seria um tutor perfeito para a princesa Maria — diz. — Assim poderia voltar para casa.

— Tutor da princesa Maria? Oh, que excelente ideia! Irei sugeri-lo para a rainha.

— Milady mãe viverá com a princesa como sua governanta no ano que vem — considera. — Quando ela terá idade suficiente para ter um tutor?

— Talvez com 6 ou 7 anos.

— Em dois anos. Então Reginald pode juntar-se à senhora.

— E nós dois poderíamos guiá-la e ensiná-la — digo. — E, se a rainha der à luz um príncipe — nenhum de nós comenta o quão improvável seria isso —, então Reginald também poderia ser seu professor. Seu pai ficaria tão orgulhoso de ver o filho como tutor do próximo rei da Inglaterra.

— Sim, teria ficado. — Arthur sorri com a lembrança do pai. — Tinha orgulho de tudo que fazíamos bem.

— E como você está, meu filho? Deve ter viajado por quilômetros com os reis. Todos os dias saem para praticar esportes, montaria ou corridas.

— Estou bem o bastante — diz Arthur, mesmo parecendo cansado. — Claro, acompanhar o ritmo do rei muitas vezes é mais trabalhoso do que divertido. Mas estou um pouco perturbado, milady mãe. Ando discutindo com o pai de Jane, e por isso ela está descontente comigo.

— O que houve?

Arthur conta-me que tentou convencer o pai de Jane a entregar suas terras para que meu filho possa ser responsável pelo serviço militar que acontece em sua propriedade. Arthur irá herdá-las de qualquer modo, então não há motivos para que o velho as mantenha agora e seja responsável por convocar os inquilinos, caso haja um chamado para a guerra.

— Ele realmente não consegue servir ao rei — diz, amuado. — É idoso e frágil demais. É uma oferta justa oferecer-lhe ajuda. E também ofereci pagar aluguel.

— Tem toda razão — digo. Nada que acrescente o total de propriedades de Arthur me parecerá errado.

— Bem, ele reclamou com Jane, e ela crê que eu estou tentando roubar sua herança antes de sua morte, emprestando sapatos de um cadáver, e criou uma confusão em minha cabeça fraca. Para piorar, o pai dela reclamou com nosso primo Arthur Plantageneta, e com nosso parente, o conde de Arundel, e agora estão ameaçando reclamar de mim com o rei. Sugerem que estou tentando enganar o velho tolo para que saia de suas terras! Roubando meu próprio sogro!

— Ridículo! — exclamo, lealmente. — E, de qualquer modo, não tem nada a temer. Henrique não prestará atenção a uma palavra sequer dita contra você. Não vinda de seus próprios primos. Não agora. Não enquanto quer que a Inglaterra ganhe justas.

L'Erber, Londres, *primavera de 1521*

A preferência do rei Arthur continua. Meu filho está no centro dos esportes, do carteado, da bebida, dessa corte vadia. Todos os jovens barulhentos e desrespeitosos que haviam sido banidos da corte voltaram, um de cada vez, esquecendo-se de que foram proibidos e que o rei supostamente se emendara. Henrique não os endireita ou repreende: gosta de ficar entre eles, ser rebelde como eles, livre como eles. Arthur me relata que o rei deixa passar palavras e piadas que ferem até mesmo sua majestade, enquanto meu primo, o duque de Buckingham, esbraveja dizendo que a corte se parece mais com um bar do que um lugar de grandeza e reclama que Wolsey trouxe os modos de Ipswich para Westminster.

Desde que voltaram do Campo do Pano de Ouro, tornaram-se piores do que nunca, cheios de alegria diante de seu triunfo, conscientes de sua juventude e beleza como nunca antes. É uma corte de pessoas jovens, ferozes de desejo e fome de viver, sem ninguém que os controle.

As damas da rainha, deleitadas por voltarem para a Inglaterra, longe da extremamente competitiva corte francesa, exibem suas modas francesas e ensaiam suas danças também francesas. Algumas até simulam sotaque francês, que eu acho ridículo, mas é considerado, em geral, muito sofisticado — ou, como elas mesmas diriam: *très chic.* A mais exótica e vaidosa de todas é, sem dúvida, Ana Bolena, irmã de Maria e George, que, graças ao charme do pai, passou sua infância na corte francesa e esqueceu-se consideravelmente de qualquer modéstia inglesa que possa ter tido. Com seu retorno da França, agora temos a família completa de Sir Thomas na corte: George Bolena, seu filho que serviu ao rei durante quase toda a vida; Elizabeth, sua esposa, e sua filha recém-casada, Maria, ambas servindo comigo nos aposentos da rainha.

Meu primo, o duque de Buckingham, é gradualmente excluído desta corte enlouquecida pela moda e pela França, e torna-se mais protetor da dignidade de sua família, pois minha filha Ursula deu-lhe um neto, um novo e pequenino Henry Stafford, os lençóis de seu berço têm folhas de morango ducais bordadas, e o duque sente orgulho de mais uma geração que carrega o sangue real.

Há um momento realmente terrível em que o rei, lavando suas mãos em uma bacia de ouro antes do jantar, vai até o trono, sob seu baldaquino, e senta-se, enquanto o cardeal chama o criado para seu lado e mergulha seus próprios dedos na mesma bacia de ouro, na água do rei. Meu primo berra e derruba a bacia, jogando água na longa batina vermelha, enfurecido como um louco. Henrique se vira, graças ao barulho, olha por cima de seu ombro e ri, como se não houvesse importância.

Meu primo exclama furiosamente sobre como a dignidade do trono não deveria ser usurpada por pessoas surgidas do nada, e a risada de Henrique se acaba rapidamente enquanto olha para meu primo. Encara-o com um olhar longo e franco, como se estivesse pensando em algo além da vasilha dourada, que gira, soltando raios de luz refletidos sobre as botas de montaria do rei, o robe molhado do cardeal, os pés de meu primo, que batem. Por um instante, todos vemos: diante da expressão *surgido do nada*, Henrique mostra a feição guardada e suspeita de seu pai.

Tiro licença da corte por muitos dos dias da primavera. Divido meu tempo entre a supervisão dos trabalhos realizados em minha casa em L'Erber, em Londres, e a permanência com a princesa Maria. Na verdade, meus deveres como sua governanta não deveriam começar até que ela comece a estudar, mas é uma menininha tão esperta que desejo que inicie suas aulas antecipadamente, e adoro ler-lhe uma história para dormir, ouvi-la cantar, ensinar-lhe orações, e dançar com ela em seus aposentos enquanto meus músicos tocam.

Sou liberada da corte porque a rainha não precisa de mim. Está feliz em seus aposentos com sua música e sua leitura, jantando todas as noites com o rei e assistindo às suas damas dançar. Gosta de saber que estou com sua filha e a visita com frequência. O rei está absorto em um novo flerte, mas é um caso tão discreto que só adivinhamos que está acontecendo porque está escrevendo poesia romântica, e todas as tardes o encontramos inclinado sobre uma página em branco, mordendo a ponta de sua pena. Ninguém sabe quem conquistou seu desejo agora. A rainha e eu não nos damos ao trabalho de nos importar com a cômica mudança dos afetos de Henrique. Há tantas moças, e todas sorriem e coram quando o rei as vê, e ele faz uma manipulação tão grande de sua conquista, quase como se desejasse que elas relutassem. Talvez uma delas vá a seus aposentos para uma ceia particular, talvez ela não volte à ala da rainha até a madrugada. Talvez o rei escreva um poema ou uma canção de amor. A rainha pode não gostar, mas isso tem pouca importância. Não faz diferença para a balança do poder real na corte que haja uma luta mortal implícita entre o cardeal e os lordes, e entre o cardeal e a rainha, pela atenção do rei. As jovens são uma diversão, não significam nada.

Além de tudo, o rei fala profusamente a favor da santidade do sacramento do casamento. Sua irmã Margaret, a rainha viúva da Escócia, agora vê que o marido que escolheu por amor tornou-se seu inimigo, e quer substituí-lo em seu país, e, alguns dizem, em sua cama, pelo duque de Albany, seu regente rival. Depois ouvimos algo ainda pior. Um dos lordes do norte escreve a Thomas Wolsey para avisar-lhe bruscamente que a irmã do rei está pedindo a seu amante, Albany, ajuda para conseguir um divórcio. O velho comandante prevê que haja um assassinato, não uma anulação.

Henrique ofende-se gravemente com a sugestão de que sua irmã se comporta mal e escreve-lhe e a seu marido indesejado para lembrá-los de que o laço do matrimônio é indissolúvel e que o casamento é um sacramento que nenhum homem pode deixar de lado.

— Não importa quantas sejam as lavadeiras — comento com Montague.

— O casamento é sagrado — concorda meu filho, com um pequeno sorriso. — Não pode ser ignorado. E alguém tem de lavar a roupa.

Tenho muito a fazer em minha casa londrina. A grande vinícola que se espalha pela frente está derrubando a alvenaria e ameaçando o telhado. Tenho de colocar uma floresta de andaimes de madeira para permitir que os trabalhadores subam à altura das chaminés para aparar o monstro, e pegam serrotes e machadinhas para abrir caminho pelos ramos densos. Claro que meus vizinhos reclamam que a estrada esteja sendo bloqueada, e em seguida recebo uma carta do prefeito pedindo-me que deixe o caminho livre. Ignoro-o completamente. Sou uma condessa, posso impedir a passagem por todas as ruas de Londres se o desejar.

Os jardineiros juram-me que esta poda intensa fará com que o vinhedo floresça e dê frutos, e que estarei tomando banho em meu próprio vinho quando chegar o outono. Rio e balanço a cabeça. Tivemos um tempo tão frio e úmido nos últimos anos que temo que nunca faremos vinho na Inglaterra novamente. Não acho que tenhamos tido um bom verão desde minha infância. Pareço lembrar-me dia após dia de cavalgadas sob tempo glorioso, atrás de um grande monarca, pessoas saindo para acenar e saudar o rei Ricardo. Não parece que temos mais verões assim. Henrique nunca faz procissões longas quando há sol e que todos o aclamam. Os verões dourados de minha infância se foram; ninguém mais vê três sóis no céu.

Quando retiramos os andaimes, pavimento o caminho à frente de minha casa para que a água usada pelos ajudantes da cozinha possa escorrer. Cavo um grande fosso na estrada, digo aos cavalariços que varram o esterco para fora de nosso pátio, joguem-no no riacho e dali para o rio. O fedor da casa na cidade é reduzido, e tenho certeza de que teremos menos ratos na cozinha e na despensa. É obvio para qualquer um que caminha por Dowgate Street que esta é uma das mais importantes casas de Londres, tão imponente quanto um palácio real.

Meu administrador vem até mim enquanto admiro minhas novas pedras da calçada e diz, em voz baixa:

— Gostaria de conversar com a senhora, Vossa Senhoria.

— Sir Thomas? — Viro-me para ver Bolena olhando para meu cotovelo. — Algo está errado?

— Creio que sim — diz, com rapidez. Olha em volta: — Não posso falar disso aqui.

Lembro-me, com uma repentina pontada de medo, dos anos em que ninguém conversava na rua, em que conferiam as portas em suas próprias casas antes de pronunciar uma palavra sequer.

— Bobagem! — digo, francamente. — Mas podemos entrar, de qualquer modo, para fugir do barulho.

Guio o caminho até o saguão sombrio e viro na pequena porta à direita. É o quarto de registros para o administrador da casa, para que possa observar a entrada e saída de convidados, receber mensageiros e pagar contas. Há duas cadeiras, uma mesa e uma porta dupla, para que ninguém possa bisbilhotar, quando estiver dando instruções ou reprimendas.

— Pronto — digo. — É silencioso o bastante aqui. Qual é o problema?

— É o duque — responde, ousadamente. — Edward Stafford, duque de Buckingham.

Sento-me na cadeira atrás da mesa, demonstrando que ele pode sentar-se à minha frente.

— Quer falar-me a respeito de meu primo? — pergunto.

Ele indica que sim.

Tenho uma espécie de pavor do que virá a seguir. Trata-se do sogro de Ursula; meu neto vem do berço Stafford.

— Prossiga.

— Foi preso. Na Torre.

Tudo para, repentinamente, e fica em silêncio. Ouço um barulho de batidas rápidas e percebo que é meu coração, ecoando em meus ouvidos.

— Pelo quê?

— Traição.

Aquela única palavra é como o assobio de um machado em um cômodo silencioso. Bolena encara-me, seu rosto pálido repleto de temor. Sei que estou absolutamente impassível, meu maxilar travado, para impedir que meus dentes batam de medo.

— Foi intimado a vir para Londres, até o rei, em Greenwich. Estava entrando em sua própria barca, indo até Sua Graça, quando o capitão da guarda do monarca subiu a bordo com seus homens e disse que iriam à Torre. Simplesmente isso.

— O que dizem que ele fez?

— Não sei... — começa Sir Thomas.

— Sabe, sim — insisto. — Disse "traição". Então diga-me.

Ele umedece os lábios secos e engole.

— Profetizar — diz. — Encontrou-se com os cartuxos.

Isso não é crime. Encontrei-me com os cartuxos, faço uso de suas capelas, assim como todos nós. Aceitaram Reginald no Priorado de Sheen e educaram-no. São uma ordem justa, de homens religiosos.

— Não há nada de errado nisso — digo, firmemente. — Nada de errado com eles.

— Contam que possuíam uma profecia em sua biblioteca, em Sheen, dizendo que o povo aclamará o duque como rei — prossegue. — O Parlamento lhe ofereceria a coroa, como fez com Henrique Tudor.

Mordo meu lábio e nada digo.

— Supõe-se que o duque tenha dito que o rei foi amaldiçoado, e que não haverá um filho legítimo e um herdeiro — diz Sir Thomas, em tom muito baixo. — Disse que uma das damas da rainha mencionou uma maldição sobre os Tudor. Uma das damas da rainha teria dito que nunca haveria um filho.

— Que dama? Sabem o nome dessa dama indiscreta? — Sinto minhas mãos começarem a tremer, e mantenho-as juntas em meu colo, antes que ele veja. Lembro-me de que Sir Thomas é genro do duque de Norfolk, e é o duque, na posição de alto lorde comissário, quem julgará meu primo por traição. Pergunto-me se Bolena está aqui como meu administrador para me alertar, ou como espião do duque para delatar-me. — Quem diria algo assim? Suas filhas falaram sobre isso?

— Nenhuma das duas diria isso — responde rapidamente. — O confessor do duque ofereceu provas contra ele, seu administrador e seus criados. Sua filha já falou sobre isso?

Balanço minha cabeça diante da retaliação. O administrador do duque já foi acolhido em minha casa, já rezei com seu confessor. Minha filha vive com o duque e discute de tudo com ele.

— Minha filha nunca daria ouvidos, ou repetiria, algo assim — digo. — E o confessor do duque não pode acusá-lo. O juramento da confissão impede-o. Não pode repetir o que um homem profere em suas preces.

— O cardeal agora diz que pode. É uma nova determinação. O cardeal afirma que o dever de um padre para com o rei é mais importante do que seu laço com a Igreja.

Fico em choque. Não é possível. O cardeal não pode mudar as regras que protegem o confessionário, que tornam um padre silencioso como Deus.

— Isso é o cardeal reunindo provas contra o duque?

Sir Thomas Concorda. Exatamente. Wolsey está destruindo seu rival para conquistar o afeto e a atenção do rei. Esta foi uma longa campanha. Os pingos de água na batina vermelha do cardeal deixaram uma mancha que será apagada com vermelho-sangue. Wolsey quer vingança.

— O que acontecerá com o duque? — Não preciso perguntar, pois sei qual é a punição por traição. Quem saberia mais do que eu?

— Se o julgarem culpado, será decapitado — sussurra Bolena.

Aguarda, enquanto eu absorvo a informação que já possuo. Então diz algo ainda pior:

— E, milady, estão interrogando outros. Suspeitam de que haja uma conspiração. Uma facção.

— Quem? Quais outros?

— A família, os amigos e as afinidades do duque.

Trata-se também de minha família, meus amigos e afinidades. O acusado é meu primo e amigo, minha filha Ursula é casada com seu filho.

— Quem estão interrogando, exatamente?

— Um primo seu e dele, George Neville.

Retomo meu fôlego.

— Só ele?

— O filho dele, seu genro, Henry Stafford.

Amigo de Geoffrey, marido de Ursula. Respiro fundo.

— Mais alguém?

— Seu filho Montague.

Engasgo. Mal consigo respirar. O ar neste pequeno cômodo está sufocante, sinto que as paredes se fecham sobre mim.

— Montague é inocente — digo, com segurança. — Alguém mencionou Arthur?

— Ainda não.

Estamos entrelaçados como plantas: a *Planta genista* que originou nosso nome. Minha filha, Ursula, é casada com o filho do próprio duque. Ele e eu somos primos. Meus filhos foram criados na casa de meu outro primo, George Neville, que é casado com a filha do duque. Meu filho Montague é casado com a filha do primo George. Não haveria como sermos parentes mais próximos. É o que fazem as grandes famílias: casamentos entre si, trabalhando juntos como uma força só. Desse modo, mantemos nossa riqueza dentro das famílias, concentramos nosso poder, unimos nossas terras. Mas se vistos com olhos críticos, analisados com olhos temerosos e suspeitosos, damos a impressão de ser uma facção, uma conspiração.

Imediatamente penso em Geoffrey, servindo como pajem nos aposentos da rainha. Ao menos sua lealdade não pode ser questionada. Deve estar a salvo. Se Geoffrey estiver seguro, consigo enfrentar qualquer coisa.

— Sem denúncias contra Geoffrey? — digo, sem mudar de tom.

Ele balança a cabeça.

— Vão me interrogar? — pergunto.

Ele afasta-se ligeiramente de mim, sem amabilidade.

— Sim. É muito provável. Se houver mais alguém da casa...

— O que está dizendo? — Fico furiosa de medo.

— Não sei! — exclama. — Não sei! Como saberia? Não aprovo profecias, previsões e reis do passado. Não há gigantes em minha família como na de vocês, Neville. Não há três sóis em meu céu como no de vocês, York. Não descendo de uma deusa aquática que sai de um rio para reproduzir--se com mortais! Quando sua família foi fundada, nunca haviam ouvido falar de nós. Quando seus tios ocupavam o trono, os meus eram humildes homens da cidade. Não sei o que pode ter mantido desses tempos... um estandarte, intenções de missa ou carta. Qualquer coisa que demonstre sua ascendência, que indique seu sangue real, qualquer profecia que diga que uma vez possuíram o trono e o farão mais uma vez. Mas o que quer que tenha, milady, jogue fora e queime. Nada vale o risco de ser mantido.

A primeira coisa que faço é mandar uma mensagem a Geoffrey dizendo-lhe que vá imediatamente a Bisham e continue lá até receber notícias minhas, sem falar com ninguém, nem receber quem quer que seja. Deverá dizer aos criados que está doente, deve dar a impressão de talvez estar contagiado com o suor. Se eu estiver certa de que está seguro, então posso lutar por meus outros filhos. Mando meu cavalariço-chefe à Torre de Londres para descobrir quem está por trás daquelas altas paredes acinzentadas, e o que está sendo dito sobre essas pessoas.

Envio uma de minhas damas de companhia até Ursula para dizer-lhe para pegar seu filhinho e ir para L'Erber, permanecendo lá até que saibamos o que devemos fazer. Mando meu pajem até Arthur para avisar que estou indo imediatamente à corte, que o encontrarei lá.

Mando buscar minha embarcação, que me leva rio abaixo; a corte está em Greenwich. Sento-me em silêncio no fundo da embarcação, com algumas de minhas damas a meu lado e componho-me para ter paciência, enquanto surgem à vista as altas torres, erguendo-se acima de árvores de um verde fresco.

A barca se prende ao píer e os remadores formam uma guarda de honra com seus remos enquanto piso na terra. Tenho de esperar até que estejam reunidos e prontos, e então caminho por eles com um sorriso, controlando meu desejo de correr aos aposentos da rainha. Percorro lentamente o caminho de pedra e ouço o barulho vindo dos estábulos, enquanto meia dúzia de cavaleiros entra e chama seus cavalariços, gritando. Um guarda abre a porta privada do jardim que leva à escadaria da rainha. Agradeço com a cabeça e subo, mas sem pressa, e minha respiração está tranquila, meu coração bate regularmente quando chego ao topo.

Os guardas à porta saúdam-me e dão-me licença, enquanto entro e encontro a rainha instalada em seu assento à janela, olhando para o jardim, com uma camisa de linho belamente bordada nas mãos, uma de suas damas lendo as páginas de um manuscrito, outras sentadas à volta, costurando. Vejo as meninas Bolena e sua mãe, vejo a filha de lorde Morley, Jane Parker, as damas espanholas, Lady Hussey, e algumas outras. Levantam-se para reverenciar-me, enquanto faço mesura à rainha, então ela pede-lhes licença com um gesto, beijo-a em ambas as faces e sento-me ao seu lado.

— Belo trabalho — digo, minha voz leve e indiferente.

Ela levanta-o, como se para mostrar-me o detalhe do preto no bordado branco, para que ninguém veja seus lábios enquanto sussurra:

— Levaram seu filho?

— Sim, Montague.

— Qual é a acusação?

Ranjo os dentes e consigo exibir um sorriso falso, como se estivéssemos falando sobre o tempo.

— Traição.

Seus olhos azuis se arregalam, mas seu rosto não se altera. Qualquer um que olhe para nós pensaria que ela está levemente interessada em minhas notícias.

— Que significa isso?

— Creio que é o cardeal, fazendo movimentos contra o duque: Wolsey contra Buckingham.

— Falarei com o rei — diz. — Deve saber que isso não tem fundamento — hesita quando vê meu rosto. — É sem fundamento — fala sem tanta certeza. — Não é?

— Dizem que mencionou uma maldição contra a linhagem Tudor — conto-lhe, minha voz quase silenciosa. — Dizem que uma dama de seus aposentos falou de uma maldição.

Ela inspira levemente.

— Você não?

— Não. Nunca.

— Seu filho foi acusado de repetir essa maldição?

— E meu primo — confesso. — Mas, Vossa Graça, nem meus filhos nem meu primo George Neville disseram ou ouviram uma palavra sequer contra o rei. O duque de Buckingham pode ser um pouco impaciente, mas não é desleal. Se um grande nobre deste reino for condenado por um desejo fútil de um conselheiro, um homem que não é nada além de um dos servos do rei, um homem sem berço ou criação, então nenhum de nós está a salvo. Há sempre rivalidade à volta do trono. Mas uma perda de preferência não pode levar à morte. Meu primo Edward Stafford não possui tato, mas deve morrer por isso?

Ela acena com a cabeça.

— Claro que não. Falarei com o rei.

Há dez anos, a rainha caminharia diretamente aos aposentos do marido e o levaria a um canto. Um toque em seu braço, um rápido sorriso, e ele teria feito o que ela lhe pedisse. Cinco anos atrás ela teria ido até seu quarto, dado-lhe conselhos e o rei seria influenciado por sua opinião. Mesmo há dois anos ela teria aguardado que ele viesse a sua ala antes do jantar, e então lhe teria dito o que era correto fazer e ele a teria ouvido. Mas agora ela sabe que o rei deve estar falando com o cardeal, talvez esteja jogando cartas com seus favoritos, também pode estar caminhando pelos jardins, de braços dados com uma bela jovem, sussurrando em seu ouvido, dizendo-lhe que nunca desejara uma mulher desse jeito antes, que sua voz soa como música, que seu sorriso é a luz do sol e que tem muito pouco interesse nas opiniões de sua esposa.

— Esperarei o jantar — decide.

Sento-me com a rainha até que venha o rei com seus amigos para acompanhá-la, e a suas damas, para o jantar. Planejo cumprimentar Arthur com um sorriso, sussurrar-lhe um aviso e encontrar-me com ele mais tarde. Mas, quando as portas duplas se abrem de uma vez e Henrique dá passos largos pelo aposento, belo, sorridente, e faz sua reverência à rainha, Arthur não vem andando atrás.

Faço uma mesura, um sorriso grudado em meu rosto, como uma máscara, um suor frio começando a escorrer por minhas costas. Estão todos ali: Charles Brandon, William Compton, Francis Bryan, Thomas Wyatt. Todos de quem consigo lembrar-me estão ali, não falta nenhum, todos rindo de alguma piada interna que contarão quando a tiverem transformado em um soneto, mas nada de Arthur Pole. Meu filho não está ali, e ninguém comenta.

Uma das damas de companhia deixa cair o livro que estava lendo e inclina-se para pegá-lo. Faz uma cortesia ao rei, o livro grudado em seu corpete, enfatizando seu amor pelo estudo e atraindo o olhar para a pele cálida e convidativa de seus seios e pescoço. Vejo o cabelo castanho-escuro brilhando sob seu capuz francês, e o brilho de um berloque com a inicial *B*, enfeitado com três pérolas cremosas, pendendo fundo em seu decote. O rei inclina-se diante da mão de sua esposa e sequer a nota.

As damas agitam-se em sua ordem de precedência atrás da rainha. Vejo Maria Bolena empurrando, seu cotovelo nas costelas de Jane Parker, mas sorrio para elas, e, apesar de procurar em toda parte, não vejo meu filho Arthur, e não sei onde se encontra esta noite.

Thomas More está aguardando à entrada da sala de jantar, enquanto as damas e cavalheiros da corte tomam seus lugares, sua face rechonchuda voltada para baixo, compenetrada. Deve estar à espera de seu mestre, o cardeal, que pode estar trabalhando no caso contra meus filhos.

— Conselheiro More — digo, educadamente.

Ele volta-se com um pulo e me vê.

— Sinto por interromper suas meditações. Um de meus filhos é um acadêmico e já o vi envolto em seus pensamentos, assim como você. Ralha comigo se o interrompo.

Ele sorri.

— Eu hesitaria antes de interromper os pensamentos de Reginald, mas pode ficar tranquila comigo. Estava sonhando acordado. Mas, ainda assim, ele não deveria repreender a própria mãe. A obediência de um filho é um dever sagrado. — Sorri como se estivesse se divertindo consigo mesmo. — Sempre digo isso a meus filhos. É verdade, claro, mas minha filha acusa-me de fazer alegações especiais.

— Tem notícias de meus outros filhos, Montague e Arthur? — pergunto, em voz baixa. — Não vejo Arthur aqui hoje.

E então, a pior coisa acontece. Não olha para mim com desprezo por ter criado traidores, não me encara com raiva por tentar apresentar-lhe meu caso. Olha para mim com grande simpatia, como se visse uma mulher de luto. O fitar constante de seus olhos escuros diz-me que pensa que sou uma mulher que perdeu seus filhos, cuja prole já está morta.

— Sinto muito em saber que lorde Montague está preso — diz, em voz baixa.

— E Arthur? Não fala de Arthur?

— Banido da corte.

— Onde está?

Ele balança a cabeça.

— Não sei para onde se foi. Eu lhe diria se soubesse, Vossa Senhoria.

— Sir Thomas, meu filho Montague é inocente de qualquer acusação. Não pode defendê-lo? Não pode dizer ao cardeal que ele nada fez?

— Não, não posso.

— Sir Thomas, o rei não deve ser aconselhado de que a lei está a seu dispor. Seu mestre é um grande pensador, um homem sábio, deve saber que reis devem viver sob a lei, como todos os outros.

Ele indica concordar comigo, com a cabeça.

— Todos os reis devem respeitar a lei, mas este rei está descobrindo seu poder. Está aprendendo que pode fazer as leis. E não pode pedir a um homem adulto que demonstre obediência infantil. Uma vez que tenha crescido, pode voltar a ser criança? Quem mandará em um rei quando ele já não é um príncipe? Quem dominará um leão quando ele descobrir que não é mais um filhote?

O cardeal senta-se ao lado esquerdo do rei durante o jantar, a rainha, do outro lado. Ninguém que observe a conversa atenta do rei com o cardeal, e seus ocasionais agrados à rainha, poderia duvidar de quem é seu principal conselheiro agora. Os homens falam frente a frente, como se estivessem a sós.

Estou sentada com as damas do séquito da rainha. Conversam entre si, seus olhos sempre vagueando pelos amigos do rei, suas vozes altas e afetadas, cabeças virando de um lado para o outro, sempre tentando trocar olhares com o rei, chamar sua atenção. Quero agarrar alguma delas e chacoalhá-la até que saia de seu estupor. Quero dizer-lhe:

— Esta não é uma noite como as outras. Se tiver alguma influência sobre o rei, deve usá-la a favor de meus meninos. Se dançar com ele, deve dizer-lhe que meus filhos são totalmente inocentes. Se tiver sido uma vagabunda estúpida o suficiente para dormir com ele, então deve sussurrar-lhe na cama para que poupe meus rapazes.

Ranjo os dentes e engulo minha ansiedade. Olho para o rei e, quando ele devolve o olhar, aceno com a cabeça levemente, como uma princesa, sorrindo-lhe calidamente, cheia de confiança. Seu olhar repousa sobre mim, indiferente, por um momento, e então olha para o outro lado.

Depois do jantar se iniciam as apresentações. Alguém compôs um texto com máscaras, e depois há uma justa de poesias, com pessoas oferecendo um verso depois de outro. É uma noite de cultura e diversão e, normalmente, eu colaboraria com um verso ou rima para cumprir meu papel na corte, mas nesta noite não consigo concentrar-me. Sento-me no meio de tudo como se fosse muda. Tornei-me surda de medo. Parece que se passa uma eternidade até que a rainha sorri para o rei, levanta-se de sua cadeira, faz-lhe uma cortesia formal, dá-lhe um beijo de boa-noite e deixa o salão, suas damas seguindo-a, uma ou duas delas claramente partindo por uma questão de formalidade, mas planejando voltar discretamente depois.

Em seus aposentos, a rainha manda todos embora, com a exceção de Maria Bolena e Maud Parr, que removem seu adereço de cabeça e seus anéis. Uma criada desata seu vestido, as mangas e o corpete ornamentado, enquanto outra ajuda-a a vestir a camisola bordada, e coloca um robe quente, depois acena para que a deixem. Parece cansada. Lembro-me de que não é mais a menina que veio à Inglaterra para se casar com um príncipe. Tem 35 anos, e o príncipe de conto de fadas que a resgatou da pobreza e de outras dificuldades é agora um homem endurecido pela idade. Indica-me uma cadeira a seu lado, diante do fogo. Colocamos nossos pés sobre o guarda-fogo, como costumávamos fazer em Ludlow, e espero que comece a falar.

— Ele não quer me ouvir — diz, vagarosamente. — Sabe, nunca o vi desse jeito antes.

— Sabe onde está meu filho Arthur?

— Longe da corte.

— Não está preso?

— Não.

Balanço a cabeça. Peço a Deus que tenha ido para sua casa em Broadhurst, ou para a minha, em Bisham.

— E Montague?

— Foi como se o pai de Henrique estivesse falando novamente — diz, estupefata. — Como se seu pai estivesse falando através dele, como se Henrique não houvesse tido anos de amor, honra e segurança. Creio que está ficando com medo, Margaret. Está com medo exatamente como seu pai sempre estava.

Mantenho meu olhar nas brasas da grelha. Vivi sob o governo de um rei temeroso e sei que medo é contagioso, assim como o suor. Um rei assustado começa temendo seus inimigos, depois, seus amigos, até o ponto em que não consegue distinguir um do outro, quando todos os homens e mulheres do reino temem não poderem confiar em ninguém. Se os Tudor voltarem ao terror, então os anos de felicidade para mim e minha família se acabaram.

— Não é possível que tenha receio de Arthur — digo, sem mudar o tom. — Não pode duvidar de Montague.

Balança a cabeça.

— É o duque — explica. — Wolsey convenceu-o de que o duque de Buckingham previu nossa morte, o fim de nossa linhagem. O confessor do duque quebrou seus votos de silêncio e contou coisas terríveis, predições e manuscritos, profecias e constelações. Diz que seu primo falou da morte dos Tudor e de uma maldição lançada sobre a linhagem.

— Nunca para mim — digo. — Nunca. Nem para meus filhos.

Gentilmente, coloca sua mão sobre a minha.

— O duque falou com os cartuxos em Sheen. Todos sabem o quão próxima deles sua família é. Reginald foi criado por eles! E o duque é amigo de Montague, e é o sogro de sua filha. Sei que nem você nem nenhum dos seus falaria em traição. Sei disso. Disse-o a Henrique. E falarei com ele novamente. Ele recuperará sua coragem, sei que vai. Voltará à razão. Mas o cardeal contou-lhe de uma velha maldição lançada sobre os Tudor, que dizia que o príncipe de Gales morreria, como aconteceu com Artur, e que o príncipe que viesse depois dele morreria, e que a linhagem terminaria com uma menina, uma virgem, e que não haveria mais Tudor, e todo o esforço teria sido por nada, ao final.

Ouço uma versão da maldição que minha prima Elizabeth, a rainha, fizera. Pergunto-me se esta é de fato a punição dirigida aos assassinos dos meninos na Torre. Os Tudor mataram meu irmão, mataram o pretendente, e talvez tenham matado os príncipes de York. Perderão seus filhos e herdeiros como nós?

— Já ouviu falar dessa maldição? — pergunta-me minha amiga, a rainha.

— Não — minto.

Envio um aviso a Arthur por intermédio de quatro de meus guardas de maior confiança, para cada uma de minhas três casas, e para a esposa dele, Jane, em Broadhurst. Digo-lhe que vá até Bisham e aguarde lá com seu irmão Geoffrey, não importa onde esteja agora. Se ele suspeitar de algum perigo, se algum soldado Tudor chegar nas proximidades, deve mandar Geoffrey para Reginald em Pádua e fugir em seguida. Aviso que estou fazendo o que posso para ajudar Montague. Digo que Ursula está a salvo comigo em Londres.

Escrevo a meu filho Reginald. Digo-lhe que suspeitas recaíram sobre nossa família e que é vital que ele conte a todos que nunca questionamos o governo do rei e nunca duvidamos de que ele e a rainha teriam um filho, que com o tempo iria se tornar príncipe de Gales. Concluo que não deve voltar para casa, mesmo que seja convidado pelo rei e lhe seja oferecido salvo-conduto. O que quer que aconteça, é melhor que fique em Pádua. Pode ser um refúgio para meu menino Geoffrey, se chegar a esse ponto.

Vou a meu quarto e rezo diante do pequeno crucifixo. As cinco chagas do Senhor crucificado aparecem nitidamente em Sua pele clara pintada. Tento pensar em Seus sofrimentos, mas minha mente gira em torno de

Montague na Torre, o marido e o sogro de Ursula presos com ele, meu primo George Neville em outra cela, Arthur exilado da corte, e meu filho Geoffrey em Bisham. Ficará assustado, sem saber o que deve fazer.

Há uma batida à porta de meu quarto, no amanhecer frio e cinzento de primavera. É a rainha, voltando a seus aposentos depois das Laudes. Está terrivelmente pálida.

— Você foi dispensada como governanta de Maria — diz brevemente. — O rei contou-me, enquanto rezávamos juntos. Não houve jeito de argumentar. Foi caçar com os Bolena.

— Dispensada? — repito, como se não compreendesse a palavra. — Não servirei mais à princesa Maria?

Não posso deixá-la de maneira alguma, tem somente 5 anos de idade. Amo-a. Guiei seus primeiros passos, cortei seus cachos. Estou a ensinando a ler em latim, inglês, espanhol e francês. Ajudei-a a se equilibrar sobre seu primeiro pônei e mostrei-lhe como segurar as rédeas, canto com ela, e sento-me ao seu lado quando seu professor de música vem ensiná-la a tocar cravo. Sinto seu amor por mim, ela espera que esteja a seu lado. Ficará perdida sem mim. Seu pai não seria capaz, certamente não, de dizer que não posso ficar com ela.

A rainha concorda.

— Ele não me deu ouvidos — diz, pensativa. — Foi como se não conseguisse me ouvir.

Deveria ter pensado nisso, mas não pensei. Nunca achei que iria dispensar-me do cuidado de sua filha. Catarina olha inexpressivamente para mim.

— Está acostumada comigo — falo, sem forças. — Quem tomará meu lugar?

A rainha balança a cabeça. Parece congelada de aflição.

— É melhor eu ir, então — comento, incerta. — Devo abandonar a corte?

— Sim — diz.

— Irei a Bisham, viverei tranquilamente no campo.

Ela concorda com a cabeça, seus lábios tremendo. Sem mais uma palavra caímos nos braços uma da outra e nos abraçamos com força.

— Você vai voltar — promete-me, com um sussurro. — Irei vê-la novamente em breve. Não permitirei que fiquemos separadas. Irei trazê-la de volta.

— Que Deus a abençoe e proteja — falo, minha voz engasgada com as lágrimas. — E diga à princesa Maria que a amo. Diga-lhe que orarei por ela e irei revê-la. Diga-lhe para ensaiar suas músicas todos os dias. Serei sua governanta novamente, sei disso. Diga-lhe que voltarei. Tudo isto acabará bem. Tem de acabar bem. Tudo dará certo.

Não acaba bem. O rei executa meu parente Edward Stafford, duque de Buckingham, por traição, e meu amigo e familiar, o velho Thomas Howard, duque de Norfolk, faz a leitura da sentença de morte com lágrimas escorrendo por seu rosto. Até o último momento, todos esperamos que Henrique outorgue um perdão real, já que o duque é seu parente e foi seu companheiro constante, mas ele não o faz. Manda Edward Stafford para a morte no patíbulo, como se fosse um inimigo, e não o mais importante duque do reino, o favorito da avó do rei, e seu maior cortesão, bem como seu apoiador.

Não digo nada em sua defesa, não digo absolutamente nada. Então eu também talvez deva ser culpada pelo que todos vemos neste ano — a estranha sombra que cai sobre nosso rei. No momento em que faz 30 anos, o olhar do rei torna-se mais rígido, seu coração, mais duro, como se a maldição Tudor não fosse destinada aos herdeiros, e, sim, que tivesse a intenção de alastrar uma escuridão lentamente sobre ele. Quando rezo pela alma de meu primo, o duque de Buckingham, penso que talvez ele tenha sido uma vítima acidental dessa frieza que ocupou o lugar de um antigo calor. Nosso príncipe dourado, Henrique, sempre teve uma fraqueza: o medo de não ser bom o bastante para reinar. Meu primo, com seu orgulho e sua autoconfiança intocável, foi de encontro à crueza do rei, e este é o terrível resultado.

Mansão de Bisham, Berkshire, 1521

Nosso rei não se mantém raivoso por muito tempo. Não é como seu pai, o tirano. O duque é o único de nossa família que paga o alto preço de sua vida. Seu filho é desonrado, perde a fortuna e seu ducado, mas é solto. Meu filho Montague é liberado sem acusação alguma. Henrique não insiste em perseguir suspeitas passadas de geração a geração, não transforma uma sentença de morte em uma dúvida fatal. Prendeu meu filho, baniu-nos a todos da corte em um momento de temor, com medo de algo que poderíamos dizer, ou com medo do que somos. Mas não nos persegue, e uma vez que estamos fora de sua vista, volta à calmaria, volta a ser ele mesmo. Não tenho dúvida de que o menino que amei irá convocar-me novamente para estar a seu lado. Permitirá que eu volte para perto de sua filha.

Houve um tempo em que era um príncipe dourado que pensávamos ser incapaz de errar. Era loucura, um parâmetro muito elevado para um jovem alcançar. Mas ainda é nosso Henrique e fará o que é certo. É o filho de Elizabeth de York e ela era a mulher mais corajosa, equilibrada e carinhosa que já conheci. Não é possível que minha prima, a rainha, tenha dado à luz e criado um menino que seja qualquer coisa menos do que amoroso e confiável. Não a esqueço. Acredito que ele irá recuperar-se.

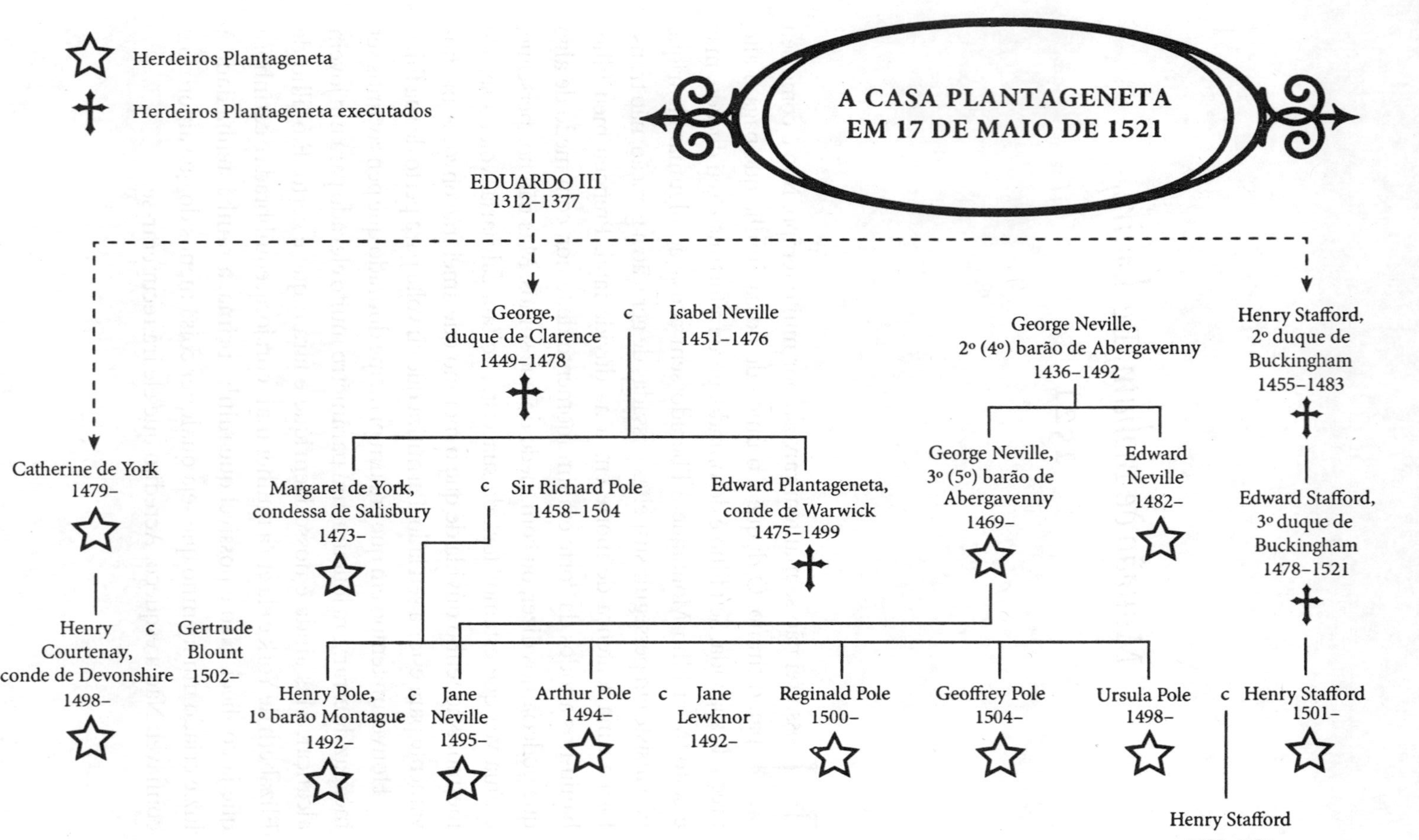
Herdeiros Plantageneta
Herdeiros Plantageneta executados
A CASA PLANTAGENETA
EM 17 DE MAIO DE 1521
EDUARDO III
1312–1377
George,
duque de Clarence
1449–1478
c
Isabel Neville
1451–1476
George Neville,
2º (4º) barão de Abergavenny
1436–1492
Henry Stafford,
2º duque de
Buckingham
1455–1483
Catherine de York
1479–
Margaret de York,
condessa de Salisbury
1473–
c
Sir Richard Pole
1458–1504
Edward Plantageneta,
conde de Warwick
1475–1499
George Neville,
3º (5º) barão de
Abergavenny
1469–
Edward
Neville
1482–
Edward Stafford,
3º duque de
Buckingham
1478–1521
Henry
Courtenay,
conde de Devonshire
1498–
c
Gertrude
Blount
1502–
Henry Pole,
1º barão Montague
1492–
c
Jane
Neville
1495–
Arthur Pole
1494–
c
Jane
Lewknor
1492–
Reginald Pole
1500–
Geoffrey Pole
1504–
Ursula Pole
1498–
c
Henry Stafford
1501–
Henry Stafford
1520–1521

Mansão de Bisham, Berkshire, 1522

Por conta da ira do rei, vivo silenciosamente, quase invisível em minha mansão de Bisham, segura em minhas terras, satisfeita com minha fortuna. Não escrevo a ninguém e vejo apenas meus filhos. Meu primo George Neville volta para casa em Kent, chamada Mansão de Birling, e não me escreve, exceto cartas ocasionais com as mais anódinas notícias sobre a família, sem sequer colocar selos para o caso de um espião rastrear seu caminho e querer ver o conteúdo. Respondo que ficamos de luto pela perda do menininho de Ursula, que morreu de febre com menos de um ano, mas que a esposa de Montague teve uma menina e a batizamos de Katherine.

Meus filhos mais velhos vivem tranquilamente com suas esposas em suas grandes casas. Arthur está perto daqui, com sua esposa, em sua propriedade de Broadhurst; Montague reside apenas a seis quilômetros de distância, em Bockmer, e nos visitamos praticamente uma vez por mês. Mantive meu filho Geoffrey em casa, para que aproveite bem os últimos anos de sua infância. Percebo que estou lhe dando ainda mais valor enquanto cresce, torna-se mais forte e belo, e chega à idade adulta.

Quando nos sentamos juntos à noite, nunca falamos em voz baixa. Quando estamos sozinhos e os criados se foram, nunca falamos coisa alguma a respeito do rei, da corte, da princesa que não posso servir. Se alguém estiver escutando pela chaminé, sob os beirais, junto da porta, não ouve nada além da conversa normal de uma família. Nunca explicitamos esse pacto de silêncio. É como um encanto, um conto de fadas, tornamo-nos mudos como se por um passe de mágica. Um silêncio recaiu sobre nós: ficamos tão quietos que ninguém se dará ao trabalho de ouvir-nos.

Reginald está a salvo em Pádua. Não só escapou por completo dos maus pensamentos do rei, como está muito favorecido pela ajuda que lhe deu, e a Thomas More, para escrever uma defesa da fé verdadeira contra a heresia luterana. Meu filho ajuda-os com pesquisas em documentos escolásticos que estão na biblioteca, em Pádua. Aconselho Reginald a manter-se longe de Londres, por mais que ele, o rei e Thomas More concordem em matéria de textos bíblicos. Pode estudar tão bem em Pádua quanto em Londres, e o rei gosta de ter um acadêmico inglês trabalhando no exterior. Reginald até pode querer voltar para casa, mas não vou colocá-lo em risco enquanto haja qualquer sombra de dúvida sobre a reputação de nossa família. Reginald garante-me que não tem interesse em qualquer coisa além de seus estudos. Porém, do mesmo modo, o duque não tinha interesse em nada além de sua fortuna e suas terras, e agora sua esposa é uma viúva e seu filho foi deserdado.

Ursula escreve para mim de uma casa nova e modesta em Staffordshire. Quando arranjei seu casamento, previ que ela seria a mais rica duquesa da Inglaterra. Nunca pensei que a grande família Stafford fosse quase arruinar-se. Seu título foi tomado deles, sua riqueza e terras, discretamente absorvidas pelo Tesouro Real, graças ao judicioso conselho do cardeal. Seu grande casamento, suas maravilhosas perspectivas foram cortadas no campo da Torre junto à cabeça de seu sogro. Seu marido nunca será duque de Buckingham, e ela jamais será duquesa. É um mero lorde Stafford, com apenas meia dúzia de mansões em seu nome e uma renda anual de apenas algumas centenas de libras. Ursula é Lady Stafford e é obrigada a virar os peitilhos de seus vestidos. Seu nome cai em desgraça e toda a sua fortuna é confiscada pelo rei. Ela deve administrar uma pequena propriedade e tentar lucrar com terras inférteis quando pensou que jamais veria um arado novamente, e perdeu seu menino, então não há um filho para herdar o pouco que lhe resta.

Mansão de Bisham, Berkshire, verão de 1523

Podemos estar exilados da corte, mas o rei ainda nos chama quando precisa de líderes militares excepcionais. Meus dois meninos, Montague e Arthur, são convocados para servir quando o rei invade a França. Montague é indicado como capitão e Arthur luta tão bravamente à frente do campo de batalha que é sagrado cavaleiro, agora é Sir Arthur Pole. Penso em como seu pai teria ficado orgulhoso, penso em como a mãe do rei teria ficado satisfeita, e fico feliz que meu filho esteja a serviço do filho dela.

Mansão de Bisham, Berkshire, maio de 1524

Ninguém da corte escreve-me; estou no exílio, caí em desgraça silenciosa, apesar de todos saberem que sou inocente de qualquer coisa além de carregar meu nome. Thomas Howard, o velho duque de Norfolk, morre confortavelmente em sua cama; encomendo uma missa por sua alma no priorado, como amigo leal que era, mas não vou a seu exuberante velório. Catarina, a rainha, envia-me cartas curtas de vez em quando, um livro de orações de sua biblioteca pessoal, presentes de Ano-Novo. A preferência do rei por ela tem idas e vindas, enquanto ele forja alianças com a Espanha e depois muda de ideia. Minha antiga pupila, minha querida princesa Maria, primeiro fica noiva de seu parente Carlos, o imperador, em uma aliança contra a França, então é prometida a seu primo Jaime, o jovem rei da Escócia, e depois dizem mais uma vez que irá para a França e se casará lá. Espero que haja alguém em meu lugar que lhe diga que não se apegue a essas alianças, que não sonhe em ter esses jovens como amantes. Espero que alguém a ensine a olhar para essas ambições com ceticismo. Nada seria pior para ela do que apaixonar-se pela ideia de um desses noivos mercenários. Essas relações podem não dar em nada.

Fico sabendo por intermédio de meu administrador em Bisham, que ouviu dos vaqueiros que levavam nosso gado até Smithfield, que as pessoas estão dizendo que o rei tem uma nova amante. Ninguém tem certeza de qual das damas da corte recebeu o desejo errático do rei, mas depois ouço dizer que é uma das meninas Bolena, Maria Carey, que está grávida, e todos dizem que o bebê é filho do rei.

Fico feliz em saber, por meio de um mascate, que entra em nossa cozinha para vender bobagens às criadas, que ela deu à luz uma menina, e ele dá uma piscada e sussurra que, enquanto esteve de resguardo, o rei aproximou-se de sua irmã, Ana. Depois do jantar dessa noite, Geoffrey sugere discretamente, em meu quarto, que talvez todas as meninas Howard cheirem a presas fáceis para o rei, exatamente como um cão talbot prefere o cheiro de uma lebre acima de todos os outros. Faz-me rir, e penso com afeto no velho duque de Norfolk, que amava uma piada indecente, mas franzo o cenho para Geoffrey por seu desrespeito. Esta família, principalmente este rapaz, nunca dirá uma palavra contra o rei.

Mansão de Bisham, Berkshire, julho de 1525

O rei nomeia um duque para substituir meu primo, que ele assassinou. O menino de Bessie, o bastardo Henry Fitzroy, é honrado de maneira inacreditável. Meu administrador volta de Londres e diz que houve uma grande procissão até o Palácio de Bridewell, e que o menino de 6 anos foi transformado em duque duas vezes: duque de Richmond e de Somerset. Thomas More, o novo favorito do rei, leu a carta de patentes.

— Não sabia que era possível receber dois títulos de duque de uma só vez — comenta meu administrador, dirigindo-me um sorriso malicioso.

— Estou certa de que o rei julga ser o correto a se fazer — digo, mas, por dentro, acho que isso custou muita dor à minha amiga, a rainha, ao ver um menino Tudor de cabelos dourados sendo beijado por seu nobre pai e coberto de pele de arminho.

É Arthur, Sir Arthur, como agora o chamo, que me dá o primeiro neto vivo, o herdeiro de meu nome. Batiza-o de Henry, como deveria, e mando nosso lindo berço dourado para Jane em Broadhurst, para a nova geração de meninos Plantageneta. Fico espantada com meu próprio orgulho feroz por este bebê, diante de meu deleite poderoso em que haja uma nova geração de nossa dinastia.

Meu filho Geoffrey não fez parte do exército contra a França e certifiquei-me de que ele não se voluntariaria. É um jovem agora, quase 21 anos, e este último filho, esta criança mais preciosa, deve ter uma esposa. Passo mais tempo considerando quem seria mais adequada para Geoffrey do que em qualquer outra coisa, durante estes anos de exílio.

Deve ser uma jovem que irá gerenciar sua casa; Geoffrey foi criado como nobre, deve ter um bom ambiente doméstico à sua volta. Deve ser fértil, evidentemente, de boa família e bem-educada, mas não quero uma estudiosa como nora — deve ser apenas culta o suficiente para criar seus filhos nos ensinamentos da Igreja. Deus me livre de uma moça que corre atrás de novas teorias e flerta com a heresia, como hoje parece estar em voga. Deve ter consciência de que ele é um rapaz sensível — não um esportista, como Arthur, nem um cortesão como Montague —, foi criado com muito cuidado, o preferido de sua mãe. Mesmo quando era criança, sabia o que se passava em minha cabeça só de olhar em meu rosto, e tem uma sensibilidade que é rara de se achar, principalmente em um jovem nobre. Deve ser bela; Geoffrey, como um rapaz com seus longos cachos louros, foi frequentemente confundido com uma menina jeitosa, e agora que cresceu e tornou-se adulto é tão belo quanto qualquer jovem da corte. Seus filhos serão beldades, se eu puder encontrar uma boa parceira para ele. É necessário que seja elegante, pensativa e deve ter orgulho — se unirá à antiga família real da Inglaterra, não há jovem mais bem-nascido no país. Podemos estar quase em desgraça neste momento, mas o humor do rei mudou bem rápido — quase da noite para o dia — e é certo que mudará novamente. Então, a preferência real nos será restaurada e ela irá representar-nos, os Plantageneta, na corte Tudor, e isso não é uma tarefa fácil.

Se meu filho mais novo estivesse no lugar que lhe é de direito, presente na corte em alguma boa posição, herdeiro da maior fortuna da Inglaterra, seria fácil encontrar-lhe uma boa noiva. Mas do modo como estamos, meio exilados, meio sem favores, meio considerados, e com o velho processo por minhas terras, que Compton negou-me, ainda em aberto, não somos uma família atraente, e Geoffrey não é o melhor partido da terra como Montague era. Ainda assim somos férteis — Jane, a esposa de Montague, deu à luz mais uma menina, Winifred, então agora tenho três netos — e a fertilidade é valorizada nestes dias nervosos.

Por fim, escolho a filha do oficial de justiça da rainha, Sir Edmund Pakenham. Não é a melhor união, mas é muito boa. Ele não tem filhos, somente duas filhas muito bem-criadas, e uma delas, Constance, tem a idade correta para unir-se a Geoffrey. As duas meninas irão herdar conjuntamente a fortuna do pai e suas terras em Sussex, próximas às minhas, então Geoffrey nunca ficará longe de casa. Sir Edmund está próximo o suficiente da rainha para que eu saiba que nossa amizade permanece intacta, e que me trará de volta à corte assim que seu marido o permitir. Ele está apostando que meu filho será um grande homem da corte, assim como seus irmãos eram. Pensa, assim como eu, que Henrique foi mal aconselhado, que o cardeal abusou de seus medos, dos medos de seu pai, e que isso logo passará.

Casam-se sem alarde, e o jovem casal vem morar comigo em Bisham. Fica combinado que quando retornar à corte levarei Constance comigo, a qual servirá à rainha e galgará melhores posições no mundo. Sir Edmund tem fé em que irá me ver novamente na corte.

E tem razão. Lentamente, quando a primavera chega à Inglaterra, vejo o gelo real derreter-se. A rainha manda-me um presente, e então o próprio rei, caçando nas proximidades, manda-me um pouco de carne. Então, depois de quatro anos de exílio, recebo a carta pela qual esperava.

Sou indicada a ir, mais uma vez, ao Castelo de Ludlow para ser companheira e governanta da princesa de 9 anos que tomará o assento e governará o principado. Talvez logo ela seja nomeada princesa de Gales, onde um dia houve um amado príncipe. Eu sabia. Sabia que os conselhos amorosos e gentis que Catarina deu ao rei iriam trazê-lo de volta a seu juízo verdadeiro. Sabia que assim que firmasse uma aliança com a terra natal da rainha, iria se voltar para ela novamente. Sabia que o cardeal não seria favorecido para sempre e que o príncipe que amei quando era menino iria se tornar o que nasceu para ser: um rei justo, legítimo, honrado.

Vou imediatamente ao encontro da princesa no Castelo de Thornbury e levo Constance, minha nora, comigo para servir à princesa Maria como dama de companhia. A volta da preferência Tudor coloca-nos a todos em nossos lugares de direito, no coração da corte real. Mostro-lhe o belo castelo em Ludlow com orgulho, como um lugar de onde já fui senhora, e conto-lhe sobre Artur e a princesa que foi sua noiva. Não lhe revelo que o jovem casal estava apaixonado, que a paixão de um pelo outro iluminava este castelo cor de ameixa. Mas digo que foi um lar feliz, e que faremos dele um lugar alegre novamente.

Castelo de Thornbury, Gloucestershire, agosto de 1525

A princesa Maria, de 9 anos, chega em um dia excessivamente quente de verão, cavalgando seu próprio cavalinho, flanqueado por duzentos batedores em suas librés azuis e verdes, e sorrindo para o povo reunido à volta do portão do castelo para ver esta nova princesa, que assume o que é seu.

Fico parada à sombra da porta, feliz por estar longe do calor, pronta para recebê-la no castelo que um dia considerei herança de Ursula. Esta era uma casa Stafford, deveria ser o lar de minha filha. O cardeal tomou-a do duque e agora deverá ser usada pela princesa. Devo governá-la, como farei com todas as suas casas.

Sua comitiva é liderada por meu parente, Walter Devereux, barão Ferrers de Chartley. Cumprimenta-me com um beijo quente em minhas faces e então ajuda a princesinha a descer de sua sela.

Fico chocada ao vê-la. Faz tanto tempo que a vi pela última vez que a estava imaginando mais alta, uma vigorosa menina Tudor, como sua tia Margaret, viçosa como um pônei. Mas é pequena, frágil como uma flor. Vejo seu rosto pálido em formato de coração sob a sombra do grande capuz de sua capa e a imagino afogada em meio a roupas de adulto, frágil demais para tais vestimentas, para tantos guardas, pequena demais para carregar seus títulos e todas as nossas expectativas, jovem demais para assumir seus deveres e terras. Sinto a ansiedade me consumir. É delicada, como uma princesa feita de neve, uma princesa imaginada, não completamente encarnada.

Mas então surpreende-me ao tomar a mão de Walter e pular de seu cavalo como um menino ágil, indo até os degraus, em minha direção, e jogando-se em meus braços.

— Lady Margaret! Minha Lady Margaret! — sussurra, seu rosto apertado contra mim, sua cabeça na altura de meu seio, seu corpo leve e magro. Abraço-a com força e sinto-a tremer de alívio por estarmos reunidas. Seguro-a firmemente e penso que deveria pegar-lhe pela mão e apresentá-la ao restante dos habitantes do castelo, mostrá-la a seu povo, mas não suporto a ideia de afastá-la de mim. Meus braços envolvem-na e não os movo durante um longo tempo. Esta é uma criança tão amada quanto qualquer uma das minhas, uma menininha ainda; perdi quatro anos de sua infância, e estou feliz por tê-la de volta sob meus cuidados.

— Pensei que nunca mais a veria — sussurra.

— Eu sabia que voltaria para você — digo. — E nunca mais a deixarei.

Castelo de Ludlow, Marcas Galesas, 1525-1526

Maria não é uma criança difícil de educar. Tem o temperamento doce de sua mãe e toda a teimosia espanhola, então apresento-lhe seus mestres e convenço-a a praticar música e fazer exercícios. Nunca a obrigo, pois esta é uma filha da Inglaterra e a princesa de Gales — ninguém pode lhe dar ordens além de seu pai e de sua mãe. Mas digo-lhe que seus amados pais a colocaram sob meus cuidados e vão culpar-me se não viver bem, estudar como uma sábia e caçar como uma Tudor. Imediatamente ela aplica-se por amor a mim. É fácil estimulá-la a conquistar as habilidades que uma princesa deve ter, fazendo de suas aulas momentos agradáveis e interessantes e encorajando-a a questionar e considerar as coisas, garantindo que seu cavalariço-chefe escolha caçadores para ela que sejam ávidos mas obedientes, e organizando música e dança no castelo todas as noites. É uma menina inteligente e cheia de consideração, ainda que um pouco séria demais. Não consigo deixar de pensar que seria uma pupila apta para Reginald, e que seria benéfico para todos em nossa família se ele se tornasse uma influência em sua vida.

Enquanto isso, seu tutor é o Dr. Richard Fetherston, a escolha de sua mãe, um homem com quem simpatizo imediatamente. É alto e tem cabelos castanhos, de uma sagacidade rápida. Ensina latim a Maria utilizando os autores clássicos e traduções da Bíblia, mas também compõe versos bobos para ela e poemas sem sentido. A lealdade que tem por sua mãe — que nunca mencionamos — é, creio, inabalável.

Princesa Maria é uma menina apaixonadamente amorosa. Acredita estar prometida ao rei Carlos da Espanha, e coloca um broche em que está escrito "O Imperador" em todos os seus vestidos. Sua mãe encorajou essa ligação falando-lhe dele, mas no verão descobrimos que seu noivado se desmanchará e que, em vez disso, vai se casar com um membro da família real francesa.

Conto-lhe a notícia pessoalmente e ela sai correndo e tranca-se em seu quarto. É uma princesa — deve ter discernimento e não reclamar. Coloca o broche de diamantes no fundo de sua caixa de joias e seguem-se alguns dias amuados.

Sinto pena dela, claro. Tem 9 anos e pensa que seu coração está partido. Escovo seu lindo e longo cabelo arruçado, enquanto ela observa seu rosto pálido no espelho e diz-me que acha que nunca mais será feliz. Não estou surpresa que seu noivado tenha sido desfeito, mas fico realmente embasbacada quando recebemos uma carta do cardeal dizendo que o rei decidiu casá-la com um homem que tem idade suficiente para ser seu pai, o notoriamente devasso e enviuvado rei da França. Ela não gosta dele por três bons motivos, e é meu dever dizer-lhe que, enquanto princesa da Inglaterra, deve decidir servir seu país por meio de seu casamento e que nisso, como em todo o resto, seu pai deve ser obedecido e que ele tem o direito absoluto de colocá-la onde achar melhor.

— Mas e se minha mãe tiver outra opinião? — pergunta-me, seus olhos escuros brilhando de ódio.

Não me permito um sorriso. Ela ergue-se inteiramente, majestosos cento e vinte centímetros de altura, orgulhosa como uma rainha espanhola.

— Então sua mãe e seu pai devem chegar a um consenso — digo, tranquilamente. — E você não seria uma boa filha se tivesse a intenção de julgá-los, ou tomar partido.

— Bem, jamais gostarei dele — diz, teimosamente.

— Vai amá-lo e respeitá-lo como uma boa esposa, consciente de seus deveres — digo-lhe. — Ninguém lhe pede que goste dele.

Sua inteligência percebe o humor disso, e ela me responde prontamente, com uma longa risada:

— Oh, governanta! Que coisa a se dizer!

— E, de qualquer modo, provavelmente virá a gostar dele — digo, para reconfortá-la, puxando-a para que se sente a meu lado e repouse a cabeça em meu ombro. — Quando se casarem, tiverem filhos e governarem suas terras unidos, perceberá nele diversas qualidades a serem admiradas. E se ele for gentil com você e um bom pai para seus filhos, então irá amá-lo e gostará dele.

— Nem sempre — comenta. — Minha tia Margaret, a rainha viúva da Escócia, apontou os canhões de seu castelo para seu próprio marido e está tentando convencer o papa a dar-lhe o divórcio.

— Está muito enganada em fazer isso — continuo. — É o desejo de Deus que uma mulher obedeça a seu marido, e que seu matrimônio acabe somente com a morte. E seu próprio pai disse isso a ela.

— Então pode ser melhor se casar por amor? — pergunta. — Meu pai, o rei, casou-se com minha mãe por amor.

— Sim, realmente — concordo. — E foi tão maravilhoso quanto um conto de fadas. Mas nem todos nós podemos ter uma vida assim. A maior parte de nós não pode. Sua mãe foi muito abençoada em ser escolhida pelo rei, e ele foi honrado com seu amor.

— Então por que se torna amigo de outras damas? — pergunta-me, sua voz baixa como um sussurro, mesmo que estejamos sozinhas em minha câmara privada. — Por que isso acontece, Lady Margaret?

— O que você ouviu?

— Eu mesma vi — diz. — Sua favorita, Maria Carey. E vejo seu filho, o menino de Bessie Blount, na corte. Ganhou o título de duque de Richmond e de Somerset. Ninguém mais na Inglaterra possui honrarias desse nível. É uma honra grande demais para um menino nascido de alguém como Bessie. É uma honra grande demais para um menininho horrível como ele.

— Homens, até mesmo reis, talvez estes principalmente, podem amar com um coração livre até mesmo depois do casamento — digo. Olho para seu rosto honesto e questionador, e odeio a verdade que lhe digo. — Seu pai, enquanto rei, pode fazer o que quiser, é seu direito. A esposa de um rei, mesmo que seja uma rainha, não reclama com ele, não reclama com terceiros. Não é importante, não faz diferença. Deixa claro a todos que isso não tem importância. Não importa quantas moças haja, ela ainda é sua esposa. Sua mãe ainda é a rainha, independente de quantas Bessies ou Marias dancem na corte, ou caminhem atrás dela até seus aposentos. Não a incomodam nem um pouco. E é necessário que não incomodem você.

— E o pequeno duque duplo? — pergunta, ressentida.

Já que não sei o que o rei indica com a criação de tais honras, não ouso aconselhá-la.

— Você ainda é a princesa — digo. — E, independente do que aconteça, a rainha ainda é a rainha.

Parece não se convencer, e não tenho vontade de dizer a esta jovem princesa que uma mulher, até mesmo uma princesa, é serva de seu pai e escrava de seu esposo.

— Sabe, um marido, qualquer marido, é destinado por Deus a reger sua esposa.

Ela assente com a cabeça.

— É claro.

— O rei deve fazer o que quiser. Se colocar em risco sua alma imortal, sua boa esposa deve aconselhá-lo contra isso. Mas não pode tentar governar. Deve viver como ele o desejar. É seu dever, como esposa e mulher.

— Mas ela pode se importar...

— Pode — admito. — Mas ele não pode deixar de estar a seu lado, não pode negar seu casamento, não pode ignorar seu leito, não pode revogar seu título de rainha. Ele pode dançar e escrever poesias para alguma moça bonita, mas isso não altera coisa nenhuma. Pode ceder honrarias e amar um filho bastardo, mas isso não muda nada para a filha legítima de seu casamento. Uma rainha é rainha até a morte. Uma princesa nasce com sua coroa e ninguém pode tomá-la dela. Uma esposa é esposa até a morte. Todo o resto é apenas passatempo e vaidade.

Esta jovem princesa é uma menina sábia, pois não falamos sobre isso novamente, e quando os mensageiros de sua mãe, vindos de Londres, trazem para a cozinha fofocas de que a moça Bolena deu ao rei mais um filho, desta vez um menino chamado Henry, ordeno que ninguém repita a história perto da princesa, e digo à minha nora Constance que irei espancá-la pessoalmente até que tenha um ataque se ouvir que permitiu que algo fosse dito na presença de Maria.

Minha nora sabe muito bem que deve temer minha raiva, assim como sabe que a amo demais para levantar a mão contra ela. Mas certifica-se de que a princesa não ouça nada relacionado ao bebê chamado Henry Carey, ou sobre o novo flerte que seu pai iniciou para substituir o antigo.

Sob meu olhar atento, a princesa não desconfia de mais nada, nem mesmo quando vamos à corte em Westminster e em Greenwich para o Natal, todos os anos, nem mesmo quando o rei ordena que iniciemos uma corte para a princesa, no Palácio de Richmond. Comando as damas como se fosse a mais rígida abadessa do reino, e não há fofoca alguma circulando à volta da princesa, apesar de a corte estar louca com o novo caso do rei, Ana Bolena, que parece ter tomado o lugar de sua irmã nas suas preferências, apesar de ainda não ter chegado à sua cama.

Palácio de Greenwich, Londres, *maio de 1527*

Ordenam-me que leve a princesa à corte para a celebração de seu noivado, que a colocará na Casa de Valois. Deverá se casar ou com o rei francês, ou com seu segundo filho, um menininho de 7 anos, o *duc d'Orléans*, em um plano totalmente desorganizado e inadequado. Chegamos à corte e Maria corre para os aposentos de sua mãe, comigo andando apressada atrás dela, implorando-lhe que caminhe com dignidade, como uma princesa.

Mas isso não tem importância, na verdade. A rainha pula de seu trono na câmara de audiências para abraçar a filha e leva-me pela mão, conduzindo-nos a seus aposentos, de forma que possamos conversar e exclamar, deleitando uma à outra, sem uma centena de pessoas nos observando.

Assim que a porta é fechada atrás de nós e mãe e filha trocam uma chuva de perguntas e respostas, lentamente a alegria some do rosto da rainha, e vejo que Catarina está exausta. Seus olhos azuis ainda brilham com o prazer de ver a filha, mas a pele sob eles está manchada, e seu rosto está cansado e pálido. A gola de seu vestido deixa à mostra uma vermelhidão denunciadora e adivinho que está usando um cilício sob as ricas vestes, como se sua vida já não fosse difícil suficiente para penitenciá-la.

Compreendo imediatamente que está sofrendo com o fato de que sua preciosa filha será enviada para a França como parte de uma aliança contra seu próprio sobrinho, Carlos de Espanha, e que se culpa por isso, como por todo o resto que acontecerá com a Inglaterra sem um herdeiro. O fardo de ser uma princesa espanhola e uma rainha inglesa está pesando fortemente sobre ela. O comportamento de seu sobrinho Carlos tornou sua vida na Inglaterra ainda pior do que já era. Fez promessa após promessa ao rei, então as ignorou, como se Henrique não fosse um homem perigosamente capaz de se ofender com qualquer ameaça à sua dignidade, como se não fosse tão egoísta a ponto de punir sua esposa por eventos que acontecem muito além de seu controle.

— Tenho boas notícias: não irá à França — diz, sentando-se em sua cadeira e colocando Maria em seu colo. — O noivado foi celebrado, mas ainda faltam alguns anos para sua viagem, talvez dois ou três. E tudo pode acontecer nesse período.

— Não quer que eu me case com alguém da Casa de Valois? — pergunta Maria, ansiosa.

Sua mãe força um sorriso tranquilizador.

— Claro que seu pai terá escolhido a pessoa certa para você, e iremos obedecer-lhe de coração aberto. Mas fico feliz que ele tenha dito que deverá permanecer na Inglaterra por mais alguns anos.

— Em Ludlow?

— Melhor ainda do que isso! Em Richmond. E a querida Lady Margaret ficará com você, e cuidará de você enquanto eu estiver longe.

— Então fico feliz também — diz Maria, fervorosamente. Olha para o rosto cansado, sorridente: — Você está bem, milady mãe? Está feliz? Não está doente?

— Estou bem o bastante — diz a rainha, apesar de eu ouvir a dor em sua voz e estender-lhe a mão, para que estejamos ligadas uma à outra. — Estou bem o bastante — repete.

Catarina não conversa comigo sobre a decepção por sua filha se casar com alguém de uma casa inimiga, a França, nem sobre a humilhação de ver o bastardo de sua antiga dama de companhia como um senhor do norte, vivendo no grande Castelo de Sheriff Hutton, com uma corte tão grandiosa quanto a de nossa princesa e governando as terras do norte. De fato, agora ele é o alto lorde almirante da Inglaterra, apesar de ser uma criança de 8 anos.

Mas a rainha nunca reclama, nem de seu cansaço nem de sua saúde. Nunca fala das mudanças em seu corpo, dos suores noturnos, das dores de cabeça nauseantes. Vou até seu quarto uma manhã e encontro-a envolvida em lençóis, saindo de um banho fervente, novamente como uma princesa da Espanha.

Ela sorri diante de minha expressão desaprovadora.

— Eu sei — afirmo. — Mas tomar banho nunca me fez mal algum e sinto tanto calor à noite! Sonho que estou na Espanha novamente e acordo como se estivesse febril.

— Sinto muito — lamento. Ajeito o lençol de linho em volta de seus ombros, que ainda têm a pele macia e clara como pérolas. — Sua pele está ótima, como sempre foi.

Ela dá de ombros, como se não importasse, e puxa o lençol para que não comente as marcas vermelhas de picadas de pulgas e as dolorosas feridas abertas que surgem pela fricção do cilício em seus seios e barriga.

— Vossa Graça, não há pecados seus que exijam que machuque a si mesma — digo em voz muito baixa.

— Não é por mim, é pelo reino — fala. — Aceito a dor para desviar a ira de Deus do rei e de seu povo.

Hesito.

— Não é possível — retruco. — Seu confessor...

— O caro bispo Fisher em pessoa usa um cilício para pagar pelos pecados do mundo, e Thomas More também — diz. — Nada além de uma reza apaixonada irá fazer com que Deus fale com o rei. Faria qualquer coisa.

Isso silencia-me por um momento.

— E você? — pergunta-me. — Está bem, minha querida? Seus filhos estão bem? Ursula teve uma menininha, não foi? E a esposa de Arthur está grávida, não está?

— Sim, Ursula tem uma filha chamada Dorothy, e está grávida novamente, e Jane teve uma menina — digo. — Deram-lhe o nome de Margaret.

— Em sua homenagem?

Sorrio.

— Arthur herdará a grande fortuna de sua esposa quando seu pai morrer, mas gostariam de ver uma parte de minha fortuna indo para minha homônima.

— E já têm um menino — diz, melancolicamente. Este é o único momento em que reconhece que seu casamento infértil resultante somente em nossa princesinha partiu seu coração, e que agora é uma tristeza antiga, muito antiga.

Mas vou andando pela corte e cumprimento meus amigos e meus vários primos, e percebo que suas damas, e, de fato, todos da corte, parecem saber que sua menstruação já não desce e que não haverá mais bebês Tudor, sejam meninas ou meninos. Talvez, no fim, realmente não haja mais filhos e a linhagem se acabe com uma menina.

O rei não diz coisa alguma sobre essa lenta e aterradora destruição de suas esperanças, mas o favorecimento demonstrado ao bastardo de Bessie Blount, o pequeno Henry Fitzroy, e as honrarias acumuladas sobre ele lembram a todos de que a rainha passou da idade de ter filhos e que, apesar de existir um belo e jovem menino Tudor correndo pelas galerias e pedindo seu cavalo no pátio do estábulo, ele não foi gerado por ela, e agora ninguém mais espera coisa alguma de Catarina.

É Maria de Salinas, agora condessa Willoughby, a amiga mais leal da rainha, que diz em voz baixa para mim:

— Não pense que está aflita demais por causa do casamento francês. Ela temia algo muito pior.

— Por quê? O que seria pior para ela? — pergunto.

Estamos caminhando juntas à beira do rio, pois o rei organizou uma regata e os barqueiros estão competindo contra os nobres da corte. Todos estão fantasiados de soldados ou monstros marinhos, e é uma bela apresentação. Só sei qual é o time de nobres e qual é o de barqueiros pelo fato de que os barqueiros ganham todas as corridas, e a corte risonha de Henrique cai sobre seus remos e confessa que é mais difícil do que parece.

— A rainha teme que o rei talvez ordene que a princesa Maria se case com Henry Fitzroy — diz, e observa, enquanto o sorriso se esvai de meu rosto. Volto-me para olhá-la e aperto sua mão, como se sentisse que estou prestes a desmaiar.

— O quê? — Penso que devo ter entendido mal o que disse.

Ela balança a cabeça.

— É verdade. Há um plano em que a princesa Maria deve se casar com o duque de Richmond, o bastardo.

— É uma piada de mal gosto — digo.

Seu olhar inalterado diz-me que não se trata de uma piada.

— Por que você diria uma coisa dessas?

— Porque é verdade.

Olho à minha volta. Não há ninguém que possa ouvir-nos, mas ainda puxo sua mão para entrelaçar em meu braço enquanto caminhamos no sentido contrário à margem do rio, onde as damas torcem por seus favoritos, indo para o silêncio do grandioso jardim.

— O rei jamais teria pensado em uma coisa tão ridícula.

— Claro que não. O cardeal colocou isso na cabeça dele. Mas agora o rei também considera isso.

Olho para ela, fico sem reação diante do horror do que está dizendo.

— Isto é loucura.

— É o único modo de conseguir que seu filho fique com o trono da Inglaterra sem deserdar sua filha. É o único jeito de fazer o povo aceitar Henry Fitzroy como herdeiro de seu pai. A princesa Maria torna-se rainha da Inglaterra, com um marido Tudor a seu lado.

— São meios-irmãos, seria terrível.

— É o que pensamos. É o que um pai normal pensaria. Mas este é o rei pensando em quem vai herdar seu trono. Faria qualquer coisa para manter os Tudor com a coroa. Uma princesa não pode manter-se no trono da Inglaterra. E ele conseguiria uma dispensa para o casamento.

— O papa jamais concordaria.

— Na verdade, o papa aceitaria. O cardeal iria se certificar disso.

— O cardeal dispõe de tal influência?

— Alguns dizem que será o próximo papa.

— A rainha nunca consentiria.

— Sim — afirma Maria gentilmente, como se finalmente eu chegasse a entender o que estava tentando dizer o tempo todo. — Exatamente. É a pior parte. É a pior coisa que poderia acontecer. A rainha jamais permitiria. Preferiria morrer a ver a filha desgraçada. A rainha lutaria contra a ideia. E o que acha que acontecerá se posicionar-se contra o desejo do rei? O que crê que irá se passar com ela se defender sua filha contra as ordens de seu marido? O que imagina que ele fará? Como ele se sente, ultimamente, ao ser contraditado?

Olho para seu pálido rosto e penso em meu primo, o duque de Buckingham, que colocou a cabeça no cepo de execução por nada mais que algumas palavras orgulhosas no segredo do confessionário.

— Se Catarina se opusesse ao rei, ele interpretaria como traição? — pergunto.

— Sim — diz. — E é por isso que estou feliz que o rei planeje casar sua filha com o nosso pior inimigo, a França. Pois há algo ainda pior planejado para ela.

Meu filho Arthur, ou Sir Arthur, como eu deleitosamente me lembro de chamá-lo, rema na regata e ganha de quatro outros barcos, antes de chegar em segundo, depois de um barqueiro bruto, com braços que se parecem com pernas de presunto. Meu filho Montague aceita apostas à beira do rio e ganha um bolsa de ouro das mãos do próprio rei. A corte feliz e barulhenta acaba o dia com uma batalha entre os barcos, com a embarcação do rei liderando o ataque contra uma pequena flotilha de balsas. Ana Bolena fica com o papel de figura de proa, diante do barco do rei, olhando a água em frente, direcionando o fogo dos barqueiros, que seguram baldes. Todos ficam encharcados e o rei, risonho, ajuda Ana a sair do barco e a mantém a seu lado, enquanto caminhamos de volta ao palácio.

A princesa Maria ensaia para o papel que terá na grande peça planejada para celebrar seu noivado. Vou com ela até os aposentos do guarda-roupa real, onde estão ajustando seu vestido. É um vestido extraordinariamente caro, o corpete incrustado de rubis e pérolas simbolizando o vermelho e branco da rosa Tudor, os cabos feitos com esmeraldas, os corações com diamantes amarelos. Inicialmente, ela hesita com o peso, mas quando fica em pé, é a princesa mais glamorosa que o mundo já viu. Ainda é magra e pequena, mas sua pele pálida é corada de saúde, seu cabelo castanho-avermelhado é grosso e abundante, e vestida assim ela se parece com uma imagem em um rico altar de adoração.

— Na verdade, deveríamos estar na sala do tesouro para experimentar este vestido — digo-lhe, e vejo seu rosto iluminar-se de prazer.

— É mais tesouro do que veludo — concorda. — Mas veja minhas mangas!

Seguram a sobrecasaca e ela a veste. As mangas abertas do vestido estão de acordo a nova moda, são tão longas que quase chegam ao chão, e ela fica coberta de luz dourada. Juntam seu cabelo grosso em uma guirlanda de flores, e prendem a massa de flores e cachos dourados em uma rede de prata.

— Como estou? — pergunta-me, sabendo que a resposta é "linda".

— Está parecendo uma princesa da Inglaterra e uma rainha da França — digo-lhe. — Está tão linda quanto sua mãe quando veio para a Inglaterra, mas ainda mais ricamente vestida. Está deslumbrante, minha querida. Ninguém vai ver coisa alguma além de você.

Faz-me uma mesura.

— *Ah, merci, ma bonne mère* — diz.

Inicialmente, há provas de que estou certa: ninguém tira os olhos de nossa princesa. A peça é um grande sucesso e a princesa, com sete damas, emerge do cenário pintado para dançar com oito cavaleiros fantasiados, e é o centro de todas as atenções, coberta de joias e ensaiada à exaustão. Quando a peça acaba, o embaixador francês implora-lhe para que o honre com uma dança. Toma seu lugar, como destaque da quadrilha, e seu pai se posiciona com sua parceira na outra ponta do aposento. Minha amiga, a rainha, assiste sorridente a essa ocasião oficial da maior importância, enquanto seu marido dança de mãos dadas com a plebeia Ana Bolena, a cabeça dele voltada para ela, os olhos dele sobre o rosto cheio de animação dela.

Espero pelo sinal que indica que as damas devem retirar-se, mas o baile prossegue por grande parte da noite. É só depois da meia-noite que a rainha se levanta de seu trono sob o baldaquino e faz uma reverência ao rei. Ele retribui, com todos os sinais de respeito. Pega sua mão e lhe beija as faces. Suas damas e eu levantamo-nos de nossos bancos e relutantemente vamos na direção contrária à dança, e nos preparamos para sair.

— Boa noite, Deus o abençoe. — dia a rainha, sorrindo para o marido.

A princesa Maria, sua filha, posta-se atrás dela, e Maria Brandon, a rainha viúva da França, logo em seguida. Sigo-as, todas as damas em ordem de precedência, estamos todas prontas para partir, mas Ana Bolena nem sequer se moveu.

Sinto um momento de terrível constrangimento: cometeu um erro e eu, ou mais alguém, deve responsabilizar-se por torná-lo menos evidente. Não percebeu que estamos partindo e parecerá uma tola, correndo atrás de nós quando a rainha se retirar. A situação não é tão constrangedora, mas é embaraçoso e ridículo da parte dela ser desatenta com os rituais da corte observados há tanto tempo. Dou um passo à frente para pegá-la pelo braço, para que faça uma mesura à rainha e entre no séquito de damas, fazendo o favor a essa jovem de ignorar seu engano, antes que fique envergonhada por ter errado. Mas então vejo algo no ângulo de sua cabeça e no desafiar brilhante de seu sorriso, e hesito.

Está rodeada por um círculo dos mais belos homens da corte, o centro da atenção no belo salão cheio de arcos, sua cabeça escura coroada por um capuz francês de cor carmim intenso, enfeitado por rubis e fio de ouro. Não parece deslocada, não parece envergonhada como deveria se sentir uma dama de companhia que se esqueceu de onde é seu lugar. Em vez disso, parece absolutamente triunfante. Faz uma profunda reverência, seu vestido de veludo vermelho abre-se amplamente, e não se apressa em juntar-se à comitiva da rainha como deveria.

Há uma pausa momentânea, quase como um inspirar, e nesse momento o olhar da rainha passa de seu marido à moça Bolena, como se percebesse que algo novo e estranho está a passar-se ali. A jovem não vai retirar-se do salão seguindo a rainha, caminhando atrás de damas superiores em ordem de rígida precedência — e já que nasceu sendo a filha de um simples cavaleiro, há muitas de nós que vêm à sua frente. Não está nos seguindo de modo algum. Este único ato muda tudo. E a rainha não o está ordenando. O rei o está permitindo. Catarina dá de ombros levemente, como se não importasse muito, volta-se para o outro lado e caminha, saindo do salão principal com a cabeça erguida. Catarina é guiada pela própria filha do rei, a princesa, a irmã do rei — princesa de nascimento e rainha por casamento —, as primas, nascidas na realeza como eu, e todas as outras damas da corte, e a seguimos em um silêncio ensurdecedor. Mas enquanto prosseguimos, subindo as largas escadas, escutamos a risada sedutora de Ana.

Convoco Montague e Arthur para meus aposentos ao nascer do sol, antes do desjejum, antes das Primeiras, antes de que qualquer um no séquito real esteja se movendo.

— Deveriam ter me contado que esses problemas tinham ido tão longe — digo, rispidamente.

Montague confere se a porta está seguramente fechada, e que seu criado sonolento se encontra do lado de fora:

— Eu não podia escrever nada, e, além disso, sequer sabia.

— Não sabia?! — exclamo. — Ana Bolena serve como dama de companhia, mas vai aonde deseja, dança com o rei, e não se retira ao mesmo tempo que nós?!

— É a primeira vez que isso acontece — explica Arthur. — Nunca ficou para trás antes. Sim, ela está com ele todo o tempo, vai sozinha a seus aposentos, cavalgam com o restante de nós seguindo a distância, sentam-se juntos e conversam, jogam, brincam e cantam. — Faz uma careta quase cômica. — Milady mãe, eles leem livros sobre teologia juntos! Que tipo de sedução é essa? Mas antes ela sempre foi discreta, sempre foi como todas as outras. Nunca se posicionou desse modo.

— Então por que agora? — pergunto. — Por que na frente do embaixador francês, de todos?

Montague balança a cabeça diante da pergunta. É mais político do que seu irmão. Arthur vê tudo pois é quase inseparável do rei, um do grupo de seus amigos íntimos que vão a toda parte juntos, mas Montague compreende melhor o significado das coisas.

— Não pode ser essa mesma a razão? Talvez porque este foi o noivado da princesa Maria com a França — sugere. — Ana tem simpatia pelos franceses, passou anos na corte francesa. Ajudou a colocar isso em cena e sabem disso. Henrique não tem a intenção de tornar-se amigo dos espanhóis novamente, serão nossos inimigos. A rainha, Deus a abençoe, é o inimigo. Sente-se à vontade para ofendê-la. Ana demonstra que é sua política a que triunfará.

— E que bem isso fará ao rei? — pergunto, contrariada. — Insultar a rainha diante de toda a corte não faz nada além de magoá-la, e diminuí-la. E aquela jovem riu quando partimos, eu a ouvi.

— Se fizer com que ganhe a predileção da Dama, ele o fará — comenta Arthur. — Está ficando louco. Fará o que for.

— Do que a chamou?

— Chamei-a de Dama. É como muitos deles estão se referindo a ela.

Eu seria capaz de xingar como um menino trabalhando nos estábulos de tanto ódio.

— Certamente não podem chamá-la de "Vossa Graça" — digo, asperamente. — Ou "Vossa Senhoria". Não é nada mais que a filha de um cavaleiro. Não valia o suficiente para Henry Percy.

— Ela gosta de tudo que a faça se destacar — prossegue Arthur. — Gosta de ser conspícua. Gosta que o rei a reconheça publicamente. Está aterrorizada com a ideia de que todos a verão como nada além de sua puta, exatamente como sua irmã, como todas as outras. Faz com que ele lhe prometa, o tempo todo, que desta vez será diferente. Não será mais uma Bessie, não será mais uma Maria. Não será mais uma lavadeira, ou aquela vagabunda francesa, Jehanne. Ela tem de ser especial, tem de ser diferente. Todos devem ver que é distinta.

— A égua preferida — digo, vulgarmente.

Montague olha para mim.

— Não — fala. — Deve prestar atenção nisso, milady mãe. É importante. Ela é mais do que sua mais nova montaria.

— O que mais pode ser? — questiono impacientemente.

— Se a rainha falecer...

— Que Deus não permita — declaro enquanto me persigno.

— Ou, digamos, se a rainha decidisse retirar-se para viver uma vida religiosa.

— Oh, você crê que ela gostaria disso? — pergunta Arthur, surpreso.

— Não, é claro que não! — exclamo.

— É possível — insiste Montague. — Ela pode fazer isso. E ela devia. Sabe que Henrique é obrigado a ter um filho. Fitzroy não basta. A princesa Maria não basta. O rei deve deixar um herdeiro legítimo do sexo masculino, não um bastardo ou uma menina. A rainha sabe disso, todas as princesas sabem disso. Se ela conseguir chegar a esse nível de grandeza, se conseguisse agir com grande generosidade, se conseguisse afastar-se do casamento, aceitar o véu, então Henrique estaria livre para se casar novamente. Ela deveria fazer isso.

— Oh, essa é sua opinião? — pergunto mordazmente. — A opinião de meu filho, que deve tudo à rainha? Esta é a opinião dos jovens da corte que lhe juraram lealdade?

Meu filho parece envergonhado.

— Não sou o único a dizer isso — comenta. — E muitos mais pensam desse modo.

— Mesmo assim — digo, sem alterar-me. — Mesmo se ela escolhesse entrar para um convento, e juro que não fará isso, não faria diferença alguma para Ana Bolena. Se a rainha cedesse seu lugar, serviria para o rei se casar com uma princesa da Espanha ou da França. A puta do rei continuaria sendo nada além de uma puta.

— Uma consorte? — sugere Montague.

— Uma concubina? — Arthur sorri.

Balanço minha cabeça.

— Somos maometanos agora? Aos olhos de Deus e pela lei da terra, não há nada que essa moça possa ser além de uma vagabunda adúltera. Não temos concubinas na Inglaterra. Não temos consortes. Ela sabe disso, e nós sabemos disso. O melhor a que pode aspirar é ao direito de dançar na corte depois de a rainha ter se retirado, e a um título como "a Dama", para aqueles que têm a língua fraca demais para chamar uma puta de puta. Qualquer coisa além disso não tem importância nenhuma.

Castelo de Ludlow, Marcas Galesas, verão de 1527-1528

Não ouso dizer a Montague para que me escreva em segredo, então tudo que descubro durante este verão vem de indiretas cheias de tato em suas tranquilas cartas sem selo, ou das fofocas no portão do castelo, trazidas por algum vendedor ou latoeiro vindo de Londres. Montague envia-me notícias da família: a nova bebê de Arthur, Margaret, está ótima; Ursula saiu de seu resguardo e deu aos Stafford mais um menino, mais um Henry; e então um dia escreve-me com discreto orgulho para dizer-me que ele também tem um filho. Pego a carta e beijo-a, seguro-a perto de meu coração. Haverá mais um Henry Pole, haverá mais um lorde Montague depois que meu filho e eu tenhamos partido. Este pequeno bebê, Henry, é mais um passo que nossa família dá no caminho da grandeza.

Meu filho é obrigado a calar-se sobre todas as outras novidades. Não pode contar-me coisa alguma sobre a rainha e a corte, não pode contar-me que o rei chamou Thomas More para caminhar a seu lado no jardim, em Hampton Court, e, entre o cantar dos pássaros e o cheiro das rosas no ar, no fim do dia, segredou que temia que seu casamento fosse inválido. Anunciou que sua irmã Margaret, a rainha viúva da Escócia, não poderia conseguir um divórcio do papa, mas que seu matrimônio era um caso diferente, que Deus mostrara-lhe, dolorosamente, mas também vivamente, por intermédio da morte de seus filhos, que sua união não é abençoada por Ele. E Thomas, como bom conselheiro que é, engoliu suas próprias dúvidas quanto à divindade de tal revelação e prometeu ao rei formar uma opinião pensada com base legal e aconselhar seu mestre.

Mas a discrição de Montague não faz diferença, pois ao final do verão todo o reino já sabe que o rei está tentando acabar com seu casamento com a rainha. O reino inteiro sabe, mas não há uma palavra dita sobre isso dentro dos aposentos oficiais em Ludlow. Surpreendo-me diante do poder da regra que estabeleci em meu próprio domínio. Ninguém menciona mexericos feios para a jovem a meu encargo, de modo que o mundo da princesa está desmoronando à sua volta. Ela nem sequer sabe.

É óbvio que, ao final, tenho de lhe contar. Muitas vezes começo, mas a cada vez as palavras simplesmente morrem em minha boca. É irreal e inacreditável para mim. Não consigo oferecer-lhe uma narrativa dos fatos, não mais do que conseguiria contar-lhe a sério a história do Monstro de Lambton como se fosse real, e não uma lenda ridícula. É possível que todos a conheçam, mas ainda assim não é verdade.

E, ao fim de tudo, como espero, nada acontece. Ou, ao menos, não temos relatos certos de que algo se passou. Estamos tão longe de Londres, no oeste mais distante, que não recebemos notícias confiáveis. Mas, mesmo aqui, descobrimos que o sobrinho da rainha, Carlos V da Espanha, invadiu Roma, capturou o papa e está mantendo-o como seu prisioneiro. Isto muda tudo. Nem mesmo nosso cardeal, todo persuasivo, com suas palavras de mel, será capaz de convencer um papa aprisionado pelo rei espanhol a fazer uma determinação que contrarie a rainha da Inglaterra, uma espanhola. Qualquer um dos complicados argumentos teológicos do rei sobre o pecado que representa seu casamento com a viúva de seu irmão simplesmente não será ouvido pelo papa cativo. Enquanto o imperador espanhol dominar o papa, sua tia, a espanhola que é rainha da Inglaterra, está a salvo. Tudo que tem de fazer é afirmar a simples verdade: Deus chamou-a para se casar com o rei da Inglaterra, e não há motivo para que o casamento seja inválido. E sei que afirmará isso até a morte.

No mesmo castelo onde Catarina e Artur viveram como amantes apaixonados, não digo nada sobre o amor que partilharam, ou sobre a promessa que ele arrancou dela — de que se ele morresse, ela ainda deveria ser a rainha da Inglaterra e ter uma filha chamada Maria. Nada digo sobre a mentira que jurei apoiar. Afasto isso de mim como se fosse um segredo de tanto tempo atrás que nem me recordo. Meu temor é que alguém, mais cedo ou mais tarde, talvez o cardeal, talvez Thomas More, talvez o novo servo do cardeal, Thomas Cromwell, outro que veio do nada, pergunte-me se Artur e Catarina foram amantes. Estou rezando para que continue a praticar o esquecimento, e então possa dizer com sinceridade que sabia, mas agora já não me lembro.

O calor do verão vem e traz junto um surto do suor, e a rainha convoca a princesa para juntar-se a ela e ao rei a fim de viajar pelo país, longe de Londres. Mais uma vez irão viver isolados enquanto o campesinato sofre.

— Deverá juntar-se a eles em St. Albans — digo à princesa Maria. — Eu a levarei até lá e depois irei até minha própria casa. Prevejo que passará o verão com eles.

— Com quem? — pergunta, ansiosa. — Quem mais estará lá?

Pobre criança, penso. Então ela sabe. Apesar do escudo que coloquei à sua volta, sabe que Ana Bolena vai a toda parte com o rei. Seu silêncio a respeito disso não se tratava de ignorância, mas discrição. Porém, tenho boas notícias para dar-lhe, e deixo-a ver meu pequeno sorriso triunfante.

— Infelizmente... — digo, demorando para falar a palavra até que seus olhos brilhem e ela sorria em resposta. — Infelizmente, ouvi dizer que muitos da corte estão doentes. O cardeal retornou à sua casa com seu médico, e Ana Bolena foi para Hever. Então, será somente uma corte reduzida. Provavelmente apenas seus pais e um ou dois ajudantes, Thomas More, que é um bom homem a serviço de seu pai, e Maria de Salinas com sua mãe.

Seu rosto se ilumina.

— Só meu pai e minha mãe?

— Somente eles — confirmo, e imagino se seria pecado rezar para que a maldita vagabunda morra com a doença em Kent.

— E você? — pergunta.

Abraço-a:

— Irei para minha casa em Bisham e me certificarei de que minha família e meu povo estão bem. É uma doença terrível, minha presença será necessária. Arthur e Jane tiveram outro bebê, e rezo para que estejam bem. Vou lhe escrever se estivermos bem, e pensarei em você, minha querida.

— E eu voltarei para você — estipula. — Quando o verão chegar ao fim. Estaremos juntas novamente.

— É claro.

Mansão de Bisham, Berkshire, verão de 1528

O suor é uma doença terrível; Deus perdoe a Inglaterra pelo pecado que a fez cair sobre nós. Há muitos que dizem que isso foi previsto quando o primeiro Tudor chegou. Há muitos que dizem que o rei não consegue ter um filho e o país não pode viver em boa saúde. Há muitos que temem o presente, predizem um futuro terrível e colocam a culpa na linhagem Tudor.

Mas todos falam de uma jovem em Kent que permaneceu deitada como se estivesse morta durante semanas, e que agora voltou à vida para dizer que príncipes devem obedecer ao papa. Agora estão chamando-a de visionária e correm para ouvir o que mais tem a dizer. Mas não preciso de uma profetiza para dizer-me que será um péssimo verão. Quando recebi uma mensagem de Londres informando que homens estavam morrendo nas ruas, caindo nas sarjetas enquanto lutavam para chegar em suas casas, soube que seria um ano ruim para todos nós, até mesmo para minha família, escondendo-se atrás das altas muralhas de minha grande propriedade. Geoffrey e sua esposa, Constance, vêm morar comigo, e Arthur envia-me seus filhos, Henry e Margaret, e a ama de leite com o bebê, Mary, com um bilhete para avisar que o suor chegou a Broadhurst. Meu filho e Jane estão doentes, rezando para que sobrevivam, pedindo que eu cuide de seus filhos como se fossem meus. Ele escreve:

> *Rogo a Deus para que passe por nós. Se tivermos azar, milady mãe, por favor, cuide de meus filhos, e reze por mim como faço pela senhora.*
>
> *— A*

São uma dupla de dar dó, os pequenos Henry e Margaret, que é conhecida como Maggie. Ficam juntos, de mãos agarradas, em meu salão principal. Ajoelho diante dos dois, reunindo-os em meus braços, e sorrio para eles com uma confiança que não sinto.

— Fico tão feliz que tenham vindo a mim, pois tenho muita coisa para vocês fazerem, de trabalho e brincadeira — prometo-lhes. — Assim que todos estiverem bem em Broadhurst, seus pais virão buscá-los e vocês poderão mostrar-lhes o quanto cresceram e como foram bem-comportados durante este verão.

Certifico-me de que a casa seja administrada com os cuidados usuais ao período de pestes. Qualquer coisa vinda do mundo exterior até nós é lavada com água e vinagre. Compramos o mínimo de comida possível do mercado de Bisham, e vivemos com o que nossas terras dão. Estranhos não são bem-vindos, e qualquer viajante vindo de Londres que esteja de passagem pela cidade é convidado a passar a noite na ala de convidados do priorado, não em minha casa. Preparo litros e litros de remédio, com alecrim, sálvia e vinho doce, e todos os criados da casa, todos os homens, mulheres e crianças que jantam no salão ou dormem sobre nossa palha tomam uma colherada dele todas as manhãs, mas nunca estou certa de que isso ajuda.

Não frequento a igreja do priorado e proíbo meu séquito de entrar no lugar quente, escuro e malcheiroso onde o incenso flutua sobre o fedor de esterco e corpos sujos. Em vez disso, observo a liturgia diária com meu próprio confessor em minha capela particular, ao lado de meu quarto, e rezo de joelhos durante horas, pedindo que a doença passe por nós. Os dois filhos de Arthur rezam de manhã e no final da tarde, em minha capela. Mantenho-os a certa distância do padre, e quando abençoa o bebê, faz uma cruz no ar sobre sua cabeça preciosa.

Minhas preces vão principalmente para Geoffrey, cuja figura esguia e pele clara fazem-no parecer muito frágil diante de minha inspeção preocupada. Sei que, na realidade, ele é forte e saudável, ninguém deixa de notar a cor em suas faces, sua energia, ou sua alegria em viver. Mas observo-o o tempo todo em busca de um sinal de febre, ou dor de cabeça, ou se evita a luz do sol. Sua esposa, Constance, é firme como seu nome indica, forte como um pônei, constantemente trabalhando para mim, e fico grata pelo cuidado com seu marido. Se ela não o idolatrasse, eu a odiaria.

Começo a crer que passaremos o verão sem mais prejuízo do que algumas mortes na vila e um servente da cozinha que provavelmente estava doente, mas fugiu e acabou morrendo em sua casa, até o momento em que Geoffrey bate à porta de minha capela, enquanto rezo de joelhos pela saúde de todos que amo: a princesa Maria, a rainha, e meus filhos. Coloca sua cabeça dourada dentro do aposento.

— Perdoe-me, milady mãe — diz.

Sei que deve ser algo importante para que me interrompa durante minhas orações. Sento-me sobre meus calcanhares e faço um gesto para que entre. Persigna-se e ajoelha-se a meu lado. Vejo que sua boca está tremendo quase como se ele fosse um menininho novamente, esforçando-se para não deixar as lágrimas rolarem. Algo terrível deve ter acontecido. Então percebo que seus punhos estão cerrados, e fecha os olhos por um instante, como se estivesse pedindo a ajuda de Deus para dar-me este recado, então volta-se e olha para mim. Seus olhos azuis enchem-se de lágrimas quando pega em minhas mãos frias.

— Milady mãe — diz em voz baixa —, tenho péssimas notícias para a senhora.

— Fale de uma vez — digo com meus lábios frios. — Conte-me rapidamente, Geoffrey. — Penso: *É a princesa Maria, a menina que amo como se fosse minha filha? É Montague, meu herdeiro e o herdeiro de meu nome real? É um dos pequenos? Será que Deus seria tão cruel a ponto de levar mais um menino Plantageneta?*

— É Arthur — diz, e seu olhos ficam cheios de lágrimas. — É meu irmão. Está morto, milady mãe.

Por um instante, não consigo ouvi-lo. Olho para ele como se fosse surda e não soubesse o que está dizendo. É obrigado a repetir. Diz mais uma vez:

— É Arthur, meu irmão. Está morto, milady mãe.

A esposa de Arthur, Jane, também adoeceu, está próxima da morte. Há somente uma criada a seu lado, cuidando dela em seus aposentos, então ninguém lhe conta que seu marido está morto. O administrador que chefia seu pessoal está tão apavorado pela doença que abandonou o trabalho de seu senhor e sua casa e refugiou-se em seus próprios cômodos. Em sua ausência, o lugar está caindo em desordem completa. Não há alguém para cuidar das coisas como deveria, e então meu filho Montague ordena que o corpo de Arthur seja levado dessa casa desafortunada e trazido para nosso priorado, para ser colocado em nossa capela.

Nós o deixamos descansando onde os outros reis Plantageneta jazem, em nosso priorado em Bisham, e quando a igreja é varrida, limpa e perfumada com incenso, vou com Geoffrey e Constance, damos início às orações por sua alma, e ouvimos os monges começarem os cânticos.

Caminhamos de volta à nossa casa, e olho para o grande lar que renovei, com a insígnia de minha família sobre a porta, e penso, tão amargamente quanto qualquer pecadora, que toda a riqueza e todo o poder que reconquistei para mim mesma e para meus filhos não puderam salvar meu amado filho Arthur da doença dos Tudor.

Mansão de Broadhurst, oeste de Sussex, verão de 1528

Montague e eu cavalgamos até a casa de Arthur em Broadhurst, encontrando a casa no caos e os campos cheios de palha que ainda não foi cortada. As plantações estão amadurecendo bem, mas os meninos, que deveriam estar espantando os pássaros, estão doentes ou mortos, e a vila é um lugar silencioso com janelas fechadas e um monte de palha diante de muitas portas. Na grande mansão parece que todos fugiram. Somente uma mulher está cuidando de Jane, e ninguém está administrando a casa, ou cultivando as terras.

— Não há motivo para que faça isso — diz-me Montague quando entro a passos largos no salão e começo a dar ordens para criados que claramente estiveram dormindo na palha que não foi trocada e comendo o que havia na despensa desde que a família ficou de cama.

— Esta é a propriedade de Arthur — digo sucintamente. — Foi por isto que combinei seu casamento. Esta é a herança de seu filho Henry. Não posso vê-la em ruínas. Se Arthur não puder deixar uma fortuna para seus filhos, é como se nunca a tivesse conseguido por meio de seu casamento com ela. Se não deixar um legado, então qual foi o objetivo de sua vida?

Montágue concorda. Vai para fora, para os estábulos, e ordena que os cavalos sejam soltos no campo, depois diz ao administrador da propriedade que, com ou sem o suor, é melhor que reúna um grupo para colher feno amanhã e começar os trabalhos, senão morrerão no inverno por falta de forragem para os animais, em vez de morrer agora com o suor do verão.

Em dupla, rearranjamos a casa e a terra durante semanas de trabalho, e então vêm notícias de Londres de que a doença parece ter acabado. Até o cardeal teve o suor e, mesmo assim, sobreviveu. Deus sorri para Thomas Wolsey uma segunda vez. De fato, escreve certo por linhas tortas.

— Não há praga no mundo que possa tocá-lo — concluo amargamente. — Nenhuma doença é venenosa o suficiente para acabar com aquele corpanzil imenso. E quais são as novas de Hever?

— Ela também sobreviveu — diz Montague para mim, desdenhando o nome de Ana Bolena tanto quanto eu. Trocamos um olhar de tristeza, surpresos que o suor tenha poupado uma vagabunda encrenqueira e, no entanto, tenha levado Arthur.

— Sir Arthur — falo em voz alta.

— Deus o abençoe — diz Montague. — Por que ele e não os outros?

— Deus tem a sabedoria de distinguir o que é melhor — rebato, mas meu coração não acompanha.

Jane sabe que estamos na casa, mas não vamos até seus aposentos por medo da contaminação, e ela não envia qualquer mensagem para nós, ou pergunta sobre seu marido.

— Eu teria uma impressão melhor dela se perguntasse — declaro, irritada, para Montague. — Não lhe passou pela cabeça?

— Pode estar lutando pela própria vida — diz. Ele hesita e depois prossegue: — Lembra-se, não é, milady mãe, de que o contrato de casamento havia previsto mudanças no caso da morte prematura de Arthur? As terras que ela trouxe a Arthur como dote voltarão para ela. A futura herança de seu pai irá para ela para ser usada como quiser. A fortuna de seu pai será somente dela, quando ele morrer. Não ganharemos nada.

Não me lembrava disso. As mesmas terras em que trabalhei durante o último mês, a casa que estive consertando não me trará coisa alguma. O contrato que redigi para trazer riqueza para meu filho não lhe trouxe nada além de preocupações, e agora não beneficiará nossa família em nada.

— Ele nunca parou de trabalhar por essas terras — digo, com fúria. — Preparou-se para assumir o serviço militar e poupar o pai dela. Estava preparado para gerenciar seus inquilinos, pronto para fazer qualquer coisa por eles. Foi o próprio pai dela que se colocou no caminho de Arthur. Velho tolo! E ela apoiou seu pai contra Arthur.

Montague inclina a cabeça.

— E agora, nada — observa. — E todo o nosso trabalho este mês não aumenta em nada nosso patrimônio.

— Mas ajuda meu neto Henry. Estou trabalhando pelo filho de Arthur. Graças a Deus foi poupado, e ao final herdará tudo.

Montague balança a cabeça.

— Não, pois é a casa de sua mãe. Sua mãe herdará, não ele. E ela pode deixar as terras fora do alcance dele, se desejar.

A ideia de deserdar um filho é tão estranha para mim que pareço aterrorizada.

— Ela jamais faria algo assim!

— E se ela casar novamente? — aponta Montague. — O novo marido levará tudo.

Vou à janela e olho para os campos que achava pertencerem a Arthur, que seriam inquestionavelmente deixados para seu filho, mais um Henry Pole.

— E se ela não se casar novamente, será uma despesa para nós — continua Montague, tristonho. — Teremos de pagar sua pensão de viúva pelo resto da vida.

Concordo. Percebo que já não consigo pensar nela como a jovem que recebi amigavelmente em minha casa, em quem pensava como se fosse mais uma filha. Fracassou em seus deveres conjugais ao ficar ao lado de seu pai contra Arthur e quando foi para sua própria cama, deixando Arthur morrer sozinho. Agora manda seus filhos para outro lugar e fica deitada enquanto o irmão e a mãe de seu marido salvam sua colheita. Pelo resto de sua vida, enquanto ainda respirar, poderá receber uma renda das propriedades que me esforço tanto para semear, para ceifar, para construir. A herdeira mimada que se isolou enquanto seu próprio marido morria terá o direito de viver em minha casa e receber uma pensão proveniente de meus aluguéis, durante toda a vida. Herdará a fortuna de seu pai. Até mesmo eu prometi-lhe terras em meu testamento. Muito provavelmente, morrerei antes dela, que tirará de meu armário meu vestido de veludo preto com debrum de pele preta e o vestirá para ir ao meu velório.

Jane está se recuperando. Sua dama de companhia vem até mim e conta-me, depois de uma reverência respeitosa, que Jane envia seus cumprimentos. Lutou contra o suor e venceu. Virá jantar conosco hoje à noite e está muito grata a nós por tudo o que fizemos na propriedade.

— Contou-lhe que seu marido está morto? — pergunto bruscamente à mulher.

Seu rosto pálido e preocupado diz-me que não.

— Vossa Senhoria, não ousamos contar-lhe enquanto estava tão doente — diz. — E depois parecia tarde demais para dizer qualquer coisa.

— Ela não perguntou? — questiona Montague incredulamente.

— Esteve tão doente... — pede desculpas em nome de sua patroa. — Não estava completamente sã, com a febre tão alta. Pensei que talvez vocês...

— Diga-lhe para que venha a meus aposentos antes do jantar esta tarde — determino. — Eu mesma vou lhe contar.

Esperamos por Lady Jane Pole no quarto de visitas desta casa que antes pertencia a Arthur, mas agora é dela.

A porta se abre para ela, que entra no cômodo apoiando-se no braço de sua dama de companhia, aparentemente fraca demais para caminhar sem auxílio.

— Ah, minha querida — digo, tão gentilmente quanto consigo. — Está tão pálida. Sente-se, por favor.

Ela consegue fazer uma reverência para mim e abaixa a cabeça para Montague, que a ajuda a sentar-se em uma cadeira, enquanto faço um gesto para que sua dama de companhia nos deixe.

— Esta é minha prima, Elizabeth — diz fracamente, como se preferisse que ela ficasse.

— Logo você irá sentar-se conosco no jantar — prometo, e a mulher percebe a indireta e sai do aposento.

— Sinto muito, mas tenho péssimas notícias para você — aviso, gentilmente.

— Meu pai? — Ela pisca.

— Arthur, seu marido.

Jane fica sem ar. Claramente, sequer sabia que ele estava doente. Mas certamente, quando saiu de seu quarto e ele não veio cumprimentá-la, deve ter adivinhado.

— Pensei que tinha ido para sua casa com as crianças! Elas estão bem?

— Graças a Deus, Henry e Maggie estavam bem e felizes em Bisham quando os deixei, assim como o bebê Mary, meu filho Geoffrey e sua esposa.

Ela absorve a informação.

— Mas Arthur...

— Minha querida, sinto dizer-lhe que morreu do suor.

Ela se dobra, como um retalho de pano que cai. Sua cabeça afunda nas mãos, seu corpo se curva, até seus pequenos pés contorcem-se debaixo da cadeira. Com as mãos sobre o rosto, grita de tristeza.

Montague olha para mim, como se perguntasse: "Que devo fazer?" Indico-lhe com a cabeça que se sente e espere até que esta choradeira desamparada cesse.

Ela não para. Nós a deixamos chorando e vamos para o jantar sem ela. As pessoas de sua propriedade, os inquilinos de Arthur, precisam ver que estamos aqui, que a vida seguirá, que é exigido deles que cumpram seus deveres, trabalhando para pagar seus aluguéis. Os criados da casa não precisam pensar que vão entrar de férias porque meu filho morreu. Estas terras serão novamente de Jane, mas depois, se Deus quiser, serão herdadas por Henry, filho de Arthur, então devem ser mantidas em boas condições para ele. Quando o jantar acaba, voltamos para meus aposentos e encontramos Jane pálida e com os olhos inchados, mas, graças a Deus, finalmente parou de chorar.

— Não suporto isso — diz piedosamente para mim, como se uma mulher pudesse escolher o que é capaz de suportar ou não. — Não suportarei tornar-me viúva novamente! Não suportarei viver sem ele. Não posso encarar a vida como uma viúva, e jamais sequer considerarei a ideia de outro casamento. Estou comprometida com ele na morte, assim como na vida.

— Estes são os primeiros momentos, você teve um choque — digo em tom apaziguador. Mas ela está determinada a não ser consolada.

— Meu coração está partido — afirma. — Irei morar em Bisham em meus aposentos da pensão de Arthur. Viverei bem isolada. Não verei ninguém e jamais sairei.

— Sério? — Mordo a língua ao ouvir o ceticismo em minha voz, e digo novamente, com mais gentileza. — De verdade, minha querida? Não crê que preferiria morar com seu pai? Não quer voltar para o Castelo de Bodiam?

Ela balança a cabeça.

— A única coisa que papai faria seria arranjar mais um casamento para mim, sei disso. Nunca mais irei me casar. Desejo ficar no lar de Arthur, quero estar sempre perto dele, meditando sobre minha perda. Posso viver com a senhora e pranteá-lo todos os dias.

Não consigo sentir ternura em meu coração, como deveria.

— É claro, está agoniada agora — afirmo.

— Estou determinada — diz.

De fato, creio que está.

— Viverei minha vida na lembrança de Arthur. Irei para Bisham e nunca partirei. Assombrarei seu túmulo como um fantasma pesaroso.

— Oh — digo.

Dou-lhe alguns dias para pensar e rezar sobre essa resolução, mas ela não hesita. Está determinada a nunca mais se casar e colocou na cabeça que vai morar nos aposentos de minha casa que lhe foram prometidos no contrato matrimonial. Terá seu próprio séquito diminuto sob meu teto, empregará seus próprios criados, sem dúvida, pedirá suas refeições em minha cozinha e receberá, quatro vezes por ano, os aluguéis de suas terras de pensão, conforme as cláusulas que assinei, mas nunca imaginei que cumpriria. Não sei como isso será conduzido.

É Montague, meu herdeiro sério e ponderado, que chega à brilhante solução que evitará que a jovem viúva viva conosco para sempre.

— Tem certeza de que deseja retirar-se do mundo? — pergunta à sua cunhada uma noite, no pequeno intervalo de tempo disponível para vê-la, quando sai do jantar no salão principal, antes de dirigir-se à capela para rezar noite adentro.

— Absoluta — diz. Está envolta em azul-escuro, assim como eu, a cor do luto real. Arthur era um rapaz da Casa de Plantageneta, então será pranteado como um príncipe.

— Então temo que a Mansão de Bisham seja barulhenta demais para você, muito agitada — informa. — O rei visita-a quando está em procissão, toda a corte vem passar semanas durante o verão, minha mãe recebe a família durante o inverno, os Stafford, os Courtenay, os Lisle, os Neville. Sabe quantos primos temos! A princesa Maria certamente irá honrar-nos com uma longa estada de verão, trazendo consigo sua corte inteira. Não é exatamente uma casa particular, não como sua linda casa aqui. É um palácio em pleno funcionamento.

— Não quero ver nenhuma dessas pessoas — afirma, contrariada. — Desejo viver em retiro total. Talvez a milady mãe me dê alguma das propriedades em suas terras, onde eu possa viver em paz. Não quero muito, apenas um solar, com parque particular, seria tudo de que eu precisaria.

Até mesmo Montague vacila diante desse pedido.

— A milady mãe trabalhou duro para juntar todas estas terras — informa, calmamente. — Não creio que agora as iria retalhar.

— Não posso viver numa casa barulhenta, movimentada. — Ela se dirige a mim. — Não quero viver num palácio. Quero estar tão quieta e sossegada como uma freira.

Montague nada diz. Ele espera.

Eu nada digo, também espero. Vagarosamente podemos observar uma nova ideia a nascer nela.

— E se eu fosse morar num convento? — pergunta. — Ou, ainda, e se eu fizesse os votos?

— Sente que tem vocação? — Preciso perguntar-lhe. Penso, cheia de culpa, na rainha que jurou não poder considerar a hipótese da ida para um convento, a menos que soubesse que Deus a chamara para uma vida religiosa, que nenhum homem ou mulher deveria fazer os votos, a menos que estivessem certos de terem sido chamados. Qualquer outra coisa seria blasfêmia. Reginald, meu filho, ainda se recusa a fazer os votos sem ter sido chamado. Diz que é um insulto ao próprio Deus.

— Eu tenho — responde ela com um súbito entusiasmo. — Creio que tenho.

— Estou certo de que tem — diz suavemente o bajulador Montague. — Desde o começo a senhora disse que desejava retirar-se do mundo, que nunca se casaria novamente.

— Exatamente — concorda ela. — Quero estar em completo sossego, sozinha com minha dor.

— Neste caso, esta é precisamente a melhor solução — digo, sucumbindo, sem muita resistência, à tentação. — E eu encontrarei um lugar para a senhora em uma boa casa, e pagarei por seu sustento.

Ela claramente não se dá conta de que, uma vez concordando em tornar-se freira, transferirá seu dote para mim, como se estivesse voltando a se casar. Pagarei apenas o que custa para mantê-la num convento devotado à pobreza.

— Penso que essa será realmente a melhor decisão — conclui ela. — Mas, e quanto a esta casa e às terras? Minha herança? E a fortuna que me será legada por meu pai?

— Poderá destiná-la a Henry, na condição de seu herdeiro — sugiro. — E eu poderia tomá-lo sob minha guarda, conservando essa herança para ele. De modo algum ela iria incomodá-la.

Com cuidado, Montague certifica-se de que não está trocando comigo um único olhar de triunfo.

— Como você preferir, irmã — diz ele, respeitosamente.

Aguardo que me mandem abrir o Palácio de Richmond, para que a princesa retorne a Londres, mas não há sinal de que o rei venha para a cidade. Espalha-se um rumor de que Henrique se fechou em barricada numa torre, de modo que nenhuma pessoa sem saúde possa respirar sobre ele. Ao ouvirem isso, os súditos dão uma pausa no enterramento de seus milhares de mortos e riem, como o cacarejar do carrasco, de que seu rei, tão bravo e vistoso no campo de justa, fosse tão covarde diante da doença.

Não são apenas os londrinos que sofrem. Morre Sir William Compton, meu antigo pretendente, e posteriormente meu inimigo, e com ele espero que morra a disputa em torno de minhas terras. Ana Bolena contrai a doença, mas logo pula da cama no Castelo de Hever, o que não poderia ser pior. Mas o marido de sua irmã, Sir William Carey, morre, deixando uma jovem Bolena, voluptuosa e fértil, com duas crianças de cabelos ruivos, órfãs. Aqui está outro menino bastardo, aqui está outro Henry de cabeça ruiva. Não consigo deixar de imaginar se o rei olhará para Maria — a mais bela e ardente das duas irmãs, com um casal de filhos Tudor em sua ala das crianças — e considerará deixar de lado sua esposa para assumir Maria Bolena e sua pequena família, declarando-as como suas.

Jane faz os votos, torna-se noviça no Priorado de Bisham e eu escrevo imediatamente para o recém-recuperado cardeal, no intuito de requerer a guarda de Henry, meu neto. Wolsey venceu uma doença que matou homens melhores do que ele e agora está bem o suficiente para dispor de seus herdeiros. Por mais ávido que esteja para tomar para si a herança de Henry, certamente ele não poderá negar minha reivindicação. Quem seria mais adequada do que eu para gerir as propriedades de meu neto até que ele atinja a maioridade?

Mas eu não deixo nada para o acaso. A tutela sobre uma fortuna opulenta é um tesouro que outros quererão. Tenho de prometer ao cardeal uma atraente propina, e isto em adição aos cem marcos que todo ano, de qualquer modo, pago-lhe, apenas por sua boa vontade. Valerá a pena se ele favorecer minha reivindicação. Perdi Arthur, meu amado filho, e não posso suportar que eu deva também perder sua fortuna, bem como que seu filho não possa beneficiar-se do contrato de casamento que elaborei.

Este não é meu único temor nestes tempos. Eu tinha esperança de que a escolha do rei por esconder-se do suor a si, à sua mulher e filha teria como usual consequência lembrá-lo do quanto sua esposa tem sido uma agradável companhia por quase vinte anos. Mas ouço de Montague, o qual visita a corte em viagem, que diariamente o rei escreve cartas apaixonadas para a Bolena caçula, e compõe poemas em honra a seus olhos escuros, e abertamente anseia por ela. Por mais extraordinário que pareça, a corte voltará a Londres comandada por um rei e uma rainha que permaneceram juntos durante o perigo; entretanto, uma vez de volta, o rei retomará sua tentativa de afastar a rainha para dar lugar a uma jovem plebeia.

Ao menos meu filho Geoffrey não me dá motivos para preocupar-me. Nem ele nem Constance foram atingidos pelo suor e, quando eu for a Londres, eles retornarão à sua casa em Lordington, em Sussex. Geoffrey administra tão bem a propriedade, é tão hábil com os arrendatários e vizinhos que não hesito em dar-lhe o direito de ser membro do Parlamento. A cadeira de Wilton faz parte do meu dote e eu a transmito a ele.

— Você pode usá-la como via de acesso à corte — digo-lhe depois do jantar, na nossa última noite juntos, antes de seu retorno e de minha ida à corte. Constance retira-se diplomaticamente, pois sabe o quanto eu gosto de estar com Geoffrey, e livre para falar com ele sobre qualquer assunto. De todos os meus filhos é ele o que sempre esteve mais perto de meu coração. Desde bebê é ele que nunca esteve longe de mim.

— Como Thomas More fez? — sugere.

Assinto. Geoffrey possui toda a minha habilidade política.

— Exatamente, e veja como ele foi longe.

— Mas ele costumava discursar contra o rei e a favor do poder do Parlamento — lembra-me ele.

— Sim, e não há necessidade em segui-lo nesse ponto. Além disso, uma vez tornado porta-voz do Parlamento, ele persuadiu seus integrantes a fazerem a vontade do rei. Você pode seguir seu exemplo ao usar seus discursos para atrair a atenção das pessoas. Deixe-as vê-lo como uma pessoa séria e leal. Deixe que o rei saiba que ele tem em você um homem que pode defender sua causa no Parlamento, e faça amigos de maneira que, quando propuser algo ao rei, você tenha influência e consiga o que ele precisar.

— Ou você poderia simplesmente colocar-me na corte e eu faria amizade com o rei — sugere ele. — Foi o que fez para Arthur e Montague. Não os enviou ao Parlamento para estudar, falar e persuadir as pessoas. Eles apenas receberam o favor real, e tudo o que precisavam fazer era servir de boa companhia ao rei, divertindo-o.

— Aqueles eram outros tempos — digo, com pesar. — Outros mesmo. — Penso em meu filho Arthur e em como o rei o amava por sua coragem e destreza em quaisquer jogos que a corte pudesse praticar. — Agora é mais difícil fazer amizade com o rei. Aqueles eram tempos mais despreocupados, nos quais tudo o que Arthur precisava fazer era praticar a justa e participar dos folguedos. O rei era um jovem feliz e fácil de agradar.

Palácio de Richmond, oeste de Londres, outono de 1528

O pior deste outono é que eu não consigo obter notícias e, se conseguisse, não poderia transmitir nenhuma delas à princesa. Ela sabe, claro, que sua mãe e seu pai estão muito afastados, e ela provavelmente sabe que seu pai está louca e perigosamente apaixonado por outra mulher — ele nada faz para escondê-lo —, uma mulher de tão baixa origem que foi sorte sua ser dama de companhia na corte, sem se importar em impor-se a todos sabidamente como favorita. Lembro-me de Ana Bolena, entusiasmada como uma criança por servir a princesa Maria na França, e do orgulho de seu pai quando ela conseguiu deslocar-se para o serviço da rainha. É-me quase impossível imaginá-la como consorte, dando ordens à corte, reclamando da pessoa do grande cardeal, quase uma rainha oficiosa.

A princesa Maria tem 12 anos agora, com o brilho e a inteligência de qualquer menina esperta, mas com uma graça e dignidade que vêm de sua criação e treinamento. Estou certa de que a julgo de maneira correta. Eu mesma a ensinei e a criei para saber tudo o que uma princesa deve saber, a ler as expressões dos súditos e dos inimigos, a pensar antecipadamente, a planejar com estratégia, a ser sensata além do esperado para sua idade.

Mas como posso prepará-la para ver o pai que ela adora afastar-se da mãe que ela ama profundamente? Como alguém lhe pode sugerir que seu pai de fato crê não ter se casado com sua mãe, que ambos viveram em um pecado mortal todos estes anos? Como alguém poderá contar-lhe que há um Deus no céu que, observando isto, decidiu punir um jovem casal com a morte de quatro irmãozinhos e irmãzinhas? Eu não poderia dizer uma coisa destas a uma menina de 12 anos, não a uma menina que eu ame como amo esta, e também me certifico de que ninguém mais o faça.

Não é difícil mantê-la na ignorância pois raramente vamos jantar na corte e ninguém agora nos visita. Demoro um pouco para dar-me conta de que este seja um outro sinal dos tempos turbulentos. A corte do herdeiro do trono, mesmo jovem, é sempre um lugar movimentado, ocupado, popular. Mesmo uma criança como Maria atrai para seu serviço gente que sabe que um dia ela será rainha da Inglaterra, e que seu favor deve ser ganho agora.

Mas não neste outono. Neste outono o frio é mais intenso e a escuridão, mais profunda, e parece que a cada manhã há uma triste luz cinza, sem nenhum sol, não há cavaleiros vindo de Londres, não há embarcações velozes subindo o rio, aproveitando a enchente da maré. Neste outono não somos populares, não com os cortesãos ou conselheiros. Sequer atraímos gente com petições ou cartas de solicitação. Penso comigo mesma que devemos ter caído muito na estima do público, se não somos visitadas nem mesmo por gente em busca de empréstimos de dinheiro.

A princesa Maria não sabe por que, mas eu sei. Só pode haver uma razão para vivermos tão sossegadamente em Richmond, como se estivéssemos numa residência particular e não em um palácio. O rei deve estar levando as pessoas a entender que ela não será a herdeira de seu trono. Deve estar comunicando às pessoas, de todas as maneiras sutis de que um rei pode dispor, que há uma boa razão para a princesa Maria não mais estar em seu Castelo de Ludlow governando Gales, para a princesa Maria não mais estar comprometida para se casar com o rei da França ou o rei da Espanha, para a princesa Maria viver em Richmond como uma filha da Casa de Tudor, servida, mantida e respeitada, mas não mais importante do que seu meio-irmão bastardo, filho de Bessie Blount.

Os cortesãos estão adejando em torno de uma nova atração, como moscas em volta de um rosto suado. Sei disso por intermédio de minha costureira, que vem ao Palácio de Richmond para ajustar a saia de veludo de um vestido em tom vermelho-escuro para as festividades de inverno, contando-me com orgulho que está muito atarefada, uma vez que está comprometida com todas as damas em Suffolk, em Southwark. Eu subo no banquinho e a assistente da costureira coloca os alfinetes na barra do vestido, enquanto a própria ajusta o corpete.

— As damas em Suffolk? — repito. Esse é o lar de Maria, a rainha viúva da França, e de seu marido, o totalmente desprezível Charles Brandon. Apesar de ela ter sido sempre muito querida pela corte, não consigo imaginar por que, de repente, eles estariam tão ocupados e populares.

— Mademoiselle Bolena está hospedada lá! — diz ela, encantada. — Está dando audiência, e todos a visitam, o rei, diariamente, e eles dançam toda noite.

— Na casa em Suffolk? — Isto só pode ser coisa de Charles Brandon. Maria, a rainha viúva, jamais permitiria que ela desse audiência em sua própria casa.

— Sim, ela praticamente tomou a casa para si.

— E a rainha? — pergunto eu.

— Ela vive muito discretamente.

— E os planos para o banquete de Natal?

Sem nada dizer, a costureira percebe que eu não recebi um convite. Suas sobrancelhas arqueiam-se um pouco mais e ela torce uma das pregas no meu punho, como se não valesse a pena fazer um vestido caro que jamais será usado na presença do rei.

— Bem — comenta ela, preparando-se para compartilhar um escândalo —, disseram-me que a Dama terá seus próprios aposentos, bem ao lado dos aposentos do rei, e dará audiência ali a seus muitos, muitos admiradores.

Será como se houvesse duas cortes no mesmo palácio. Mas o rei e a rainha celebrarão juntos o Natal, como sempre.

Assinto. Trocamos um longo olhar e eu sei que a expressão da costureira — uma espécie de sorriso melancólico, natural em uma mulher que sabe que seus melhores anos já são passados — espelha-se na minha própria face.

— Perfeito — diz ela, ajudando-me a descer do banquinho. — A senhora sabe, não há uma mulher na Inglaterra com mais de 30 anos que não tome as dores da rainha.

— Mas ninguém perguntará a opinião das mulheres com mais de 30 anos — afirmo. — Quem se importa com o que pensamos?

Estou sentada com minhas damas ouvindo a princesa Maria praticar o alaúde e cantar. Ela compôs a canção, que é uma versão para uma cantiga de ceifar sobre um jovem que vai semear. Fico contente de vê-la cantar com a voz alegre e um sorriso no rosto, e ela me parece bem. O suplício regular de suas regras passou e ela tem cor nas bochechas e apetite para jantar. Assisto-a, debruçada sobre as cordas, atenta ao seu canto, e penso no quão abençoada e bela é esta menina e que o rei deveria ajoelhar-se, agradecendo a Deus por ela, elevando-a como a princesa que um dia reinará sobre a Inglaterra, segura em seu posto e confiante no seu futuro. Ele lhe deve isso, deve-o à Inglaterra. Como pode ser que Henrique, o menino que fora o mais querido na ala das crianças, não veja que aqui está outra herdeira Tudor, tão preciosa e valiosa quanto ele foi?

A batida na porta assusta-nos e a princesa Maria olha para cima, seus dedos ainda pressionando as cordas, enquanto meu camareiro adentra a sala e diz:

— Um cavalheiro no portão, Vossa Senhoria. Diz ser seu filho.

— Geoffrey? — Levanto-me, com um sorriso.

— Não, eu certamente reconheceria o amo. Ele diz ser seu filho da Itália.

— Reginald? — pergunto.

A princesa Maria levanta-se e diz em voz baixa:

— Oh, Lady Margaret!

— Permita-lhe que entre — digo.

O camareiro assente, desloca-se para o lado e Reginald, alto, gracioso, de olhos e cabelos escuros, adentra a sala. Abarca a todos com um olhar, e ajoelha-se para receber minha bênção.

Deposito minha mão em seu espesso cabelo escuro e sussurro as palavras, então ele, mais alto do que eu, levanta-se para beijar-me as faces.

Imediatamente apresento-o à princesa e ele curva-se em uma profunda reverência. A cor acende-se em suas bochechas enquanto ela estende-lhe as duas mãos.

— Ouvi tanto sobre o senhor e sua sabedoria — diz ela. — Li, com grande admiração, muito do que o senhor escreveu. Sua mãe ficará tão contente de que esteja em casa.

Ele me dirige um sorriso por sobre os ombros e vejo imediatamente o querido menino que precisei entregar à Igreja, e o alto, composto e independente jovem que ele se tornou com os anos de estudo e exílio.

— Ficará aqui? — pergunto-lhe. — Estávamos prestes a servir o jantar.

— Eu contava com isso! — diz ele, sem cerimônia. Volta-se à princesa. — Quando sinto saudades da Inglaterra, é dos jantares da minha infância de que mais sinto falta. Minha mãe ainda manda preparar torta de cordeiro com uma grossa camada de massa?

Maria faz uma pequena careta.

— Estou contente de que esteja aqui para comê-la — confidencia —, pois eu sempre a decepciono por não ser uma grande comensal. E eu observo todos os dias de jejum. Ela diz que eu sou excessivamente rigorosa.

— Não, está certa — diz ele, rapidamente. — Os dias de jejum são para serem observados, tanto para o bem dos homens quanto para a glória de Deus.

— O senhor quer dizer para o nosso bem? Que é bom passar fome?

— Para os que pescam — explica ele. — Se todos na Cristandade não comessem nada além de peixe às sextas-feiras, então os pescadores e seus filhos comeriam bem no resto da semana. A vontade de Deus é sempre para o bem maior do homem. Suas leis são a glória do céu e da terra. Sou um grande crente no trabalho conjunto de ação e fé.

A princesa Maria dispara um sorrisinho malandro em minha direção, como para marcar sua vitória.

— É o que eu penso.

— Então falemos de obediência filial? — sugiro eu.

Reginald levanta as mãos num protesto cômico.

— Milady mãe, obedientemente irei jantar e a senhora determinará o que comerei e direi.

A refeição é animada e cheia de conversa. Reginald dá graças em grego para a corte e escuta os músicos que tocam enquanto comemos. Conversa com o tutor da princesa, Richard Fetherston, e eles partilham seu entusiasmo pelo novo conhecimento e sua crença em que o luteranismo não passa de heresia. Reginald admira a apresentação e a princesa Maria toma a mão de Constance e dança, acompanhada de suas damas, diante dele, como se fosse um ilustre visitante. Depois do jantar, acompanho Maria em suas preces, quando se vira para mim enquanto sobe para a cama de dossel.

— Seu filho é muito bonito — diz ela. — E muito estudado.

— Ele é — digo.

— A senhora crê que o meu pai o designará como meu tutor quando o Dr. Fetherston nos deixar?

— Ele poderia.

— A senhora não deseja que ele o fizesse? Não acha que ele seria um bom tutor, tão sábio e sério?

— Acho que ele faria com que você estudasse muito. Precisamente neste momento, ele estuda hebraico por conta própria.

— Não me importo de estudar — garante-me ela. — Para mim, seria uma honra trabalhar com um tutor como ele.

— Bem, de toda maneira, é hora de dormir — digo eu. Não encorajarei nenhum devaneio infantil a propósito de Reginald, por parte de uma jovem que deverá se casar com qualquer um que seu pai determinar, a qual, no presente momento, não parece ter quaisquer perspectivas.

Ela levanta o rosto para receber meu beijo e comovo-me, a ponto de enternecer-me, por sua beleza delicada e seu sorriso tímido.

— Deus te abençoe, minha pequena princesa — digo eu.

Reginald e eu dirigimo-nos até meu quarto, peço aos serviçais que coloquem as cadeiras em frente à lareira e nos deixem com um copo de vinho, algumas nozes e frutas secas para podermos conversar a sós.

— Ela é adorável — diz ele.

— Amo-a como se fosse minha filha.

— Conte-me as notícias da família, fale-me sobre meus irmãos e irmã.

Sorrio.

— Estão todos bem, graças a Deus, apesar de eu ter mais saudades de Arthur do que imaginei que fosse possível.

— E como vai o filho de Montague? — pergunta ele com um sorriso, identificando de imediato a criança que será minha favorita, uma vez que levará adiante nosso nome.

— Ele está bem — digo, com um brilho na expressão. — Tagarelando, correndo por toda parte, forte como qualquer príncipe Plantageneta. Voluntarioso, atrevido. — Interrompo-me, sem contar suas últimas tiradas. — Ele é engraçado — digo-lhe. — É a imagem de Geoffrey nessa idade.

Reginald assente.

— Bem, ele mandou me chamar — diz-me, sem preâmbulos, consciente de que saberei de imediato que se refere ao rei. — É hora de minha cara educação e de meu longo aprendizado se fazerem úteis.

— Eles já são úteis — respondo, de pronto. — O rei consulta sua opinião sobre o que seja ou não herético e eu sei que você aconselha Thomas More, em quem Henrique confia.

— Não precisa encorajar-me — diz ele, com um pequeno sorriso. — Já passei da idade de precisar de sua aprovação. Não sou o herdeiro de Montague, que salta para ganhar seus favores. Sei que servi bem o rei na universidade, escrevendo ao papa, e em Pádua. Mas ele quer que eu volte para casa agora. Ele precisa de assessores e conselheiros na corte que conheçam o mundo, que tenham amigos em Roma com quem possam discutir.

Envolvo-me com o xale como se houvesse uma corrente de ar na sala que me fizesse tremer, apesar de a pilha de lenha estar alta, as achas brilharem, vermelhas, e as tapeçarias penduradas nas paredes se manterem quentes.

— Você não vai aconselhá-lo a repudiar a rainha — digo, de maneira direta.

— Pelo que sei, não há base para isso — diz ele, simplesmente. — Mas ele pode ordenar que eu estude os livros que ele reuniu para responder a essa questão. A senhora se surpreenderia com o tamanho da biblioteca que ele colecionou sobre o assunto. A Dama também lhe traz livros, e será meu dever buscar neles as respostas. Alguns são bastante heréticos. Ele permite que ela leia livros que More e eu teríamos banido. Alguns são proibidos. Ela mesma os traz para ele. Eu hei de explicar-lhe os erros neles contidos e defender a Igreja contra estas novas ideias perigosas. Espero servir igualmente à Igreja e ao rei na Inglaterra. Ele pode pedir-me que consulte outros teólogos, não pode haver perigo nisso. Devo ler as fontes de que ele dispõe e aconselhá-lo, na hipótese de haver um caso. Ele pagou por minha educação, de modo que eu possa pensar por ele. Eu o farei.

— O simples questionamento do casamento prejudica a rainha e a princesa! — digo, colérica. — Os livros que colocam em dúvida quer a rainha, quer a Igreja, deveriam ser banidos, sem discussão.

Ele inclina a cabeça.

— Sim, milady mãe, eu sei que é um grande mal a uma grande dama, a qual não merece nada além de respeito.

— Ela nos tirou da pobreza — lembro-o.

— Eu sei.

— E eu a conheço e amo desde que ela era uma menina de 16 anos.

Ele inclina a cabeça.

— Eu hei de estudar e dar ao rei minha opinião, sem medo ou favorecimento — diz. — Mas eu o farei. É meu dever fazê-lo.

— E você morará aqui? — É uma alegria para mim ver meu filho, mas não moramos sob o mesmo teto desde que ele era um menino de 6 anos. Não sei se desejo ter a companhia diária deste jovem independente que pensa o que quer e não tem o hábito de obedecer a sua mãe.

Ele sorri, como quem sabe disso muito bem.

— Eu irei para os irmãos cartuxos em Sheen — diz. — Viverei novamente em silêncio. E posso visitá-la. Exatamente como costumava fazer.

Faço um pequeno gesto com as mãos, como para afastar as lembranças daquele tempo.

— Não é mais como antigamente — digo. — Temos um bom rei no trono e somos prósperos. Você pode ficar aqui por escolha própria, não por não ter outro lugar para ir, não por eu não ter condições de abrigá-lo. Estes são tempos diferentes.

— Eu sei — diz ele com suavidade. — E agradeço a Deus por vivermos em tais tempos diferentes.

— Mas não dê ouvidos a boatos por lá — advirto-o. — Diz-se que eles conservam um documento contendo uma velha profecia sobre a família, sobre nós. Suponho que tenha sido destruído, mas não ouça nada a seu respeito.

Ele sorri e balança a cabeça para mim, como se eu fosse uma velha tola, afligindo-se diante de sombras.

— Não preciso ouvir, mas o reino todo está falando da Moça Santa de Kent que prevê o futuro e aconselha o rei a não deixar sua esposa.

— Não importa o que ela diz. — Eu recuso a verdade. Milhares estão se reunindo para ouvir o que ela fala. Estou apenas determinada em que Reginald não esteja entre eles. — Não dê ouvidos a boatos.

— Milady mãe, trata-se de uma ordem que pratica o voto de silêncio — lembra-me ele. — Não há boatos ali. Não se está autorizado a dizer uma só palavra.

Penso no duque, meu primo, decapitado por dar ouvidos ao fim dos Tudor nesse mesmo monastério.

— Algo deve ter sido dito ali, algo perigoso.

Ele meneia a cabeça.

— Isso deve ser mentira.

— Custou a vida ao seu parente — observo.

— Nesse caso, uma vil mentira — diz ele.

Palácio de Richmond, oeste de Londres, *primavera de 1529*

Recebemos poucas visitas vindas de Londres durante a primavera, mas um dia eu olho pela janela para a vista do rio, cheio pelas chuvas, e vejo uma embarcação que se aproxima. Na proa e na popa, as cores Darcy. Lorde Thomas Darcy, o velho senhor do norte, está chegando para prestar os cumprimentos da estação.

Chamo a princesa e saímos ao seu encontro, observando-o enquanto pula para descer o portaló da embarcação, acena para que seus três convidados o sigam, postando-se de joelhos diante dela. Ambas acompanhamos com ansiedade seu vagaroso ranger dos ossos quando se ajoelha e dolorosamente se levanta, mas eu franzo o cenho quando um dos criados da casa avança para ajudá-lo. Tom Darcy pode ter mais de 60 anos, mas não quer ninguém a lembrá-lo disso.

— Pensei em trazer-lhe alguns ovos de tarambola — diz ele para a princesa. — Das minhas charnecas. No norte.

Ele fala como se lhe pertencessem todas as charnecas no norte da Inglaterra, e realmente possui uma boa parte delas. Lorde Thomas Darcy é um dos grandes senhores do norte cuja vida é dedicada a manter os escoceses do seu lado da fronteira. Eu o conheci quando vivi no Castelo de Middleham com o rei Ricardo, meu tio, e Tom Darcy era um dos integrantes do Conselho do Norte. Agora eu dou um passo à frente e beijo-o em cada uma de suas bochechas coradas.

Ele sorri, satisfeito com a atenção, e me dirige uma piscadela.

— Trouxe estes senhores para conhecerem a sua corte — diz, enquanto os visitantes franceses alinham-se e fazem reverência, ofertando pequenos presentes. A dama de companhia de Maria recolhe-os com uma cortesia e nós os acompanhamos até o palácio. A princesa leva-os a sua sala de recepção e em seguida, depois de uma breve conversa, deixa-nos. Os franceses andam pelo recinto, olham as tapeçarias, a prataria, os ricos objetos sobre os aparadores e proseiam com as damas de companhia. Lorde Darcy inclina-se em minha direção.

— Tempos turbulentos — diz laconicamente. — Nunca imaginei que viveria para vê-los.

Assinto. Levo-o à janela para que possa apreciar a vista dos jardins geométricos e do rio adiante.

— Perguntaram-me o que eu sabia acerca da noite de núpcias! — reclama ele. — Uma noite de núpcias acontecida há um quarto de século! E, de todo modo, eu estava no norte.

— De fato — digo. — Mas por que eles estão perguntando?

— Eles se arrogam o direito — diz ele contristado. — Há por aí um cardeal vindo de Roma para informar à nossa rainha que ela não se casou legitimamente, para informar ao rei que ele está solteiro pelos últimos vinte anos e pode desposar quem lhe aprouver. É impressionante o que eles pensam, não?

— Impressionante — concordo.

— Não tenho tempo para isso — diz bruscamente. — Nem para aquele fanfarrão eclesiástico do Wolsey. — Olha-me com aquele piscar de olhos arguto. — Eu pensei que você teria algo a dizer sobre isso. Você e os seus.

— Ninguém pediu minha opinião — digo, com cautela.

— Bem, quando o fizerem, se responder que a rainha é a sua esposa e sua esposa é a rainha, pode apelar a Tom Darcy para apoiá-la — diz ele.

— E outros. O rei deveria ser aconselhado por seus pares. Não por um gorducho tolo qualquer, vestido de vermelho-cereja.

— Espero que o rei seja bem aconselhado.

O velho barão estende a mão.

— Dê-me seu belo broche — diz ele.

Desprego a insígnia da Casa de meu marido, um amor-perfeito de esmalte roxo-escuro que uso em meu cinto. Deixo-o cair na mão calejada de Darcy.

— Vou enviá-lo com um mensageiro, se em algum momento precisar avisá-la — diz ele. — Para que saiba que sou eu, realmente.

Estou cautelosa.

— Será sempre um prazer ouvir notícias suas, meu senhor. Mas espero que nunca precisemos usar tal sinal.

Ele acena com a cabeça na direção dos aposentos da princesa.

— Também espero. Mas, por tudo aquilo, o melhor é estarmos preparados. Por ela — diz ele, laconicamente. — Coisinha rica. A rosa da Inglaterra.

Palácio de Richmond, oeste de Londres, junho de 1529

Montague vem de Blackfriars até Richmond em nossa embarcação particular para trazer-me as novas de Londres e ordeno aos criados que o tragam diretamente aos meus aposentos particulares, deixando, fora das portas cerradas, minhas damas, suas costuras e mexericos. A princesa Maria encontra-se em seus aposentos e não virá ter comigo a não ser que eu mande chamá-la; eu disse às suas damas que a mantivessem ocupada hoje e se certificassem de que ela não falasse com ninguém vindo de Londres. Estamos tentando protegê-la do pesadelo que está se constituindo rio abaixo. Seu próprio tutor, Richard Fetherston, partiu para Londres com a incumbência de representar a rainha, mas concordamos que devíamos manter sua filha na ignorância de tal missão. Entretanto, sei que as más notícias chegam rápido, e eu as aguardo. Lorde Darcy não foi o único senhor a ser inquirido e agora um cardeal chegou de Roma e instalou uma corte para legislar sobre o casamento real.

— O que houve? — pergunto, assim que a porta é completamente fechada atrás de nós.

— Foi instalada uma corte, houve uma audiência legal, diante de Wolsey e do cardeal Campeggio — começa ele. — O lugar estava lotado. Parecia uma feira, tão cheio que mal se podia respirar. Todos queriam estar lá. Foi como uma decapitação pública, quando todos se aglomeram para ver o patíbulo. Horrível.

Percebo que ele está genuinamente angustiado. Sirvo-lhe uma taça de vinho e sento-o em uma cadeira em frente à lareira.

— Sente-se, sente-se, meu filho. Respire fundo.

— Eles chamaram a rainha para depor e ela foi magnífica. Ignorou completamente os cardeais sentados para o julgamento e passou por eles, ajoelhando-se diante do rei...

— Ela fez isso?

— Ajoelhou-se e perguntou-lhe em que ela o havia desagradado. Disse-lhe que havia saudado os amigos dele como se fossem seus próprios, feito tudo o que ele desejava e não fora sua culpa se não lhe dera um filho.

— Meu Deus, ela o disse em público?

— Com a clareza do repicar de um sino. Ela disse que ele a havia conhecido como uma virgem intocada, tal como ela era quando viera da Espanha. Ele nada disse. Ela perguntou-lhe em que, como esposa, havia falhado com ele. Ele nada disse. O que poderia dizer? Ela tem sido tudo para ele por mais de vinte anos.

Dou-me conta de que sorrio ao pensar em Catarina falando a verdade para um rei que se acostumou com uma dieta de mentiras lisonjeiras.

— Ela perguntou se poderia apelar a Roma, então ficou de pé e retirou-se, deixando-o em silêncio.

— Ela simplesmente retirou-se?

— Gritaram seu nome para chamá-la de volta, mas ela retirou-se, voltando a seus aposentos, como se não os levasse em consideração. Foi o ponto alto. Milady mãe, ela tem sido uma grande rainha ao longo de sua vida, mas aquele foi seu melhor momento. E todos fora da corte, todas as pessoas comuns, davam vivas e abençoavam a rainha, xingando a Dama de puta, alguém que não havia trazido nada além de problemas.

E todos na corte ficaram abismados, com vontade de rir ou também de saudar a rainha, mas sem ousar fazê-lo enquanto o rei estava lá, sentado, parecendo um bobo.

— Não fale mais nada — digo de imediato.

— Eu sei — diz ele, estalando os dedos, como se estivesse irritado com sua própria indiscrição. — Perdão. Isto me alterou mais do que eu imaginei. Eu sinto...

— O quê? — pergunto. Montague não é Geoffrey, ele não controla seus sentimentos, indo do choro à raiva. Se Montague está angustiado, então é porque testemunhou algo realmente importante. Se Montague está angustiado, então a corte inteira estará abalada pela emoção. A rainha deixou-os ver seu sofrimento, mostrou-lhes seu coração em pedaços e agora eles ficarão como as crianças que, pela primeira vez, veem sua mãe chorando.

— Sinto como se algo terrível estivesse acontecendo — diz ele, divagando. — Como se nada pudesse voltar a ser o mesmo. Pois a tentativa do rei de romper seu casamento com uma esposa ilibada é algo... Se o rei a perder, ele perde... — interrompe-se. — Como ele será sem ela? Como se comportará sem seus conselhos? Mesmo quando não a consulta, todos sabemos o que ela pensa. Mesmo quando ela nada fala, sente-se sua presença na corte, sabemos que ela está ali. Ela é sua consciência, é seu exemplo. — Ele faz outra pausa. — É sua alma.

— Há anos ele não dá ouvidos a seus conselhos.

— Não, mas mesmo assim, ela não precisa dizer nada, não é? Ele sabe o que ela pensa. Nós sabemos o que ela pensa. É como uma âncora da qual ele se esqueceu, mas que o mantém equilibrado. O que é a Dama, senão mais uma de suas fantasias? Ele teve mais de uma dúzia delas, mas sempre retorna à rainha, ela sempre recebe bem a volta do rei. É o seu porto. Ninguém crê que desta vez seja diferente. E perturbá-la deste modo...

Há um rápido momento de silêncio enquanto pensamos o que seria de Henrique sem a constância paciente e amorosa de Catarina.

— Entretanto, você mesmo disse que ela deveria considerar afastar-se — acuso-o. — Quando isto tudo começou.

— Vejo que o rei deseja um filho e herdeiro. Ninguém pode culpá-lo por isso. Mas ele não pode pôr de lado uma esposa como esta por uma mulher como aquela. Por uma princesa da Espanha, da França ou de Portugal? Sim, nesse caso ela deveria considerá-lo. Nesse caso, ele poderia propor-lhe, e ela deveria levá-lo em conta. Mas por uma mulher como aquela? Guiada por nada mais do que desejo pecaminoso? E tentando enganar a rainha dizendo que eles nunca estiveram casados? Pedindo a opinião de todos?

— Está errado.

— Muito errado. — Montague coloca as mãos no rosto.

— Então, o que acontece agora?

— As audiências prosseguem. Devo concluir que durarão dias, talvez semanas. Todas as categorias de teólogos foram ouvidas. E o rei recebe livros e manuscritos vindos de toda a Cristandade para provar seu ponto. Ele incumbiu Reginald de localizar e comprar-lhe livros. Enviou-o a Paris para consultar-se com eruditos.

— Reginald vai a Paris? Por quê? Quando ele parte?

— Já o fez. O rei o enviou no momento seguinte ao que a rainha se retirou da corte. Ela apelará a Roma, não aceitará o julgamento de Wolsey numa corte inglesa. Desse modo, o rei precisará de conselheiros estrangeiros, autores admirados de toda a Cristandade. A Inglaterra não será suficiente. É sua única esperança. Do contrário, o papa dirá que eles se casaram diante de Deus, e nada poderá separá-los.

Meu filho e eu olhamo-nos, como se o mundo que conhecemos estivesse mudando a ponto de tornar-se irreconhecível.

— Como ele pode fazer isto? — pergunto de maneira direta. — É contrário a tudo aquilo em que ele sempre acreditou.

Montague meneia a cabeça.

— Henrique se convenceu disso — diz, argutamente. — Como seus poemas de amor. Ele faz uma pose e então se persuade de que é verdadeira. Agora quer crer que Deus lhe fala diretamente, que sua consciência é um guia maior do que qualquer outra coisa. Ele se convenceu de que ama esta mulher, convenceu-se a desmanchar o casamento e agora quer que todos concordem.

— E quem irá discordar? — pergunto.

— O arcebispo Fisher poderia, Thomas More, talvez não, Reginald não pode — diz Montague, contando nos dedos cada erudito. — Nós deveríamos — diz, de modo surpreendente.

— Não podemos — digo. — Não somos especialistas. Somos apenas a família.

Palácio de Richmond, oeste de Londres, verão de 1529

O rei, profundamente decepcionado com Wolsey e o cardeal que ele trouxe de Roma para tentar chegar a um acordo, segue em frente sem a rainha. Ele forma uma corte volante e Ana Bolena faz parte dela. Dizem que eles estão muito felizes. Henrique não manda buscar sua filha, que me pergunta se acho que ela será solicitada a juntar-se a ele a à sua mãe neste verão.

— Creio que não — digo, gentilmente. — Não creio que eles viajem juntos este ano.

— Então posso ir para ficar com minha mãe?

Maria levanta os olhos de sua costura, um bordado com linha preta numa camisa para seu pai, exatamente como sua mãe a ensinara.

— Escreverei para perguntar — digo. — Mas pode ser que seu pai prefira que permaneça aqui.

— E não o veja ou à minha mãe?

É impossível mentir para ela quando me dirige aquele olhar York, direto, honesto.

— Penso que sim, minha querida. — É tudo o que falo. — Estes são tempos difíceis. Temos de ser pacientes.

Ela pressiona os lábios, como para impedir que alguma palavra de crítica escape. Inclina-se um pouco mais sobre o bordado.

— Meu pai se divorciará de minha mãe? — pergunta.

Aquela palavra em sua boca soa como uma blasfêmia. Levanta os olhos para mim, como se estivesse na expectativa de que eu corrigisse seu linguajar, como se aquela palavra fosse, em si, suja.

— O caso foi informado a Roma — digo. — Você já sabia disso?

Um rápido aceno com a cabeça diz-me que ela o ouviu em algum lugar.

— O papa fará o julgamento. Apenas temos de aguardar e ver o que ele pensa. Deus o guiará. Precisamos ter fé. O papa sabe o que é certo neste caso. Deus falará com ele.

Ela dá um pequeno suspiro e muda de posição.

— Sente alguma dor? — pergunto, ao vê-la inclinar-se de leve para a frente, como se para aliviar uma cólica no abdome.

Imediatamente ela se endireita, os ombros para baixo, a cabeça alta como a de uma princesa.

— De modo algum — diz.

Geoffrey recebe uma honraria quando a corte deixa Londres. É sagrado cavaleiro no Parlamento por serviços prestados ao rei. Ele se torna Sir Geoffrey, como deveria ser. Penso no quão orgulhoso meu marido estaria e não consigo parar de sorrir o dia todo pela honra concedida a meu filho.

Montague viaja com a corte enquanto ela cavalga o ensolarado vale do Tâmisa, parando nas grandes propriedades, caçando todos os dias, dançando todas as noites. Ana Bolena é senhora de tudo o que vê. Ele me escreve uma nota rascunhada:

Pare de pagar o suborno de Wolsey, a Dama voltou-se contra ele e é certo que ele caia. Envie mais uma de suas notas a Thomas More, aposto uma moeda que ele será o próximo chanceler.

A princesa sabe que um mensageiro chegou vindo da corte, e vê o contentamento em meus olhos.

— Boas novas? — pergunta.

— Sim — respondo-lhe. — Hoje um homem muito honesto entrou para o serviço de seu pai e, no mínimo, o aconselhará bem.

— Seu filho Reginald? — pergunta ela, esperançosa.

— Seu amigo e companheiro erudito — digo. — Thomas More.

— O que houve com o cardeal Wolsey? — pergunta-me.

— Deixou a corte — digo. Não lhe conto que a Moça Santa de Kent predisse que ele morreria miseravelmente sozinho se encorajasse o rei a deixar sua esposa; agora o cardeal está completamente só e sua saúde o está abandonando.

Palácio de Greenwich, Londres, Natal de 1529

Vestida com suas melhores roupas, envolta em peles, levo a princesa Maria na embarcação real rio abaixo até Greenwich, para o Natal. Quando chegamos, seguimos diretamente para os aposentos de sua mãe.

A rainha está à nossa espera. Suas damas sorriem enquanto a princesa Maria corre pela sala de recepção adentro até os aposentos, e mãe e filha abraçam-se com força, como se não pudessem aguentar outra separação.

Catarina olha para mim por sobre a cabeça inclinada de sua filha e seus olhos azuis estão cheios de lágrimas.

— Com o que, Margaret, você está criando essa beldade para mim? — pergunta. — Feliz Natal, minha querida.

Sinto-me tão comovida por ver as duas juntas depois de tão longo tempo, que mal posso responder.

— A senhora está bem? — É tudo o que a pequena princesa pergunta a sua mãe, afastando-se para olhar para sua face cansada. — Mamãe? A senhora está bem?

Ela sorri, e percebo que irá mentir para sua filha, como todos nós fazemos ultimamente. Está prestes a contar uma mentira corajosa, na esperança de que esta menininha cresça sem a dor de saber que seu pai está equivocado em seus pensamentos, equivocado em sua vida, equivocado em sua fé.

— Estou muito bem — diz, enfaticamente. — E, mais importante, estou segura de que faço a coisa certa perante Deus. E isso deve fazer-me feliz.

— E faz? — pergunta a princesinha, duvidando.

— É claro — diz a mãe.

É um grande banquete, como se Henrique estivesse tentando mostrar ao mundo a união de sua família, sua riqueza e poder, e a beleza de sua corte. Ele conduz a rainha ao seu trono com a graça habitual, conversa com ela da maneira mais charmosa enquanto jantam, e ninguém que os veja sentados lado a lado, sorrindo, sonharia que este era um casal que se tornara estranho.

Seus filhos, o bastardo e a herdeira legítima, recebem honras equivalentes, numa insana subversão das regras de precedência. Observo enquanto a princesa Maria adentra o grande salão, acompanhada de um joão-ninguém: o menino de 10 anos, bastardo de Bessie Blount. Mas eles fazem um belo par. A princesa é tão graciosa e esguia, o menino, tão formoso e alto para sua idade, que eles caminham no mesmo passo, suas cabeças ruivas alinhadas. Em toda parte, o pequeno Henry Fitzroy é mencionado como o duque de Richmond. Esta criança sorridente de cabeça ruiva é o mais importante duque do reino.

A princesa Maria segura sua mão, enquanto adentram para o banquete de Natal e quando ele abre seu presente de Ano-Novo recebido de seu pai, o rei: um magnífico conjunto dourado de xícaras e canecas. A princesa sorri e aplaude, como se estivesse contente por vê-lo presenteado de forma tão grandiosa. Dirige-me o olhar e vê meu discreto sinal de cabeça em aprovação. Se uma princesa da Inglaterra é instada a tratar o filho bastardo de seu pai como um honrado meio-irmão, como lorde tenente da Irlanda, cabeça do Conselho do Norte, então minha princesinha — a verdadeira princesa da Inglaterra, Gales, Irlanda e França — está à altura de tal provação.

A Dama não se encontra presente, de modo que somos poupados de seus exageros diante dos que são melhores que ela; mas não há necessidade de alguém esperar que o rei esteja cansado dela, pois seu pai está em toda parte, ostentando seu novo título.

Thomas Bolena, o homem que um dia esteve muito satisfeito em servir como administrador de minhas terras, é hoje o conde de Wiltshire e Ormonde, enquanto seu belo filho, mas inútil, George é lorde Rochford, nomeado para a câmara privada, juntamente com meu primo, Henry Courtenay. Duvido que vá haver concordância entre eles em tal instância. A filha, em boa hora ausente, torna-se Lady Ana e Maria Carey, a antiga puta Bolena, agora serve em dois postos contraditórios: como principal acompanhante e confidente exclusiva de sua irmã, e como uma assaz tímida dama de companhia da rainha.

Montague conta-me que, no banquete que antecedeu o Natal, para celebrar a notável ascensão de Thomas Bolena, sua filha Ana caminhou na frente de uma princesa legítima: Maria, a rainha viúva da França. Não consigo imaginar a amante do rei caminhando na frente da irmã do rei, a filha de meu administrador precedendo a rainha viúva. Meu único consolo quando Montague me conta isso é o de saber que Ana Bolena fez de si mesma uma inimiga formidável. A rainha viúva está habituada a ser a primeira na corte em posição social, beleza e perspicácia, e nenhuma vagabunda nascida em Norfolk irá tirar isso dela sem luta.

Palácio de Richmond, oeste de Londres, verão de 1530

O primeiro indício da visita real é a chegada da criadagem: os lacaios, com os cavalos a galope, montados lado a lado em grupos de quatro, o homem com o uniforme do rei segurando quatro jogos de rédeas, com os cavalos seguindo em frente a passos regulares. Atrás deles vêm os homens de armas, primeiramente os cavaleiros montados em armaduras leves, em seguida, depois de uma longa pausa, as carretas mais vagarosas carregando os falcões de caça, com os cães correndo ao lado, uma carreta para os cães pequenos e os animais de estimação, e então os bens da casa. Os luxos do rei o precedem: sua roupa branca, sua mobília, seus tapetes, suas tapeçarias, as grandes riquezas do Tesouro. Os vestidos da Dama, seus adereços de cabeça e joias sozinhos ocupam duas carretas e as serviçais cavalgam ao seu lado, sem ousar desviar os olhos desse guarda-roupa.

Atrás delas vêm os cozinheiros com todos os utensílios para as cozinhas e a provisão para o banquete de hoje e o de amanhã.

A princesa Maria, em pé atrás de mim na torre do Palácio de Richmond, olhando a cavalgada que embaixo serpenteia em nossa direção, diz esperançosa:

— Ele ficará por um longo tempo?

Estreito meu braço ao redor de sua cintura.

— Não, daqui ele segue adiante. Vem apenas para passar o dia.

— Para onde vai? — pergunta, desesperançosa.

— Ele viajará neste verão — suponho. — Há rumores sobre o suor em Londres. Irá novamente de um lado a outro.

— Então nos chamará, a mim e à minha mãe, e será como no ano em que estivemos juntos, só nós? — Maria levanta os olhos para mim, subitamente esperançosa.

Sacudo a cabeça.

— Não, acho que não este ano — digo.

O rei está determinado a ser encantador com sua filha, seria possível pensar até mesmo que ele queria atraí-la para o seu lado. Do momento em que sua embarcação se aproxima do pontão, acompanhada de um toque de trombetas, ao momento em que parte, ao anoitecer, ele sorri radiante para ela, cuja mão prende-se a seu cotovelo, inclina a cabeça para ouvir o que ela diz. Parece estar posando para um retrato intitulado "Um pai amantíssimo", parece um ator atuando em uma mascarada, seu papel é "O pai honrado".

Leva consigo apenas um punhado de companheiros: seus amigos de costume, Charles Brandon e sua esposa Maria, a rainha viúva da França, meu primo Henry Courtenay e sua esposa Gertrude, meu filho Montague e mais uns poucos cavalheiros da câmara privada. Os homens Bolena encontram-se na embarcação real, mas não se faz menção às putas da família. As únicas damas que ceiam conosco são as que acompanham a irmã do rei.

Assim que o rei chega, seu café da manhã é servido e ele mesmo corta as melhores carnes e serve a mais doce vinhada para a princesa Maria. Ele ordena que ela dê graças em seu nome, e ela o faz tão calmamente, em grego. O rei louva seu aprendizado e sua compostura e acena com a cabeça para agradecer-me.

— A senhora está lapidando minha joia — diz. — Agradeço-lhe, Lady Margaret. A senhora é uma querida amiga e faz parte da família. Não me esqueço de que tem olhado por mim e pelos meus como uma mãe amorosa desde minha infância.

Faço uma reverência.

— É um prazer servir a princesa — digo.

Ele sorri canalhamente.

— Não como a mim, quando tinha a idade dela. — Ele pisca e eu penso em quão rapidamente ele desvia a conversa para a sua pessoa. Quão afoitamente ele busca louvores.

— Vossa Graça foi o melhor príncipe da ala das crianças — respondo — E tão levado! Tão amado!

Henrique dá um sorrisinho e uma batidinha na mão de Maria.

— Eu adorava esportes — diz. — Mas nunca negligenciei meus estudos. Todos dizem que eu alcançava a excelência em tudo o que fazia. Mas — ele encolhe os ombros —, as pessoas sempre louvam os príncipes.

Eles pegam os cavalos e saem em caçada. Eu dou ordens para que um piquenique esteja pronto para quando eles se cansarem. Encontramo-nos no bosque para a refeição e os músicos, escondidos entre as árvores, tocam canções compostas pelo próprio rei. Henrique pede à princesa que cante e ela dirige uma pequena cortesia à sua tia, a rainha viúva, cantando uma canção em francês para agradá-la.

A rainha viúva, um dia ela própria uma princesa Maria, levanta-se da mesa e beija a sobrinha, dando-lhe um bracelete de ouro e diamantes.

— Ela é um encanto — diz-me em voz baixa. — Uma princesa, dos pés à cabeça. — E eu sei que ambas temos em mente o menininho que não é e nunca poderá ser um príncipe.

Há dança após a refeição e encontro Montague ao meu lado, enquanto assistimos à princesa acompanhada de suas jovens damas.

— A rainha permanece no Castelo de Windsor — diz ele. — No entanto, nós precisamos seguir. Devemos encontrar a Dama e sua corte esta noite.

— Mas nada muda?

Ele balança a cabeça.

— Nada muda. É assim agora: a rainha na corte e nós arrastamo-nos com a Dama. Não há mais alegria no verão. Somos como crianças fugidas de casa. Estamos cansados da aventura, mas precisamos fingir, interminavelmente, que estamos nos divertindo às mil maravilhas.

— Ele não está feliz? Ela não o faz feliz? — pergunto, esperançosa. Se o rei não está satisfeito, ele deixará transparecer.

— Ele ainda não a possuiu — diz Montague secamente. — Ela o mantém dançando num arame. É um prêmio que ele precisa ganhar. Dia e noite ele ainda segue em seu encalço, na esperança de que neste dia, nesta noite, ela dirá sim. Meu Deus, como ela sabe enredar um homem! Sempre prestes a ceder, mas sempre mantendo um palmo de distância, sempre a um pulo de seu alcance.

O rei parece encantado com a caçada, com o dia, com o clima, com a música. O rei está encantado com tudo, mas principalmente com a companhia de sua filha.

— Como eu gostaria de levá-la comigo — diz ele, afetuosamente. — Mas sua mãe não o permitirá.

— Estou certa de que a milady mãe o permitiria — diz ela. — Tenho certeza de que sim, Vossa Graça. E a governanta poderia arrumar minhas coisas e ter-me pronta para partir em um instante. — Ela ri, um som um tanto nervoso, fraco, cheio de expectativa. — Eu poderia ir imediatamente. O senhor só precisa dizer.

Ele nega com a cabeça.

— Temos tido algumas diferenças — diz ele, cheio de tato. — Sua mãe não entende a dificuldade em que me encontro. Sou guiado por Deus, minha filha. Ele ordena que eu peça à sua mãe para assumir uma vida santa, uma vida sagrada, uma vida cheia de um respeito e consolo que a honrariam. A maioria das pessoas diria que ela tem sorte de poder deixar este mundo perturbado, indo viver tranquilamente, com respeito e santidade. Eu, de minha parte, não posso simplesmente desistir de tudo. Preciso ficar e lutar neste mundo. Preciso guardar o reino e dar continuidade à minha linhagem. Mas sua mãe poderia ser liberada de seu dever. Catarina pode ser feliz, pode viver uma vida que muito a agradaria. Você poderia estar frequentemente ao seu lado. Eu não. Não posso aliviar-me de minha carga.

Maria morde o lábio inferior sob seus pequeninos dentes brancos, como se tivesse medo de dizer algo errado. A concentração nas palavras do pai a faz franzir a testa. Henrique ri e segura seu queixo.

— Não fique tão séria, princesinha! — exclama ele. — Estas são preocupações para seus pais, não para você. Há tempo suficiente para que você compreenda os pesados encargos que eu suporto. Mas creia nisto: sua mãe não pode viajar comigo enquanto ela escrever ao papa pedindo-lhe que se imponha a mim, ao mesmo tempo que escreve ao seu sobrinho, o imperador, dizendo-lhe para reprovar-me. Ela reclama de mim para os outros, e isto não é leal, é? Reclama de mim, enquanto eu tento fazer o certo, o que é a vontade de Deus! Desse modo, ela não pode viajar comigo, apesar de que eu gostasse de tê-la por perto. E você tampouco pode viajar comigo. É muito cruel da parte dela separar-nos para provar seu ponto. Não é papel de uma mulher entrar em discussões. É muito cruel da parte dela mandar-me embora para prosseguir sozinho. E errado da parte dela adotar uma opinião diversa da de seu marido, contra o mandamento de Deus. É difícil — continua o rei, sua voz tornando-se mais profunda com a autocomiseração. — Essa é uma estrada difícil para mim, sem uma esposa ao meu lado. Sua mãe não pensa nisso quando se insurge contra mim.

— Estou certa... — começa a princesa Maria, mas seu pai levanta a mão para que fique em silêncio.

— Esteja bem certa disto: faço o que é melhor para você, para o reino e para sua mãe — interrompe-a ele. — E estou cumprindo a vontade de Deus. Você sabe, Deus fala diretamente aos reis. Portanto, qualquer um que fale contra mim está falando contra a vontade do próprio Deus. Todos o dizem, todos os homens da nova doutrina. Todos o escrevem. É inquestionável.

Eu obedeço à vontade de Deus e sua mãe, equivocadamente, está seguindo sua própria ambição. Mas ao menos eu sei que posso contar com seu amor e obediência. Minha filhinha. Minha princesa. Meu único amor verdadeiro.

Os olhos de Maria enchem-se de lágrimas, seus lábios tremem. Ela se dilacera entre a lealdade à mãe e o encanto intensamente poderoso do pai. Não pode argumentar com sua autoridade. Ela faz uma cortesia ao pai que ama.

— Certamente — diz.

Palácio de Richmond, oeste de Londres, outono de 1530

Wolsey, o antigo cardeal, morreu a caminho de Londres, antes que pudesse enfrentar o julgamento, tal como a Moça Santa de Kent predisse. Graças a Deus somos poupados do julgamento de um cardeal. O primo Henry Courtenay havia sido informado de que ele teria de apresentar as acusações de corrupção e bruxaria, mas Deus é misericordioso e nossa família não terá seu sangue nas mãos. Não poderíamos mandar um cardeal para o patíbulo, ainda que Tom Darcy diga que ele pudesse ser culpado.

Os Bolena, o irmão e as irmãs, bailaram diante da corte para festejar, numa mascarada de danados. Pareciam subidos do inferno com as caras sujas de fuligem e as mãos feito garras. Sabe Deus o que nos espera. Wolsey podia ser mau, mas agora os conselheiros do rei são uma família de joões-ninguém, que se veste como demônios para celebrar a morte de um homem inocente.

Queime esta carta.

Palácio de Greenwich, Londres, dezembro de 1530

Passamos o Natal em Greenwich como de costume, com o rei em sua encantadora persona real, amoroso para com a rainha, devotado a Maria e orgulhosamente carinhoso para com o duque em dose dupla, o jovem Fitzroy. Ele é agora um menino de 11 anos, de elevada importância, e ninguém que o veja poderá confundi-lo com outro que não seja o filho de seu pai. Ele é alto como um York, tem os cabelos ruivos de um Tudor, o amor pelos esportes, pela música e pelos estudos de um Plantageneta.

Não posso imaginar o que mais o rei pretende fazer com ele, além de mantê-lo como herdeiro reserva para o caso de não conseguir outro. A fortuna que é gasta com sua criadagem e com suas posses, mesmo com seus presentes de Ano-Novo, demonstra que ele deve ser tido em alta conta, atingindo o mesmo estatuto da princesa Maria. Pior, demonstra que o rei quer que todos vejam esta situação — e o que isto representa para a minha princesa deixa-me confusa. Todo embaixador na corte, todo visitante estrangeiro sabe que a princesa é a única filha legítima, a filha da rainha, com uma coroazinha sobre a cabeça, a filha e herdeira reconhecida do rei. Mas, ao mesmo tempo, caminhando ao seu lado como seu igual, está o bastardo do rei, vestido com tecidos de ouro, servido como um príncipe, sentado ao lado de seu pai. O que se pensará disto, a não ser que o rei está preparando seu filho bastardo para o trono? E o que será feito de sua filha, se ela não for a princesa de Gales? Se Henry Fitzroy é o próximo rei, o que ela é?

O rosto da rainha está sereno, escondendo a angústia envolvendo a substituição da filha pelo bastardo sem nome. Ela assume seu lugar no trono ao lado do marido sorridente e acena com a cabeça a seus muitos amigos. As damas da corte, desde a rainha viúva da França até Bessie Blount, demonstram total respeito por ela, muitas demonstram ter especial ternura por ela. Toda mulher sabe que, se um marido pode descartar a esposa, dizendo ser esse o desejo de Deus, então nenhuma delas estará a salvo, nem mesmo com uma aliança de casamento no dedo.

Os nobres da corte são escrupulosos a esse respeito. Não ousam opor-se abertamente ao rei, mas o modo como reverenciam a rainha quando ela passa e inclinam-se em sua direção para ouvi-la falar mostra a todos que eles sabem que esta é uma princesa da Espanha e uma rainha da Inglaterra, e nada pode mudar isto. Apenas a família Bolena a evita, além de seu parente, o jovem Thomas Howard, novo duque de Norfolk — ele não tem nem um pouco da fidelidade de seu pai à rainha, pensa apenas no crescente poder de sua própria família. Todos sabem que os interesses dos Howard estão atrelados ao sucesso das jovens mulheres que eles plantaram no leito do rei; sua opinião sobre a rainha é inútil.

A família Bolena mantém-se afastada dos aposentos da rainha, mas está espalhada pelo resto da corte, como se estivesse em sua própria casa, como se o magnífico Palácio de Greenwich fosse o acanhado e miserável Castelo de Hever. Ouço de uma das damas que aquela mulher Bolena, Ana, jurou que gostaria que todos os espanhóis estivessem no fundo do mar e que ela nunca mais voltará a servir a rainha. Creio que, se a pior ameaça que Ana Bolena pode fazer é a de nunca mais servir, então não temos nada a temer.

Mas a perda do cardeal e o domínio da facção Howard na corte significa que o rei tem um único bom conselheiro: Thomas More. Ele está ao lado do rei o dia todo, mas tenta voltar para casa, para sua família, em Londres.

— Diga a seu filho que estou escrevendo um longo ensaio em resposta ao dele — informa-me ele um dia, enquanto caminha em direção ao pátio do estábulo, chamando seu cavalo. — Diga-lhe que sinto muito por estar atrasado com minha resposta. As cartas que escrevo em nome do rei não me deixam tempo para escrever as minhas próprias.

— Escreve tudo o que ele lhe ordena ou lhe diz as suas próprias opiniões? — pergunto, curiosa.

Ele me dá um sorrisinho cauteloso.

— Escolho minhas palavras com cuidado, Lady Margaret, quando escrevo o que me manda e quando lhe digo o que penso.

— E o senhor e Reginald ainda concordam? — pergunto-lhe, pensando em Reginald em viagem pela França, consultando-se com eclesiásticos, pedindo-lhes os conselhos que Thomas More evita dar na Inglaterra.

Mais sorrisos.

— Reginald e eu adoramos divergir a propósito de detalhes — diz ele. — Mas, em geral, concordamos, milady. E, enquanto ele concordar comigo, tendo a considerar seu filho um homem muito brilhante.

Estou prestes a tomar uma jovem sob meus cuidados no séquito da princesa. Lady Margaret Douglas, filha plebeia da irmã do rei, a rainha viúva da Escócia. Ela estava sob a guarda do cardeal Wolsey e agora precisa de outro lugar para viver. O rei escolhe pô-la em nosso séquito, vivendo com nossa princesa, sob meus cuidados.

Com prazer dou-lhe as boas-vindas. Ela é uma bela menina, completa 16 anos este ano, desesperada para estar na corte, ansiosa por crescer. Penso que dará uma companhia encantadora para nossa princesa, que é naturalmente séria e, às vezes, nestes tempos difíceis, perturbada. Mas espero que esta guarda não seja um sinal de que a importância da princesa esteja diminuindo. Levo minhas preocupações até a capela particular da rainha, ajoelhando-me diante de seu altar e contemplando o crucifixo dourado brilhando de rubis. Rezo em silêncio para que o rei não tenha enviado uma menina que é meio Tudor, meio plebeia à casa de uma princesa para que um dia ele possa argumentar que o mesmo se passa com ela: meio Tudor, meio espanhola e nada de herdeira real.

Palácio de Richmond, oeste de Londres, *primavera de 1531*

Geoffrey cavalga para encontrar-me no fim da tarde, como se não desejasse ser observado. Vejo-o através da minha janela, que se descortina sobre a estrada de Londres, e desço para encontrá-lo. Ele entrega seu cavalo no pátio do estábulo e ajoelha-se no pavimento de pedras para receber minha bênção, levando-me em seguida para o frio jardim cinzento, como se não ousasse falar-me num ambiente fechado.

— Qual o problema? O que houve? — pergunto-lhe, com urgência em minha voz.

Seu rosto está pálido no escurecer.

— Preciso contar-lhe algo terrível.

— A rainha?

— A salvo, graças a Deus. Mas alguém tentou matar o bispo Fisher com veneno.

Agarro seu braço, enquanto cambaleio com o choque.

— Quem faria uma coisa dessas? Não é possível que ele tenha um inimigo neste mundo.

— A Dama — diz Geoffrey, sombriamente. — Ele defende a rainha contra ela, defende sua fé contra ela, e é o único homem que ousa opor-se ao rei. Ela, ou sua família, deve estar por trás disto.

— Não pode ser! Como você sabe?

— Porque dois homens morreram quando comeram da tigela de mingau do bispo. O próprio Deus salvou John Fisher. Naquele dia, ele jejuava e não tocou no mingau.

— Mal posso crer. Não *posso* crer! Agora somos italianos?

— Ninguém pode. Mas alguém está preparado para matar um bispo e facilitar o caminho da Bolena.

— Que Deus o proteja. Ele está a salvo?

— Ileso, por hora. Mas, milady mãe, se ela mataria um bispo, não ousaria fazer o mesmo com uma rainha? Ou uma princesa?

No gélido jardim, sinto um arrepio; minhas mãos começam a tremer.

— Ela não ousaria atentar contra a vida da rainha ou da princesa.

— Alguém envenenou o mingau do bispo. Alguém se preparou para tanto.

— Você precisa alertar a rainha.

— Fiz isso e contei ao embaixador espanhol. Lorde Darcy teve a mesma ideia e veio ter comigo.

— Não podemos ser vistos tramando com a Espanha. Agora, mais do que nunca.

— A senhora quer dizer agora que sabemos o quão perigoso é nos opormos a Ana Bolena? Agora que sabemos que o rei usa o machado, e ela, o veneno?

Estarrecida, assinto.

Palácio de Richmond, oeste de Londres, verão de 1531

Reginald volta para casa, vindo de Paris, portando a toga de pele dos eruditos, com uma comitiva de letrados e versados conselheiros, trazendo as opiniões de eclesiásticos e de universidades francesas depois de meses de debate, pesquisa e discussão. Envia-me uma curta nota para dizer-me que irá ver o rei para apresentar seu relatório e em seguida virá visitar a mim e à princesa.

Montague o traz, numa viagem feita em nossa embarcação durante a enchente da maré, com o som dos tambores mantendo o ritmo dos remadores, numa batida que ecoa sobre a água morna, no cinzento cair da tarde. Estou à sua espera no pontão de Richmond, a princesa Maria e suas damas acompanham-me, a mão da princesa segurando meu braço, ambas sorrindo em sinal de boas-vindas.

Quando a embarcação está suficientemente próxima para que eu veja o rosto pálido e melancólico de Montague, sua mandíbula contraída, percebo que há algo terrivelmente errado.

— Entre — digo à princesa. Aceno com a cabeça para Lady Margaret Douglas. — Vá também.

— Eu queria cumprimentar lorde Montague e...

— Hoje não. Vá.

Ela faz o que lhe ordenam e ambas tomam o caminho do palácio vagarosamente e sem vontade, então eu posso voltar minha atenção para a embarcação, para a hirta figura de Montague e o corpo vergado de seu irmão, meu filho Reginald, sentado ao fundo. No pontão, as sentinelas apresentam as armas e fazem estalidos para chamar atenção. O tambor soa, os remadores recolhem os remos e os levantam horizontalmente, em saudação, enquanto Montague põe Reginald em pé, auxiliando-o a descer pelo passadiço.

Meu erudito filho cambaleia como se estivesse enfermo, mal consegue ficar em pé. O capitão da embarcação precisa tomar seu outro braço e ambos quase o carregam até onde estou, em pé no pontão.

As pernas de Reginald cedem, ele cai de joelhos a meus pés, sua cabeça baixa.

— Perdoe-me — pede ele.

Troco com Montague um olhar aterrado.

— O que houve?

Reginald levanta para mim um rosto pálido, como se ele estivesse morrendo de suor. As mãos que apertam as minhas estão úmidas e trêmulas.

— Você está doente? — interrogo, tomada pelo medo. Volto-me para Montague. — Como pode trazê-lo aqui adoentado? A princesa...

Montague sacode a cabeça, melancolicamente.

— Não está doente — diz. — Ele entrou em uma briga. Foi derrubado.

Agarro as mãos trêmulas de Reginald.

— Quem se atreveu a feri-lo?

— O rei golpeou-o — diz Montague, resumidamente. — O rei sacou uma adaga contra ele.

Estou sem palavras. Meu olhar vai de Montague para Reginald.

— O que você disse? — sussurro. — O que você fez?

Ele abaixa a cabeça, seus ombros convulsos, e dá um soluço parecido com um suspiro, um engasgado seco.

— Sinto muito, milady mãe. Eu o ofendi.

— Como?

— Disse-lhe que não poderia haver qualquer razão, na Lei Divina, na Bíblia ou na Justiça comum para ele preterir a rainha — falou ele. — Disse--lhe que essa era a opinião de todos. Então ele esmurrou meu rosto e pegou uma adaga que estava em cima da mesa. Se Thomas Howard não o tivesse impedido, ele a teria atravessado em mim.

— Mas tudo o que você deveria fazer era relatar o que pensam os teólogos franceses.

— É isso o que pensam — diz ele. Senta-se sobre os calcanhares e levanta seu olhar para mim. Agora eu vejo formar-se uma grande mancha na lateral do seu belo rosto pálido. A delicada maçã do rosto de meu filho estampa a marca do punho Tudor. O ódio se avoluma em meu estômago como vômito.

— Ele tinha uma adaga? Sacou-a contra você?

O único homem a quem se permite portar armas na corte é o rei. Ele sabe que se alguma vez sacar uma espada estará atacando um homem sem defesa. Por isso nenhum rei jamais sacou uma espada ou adaga na corte. É contra todos os princípios da cavalaria, aprendidos por Henrique quando menino. Não é de sua natureza investir com uma lâmina contra um oponente desarmado, não é de sua natureza ameaçar com os punhos. Ele é forte e grande, mas sempre conseguiu dominar seu temperamento, controlar sua força. Não posso crer que fosse violento, não com um homem mais jovem, mais fraco, não com um erudito, não com um dos seus. Não posso crer que, entre todas as pessoas, ele desembainharia uma espada contra Reginald. Este não é um dos seus camaradas de bordeis, brigas, bebedeira. É Reginald, seu sábio.

— Você o insultou — acuso Reginald.

Ele mantém o rosto abaixado, negando com a cabeça.

— Você o levou a enfurecer-se.

— Eu nada fiz! Ele teve um rompante — murmura.

— Ele estava bêbado? — pergunto a Montague.

Montague está melancólico, como se ele próprio tivesse levado o golpe.

— Não. O duque de Norfolk praticamente atirou Reginald nos meus braços. Arrastou-o para fora da câmara privada e o empurrou para mim. Eu podia ouvir o rei urrando atrás dele como um animal. Eu realmente creio que o rei o teria matado.

Não posso imaginar isso, não posso crer.

Reginald levanta os olhos para mim, a mancha escurece em sua bochecha, seus olhos estão cheios de horror.

— Penso que ele enlouqueceu — diz. — Ele estava como louco. Penso que nosso rei enlouqueceu.

Levamos Reginald às pressas para o mosteiro cartuxo em Sheen, onde pode rezar em silêncio entre seus irmãos e deixar as manchas roxas desaparecerem. Quando ele está bem o suficiente para viajar, o enviamos de volta a Pádua, sem dizer uma palavra à corte. Havia hipóteses de que fosse sagrado arcebispo de York, mas isso não acontecerá agora. Ele jamais será o tutor da princesa. Duvido que volte à corte ou a viver na Inglaterra.

— É melhor que ele esteja fora do reino — diz Montague com firmeza. — Não ouso falar de Reginald ao rei. Seu estado habitual é o de fúria. Amaldiçoa Norfolk por levar Wolsey à morte, amaldiçoa a própria irmã por sua afeição pela rainha. Sequer verá a duquesa de Norfolk, que declarou sua lealdade à rainha, não perguntará a opinião de Thomas More, por medo do que ele possa dizer. Diz que não pode confiar em ninguém, em nenhum de nós. É melhor para nossa família, e para o próprio Reginald, que ele fique fora da vista e esquecido por um tempo.

— Ele disse que o rei enlouqueceu — falo em voz baixa.

Montague certifica-se de que a porta atrás de nós esteja completamente fechada.

— Na verdade, milady mãe, penso que o rei perdeu seu discernimento. Ele ama a rainha, confia no seu julgamento, o que tem feito sempre. Ela tem estado ao seu lado, sem lhe faltar, desde a coroação, quando ele tinha 17 anos. Não pode imaginar-se rei sem ela. Nunca o foi sem ela. Mas está loucamente apaixonado pela Dama, que o atormenta noite e dia com o desejo e a argumentação para convencê-lo. E ele não é um jovem, um menino que pode apaixonar-se ligeiramente e em seguida desapaixonar-se. Não está numa idade propícia para isso. A situação não se resume a poesia e cantoria sob sua janela. Ela o tortura com seu corpo e sua inteligência. Ele está fora de si e cheio de desejo por ela. Às vezes penso que ele se machucará. Reginald tocou-o num ponto sensível.

— Pior para nós — digo, pensando em Montague na corte, em Ursula lutando com o nome Stafford, e em Geoffrey sempre às turras com seus vizinhos, tentando liderar o Parlamento naquilo que está mais assustado e confuso do que nunca. — Teria sido melhor se tivéssemos passado despercebidos por algum tempo.

— Ele precisava relatar — diz Montague firmemente. — E precisou de muita coragem para dizer a verdade. Mas Reginald estará melhor fora do reino. Assim ao menos saberemos que não poderá desagradar o rei novamente.

Castelo de Windsor, Berkshire, verão de 1531

A princesa Maria e eu, acompanhadas de nossas damas, viajamos a Windsor para visitar sua mãe, enquanto o rei segue em frente com sua corte itinerante. Mais uma vez a corte está dividida; mais uma vez o rei e sua amante sacodem as grandes casas da Inglaterra, caçando o dia todo e dançando a noite toda, garantindo um ao outro que ambos estão maravilhosamente felizes. Imagino quanto tempo Henrique suportará isto. Imagino quando o vazio desta vida o guiará de volta a sua esposa.

A rainha nos encontra no portão do castelo, a grande porta atrás de si, a ponte levadiça rangendo sobre sua cabeça e, mesmo à distância, enquanto cavalgamos colina acima em direção aos grandes muros, posso ver que há algo no modo como se mantém ereta e no voltar-se de sua cabeça que me diz que ela se agarrou à sua coragem, que é tudo o que a está sustentando.

Apeamos de nossos cavalos e eu faço uma cortesia, enquanto a rainha e sua filha abraçam-se sem dizer uma palavra, como se Catarina de Aragão, a rainha duplamente real, não mais se importasse com formalidades, desejando apenas segurar a filha em seus braços, não a deixando partir nunca.

A rainha e eu não temos oportunidade de falar em particular até depois do jantar, quando a princesa Maria é levada para fazer suas orações e dormir. Então Catarina me chama a seus aposentos, como se para rezarmos juntas, arrastamos dois bancos para perto da lareira, fechamos a porta e ficamos completamente a sós.

— Ele enviou o jovem duque de Norfolk para ponderar comigo — diz ela. Vejo humor em sua expressão e, por um momento, esquecendo o horror da situação em que se encontra, ambas esboçamos um sorriso e depois rimos abertamente.

— E ele foi muito, muito brilhante? — pergunto.

Ela segura minha mão e ri em voz alta.

— Deus, como sinto saudades do pai dele! — diz, com sinceridade. — Ele era um homem sem nenhum estudo e com um grande coração. Mas seu filho, este duque, não tem nenhum dos dois! — comenta. — Ele ficava repetindo "as mais altas autoridades eclesiásticas, as mais altas autoridades eclesiásticas" e, quando eu lhe perguntei o que queria dizer com aquilo, falou: "Levitiaticus, Levitiaticus."

Engasgo com a risada.

— E quando eu disse que acreditava que era aceito por todos que a passagem do livro de Deuteronômio indicava que um homem deveria desposar a esposa de seu falecido irmão, ele respondeu: "O quê? Deuterenorme? Suffolk, você entendeu? O quê? A senhora quer dizer Deuterenorme? Não me venha falar das escrituras, eu nunca as li direito. Tenho um padre para fazê-lo para mim."

— Charles Brandon, duque de Suffolk, também esteve aqui? — pergunto, voltando rapidamente à seriedade.

— É claro. Charles faria qualquer coisa pelo rei — diz ela. — Sempre fez. Não tem qualquer discernimento. Evidentemente está dilacerado. Sua esposa, a rainha viúva, continua minha amiga, eu sei.

— Metade do reino está com você — digo. — Todas as mulheres.

— Mas isso não faz diferença — diz ela, firmemente. — O reino pensar que eu esteja certa ou errada não faz a menor diferença. Devo viver minha vida na posição indicada por Deus. Não tenho escolha. Quando eu era uma menininha de quase 4 anos, minha mãe me disse que eu seria rainha da Inglaterra; jazendo em seu leito de morte, o próprio príncipe Artur escolheu para mim esse destino. Deus me colocou aqui quando fui coroada. Apenas o papa pode ordenar que eu mude. Mas como você acha que Maria está lidando com isto?

— Mal — digo sinceramente. — Quando vêm suas regras ela tem fortes sangramentos, os quais provocam grande dor. Consultei mulheres avisadas, cheguei mesmo a falar com um médico, mas nada do que sugerem parece fazer alguma diferença. E, quando sabe que há problemas entre você e Henrique, não consegue comer. Está doente de angústia. Se a forço a comer alguma coisa, vomita. Ela sabe alguma coisa sobre o que está acontecendo, só milady sabe o que ela anda pensando. O rei em pessoa falou-lhe sobre isso, em termos de que você está faltando com seu dever. É terrível de ver. Ela ama o pai, adora-o e lhe é leal como rei da Inglaterra. E não pode viver sem você. Não pode ser feliz sabendo que você luta por seu nome e sua honra. Isto está destruindo sua saúde. — Faço uma pausa, olhando para seu rosto voltado para baixo. — E continua, continua, não tenho como dizer-lhe que isto terá um fim.

— Nada posso fazer, somente servir a Deus — diz ela, teimosamente. — Seja a que preço for, nada posso fazer a não ser seguir Suas leis. Isso acaba com a minha vida também, e com a do rei. Todos dizem que ele é um homem possesso. Isto não é amor. Nós o vimos apaixonado. É como uma doença. A Dama não apela ao seu coração, seu coração verdadeiramente amoroso. Ela apela à sua vaidade, alimentando-a como se fosse um monstro. Apela à sua ilustração e o enreda com palavras. Rezo todos os dias para que o papa escreva ao rei direta e claramente, dizendo-lhe que repudie aquela mulher. O mais rápido possível, não pelo meu próprio bem, mas pelo de Henrique. Por sua querida pessoa, pois ela o está destruindo.

— Ele partiu com ela em procissão?

— Sim, deixando Thomas More para caçar hereges Londres afora, queimando-os por questionarem a Igreja. Os comerciantes londrinos são perseguidos, mas ela é autorizada a ler livros proibidos.

Por um instante não vejo o cansaço em seu rosto, as linhas à volta de seus olhos ou a palidez em suas bochechas. Vejo a princesa que perdeu o jovem que amava, seu primeiro amor, e a menina que se manteve fiel à promessa que lhe fez.

— Ah, Catarina — digo com doçura. — Como chegamos a este ponto? Como isto sucedeu?

— Sabe que ele partiu sem dizer adeus? — diz ela, pensativa. — Nunca antes havia feito isso. Nunca em toda sua vida. Nem mesmo nestes últimos anos. Por mais raivoso que estivesse, por mais atormentado, nunca ia para a cama sem desejar-me boa-noite, e nunca partia sem dizer-me adeus. Mas desta vez foi-se embora e quando o procurei para dizer-lhe que lhe desejava o melhor, ele retrucou... — Ela faz uma pausa, sua voz enfraquecida. — Retrucou que não queria meus bons votos.

Ficamos em silêncio. Penso que ser rude não é uma atitude comum em Henrique. Sua mãe ensinou-lhe as boas maneiras da realeza. Ele se gaba de sua cortesia, seu cavalheirismo. Se ele fosse descortês — pública e cruamente descortês com sua esposa, a rainha —, seria outra camada de tinta no retrato deste novo rei que está emergindo: um rei que sacara uma espada contra um homem mais jovem, desarmado, que permitira que sua corte cace um velho amigo até a morte, que assistiu a sua favorita, juntamente com seu irmão e irmã, representando o ato de arrastar para o inferno um cardeal da Igreja.

Balanço a cabeça ao pensar na loucura dos homens, sua crueldade, a crueldade perturbadora e sem sentido de um homem idiota.

— Ele está se exibindo — digo, com segurança. — Em alguns aspectos, ele ainda é o pequeno príncipe que conheci. Exibe-se para agradá-la.

— Ele estava frio — diz a rainha. Ela joga seu xale sobre os ombros, como se ainda agora sentisse o frio do rei em seus aposentos. — Meu mensageiro disse que, quando o rei virou as costas, seus olhos estavam brilhantes e frios.

Apenas algumas semanas mais tarde, quando estávamos prestes a sair para cavalgar, recebemos uma mensagem do rei. Catarina, no pátio do estábulo, vê o selo real e o rompe para abrir a mensagem, sua expressão suavizada pela esperança. Por um instante penso que o rei está ordenando que nos juntemos a ele em procissão, recuperado de seu mau humor, querendo ver sua esposa e filha.

Vagarosamente, à medida que avança na leitura da carta, sua expressão se desfaz.

— Não são boas as notícias. — É tudo que diz.

Vejo que Maria coloca a mão na barriga, como se subitamente estivesse maldisposta, voltando-se de costas para seu cavalo, como se não pudesse aguentar a ideia de sentar-se em uma sela. A rainha entrega-me a carta e dirige-se para fora do pátio do estábulo, sem voltar a dizer uma palavra.

Leio. É uma ordem concisa de um dos secretários do rei: a rainha deve reunir seus pertences e deixar o Palácio de Greenwich imediatamente, indo para More, uma das propriedades do falecido cardeal. No entanto, Maria e eu não devemos acompanhá-la. Devemos retornar ao Palácio de Richmond, onde o rei nos visitará quando passar em procissão.

— O que eu posso fazer? — pergunta Maria, procurando por sua mãe. — O que devo fazer?

Ela tem apenas 15 anos. Nada há que possa fazer.

— Temos de obedecer ao rei — digo. — Como sua mãe fará. Ela lhe obedecerá.

— Ela jamais concordará com o divórcio — retruca Maria, com a voz levantada, a expressão angustiada.

— Ela lhe obedecerá em tudo o que sua consciência permitir — corrijo-me.

Palácio de Richmond, oeste de Londres, verão de 1531

Chegamos em casa e eu pressinto que uma tormenta se aproxima assim que a porta do quarto de dormir de Maria fecha-se atrás de nós. Durante todo o trajeto para casa, na embarcação real, com as pessoas dando-lhe vivas na margem do rio, ela se manteve digna e composta. Assumiu seu lugar no fundo da embarcação, sentando-se no trono de ouro, voltando sua cabeça à direita e à esquerda. Quando os barqueiros a saudavam, levantava uma das mãos; quando as vendedoras de peixe gritavam "Deus a abençoe, princesa, e à sua mãe, a rainha" no cais de Lambeth, ela inclinava ligeiramente a cabeça, para indicar que os ouvira, contudo, sem demonstrar deslealdade a seu pai. Manteve-se ereta como uma marionete suspensa por fios tesos, mas assim que chegamos em casa e a porta se fecha atrás de nós, ela cede, como se todos os fios houvessem sido cortados de uma vez.

Cai no chão em uma tempestade de soluços. Não há como confortá-la, não há como silenciá-la. Os olhos lacrimejam, o nariz escorre, seus soluços profundos transformam-se em ânsias e ela vomita toda sua tristeza. Alcanço uma vasilha, dou tapinhas nas suas costas, mas mesmo assim ela não para. Mais uma ânsia advém, nada saindo, apenas bile.

— Pare com isto — digo. — Pare com isto, Maria, pare.

Nunca, em toda sua vida, ela desobedeceu a mim, mas percebo que não consegue parar. É como se a separação dos pais a tivesse dilacerado. Ela engasga, tosse e soluça mais um pouco, como se estivesse à beira de cuspir fora seus pulmões, seu coração.

— Pare, Maria — digo. — Pare de chorar.

Não creio que ela me ouça. Está se eviscerando, como uma traidora sendo estripada, engasgando-se com as lágrimas, com a bile — ou a serenidade —, e sua lamúria prossegue.

Levanto-a do chão, embrulhando-a com seu xale, bem apertado, como se eu estivesse envolvendo um bebê nos cueiros. Quero que se sinta amparada, ainda que sua mãe não a possa amparar, ainda que seu pai a tenha decepcionado. Aperto as faixas à volta de seu abdome, que se contorce em cólicas, ela volta a cabeça contra mim e arqueja para recuperar o fôlego, enquanto aperto o tecido em torno a seu corpo e a envolvo. Deito-a de costas sobre a cama, segurando seus ombros magros, mas sua boca mantém-se escancarada pelos soluços que não param e seu sofrimento segue atormentando-a. Começo a niná-la, como se fosse um bebezinho encueirado, seco as lágrimas que caem de seus olhos inchados, limpo seu nariz, a baba que escorre de sua boca.

— Calma — digo, com delicadeza. — Calma, calma, pequena Maria, calma.

Escurece lá fora e os soluços de Maria vão se cessando; ela respira, dá um lamento soluçado e volta a respirar. Coloco minha mão em sua testa, que arde, e penso que os dois quase mataram sua única filha. Durante esta longa noite, Maria soluça até dormir, mas depois acorda gritando novamente, como se não pudesse acreditar que seu pai abandonou sua mãe, que ambos a abandonaram. Esqueço-me de que Catarina está com a razão, que cumpre a vontade de Deus, que jurou ser a rainha da Inglaterra e que Deus a chamou para ocupar este posto, como chama todos aqueles a quem ama. Esqueço-me de que minha querida Maria é uma princesa, nunca podendo renegar seu nome, que Deus a chamou e seria um pecado negar-

-lhe o trono, como seria um pecado negar-lhe a vida. Penso apenas que esta jovem, esta menina de 15 anos, está pagando um preço terrível na batalha travada entre seus pais e seria melhor para ela, como foi melhor para mim, afastar-se de uma vez de seu nome real e de seus direitos como princesa.

A corte desune-se e se divide, como um reino preparando-se para a guerra. Alguns são convidados para a procissão do rei nas regiões de caçada da Inglaterra, cavalgando o dia todo e se divertindo a noite inteira. Alguns permanecem com a rainha em More, onde ela mantém boa criadagem e uma grande corte. Muitos escapolem para suas próprias casas e terras, rezando para não serem forçados a escolher servir o rei ou a rainha.

Montague viaja com o rei. Seu lugar é ao lado do monarca, mas sua lealdade está sempre com a rainha. Geoffrey vai para casa, em Sussex, para encontrar sua esposa em Lordington, que dá à luz seu primeiro filho. Chamam-no de Arthur, como o irmão mais amado de Geoffrey. Imediatamente ele me escreve para pedir-me uma mesada para o bebê. É um jovem que não consegue guardar dinheiro e eu rio ao pensar em sua extravagância de lorde. É excessivamente generoso para com os amigos e mantém uma casa cara demais. Sei que deveria recusar, mas não posso. De mais a mais, ele deu mais um menino à família, o que é um presente que não tem preço.

Fico com a princesa Maria no Palácio de Richmond. Ela ainda espera que lhe seja permitido juntar-se à mãe, escrevendo ao pai amorosas cartas, cheias de cuidado, para as quais recebe ocasionais rabiscos como resposta.

Creio que seja uma mensagem do rei quando vejo, através da janela de sua câmara de recepção, meia dúzia de cavaleiros vindo estrada abaixo, em direção ao palácio, virando para passar pelos grandes portões. Espero pela carta à porta da câmara de recepção para levá-la para cima. Irei levá-la diretamente à princesa quando ela sair de sua capela privada. Descubro-me temerosa com as notícias que lerá.

De fato, não é um mensageiro real, mas o velho Tom Darcy, que sobe as escadas vagarosamente, segurando os quadris, até me ver à sua espera, momento em que se endireita e faz uma reverência.

— Vossa Senhoria — digo, surpreendida.

— Margaret Pole, condessa! — responde ele, estendendo seus braços para mim, de modo que eu possa beijá-lo na face. — Você parece bem!

— Estou bem — digo.

Ele lança um olhar para a porta fechada da câmara de recepção e levanta uma sobrancelha grisalha.

— Não tão bem assim — digo sucintamente.

— De toda forma, é a senhora que vim ver — diz ele.

Conduzo-o aos meus aposentos. Minhas damas estão com a princesa na capela, então estamos completamente sozinhos no belo cômodo ensolarado.

— Posso oferecer-lhe algo para beber? — pergunto. — Ou para comer?

Ele sacode a cabeça.

— Espero vir e voltar sem ser visto — responde ele. — Se alguém lhe perguntar por que estive aqui, pode dizer que eu apareci em minha ida a Londres para prestar minhas homenagens à princesa, mas parti sem vê-la, pois ela estava...

— Ela não está bem — digo.

— Doente?

— Tristeza.

Ele assente com a cabeça.

— Não me surpreende. Vim vê-la a propósito da rainha, sua mãe, e dela, pobre jovem.

Espero sua explicação.

— Na próxima sessão do Parlamento, depois do Natal, tentarão colocar em votação para a Inglaterra o problema do casamento do rei, longe do papa. Pedirão ao Parlamento que dê apoio a isso.

Lorde Darcy nota meu movimento de cabeça, em concordância.

— Intentam anular o casamento e deserdar a princesa — fala Darcy, em voz baixa. — Disse a Norfolk que não posso ficar parado vendo tudo acontecer. Ele me recomendou ficar de boca calada. Preciso que outros juntem-se a mim, se eu falar. — Olha para mim. — Geoffrey ficará ao meu lado? E Montague?

Observo que estou girando os anéis em meus dedos. Tom toma minhas mãos com seu pulso firme, mantendo-me parada.

— Preciso de seu apoio.

— Sinto muito — digo, por fim. — O senhor tem razão. Eu sei, meus filhos sabem. Mas não ouso instá-los a apoiá-lo.

— O rei usurpará os direitos da Igreja — alerta-me. — Usurpará os direitos da Igreja para que possa dar a si próprio permissão de abandonar uma esposa impoluta e deserdar uma criança inocente.

— Eu sei! — grito. — Eu sei! Mas nós não ousamos desafiá-lo. Ainda não!

— Quando? — pergunta ele, laconicamente.

— Quando for necessário — digo. — Quando for absolutamente necessário. No último minuto. Não antes. Para o caso de o rei tomar juízo, para o caso de que algo mude, para o caso de o papa fazer um pronunciamento claro, para o caso de vir o imperador da Espanha, para o caso de passarmos por isto sem sermos considerados contrários ao homem mais poderoso da Inglaterra, talvez o homem mais poderoso do mundo.

Ele está ouvindo com muita atenção e agora assente, pondo seu braço à volta de meus ombros, como se eu ainda fosse uma menina, e ele, um jovem lorde do norte.

— Ah, Lady Margaret, minha querida, a senhora tem medo — diz, com gentileza.

Assinto com a cabeça.

— Tenho. Sinto muito. Não posso evitar. Temo por meus filhos. Não posso arriscar que eles sejam enviados para a Torre. Não meus filhos. — Olho para sua face enrugada, esperando encontrar compreensão. — Meu irmão... — sussurro. — Meu primo...

— O rei não pode acusar a todos nós de traição — diz Tom, determinado. — Não pode acusar-nos se nos mantivermos unidos.

Permanecemos em silêncio por um momento, então ele me libera, vasculha o interior de seu casaco e me mostra uma divisa belamente bordada, como as que os homens alfinetam em seus colarinhos antes de irem para a batalha. São as cinco chagas de Cristo. Duas mãos com as palmas sangrando, dois pés trespassados sangrando, um coração sangrando com um filete bordado em vermelho e, como um halo sobre todos estes elementos, uma rosa branca. Deposita-a gentilmente em minhas mãos.

— É linda! — Estou encantada com a qualidade do trabalho e tocada pela imagem que une os sofrimentos de Cristo e a rosa de minha Casa.

— Mandei bordá-las quando planejava uma expedição para combater os mouros — diz ele. — Lembra? Anos atrás. Nossa cruzada. A missão deu em nada, mas eu guardei as divisas. Esta, com a rosa de sua Casa, eu mandei fazer para seu primo, que cavalgava comigo.

Escondi-a no bolso de minha saia.

— Sou-lhe grata. Vou colocá-la junto ao meu rosário e rezar sobre ela.

— E eu rezarei para jamais ter de trazê-la à luz em tempo de guerra — diz ele, melancolicamente. — A última vez que a distribuí para meus homens nós juramos morrer em defesa da Igreja contra o infiel. Deus permita que nunca tenhamos que nos defender contra a heresia aqui.

Lorde Darcy não é nosso único visitante no Palácio de Richmond enquanto o clima segue quente e a corte do rei mantém-se afastada de sua cidade principal. Elizabeth, minha parente, a duquesa de Norfolk, mulher de Thomas Howard, vem visitar-nos, trazendo uma caça como presente e muita fofoca.

Presta suas homenagens à princesa e em seguida vem aos meus aposentos. Suas damas sentam-se ao lado das minhas, a distância, e ela pede a duas delas que cantem. Protegidas da observação e com nossas vozes em tom baixo, encobertas pela música, diz-me ela:

— A puta Bolena determinou o casamento de minha própria filha.

— Não! — exclamo.

Ela acena positivamente com a cabeça, mantendo sua expressão cuidadosamente impassível.

— Ela controla o rei, o rei controla meu marido e ninguém me consulta, absolutamente. De fato, ela me controla, uma Stafford de nascença! Espere até ouvir sua escolha.

Eu espero, obedientemente.

— Minha filha Maria deve se casar com o bastardo do rei.

— Henry Fitzroy? — pergunto, sem crer.

— Sim. É claro que o senhor meu marido está encantado. Tem a mais alta das expectativas. Eu não teria minha Maria metida nisto por nada no mundo. Quando vir a rainha novamente, diga-lhe que eu jamais titubeei em meu amor e lealdade por ela. Este noivado não é da minha responsabilidade. Penso nele como minha vergonha.

— Metida em quê? — pergunto com cautela.

— Digo-lhe o que penso que acontecerá — diz ela, num rápido sussurro furioso. — Penso que o rei preterirá a rainha, não importa o que digam, irá mandá-la para um convento, declarando-se como um homem solteiro.

Sento-me imóvel, como se alguém estivesse dando-me notícias sobre uma nova praga que batesse em minha porta.

— Creio que ele renegará a princesa, dirá que é ilegítima.

— Não — sussurro.

— Acredito que sim. Penso que ele desposará a Bolena e, se ela lhe der um filho, declarará esse menino seu herdeiro.

— O casamento não seria válido — digo em voz baixa, atendo-me à única coisa que eu sei.

— De modo algum. Seria feito no inferno, contra a vontade de Deus! Mas quem na Inglaterra dirá isso ao rei? Você?

Engulo. Ninguém dirá isso a ele. Todos sabem o que houve com Reginald quando ele simplesmente relatou a opinião das universidades francesas.

— Ele deserdará a princesa — diz ela. — Deus o perdoe. Mas, se o rei não conseguir fazer um filho na Bolena, tem Fitzroy de reserva, a quem fará seu herdeiro.

— O filho de Bessie Blount? No lugar da nossa princesa? — Tento soar sarcástica, mas afinal creio que não seja difícil acreditar no que me conta.

— Ele é o duque de Richmond e Somerset — recorda-me ela. — Comandante do norte, lorde tenente da Irlanda. O rei outorgou-lhe todos os grandes títulos, por que não o de príncipe de Gales entre os demais?

Sei que este era o velho plano do cardeal. Eu esperava que houvesse desaparecido com ele.

— Ninguém apoiaria uma coisa dessas — digo. — Ninguém permitiria que um herdeiro legítimo fosse substituído por um bastardo.

— Quem se levantaria contra isso? — pergunta ela. — Ninguém gostaria disso, mas quem teria a coragem de se levantar contra isso?

Fecho os olhos por um instante e balanço minha cabeça. Sei que deveríamos ser nós. Se fosse necessário haver alguém, esse alguém seríamos nós.

— Digo-lhe quem se levantaria se você os liderasse — diz ela, num sussurro calmo, apaixonado. — As pessoas comuns e todos os que carregariam uma espada sob a ordem do papa, todos os que seguiriam os espanhóis quando invadissem em nome de sua princesa, todos os que amam a rainha e apoiam a princesa, e todos os Plantageneta que já nasceram. De um modo ou de outro, esses são quase todos na Inglaterra.

Estendo a mão.

— Vossa Graça sabe que não posso ter uma conversa como esta nos domínios da princesa. Por seu bem e pelo meu, não posso ouvir o que me diz.

Ela assente.

— Mas é fato.

— E por que a Bolena quereria tal aliança? — pergunto-lhe, curiosa. — Sua filha Maria traz consigo um grande dote e seu pai domina grandes extensões de terra na Inglaterra, com todos os seus arrendatários. Por que a Bolena daria tanto poder a Henry Fitzroy?

A duquesa assente.

— Para ela, seria melhor do que a outra opção. Ela não pode suportar que ele se case com a princesa Maria. Não pode suportar ver a princesa como herdeira.

— Isso nunca aconteceria — digo, de maneira direta.

— Quem o impediria? — desafia-me ela.

Minha mão crispa-se em meu bolso, onde guardo o rosário e a divisa de Tom Darcy com as cinco chagas de Cristo, coroada pela rosa branca de minha casa. Tom Darcy o impediria? Nós nos uniríamos a ele? Eu costuraria esta divisa no colarinho de meu filho e o enviaria para lutar pela princesa?

— Seja como for — conclui ela —, vim dizer-lhe que não esqueço de meu amor e lealdade à rainha. Se a vir, diga-lhe que eu faria qualquer coisa, eu farei qualquer coisa em meu alcance. Falo com o embaixador espanhol falo com meus familiares.

— Não posso tomar parte nisso. Não estou reunindo os apoiadores da rainha.

— Bem, deveria estar — diz a duquesa secamente.

Palácio de Richmond, oeste de Londres, verão de 1531

Lady Margaret Douglas, a sobrinha do rei, filha de sua irmã, a rainha escocesa, recebe a ordem de deixar-nos, apesar de ela e a princesa terem se tornado amigas muito unidas. Não será enviada para sua mãe, mas sim para servir na corte como dama da Bolena, como se esta fosse uma rainha.

Ela está animada com a ideia de ir à corte, com a expectativa de que sua beleza castanha atrairá atenção; as morenas estão na moda, sendo os cabelos escuros e a pele azeitonada da Bolena muito elogiados. Mas ela odeia a ideia de servir uma plebeia, agarrando-se à princesa Maria e abraçando-me com força antes de entrar na embarcação real que veio buscá-la.

— Não sei por que não posso ficar com vocês! — exclama ela.

Levanto a mão para dizer adeus. Também eu ignoro o porquê.

Tenho um casamento de verão a preparar, deixando de lado minhas preocupações com a princesa para redigir os contratos e concordar com os termos, com a mesma alegria com que colho as flores para fazer uma grinalda para a noiva, Katherine, minha neta, a filha mais velha de Montague. Tem apenas 10 anos, mas eu tenho sorte de conseguir Francis Hastings para ela. Sua irmã, Winifred, está comprometida com Thomas Hastings, o irmão dele, de modo que nossas fortunas estão à salvo nesta ligação com uma família emergente; o pai do menino, gente nossa, acabou de ser nomeado conde. Fazemos uma bela cerimônia de noivado e um banquete de casamento para as duas meninas, e a princesa Maria sorri quando os dois casais entram de mãos dadas pela nave, como se ela fosse sua irmã mais velha, tão orgulhosa deles como eu.

Inglaterra, Natal de 1531

Esta temporada de Natal não traz consigo alegria, não para a princesa, ou para sua mãe, a rainha. Tampouco seu pai, o rei, parece feliz Ele mantém o banquete em Greenwich no estilo mais requintado, mas as pessoas comentam que a corte era mais alegre quando a rainha estava no trono e agora o rei está atormentado por uma mulher que nunca fica satisfeita e jamais lhe dará prazer.

A rainha está em More, bem servida e honrada, mas sozinha. A princesa Maria e eu somos mandadas para Beaulieu, em Essex, onde preparamos o festim de Natal. Faço o possível para tornar os doze dias de Natal os mais alegres para ela. Mas em todas as situações natalinas — bebendo-se o vinho quente, na dança, nos disfarces e banquetes, no transporte do cepo que se queima na noite de Natal e na elevação da coroa natalina — sei que Maria tem saudades de sua mãe, reza por seu pai e que, por toda a Inglaterra, há muito pouco júbilo nestes dias.

Palácio de Richmond, oeste de Londres, maio de 1532

É um lindo início de verão, adorável, como se o próprio campo quisesse lembrar a todos a época em que nos encontramos. A cada manhã há uma névoa perolada sobre o rio, encobrindo a água que calmamente se encapela e os patos e gansos que se lançam acima dela, batendo as asas vagarosamente.

Ao amanhecer, o calor dispersa a névoa, fazendo a grama brilhar com o orvalho; cada teia de aranha é um fino trabalho de renda e diamantes. Agora posso sentir o aroma do rio, orvalhado, úmido e, às vezes, se me sento imóvel no pontão, olhando para baixo, através da erva flutuante e das moitas de menta aquática perfumada, vejo cardumes de peixinhos e as trutas movendo-se.

Nos campos alagadiços que vão do palácio ao rio, as vacas chafurdam até o jarrete na grama larga, vistosa, brilhante com os ranúnculos amarelos e abanam seus rabos para espantar as moscas que zunem à sua volta. Caminham ombro a ombro com o touro, amorosamente, e os bezerrinhos oscilam nas patas instáveis atrás de suas mães.

Primeiro vêm os gaviões, e então as andorinhas, e então os martins e logo, em cada parede do palácio, há um frenesi de construção e reconstrução dos pequenos ninhos de barro em forma de concha. Durante todo o dia as aves voam do rio para os beirais, parando apenas para ajeitar as penas nos telhados dos estábulos, bonitas como pequeninas freiras em seu preto e branco. Quando os pais voam próximo aos ninhos, os filhotes acabados de nascer projetam para cima suas cabecinhas e choram, com os bicos amarelos bem abertos.

Somos tomados pela alegria dessa época do ano e celebramos a estação com danças nos bosques, corridas de remo e competições de nado. Os cortesãos encantam-se pela pescaria. Cada jovem traz uma vara e uma linha e fazemos uma fogueira na beira do rio, onde os cozinheiros preparam o produto da pescaria na manteiga, em caldeirões assentados sobre a lenha, servindo-a fumegando de quente. Enquanto o sol se põe e a pequena lua prateada se levanta, saímos nas embarcações; os músicos tocam para nós e a música segue a correnteza à medida que o céu ganha uma cor de pêssego e o rio se torna um caminho ouro rosa que nos poderia levar a qualquer parte, em que a maré parece transportar-nos para longe.

Estamos voltando para casa ao anoitecer, cantando suavemente, a acompanhar o alaúde, sem tochas, de modo que o cinza do crepúsculo se reflita na água e os morcegos que descem e sobem na direção do rio prateado não sejam perturbados, quando ouço um tambor, dos que marcam a cadência dos remadores, ecoando pela água, como um distante disparo de canhão, e vejo a embarcação de Montague, com tochas na proa e na popa, vindo suavemente em nossa direção.

Nossas embarcações atracam no pontão e eu mando a princesa Maria dirigir-se ao palácio, acreditando que encontrarei Montague a sós, mas, pela primeira vez, ela não faz a expressão de uma criança amuada, seguindo devagar para onde a mandavam. Ela interrompe o trajeto para encarar-me, dizendo:

— Minha cara, caríssima governanta, creio que eu deveria encontrar-me com seu filho. Creio que ele deva contar a nós duas aquilo que veio contar à senhora. Já é tempo. Tenho 16 anos. Tenho idade suficiente.

A embarcação de Montague está no pontão; posso ouvir o barulho da prancha de desembarque atrás de mim, e os passos dos remadores, enquanto formam uma guarda de honra com seus remos levantados.

— Sou corajosa o suficiente — promete-me ela. — Seja lá o que ele tenha a dizer.

— Deixe-me descobrir o que está acontecendo, eu virei imediatamente para contar-lhe — contemporizo. — Você tem idade suficiente. Já é tempo. Mas... — interrompo, faço um pequeno gesto como a dizer: "Você é tão franzina, tão frágil, como suportará receber más notícias?"

Ela levanta a cabeça, põe os ombros para trás. É a filha de sua mãe no modo como se prepara para o pior.

— Posso aguentar qualquer coisa — diz. — Posso aguentar qualquer provação que Deus me envie. Fui criada para isto. A senhora mesma criou-me para isto. Diga a seu filho que venha e relate a mim, sua futura soberana.

Montague posta-se diante de nós, ajoelha-se para ambas e espera, olhando de uma à outra: para a mãe, em cujo julgamento ele confia, e para a jovem integrante da família real sob meus cuidados.

Ela faz-lhe um aceno de cabeça, como se já fosse uma rainha. Vira-se e senta-se em um pequeno caramanchão, um lugar para os amantes apreciarem o rio à sombra de uma roseira e uma madressilva. Senta-se como se estivesse em um trono e as flores, espalhando seu perfume pelo ar noturno, fossem o pálio real.

— Pode contar-me, lorde Montague. Que graves notícias traz, para vir de Londres com os remos em ritmo tão rápido e o tambor batendo tão forte? — E, quando o vê olhando-me de soslaio, diz novamente: — Pode dizer-me.

— São más notícias. Vim para transmiti-las à milady mãe. — Quase sem pensar, ele retira seu barrete, colocando um dos joelhos no chão, diante dela, como se ela fosse a rainha.

— É claro — diz ela com firmeza. — Eu soube logo que vi sua embarcação. Mas pode transmiti-las a ambas. Não sou nenhuma criança e não sou nenhuma tola. Sei que meu pai está se mobilizando contra a Santa Igreja e preciso saber o que houve, lorde Montague, por favor, ajude-me. Seja um bom conselheiro para mim, e diga-me o que aconteceu.

Ele levanta os olhos para ela, como se fosse poupá-la disso. Mas lhe diz direta e calmamente.

— Hoje a Igreja rendeu-se ao rei. Só Deus sabe o que acontecerá. Mas a partir de hoje o próprio rei governará a Igreja. O papa será desconsiderado na Inglaterra. Ele não é mais do que um bispo, o bispo de Roma. — Ele balança a cabeça, descrente, enquanto fala. — O papa foi derrubado pelo rei e o rei fica abaixo de Deus, com a Igreja abaixo dele. Thomas More devolveu o selo de chanceler, pediu dispensa de seu posto e partiu para casa.

Maria sabe que a mãe perdeu um verdadeiro amigo, e o pai, o último homem que lhe diria a verdade. Fica em silêncio ao receber a notícia.

— O rei tomou para si a Igreja? — pergunta. — Toda sua riqueza? E suas leis e cortes? Isto irá fazer com que a Inglaterra inteira passe para suas mãos.

Nem eu nem meu filho podemos contradizê-la.

— Estão chamando de submissão do clero — diz ele, em voz baixa. — A Igreja não pode fazer a lei, não pode condenar as heresias, a Igreja não precisará pagar seus tributos e receber ordens de Roma.

— De forma que o rei possa legislar sobre seu próprio casamento — diz a princesa. Dou-me conta de que ela refletiu sem se manifestar sobre isto que sua mãe deve ter lhe contado, sobre as muitas medidas astuciosas tomadas pelo rei e por Thomas Cromwell, seu novo conselheiro.

Ficamos em silêncio.

— O próprio Jesus nomeou Pedro, seu servo, para governar a Igreja — observa ela. — É isso que eu sei. Todos o sabem. A Inglaterra desobedecerá a Jesus?

— Esta guerra não é nossa — interrompo. — Este é um problema para os eclesiásticos. Não para nós.

Seu olhar azul York volta-se para mim, como se à espera de que eu lhe diga a verdade, sabendo que não o farei.

— É sério — insisto. — Este é um grande problema. O rei e a Igreja devem decidir. O papa é quem deve objetar, caso considere que é o melhor a ser feito. O rei se aconselhará e fará sua reivindicação, caso considere que é o melhor a ser feito. Os eclesiásticos no Parlamento responderão ao rei. Thomas More deverá se pronunciar, John Fisher irá se pronunciar, Richard Fetherston, seu tutor em pessoa, pronunciou-se. É assunto para os homens, os bispos e arcebispos. Não para nós.

— Oh, eles falaram — diz Montague com amargura. — Os eclesiásticos falaram de imediato. A maioria concordou sem argumentar e, quando chegaram ao momento da votação, permaneceram ao largo. Por isso Thomas More foi embora para casa, em Chelsea.

A pequena princesa levanta-se do banco do jardim e Montague fica em pé. Ela não aceita o braço que lhe estende, antes vira-se para mim.

— Irei para a minha capela e rezarei — diz ela. — Pedirei por sabedoria para guiar-me nestes dias difíceis. Gostaria de saber o que devo fazer.

Fica em silêncio por instantes, olhando para ambos.

— Rezarei por meus tutores e por Bob Fisher. E rezarei por Thomas More — diz. — Penso que ele seja um homem que também não sabe o que deve fazer.

Palácio de Richmond, oeste de Londres, verão 1532

Aquele foi o fim do verão despreocupado e igualmente o fim do bom tempo, pois, enquanto a princesa rezava em sua capela particular, desfiando as contas de seu rosário rezado a São Judas, o santo dos desvalidos e desesperados, em intenção da mãe, do bispo Fisher e de Thomas More, as nuvens adensavam-se vale acima, escurecendo o rio, em seguida começou a chover pesadamente, pingos grossos de uma tempestade de verão.

O mau tempo durou semanas; nuvens pesadas estenderam-se sobre a cidade e as pessoas tornaram-se mal-humoradas e exaustas com o tempo abafado. Quando, à noite, as nuvens dispersavam-se, em vez das estrelas familiares, havia uma sucessão constante de cometas atravessando o céu. As pessoas que observavam as inquietas estrelas viam estandartes, bandeiras e signos inconfundíveis de guerra. Um dos amigos de Reginald de outros tempos, um dos monges cartuxos, contou ao meu confessor que claramente vira um globo vermelho chamejante pairando sobre sua igreja, o que o fez saber que a ira do rei cairia sobre eles por terem mantido a salvo sua profecia, escondendo o manuscrito.

Os pescadores que vieram ao pontão com truta fresca para a casa disseram que andavam pescando cadáveres em suas redes, tantos homens estavam se atirando nas caudalosas águas das pouco comuns marés altas.

— Hereges — disse um deles —, pois a Igreja os queimará, caso não se afoguem. Thomas More se encarregará disso.

— Não mais — disse o outro. — Pois o próprio More será queimado, e os hereges estão a salvo na Inglaterra, agora que a puta do rei é luterana. São os que amam os antigos modos, que rezam à Virgem e honram a rainha, que estão se afogando na maré nova.

— Já ouvi o bastante de ambos — digo, estacando à porta da cozinha, enquanto a cozinheira escolhe os cestos de peixe. — Não queremos este tipo de conversa em casa. Peguem seu dinheiro e saiam, não voltem aqui, ou eu os irei denunciar.

Posso calar os homens à porta, mas cada homem, mulher e criança percorrendo a estrada, a caminho de Londres ou vindo de lá, que passe pela nossa porta e bata, em busca da comida gratuita que se distribui ao final de cada refeição, tem uma ou outra história para contar, todas com o mesmo tema sinistro.

Falam de milagres, de profecias. Acreditam que a rainha esteja recebendo mensagens diárias de seu sobrinho, o imperador, comprometendo-se a defendê-la e que haverá uma frota espanhola velejando Tâmisa acima num amanhecer próximo. Não sabem ao certo, mas ouviram de alguém que o papa está se consultando com seus conselheiros, forjando um acordo, pois teme que os reis cristãos se voltem uns contra os outros a propósito deste problema, enquanto o povo turco bate à porta da Cristandade. Eles não sabem, mas quase toda a gente parece ter certeza de que o rei é aconselhado apenas pelos Bolena e por seus advogados e eclesiásticos, e que eles lhe contam mentiras perversas: que o único meio para realizar seus desejos é roubar a Igreja, deixar de lado o juramento feito em sua coroação, rasgar a própria Magna Carta e agir como tirano, desafiando qualquer um que lhe diga que não pode agir assim.

Ninguém sabe nada ao certo, mas todos sabem muito bem que há tempos difíceis pela frente, que o cheiro de perigo está no ar e que toda vez que o trovão ronca alguém, em algum lugar da Inglaterra, diz:

— Ouça. Foram tiros? A guerra começou novamente?

Os que não temem a guerra, temem que os mortos se levantem de seus túmulos. As covas rasas do Campo de Bosworth, de Townton, de Saint Albans, de Towcester vomitam troféus de prata e ouro, divisas e relíquias, sinais e botões de fardas. Agora dizem que a própria terra plácida está perturbada nestes campos de batalha, como se, na escuridão, eles estivessem sendo secretamente arados e os homens mortos em nome dos York estivessem sendo libertados do solo úmido, levantando-se, limpando a terra que neles se grudara, reunindo suas velhas tropas e voltando para lutar novamente por sua princesa e por sua Igreja.

Um bobo vem até a porta do estábulo e diz aos cavalariços que viu meu irmão, de cabeça erguida, belo como um menino, batendo à porta da Torre de Londres, pedindo para ser admitido novamente. Edward supostamente clamou que o Fura-Terra, um perverso, escuro e animal rei da Inglaterra, rastejou para o seu trono; este é o seu tempo. Um dragão, um leão e um lobo precisarão levantar-se para derrotá-lo e o dragão será o imperador de Roma, o lobo dos escoceses e o leão será nossa verdadeira princesa, a qual, como uma heroína numa história, terá de matar seu pai malvado para libertar sua mãe e seu reino.

— Levem aquele velho fofoqueiro, traiçoeiro, boca-suja para fora do pátio e atirem-no no rio — digo, de modo direto. — Em seguida, tranquem-no na casa da guarda e perguntem ao duque de Norfolk o que deseja que se faça com ele. E certifiquem-se de que todos saibam que eu não admito que se volte a falar uma palavra sobre leões, toupeiras ou estrelas flamejantes.

Falo com tamanha fúria fria que todos me obedecem. Mas naquela noite, quando cerro as venezianas da janela de meu quarto de dormir, vejo sobre o teto do nosso próprio palácio uma estrela chamejante, como um crucifixo azul, sobre o quarto da princesa, como se São Judas, o santo das causas impossíveis, estivesse enviando-lhe um brilhante sinal de esperança.

L'Erber, Londres,
verão de 1532

Montague e Geoffrey pedem-me para encontrá-los em L'Erber, nossa casa londrina, e eu dou uma desculpa à princesa dizendo que preciso ver um médico, comprar algumas tapeçarias mais quentes para as paredes do palácio e arranjar-lhe uma capa de inverno.

— A senhora verá alguém em Londres? — pergunta ela.

— Talvez eu veja meus filhos — digo.

Ela olha em volta para certificar-se de que não podemos ser ouvidas.

— Posso dar-lhe uma carta para ser entregue à minha mãe? — sussurra.

Hesito apenas por um instante. Ninguém me informou se a princesa e sua mãe podem trocar correspondência, mas também ninguém o proibiu.

— Quero escrever-lhe sabendo que ninguém o lerá — diz ela.

— Sim — prometo. — Tentarei fazê-la chegar até ela.

Assente e segue para seus aposentos. Pouco depois, sai com uma carta sem o nome do destinatário e sem selo no verso, entregando-a a mim.

— Como fará para colocá-las nas mãos de minha mãe? — pergunta.

— É melhor que não saiba — digo; beijo-a, caminho pelos jardins e desço em direção ao pontão.

Levo nossa embarcação rio abaixo até as escadas acima da Ponte de Londres e vou caminhando pela cidade, escoltada por minha guarda pessoal, até meu lar londrino.

Parece que se passou muito tempo desde que eu podava a vinha na esperança de ter vinho inglês. Era um dia ensolarado quando Thomas Bolena alertou-me sobre o perigo que representava meu primo, o duque de Buckingham, estar agindo precipitadamente. Agora eu poderia rir só de lembrar da cautela temerosa de Bolena, quando penso em quão alto ele subiu e quão maior é o perigo que nos ameaça, resultado de sua própria ambição — ainda que naquele momento ele me alertasse sobre minhas próprias. Quem pensaria que um Bolena aconselharia o rei? Quem teria pensado que a filha de meu administrador poderia ameaçar a rainha da Inglaterra? Quem teria imaginado que o rei da Inglaterra derrubaria as leis da terra e da própria Igreja para conseguir colocar uma moça daquelas em sua cama?

Geoffrey e Montague estão à minha espera em minha câmara privada, onde há um bom fogo na grelha e cerveja quente na jarra. Minha casa é mantida como deveria, mesmo que eu raramente aqui esteja. Com um movimento de cabeça aprovo que tudo esteja em ordem, então examino meus dois filhos.

Montague parece bem mais velho do que seus 40 anos. A incumbência de servir o rei, num momento em que ele, determinado, segue o caminho errado contra o desejo de seu povo e contra a verdade da Igreja, contra as recomendações de seus conselheiros, está esgotando meu filho mais velho. Exaure-o.

Geoffrey está sendo bem-sucedido nesse desafio. Está onde ama estar, no centro das coisas, seguindo o caminho que acredita ser o certo, discutindo o menor detalhe, protestando em favor dos maiores princípios. Ele parece servir o rei no Parlamento trazendo informações para Thomas Cromwell, o hábil servidor do rei, conversando com homens vindos do interior, confusos e ansiosos com a falta de conhecimento sobre o que se passa na corte. Também encontra-se com nossos amigos e parentes do Conselho Privado, falando em favor da rainha sempre que pode. Geoffrey ama uma discussão; eu deveria tê-lo mandado estudar Direito, assim ele talvez tivesse subido tanto quanto Thomas Cromwell, cujo plano é colocar o Parlamento contra os padres, dividindo-os, para a sua própria ruína.

Ambos se ajoelham e eu ponho minha mão na cabeça de Montague e o abençoo. Em seguida, ponho minha mão sobre a cabeça de Geoffrey. Ainda sinto seu cabelo macio sob minha palma. Quando era bebê eu costumava correr meus dedos pelos seus cabelos, para ver os cachos levantarem-se. Ele sempre foi o mais belo de todos os meus filhos.

— Prometi à princesa fazer isto chegar às mãos de sua mãe — digo, mostrando-lhes o papel dobrado. — Como podemos fazê-lo?

Montague estende a mão para ele.

— Vou dá-lo a Chapuys — diz, referindo-se ao embaixador espanhol. — Ele escreve à rainha em segredo e faz suas cartas chegarem ao imperador e ao papa.

— Ninguém deve saber que a carta chegou até ela por nosso intermédio — alerto-o.

— Eu sei — diz ele. — Ninguém saberá. — Enfia a página solta em seu gibão.

— Então — digo, indicando que podem sentar-se. — Seremos observados por nos encontrarmos como estamos fazendo. O que diremos sobre o que estivemos discutindo, caso alguém pergunte?

Geoffrey tem uma mentira pronta.

— Podemos dizer que estamos sendo incomodados por Jane, a viúva de Arthur — diz ele. — Ela me escreveu uma carta pedindo para ser liberada de seus votos. Quer sair do Convento de Bisham.

Levanto uma sobrancelha para Montague. Sombriamente, ele assente.

— Ela também me escreveu. Não é a primeira vez.

— Por que ela não me escreve?

Geoffrey dá uma risadinha.

— É a senhora a quem ela culpa por tê-la metido lá — diz ele. — Cismou que a senhora quer assegurar a fortuna de Henry, seu neto, mantendo-a trancada e fora da vista para sempre, as terras que são dela por dote sob sua guarda, a herança de Henry a salvo dela. Quer voltar e reaver sua fortuna.

— Bem, ela não pode — digo, secamente. — Fez voto de pobreza para a vida toda, de livre e espontânea vontade; não restaurarei seu dote, não a terei em minha casa, e as terras de Henry estão salvaguardadas por mim até que ele se torne adulto.

— Combinado — diz Montague. — Mas podemos dizer que esse é o motivo para nos termos encontrado e conversado aqui.

Assinto.

— Então, por que vocês queriam me ver? — pergunto com determinação. Meus meninos não podem perceber que eu estou cansada e assustada com o mundo em que agora vivemos. Não pensava que eu alguma vez veria o dia em que uma rainha da Inglaterra não se sentaria no seu trono, em sua corte. Eu nunca sonhei com o dia em que veria um bastardo do rei receber títulos, riqueza e ser exibido como um herdeiro do trono. E ninguém, seguramente ninguém, na longa história deste reino, jamais pensou que um rei da Inglaterra poderia elevar a si mesmo como um papa inglês.

— O rei deve voltar à França para outro encontro — diz Montague, sucintamente. — Espera persuadir o rei Francisco a apoiar seu divórcio junto ao papa. A audiência está acertada para acontecer em Roma neste outono. Henrique quer que o rei Francisco o represente. Em contrapartida, Henrique prometerá partir em cruzada pelo papa contra os turcos.

— O rei da França o apoiará?

Geoffrey balança a cabeça.

— Como pode? Não há lógica nem moral nisso.

Montague dá um sorriso cansado.

— Isso não o desencorajaria. Ou ele poderia prometê-lo, apenas para que a cruzada se inicie. O ponto é que o rei está levando o duque de Richmond.

— Henry Fitzroy? Para quê?

— Ele ficará na corte francesa como um príncipe visitante, e o filho do rei francês, Henrique, duque de Orléans, virá para casa conosco.

Estou horrorizada.

— Os franceses estão aceitando Fitzroy, o bastardo de Bessie Blount, em troca de seu príncipe?

Montague assente.

— Deve ser certo que o rei planeja nomeá-lo seu herdeiro, deserdando a princesa.

Não posso evitar minha reação. Deixo cair meu rosto sobre minhas mãos para que meus filhos não possam ver a angústia em minha expressão, então sinto a delicada mão de Geoffrey em meu ombro.

— Não somos indefesos — diz. — Podemos lutar contra isto.

— O rei também está levando a Dama para a França — continua Montague. — Irá lhe dar um título e uma fortuna; ela será marquesa de Pembroke.

— O quê? — pergunto. É um estranho título. Serve para torná-la senhora com plenos direitos. — E como pode levá-la à França? Ela não pode ir como dama de companhia da rainha, uma vez que a rainha não irá. Como ela pode ir? O que se espera que faça? O que se espera que seja?

— O que é, uma puta — zomba Geoffrey.

— Um tipo novo de dama — diz Montague baixinho, quase se arrependendo. — Mas a nova rainha da França e a irmã do rei não irão ao seu encontro, de modo que ela precisará ficar em Calais quando os dois reis encontrarem-se. A Bolena jamais encontrará o rei da França pessoalmente.

Penso por um instante no Campo do Pano de Ouro e nas rainhas da Inglaterra e da França indo à missa juntas, conversando animadas como duas meninas, beijando as faces e prometendo amizade eterna uma à outra.

— Este encontro será apenas uma sombra do anterior — digo. — Será que o rei não vê isso? Quem a acompanhará?

Montague permite-se um sorriso.

— A rainha viúva Maria não é amiga da Dama e disse que está muito doente para viajar. Até seu marido brigou com o rei por causa da Bolena. A duquesa de Norfolk não irá, o duque nem se atreve a pedir-lhe. Nenhuma das grandes damas irá, todas arranjaram uma desculpa. A Dama tem apenas sua família: sua irmã e sua cunhada. Além dos Howard e dos Bolena, ela não tem amigos.

Geoffrey e eu ficamos sem expressão diante da descrição desta corte improvisada feita por Montague. Toda pessoa importante está sempre cercada por um grupo composto da família, das afinidades, dos legalistas, dos apoiadores: é nosso modo de ostentar grandeza. Uma dama sem acompanhantes sinaliza para o mundo sua falta de importância. A Bolena está lá por um capricho do rei, uma favorita muito solitária. A puta do rei não tem uma corte de rainha ao seu redor. Não tem uma guarnição.

— Será que ele não a vê como é? — pergunto, desconsolada. — Se ela não tem nem amigos nem família?

— Ele crê que ela prefere sua companhia a qualquer outra — diz Montague. — E ele gosta disso. Considera-a um objeto raro, intocável, um prêmio do qual apenas ele pode aproximar-se, apenas ele pode conquistar. Ele gosta de que ela não seja cercada de mulheres nobres. É de sua estranheza, sua francesice, seu isolamento que ele gosta.

— Você precisa ir? — pergunto a Montague.

— Sim — diz ele. — Perdoe-me, sou instado a ir. Esse é o motivo de querermos vê-la. Milady mãe, creio que seja chegado o momento de agirmos.

— Agirmos? Digo, sem compreender.

— Precisamos defender a rainha e a princesa desta loucura. O momento é este. Claramente, se está exibindo Henry Fitzroy como seu herdeiro, ele repudiará a princesa. Então eu pensei em levar Geoffrey comigo, em meu séquito e, quando chegarmos em Calais, ele pode escapulir e encontrar-se com Reginald. Pode fazer-lhe um relato sobre nossos amigos e parentes na Inglaterra, levar uma mensagem ao papa, levar uma carta da rainha a seu sobrinho, o rei da Espanha. Podemos dizer a Reginald que um consistente despacho do papa contra Henrique porá um fim nisto tudo. Se o papa se decidisse contrariamente a Henrique, este teria de receber a rainha de volta. O papa precisa se pronunciar. Não pode mais protelar. O rei segue pressionando, cego como uma toupeira num túnel. Ninguém o segue.

— Mesmo assim, ninguém o contesta — observo.

— É o que precisamos dizer a Reginald, que nós o contestaremos. — Montague assume o desafio, sem hesitar. — Tem de partir de nós. Se não formos nós, quem se oporá a ele? Deveria ter sido o duque de Buckingham, o maior duque desta terra, mas ele morreu no cadafalso e seu filho é um homem arruinado. Ursula nada pode fazer com ele, eu já perguntei a ela. O duque de Norfolk deveria aconselhar o rei, mas Ana Bolena é sua sobrinha e sua filha é casada com o bastardo do rei. Não argumentará contra a promoção dos ignóbeis. Charles Brandon deveria aconselhar o rei, mas Henrique o baniu da corte por ter dito uma palavra contra a Dama. Quanto à Igreja, ela deveria ser defendida pelos arcebispos de York ou Canterbury, mas Wolsey e Warham estão mortos e o rei nomeará o capelão dos Bolena o novo arcebispo de Canterbury. John Fisher é verdadeiramente corajoso, mas o rei o ignora e ele está velho, com a saúde frágil. O chanceler Sir Thomas More devolveu o selo referente a seu posto, em vez de pronunciar-se. Nosso irmão foi silenciado por um punho e agora o rei ouve apenas os homens sem princípio. Thomas Cromwell, seu grande conselheiro, não pertence nem à Igreja nem à nobreza. É um homem sem origem, sem educação, como um animal. Procura servir apenas o rei, como um cão. O rei foi seduzido e aprisionado por maus conselheiros. Precisamos ganhá-lo de volta.

— É preciso que sejamos nós. Não há mais ninguém — exclama Geoffrey.

— Henry Courtenay? — sugiro, tentando escapar ao peso do destino, mencionando nosso parente Plantageneta, o marquês de Exeter.

— Ele está conosco — diz Montague, em poucas palavras. — De corpo e alma.

— Não pode ser ele? — pergunto, covardemente.

— Sozinho? — Geoffrey zomba de mim. — Não.

— Ele o fará conosco. Juntos somos a Rosa Branca — diz Montague calmamente. — Somos os Plantageneta, os governantes naturais da Inglaterra. O rei é nosso primo. Precisamos trazê-lo de volta à sua gente.

Olho para seus rostos ansiosos e penso que o pai deles me mantinha na ignorância e sem dinheiro para que eu nunca pudesse tomar uma decisão como esta, para que eu nunca pudesse assumir meu dever como líder do reino e para que eu nunca tivesse de guiar seu destino. Ele me mantinha distante do poder para que eu não fizesse este tipo de escolha. Mas não posso mais ficar escondida. Preciso defender a princesa sob meus cuidados, não posso negar minha lealdade à rainha, minha amiga; meus meninos estão certos, este é o destino de nossa família.

Além do mais, um dia o rei foi um menininho a quem ensinei a andar. Eu amava sua mãe e prometi que manteria seus filhos a salvo. Não posso abandoná-lo aos terríveis erros que está cometendo. Não posso deixá-lo destruir sua herança e sua honra por tão pouco como a Bolena, não posso permitir que coloque um bastardo no lugar de nossa Maria, princesa desde o berço. Não posso deixá-lo lançar uma maldição sobre si próprio ao deserdar um Tudor.

— Muito bem — digo por fim, com profunda relutância. — Mas vocês precisam ser muito, muito cuidadosos. Nada escrito, nada dito a ninguém, a não ser àqueles em quem confiamos, nem mesmo uma palavra em confissão. Este deve ser um segredo absoluto. Nem um sussurro a suas esposas; não quero que as crianças, principalmente, saibam nada a respeito.

— O rei não persegue as famílias dos suspeitos — assegura-me Geoffrey. — Ursula ficou intacta depois da sentença contra seu sogro. Seu filho está seguro.

Balanço a cabeça. Não suporto lembrá-lo de que vi meu irmão de 11 anos ser levado para a Torre, de onde nunca mais saiu.

— Mesmo assim. É segredo — repito. — As crianças nada devem saber.

Retiro do bolso o emblema que ganhei de Tom Darcy, a divisa bordada com as cinco chagas de Cristo encimada pela Rosa Branca de York. Coloco-a sobre a mesa, para que possam vê-la.

— Jurem sobre esta divisa que isto permanece em segredo — digo.

— Juro. — Montague põe a mão sobre a divisa, eu ponho minha mão sobre a sua e Geoffrey põe a mão no topo.

— Eu juro — diz.

— Eu juro — digo eu.

Ficamos de mãos dadas por um momento, então Montague solta minha mão com um pequeno sorriso e examina a divisa.

— O que é isto? — pergunta ele.

— Tom Darcy deu-me. Ele mandou fazer quando ia à cruzada. É a divisa do defensor da Igreja contra a heresia. Mandou fazer uma para nossa família.

— Darcy está conosco — confirma Montague. — Falou contra o divórcio na última sessão do Parlamento.

— Ele estava lá muito antes de nós.

— E nós trouxemos alguém para vê-la, milady mãe — diz Geoffrey, ansiosamente.

— Se quiser — fala Montague, mais cauteloso. — Ela é uma mulher muito santa, que diz algumas coisas extraordinárias.

— Quem? — pergunto. — Quem vocês trouxeram?

— Elizabeth Barton — diz Geoffrey, em voz baixa. — A freira a quem chamam Moça Santa de Kent.

— Milady mãe, creio que deveria conhecê-la — diz Montague, antecipando-se à minha recusa. — O próprio rei a conheceu. O arcebispo William Warham, que Deus o tenha, trouxe-a até ele. O rei ouviu-a, falou com ela. Não há razão para que não a veja.

— Ela prega que a princesa Maria tomará o trono — diz Geoffrey. — E outras predições que ela fez se realizaram, tal como ela disse que aconteceriam. Ela tem um dom.

— Henry Courtenay, nosso primo, conheceu-a, e Gertrude, sua esposa, orou com ela — conta-me Montague.

— Onde está ela? — pergunto.

— Está hospedada na Abadia de Syon — responde Geoffrey. — Ela reza para os irmãos cartuxos, tem visões e compreende mais do que uma simples menina do interior poderia compreender. Mas neste exato momento está na sua capela. Deseja falar-lhe.

Olho de relance para Montague. Ele acena com a cabeça, confirmando.

— Ela não está sob suspeita — diz ele. — Falou com todos na corte.

Levanto-me de minha cadeira e abro caminho pelo salão, indo até minha capela particular, na lateral do edifício. As velas estão acesas no altar, como sempre. Uma delas queima brilhantemente num copo de cristal veneziano vermelho diante da pedra em memória do meu marido. O cheiro da igreja — um toque de incenso, um cheiro seco, como o de folhas, a coluna de fumaça das velas — conforta-me. O tríptico acima do altar cintila com as folhas de ouro, e o Menino Jesus sorri sobre mim, enquanto eu entro em silêncio na morna escuridão, faço uma cortesia, e toco minha testa com água benta, fazendo o sinal da cruz. Uma figura esguia levanta-se do banco na lateral da sala, faz um sinal de cabeça na direção do altar, como se reconhecesse um amigo, então vira-se e faz uma cortesia para mim.

— Tenho grande prazer em conhecê-la, Vossa Senhoria, pois a senhora está fazendo o trabalho de Deus, guardando a herdeira da Inglaterra que será rainha — diz ela, de maneira simples, com um sutil sotaque do interior.

— Sou a guardiã da princesa Maria — digo, com cautela.

Ela vem em minha direção para perto do candelabro. Veste-se com o hábito da Ordem Beneditina, um vestido de lã cor de creme suave, sem tingimento, amarrada a cintura com um cinto de couro macio. Um escapulário de lã cinza lisa sobre o hábito, indo até o pé, na frente e nas costas. Seu cabelo é completamente coberto por uma touca e um véu que sombreiam seu rosto queimado de sol e seus olhos castanhos honestos. Ela parece uma menina comum do interior, não uma profetisa.

— Minha Mãe do Céu manda-me dizer-lhe que a princesa Maria subirá ao trono. Não importa o que aconteça, isto acontecerá.

— Como pode saber?

Ela sorri, como se soubesse que tenho dezenas de moças que se parecem exatamente com ela trabalhando em minhas terras, nos laticínios ou nas lavanderias das minhas muitas propriedades.

— Eu era uma menina comum — diz ela. — Tal como aparento ser para a senhora. Uma menina comum, como Marta, na história sagrada. Mas Deus, em Sua sabedoria, chamou-me. Caí em um sono profundo e, quando acordei, não conseguia lembrar-me do que Ele falara enquanto eu dormia. Em certa altura, falei outras línguas por nove dias, sem comer e beber, como alguém que dorme mas está desperto no céu. Então, eu consegui ouvir minha voz e entender o que dizia, e soube que era verdade.

Meu amo levou-me ao padre, que chamou grandes homens para me ver. Eles examinaram-me, meu amo, meu padre, o arcebispo de Warham, provando que eu estava falando a palavra de Deus. Deus ordena que eu fale com vários grandes homens e mulheres e ninguém me desautorizou, tudo o que tenho dito tem-se tornado realidade.

— Conte a Sua Senhoria sobre suas predições — insta-a Geoffrey.

Ela lhe sorri, e vejo por que as pessoas a seguem aos milhares, por que as pessoas a escutam. Tem um sorriso cheio de doçura, mas de grande confiança. Ver aquele sorriso é crer-lhe.

— Eu disse, cara a cara, ao cardeal Wolsey que se ele ajudasse o rei a deixar sua esposa, se apoiasse a proposta do rei de desposar Ana Bolena, seria completamente destruído e morreria doente e só.

Geoffrey assente.

— E aconteceu.

— Grande pena do cardeal, realmente aconteceu. Ele deveria ter dito ao rei para ser fiel à sua esposa. Alertei o arcebispo Warham de que se ele não se pronunciasse em defesa da rainha e de sua filha, a princesa, morreria doente e solitário. Pobre homem, pobre pecador, também ele nos deixou, exatamente como eu predisse. Alertei lorde Thomas More de que ele deveria tomar coragem e falar ao rei, dizer-lhe que precisava viver com sua esposa, a rainha, e colocar sua filha, a princesa, no trono. Alertei Thomas More do que aconteceria se não se pronunciasse e isso ainda está para acontecer. — Ela parece consideravelmente abalada.

— Por quê? O que acontecerá a Thomas More? — pergunto, em voz muito baixa.

Ela olha para mim e seus olhos castanhos estão escurecidos pela dor, como se a sentença houvesse sido decretada.

— Deus salve sua alma — diz. — Rezarei por ele também. Pobre homem, pobre pecador. E eu falei com seu filho Reginald, disse-lhe que se ele fosse corajoso, mais corajoso do que qualquer um até agora, sua coragem seria recompensada e ele iria para o lugar onde nasceu para estar.

Tomo sua mão e a levo para longe dos meus filhos.

— E qual é esse lugar? — sussurro.

— Ele se elevará pela Igreja e eles o chamarão de papa. Será o próximo Santo Padre e verá a princesa Maria no trono da Inglaterra e a religião verdadeira como a única religião da Inglaterra novamente.

Não posso negar, é isto que tenho pensado e para o que tenho orado.

— Tem certeza disso?

Seus olhos encontram os meus com uma confiança tão inabalável que eu preciso acreditar nela.

— Deus me honrou com a visão do futuro. Juro-lhe que vi tudo isto como vindo a acontecer.

Não posso evitar crer-lhe.

— E como a princesa terá o que lhe pertence?

— Com seu auxílio — diz, calmamente. — O rei em pessoa nomeou-a para guardá-la e apoiá-la. A senhora deve fazê-lo. Jamais a deixe. Deve prepará-la para assumir o trono, pois, creia-me, se o rei não voltar para sua esposa, ele não reinará por muito tempo.

— Não posso ouvir estas coisas — digo, de maneira direta.

— Não as estou contando para Vossa Senhoria — diz ela. — Estou falando as palavras da minha visão. A senhora pode ouvi-las ou não, como quiser. Deus disse-me para falar, em voz alta. Isto para mim é suficiente. — Ela se interrompe. — Nada do que digo à senhora eu já não disse ao rei em pessoa — recorda-me ela. — Levaram-me até ele para que pudesse saber quais eram as minhas visões. Ele argumentou comigo, disse-me que eu estava errada, mas não ordenou que me calasse. Eu falarei, e quem quer que deseje saber, pode ouvir. Os que desejarem permanecer na obscuridade, rastejando no solo como o Fura-Terra, podem fazê-lo. Deus me disse e eu disse ao rei que se ele deixar sua esposa, a rainha, e fingir se casar com qualquer outra mulher, então ele não viverá um dia, nem uma hora sequer, depois desse falso casamento.

Ela assente vendo minha expressão horrorizada.

— Eu disse estas palavras para o rei em pessoa e ele me agradeceu por meu conselho e me mandou para casa. Permitem que eu diga estas coisas, pois estas são as palavras de Deus.

— Mas o rei não mudou seu rumo — observo. — Ele pode tê-la ouvido, mas não voltou para o nosso lado.

Ela dá de ombros.

— Ele deve fazer o que acha que convém. Mas eu o adverti das consequências. Virá o dia, e quando vier, a senhora e a princesa devem estar preparadas, e se o trono que pertence a ela não for oferecido, ela então terá de tomá-lo. — Suas pálpebras agitam-se e, por um momento, posso ver apenas o branco de seus olhos, como se ela estivesse prestes a desmaiar. — Ela terá de cavalgar à frente dos seus homens, terá de fortalecer sua Casa. Virá a Londres em um cavalo branco e o povo a saudará. — Ela pisca, e seu rosto perde o ar enlevado, sonhador. — E seu filho — ela acena com a cabeça para Montague, que espera, no fundo da capela — estará a seu lado.

— Como seu comandante?

Ela sorri para mim.

— Como rei consorte. — Suas palavras caem no súbito silêncio da capela. — Ele é a Rosa Branca, carrega o sangue real, pertence à família de todos os duques do reino, é o primeiro entre iguais. Ele a desposará e eles serão coroados juntos.

Estou abismada. Viro-me e Montague está ao meu lado de imediato.

— Leve-a embora. Ela fala demais. Diz verdades perigosas.

Ela sorri, deveras imperturbável.

— Não fale sobre meus filhos — ordeno. — Não fale sobre nós.

Ela faz uma mesura com a cabeça, sem nada prometer.

— Irei levá-la de volta a Syon. — Geoffrey se voluntaria. — Eles a têm em alta conta na abadia. Estudam com ela velhos documentos, lendas. E centenas de pessoas vêm até as portas da abadia para pedir seu conselho. Ela diz-lhes o que é verdade. Falam de profecias e maldições.

— Bem, nós não — digo, de modo direto. — Nunca falamos dessas coisas. Jamais.

Palácio de Richmond, oeste de Londres, verão de 1532

É uma manhã difícil quando venho de Londres e conto à princesa que seu pai está indo a um grande Conselho Privado que ocorrerá na França, em outubro, levando sua corte, mas não ela.

— Devo seguir depois? — pergunta, com expectativa.

— Não — digo. — Não, não deve. E sua mãe, a rainha, também não irá.

— Meu pai levará apenas a sua corte?

— Homens nobres, na maioria — contemporizo.

— A Dama irá?

Indico que sim com a cabeça.

— Mas quem a irá encontrar? A rainha da França?

— Não — digo, constrangida. — A rainha não irá, pois é parente de sua mãe. E a irmã do rei tampouco irá. Nesse caso, o rei Henrique terá de encontrar-se com o rei da França sozinho e a senhorita Bolena ficará em nosso forte, em Calais. Ela sequer entrará na França.

A princesa parece confusa por este complicado arranjo, como qualquer um estaria.

— E os acompanhantes de meu pai?

— A corte habitual — digo, pouco à vontade. Então preciso dizer a verdade para aquele rosto pálido, magoado. — Ele leva consigo o duque de Richmond.

— Ele está levando o filho de Bessie Blount para a França mas não a mim?

Melancolicamente, assinto.

— E o duque ficará na França para uma visita.

— Quem ele irá visitar?

É a pergunta-chave. Ele deveria visitar a amante do rei da França. Deveria ser posto em uma companhia de bastardos nobres. Deveria ser nivelado, de igual para igual, tal como nós todos enviamos os nossos meninos para servirem como pajens aos nossos primos e amigos, para que possam aprender qual é seu lugar numa companhia que se equipare à deles. De acordo com todas as leis da cortesia, o duque de Richmond deveria ir para uma companhia que se equipare à sua, uma casa de bastardos nobres.

— Ele segue na companhia do rei — digo, entre os dentes. — E o filho do rei da França virá para a Inglaterra, irá se hospedar em nossa corte.

Eu não pensaria ser possível que seu rosto ficasse ainda mais pálido, sua mão agarra-se em seu estômago, como se ele subitamente se revirasse.

— Então ele vai na condição de príncipe — diz ela em voz baixa. — Viaja com meu pai como um príncipe da Inglaterra, é hospedado pelo rei da França como um herdeiro reconhecido, enquanto eu sou deixada em casa.

Não há nada a dizer. Olha para mim como se esperasse que a contradissesse.

— Meu próprio pai quer fazer de mim uma ninguém, como se eu não tivesse nascido dele. Ou não fosse viva.

Ficamos em silêncio depois desta conversa. Ficamos em silêncio quando o peleteiro de Londres traz a capa de inverno de Maria e nos conta que o rei mandou dizer à rainha que enviasse suas joias para que Lady Ana as use em Calais. A rainha primeiramente recusou-se a cedê-las, depois explicou que se tratava de joias espanholas, depois que eram suas joias particulares, presenteadas a ela por seu amoroso marido e que não faziam parte do

Tesouro Real. Depois ainda, finalmente derrotada, enviou-as ao rei para mostrar sua obediência à sua vontade.

— Ele quer as minhas? — pergunta Maria com amargura. — Tenho um rosário que foi um presente de batismo, tenho o cordão de ouro que ele me deu no Natal passado.

— Se ele pedir, nós enviaremos — digo, em um tom de voz audível, consciente dos serviçais à escuta. — Ele é o rei da Inglaterra. Tudo lhe pertence.

Quando o peleteiro está de partida, desencorajado pela soturna reação à história das joias, conta-me que a Dama não "limpou a mesa", pois ela mandou que seu camarista apanhasse a embarcação da rainha e ele a roubou de seu ancoradouro, apagando as belas romãs entalhadas e substituindo-as pelo penacho de falcão de Ana. Mas, aparentemente, esse foi um passo grande demais para o rei. Ele reclamou, dizendo que o camareiro jamais deveria ter feito uma coisa daquelas, que a embarcação era um bem de Catarina, não devendo ter sido tirado dela, e a Bolena foi forçada a pedir desculpas.

— Então o que ele quer? — pergunta-me o peleteiro, como se eu tivesse a resposta. — O que ele quer, em nome de Deus? Como é que está tudo bem levar as joias da esposa velha, mas não a sua embarcação?

— Não admito que a chame de esposa velha em minha casa — advirto-o. — Ela é a rainha da Inglaterra, e sempre será.

Palácio de Richmond, oeste de Londres, outono de 1532

Geoffrey e Montague não me escrevem nada, nem mesmo uma nota pessoal, até partirem da França. Recebo de Montague uma alegre carta sem selo, falando das magníficas vestimentas, da hospitalidade e do sucesso das conversas. Juram uns aos outros que reunirão um exército para uma cruzada contra os turcos, são os melhores amigos, estão a caminho de casa.

Não é senão quando Montague vem ao Palácio de Richmond apresentar seus cumprimentos à princesa que ele pode me contar que, quando voltavam da França, eles pararam para pernoitar em Canterbury e Elizabeth Barton, a Moça Santa de Kent, atravessou uma multidão de milhares de pessoas, passou no meio dos guardas e seguiu até o jardim, onde o rei passeava com Ana Bolena.

— Ela o aconselhou — diz-me Montague alegremente. Estamos em pé numa sacada envidraçada dos aposentos da princesa. O ambiente está invulgarmente silencioso; as damas da princesa preparam-se para o jantar, a princesa está em seu quarto de vestir com suas aias, escolhendo as joias. — Ela se postou diante dele, em seguida ajoelhou-se, muito respeitosa, e o aconselhou para o seu próprio bem.

— O que ela disse?

As pequenas vidraças refletem nossos rostos. Afasto-me, para o caso de alguém lá fora, no escuro, estar olhando para dentro.

— Disse-lhe que, se pusesse de lado a rainha e se casasse com a Bolena, haveria pragas e o suor iria nos destruir. Disse que ele não viveria mais de sete meses depois do casamento e aconteceria a destruição do reino.

— Meu Deus, o que ele disse?

— Ficou temeroso. — A voz de Montague é tão baixa que eu mal posso ouvi-lo. — Ficou muito temeroso. Nunca o tinha visto assim antes. Ele disse: "Sete meses? Por que você diria sete meses?" e olhou para Ana Bolena como se fosse perguntar-lhe algo. Ela o interrompeu com um relance de olhos e então a Moça foi levada embora. Mas isso teve um significado terrível para o rei. Ele disse "sete meses" quando a levavam embora.

Sinto-me vacilar. Vejo as vidraças oscilarem e retrocederem, como se eu estivesse prestes a desmaiar.

— Milady mãe, sente-se bem? — pergunta Montague. Sinto-o abraçar-me e me sentar numa cadeira, enquanto alguém abre uma janela e o ar frio sopra pela sala e em meu rosto. Eu engasgo, como se não conseguisse respirar.

— Posso jurar que ela lhe disse que espera um filho — sussurro para Montague. Eu poderia chorar, só de pensar nisso. — A puta Bolena. Ela deve ter-se deitado com ele quando fez dela marquesa, nessa altura prometeu-lhe um menino, daqui a sete meses. É isso o que a data significa para o rei. É por isso que ele ficou tão chocado ao escutar as palavras *sete meses*. Ouviu-as dela. Ele crê que seu filho nascerá em sete meses e agora a Moça diz-lhe que morrerá quando a criança nascer. É por isso que está temeroso. Pensa que está amaldiçoado e que morrerão ele e o seu herdeiro.

— A Moça fala em uma maldição — diz Montague, esfregando minhas mãos geladas em suas grandes palmas. — Ela fala que a senhora tem conhecimento de uma maldição.

Desvio meu rosto para longe de sua expressão ansiosa.

— A senhora tem, milady mãe?

— Não.

Não voltamos a falar em particular novamente até depois do jantar, quando a princesa reclama de cansaço e de uma dor no abdome. Mando-a para a cama cedo, levo um copo de cerveja amornada com especiarias e deposito em sua mesa de cabeceira. Ela está orando diante do crucifixo, mas levanta-se e escorrega para dentro dos lençóis que mantenho abertos para ela.

— Vá fofocar com Montague — diz, sorrindo. — Sei que ele está à sua espera.

— Vou lhe contar tudo o que for divertido pela manhã — prometo-lhe. Maria sorri, como se ela própria pudesse fingir que notícias sobre seu pai e a amante, triunfantes na França, pudessem ser divertidas.

Montague está à espera em minha sala particular; eu mando trazerem vinho e guloseimas, antes de dispensar todos. Levanta-se, escuta à porta e, em seguida, desce a pequena escada que leva ao pátio do estábulo. Ouço o clique da porta exterior e ele volta na companhia de Geoffrey; tranco a porta atrás deles.

Geoffrey vem até mim e se ajoelha a meus pés, seu rosto resplandece de excitação.

— Espero que você não esteja se divertindo muito com isto — digo, secamente. — Não é um jogo.

— É o maior jogo da face da Terra — diz ele. — Pois nele os maiores lances são feitos. Acabo de estar com a rainha. Fui ter com ela no momento que desembarcamos, para contar-lhe as novidades. — Ele retira uma carta do interior de sua camisa. — Trago isto, da parte dela, para a princesa.

Pego-a e a faço deslizar para baixo de meu vestido.

— Ela está bem?

Ele acena com a cabeça, sua excitação acalmando-se.

— Muito pesarosa. E eu não tinha nenhuma alegria para levar-lhe. O rei forjou uma aliança com o rei francês e creio que proporão uma aliança com o papa: Thomas Cranmer é feito arcebispo, sendo-lhe outorgado o direito de examinar a questão do divórcio na Inglaterra. Para que o rei obtenha seu divórcio. Em contrapartida, ele desiste de arruinar a Igreja, os mosteiros podem manter suas fortunas e enviar suas taxas a Roma. Henrique deve esquecer sua reivindicação de ser o chefe da Igreja, tudo isto será esquecido.

— Um suborno pesado — diz Montague com desagrado. — A Igreja ganha sua segurança abandonando a rainha.

— O papa permitiria que Cranmer levasse o casamento do rei a julgamento?

— A menos que Reginald possa fazê-lo mudar de ideia antes de o rei da França chegar lá — diz Geoffrey. — Nosso irmão está trabalhando com a Espanha, com os advogados da rainha. Persuadiu completamente os catedráticos na Sorbonne. Afirma que consegue fazê-lo. Tem a lei da Igreja ao seu lado, os espanhóis e Deus.

— Henrique insistirá em um divórcio, não importa o que digam os catedráticos, se a Dama estiver grávida — observa Montague. — E todos creem que ele já a desposou, sem ter esperado pela licença papal. Por que outro motivo ela se entregaria agora, depois de ter resistido por tanto tempo?

— Casamento num palheiro — diz Geoffrey, zombando. — Um casamento secreto. A rainha afirma que nunca levará em consideração tal casamento e que nós igualmente não devemos reconhecê-lo.

Recebo estas terríveis notícias em silêncio. Então pergunto:

— O que mais Reginald diz? E como ele está?

— Ele está bem — diz Geoffrey. — Nada de errado com ele, não se preocupe. Reginald está circulando entre Roma, Paris e Pádua, ceando com os melhores, todos a concordar com ele. Nosso irmão está no centro disto tudo e todos querem sua opinião. É muito influente, muito poderoso. É aquele a quem o papa escuta.

— E o que ele nos aconselha? — pergunto. — Quando lhe disse que estamos prontos para nos levantar?

Geoffrey acena com a cabeça, ficando subitamente sério.

— Diz que o imperador Carlos invadirá a Inglaterra para defender sua tia e que nós precisamos nos levantar e marchar com ele. O imperador jurou que, se Henrique se casar publicamente com a Bolena e repudiar a princesa, ele invadirá para defender os direitos de sua tia e de sua prima.

— Reginald diz que é certo que haja guerra — diz Montague, em voz baixa.

— Quem está conosco? — pergunto. Tenho a percepção de que tudo está se precipitando sobre nós demasiado rapidamente, como se eu conseguisse ver o futuro, aqui e agora, nas mesmas condições da profetisa Elizabeth Barton.

— Todos os nossos familiares, é claro — diz Montague. — Courtenay e o oeste da Inglaterra, Arthur Plantageneta em Calais, os Stafford, os Neville. Charles Brandon, provavelmente, se deixarmos claro que estamos contra os conselheiros e não contra o rei; todas as terras da Igreja e seus ocupantes. Isso é aproximadamente um terço da Inglaterra. Gales, obviamente, em função de a senhora e a princesa viverem lá; o norte e Kent, com meu tio, barão de Abergavenny. Os Percy se levantariam em defesa da Igreja e haveria muitos que se levantariam pela princesa, um número maior de cavaleiros do que já houve. Lorde Tom Darcy, lorde John Hussey, e, por sua causa, a velha afinidade de Warwick.

— Vocês conversaram com nossos familiares?

— Tomei muito cuidado — assegura-me Montague. — Mas falei com Arthur, visconde Lisle. Ele e Courtenay encontraram-se com a Moça de Kent, que os convenceu de que o rei cairá. Todos os demais vieram até mim para perguntar o que faremos, ou falaram com o embaixador espanhol. Estou certo de que os únicos lordes que ficariam ao lado do rei são aqueles que ele acabou de conquistar: os Bolena e os Howard.

— Como saberemos que o imperador está chegando?

Geoffrey resplandece.

— Reginald irá mandar me avisar — diz. — Ele sabe que precisa dar tempo suficiente para que todos armem seus arrendatários. Ele compreende.

— Esperamos? — peço confirmação.

— Esperamos, por ora. — Montague lança um olhar de advertência a Geoffrey. — E tocamos no assunto apenas entre nós. Ninguém fora da família, apenas os que sabemos terem jurado fidelidade à rainha ou à princesa.

Palácio de Richmond, oeste de Londres, *inverno 1532 — verão 1533*

Como o lento repicar fúnebre de um sino que toca pesarosamente enquanto um prisioneiro é trazido para fora da escuridão da Torre, a caminho da colina onde o carrasco, ao lado do patíbulo, espera, as más notícias chegam pouco a pouco da corte, em Londres.

Em dezembro o rei e Ana Bolena inspecionam a obra de reparo da Torre de Londres, altura em que, supostamente, dizem que o trabalho precisa ser apressado. A cidade está irrequieta, pensando que a rainha está prestes a ser trazida de More e aprisionada na Torre.

> *Ela diz que está preparada para um julgamento por traição e dá instruções para que a princesa Maria nunca renegue seu nome ou nascimento. Ela sabe que isto significa que ambas podem ser presas e levadas para a Torre. É sua ordem.*
>
> *Queime esta carta.*

Geoffrey chega para informar-me de que Ana mantém sua grande pose na corte, usando as joias da rainha, a todos precedendo na ida para o jantar.

Ela voltou de Calais de cabeça mais do que erguida, como se suportasse o peso de uma coroa, invisível a todos, a não ser a ela mesma. As verdadeiras damas da realeza são negligenciadas. Maria, a rainha viúva da França, evita por completo a corte de seu próprio irmão, dizendo-se adoentada. As outras damas do reino — Agnes, a duquesa viúva de Norfolk; Gertrude, a marquesa de Exeter; mesmo eu, principalmente eu, não somos convidadas. A Bolena é guardada por seu exclusivo e pequeno círculo: a filha de Norfolk, Mary Howard, sua própria irmã Maria, e sua cunhada Jane. Ela passa todo seu tempo com os jovens da corte de Henrique e com George, seu irmão; um círculo inculto, encabeçado pelo caolho Sir Francis Bryan, a quem chama de vigário do inferno. É uma corte febrilmente esperta, mundana, que o rei permitiu que se formasse, levada por desejo sexual e ambição. Há jovens destemidos e audazes, mulheres de virtude duvidosa, todos celebrando sua ousadia em um mundo novo com um novo entendimento. É uma corte que está perpetuamente ansiosa pela nova moda, pela nova heresia, à espera do parecer do papa e de que o rei se decida sobre o que fará. Uma corte que jogou todas as fichas na capacidade de o rei forçar o papa a consentir, sabendo que este é o maior pecado do mundo e a destruição do reino, acreditando que este seja um salto para a liberdade e para um novo modo de pensar.

Em janeiro os enviados do rei ao papa retornam para casa engalanados de sorrisos, trazendo a notícia de que o Santo Padre aceitou a escolha do arcebispo de Canterbury. No lugar de William Warham, um homem santo, previdente, gentil, torturado pelo que o rei estava fazendo com sua Igreja, teremos Thomas Cranmer, o capelão da família Bolena, cuja leitura da Bíblia tão convenientemente concorda com a do rei, e que não é senão um herege luterano, tal qual sua amante.

— É mesmo o acordo que Reginald predisse — diz Montague, melancolicamente. — O papa aceita o capelão Bolena e salva a Igreja da Inglaterra.

Thomas Cranmer não se parece muito com um salvador. Com o manto sagrado de arcebispo de Canterbury sobre seus ombros, utiliza seu primeiríssimo sermão para dizer que o casamento do rei com a rainha é pecaminoso e que ele precisa fazer uma nova, e melhor, união.

Não posso esconder isto da princesa e, de toda forma, ela precisa estar preparada para as más notícias vindas de Londres. É como se o lento repicar de sinos em minha mente se tornasse alto a ponto de eu ter a impressão de que ela também o ouvia.

— O que isto significa? — pergunta-me. Há manchas escuras sob seus olhos azuis. Não consegue dormir devido à dor em seu abdome e nada que eu faça parece curá-la. Quando tem suas regras mensais, precisa ir para a cama, sangrando fortemente, como se estivesse gravemente ferida. Outras vezes não sangra, em absoluto, e eu temo por seu futuro. Se o pesar a fez estéril, então o rei lançou sua própria maldição. — O que isto significa?

— Creio que seu pai, o rei, obteve a permissão do papa para deixar a rainha e Thomas Cranmer o está anunciando. Talvez ele faça da marquesa sua esposa, mas não a coroe como rainha. No entanto, isto não faz a menor diferença para o seu patrimônio, Vossa Graça. A senhora foi concebida dentro da fé, ainda é sua única filha legítima.

Não digo: "Sua mãe requer que o jure, não importa a que custo." Não posso obrigar-me a repetir a ordem. Sei que deveria, mas falto com minha obrigação. Não posso dizer a uma jovem de 17 anos que mencionar seu nome pode custar-lhe a vida, mas ela deve correr o risco.

— Eu sei — diz ela, numa voz sumida. — Sei quem eu sou, e minha mãe sabe que nunca teve uma atitude desonrosa em sua vida. Todos o sabem. A única coisa desconhecida é a marquesa.

Sabemos um pouco mais na primavera, quando recebo uma série de notas enviadas de Londres por Montague. Estão sem assinatura, sem selo. Aparecem em meu prato, ou pregadas em minha sela, ou enfiadas em minha caixa de joias.

> *O novo arcebispo determinou que o casamento do rei com a rainha é, e sempre foi, inválido. O bispo John Fisher argumentou contra isto o dia inteiro e, no fim do dia, prenderam-no.*
>
> *Queime isto.*

O rei deve enviar o duque de Norfolk até a rainha para dizer-lhe que agora deve ser conhecida como a princesa viúva e que o rei desposou Lady Ana, que a partir de agora será chamada de rainha Ana.

Queime isto.

Sei o que deve acontecer em seguida. Aguardo a chegada do arauto do rei e, quando ele chega, levo-o até os aposentos da princesa. Ela está sentada a uma mesinha, com o brilhante sol de primavera a espalhar-se sobre sua cabeça inclinada, enquanto transcreve alguma música para o alaúde. Levanta os olhos quando entro, então vejo o sorriso sumir-se ao ver o mensageiro uniformizado atrás de mim. Ela amadurece de repente, de jovem feliz passa a diplomata cruelmente desconfiada. Levanta-se e o observa enquanto faz sua reverência. Ele inclina-se tanto quanto um arauto deve inclinar-se diante de uma princesa. Cautelosamente, ela inspeciona o nome que consta na carta. Ela é corretamente referida como princesa Maria. Apenas aí, quando tem certeza de que ele não está tentando fazer algum truque para desrespeitá-la, ela rompe o selo real e impassivelmente lê os breves rabiscos do rei.

De meu lugar, à porta, posso ver que são poucas palavras, assinadas com um *H* em espiral. Ela volta-se e sorri largamente para mim, entregando-me a carta.

— Como Sua Graça é boa por contar-me sobre sua felicidade — diz, e sua voz está perfeitamente estável. — Depois do jantar, escreverei para cumprimentá-lo.

— Ele casou-se? — pergunto, imitando seu tom de agradável surpresa, para proveito do arauto e das damas de companhia.

— Sim, de fato. Com Sua Graça, a marquesa de Pembroke. — Ela recita o título recém-inventado, sem um tremor na voz.

Junho — Vi-a coroada, está feito. Geoffrey foi seu serviçal, eu segui o rei. Fui eu que trinchei a carne em seu banquete de coroação. A carne engasgou-me. Não houve sequer uma saudação durante a procissão. As mulheres gritaram pela verdadeira rainha.

Queime isto.

Geoffrey sobe o rio em um barco alugado, usando um capote escuro de lã penteada e um chapéu puxado sobre o rosto. Envia minha neta Katherine para levar-me até ele e aguarda por mim no pequeno ancoradouro usado pela gente da cidade.

— Vi a rainha — diz ele, brevemente. — Ela deu-me isto para a princesa.

Discretamente eu apanho a carta, selada com cera, mas falta a amada insígnia com a romã.

— Ela está proibida de escrever — diz ele. — Não lhe permitem sair para visitas. É praticamente mantida como prisioneira. O rei irá reduzir seu pessoal. A Bolena não tolerará uma corte rival e uma rainha rival.

— Ana está grávida?

— Ela anda inclinada para trás, como se tivesse gêmeos ali dentro. Sim.

— Então, Carlos da Espanha precisa invadir antes do nascimento. Se for um menino...

— Ele nunca terá um filho — diz Geoffrey, com desdém. — Os Tudor não são como nós. Lá está minha irmã Ursula com outro menino no berço, eu, com outro bebê a caminho. Toda criança Tudor será natimorta. A Moça de Kent jurou que isso não acontecerá. Todos sabem.

— Sabem mesmo? — sussurro.

— Sim.

Palácio de Richmond, oeste de Londres, verão de 1533

O próprio duque de Norfolk escreve-me para informar-me de que o aparato doméstico da princesa será transferido para Beaulieu e que não retornaremos ao Palácio de Richmond.

— Isto é feito com o intuito de diminuir-me — diz ela, secamente. — Uma princesa deveria viver em um palácio. Sempre vivi em um palácio ou em um castelo.

— Beaulieu é uma grande casa — lembro-lhe. — Numa bela área rural, uma das preferidas de seu pai...

— Pavilhões de caça — finaliza ela por mim. — Sim, exatamente.

— Sua mãe deve mudar-se também — digo-lhe.

Ela tem um sobressalto, sua expressão é tomada de esperança.

— Ela virá para Beaulieu?

— Não — digo depressa. — Não, sinto muito. Não, minha querida, ela não virá.

— Ele não a está enviando de volta à Espanha?

Eu não sabia que ela o havia temido.

— Não, não está. Ele a está enviando a Buckden.

— Onde fica isso?

— Perto de Cambridge. Sinto ter de dizer que não seja uma casa adequada para ela e que ele dispensou sua corte.

— A corte inteira?! — exclama ela. — Quem a servirá?

— Uns poucos, apenas — digo. — E suas amigas, como Maria de Salinas e Lady Willoughby, estão proibidas de visitá-la. Até mesmo o embaixador Chapuys está proibido de vê-la. E ela só pode passear nos jardins.

— Ela é prisioneira?

Respondo-lhe com honestidade, mas é algo terrível a se dizer a uma menina que ama sua mãe e honra seu pai.

— Temo que sim. Temo que sim.

Ela desvia o rosto.

— Então, o melhor é arrumarmos nossas coisas — diz ela, em voz baixa. — Pois, se não obedecer-lhe, talvez ele também me aprisione.

Beaulieu, Essex, agosto de 1533

Geoffrey e Montague vêm visitar-me abertamente, aparentemente para um dia de caçada no grande parque à volta de Beaulieu. Tão logo são anunciados, a princesa desce para cumprimentá-los no jardim murado.

É um belo dia. Os muros de tijolo seguram o calor e nenhuma folha se move no ar sem vento. Montague apoia-se em um joelho, conforme a princesa vem em sua direção, sorrindo para ela.

— Tenho ótimas notícias para a senhorita — diz ele. — Deus seja louvado que eu finalmente posso trazer-lhe boas novas. O papa decidiu-se em favor de sua mãe. Ordenou que o rei repudie todos os outros, levando-a de volta à corte.

Ela dá um pequeno suspiro e a cor volta à sua face.

— Estou tão contente — responde ela. — Deus seja louvado por Sua misericórdia e por ter falado ao papa. Deus abençoe o papa por ter a coragem de dizer o que devia. — Ela se persigna e vira-se para longe de meus filhos, enquanto ponho meus braços em volta de seus ombros magros, abraçando-a por um instante. Seus olhos estão marejados. — Estou bem

— diz. — Estou tão aliviada. Estou tão contente. Finalmente. Finalmente o papa falou e meu pai o ouvirá.

— Se ao menos... — começo e em seguida fico em silêncio. É inútil desejar: se ao menos o papa tivesse tornado pública sua decisão antes. Mas, de qualquer forma, a tornou agora. A Bolena está grávida e embarcou numa espécie de casamento com o rei, o qual não precisa impedi-lo de voltar à sua esposa. Tivemos putas grávidas na corte antes. Por anos a rainha viveu lado a lado com uma amante favorita do rei e um filho bastardo.

— Meu pai voltará à sua obediência ao Santo Padre, não? — Ela vira-se de volta a Montague, sua voz soa cuidadosamente controlada.

— Creio que ele negociará — diz Montague, com astúcia. — Terá de chegar a um acordo com Roma. A liberdade de sua mãe e a posição dela como rainha precisam ser restauradas. A decisão do papa torna este um assunto que concerne a todos os reis cristãos. Seu pai não se arriscará a ver a França e a Espanha unindo-se contra ele.

É como se um grande peso fosse tirado de seus pequenos ombros.

— São ótimas as notícias que me traz, lorde Montague — diz. — E o senhor, Sir Geoffrey. — Volta-se para mim. — Deve ficar contente vendo seus filhos trazendo-nos tamanha felicidade.

— Eu fico — digo.

Beaulieu, Essex, setembro de 1533

É uma menina. Toda esta confusão por uma menina Bolena bastarda. Todos dizem que isso prova que Deus afastou Seus olhos do rei. Estão chamando-a de Isabel.

Depois de meses de espera é um imenso alívio que a Bolena não tenha podido dar à luz um menino. Um filho e herdeiro teria provado ao rei que ele estava certo todo o tempo, que Deus sorrira para ele, não importando o que disse o papa. Agora não há nada que o impeça de se reconciliar com a rainha e confirmar a princesa Maria como sua herdeira. Por que ele não faria isso? Ele não tem nenhum filho legítimo para colocar no lugar dela. A grande jogada dos Bolena falhou. Ana provou ser de tão pouco uso quanto Maria Carey. O rei pode voltar à esposa, e ela pode voltar à corte.

Por fim, penso, a roda da fortuna girou para a princesa e para sua mãe, a rainha. O papa declarou que as núpcias em Aragão são legítimas, que o casamento com a Bolena é uma incógnita. A criança Bolena é uma bastarda e uma menina. O brilho foi retirado da Bolena e a coroa lhe será tirada igualmente.

Estou confiante. Todos esperamos que Henrique obedeça ao papa, restaurando sua esposa no trono, mas nada acontece. Isabel, a bastarda, deve ser batizada; a puta Bolena conserva seu lugar na corte.

O camarista da princesa, lorde John Hussey, retorna a Beaulieu, cavalgando por toda a grande estrada que vem de Londres.

— Ele esteve no batizado — observa Anne, sua esposa, com acidez. — Carregou o pálio porque lhe foi ordenado. Não pense que tenha feito isso de coração. Não pense que ele não ama a princesa.

— Gertrude, a esposa de meu primo, foi a madrinha — respondo. — E não há quem ame a rainha mais do que ela. Todos precisamos assumir nossos lugares e representar nossos papéis.

Ela me olha de relance, como se não estivesse segura sobre quanto devesse dizer.

— Ele encontrou-se com um lorde do norte — diz. — Melhor que eu não diga quem. Ele diz que o norte está pronto a levantar-se em defesa da rainha se o rei não obedecer ao papa. Posso dizer-lhe que ele pode vir até a senhora?

Ranjo os dentes de medo. Em meu bolso, envolvendo meu rosário, está a divisa do lorde Tom Darcy com as cinco chagas de Cristo, bordadas com a rosa branca da minha Casa.

— Com grande cautela — falo. — Diga-lhe que venha até mim com grande cautela.

O menino que traz lenha para a lareira passa por nós carregando sua cesta e imediatamente ficamos em silêncio por um instante.

— De todo modo, é uma bênção que a irmã do rei não estivesse lá para vê-lo. Pobre princesa — observa Lady Anne. — Ela nunca teria feito cortesia para um bebê Bolena!

Maria Brandon, a rainha viúva, princesa da Inglaterra, morreu em seu lar durante o verão. Algumas pessoas disseram que o motivo foi o desgosto ao ver seu irmão casado com a amante em segredo. Tanto a rainha quanto a princesa perderam uma boa amiga; o rei perdeu uma das poucas pessoas que lhe diria a verdade sobre a Inglaterra que ele está construindo.

— O rei amava a irmã e a desculparia de quase tudo — digo. — Os demais de nós temos de tomar o maior cuidado para não ofendê-lo.

Pela janela vemos enquanto John Hussey e a tropa de cavalos cavalgam a longa alameda, estacando em frente à casa. Ele desmonta, joga as rédeas para um cavalariço e então caminha devagar e pesadamente em direção à porta principal, como um homem com uma enfadonha incumbência.

— Ele não pode estar trazendo ordens para nos mudarmos outra vez, ou para levar de nós alguma coisa — digo, com desconforto, observando seu passo pesado.

— Ele nada pedirá. A rainha recusou-se a entregar-lhe a camisola de batismo da princesa para Isabel; não há nada que possam querer de nós.

— Estou certa de que é melhor que ele não peça nada de mim — diz ela de modo abreviado, movendo-se para longe da janela, na direção dos aposentos da princesa.

Aguardo na galeria, enquanto ouço lorde John subir as escadas vagarosamente. Ele quase desiste quando me vê à sua espera.

— Vossa Senhoria. — Faz uma mesura.

— Lorde John.

— Acabo de chegar de Londres, do batizado da princesa Isabel.

Aceno com a cabeça, sem confirmar ou recusar o nome e penso que os comes e bebes não estavam tão bons no banquete de batismo, pois ele parece sem energia e infeliz.

— O secretário do rei, Thomas Cromwell, em pessoa, instruiu-me para obter o inventário das joias da princesa.

Levanto as sobrancelhas.

— Por que Thomas Cromwell iria querer um inventário das joias da princesa?

Ele para por um instante.

— É o mestre da Casa das Joias e esta é a ordem do rei. Ele mesmo pediu-me. E a senhora não o pode questionar.

— Não posso — eu concordo. — Eu não o faria. Portanto, sinto muito por ter de lhe dizer que não há qualquer inventário.

Ele assume que eu serei difícil.

— Deve haver.

— Não há.

— Mas então como sabe que tudo está a salvo?

— Porque eu própria trago suas joias quando ela as deseja, depois as guardo. Ela não é uma ourivesaria, que precisa ter um controle do estoque. É uma princesa. Possui joias como possui luvas. Ou rendas. Tampouco disponho de um inventário de luvas. Não tenho um inventário das rendas.

Ele parece consideravelmente perplexo.

— Vou dizer a ele — fala.

— Faça isso.

Entretanto, não considero que este seja o fim da história. E não é.

— Thomas Cromwell diz que a senhora deve fazer um inventário das joias da princesa — diz-me o pobre John Hussey, alguns dias mais tarde.

Sua esposa, passando por nós na escada, balança a cabeça com algo parecido com desdém e diz qualquer coisa inaudível.

— Por quê? — pergunto.

Parece desconcertado.

— Ele não me disse o porquê. Apenas falou que precisa ser feito. Então, precisa ser feito.

— Muito bem — digo. — Um inventário detalhado? De tudo? Ou apenas das melhores peças?

— Eu não sei! — exclama ele, lastimosamente. Mas então se controla. — Um inventário minucioso. Um inventário de tudo.

— Se é para ser feito minuciosamente, como deseja mestre Cromwell, então é melhor que o senhor o faça comigo, e traga um par de seus escriturários.

— Muito bem — diz ele. — Amanhã pela manhã.

Passamos pelo guarda-roupa da princesa e abrimos cada uma das pequeninas bolsas de couro com os fios de pérolas e os belos broches.

E todo tempo Thomas Cromwell está fazendo outro inventário. Seus agentes andam para cima e para baixo do país, inquirindo sobre a riqueza e as práticas dos mosteiros, descobrindo o que valem e onde são guardados seus tesouros. Nem aqui, entre as caixas da princesa, nem nos mosteiros há alguém que explique o propósito disto. O senhor Cromwell parece ser um homem muito interessado no valor exato dos bens alheios.

Não posso dizer que eu seja mais útil do que os monastérios que proclamam sua pobreza e escondem seus tesouros. De fato, eu perco o rumo no inventário dia após dia. Trazemos à luz todas as caixinhas, coisas sem valor que ela guarda desde a infância, uma coleção de conchas da praia, em Dover, algumas frutas silvestres secas e enfiadas num fio de seda. Com cuidado, listamos as flores secas. O broche de diamantes do imperador Carlos aparece como um pequeno fantasma do tempo em que ela era a herdeira do rei e dois dos grandes príncipes da Europa lhe foram propostos em casamento. De pequeninas caixas, na parte de trás de armários, eu retiro o fecho de um cinto e uma fivela sem seu par. Ela possui belos rosários — sua devoção é bem conhecida —, dezenas de crucifixos dourados. Trago todos eles e os pequenos crucifixos feitos de fio de ouro e vidro, os alfinetes com cabeça de prata, os pentes de marfim e um par de ferraduras da sorte enferrujadas. Anotamos seus grampos de cabelo, um conjunto de palitos de dente de marfim e um pente para lêndeas. Listo nos mínimos detalhes tudo o que encontro, fazendo com que lorde John providencie para que seus escriturários copiem em seu inventário, o qual se estende por muitas páginas, cada uma delas rubricada por nós dois. Passam-se muitos dias antes de acabarmos; o tesouro da princesa, grande e pequeno, espalha-se por todas as mesas da sala do tesouro e cada pequenino alfinete é computado.

— Agora precisamos embalar tudo isto e entregar a Frances Elmer, na câmara privada — diz lorde John. Ele soa exausto. Não estou surpresa. Foi tedioso, inútil e alongado por mim.

— Ah, não, não posso fazer isto — digo simplesmente.

— Mas esta é a razão de termos feito o inventário!

— Não é esse o motivo de eu ter feito o inventário. Fiz isso para obedecer às instruções do rei por intermédio de mestre Cromwell.

— Bem, agora ele me diz para dizer-lhe que entregue as joias para a senhorita Elmer.

— Por quê?

— Não sei por quê! — Aquilo sai como o berro de um touro ferido.

Olho para ele, imóvel. Ambos sabemos por quê. A mulher que se autointitula rainha decidiu pegar as joias da princesa e dá-las para a sua bastarda. Como se um pequeno diadema de brilhantes, pequeno o bastante para caber na cabeça de um bebê, transformasse uma criança concebida fora dos laços do matrimônio numa princesa da Inglaterra.

— Não posso fazê-lo sem uma ordem do rei — digo. — Ele disse-me para guardar sua filha e conservar seus bens. Não posso entregar seus pertences só porque alguém disse que sim.

— Esse alguém é Thomas Cromwell!

— Ele pode parecer alguém muito importante para o senhor — digo, com condescendência —, mas não foi a ele que jurei obediência. Não posso entregar as joias contra as ordens do próprio rei, a menos que eu receba ordens diretas dele para mim. Quando o senhor me trouxer isso, eu entregarei as joias a quem quer que Sua Graça indique como seu merecedor. Mas, deixe-me perguntar-lhe: quem seria tal pessoa? Quem o senhor acha que seria merecedor das joias dadas à nossa princesa?

Lorde John deixa escapar uma palavra de baixo calão e se lança para fora da sala. A porta bate atrás dele e ouvimos suas botas batendo escada abaixo. Ouvimos a porta principal batendo e seu rosnado para as sentinelas que apresentam armas. Então faz-se silêncio.

Um dos escriturários olha para mim.

— Tudo o que pode fazer é retardá-lo — diz ele, com súbita clareza, falando pela primeira vez em dias de trabalho silencioso, e impertinentemente dirigindo-se diretamente a mim. — A senhora protelou magnificamente, Vossa Senhoria. Mas, se um homem enlouquece e deseja desonrar a mulher e roubar a filha, é muito difícil pará-lo.

Mansão de Bisham, Berkshire, outono de 1533

Viajo para minha casa com o coração pesado, pois Henry, o filho de Arthur, morreu de uma inflamação na garganta e nós iremos enterrá-lo no jazigo da família. Parece que ele estava fora caçando e, sedento, algum tolo deixou que bebesse água de um poço de vila. Quase imediatamente depois de voltar para casa, reclamou de um inchaço e de um calor na garganta. A perda de um menino Plantageneta, o filho de Arthur, é o resultado de um momento de descuido e eu me vejo sofrendo por meu filho novamente, culpando-me por ter falhado em manter meu neto em segurança.

Se Jane, sua mãe, não tivesse entrado para o convento e, sim, assumido seu dever para com o marido falecido e os filhos, então talvez o pequeno Henry estivesse vivo agora. Do modo como estão as coisas, ela precipita-se degraus de pedra abaixo, até o jazigo da família, agarrando-se à grade de ferro e gritando que deseja estar ali, junto ao filho e ao marido.

Ela está fora de si com a dor, sendo por isso necessário levá-la de volta ao convento e pô-la na cama, para que chore até dormir. Ela não me dirige sequer uma palavra coerente durante minha visita, portanto, não preciso ouvi-la falar que desejava não ter entrado no convento, que quer abandonar os votos e sair. Talvez agora queira ficar lá dentro.

Oferecemos um jantar de família para os que vieram ao velório e, quando ele se encerra, Geoffrey e Montague deixam suas esposas na sala de recepção e vêm até meus aposentos.

— Encontrei-me com Eustace Chapuys, o embaixador espanhol, no mês passado — diz Montague sem um preâmbulo. — Uma vez que o papa decidiu-se contrariamente ao rei e que Henrique o ignorou, Chapuys tem uma sugestão para dar-nos.

Geoffrey coloca uma cadeira perto do fogo para mim; sento-me e ponho meus pés no guarda-fogo. Geoffrey descansa carinhosamente sua mão em meu ombro, sabendo que estou sentindo a morte de Henry como uma dor física.

— Chapuys sugere que Reginald venha à Inglaterra em segredo e se case com a princesa.

— Reginald? — pergunta Geoffrey diretamente. — Por que ele?

— Ele é solteiro — diz Montague, com impaciência. — Se é para ser alguém de nossa linhagem, então é preciso que seja ele.

— Esta ideia é do imperador? — pergunto. Estou um tanto pasma com a perspectiva que se abre ao meu filho intelectual.

Montague assente:

— Para construir uma aliança. Pode-se ver seu pensamento; trata-se de uma aliança imbatível. Tudor e Plantageneta. É a solução tradicional. Exatamente o que fizeram os Tudor quando subiram ao poder, casando Henrique Tudor com Elizabeth de York. Agora o faremos para excluir os Bolena.

— É mesmo! — Geoffrey recupera-se de seu ciúme, ao ver que Reginald seria rei consorte, para considerar o que ganharemos com isso. — O imperador desembarcaria para apoiar um levante?

— Ele prometeu fazê-lo. O embaixador acredita que este seja o momento. A Bolena só gerou uma menina e ouço dizer que ela é adoentada. O rei não tem herdeiro legítimo. E a Bolena manifestou-se abertamente, ameaçando a vida da rainha e da princesa. Pode ser que tenha tentado envenenar o bispo Fisher novamente, então talvez faça uma tentativa com a rainha. O embaixador acredita que ambos estejam em perigo. O imperador viria a um reino que estivesse pronto, à sua espera, e traria consigo Reginald.

— Assim que desembarcarem, eles se casam. Ergueremos os estandartes dela e nosso. Todas as nossas afinidades estarão ao nosso lado, todos os Plantageneta. Serão novamente três sóis no céu, três filhos de York no campo de batalha. O imperador desembarca pela princesa e todo homem inglês que seja honesto luta pela Igreja — diz Geoffrey cheio de excitação. — Sequer se chegaria à luta. Howard retiraria sua cota assim que visse que as probabilidades estão contra ele. Ninguém mais lutaria pelo rei.

— Ela aceitaria desposá-lo? — pergunta-me Montague.

Vagarosamente balanço a cabeça em negativa, sabendo que isto destruiria o plano.

— Ela não desafiaria o pai. É pedir-lhe demais. Ela tem apenas 17 anos. Ama o pai, eu mesma a ensinei que sua palavra é lei. Mesmo que saiba que ele traiu e aprisionou sua mãe, isso não faz a menor diferença para a obediência de uma filha a seu pai. Ele ainda é o rei. Ela jamais cometeria um ato de traição contra um rei de direito, nunca desobedeceria a seu pai.

— Então devo dizer não a Chapuys? — pergunta-me Montague. — A princesa está presa a seu dever?

— Não diga não — diz Geoffrey com rapidez. — Pense no que poderíamos ser, pense na possibilidade de retornarmos ao trono. O filho deles seria um Plantageneta, a Rosa Branca novamente no trono da Inglaterra. E nós seríamos a família real mais uma vez.

— Diga-lhe que isso ainda não é possível — contemporizo. — Sequer tocarei nesse assunto com ela, por enquanto. — Por um instante penso em meu filho finalmente voltando para casa, em triunfo, um herói da Igreja, pronto para defender a Igreja na Inglaterra, a princesa e a rainha. — Concordo, é uma boa proposta. É uma grande oportunidade para o país e, quase inacreditavelmente, uma grande restauração para nós. Mas o momento não é este, não ainda. Não enquanto não estivermos livres de nossa obediência ao rei. Precisamos esperar que o papa reforce sua palavra. Não até que Henrique seja excomungado. Aí, sim, estaremos livres para agir. Nesse momento, a princesa estará liberada de seu dever como súdita e filha.

— Esse dia virá — declara Geoffrey. — Escreverei a Reginald dizendo-lhe que pressione o papa. O papa precisa declarar que ninguém deve obedecer ao rei.

Montague assente.

— Ele tem de ser excomungado. É o único caminho que podemos seguir.

Beaulieu, Essex, *outono 1533*

John de Vere, duque de Oxford, um homem de Henrique por completo, um legalista lancastriano desprezado por gerações, cavalga a longa alameda, atravessando o belo portão de entrada, em direção ao pátio interior de Beaulieu, acompanhado de duzentos homens com armaduras leves, a marchar atrás de seu estandarte.

A princesa Maria, ao meu lado, em frente à janela com vista para o pátio, vê os homens que estacam e desmontam.

— Será que ele cavalga com tantos em sua companhia por temer alguma confusão na estrada?

— Geralmente, um de Vere está mais para trazer confusão do que para ser perseguido por ela — digo, acidamente, mas sei que as estradas são perigosas para os oficiais do rei. O povo está aborrecido e desconfiado, teme os coletores de impostos e os novos oficiais que vêm inspecionar as igrejas e monastérios, não saúda mais quando vê a Rosa Tudor e, se vê a divisa de Ana... agora ela usa um falcão bicando uma romã, para pavonear-se por sua vitória sobre a rainha Catarina..., cospe na estrada diante de seus cavalos.

— Vou descer para cumprimentá-lo — digo. — Espere em seus aposentos. — Fecho a porta e desço a escada de pedra até o saguão de entrada, onde John está atirando seu chapéu sobre uma mesa e descalçando as luvas.

— Lorde John.

— Condessa — diz ele, em tom suficientemente agradável. — Posso desarrear os cavalos em seus pastos por hoje? Não nos demoraremos.

— É claro — digo. — Ceará conosco?

— Seria ótimo — diz ele. Os de Vere sempre foram grandes comilões. A família esteve no exílio com Henrique Tudor e voltou a Bosworth para devorar a Inglaterra. — Vim para ver Lady Maria — diz ele, sem rodeios.

Sinto-me enregelar ao ouvi-lo chamá-la assim. Como se, por se recusar a mencionar seu nome, ele estivesse decretando a morte da princesa. Por um momento fico em silêncio e dirijo-lhe um olhar demorado.

— Irei levá-lo até Sua Alteza, a princesa Maria — digo, sem que minha voz se perturbe.

Ele põe uma das mãos em meu braço. Não a retiro, apenas olho-o em silêncio. Ele retira a mão, constrangido.

— Aqui vai um conselho — diz. — Para uma parente do rei da Inglaterra que é bem-vista, muito respeitada. Aqui vai um conselho...

Aguardo em um silêncio tumular.

— A vontade do rei é a de que ela seja conhecida como Lady Maria. É o que acontecerá. Desafiá-lo será pior para ela. Estou aqui para dizer-lhe que ela deve obedecer. É uma bastarda. Ele a guiará e cuidará dela como sua filha bastarda e ela receberá o nome de Lady Maria Tudor.

Sinto o sangue subir à minha face.

— Ela não é nenhuma bastarda e a rainha Catarina não é nenhuma puta. E todo homem que diga isso é um mentiroso.

Ele não consegue encarar-me tendo a mentira nos lábios e meu rosto a queimar de ódio. Ele volta-se e afasta-se de mim, como se estivesse envergonhado de si mesmo, subindo para a sala de recepção. Corro atrás dele. Passa-me pela cabeça o pensamento louco de atirar-me na frente da porta, impedindo-o de dizer à princesa aquelas terríveis palavras.

Lorde John entra sem ser anunciado. Faz-lhe uma curtíssima reverência e eu corro atrás dele, tarde demais para impedi-lo de entregar a mensagem vergonhosa.

Ela o escuta. Não lhe responde quando se dirige a ela como Lady Maria. Olha-o imperturbável, olha através dele com um olhar azul-escuro que, ao fim, força-o a repetir-se, perdendo o fio da meada, e então calar-se.

— Escreverei a meu pai, Sua Graça — diz ela curtamente. — Pode levar a carta.

Levanta-se de sua cadeira e passa por ele, sem esperar para ver se vai ou não fazer reverência. John de Vere, pego entre o velho hábito do respeito e as novas regras, dobra-se para baixo, dobra-se para cima e finalmente para em pé desajeitadamente, como um bobo.

Acompanho-a até sua sala particular; ela senta-se à mesa e eu arrasto uma folha de papel em sua direção. Ela inspeciona a ponta da pena, mergulha-a na tinta, limpa-a cuidadosamente e começa a escrever, em sua letra confiante, elegante.

— Vossa Alteza, pense antes de escrever. O que dirá?

Ela levanta os olhos para mim, friamente calma, como se houvesse se preparado para isto, para a pior coisa que poderia acontecer.

— Irei dizer-lhe que jamais desobedecerei a suas ordens, mas não posso renunciar aos direitos que Deus, a natureza e meus pais deram-me. — Encolhe os ombros ligeiramente. — Mesmo que desejasse afastar-me de meu dever, não poderei fazê-lo. Nasci uma princesa Tudor. Morrerei uma princesa Tudor. Ninguém pode dizer outra coisa.

Beaulieu, Essex, *novembro de 1533*

Montague vem a Beaulieu, cavalgando em um dia escuro, cheio de névoa e de uma chuva congelante, acompanhado de meia dúzia de homens e nenhum estandarte.

Cumprimento-o no pátio do estábulo, enquanto adentram, ruidosos.

— Vem disfarçado?

— Não necessariamente disfarçado, mas não quero ser reconhecido — diz. — Não creio estar sendo observado, ou seguido, mas gostaria de que isso continuasse assim. Eu precisava vê-la, milady mãe. É urgente.

— Entre — digo. Deixo que os cavalariços se encarreguem dos cavalos e que os homens de Montague se encaminhem por conta própria ao saguão, onde encontrarão cerveja morna para rebater o tempo frio. Conduzo meu filho pela escada estreita até meus aposentos. Katherine, Winifred, minhas netas, e duas outras damas estão sentadas à janela, tentando aproveitar o último facho de luz para suas costuras. Digo-lhes que podem deixar a costura de lado, indo praticar a dança na sala de recepção. Fazem uma reverência e saem, muito contentes por terem sido mandadas dançar, e eu volto-me para meu filho.

— O que é?

— Elizabeth Barton, a Moça de Kent, desapareceu da Abadia de Syon. Temo que tenha sido levada por Cromwell. É certo que ele perguntará a ela pelos nomes dos amigos da rainha com os quais se encontrou. É certo que ele tentará fazer parecer que se trata de um complô. A senhora a viu, depois de eu tê-la trazido em sua presença?

— Uma vez — digo. — Ela veio com Gertrude Courtenay, a esposa do primo Henry, e nós rezamos juntas.

— Alguém as viu juntas?

— Não.

— Tem certeza?

— Estávamos em uma capela em Richmond. O padre estava lá. Mas jamais me denunciaria.

— Talvez o faça. Cromwell está usando tortura para obter as confissões que deseja. Ela falou sobre o rei?

— Tortura? Ele está torturando padres?

— Sim. A Moça falou sobre o rei?

— Ela fala como faz habitualmente. Que, se ele tentasse repudiar a rainha, seus dias estariam contados. Mas nada disse, além do que já havia falado para o rei pessoalmente.

— Alguma vez ela falou que nós tomaríamos o trono?

Não contarei a meu filho que ela predisse seu casamento com a princesa e sua transformação em rei consorte. Não vou contar-lhe que ela predisse que a linhagem Plantageneta seria a família real da Inglaterra mais uma vez.

— Não contarei. Nem mesmo a você, meu querido.

— Milady mãe, o próprio Thomas More aconselhou-a a não predizer a grandeza para famílias como a nossa. Lembrou-a sobre o que houve com o capelão de Buckingham, que conhecia uma profecia, sussurrando-a a ele. Advertiu-a de que o falso profeta levou nosso primo a sonhar com grandeza e então o rei foi levado a cortar sua cabeça. O rei cortou a cabeça de ambos, do profeta e do herói da profecia e agora o duque e seu confessor estão mortos.

— Então eu jamais falarei de profecias. — Em voz baixa, acrescento: — Ou maldições.

Montague assente, como se estivesse tranquilizado.

— Metade da corte encontrou-se com a Moça, para saber seu futuro ou para rezar com ela — diz. — Não fizemos mais do que isso. Tem certeza, não tem? De que nós não fizemos mais do que isso?

— Não sei o que ela poderia ter dito à prima Gertrude. E você está tranquilo quanto a Geoffrey?

Montague sorri, pesarosamente.

— Bem, tenho a certeza de que, custe o que custar, Geoffrey jamais nos trairia — diz ele. — Acho que ele foi a Syon e viajou com ela até Canterbury. Mas tantos outros fizeram o mesmo. Entre eles, Fisher e More.

— Milhares ouviram-na pregar — observo. — Milhares encontraram-se com ela em particular. Se Thomas Cromwell quer prender cada um que rezou ao lado da Moça de Kent, então terá de prender a maior parte do reino. Se quiser prender aqueles que pensam que a rainha está sendo equivocadamente repudiada, terá de prender todos no reino, menos o duque de Norfolk, os Bolena e o próprio rei. Certamente estamos a salvo, não, meu filho? Estamos misturados à multidão.

Mas Thomas Cromwell é um homem mais ousado do que eu imaginava. Um homem mais ambicioso do que eu imaginava. Ele prende a Moça de Kent, prende sete homens santos com ela e, mais uma vez, prende John Fisher, o bispo, e Thomas More, o chanceler anterior, como se fossem uns ninguéns que ele pudesse tirar da rua e jogar na Torre por terem apenas discordado dele.

— Ele não pode prender um bispo por conversar com uma freira! — diz a princesa Maria. — Simplesmente não pode.

— Dizem que o fez — respondo.

Beaulieu, Essex, *inverno de 1533*

Não espero que sejamos convidados à corte para o Natal, embora ouça dizer que estão mantendo uma grande propriedade e celebrando uma nova gravidez. Dizem que a mulher que se autointitula rainha está andando com a cabeça erguida e firme e a mão para sempre grudada ao ventre, onde estão afrouxando os laços da barrigueira. Dizem que ela está confiante de que será um menino desta vez. Eu a imagino de joelhos todas as noites, rezando para que seja.

Nessas circunstâncias, duvido que vão querer minha assistência. Já participei de tantos resguardos que a decepção flutua em torno de mim como um casaco escuro. Duvido que eles vão querer a princesa na corte também, então ordeno que os serviçais preparem as festividades em Beaulieu. Não espero que a princesa esteja muito feliz — não permitem sequer que ela mande a sua mãe um presente ou os bons votos da estação. Suspeito que a mulher que se autointitula rainha tenha alertado as pessoas para que não fizessem visitas nem mandassem presentes, mas Maria é a nossa princesa, e seu estatuto exige que tenhamos festejos de Natal.

Embora seja proibido apresentar seu apoio, é tocante ver como as pessoas do campo transmitem seu amor e respeito. Há uma corrente constante de maçãs e queijos, e até presuntos defumados, chegando à porta com os bons votos das esposas dos fazendeiros locais. Toda minha família, mesmo os primos mais distantes, mandam-lhe um singelo presente de Natal. As igrejas a quilômetros de distância rezam por ela e por sua mãe e cada serviçal da casa, cada visitante, refere-se a ela como "Sua Graça, a princesa" e a servem com os joelhos dobrados.

Não ordeno que honrem seu estatuto e desafiem o rei, mas em nossa casa em Beaulieu é como se ele não tivesse voz. Muitas das pessoas a seu serviço estão com a princesa desde que era uma menininha; ela sempre foi "Sua Graça" para nós. Mesmo se quiséssemos renomeá-la, não seríamos capazes de nos lembrar de fazê-lo. Lady Anne Hussey atrevidamente a chama por seu título verdadeiro e quando alguém faz uma observação a respeito, ela diz que tem 43 anos e está velha demais para mudar seus hábitos.

A princesa e eu estamos arrumando a montaria para ir caçar numa brilhante manhã de inverno. Estamos no pátio central com sua pequena corte em seus cavalos e prontas para trotar, passando um último cálice com um pouco de vinho para afastar o frio, os cães de caça correndo por toda parte, cheirando tudo, às vezes explodindo em latidos excitados. O cavalariço-chefe da princesa ajuda-a a subir à sela enquanto eu fico junto à cabeça do cavalo, dando tapinhas em seu pescoço. Sem pensar, deslizo meu dedo por baixo da cilha do cavalo para verificar se está tão apertado quanto possível. O cavalariço-chefe sorri para mim e curva a cabeça numa pequena mesura:

— Eu jamais deixaria a cilha de Sua Graça solta — disse ele. — Jamais.

Fico enrubescida de vergonha:

— Eu sei que não deixaria — digo. — Mas não posso deixá-la montar sem verificar.

A princesa Maria ri:

— Ela me manteria numa sela para mulheres em sua garupa, se pudesse – diz marotamente. — Ela me faria montar um burrico.

— Eu sou incumbida de mantê-la segura — digo. — Na sela ou fora dela

— Ela estará perfeitamente segura montando Blackie — afirma ele, e então algo no portão chama sua atenção e ele vira e me diz baixinho:

— Soldados!

Subo a escadinha de montar para poder ver por sobre as cabeças agitadas dos cavalos que há soldados correndo pátio adentro e, atrás deles, um homem com um grande cavalo, levando um estandarte desenrolado.

— Thomas Howard, duque de Norfolk.

A princesa Maria movimenta-se, como se fosse desmontar, mas eu faço um sinal de cabeça para que fique na sela, esperando que o duque de Norfolk cavalgue até mim.

— Vossa Graça — digo friamente. Eu adorava seu pai, o velho duque, que era um simpatizante leal da rainha. Gosto de sua esposa, minha prima, e ele faz dela uma mulher bastante miserável. Não há nada de que goste nele, neste homem que assumiu o lugar de um pai grandioso e herdou toda a ambição e nenhuma sabedoria.

— Milady condessa — diz. Olha por sobre mim. — Lady Maria — diz, bem alto.

Há uma agitação, como se todos o ouvissem e todos desejassem contradizê-lo. Vejo que seu guarda olha rapidamente em volta, como se para contar quantos somos e avaliar o perigo. Vejo que percebe que estávamos saindo para caçar e que muitos dos homens levam uma adaga na cintura, ou uma faca na bainha. Mas Howard está perfeitamente seguro: ele ordenou que sua guarda viesse completamente armada, pronta para uma luta.

Friamente conto quantos homens são e quantas são suas armas, e olho para o duque de rosto rígido e me pergunto o que ele espera obter. O rosto da princesa Maria está levemente virado de lado, como se não pudesse ouvi-lo, como se não soubesse que ele está aqui.

— Vim trazer-lhe notícias de mudanças no serviço — diz ele, alto o bastante para que ela ouça. Ainda assim, ela não se digna a olhá-lo. — Sua Graça, o rei, ordena que a senhorita vá para a corte.

Aquilo chama a atenção da princesa; ela se vira, com a expressão aliviada, sorrindo:

— À corte? — pergunta ela.

Ele prossegue soturnamente. Eu me dou conta de que isto não lhe dá prazer. Este é o trabalho sujo que ele terá de fazer, e provavelmente há piores do que este, se for servir ao rei e à mulher que agora se autointitula rainha.

— A senhorita irá à corte para servir a princesa Isabel — diz ele, a voz alta sobre o ruído dos cavalos e dos cães, e a onda de murmúrio descontente do pessoal da princesa.

A alegria morre em seu rosto de pronto. Ela balança a cabeça:

— Eu não posso servir à princesa, eu sou a princesa — diz ela.

— Não é possível — começo a dizer.

Howard vira-se para mim e lança em minha mão uma folha de papel aberta, com o *H* do rei rabiscado no final e com seu selo.

— Leia isto — diz, rudemente.

Ele desmonta, joga as rédeas para um de seus homens e caminha sem ser convidado, atravessando a porta dupla aberta e entrando no grande salão, mais adiante.

— Eu falarei com ele — digo rapidamente à princesa. — Vá cavalgar que eu verei o que precisamos fazer.

Ela está tremendo de fúria. Olho para seu cavalariço-chefe:

— Tome conta dela — digo, de maneira a alertá-lo.

— Sou uma princesa — cospe ela. — Não sirvo ninguém a não ser a rainha, minha mãe, e o rei, meu pai. Diga-lhe isto.

— Verei o que podemos fazer — prometo a ela e pulo da escadinha de montar, faço um sinal para que meu caçador se vá e sigo Thomas Howard na direção da escuridão do salão.

— Eu não vim discutir o que é certo e o que é errado, eu vim para cumprir a vontade do rei — diz ele, no momento em que piso no grande salão.

Duvido que o duque seria capaz de discutir o que é certo e o que é errado acerca de qualquer assunto. Não se trata de um grande filósofo. Com certeza, não é nenhum Reginald.

Curvo o pescoço:

— Qual é a vontade do rei?

— Há uma lei nova.

— Uma outra lei nova?

— Uma lei nova que determina quem são os herdeiros do rei.

— Já não é suficiente que saibamos que o filho primogênito fica com o trono?

— Deus contou ao rei que seu casamento com a rainha Ana é seu único casamento válido e que o filho dela será seu herdeiro.

— Mas a princesa Maria pode ainda ser princesa — observo. — Apenas uma das duas. A primeira de duas, a mais velha das duas.

— Não — diz o duque, diretamente. Vejo que isso o intriga e que está irritado por eu ter levantado a questão. — As coisas não serão assim. Não estou aqui para discutir com a senhora, mas para cumprir a vontade do rei. Devo levar a princesa ao Palácio de Hatfield. Ela terá de viver lá, sob a supervisão de Sir John e Lady Anne Shelton. Ela levará uma aia, uma dama de companhia e um cavalariço. É tudo.

Os Shelton são parentes dos Bolena. Ele está levando minha menina e a colocando numa casa governada por seus inimigos.

— Mas e suas damas de companhia? Seu camarista? Seu cavalariço-chefe? Seu tutor?

— Ela não levará consigo nenhum deles. Seu serviço deverá ser desfeito.

— Mas eu terei de ir com ela — digo, atônita.

— Não irá — diz ele, diretamente.

— O rei em pessoa a pôs sob meus cuidados quando ela era um bebê!

— Isso terminou. O rei diz que ela deve ir e servir a princesa Isabel. Não haverá ninguém para servi-la. A senhora está dispensada, seu pessoal está dispensado.

Olho para sua expressão pesada e penso em seus homens armados em meu pátio de Natal. Penso na princesa Maria voltando de sua cavalgada, quando precisarei dizer-lhe que ela terá de ir embora e viver no velho palácio em Hatfield, sem ninguém de seu grupo ou de seu serviço, sem nenhum de seus companheiros de infância. Ela terá de entrar para o serviço da Bolena bastarda numa casa supervisionada por primos Bolena.

— Meu Deus, Thomas Howard, como o senhor se sujeita a uma coisa dessas?

— Eu não direi não para o rei — diz ele, de maneira desagradável. — Nem vocês. Nenhum de vocês.

Maria está enjoada, com dor e pálida. Está doente demais para cavalgar e eu tenho de ajudá-la a subir numa liteira. Coloco um tijolo quente sob seus pés e outro envolvido em seda em seu colo. Ela coloca as mãos através das cortinas e eu me agarro a elas como se não pudesse suportar deixá-la partir.

— Mandarei chamá-la assim que puder — diz ela, baixinho. — Ele não pode separar-nos. Todos sabem que sempre estivemos juntas.

— Eu lhes perguntei se poderia ir às minhas próprias custas, que eu a serviria sem receber nada. Pagarei para servi-la — falo correndo em minha ansiedade, pois vejo com o canto do olho Thomas Howard montando em seu cavalo. A liteira balança quando as mulas se mexem sem descanso e agarro suas mãos ainda mais apertado.

— Eu sei. Mas eles me querem sozinha, como minha mãe, sem um amigo na casa.

— Eu irei — juro. — Eu lhe escreverei.

— Não me permitirão receber cartas. E eu não lerei nada que não seja endereçado a mim como princesa.

— Escreverei secretamente. — Estou desesperada para que ela não me veja chorando, para ajudá-la a manter sua dignidade, quando somos arrancadas uma da outra, neste momento horrível.

— Diga à minha mãe que estou bem e que não estou nem um pouco amedrontada — diz, pálida como as cortinas da liteira e tremendo de medo. — Diga a ela que nunca me esquecerei de que sou sua filha e de que ela é a rainha da Inglaterra. Diga que eu a amo e jamais a trairei.

— Venham! — grita Thomas Howard da dianteira da tropa e imediatamente eles seguem, a liteira sacudindo e balançando, enquanto seu aperto fica mais forte em minha mão.

— Terá de obedecer ao rei, não sei dizer o que ele exigirá — digo rapidamente, andando ao lado da liteira, começando a correr. — Não fique contra ele. Não o irrite.

— Eu a amo, Lady Margaret! — grita. — Dê-me suas bênçãos!

Meus lábios formam as palavras, mas eu estou sufocando e não consigo falar:

— Deus a abençoe — sussurro. — Deus a abençoe, princesinha, eu a amo.

Recuo e praticamente caio numa mesura profunda, de forma que ela não consegue ver meu rosto contorcido de dor. Atrás de mim, sinto todo o seu pessoal mergulhado na mais profunda das cortesias, e os camponeses enfileirados na avenida, chegando para ver a princesa ser sequestrada de sua casa. Eles desobedecem a todas as ordens que ouviram durante o dia e, tirando seus capuzes, se ajoelham para homenagear a única princesa da Inglaterra enquanto ela passa por eles.

Castelo de Warblington, Hampshire, primavera de 1534

Eu deveria ficar feliz por estar em meu lar, e agradecida por poder descansar. Deveria estar alegre por acordar com o sol brilhando pelas venezianas de minha janela, deixando o quarto caiado de branco iluminado e leve. Deveria estar satisfeita pelo fogo na lareira e pela minha roupa de cama limpa, arejando diante dele. Sou uma mulher rica, tenho um grande nome e um grande título, e agora que fui liberada de meu trabalho na corte posso ficar em casa e visitar meus netos, cuidar de minhas terras, rezar em meu priorado, e saber que estou a salvo.

Não sou uma mulher jovem, meu irmão está morto, meu marido está morto, minha prima, a rainha, está morta. Olho no espelho e vejo as profundas rugas em meu rosto e o cansaço em meus olhos escuros. Sob meu adereço de cabeça, meu cabelo tornou-se grisalho como o de uma velha égua rajada. Creio que seja a hora de ser levada para pastar, é hora de meu descanso. Sorrio diante dessa ideia, sei que jamais irei preparar-me para a morte: sou uma sobrevivente, duvido que algum dia esteja pronta para calmamente voltar meu rosto para a parede.

Fico feliz com minha segurança duramente conquistada. Acusaram Thomas More de falar em traição com Elizabeth Barton, e ele foi obrigado a encontrar uma carta que lhe escrevera, recomendando-lhe que não falasse, para provar sua inocência e poder permanecer no sossego de seu lar. Meu amigo John Fisher não conseguiu defender-se contra a acusação e agora dorme em uma cela de pedra na Torre nestes dias úmidos de primavera. Elizabeth Barton, e aqueles que eram seus amigos, estão na Torre também; sua morte é certa.

Eu deveria ficar feliz por estar a salvo e livre, mas minha alegria é parca, pois John Fisher não tem segurança ou liberdade e, em algum lugar, nas terras planas e frias de Huntingdonshire, está a rainha da Inglaterra, mal servida por pessoas que estão ali somente para vigiá-la. Pior ainda, no Palácio de Hatfield, a princesa Maria está preparando seu desjejum no fogo de seu próprio quarto, temerosa de comer à mesa de honra, pois há cozinheiros da Bolena na cozinha envenenando a sopa.

Maria está confinada à casa, não lhe permitem sequer caminhar na propriedade, afastada de qualquer visitante por medo de que lhe entreguem uma mensagem ou uma palavra de consolo, separada de sua mãe, exilada de seu pai. Não deixam que eu vá até ela, apesar de eu ter bombardeado Thomas Cromwell com cartas suplicantes, e pedido ao conde de Surrey, e ao conde de Essex para que fizessem uma solicitação ao rei. Ninguém consegue fazer coisa alguma. Ficarei afastada da princesa que amo como uma filha.

Sofro com algum tipo de doença, apesar de os médicos não conseguirem encontrar algo de errado em mim. Fico na cama e percebo que não consigo levantar-me com facilidade. Sinto-me como se padecesse de um mal misterioso, uma doença esverdeada, a doença da queda. Estou tão nervosa pela princesa e pela rainha, e tão impotente para ajudar qualquer uma das duas, que minha sensação de fraqueza se espalha por mim, até que eu mal consiga levantar.

Geoffrey vem de sua casa perto de Lordington para visitar-me e conta-me que tem uma mensagem de Reginald, que está em Roma, implorando ao papa para que excomungue Henrique, como disse que faria, para que o povo possa rebelar-se contra ele, preparando o imperador para o momento em que deve invadir.

Geoffrey me diz que a esposa de meu primo Henry Courtenay, Gertrude, pronunciou-se tão fortemente a favor da rainha e da justiça pela princesa que o rei chamou Courtenay de lado e avisou-o de que mais uma palavra vinda dela iria lhe custar a cabeça. Courtenay disse a Geoffrey que, num primeiro momento, acreditou que o rei estivesse falando em tom de brincadeira — pois quem decapitaria um homem pelo que diz sua esposa? —, mas não é piada nenhuma. Agora ordenou a sua esposa que ficasse quieta. Geoffrey permanece em alerta por causa disso e trabalha em segredo viajando discretamente, sem ser visto, pelas frias estradas de lama para visitar a rainha e entregar sua carta à princesa.

— Não a alegrou — diz, descontente, para mim. — Temo que só piorou as coisas.

— Como? — pergunto. Estou deitada em uma cama de repouso perto da janela para aproveitar a última luz do sol que se põe. Sinto-me ansiosa com a ideia de que Geoffrey levou uma carta para Maria que a fez se sentir pior. — Como?

— Pois foi uma carta de despedida.

Apoio-me em um cotovelo.

— Despedida? A rainha irá partir? — Minha cabeça dá voltas diante da ideia. Pode ser que seu sobrinho lhe ofereça abrigo seguro no exterior. Deixaria Maria sozinha na Inglaterra para enfrentar Henrique?

O rosto de Geoffrey está pálido de horror.

— Não. Pior, muito pior. A rainha escreveu que a princesa não deve brigar com o rei e deve obedecer-lhe em todas as coisas, exceto no que diz respeito a Deus e à segurança de sua alma.

— Sim — digo, com insegurança.

— E disse que, quanto a ela mesma, não se importava com o que lhe fizessem, pois estava certa de que se encontrariam no paraíso.

Nesse momento, já estou totalmente sentada.

— E o que você interpreta disso?

— Não li a carta na íntegra. Isto é só o que ouvi da princesa enquanto lia. Abraçou a carta, beijou a assinatura e disse que sua mãe poderia liderar e ela a seguiria, e não iria decepcioná-la.

— A rainha pode querer dizer que será executada, e estar contando à princesa para preparar-se também?

Geoffrey assente com a cabeça.

— Diz que não falhará.

Levanto-me, mas o quarto dá voltas em torno de mim, e me seguro à cabeceira da cama. Terei de ir até Maria. Tenho de dizer-lhe que deve fazer qualquer voto, entrar em qualquer acordo, que não deve arriscar sua vida. A única coisa que ela tem, esta preciosa menina Tudor, é sua vida. Não a apertei em seus cueiros quando era recém-nascida, ou a carreguei em pele de arminho em seu batismo, ou a criei como minha própria filha, para que desista de sua vida. Nada importa mais do que a vida. Não pode oferecer sua vida em troca de um erro de seu pai. Não deve morrer por isso.

— Fala-se de uma promessa que todos terão de fazer. Todos e cada um de nós terá de jurar pela Bíblia Sagrada que o primeiro casamento do rei foi inválido, que seu segundo é o certo, que a princesa Isabel é a única herdeira do rei e que a princesa Maria é uma bastarda.

— Ela não pode fazer um voto desses — digo, sem alterar-me. — Nem eu posso. Nem qualquer outra pessoa. É uma mentira. Maria não pode colocar a mão sobre uma Bíblia Sagrada e insultar sua mãe.

— Creio que será obrigada — diz Geoffrey. — Creio que todos seremos. Acredito que a recusa a fazê-lo será considerada traição.

— Não podem matar um homem por falar a verdade. — Não consigo imaginar um país onde um carrasco chute o banco sob os pés de um homem que estivesse dizendo uma verdade que o carrasco conhece tão bem quanto sua vítima. — O rei está determinado, percebo isso. Mas ele não faria uma coisa dessas.

— Acho que vai acontecer — avisa Geoffrey.

— Como Maria poderia jurar que não é a princesa quando todos sabem que é? — pergunto. — Eu não posso jurar isso, ninguém pode.

Palácio de Westminster, Londres, *primavera de 1534*

Sou convocada com outros nobres do reino para o Conselho Privado no Palácio de Westminster, onde o chanceler, o recentemente engrandecido Thomas Cromwell, entrando no lugar de Thomas More como um bobo da corte que dança com as botas de seu patrão, administrará o voto de sucessão da nobreza da Inglaterra, que está parada diante dele como crianças embasbacadas esperando para ouvir o catecismo.

Sabemos da verdade que está por trás disso, pois o papa fez um anúncio oficial. Anunciou que o casamento da rainha Catarina e do rei Henrique é válido, e que o rei deve deixar de lado todas as outras mulheres e viver em paz com sua verdadeira esposa. Porém, não excomungou o rei, então, apesar de sabermos que o rei está errado, não estamos autorizados a desafiá-lo. Cada um de nós deve fazer o que achar melhor.

O papa está muito longe e o rei alega que ele não tem autoridade alguma na Inglaterra. O rei determinou que sua esposa não é sua esposa, que sua amante é a rainha e que sua bastarda é uma princesa. O rei diz que o fato de ele o declarar faz disso uma verdade. É o novo papa. Pode simplesmente declarar que algo é outra coisa e a mudança acontece. E nós, caso tivéssemos qualquer coragem, ou mesmo uma confiança real no mundo material, diríamos que o rei está enganado.

Em vez disso, um por um, caminhamos até a grande mesa e há um juramento já escrito, e um grande selo sobre ele. Pego a caneta, mergulho-a na tinta e sinto minha mão tremer. Sou um Judas, um Judas por pegar a caneta em minha mão. As palavras lindamente transcritas dançam diante de mim. Mal posso vê-las, o papel está embaçado, a mesa parece balançar enquanto me inclino. Penso: Deus me ajude, tenho 60 anos, estou velha demais para isto, estou frágil demais para isto, talvez consiga desmaiar e ser carregada daqui e poupada disto.

Olho para cima, e o olhar constante de Montague está sobre mim. Meu filho assinará, e Geoffrey também, depois dele. Concordamos que devemos assinar para que ninguém possa duvidar de nossa lealdade. Assinaremos esperando por dias melhores. Rapidamente, antes que consiga encontrar a coragem de mudar de ideia, rabisco meu nome, Margaret, condessa de Salisbury, e então renovo minha aliança com o rei, prometo minha lealdade aos filhos de seu casamento com a mulher que se autointitula rainha, e reconheço-o como chefe da Igreja da Inglaterra.

Essas são mentiras. Cada uma dessas é uma mentira. E sou uma mentirosa ao usar minha mão para afirmá-las. Dou um passo para trás da mesa e não mais desejo ter fingido desmaiar, desejo que tivesse a coragem de dar um passo adiante e morrer como a rainha disse à princesa que estivesse pronta para fazer.

Mais tarde, dizem-me que o velho homem santo, confessor de duas rainhas da Inglaterra, e, Deus sabe, um grande amigo meu, John Fisher, não assinou o juramento quando o tiraram de sua prisão na Torre e o colocaram diante dele. Não respeitaram sua idade, nem sua longa lealdade aos Tudor. Enfiaram-lhe o juramento garganta abaixo e, quando ele o leu, e releu, e finalmente disse que não acreditava que poderia negar a autoridade do papa, levaram-no de volta à Torre. Algumas pessoas dizem que será executado. A maior parte delas diz que ninguém pode executar um bispo da Igreja. Eu nada digo.

Thomas More também recusou o juramento. Penso nos calorosos olhos castanhos, em sua piada sobre obediência filial e sua compaixão por mim quando Arthur desapareceu. Gostaria de ter ficado a seu lado quando ele lhes disse, como o acadêmico que é, que assinaria uma versão reescrita do juramento, que não concordava com grande parte, mas que não poderia assiná-lo exatamente como estava.

Penso na doçura de seu espírito, que o levou a dizer que não culpava aqueles que redigiram o juramento, nem tinha uma palavra de crítica para quem o assinara, mas pelo bem de sua própria alma — só a sua — não poderia assinar.

O rei havia prometido fielmente a seu amigo Thomas que jamais o desafiaria nisso. Mas o rei não cumpre sua palavra para o homem que amava, que todos amamos.

Mansão Bisham, Berkshire, verão de 1534

Volto a Bisham, Geoffrey, para Lordington. Sinto um gosto ruim na boca todo dia quando acordo e creio que é o sabor da covardia. Fico feliz de ir embora de Londres, onde meus amigos John Fisher e Thomas More estão presos na Torre, e onde a cabeça de Elizabeth Barton está fincada num espeto e seus olhos honestos estão encarando o nada sobre a Ponte de Londres até que os corvos e gaviões os comam.

Criam uma nova lei, uma de que nunca precisamos antes. É chamada de Ato da Traição, e determina que qualquer um que queira a morte do rei, ou concorde com ela, ou deseje-a em fala, por escrito, ou em ação, ou prometa realizar qualquer mal corporal ao rei ou a seus herdeiros, ou chamá-lo de tirano, é culpado de traição e será condenado à morte. Quando meu primo Henry Courtenay escreve-me contando que esta lei foi aprovada e devemos tomar muito cuidado com tudo o que colocamos em papel, creio que não era necessário avisar-me de que deveria queimar sua carta; queimar documentos não é nada, agora temos de aprender a esquecer nossos pensamentos. Nunca devo pensar que o rei é um tirano, devo esquecer as palavras que sua própria mãe disse quando ela e a mãe dela, a rainha Elizabeth Woodville, desejaram que sua linhagem acabasse.

Montague viaja com o rei quando sai em uma longa procissão com sua corte de amigos cavaleiros, e Thomas Cromwell envia seu próprio séquito, um punhado de seus homens confiáveis, para descobrir o valor de cada casa religiosa na Inglaterra, de todos os tamanhos e ordens. Ninguém sabe exatamente por que o chanceler quereria saber disso, mas ninguém crê que seja um bom presságio para monastérios grandes e ricos.

Minha pobre princesa esconde-se em seu quarto no Palácio de Hatfield, tentando evitar a perseguição do séquito da princesa Isabel. A rainha mudou-se novamente. Agora está aprisionada no Castelo de Kimbolton, em Huntingdonshire, uma torre recém-construída com uma única entrada e saída. Seus mordomos, que podem muito bem ser chamados de carcereiros, vivem em um lado do pátio, a rainha, suas damas e seu pequeno séquito, do outro. Dizem-me que ela está adoecida.

A mulher que se autointitula rainha fica no Palácio de Greenwich para o nascimento de seu filho, nos mesmos apartamentos reais onde Catarina e eu aguentamos seus partos, esperando por um menino.

Aparentemente, estão certos de que este será um filho e herdeiro. Trouxeram médicos, astrólogos e profetas e todos disseram que um forte rapazinho está esperando para nascer. Estão tão confiantes que os aposentos da rainha no Palácio de Eltham foram convertidos em um grande berçário para o esperado príncipe. Um berço de prata maciça foi forjado para ele e as damas de companhia estão bordando sua roupinha de cama com fio de ouro. Irá se chamar Henrique, em homenagem a seu pai, conquistador de tudo. Nascerá no outono e seu batizado provará que o rei é abençoado por Deus e a mulher que se autointitula rainha terá o direito de fazê-lo.

Meu capelão e confessor, John Helyar, vem até mim quando a colheita está sendo armazenada. As grandes pilhas estão sendo feitas nos campos para que tenhamos feno para o inverno; o milho está sendo trazido por vagões até os celeiros. Estou parada à porta de um silo, meu coração elevando-se com cada carga jogada da carroça como chuva dourada. Isso alimentará meu povo durante o inverno, isto trará lucro para minha propriedade. Esse conforto material é tão grande que a mim se parece com o pecado da gula.

John Helyar não compartilha de minha alegria. Seu rosto está perturbado enquanto me implora por uma conversa em particular.

— Não posso fazer o juramento — diz. — Vieram à Igreja de Bisham, mas não consigo arranjar coragem para fazê-lo.

— Geoffrey o fez — digo. — E Montague. E eu. Fomos os primeiros a ser chamados. Nós o fizemos. Agora é sua vez.

— Acreditam, em seus corações, que o rei é o verdadeiro líder da Igreja? — pergunta-me, com a voz muito baixa.

Estão cantando enquanto os carregamentos vêm pela estrada, os grandes bois puxando agora a carga de todo dia, do mesmo modo como na primavera puxavam o arado.

— Confessei-lhe a mentira que contei — digo-lhe, em voz baixa. — Sabe o pecado com que me comprometi quando assinei o juramento. Sabe que traí Deus, minha rainha e minha amada afilhada, a princesa. Decepcionei meus amigos John Fisher e Thomas More. Vou me arrepender disso cada dia de minha vida. Todos os dias.

— Sei disso — diz, sinceramente. — E acredito que Deus também sabe, e que Ele a perdoa.

— Mas tive de fazê-lo. Não consigo caminhar para minha morte como está fazendo John Fisher — digo, com piedade. — Não consigo ir de bom grado para a Torre. Passei toda a minha vida tentando manter-me fora dela. Não consigo.

— Nem eu — concorda. — Então, com sua permissão, deixarei a Inglaterra.

Fico tão chocada que me volto e tomo suas mãos. Algum trabalhador tolo e indecente assobia e alguém lhe dá uma bofetada.

— Não podemos conversar aqui — digo, impacientemente. — Venha para o jardim.

Caminhamos na direção oposta ao barulho do pátio do celeiro, atravessamos o portão do jardim. Há um banco de pedra feito dentro da parede, rosas tardias ainda crescem, robustas, à volta, derrubando suas pétalas cheirosas. Varro-as com minha mão e sento-me. Ele fica diante de mim, como se achasse que vou dar-lhe uma bronca.

— Oh, sente-se!

Faz como indico e então fica em silêncio por um momento, como se estivesse rezando.

— Sinceramente, não posso fazer o juramento e temo demais a morte. Irei para o estrangeiro e lhe pergunto se há algum modo de servi-la.

— Em que sentido?

Escolhe suas palavras com cuidado.

— Posso levar mensagens para seus filhos. Posso ir até seus parentes em Calais. Posso viajar a Roma para visitar a corte papal e falar-lhes da princesa. Posso ir ao imperador espanhol e falar-lhe sobre a rainha. Posso descobrir o que os embaixadores ingleses estão dizendo sobre nós, e mandar-lhe relatórios.

— Oferece-se para ser meu espião — digo, sem alteração. — Está presumindo que quero ou preciso de um espião e de um mensageiro. Quando você, dentre todos, sabe que aceitei o voto de ser uma súdita leal do rei, da rainha Ana e de seus herdeiros.

Ele nada diz. Se tivesse protestado dizendo que estava somente fazendo uma oferta para manter-me em contato com meu filho, teria sabido que era um espião de Cromwell, enviado para levar-nos para o perigo. Mas ele não diz nada. Só inclina a cabeça e fala:

— Como quiser, milady.

— Partirá de qualquer jeito, mesmo sem que eu lhe dê atribuições?

— Se não puder ocupar-me neste trabalho, encontrarei alguém que possa. Lorde Thomas Darcy, lorde John Hussey, seus parentes? Sei onde estão muitos dos que fizeram o juramento contra suas vontades. Irei ao embaixador espanhol e lhe perguntarei se há algo que eu possa fazer. Acredito que há muitos lordes que querem saber o que Reginald está pensando e fazendo, o que o papa planeja, o que o imperador planeja. Servirei os interesses da rainha e da princesa, independente de quem seja meu mestre.

Pego uma rosa de pétalas macias, uma rosa branca, e entrego-lhe.

— Aqui está sua resposta -- digo. — Esta é a sua insígnia. Vá ao encontro do amigo de Geoffrey, seu antigo administrador, Hugh Holland. Ele garantirá sua travessia segura dos mares estreitos. Depois vá até Reginald, conte-lhe como as coisas estão para nós, e então sirva-lhe e à princesa como se fossem um só. Diga-lhe que o juramento é demais para todos nós, que a Inglaterra está pronta para sublevar-se, e que ele deve dizer-nos quando.

John Helyar parte no dia seguinte, e quando as pessoas perguntam por ele, digo que foi embora sem aviso e sem antecipação. Terei de encontrar um novo capelão para a casa e um confessor para mim, um aborrecimento e um problema.

Quando o prior Richard convoca todos os habitantes da propriedade, depois da igreja, no domingo, para realizar o juramento do rei na capela, relato o sumiço de John Helyar e digo que creio que tem família em Bristol, então talvez ele tenha ido para lá.

Sei que temos de colocar mais um elo na corrente que se alonga da rainha, no Castelo de Kimbolton, até Roma, onde o papa deve ordenar seu resgate.

Em setembro, quando a corte retorna a Londres enquanto o tempo esfria, Montague vem a Bisham para uma breve visita.

— Pensei que deveria vir e contar-lhe pessoalmente. — Salta de seu cavalo e se ajoelha para receber minha bênção. — Eu não quis escrever.

— O que houve? — Estou sorrindo. Posso perceber, pelo modo como salta para ficar de pé, que não é uma notícia ruim para nós.

— A rainha perdeu a criança — diz.

Como qualquer mulher no mundo, sinto uma pontada de tristeza diante dessa notícia. Ana Bolena é minha pior inimiga e a criança teria sido seu triunfo, mas, mesmo assim, arrastei-me até os aposentos do rei muitas vezes com notícias de um bebê morto para não me lembrar da sensação de perda terrível, de promessa não cumprida, de um futuro, imaginado de forma tão confiante, que jamais acontecerá.

— Oh, Deus o abençoe — digo, persignando-me. — Deus o abençoe, o pobre inocente.

Não haverá menino Tudor desta vez; a terrível maldição que a rainha Plantageneta e a bruxa que era sua mãe colocaram na linhagem continua funcionando. Pergunto-me se realizará seu fim definitivo como minha prima avisou, e se não haverá menino Tudor algum, mas somente uma menina estéril.

— E o rei? — pergunto, depois de um instante.

— Pensei que fosse ficar satisfeita com a notícia — comenta Montague, surpreso. — Pensei que seria um triunfo.

Faço um pequeno gesto com a mão.

— Meu coração não é tão gélido a ponto de desejar a morte de uma criança não nascida — digo. — Qualquer que seja sua origem. Era menino? Como o rei reagiu?

— Ficou bastante furioso — diz Montague, calmamente — Trancou-se em seus aposentos e rugiu, como um leão ferido, batendo a cabeça contra os painéis de madeira das paredes. Nós o escutamos, mas não conseguimos entrar. Enfureceu-se por um dia e uma noite, chorando e gritando, então dormiu como um bêbado, com a cabeça junto da fogueira.

Escuto meu filho em silêncio. Esta é como a raiva de uma criança frustrada, não o luto de um homem, um pai.

— E então?

— Então, os membros do corpo da guarda entraram para vê-lo de manhã, e ele saiu, lavado e barbeado, seu cabelo enrolado e não falou sobre o assunto — conta-me incredulamente.

— Não quer que comentem?

Montague balança a cabeça.

— Não, age como se nunca houvesse acontecido. Nem a noite de lágrimas, nem a perda do bebê, nem a mulher na cama do parto. Chega a ser inacreditável. Depois de ter mandado fazer o berço e de pintar os aposentos, derrubar as paredes dos aposentos da rainha em Eltham para fazer uma sala de jantar e uma câmara privada para um príncipe, ele agora não diz nada sobre o assunto e nega que em algum momento houve uma criança. E todos nos comportamos como se de fato nunca tivesse existido. Estamos alegres, estamos esperando que ela conceba logo. Temos muita esperança e nunca sentimos desespero.

Isto é mais estranho do que Henrique culpando Deus por esquecer-se dos Tudor. Pensei que ficaria bravo com seu azar, ou ainda iria se voltar contra Ana, como se voltou contra a rainha. Pensei que pudesse alegar que ela tem algum defeito terrível por não conseguir dar-lhe um filho. Mas isto é o mais estranho de tudo: passou por uma perda que não consegue suportar, então simplesmente a nega. Como um louco presenciando algo que não quer ver — nega que sequer esteja ali.

— E não conversam com ele, já que todos sabem o que aconteceu? Ninguém sequer expressa pêsames por sua perda?

— Não — diz Montague, pesadamente. — Não há um homem na corte que ousaria. Nem seu velho amigo Charles Brandon, nem sequer Thomas Cromwell, que está com ele todos os dias e fala com ele a todo minuto. Não há um homem na corte que teria coragem de dizer ao rei algo que ele nega. Pois demos-lhe permissão para dizer o que é e o que não é, milady mãe. Permitimos que ele estabelecesse como é o mundo. Está fazendo isso agora mesmo.

— Diz que não houve criança alguma?

— Absolutamente nenhuma. E então a Bolena é obrigada a fingir que está feliz e fingir estar bem.

Paro um momento para pensar em uma jovem que perdeu seu filho sendo obrigada a comportar-se como se nada houvesse acontecido.

— Age como se estivesse contente?

— Não exatamente. Ela ri, dança e flerta com todos os homens da corte. Está em um turbilhão de animação, apostas e bebida, danças e disfarces. Tem de aparentar ser a mulher mais desejável, mais bela, mais bem-humorada, mais esperta, mais interessante.

Balanço minha cabeça diante desse retrato de um pesadelo na corte, dançando à beira da loucura.

— É assim que ela age?

— Está frenética. Mas, se não estivesse, ele a veria como defeituosa — diz Montague, em voz baixa. — Doente. Incapaz de gerar uma criança. É obrigada a negar sua perda, pois ele não ficará casado com uma mulher que não for perfeita. Enterrou um bebê em segredo e tem de parecer que é infinitamente bela, esperta e fértil.

O processo de levar o juramento em que se renega a verdadeira rainha e a princesa prossegue em cada igreja e juizado por todo o país. Ouço falar que prenderam Lady Anne Hussey, minha parente, que serviu à princesa comigo. Acusam-na de enviar cartas e pequenos presentes para a princesa, em Hatfield, e confessa que também a chamava de "princesa Maria" graças ao hábito, não de propósito. É necessário que implore perdão, e passa longos meses na Torre, antes de a libertarem.

Então recebo uma nota de Geoffrey, sem assinatura e sem um selo para identificá-lo.

A rainha não fará o juramento. Recusou-se a renegar a si ou a sua filha e tem dito que está preparada para qualquer pena. Crê que irão executá-la discretamente atrás dos muros do Castelo de Kimbolton e ninguém saberá. Temos de nos preparar para resgatá-la e à princesa, imediatamente.

Penso que este é o momento que há muito tento evitar. Penso que nasci covarde. Penso que sou uma mentirosa. Penso que meu marido me implorou para que nunca reclamasse o que é meu, nunca fizesse meu dever, que me mantivesse, e a nossos filhos, a salvo. Mas agora, creio que esses dias ficaram para trás, e apesar de estar doente de medo, escrevo para Geoffrey e Montague.

Contratem homens e cavalos, aluguem um barco para levá-las a Flandres. Tomem cuidado consigo mesmos, mas tirem-nas do país.

Mansão Bisham, Berkshire, Natal de 1534

Realizo o banquete de Natal em Bisham, como se não estivesse num estado de ansiedade paralisante, aguardando notícias de Hatfield e Kimbolton. Leva-se tempo para descobrir como entrar em um palácio real e subornar um servo em uma prisão real. Meus filhos precisarão tomar o maior cuidado quando conversarem com os barqueiros ao longo do rio Tâmisa para encontrar quem faça a viagem até Flandres e quem é leal à verdadeira rainha. Tenho de comportar-me como se não estivesse pensando em nada além do banquete de Natal e do preparo do grande pudim.

Meu séquito disfarça uma despreocupação que não sente. Fingimos que não tememos por nosso priorado, que não tememos uma visita de um dos inspetores de Thomas Cromwell. Sabemos que todo monastério do país foi inspecionado e que as preocupações financeiras são sempre seguidas por um inquérito sobre moral — principalmente se o priorado for rico. Vieram até nosso convento e viram nossos tesouros e a riqueza das terras e foram embora, sem nada dizer. Tentamos não temer sua volta.

Os atores vêm e interpretam peças diante do fogo no grande salão, corais entram e cantam. Fantasiamo-nos com grandes chapéus e capas e brincamos, fingindo encenar histórias de muito tempo atrás. Este ano ninguém encena uma história sobre o rei, ou a rainha, ou o papa. Este ano não há comédia com o Senhor da Desordem; ninguém sabe o que é verdade ou traição, tudo é desordem. O papa, que ameaçou o rei de excomunhão, está morto, e agora há um novo papa em Roma. Ninguém sabe se Deus falará claramente com ele, ou o que decidirá sobre o rei com duas esposas. É da família Farnese: o que o mundo diz sobre ele não é apropriado que se repita. Rezo para que consiga encontrar a sabedoria sagrada. Ninguém mais acredita que Deus fala com nosso rei, e há muitos que dizem que ele é aconselhado pelo Fura-Terra em rituais ocultos e proibidos. Nossa rainha está longe, preparando-se para sua execução, e a mulher que se autointitula rainha não consegue engravidar ou gerar um filho, provando a todos que a bênção de Deus não está sobre ela. Isso basta para uma centena de peças, mas ninguém ousa sequer mencionar esses eventos.

Em vez disso, as pessoas arrumam cenários para contar histórias de um tempo que foi seguramente deixado para trás. Os pajens planejam e encenam uma peça sobre uma grande viagem marítima que leva os aventureiros ao encontro de uma bruxa marinha, de um monstro e de uma medonha tromba-d'água. Os cozinheiros sobem da cozinha e exibem um jogo em que atiram facas, muito rápido e perigoso, e sem palavra alguma — como se pensamentos fossem mais perigosos do que lâminas. Quando o padre chega do priorado, lê a Bíblia em latim, incompreensível para todos os servos, e não nos conta a história do bebê na manjedoura, e do boi ajoelhando-se diante dele, como se nada mais fosse certeza, nem mesmo a Palavra que brilhou na escuridão.

Desde que a verdade se tornou somente o que o rei nos diz e desde que juramos acreditar em qualquer coisa que diga, não importa quão ridícula, estamos incertos sobre tudo. Sua esposa não é a rainha, sua filha não é uma princesa, sua amante tem uma coroa na cabeça e sua bastarda é servida pela herdeira verdadeira. Em um mundo desses, como podemos ter certeza de qualquer coisa?

— Ela está perdendo seus amigos — conta-me Geoffrey. — Brigou com seu tio Thomas Howard. Sua irmã foi expulsa da corte em desgraça por se casar com um soldado qualquer que passava, sua cunhada Jane Bolena foi exilada pelo próprio rei por começar uma disputa com sua nova preferida.

— Ele apaixonou-se novamente? — indago, com ansiedade.

— Um flerte, mas a rainha Bolena tentou mandá-la embora e perdeu sua cunhada na tentativa.

— E a moça?

— Nem sequer sei seu nome. E agora está cortejando Madge Shelton — diz Geoffrey. — Envia-lhe canções de amor.

Fico repentinamente cheia de esperança.

— Este é o melhor presente de Ano-Novo que você poderia ter-me dado — digo. — Outra menina Howard. Isto dividirá a família. Quererão incentivá-la.

— Deixa a tal Bolena muito só — diz Geoffrey, soando quase solidário. — As únicas pessoas com que pode contar são seus pais e seu irmão. Todos os outros são rivais ou ameaças.

Mansão Bisham, Berkshire,
primavera de 1535

Recebo um bilhete, sem assinatura, de Montague.

Não podemos fazer nada. A princesa está doente e temem por sua vida.

Queimo o bilhete imediatamente e vou à capela rezar por ela. Pressiono minhas mãos em meus olhos cálidos e imploro a Deus para que vigie a princesa que é a esperança e luz da Inglaterra. Está doente, seriamente doente, e dizem que a princesa que amo está tão fraca que pode morrer. E ninguém sabe o que há de errado com ela.

Minha prima Gertrude escreve-me dizendo que há um plano para assassinar a rainha, sufocando-a na cama, deixando-a sem hematomas no corpo, que agora mesmo a princesa está sendo envenenada por agentes dos Bolena. Não consigo decidir-me se acredito nela ou não. Sei que a rainha Ana está insistindo para que a rainha verdadeira seja acusada de traição, usando uma Declaração de Desonra e executada atrás de portas fechadas.

É tão má, esta mulher que um dia foi a filha de meu administrador, que mataria sua antiga senhora em segredo?

Nem por um momento creio que Henrique planejou alguma dessas coisas. Envia seu próprio médico para ver a princesa e disse que ela pode ser levada para Hunsdon, mais perto de sua mãe, para que o médico da rainha possa cuidar dela, mas não permitirá que viva com a mãe, onde a rainha poderia protegê-la e cuidar dela até que ficasse saudável. Escrevo novamente para Thomas Cromwell e imploro-lhe permissão de ir até ela, tratá-la, somente enquanto está adoecida. Diz que não é possível. Mas garante-me que, no minuto em que ela assinar o juramento, posso juntar-me a ela, poderá vir à corte, poderá ser uma filha amada de seu pai — como Henry Fitzroy, completa, como se isso fosse me fazer sentir algo além de horror.

Respondo-lhe dizendo que levarei meu próprio séquito, meu próprio médico, pagando as despesas. Que arrumarei a casa para ela, que a aconselharei para que faça o juramento, assim como eu. Lembro-lhe que estive entre os primeiros a fazê-lo. Não sou como o bispo Fisher, ou lorde Thomas More. Não sou guiada por minha consciência. Sou alguém que se abaixa diante da tempestade como um salgueiro flexível. Pode mandar chamar um herege, um vira-casaca, um Judas, e eu responderei com gosto, consultando minha própria segurança antes de tudo. Fui criada para ser fraca do coração, falsa; foi a lição dolorosa e poderosa de minha infância. Se Thomas Cromwell quiser uma mentirosa, estou aqui, pronta para acreditar que o rei é o líder da Igreja. Acreditarei que a rainha é só uma princesa viúva, e que a princesa é Lady Maria. Garanto-lhe que estou pronta para acreditar em qualquer coisa, qualquer coisa que o rei exija, com a única condição de que ele me deixe ir até ela e experimentar a comida antes que ela coma.

Responde que ficaria feliz em me atender, mas não será possível. Escreve que sente muito em contar-me que o antigo tutor da princesa Maria, Richard Fetherston, está na Torre por recusar o juramento. "A senhora tinha um traidor como tutor", observa como uma ameaça casual. E comenta, à parte, que está muito feliz em ouvir que jurarei qualquer coisa; pois John Fisher e Thomas More serão levados diante de juízes por traição, e que ninguém pode duvidar do resultado.

E diz, bem no final, que o rei irá consultar Reginald quanto a essas mudanças! Quase deixo cair a carta, sem acreditar. O rei escreveu a Reginald justamente por já saber sua opinião sobre o casamento com Ana Bolena, e suas ideias sobre a independência da Igreja da Inglaterra. Acreditam mesmo que Reginald irá confirmar o ponto de vista do rei, de que o rei da Inglaterra deve ser o líder da Igreja, já que, certamente, somente um rei pode governar seu reino?

Imediatamente temo que seja uma armadilha, que esperam enganar Reginald para que diga palavras que o levem a condenar-se. Mas lorde Cromwell escreve suavemente que Reginald respondeu ao rei e está estudando a questão com muito interesse, e concordou em responder ao rei assim que tenha chegado a suas conclusões. Lerá, estudará e discutirá. Lorde Cromwell crê que não pode haver dúvida de que ele recomendará, sendo o religioso leal e amoroso que prometeu ser.

Peço que arrumem meu cavalo e que um guarda me acompanhe. Cavalgo até minha casa, em Londres, e mando chamar Montague.

L'Erber, Londres, *primavera-verão 1535*

— O bispo Fisher, e em seguida Thomas More, forem levados a julgamento — conta-me Montague, com voz cansada. — Não é difícil imaginar qual será o veredito. Os juízes foram Thomas Howard, tio da Bolena, o pai da Bolena e o irmão da Bolena. — Parece esgotado, como se estivesse exausto destes tempos e de minha indignação.

— Por que não juraram? — sofro. — Fazer o juramento e saber que Deus os perdoaria?

— Fisher não foi capaz de fingir. — Montague põe as mãos à cabeça. — O rei pede a todos que finjamos. Às vezes temos de fingir que ele é um belo estranho que vem à corte. Às vezes somos obrigados a fingir que seu bastardo é um duque. Às vezes temos de fingir que não há bebê morto. Agora temos de fingir que ele é o chefe supremo da Igreja. Está se autointitulando imperador da Inglaterra, e ninguém pode levantar a voz para discordar.

— Mas jamais machucará Thomas More — argumento. — O rei ama Thomas, permitiu-lhe que ficasse calado enquanto outros foram obrigados a aconselhá-lo sobre o casamento. Fez com que Reginald se pronunciasse, mas permitiu que Thomas permanecesse mudo. Permitiu que entregasse seu selo de ofício e fosse embora. Disse que, se Thomas se calasse, poderia viver silenciosamente, em privado. E Thomas o fez. Viveu com sua família e disse a todos que estava contente em ser um acadêmico particular. Não é possível que o rei possa condenar seu amigo tão querido à morte.

— Aposto que ele o fará — diz Montague. — Só estão tentando encontrar um dia em que não perturbarão os aprendizes. Não ousarão executar John Fisher em um dia santo. Temem estar criando mais um santo.

— Pelo amor de Deus, por que ambos não imploram perdão, submetem-se à vontade do rei e libertam-se?

Montague olha-me como se eu fosse tola.

— A senhora pensa mesmo que John Fisher, confessor de Lady Margaret Beaufort, um dos homens mais santos que já guiaram a Igreja, vai declarar publicamente que o papa não é o líder da Igreja? Jurar uma heresia à vista de Deus? Como poderia fazer uma coisa dessas?

Balanço a cabeça, cega pelo acúmulo de lágrimas em meus olhos:

— Para que possa viver — digo, desesperadamente. — Nada importa mais do que isso. Para que não tenha de morrer por palavras insignificantes!

Montague dá de ombros.

— Ele não fará isso. Não consegue se obrigar a fazê-lo. Nem Thomas More. Não acha que ele já pensou nisso? Thomas, o homem mais inteligente da Inglaterra? Imagino que pensa nisso todos os dias. Imagino, dada a paixão que Thomas sente pela vida e por seus filhos, especialmente por sua filha, que é seu maior tesouro. Imagino que ele afaste isso todos os dias de sua vida, a cada minuto.

Afundo-me em uma cadeira e cubro o rosto com as mãos.

— Filho, estes bons homens morrerão em vez de assinar seus nomes em um pedaço de papel entregue a eles por um farsante?

— Sim — diz Montague. — E se eu fosse mais corajoso, teria feito o mesmo e estaria na Torre com eles e não deixaria que partissem como se eu fosse Judas, ou pior.

Levanto meu rosto imediatamente.

— Não o deseje — digo, em voz baixa. — Não deseje ir para lá. Jamais deseje uma coisa dessas.

Ele faz uma pausa.

— Milady mãe, chegou a hora em que temos de tomar uma atitude, seja contra os conselheiros do rei ou contra o próprio. John Fisher e Thomas More estão tomando essa atitude agora. E devemos agir como eles.

— E quem agirá como nós? — pergunto. — Quando me disser que o imperador está alçando as velas para invadir, então poderemos nos posicionar. Sozinhos, eu não ousarei.

Olho para seu rosto pálido e determinado, e tenho de segurar-me para não alterar-me.

— Filho, você não sabe como é, não conhece a Torre, não sabe como é olhar por aquela janelinha. Não sabe o que é escutá-los construírem o patíbulo. Meu pai foi executado lá, meu irmão caminhou pela ponte levadiça até Tower Hill e apoiou sua cabeça no cepo. Não posso colocar você em risco, não posso colocar Geoffrey em risco. Não consigo ver mais um Plantageneta caminhar para aquele lugar. Não podemos nos posicionar sem a certeza de apoio. Não podemos nos posicionar sem a certeza de vitória. Não podemos ir na direção da morte, como animais confiantes indo ao matadouro. Prometa-me que não nos jogaremos no cadafalso. Prometa-me que somente tomaremos uma atitude contra os Tudor se estivermos certos de que conseguiremos vencer.

O novo papa envia ao rei uma mensagem que não pode ser interpretada de outro modo. Faz de John Fisher um cardeal da Igreja, um sinal a todos de que este grande homem, de saúde frágil dentro da Torre, deve ser tratado com respeito. O papa é o líder da Igreja universal, e o homem preso por traição, rezando para ter forças, é seu cardeal sob sua explícita proteção.

O rei jura em voz alta, diante de toda a corte, que, se o papa enviar um chapéu de cardeal, o bispo não poderá usá-lo pois não terá cabeça.

É uma piada brutal e animalesca. Mas os cavaleiros da corte ouvem Henrique e não o silenciam. Ninguém diz "Shhh" ou "Deus o perdoe".

A corte, meus filhos vergonhosamente entre eles, permite que o rei diga qualquer coisa, e então em junho, inacreditavelmente, deixam que ele o faça. Deixam-no executar o homem santo que foi o melhor amigo de sua avó e confessor eleito. Deixam-no executar o amigo que foi conselheiro espiritual de sua esposa. John Fisher foi um homem bom, gentil e amoroso. Ele encontrou-me um refúgio quando eu era uma jovem desesperada por um amigo, e não me levanto e digo uma palavra sequer em sua defesa.

Sua longa vigília na Torre não assustou o velho homem; dizem que ele jamais tentou escapar ao destino que Thomas Cromwell preparou para ele. Na manhã de sua execução, mandou trazer suas melhores roupas, como se fosse um noivo, e partiu para sua morte, tão feliz como se fosse a seu casamento. Tremo quando escuto isso e vou à minha capela para rezar. Eu não seria capaz disso. Jamais faria isso. Falta-me a fé e, além disso, passei todo tempo agarrada à minha vida.

Em julho, Thomas More, depois de escrever, rezar e pensar, e finalmente perceber que não há como satisfazer a Deus e ao rei, sai de sua cela, olha para o céu azul e para as gaivotas que piavam, caminha até Tower Hill calmamente, como se estivesse tomando o ar de um dia de verão, e deita sua cabeça no cepo, já que também escolhe a morte para não negar sua Igreja.

E ninguém na Inglaterra contesta. Certamente, não dizemos uma palavra. Nada acontece. Nada. Nada. Nada.

Leio em um bilhete conciso de Reginald que o papa, o rei da França e o imperador espanhol concordam que o rei da Inglaterra deva ser contido. Mais nenhuma morte deve ser permitida. É um horror à solta na Inglaterra, e o mundo inteiro se sente envergonhado disso. Toda a Cristandade está chocada com um rei que ousa executar um cardeal, martirizar o maior teólogo do país, seu caro amigo. Todos ficam horrorizados e logo começam a perguntar: se o rei pode fazer isso, o que mais fará? Então começam a perguntar-se: e quanto à rainha? O que este tirano pode fazer à rainha?

Ao final de agosto, Reginald escreve-nos e diz que conquistou a meta pela qual trabalhava — o rei será excomungado. Isto não poderia ser mais importante: é a declaração de guerra do papa contra o rei. É o papa dizendo aos ingleses, dizendo a toda Cristandade, que o rei não é abençoado por Deus, não é autorizado pela Igreja, está de fora e certamente irá para o inferno. Ninguém é obrigado a obedecer-lhe, nenhum cristão pode defendê-lo, ninguém deve pegar em armas em sua defesa, e de fato qualquer um lutando contra ele é abençoado pela Igreja, como um cruzado guerreando contra um herege.

Está excomungado, mas a sentença está suspensa. Terá o prazo de dois meses para retornar a seu casamento com a rainha. Se insistir em seus pecados, o papa apelará aos reis cristãos da Espanha e da França para que invadam a Inglaterra, e eu virei com seu exército e farei com que os ingleses se rebelem com você.

Montague esteve tão doente depois da morte de Thomas More que sua esposa me escreve e pede que venha até seu leito de doente. Teme que ele morra.

Qual é o problema com ele?

Respondo sem emoção.

Voltou seu rosto para a parede e não quer comer.

Está de coração partido. Não posso ajudá-lo. É como o suor — uma doença que veio com os Tudor. Diga-lhe que se levante e venha a meu encontro em Londres. Não há tempo para que qualquer um deseje mal a si mesmo.

Queime esta carta.

Montague levanta-se de seu leito de abatimento e vem me ver, pálido e sério. Chamo todos nós para que estejamos juntos, sob o disfarce de uma festa familiar para celebrar o nascimento de dois novos meninos. Minha filha Ursula teve mais um menino, a quem chamou Edward, e Geoffrey teve seu quarto filho, Thomas. Meu primo Henry Courtenay e sua esposa

Gertrude vêm com duas taças de batismo, de prata, e meu genro Henry Stafford pega uma para seu filho, com agradecimentos. Parecemos uma família celebrando o nascimento de novas crianças.

A corte está longe da cidade, cavalgando com o rei e com a mulher que se autointitula rainha em uma grande procissão às casas principais na direção oeste. Anos atrás, poderiam ter vindo ficar comigo, e a bela câmara real em Bisham poderia ter abrigado o belo e jovem rei e minha mais cara amiga, a rainha. Agora ficam com os homens que construíram novas casas com a riqueza que o rei lhes deu, com homens que creem que o novo conhecimento e a nova religião são o caminho para o paraíso. Estes são homens que não acreditam em purgatório, prontos para criar um inferno na Terra para prová-lo, e dormir sob telhados roubados.

A corte em procissão flerta abertamente. Em seu desespero para parecer triunfantemente feliz, está tornando-se desleixada. O rei deixou de lado sua paixão por Madge Shelton e aparentemente está dando preferência para uma das moças Seymour, visitando sua casa em Wolfhall. Conheço Joana: tímida demais para tirar vantagem de um homem apaixonado com idade para ser seu pai, mas obediente o suficiente para receber seus poemas com um sorriso cansado.

A mulher que se autointitula rainha é obrigada a experimentar a humilhação de ver os olhos de seu marido passarem por ela até chegarem em uma mulher mais jovem e mais bela, como ela já foi. Quem saberia do perigo que a perda da atenção de Henrique representa? Quem saberia que uma dama de companhia pode facilmente servir no lugar errado, servir ao rei em vez de à sua senhora, a rainha?

— Isso não significa nada — digo, irritada, para Geoffrey, ao relatar-me que os Seymour comentam que têm uma moça que faz com que os olhos do rei a sigam, enquanto ela atravessa os aposentos de sua esposa. — Se ele não voltar à rainha, deveria ser excomungado. O papa cumprirá sua ameaça?

Montague, tentando ser otimista, ordena que os servos tragam a comida e convida-nos à mesa, como uma feliz família reunida, e então Geoffrey pede aos músicos que toquem alto no salão enquanto entramos nos aposentos atrás da mesa principal e fechamos a porta.

— Tenho uma carta de nossos primos Lisle — diz Henry Courtenay. Mostra-nos o selo e então cuidadosamente aproxima-o do fogo, onde ele queima, a cera estala e então torna-se cinzas. — Arthur Plantageneta diz que temos de proteger a princesa. Manterá Calais contra o rei por ela. Se conseguirmos retirá-la da Inglaterra, estará a salvo lá.

— Protegê-la contra o quê? — pergunto, sem mudar de tom, como se os desafiasse a falar. — Os Lisle estão a salvo em Calais. O que querem que façamos?

— Milady mãe, será apresentada ao novo Parlamento uma Declaração de Desonra para a rainha e a princesa — explica meu filho Montague, em voz baixa. — Então serão levadas à Torre. Como More e Fisher. Em seguida, serão executadas.

Há um silêncio de surpresa, mas todos conseguem perceber a verdade na tristeza desolada de Montague.

— Tem certeza? — É tudo que digo. Sei que ele tem. Não preciso que sua expressão agoniada me diga isso.

Confirma com a cabeça.

— Temos apoio suficiente para derrubar a declaração no Parlamento? — Henry Courtenay pergunta.

Geoffrey sabe.

— Deve haver homens o suficiente a favor da rainha para votar em oposição. Se ousarem falar o que pensam, são votos que bastam. Mas têm de levantar e pronunciar-se.

— Como podemos certificar-nos de que falarão? — pergunto.

— Alguém deve arriscar-se e falar primeiro — diz Gertrude ansiosamente. — Um de vocês.

— Você não conseguiu manter sua posição por muito tempo — comenta seu marido, com ressentimento.

— Sei disso — admite ela. — Pensei que morreria na Torre. Pensei que morreria de frio e doença, antes de ser julgada e enforcada. É terrível. Fiquei lá por semanas. Ainda estaria lá se não tivesse negado tudo e implorado perdão. O rei disse que eu era uma mulher tola.

— Temo que o rei esteja pronto para começar uma guerra contra as mulheres agora, tolas ou não — diz Montague, amarguradamente. — Ninguém poderá usar essa desculpa outra vez. Mas minha prima Gertrude está certa. Alguém tem de se posicionar. Creio que será nossa obrigação. Abordarei cada amigo que tenho e lhe direi que não pode haver execução imediata da rainha ou da princesa.

— Tom Darcy o ajudará — digo. — John Hussey também.

— Sim, mas Cromwell largará na nossa frente — avisa Geoffrey. — Ninguém lida com o Parlamento melhor do que Cromwell. Ele terá estado à nossa frente, e tem dinheiro de sobra, e as pessoas têm pavor dele. Sabe algum segredo sobre todos. Tem poder sobre todos.

— Reginald não consegue persuadir o imperador a vir? — pergunta-me Henry Courtenay. — A princesa está implorando para ser resgatada. O imperador não pode ao menos enviar um navio para levá-la?

— Ele diz que virá — responde Geoffrey. — Prometeu a Reginald.

— Mas há guardas nas duas casas. É quase impossível chegar perto de Kimbolton sem ser observado — adverte-o Montague. — A princesa iria sem a rainha? E a partir do começo deste mês todos os portos serão vigiados. O rei sabe muito bem que o embaixador espanhol está conspirando com a princesa para tentar mandá-la para outro lugar. Está sendo vigiada de perto, e não há um porto na Inglaterra que não tenha um espião de Cromwell a trabalho. Realmente, não creio que possamos tirá-la do país. Já será difícil o bastante tirá-la de Hunsdon.

— Podemos levá-la para um esconderijo na Inglaterra? — pergunta Geoffrey. — Ou mandá-la para a Escócia?

— Não quero que a mandem para a Escócia — interrompo. — E se a fizerem refém?

— Nós talvez tenhamos de fazê-lo — diz Montague e Courtenay e Stafford balançam a cabeça em concordância. — Uma coisa é certa: não podemos deixar que a levem para a Torre, e temos de impedir que o

Parlamento de Cromwell aprove a Declaração de Desonra e a destinem à morte.

— Reginald está se esforçando para que a excomunhão do rei seja declarada publicamente — lembro-lhes.

— Precisamos disso agora — diz Montague.

Castelo de Warblington, Hampshire, inverno de 1535

Geoffrey vai visitar todos os donos de terra de destaque que vivem perto de Warblington ou a curta distância de sua própria casa em Lordington, fala com eles sobre a Declaração de Desonra contra a rainha e a princesa e como isso não deve chegar ao Parlamento. Em Londres, Montague fala discretamente com amigos seletos na corte, mencionando que a princesa deveria ser autorizada a morar com sua mãe, que não deveria ser vigiada com tanto afinco. O grande amigo e companheiro do rei, Sir Francis Bryan, concorda com ele, sugerindo que fale com Nicholas Carew. Estes homens estão no centro absoluto da corte de Henrique e começam a rebelar-se contra a maldade do rei para com sua esposa e filha. Começo a pensar que Cromwell não ousará propor a prisão da rainha ao Parlamento. Saberá que há uma oposição crescente, não irá querer um desafio aberto.

A procissão do outono funcionou e ela está grávida novamente. Sem notícias de Roma, e o rei sente-se a salvo. Entra e sai de seus aposentos flertando com suas damas, mas ela não se importa. Se tiver um menino, será intocável.

Castelo de Warblington, Hampshire, janeiro de 1536

Mais querida mãe,

Sinto muito em dizer-lhe que a princesa viúva está gravemente doente. Perguntei a lorde Cromwell se a senhora pode ir até ela e ele diz que não está autorizado a permitir que haja visitantes. O embaixador espanhol foi logo após o banquete de Natal, e Maria de Salinas está a caminho. Há algo mais que possamos fazer?

Seu filho obediente e amoroso,

Montague

L'Erber, Londres, janeiro de 1536

Cavalgo pelas frias estradas até Londres, com minha capa sobre a cabeça e dezenas de lenços amarrados em volta de meu rosto em uma tentativa de manter-me aquecida. Caio da sela à porta de minha casa em Londres e Geoffrey segura-me em seus braços e diz gentilmente:

— Pronto, está em casa agora, nem sequer pense em ir até Kimbolton.

— Preciso ir — digo. — Tenho de despedir-me dela. Tenho de implorar seu perdão.

— Como pode tê-la desapontado? — pergunta, levando-me até o grande salão. O fogo está aceso na lareira; consigo sentir o calor trêmulo em meu rosto. Minhas damas gentilmente tiram o pesado manto de meus ombros e desamarram os cachecóis, tiram as luvas de minhas mãos gélidas e puxam minhas botas de montaria. Estou dolorida do frio e do cansaço. Sinto cada um de meus 62 anos.

— Deixou-me encarregada da princesa, e não fiquei a seu lado — digo, brevemente.

— Ela sabe que você fez tudo o que pôde.

— Oh, que tudo se dane e vá para o inferno! — Repentinamente explodo em blasfêmia. — Nada fiz por ela como queria ter feito, e éramos jovens mulheres muito unidas. Parece que foi ontem, e agora está deitada à beira da morte, sua filha está em perigo, não conseguimos chegar até ela e eu... eu... sou só uma velha tola e sou impotente neste mundo. Impotente!

Geoffrey ajoelha-se diante de mim e seu doce rosto está dividido entre o riso e a pena mais profunda.

— Nenhuma mulher que conheço no mundo é menos impotente — diz. — E mais determinada ou poderosa. E a rainha sabe que está pensando nela e rezando por ela agora mesmo.

— Sim, posso rezar — digo. — Posso pedir que ao menos ela esteja em estado de graça e sem dor. Posso rezar por ela.

Levanto-me e fico de pé, abandono a tentação do fogo e da caneca de cerveja temperada, e vou à minha capela, onde me ajoelho no chão de pedra, que é como ela sempre fez suas preces, e coloco a alma de minha mais querida amiga, Catarina de Aragão, nas mãos de Deus, com a esperança de que Ele cuide dela melhor no paraíso do que nós cuidamos dela aqui na terra.

E é ali que Montague me encontra quando vem dizer-me que ela se foi.

Foi-se como uma mulher de grande dignidade. Isso tem de ser um consolo para mim e para ela. Preparou-se para a morte, conversou longamente com o embaixador e desfrutou da companhia da querida Maria, que atravessou o clima de inverno para chegar até ela. Escreveu para seu sobrinho e para o rei. Contam-me que escreveu a Henrique dizendo que o amava tanto quanto sempre amou e assinou como sua esposa. Rezou com seu confessor e ele a ungiu com óleo sagrado, e realizou a extrema-unção, de modo que ela estava pronta para a morte, de acordo com sua inabalável fé. No início da tarde, esvaiu-se desta vida, que foi uma tarefa tão dura e sem agradecimentos para ela, e — estou certa como se houvesse visto — juntou-se a seu marido Artur na próxima vida.

Lembro-me dela como era quando a conheci, uma jovem trêmula, ansiosa por ser a princesa de Gales, e iluminada com o amor, seu primeiro amor, e penso nela indo ao paraíso assim, com seus cinco anjinhos a seguindo, uma das melhores rainhas que a Inglaterra já teve.

— Claro, muda tudo para a princesa Maria, para pior — diz Geoffrey, tempestuosamente, irrompendo pela porta de minha câmara privada, jogando de lado sua jaqueta de inverno.

— Como, para pior? — Sinto-me calma em meu pesar. Estou vestindo um traje azul-escuro, a cor real de luto da minha Casa, apesar de contarem-me que o rei está de amarelo e dourado, as cores de luto da Espanha, um tom de ranúnculo que combina com seu humor, já que está livre de uma esposa fiel, e a salvo das invasões do imperador.

— Perdeu uma protetora e uma testemunha — concorda Montague. — O rei jamais poderia ter feito algo contra ela enquanto sua mãe estava viva, seria obrigado a ordenar que a rainha perdesse os direitos legais antes de sua filha. Agora a princesa Maria é a única pessoa que restou na Inglaterra recusando-se a realizar seu juramento.

Tomo a decisão que estava à minha espera.

— Sim. Sei disso. Temos de tirá-la da Inglaterra. Montague, a hora é agora. Temos de correr esse risco. Temos de agir agora. Sua vida está em perigo.

Permaneço em Londres enquanto Montague e Geoffrey escolhem a dedo um guarda que cavalgará até Hunsdon e resgatará a princesa. Eles planejam uma rota evitando Londres e alugam um navio que esperará por ela e irá levá-la de uma das pequenas vilas ao lado do Tâmisa, como Grays.

Decidimos não contar ao embaixador espanhol; ele ama a princesa e está de luto profundo por Catarina, mas é um homem delicado e temeroso, e se Thomas Cromwell o prendesse, creio que iria espremê-lo como uma laranja espanhola e o homem contaria tudo dentro de dias, talvez de horas.

Geoffrey vai a Hunsdon e, depois de esperar pacientemente, subornando todos que pode, consegue que o jovem que acende o fogo nos quartos fique a seu serviço. Volta para casa sorrindo, aliviado.

— Está a salvo, por enquanto — diz. — Graças a Deus! Porque tirá-la de lá seria quase impossível. Mas sua sorte mudou; quem pensaria nisso? Recebeu cartas da rainha Bolena dizendo que devem ser amigas, que a princesa pode contar com ela em sua dor.

— O quê? — pergunto, incrédula. É tão cedo que não estou vestida. Ainda estou com minha camisola e meu robe de pele. Geoffrey veio ao meu quarto e estamos sozinhos, enquanto ele mexe no fogo.

— Pois é. — Está quase rindo. — Até vi a princesa. Autorizaram-na a caminhar no jardim, por ordem de Ana. Aparentemente, a Dama ordenou que a princesa ganhasse mais liberdade e fosse tratada com mais gentileza. Pode receber visitantes e o embaixador espanhol pode levar-lhe cartas.

— Mas por quê? Por que Ana mudaria desse jeito?

— Porque enquanto a rainha Catarina estava viva, o rei não tinha escolha a não ser ficar com a Dama. Foi obrigado a continuar com a destruição da Igreja. Sabe como ele é, com todos dizendo que não poderia ser feito e não deveria ser feito, ele ficou cada vez mais determinado. Mas agora, com a morte da rainha, ele está livre. Sua disputa com o imperador acabou, está a salvo da invasão, não tem necessidade de romper com o papa. É viúvo agora. Pode se casar legalmente com Ana se desejar, e não há motivo para que não queira reconciliar-se com a princesa. É a filha de sua primeira esposa; um filho de sua segunda herdará o trono antes dela.

— Então aquela mulher está tentando tornar-se amiga da princesa?

— Diz que intercederá junto a seu pai, diz que será sua amiga, diz que pode vir à corte sem precisar ser uma dama de companhia, e sim ter seus próprios aposentos.

— Precedência sobre os bastardos Bolena? — pergunto, afiada como sempre.

— Ela não disse isso. Mas por que não? Se ele se casar com Ana uma segunda vez, desta vez com a bênção da Igreja, então ambas as meninas tomarão o segundo lugar depois de um menino legítimo.

Concordo lentamente com a cabeça. Então, quando a percepção me atinge, digo em voz baixa, e com muita satisfação:

— Ah, entendo. A Bolena está com medo.

— Medo? — Geoffrey volta-se do aparador com uma guloseima, deixada ontem à noite, na mão. — Medo?

— O rei não é casado com ela. Passaram por duas cerimônias, mas o papa determinou que ambas eram inválidas. É apenas sua concubina. Agora a rainha está morta e ele pode se casar novamente. Mas talvez não se case com ela.

Geoffrey olha para mim com a boca aberta, enquanto derruba migalhas de comida no chão. Nem lhe digo que use um prato.

— Como assim?

Conto em meus dedos a lista triunfante.

— Não lhe deu um filho, só conseguiu segurar uma menina, ele não está mais apaixonado por ela e começou seus romances com outras mulheres. Não lhe trouxe sabedoria alguma, nem bons amigos. Não tem relações exteriores poderosas para protegê-la, sua família inglesa não é confiável. Seu tio voltou-se contra ela, sua irmã foi banida da corte, sua cunhada ofendeu o rei e, no momento em que estiver insegura, Thomas Cromwell irá se voltar contra ela, já que ele servirá somente uma favorita. E se ela não for mais a favorita?

Pela grande Estrada do Norte, janeiro de 1536

Está nevando e faz muito frio na direção norte fora de Londres, no caminho pela grande estrada até Peterborough. O clima está tão ruim, a neve, tão ofuscante, e as estradas, tão intransitáveis, que ficamos dois dias inteiros na viagem, levantando com o nascer do sol e cavalgando o dia inteiro. No escuro antecipado das tardes, paramos uma vez em uma grande casa para pedir hospitalidade e uma vez em uma boa hospedaria. Não podemos mais contar com os monastérios ao longo do caminho para ter abrigo e jantar. Alguns deles fecharam completamente, alguns dos padres foram transferidos para outras casas, alguns foram deixados de lado. Creio que talvez Thomas Cromwell não previu isto quando começou sua grande pesquisa sobre casas religiosas e pilhou suas fortunas para o lucro do rei. Alega que está acabando com ações de má-fé, mas está destruindo uma grande instituição do país. As abadias alimentam os pobres, cuidam dos doentes, ajudam viajantes e são donas de mais terras do que qualquer um, com a exceção do rei, e cultivam-nas bem. Agora nada mais é certo na estrada. Ninguém mais está a salvo na estrada. Até mesmo os albergues de peregrinos fecharam suas venezianas enquanto os lugares de devoção estão sendo despidos de suas riquezas e tendo seus poderes negados.

Peterborough, Cambridgeshire, janeiro de 1536

Na tarde do terceiro dia consigo ver a ponta da torre da Abadia de Peterborough diante de mim, apontando para o céu cinza-escuro, enquanto meu cavalo mergulha a cabeça contra o vento frio e arrasta-se firmemente adiante, seus grandes cascos arranhando a neve. Tenho uma dúzia de homens armados à minha volta quando adentramos os portões da cidade, o sino indicando o toque de recolher. Eles fecham-se contra as pessoas das ruas que assistem, ressentidas, até que veem meu estandarte e começam a gritar.

Por um instante tenho medo de que gritarão me ofendendo, vendo-me como mais uma da corte, um dos muitos novos lordes que enriqueceram com a boa vontade dos Tudor, mesmo que eu já não conte mais com essa vontade. Mas uma mulher inclinando-se por uma janela grita agudamente para mim:

— Deus abençoe a Rosa Branca! Deus abençoe a Rosa Branca!

Espantada, olho para cima e vejo-a sorrindo para mim:

— Deus abençoe a rainha Catarina! Deus abençoe a princesa! Deus abençoe a Rosa Branca!

Os moleques e mendigos abrindo caminho adiante dos soldados voltam--se e gritam, apesar de não fazerem ideia de quem eu seja. Mas do lado de fora das pequenas lojas à beira da estrada, saindo dos abrigos de trabalhadores e tropeçando para fora da igreja e da taberna, vêm homens tirando seus chapéus e um ou dois até ajoelham-se na lama congelante quando passo, e gritam bênçãos à rainha falecida, à sua filha, a mim e à minha casa.

Alguém até começa o velho clamor "À Warwick!" e sei que não se esqueceram, como eu, de que houve uma vez uma Inglaterra com um rei York em seu trono, que estava satisfeito em ser rei e não fingia ser o papa, que tinha uma amante que não fingia ser rainha, que tinha bastardos que não fingiam ser herdeiros.

Compreendo, enquanto andamos pela cidadezinha, por que o rei ordenou que a rainha não fosse enterrada na Abadia de Westminster, como condiria com sua dignidade. É porque a cidade se ergueria para pranteá-la. Henrique tinha razão para ter medo; creio que toda Londres se revoltaria contra ele. O povo da Inglaterra voltou-se contra os Tudor. Amavam este jovem rei quando chegou ao trono para endireitar as coisas, mas agora ele tomou-lhes sua Igreja, seus monastérios e seus melhores homens, abandonou sua rainha e a morte a levou. Ainda gritam por ela, murmuram, chamando-a de mártir, uma santa, e gritam para mim como uma integrante da antiga casa real que jamais os teria levado por um caminho tão mau.

Chegamos à casa para hóspedes da abadia e a encontramos repleta com os cortejos de outras grandes damas de Londres. Maria de Salinas, condessa Willoughby, a fiel amiga da rainha, já está aqui e vem correndo pelas escadas como se ainda fosse uma dama de companhia da princesa espanhola e eu fosse meramente a Lady Pole de Stourton. Abraçamo-nos com força e consigo senti-la tremendo com seus soluços. Quando nos afastamos para olhar uma para a outra, sei que há lágrimas em meus olhos também.

— Ela estava em paz. — É a primeira coisa que diz. — Estava em paz durante o fim.

— Eu sei.

— Mandou-me dizer que a amava.

— Tentei...

— Sabia que estaria pensando nela e que continuaria a cuidar de sua filha. Quis dar-lhe... — Para, incapaz de continuar. Seu sotaque espanhol ainda forte, depois de anos na Inglaterra e de seu casamento com um nobre inglês. — Desculpe-me. A rainha queria dar-lhe um de seus rosários, mas o rei ordenou que tudo fique sob sua guarda.

— E a herança dela?

— O rei tomou tudo — diz, com um pequeno suspiro. — Como é direito dele, suponho.

— Não é direito! — digo imediatamente. — Se fosse uma viúva, como ele insiste, e eles não fossem casados, então tudo o que Catarina possuía à época da sua morte era dela, para presentear como desejasse!

Há um pequeno brilho nos olhos escuros de Maria enquanto me ouve. Não posso evitar, sempre tenho de defender os pertences de uma mulher. Inclino minha cabeça.

— Não são as coisas por si — digo, em voz baixa, sabendo muito bem que suas maiores joias e tesouros já haviam sido tomados dela e pendurados à volta do pescoço magro de Ana Bolena. — E não é como se eu quisesse algo dela. Lembrarei dela sem um presente. Mas essas coisas eram dela por direito.

— Sei disso — diz, e olha acima, pelas escadas, enquanto Frances Grey, marquesa de Dorset, filha de Maria, rainha viúva da França, desce os degraus e faz-me a mais curta das cortesias em resposta à minha. Como filha de uma princesa Tudor casada com um plebeu, Frances é amaldiçoada pela ansiedade quanto à sua precedência e sua posição, ainda mais agora que seu pai se casou novamente, e com a filha de Maria de Salinas, Catherine, que também está aqui.

— É bem-vinda aqui — diz Frances, como se estivesse em sua própria casa. — O velório é amanhã pela manhã. Entrarei primeiro, você, atrás de mim, e Maria e sua filha Catherine, minha madrasta, atrás de você.

— Claro — digo. — Quero apenas despedir-me de minha amiga. Precedência não me importa. Era minha mais querida amiga.

— A condessa de Worcester e a condessa de Surrey estão aqui — continua Frances.

Faço menção de concordar. Frances Howard, condessa de Surrey, é uma apoiadora dos Tudor por nascimento e casamento. Elizabeth Somerset, a condessa de Worcester, é uma das damas de companhia Bolena que atende constantemente a caçula Ana. Imagino que foram enviadas para fazer relatórios à sua senhora, que não ficará satisfeita em ouvir que as pessoas na rua abençoaram a rainha enquanto seu caixão era trazido para a abadia por seis cavalos pretos com seu séquito e metade do país caminhando atrás, com cabeças nuas ao vento frio.

É um lindo dia. O vento sopra do leste, cortante e frio, mas o céu está claro com uma luz invernal severa enquanto caminhamos para a igreja da abadia e, lá dentro, as centenas de velas brilham como ouro que ainda não foi polido. É um velório simples, não luxuoso o suficiente para uma grande rainha e a vencedora de Flodden, não o bastante para honrar uma infanta da Espanha que veio à Inglaterra com grandes esperanças. Mas há uma beleza silenciosa na igreja da abadia onde quatro bispos recepcionam o caixão coberto com veludo preto, forrado de tecido de ouro. Dois arautos caminham à frente do caixão e dois atrás, carregando estandartes com seus brasões: seu próprio timbre, o brasão real da Espanha, o selo real da Inglaterra, e sua própria insígnia, os dois brasões reais unidos. Seu lema "Humilde e leal" está escrito em letras douradas na base de seu caixão, e quando a Missa de Réquiem é cantada e as últimas notas puras morrem lentamente no ar cheio de fumaça de incenso, abaixam o caixão na caixa de pedra diante do grande altar, e sei que minha amiga se foi.

Coloco o punho contra a boca, para abafar um profundo soluço que sai rascante de meu ventre. Nunca pensei que fosse vê-la sendo enterrada. Veio à minha casa quando eu era a senhora de Ludlow e ela não passava de uma menina, doze anos mais nova. Nunca poderia imaginar que a veria sendo enterrada tão discretamente, tão pacificamente, em uma abadia longe da cidade que lhe dava orgulho de ser sua capital e seu lar.

Tampouco foi o velório que pediu em seu testamento. Mas realmente creio que, apesar de ter desejado ser enterrada em uma igreja franciscana e pedir à sua devota congregação que realizasse missas memoriais para ela, tem um lugar no paraíso, mesmo sem suas preces. O rei negou-lhe seu título, e fechou as casas dos frades, mas mesmo assim eles vagam nas estradas vazias nesta noite, ainda rezarão por ela. Todos aqueles de nós que a amavam jamais pensaram nela como qualquer coisa que não seja Catarina, rainha da Inglaterra.

Jantamos tarde e ficamos em silêncio durante o jantar. Maria de Salinas, Frances e eu falamos sobre sua mãe, Maria, e dos dias de antigamente, quando a rainha Catarina governava a corte e a rainha viúva voltou da França, tão bela, determinada e desobediente.

— Não é possível que fosse sempre verão, não é? — pergunta Maria de Salinas, saudosamente. — Parece que me lembro desses anos como se fossem um verão contínuo. É possível que todos os dias fossem de sol?

Frances ergue a cabeça:

— Há alguém à porta.

Também consigo ouvir o barulho de um pequeno grupo de cavaleiros, a porta se abrindo, e o administrador de Frances no batente dizendo, a desculpar-se:

— Mensagem da corte.

— Deixe-o entrar — diz Frances.

Olho para Maria e pergunto-me se tem permissão para estar aqui, ou se o rei enviou alguém para prendê-la. Temo por minha segurança. Pergunto-me se alguma informação foi lançada contra mim, contra meus meninos, contra qualquer um de nossa família. Imagino se Thomas Cromwell, que paga tantos informantes, que sabe tanto, descobriu que há um navegador em Grays disposto a ser contratado, que foi abordado há algumas noites e indagado se poderia levar uma dama para a França.

— Sabe quem é este que vem? — pergunto a Frances, minha voz muito baixa. — Esperava uma mensagem?

— Não, não sei.

O homem entra no cômodo, limpando a neve de sua capa, joga o capuz para trás e inclina-se diante de nós. Reconheço a libré do marquês de Dorset, Henry Grey, marido de Frances.

— Vossas Graças, Lady Dorset, Lady Salisbury, Lady Surrey, Lady Somerset, Lady Worcester. — Faz cortesia para cada uma de nós. — Trago importantes notícias de Greenwich. Sinto por ter demorado tanto para chegar aqui. Tivemos um acidente na estrada e precisamos levar um homem de volta a Enfield. — Volta sua atenção a Frances: — Fui instruído por seu marido e senhor a levá-la para a corte. Seu tio, o rei, foi gravemente ferido. Quando parti, há cinco dias, ele estava inconsciente.

Ela se levanta como se fosse receber notícias tremendas. Vejo-a apoiar-se na mesa como se precisasse se firmar.

— Inconsciente? — repito.

O homem indica que sim com a cabeça:

— O rei levou um golpe terrível e caiu do cavalo. A montaria tropeçou e caiu sobre ele enquanto estava prostrado. Estava participando de uma rodada de justas, o golpe o jogou para trás, ele caiu, e o cavalo sobre ele... Estavam ambos de armadura, então o peso... — Ele para e balança sua cabeça. — Quando tiramos o cavalo de cima de Sua Graça, não falou ou se moveu, estava como um homem morto. Nem sequer percebemos que ele respirava, até que o carregamos para dentro do palácio e chamamos os médicos. Meu senhor me enviou imediatamente para buscar Vossa Senhoria — bate o punho na palma da outra mão —, e depois não conseguimos atravessar por causa das rajadas de neve.

Olho para Frances, que está tremendo, a cor subindo às suas faces.

— Um acidente terrível — observa, sem fôlego.

O homem concorda.

— Devemos partir assim que o sol nascer. — Olha para nós. — O estado de saúde do rei é um segredo.

— Ele organizou uma justa depois da morte da rainha, antes de ela sequer ser colocada em seu descanso eterno? — pergunta Maria friamente.

O mensageiro inclina a cabeça ligeiramente, como se não quisesse comentar sobre a celebração que o rei e a mulher que se autointitula rainha fizeram da morte de sua rival. Mas não presto atenção nisso, estou voltada para Frances. Em toda sua vida foi bastante ambiciosa e sedenta por posições na corte. Agora quase consigo ler o que está pensando enquanto seus olhos escuros brilham, sem nada ver, deslocando-se da mesa para o mensageiro e de volta. Se o rei morrer desta queda, deixa uma filha bebê que ninguém acredita que é legítima, um bebê na barriga de uma mulher cuja chance de ser aceita como rainha morre com ele, um menino bastardo aceito e honrado e uma princesa em cárcere privado. Quem ousaria prever qual desses reclamantes tomaria o trono?

A porção Bolena, que inclui Elizabeth Somerset, aqui nesta mesa, apoiará a mulher que se autointitula rainha e sua bebê Isabel, mas os Howard, com Frances, condessa de Surrey, irão se separar da parte mais nova de sua família e pressionarão para a indicação do herdeiro homem, mesmo que ele seja o bastardo de Bessie Blount, pois está ligado por casamento à sua família. Maria de Salinas, toda a minha família, todas as minhas amizades e toda a antiga nobreza da Inglaterra, sacrificaria a vida para colocar a princesa Maria no trono. Aqui nesta mesa de jantar, depois do velório da rainha, estão reunidos grupos que guerrearão uns contra os outros se o rei morrer esta noite. E eu, que vi este país em guerra, sei muito bem que, durante as batalhas, outros herdeiros surgirão. Meu primo Henry Courtenay, primo do rei? Meu filho Montague, primo do rei? Meu filho Reginald, se tivesse se casado com a princesa e trazido consigo a bênção do papa e os exércitos da Espanha? Ou até mesmo a própria Frances, que certamente estará pensando nisso, enquanto está aqui, de olhos arregalados repletos de ambição, a filha da rainha viúva da França, a sobrinha do rei?

Depois de um momento ela se recupera.

— Assim que o sol raiar — concorda.

— Trouxe-lhe isto. — Entrega-lhe uma carta, em que consigo ver o selo de seu marido, um unicórnio em pé. Daria tudo para saber o que lhe escreveu em particular. Ela segura a carta em uma das mãos e volta-se para mim.

— Por favor, perdoem-me — diz. Cuidadosamente, trocamos gestos de cabeça medidos e então ela corre para seu quarto, para dizer a seus serviçais que arrumem as malas, e para ler a carta.

Maria e eu a vemos sair.

— Se Sua Graça não se recuperar... — diz Maria, em voz baixa.

— Creio que é melhor viajarmos com Lady Frances — digo. — Creio que todos precisamos voltar a Londres. Podemos viajar com sua escolta.

— Ela terá pressa.

— Eu também.

Na grande Estrada do Norte, janeiro de 1536

Passamos uma noite na estrada, cavalgando o mais rápido possível para Londres, pedindo notícias ao longo do caminho, mas proibindo estritamente nossos empregados de dizerem o motivo de estarmos voltando com tanta pressa para a corte.

— Se as pessoas souberem que o rei está gravemente ferido, temo que irão rebelar-se — diz Frances, em voz baixa.

— Não há dúvida disso — respondo severamente.

— E sua afinidade será...

— Leal — digo brevemente, sem explicar o que isso quer dizer.

— Será necessária uma regência — diz. — Uma regência terrivelmente longa para a princesa Isabel. A não ser...

Espero para ver se tem coragem de terminar a frase.

— A não ser... — diz finalmente.

— Deus queira que Sua Graça esteja recuperado — digo simplesmente.

— É impossível imaginar o país sem ele — concorda Frances.

Balanço a cabeça em concordância, enquanto olho para meus companheiros e penso que claramente não é impossível, mas sim o que todos e cada um deles está pensando.

Paramos para o pernoite em uma hospedaria que pode abrigar as senhoras e aias de nossa grande comitiva, mas os homens terão de sair para buscar lugar nas fazendas por perto e os guardas terão de dormir em celeiros. Então sabemos que não estamos completamente protegidas quando ouvimos o som de cavaleiros aproximando-se, e os vemos correndo pela estrada ao anoitecer, meia dúzia de cavalos cansados pelo esforço.

As senhoras dão passos para trás da grande mesa do bar, mas eu saio para enfrentar o que quer que esteja vindo. Prefiro receber o medo em vez de esperar que ele venha batendo os pés por meu salão. Frances, marquesa de Dorset, normalmente tão ansiosa para ser a primeira, deixa-me assumir a precedência no momento de perigo, e fico sozinha, esperando para que os cavalos parem diante da porta. À luz que sai da porta, e então diante da súbita tremulação de uma tocha levantada por um dos meninos do estábulo que se aproximam correndo, vejo a libré real verde e branca e meu coração para de bater de medo, por um instante.

— Uma mensagem para a condessa de Worcester — diz.

Elizabeth Somerset corre para a frente e toma a carta selada com o sinete do falcão. Deixo as outras mulheres amontoarem-se à sua volta, enquanto ela rompe o selo da tal Bolena e inclina-se na direção das tochas, para que consiga ler em sua luz bruxuleante; porém, ninguém mais consegue ver a mensagem.

Caminho em direção à entrada e sorrio para o mensageiro.

— Fizeram uma cavalgada longa e fria — observo.

Ele joga as rédeas de seu cavalo para um dos meninos do estábulo.

— Fizemos.

— E temo que não haja nenhuma cama restante na hospedaria, mas posso enviar seus homens para uma fazenda aqui perto, onde minha guarda está dormindo. Podem arranjar-lhes comida e um lugar para repousar. Vocês voltarão para Londres conosco?

— Levarei a condessa para a corte ao amanhecer de amanhã, antes de todos vocês — rosna. — E já sabia que não haveria lugar para dormir aqui. E creio que tampouco o que comer.

— Pode enviar seus homens para a fazenda, e posso arranjar-lhe um lugar à mesa aqui no salão esta noite — digo. — Sou a condessa de Salisbury.

— Sei quem é, Vossa Graça. Sou Thomas Forest.

— Pode ser meu convidado no jantar de hoje, senhor Forest.

— Ficaria muito agradecido pelo jantar — diz. Volta-se e grita para seus homens que sigam o menino do estábulo que, com sua tocha, lhes mostrará o caminho até a fazenda.

— Sim — digo, guiando o caminho até a parte de dentro, em que mesas de montar estão sendo arrumadas pala o jantar, e os bancos, organizados. Ele consegue sentir o cheiro de carne assando na cozinha. — Mas qual é a pressa? A rainha precisa de sua dama com tal urgência que o manda atravessar o país no inverno? Ou será apenas o capricho de uma mulher grávida que você é obrigado a satisfazer?

Ele inclina-se em minha direção.

— Não me contam nada — diz. — Mas sou um homem casado. Conheço os sinais. A rainha foi para a cama e estão correndo para cima e para baixo com água quente e toalhas e todas, desde a mais poderosa até a mais nova das criadas da cozinha, falam com todos os homens como se fôssemos tolos ou criminosos. As parteiras estão lá, mas ninguém está carregando um berço para dentro.

— Está perdendo a criança? — pergunto.

— Sem a menor dúvida — diz, com honestidade brutal. — Mais um bebê Tudor morto.

Mansão de Bisham, Berkshire, primavera de 1536

Deixo que as damas voltem rapidamente à corte, onde o rei está se recuperando de sua queda e procurando aceitar a morte de mais um filho, e cavalgo em meu próprio ritmo para casa. A pergunta agora, a única pergunta, é: como o rei receberá a morte do filho? O bebê era um menino. Verá como um sinal de desaprovação de Deus e irá se voltar contra a segunda esposa, como fez com a primeira, e a culpar?

Passo horas de joelhos na capela do priorado pensando nisso. Meu séquito, Deus abençoe a todos, dá-me o crédito de assumir que estou rezando. Ai de mim, não rezo de verdade. No silêncio e na paz do priorado, pondero sobre o que o menino que antigamente eu conhecia tão bem fará, agora que é um homem que encara uma frustração massacrante.

O menino que conheci recuaria diante da dor de tal golpe, mas depois iria voltar-se para as pessoas que amava e aqueles que o amavam e, diante de seu consolo, se alegraria.

— Mas já não é mais um menino — diz Geoffrey em voz baixa para mim quando um dia junta-se à minha vigília e ajoelha-se ao meu lado, e sussurro esses pensamentos para ele. — Nem sequer é um jovem. O golpe que sofreu na cabeça abalou-o profundamente. Estava tornando-se mau, sem dúvida que estava tornando-se estragado como leite deixado ao sol. Mas repentinamente tudo ficou pior ainda. Montague diz que é como se ele percebesse que irá morrer, assim como sua esposa, a rainha.

— Acha que ele está, de algum modo, de luto por ela?

— Mesmo que ele não quisesse voltar para ela, sabia que ela estava lá, amando-o, rezando por ele, esperando que se reconciliassem. E então, repentinamente, ele se aproxima da morte e o bebê morre. Montague diz que ele acha que Deus o abandonou. Terá de encontrar alguma explicação.

— Culpará Ana — prevejo.

Geoffrey está prestes a responder quando o prior Richard entra silenciosamente e ajoelha-se ao meu lado, reza por um instante, persigna-se e diz:

— Vossa Graça, posso interrompê-la?

Voltamo-nos para ele.

— O que houve?

— Temos uma visita — diz. Fala com tanto desdém que por um instante penso que sapos vieram do brejo e tomaram conta do jardim da cozinha.

— Visita?

— É como chamam. Uma inspeção. Os homens de lorde Cromwell vieram verificar se nosso priorado está sendo gerenciado de acordo com os preceitos de seus fundadores e de nossa ordem.

Levanto-me.

— Não pode haver dúvida disso.

Ele caminha adiante, para fora da igreja, em direção a seu cômodo.

— Milady, eles duvidam, sim.

Abre a porta e dois homens voltam-se e olham para mim de forma impertinente, como se eu os estivesse interrompendo, apesar de estarem no quarto de meu prior, em meu priorado, em minhas terras. Aguardo um instante sem me mover ou falar.

— Vossa Senhoria, a condessa de Salisbury — anuncia-me o prior. Só então eles fazem uma cortesia, e diante de sua mesura relutante, percebo como o priorado está em perigo.

— E vocês são?

— Richard Layton e Thomas Legh — diz o mais velho, com suavidade. — Estamos trabalhando para lorde Cromwell...

— Sei o que fazem — interrompo-os. Este é o homem que interrogou Thomas More. Este é o homem que foi à Abadia de Sheen e interrogou os monges. Este é o homem que testemunhou contra a Moça de Kent, Elizabeth Barton. Não duvido de que o meu nome, os de meus filhos e o de meu capelão foram escritos diversas vezes em papéis guardados na pequena maleta marrom que carrega.

Inclina-se, sem vergonha alguma.

— Fico feliz por isso — diz, com tranquilidade. — Houve muita corrupção e maldade na Igreja, e Thomas Legh e eu estamos orgulhosos de ser instrumentos de purificação, de reforma, de Deus.

— Não há corrupção ou maldade alguma aqui — diz Geoffrey de forma acalorada. — Então podem ir embora.

Layton faz um pequeno gesto estranho de concordância com a cabeça.

— O senhor sabe, Sir Geoffrey, que é isso o que todos sempre me garantem. E, se for, iremos confirmá-lo e partiremos o mais rápido possível. Temos muito a fazer. Não desejamos ficar aqui mais do que o necessário.

Volta-se para o prior:

— Assumo que podemos usar seu quarto para nosso inquérito. Mandará virem os cônegos e as freiras um de cada vez, os cônegos primeiro e depois as freiras. Os mais velhos antes.

— Por que deseja falar com as freiras? — pergunta Geoffrey. Nenhum de nós quer minha nora Jane reclamando para estranhos sobre sua decisão de fazer parte do priorado, ou exigindo sua libertação.

O sorriso, rapidamente suprimido, que se forma no rosto de Layton diz-me que eles sabem que pegamos seu dote quando a incentivamos a entrar no convento, e sabem que quer libertar-se de seus votos e pegar sua fortuna de volta.

— Sempre falamos com todos — Richard Layton diz, em voz baixa. — É assim que evitamos que dois pardais caiam por terra. Estamos fazendo o trabalho de Deus e fazemos isso atentamente.

— O prior Richard irá se sentar com vocês e ouvirá tudo que é dito.

— Infelizmente, não. O prior Richard será nossa primeira entrevista.

— Olhem — digo, em repentina fúria. — Não podem entrar aqui em meu priorado, fundado por minha família, e perguntar o que quiserem. Esta é minha terra, este é o meu priorado. Não tolerarei.

— Assinou o juramento, não foi? — pergunta Layton, negligentemente, virando papéis na mesa. — Certamente assinou. Lembro-me apenas de Thomas More e John Fisher recusarem-se a assinar. Thomas More e John Fisher, ambos mortos.

— É lógico que milady mãe assinou — fala Geoffrey por mim. — Não há como duvidar de nossa lealdade, ela não pode ser questionada.

Richard Layton dá de ombros.

— Então aceitaram o rei como o líder supremo da Igreja. Ele ordena que a visita aconteça. Estamos aqui cumprindo sua vontade. Estão questionando seu direito, seu direito divino, de governar sua Igreja?

— Não, é certo que não — digo, determinada.

— Então, por favor, Vossa Senhoria, deixe-nos começar — diz Layton com um sorriso muito agradável, tira a cadeira do prior de trás da mesa, senta-se e abre sua bolsa, enquanto Thomas Legh empurra uma pilha de papéis em sua direção e escreve um cabeçalho na primeira página. Lê-se *Visita ao Priorado de Bisham, abril de 1536.*

— Oh — diz Richard Layton, como se acabasse de lembrar-se. — Falaremos com seu capelão também.

Ele me apanha de surpresa.

— Não tenho um — digo. — Confesso ao prior Richard, assim como todos os membros de minha casa.

— Nunca teve um? — pergunta Layton. — Tinha certeza de que havia um pagamento nas contas do priorado... — Vira páginas como se procurasse algo de que se lembra vagamente, passando por elas como um ator interpretando alguém procurando um nome em papéis antigos.

— Tinha — digo com firmeza. — Mas ele se foi. Mudou-se. Não me deu explicações. — Olho de relance para Geoffrey.

— Digno de muita desconfiança — diz, com firmeza.

— Helyar, não era? — pergunta Layton. — John Helyar?

— Era?

— Sim.

Richard Layton e Thomas Legh abrigam-se na casa de convidados do priorado durante uma semana. Jantam com os cônegos no salão de jantar e são despertados ao longo da noite pelo sino do priorado, que pede orações. Ouço com algum prazer que reclamam de falta de sono. Os aposentos são pequenos, com paredes de pedra, e não há lareiras, a não ser no escritório do prior e no salão de jantar. Estou certa de que sentem frio e estão desconfortáveis, mas esta é a vida monástica que estão investigando. Deveriam estar felizes por ser simples e rigorosa. Thomas Legh está acostumado a padrões mais luxuosos, viaja com catorze homens vestidos com sua libré e seu irmão é seu companheiro constante. Diz que deveriam estar acomodados na mansão e respondo que seriam bem-vindos, mas estou com uma infestação de pulgas e que estamos fumigando e arejando todos os quartos. Claramente, não acredita em mim, e não tento convencê-lo.

No terceiro dia de sua visita, Thomas Standish, o oficial da cozinha, entra correndo na leiteria onde estou observando as empregadas fabricando os queijos.

— Milady! Os habitantes do vilarejo estão no priorado! É melhor que venha imediatamente!

Deixo cair a prensa de queijo feita de madeira na mesa bem-esfregada, fazendo um barulho alto, e tiro meu avental.

— Eu também vou! — diz ansiosamente uma das queijeiras. — Vão derrubar aquele tal Crummer do cavalo dele!

— Não vão, não. O nome dele é Cromwell, e você ficará aqui — digo, com firmeza.

Dou passos largos para sair da cozinha e o oficial toma meu braço para guiar-me pelas pedras do pátio.

— Há apenas alguns deles — diz. — Nate Ridley e seus filhos, um homem que não conheço, o velho White e seu filho. Mas não aguentam mais. Dizem que não permitirão que a visita aconteça. Dizem que sabem de tudo.

Estou prestes a responder quando minhas palavras são interrompidas por um repentino repicar de sinos. Alguém os está tocando fora de ordem, fora de lugar, e escuto que estão batendo-os ao revés.

— É um sinal! — Standish sai correndo. — Quando tocam o sino ao inverso, significa que os plebeus tomaram o controle, que a vila está revoltada.

— Impeça-os! — ordeno. Thomas Standish corre adiante, enquanto sigo-o até o priorado onde pende a corda do maior dos sinos, atrás da igreja. Há três homens de Bisham e um homem que não conheço, e o estrépito do repique na hora errada é ensurdecedor no espaço diminuto.

— Pare! — grito, mas ninguém consegue escutar-me. Dou um tapa com as costas da mão na cabeça de um de meus homens, e cutuco o outro com a faca cega para queijo que ainda estou segurando. — Pare!

Eles param de puxar a corda assim que me veem, e os sinos balançam, cada vez mais irregularmente, até que cessam. Atrás de mim os dois visitantes, Legh e Layton, entram tropeçando na igreja, e os homens voltam-se contra eles com um rosnado de raiva.

— Vocês dois, saiam — digo-lhes energicamente. — Vão e sentem-se com o prior. Não posso garantir sua segurança.

— Estamos realizando negócios para o rei — começa Legh.

— Estão fazendo o negócio do diabo! — exclama um dos homens.

— Agora, então — digo em voz baixa. — Já acabou. — Aos dois visitantes, digo: — Estou avisando. Vão até o prior. Ele os manterá a salvo.

Os dois abaixam a cabeça e saem rapidamente da capela.

— Agora — digo com firmeza. — Onde está o resto de vocês?

— Estão no priorado, pegando o cálice e as vestimentas — relata Standish.

— Salvando-os! — diz-me o velho fazendeiro White. — Salvando-os daqueles dois ladrões hereges. Devia deixar-nos trabalhar. Deveria deixar--nos fazer o trabalho de Deus.

— Não somos somente nós — diz-me o estranho. — Não estamos sozinhos.

— E quem é você?

— Sou Goodman, de Somerset — diz. — Os homens de Somerset estão defendendo os monastérios também. Estamos defendendo a Igreja, assim como os monges e a pequena nobreza deveriam fazer. Vim aqui para dizer isso a essas boas pessoas. Devem erguer-se e defender seu próprio priorado. Cada um de nós deve guardar as coisas de Deus para tempos melhores.

— Não, não devemos — digo rapidamente. — E irei dizer-lhes por quê. Depois que estes dois homens fugirem, e estou certa de que vocês podem fazê-los correr de volta para Londres, o rei enviará um exército, e eles enforcarão cada um de vocês.

— Não pode nos enforcar a todos. Não se toda a vila se revoltar — protesta o fazendeiro White.

— Sim, ele pode — digo. — Pensa que o rei não tem canhão e armas? Crê que não tem cavalos e soldados com lanças e piques? Acha que não consegue construir patíbulos para todos vocês?

— Mas o que faremos? — A luta já parece tê-los abandonado. Alguns locais entram, desgarrados, pela porta da igreja e olham para mim como se eu fosse salvar o priorado. — O que faremos?

— O rei tornou-se o Fura-Terra — grita uma mulher do fundo da multidão. Seu xale imundo cobre a cabeça e seu rosto está voltado para o outro lado. Não a reconheço nem quero ver seu rosto. Não quero ter de testemunhar contra ela, enquanto continua a gritar palavras de traição. — O rei tornou-se um rei falso, peludo como um bode. Ficou louco e engole todo o ouro desta terra. Não haverá Maio! Não haverá Maio!

Ansiosamente, olho de relance para a porta e vejo Standish balançando a cabeça de modo tranquilizador. Os visitantes não ouvem a manifestação. Estão escondidos na câmara do prior.

— Vocês são o meu povo — digo, em voz baixa, para o silêncio infeliz. — E este é o meu priorado. Não posso salvar o priorado, mas posso salvá-los. Vão para suas casas. Deixem que a consulta termine. Talvez não encontrem nada de errado, e os cônegos continuem aqui e tudo fique bem.

Há um longo gemido, como se todos estivessem sentindo dor.

— E se encontrarem? — diz alguém lá atrás.

— Então imploraremos ao rei que ignore seus conselheiros enganados — digo. — E coloque o país no prumo novamente. Como era antigamente.

— Era melhor deixá-lo como era nos dias do passado antes dos Tudor — diz alguém, em voz muito baixa.

Abro minha mão para ordenar que se calem, antes que alguém grite "À Warwick!".

— Silêncio — digo, e soa mais como um pedido do que uma ordem. — Não pode haver deslealdade ao rei. — Há um murmúrio de concordância. — Então, temos de permitir que seus empregados façam seu trabalho.

Alguns dos homens demonstram com a cabeça que seguem o raciocínio.

— Mas dirá a ele? — pergunta-me alguém na multidão. — Dirá ao rei que não podemos perder nossos monastérios e nossos conventos? Diga-lhe que queremos nossos altares à beira da estrada e nossos locais de peregrinação. Precisamos dos nossos dias de banquetes e dos monastérios abertos a serviço dos pobres. E queremos que os lordes o aconselhem, não esse Crummer, e que a princesa seja sua herdeira.

— Vou dizer-lhe o que puder — afirmo.

De má vontade, incertamente, como gado que atravessou uma cerca viva, chegou a um campo desconhecido e depois não sabe o que fazer com sua liberdade, aceitam ser enxotados da capela do priorado e seguirem na estrada até o vilarejo.

Quando tudo está em silêncio novamente, a porta do priorado se abre e os dois visitantes saem. Sinto-me bastante triunfante com sua fuga nervosa para a porta da igreja e o modo como olham para os sinais de revolta no entorno, a lama no chão, as cordas dos sinos penduradas, e franzem o cenho diante do eco dos repiques.

— Este é um povo muito perturbado — diz-me Legh, como se eu houvesse dado início à rebelião. — Desleal.

— Não, não é — digo, sem mudar de tom. — São completamente leais ao rei. Entenderam errado o que estão fazendo, só isso. Pensaram que vieram roubar o ouro da igreja e fechar o priorado. Pensaram que o chanceler estivesse fechando todas as igrejas da Inglaterra em benefício próprio.

Legh sorri para mim sutilmente.

— É claro que não — diz.

No dia seguinte, o prior Richard vem até mim em minha sala de registros na mansão. Estou sentada a uma grande escrivaninha redonda feita para organizar o registro dos aluguéis, com cada gaveta marcada com uma letra. As dívidas de cada locatário ficam na gaveta da letra correspondente, e a escrivaninha pode ser girada de A até Z para que eu possa puxar, em instantes, o documento de que preciso. A chegada do prior me distrai de meu prazer pelo negócio bem gerenciado que é meu lar.

— Estão falando com as freiras hoje.

— Não acha que haverá problema, acha?

— Se sua nora reclamar...

Fecho uma gaveta e empurro a escrivaninha um pouco para a direita.

— Não pode dizer coisa alguma que seja crítica ao priorado. Pode dizer que mudou de ideia sobre tornar-se freira, pode dizer que quer sair e tirar sua pensão do que vem de meus aluguéis, esse não é o tipo de corrupção que eles estão encarregados de encontrar.

— É a única coisa em que podemos ser considerados errados — diz, especulativo.

— O senhor não está errado — garanto-lhe. — Fomos Montague e eu que a convencemos a entrar, e Montague e eu que a mantivemos aqui.

Ainda assim, ele parece preocupado.

— Estes são tempos confusos.

— Nunca piores — digo, convicta. — Nunca vi piores.

Os homens de Thomas Cromwell pedem-me licença para sair com perfeita civilidade, e montam para partir. Noto seus bons cavalos e as belas selas, presto atenção nos homens de Legh, com suas charmosas librés. A Igreja do rei é um serviço lucrativo, aparentemente. Julgar pobres pecadores parece fornecer salários extraordinariamente bons. Aceno-lhes em despedida, sabendo que voltarão com uma decisão rápida, mas mesmo assim fico surpresa que, em meros quatro dias, o prior vem à mansão para dizer-me que estão de volta.

— Querem que eu parta — diz. — Pediram minha abdicação.

— Não — digo, sem alterar-me. — Eles não têm esse direito.

Ele inclina a cabeça.

— Vossa Senhoria, têm uma ordem com o selo real, assinada por Thomas Cromwell. Eles têm o direito.

— Ninguém disse que o rei deveria ser o líder da Igreja para destruí-la! — Estouro de raiva repentina. — Ninguém fez um juramento dizendo que os monastérios deveriam ser fechados e bons homens e mulheres seriam abandonados no mundo. Ninguém queria que os vitrais fossem retirados das janelas, ninguém queria o ouro sendo levado dos altares, ninguém neste país fez um juramento que pedisse o fim da comunhão católica! Isto não está certo!

— Imploro-lhe — diz, pálido como um papel. — Imploro-lhe que fique em silêncio.

Viro-me em direção à janela e encaro a doçura das folhas verdes nas árvores, o balanceio das flores brancas e cor-de-rosa das macieiras do outro lado do muro do pomar. Penso na criança que conheci, no pequeno menino Henrique que desejava servir, que brilhava com inocência e esperança, que era, em seu modo infantil, devoto.

Olho para trás.

— Não acredito que isto esteja acontecendo — digo. — Mande-os até mim.

Os visitantes Layton e Legh entram em silêncio em meus aposentos, mas sem quaisquer sinais de apreensão.

— Fechem a porta — digo. Legh fecha-a e eles ficam diante de mim. Não há cadeiras para eles, e não me movo de meu lugar na grande cadeira com o dossel real sobre minha cabeça.

— O prior Richard não irá abdicar — digo. — Não há nada de errado com o priorado e ele nada fez de errado. Permanecerá em seu posto.

Richard Layton desenrola um papel, mostra-me o selo.

— Tem ordens para abdicar — diz, com pesar.

Permito que o segure próximo de mim, para que consiga ler as longas frases. Depois, olho para ele.

— Sem base — digo. — E sei que não tem provas. Ele recorrerá.

Ele enrola-o novamente.

— Não há como recorrer — diz. — Não precisamos de embasamento. Temo que a decisão seja final, Vossa Senhoria.

Ponho-me em pé e faço um gesto em direção à porta, para lhes indicar que devem sair.

— Não, a *minha* decisão é final — digo. — O prior não abdicará, a não ser que consigam demonstrar que fez algo de errado. E não podem provar isso. Então, ele fica.

Os dois curvam-se, como são obrigados a fazer.

— Voltaremos — diz Richard Layton.

Este é um momento de provações. Sei que alguns monastérios se tornaram relaxados, e seus servos, sinônimos de corrupção. Sei — todos sabem — das relíquias feitas com ossos de pomba e sangue de pato, e os pedaços de corda que são oferecidos aos inocentes como partes do cinto da Virgem Maria.

O país está cheio de tolos temerosos e os piores monastérios e conventos aproveitaram-se deles, exploraram-nos, guiaram-nos mal, vivendo como lordes enquanto pregavam a vida humilde. Ninguém protesta que o rei indique homens honestos para descobrir esses abusos e impedi-los. Mas agora verei o que acontece quando os visitantes do rei vêm a um priorado que serve a Deus e ao povo, onde os tesouros são utilizados para a glória de Deus, onde os aluguéis recebidos pelo prior são usados para alimentar os pobres. Minha família fundou este priorado e eu o protegerei. É minha vida: como meus filhos, como minha princesa, como minha casa.

Montague escreve-me de Londres, sem selo ou assinatura:

O rei diz que vê que Deus não lhe dará um filho com ela.

Seguro a carta em minha mão por um instante antes de empurrá-la para o coração do fogo. Sei que Ana Bolena não poderá autointitular-se rainha durante muito tempo.

Na hora que antecede o jantar, quando estou sentada com minhas damas em minha câmara privada e o músico está tocando o alaúde, escuto uma forte batida na porta externa.

— Prossiga — digo ao músico, que deixa as notas dissiparem-se, enquanto escutamos o som de pés atravessando o salão e subindo as escadas. — Prossiga.

Ele ataca um acorde no momento em que a porta se abre e os homens de Cromwell, Layton e Legh, entram no aposento, fazendo-me uma cortesia. Com eles, como um fantasma que se ergue do túmulo, mas um fantasma triunfante, com roupas novas, está minha nora Jane, a viúva enlutada de meu filho Arthur, vista pela última vez agarrando a porta da cripta da família e chorando por seu marido e seu filho.

— Jane? O que faz aqui? O que está vestindo? — pergunto-lhe.

Ela solta uma pequena gargalhada desafiadora e sacode a cabeça.

— Estes senhores irão escoltar-me até Londres — diz. — Estou noiva e irei me casar.

Sinto minha respiração tornar-se mais rápida enquanto meu humor se altera.

— É uma noviça no priorado — digo, em voz baixa. — Ficou louca? — Olho para Richard Layton. — Está sequestrando uma freira?

— Ela falou com o prior, e ele liberou-a — diz, suavemente. — Nenhuma noviça pode ser retida se mudar de ideia. Lady Pole ficou noiva de Sir William Barrantyne e recebi ordens para levá-la a seu novo marido.

— Pensei que William Barrantyne somente roubasse bens e terras da Igreja — digo maldosamente. — Estou desatualizada. Não sabia que também abduzia freiras.

— Não sou freira coisa nenhuma e nunca deveria ter sido levada e mantida lá! — grita Jane para mim.

Minhas damas levantam-se rapidamente, minha neta Katherine corre em minha direção, como se fosse posicionar-se entre mim e Jane, mas eu gentilmente coloco-a de lado.

— Você pediu, implorou, gritou para ser retirada do mundo, pois seu coração estava partido — digo, sem alterar-me. — Agora vejo que seu coração está inteiro novamente e pode implorar para sair mais uma vez. Mas tenha certeza de dizer ao seu novo marido que aceita uma pobre noviça, não uma herdeira. Não receberá nada de mim quando se casar, e seu pai pode deserdá-la por ser uma freira fugitiva. Não possui filho para carregar seu nome ou herdar. Pode voltar ao mundo, se desejar, mas nem tudo voltará para você. Não encontrará as coisas do mesmo jeito que estavam antes.

Jane fica horrorizada. Não pensou nisso. Imagino que seu noivo ficará horrorizado do mesmo modo, mesmo se levar adiante o plano de casamento com uma mulher que não é uma herdeira.

— A senhora roubou meus bens?

— De modo algum, foi você quem escolheu uma vida humilde. Tomou uma decisão quando estava de luto e agora toma outra, de cabeça quente. Não parece conseguir tomar uma decisão e se ater a ela.

— Eu conseguirei minha fortuna de volta! — enfurece-se.

Calmamente, olho para além dela, para Richard Layton, que estava observando isto com crescente desconforto.

— Ainda a quer? — pergunto, indiferentemente. — Imagino que seu senhor, Thomas Cromwell, não planeje recompensar seu amigo William Barrantyne com uma mulher louca e sem nenhum tostão.

Ela está completamente perdida. Destaco minha vantagem.

— O prior ainda não deve tê-la liberado — digo. — Prior Richard não o teria feito.

— O prior Richard renunciou — diz Thomas Legh, suavemente, falando em voz mais alta do que os balbucios de seu parceiro. — O prior William Barlow tomará seu lugar e entregará o priorado a lorde Cromwell.

Não conheço Barlow, a não ser por reputação como um grande apoiador da reforma, o que quer dizer, como agora todos podemos ver, roubar da Igreja e expulsar bons homens. Seu irmão trabalha como espião para os Bolena e ouve as confissões de George Bolena, que devem ser belos contos.

— O prior Richard não partirá! — digo de imediato. — Certamente não para ser substituído por um capelão Bolena!

— Já se foi. E não o verá novamente.

Por um instante penso que querem dizer que o levaram para a Torre.

— Preso? — pergunto, com medo repentino.

— Sabiamente, ele decidiu que a situação não devesse chegar a esse ponto. — Richard recupera-se. — Agora, levarei sua nora para Londres.

— Aqui — digo, com repentino desprezo. Ponho a mão dentro de minha bolsa e pego uma moedinha de prata. Atiro-a diretamente para ele, e Richard pega-a sem pensar, então parece um tolo por aceitar uma moeda tão pequena de mim, como um mendigo. — Para seus gastos na estrada. Porque ela não possui nada.

Escrevo a Reginald e envio a carta para John Helyar em Flandres, para que a leve até meu filho.

Entregaram nosso priorado a um estranho que irá dispensar os padres e fechar as portas. Levaram Jane para se casar com um amigo de Cromwell. A Igreja não conseguirá sobreviver a esse tratamento. Eu não sobreviverei. Diga ao papa que não podemos suportar isso.

Ainda estou vacilante em função do ataque ao centro absoluto de meu lar, à Igreja que amo, quando recebo um bilhete de Londres:

Milady mãe, por favor, venha imediatamente. M.

L'Erber, Londres, abril de 1536

Montague recebe-me à porta da casa, com as parreiras mostrando as folhas verdes à sua volta, como se ele fosse uma *Planta genista* em uma iluminura, uma planta que cresce robusta, independentemente do solo ou do clima.

Ajuda-me a descer do cavalo e segura meu braço, enquanto subimos os curtos degraus até a porta. Sente a dureza de meu caminhar.

— Sinto muito por ter feito a senhora cavalgar — diz.

— Prefiro vir até Londres a ouvir sobre o assunto tarde demais no interior — digo, secamente. — Leve-me para minha câmara privada, feche a porta para os outros e diga-me o que está acontecendo.

Ele faz o que peço e, dentro de instantes, estou sentada em minha cadeira, ao lado do fogo com um copo de vinho quente na mão e Montague está em pé diante do fogo, inclinando-se contra a chaminé de pedra, olhando para as chamas.

— Preciso de seus conselhos — diz. — Fui convidado para jantar com Thomas Cromwell.

— Leve uma colher comprida — digo, e ganho um sorriso torto de meu filho.

— Isto pode ser um sinal de que tudo está mudando.

Concordo com a cabeça.

— Sei o porquê disso — diz. — Henry Courtenay foi convidado comigo. Falou com Thomas Seymour, que estava jogando cartas com Thomas Cromwell, Nicholas Carew e Francis Bryan.

— Carew e Bryan são apoiadores dos Bolena.

— Sim, mas agora, como é primo dos Seymour, Bryan está aconselhando Joana.

Aceno com a cabeça.

— Então Thomas Cromwell está tornando-se amigo daqueles de nós que apoiam a princesa ou dos que são parentes de Joana Seymour?

— Tom Seymour prometeu-me que, se Joana fosse a rainha, iria reconhecer a princesa, trazê-la para a corte e garantir sua restauração enquanto herdeira.

Levanto as sobrancelhas.

— Como Joana poderia tornar-se rainha? Como Cromwell conseguiria isso?

Montague abaixa a voz, apesar de estarmos por trás de portas fechadas em nossa própria casa.

— Geoffrey falou com John Stokesley, o bispo de Londres, ontem mesmo. Cromwell perguntou-lhe se o rei conseguiria abandonar legalmente a tal da Bolena.

— Abandoná-la legalmente? — repito. — O que isso significaria? E o que o bispo respondeu?

Montague solta uma risada curta.

— Ele não é tolo. Gostaria de ver os Bolena derrubados, mas disse que somente daria sua opinião para o rei e, mesmo assim, somente se soubesse o que gostaria de ouvir.

— E algum de nós sabe o que ele quer ouvir?

Montague balança a cabeça.

— Os sinais são contraditórios. Por um lado, ele reuniu o Parlamento e convocou uma reunião de seu Conselho. E Cromwell está claramente conspirando contra os Bolena. Mas o rei conseguiu que o embaixador espanhol se curvasse a ela como rainha pela primeira vez. Então, não, nós não sabemos.

— Então devemos esperar até que saibamos.

Pensativa, tiro minhas luvas de montaria e coloco-as sobre o braço da cadeira. Estendo as mãos diante do calor do fogo.

— O que Cromwell quer de nós? Pois, atualmente, deve a mim um priorado, e não tenho a tendência de demonstrar gentileza para com ele.

— Quer que prometamos que Reginald não escreverá contra ele, cessará de pedir ao papa que aja contra o rei.

Franzo o cenho.

— Por que ele se importa tanto se Reginald tem uma opinião positiva ou não?

— Porque Reginald fala pelo papa. Cromwell está aterrorizado, e o rei está vivamente temeroso de que o papa irá excomungá-los a ambos, e então ninguém obedecerá a suas ordens. Cromwell precisa de nosso apoio para sua própria segurança — continua Montague. — O rei diz uma coisa durante o desjejum e entra em contradição na hora do jantar. Cromwell não quer terminar como Wolsey. Se derrubar Ana, como Wolsey derrubou Catarina, deseja ter a certeza de que todos aconselharão o rei de que se trata de algo aprovado por Deus.

— Se ele renegar Ana e salvar nossa princesa, então o apoiaremos — digo, com rancor. — Mas ele deve aconselhar o rei a voltar a ter obediência por Roma. Deve restaurar a Igreja. Não podemos viver na Inglaterra sem nossos monastérios.

— Uma vez que Ana houver partido, o rei fará uma aliança com a Espanha e devolverá a Igreja para a liderança de Roma — prevê Montague.

— E Cromwell o aconselhará a isso? — pergunto, ceticamente — Tornou-se, de repente, um papista fiel?

— Ele não quer que a bula de excomunhão seja publicada — diz Montague, em voz baixa. — Sabe que isso pode arruinar o rei. Quer que mantenhamos tudo sob sigilo e que abramos caminho para que o rei volte a Roma.

Por um momento sinto uma sensação de alegria, advinda de possuir, finalmente, alguma participação no jogo, algum poder. Desde que Thomas Cromwell começou a aconselhar o rei para que traísse nossa rainha e destruísse nossa princesa, estivemos gritando contra o vento. Agora parece que o tempo está mudando.

— Ele precisa de nossa amizade para se opor aos Bolena — diz Montague. — E os Seymour querem que apoiemos Joana.

— Ela é a nova preferida do rei? — pergunto. — Realmente acham que ele se casará com ela?

— Deve ser muito tranquila, depois de Ana — comenta Montague.

— E, mais uma vez, é amor?

Ele indica que sim com a cabeça.

— Está encantado com ela. Crê que é uma moça quieta do interior, tímida, ignorante. Crê que não se interessa por assuntos que são preocupações dos homens. Ele olha para sua família e crê que ela será fértil.

A jovem tem cinco irmãos.

— Mas não pode crer que ela seja a mais fina mulher da corte — protesto. — Sempre quis a melhor. Não pode pensar que Joana brilha mais do que todas as outras.

— Não, ele está diferente. Joana não é a melhor, nem de longe, mas admira-o muito mais do que qualquer outra pessoa — diz Montague. — Este é seu novo critério. Gosta do modo como ela olha para ele.

— E como ela olha para ele?

— Está deslumbrada.

Absorvo essa observação. Entendo o que significa para o rei: sacudido por sua própria mortalidade, depois de passar horas inconsciente, encarando a possibilidade de morrer sem um herdeiro homem, a adoração de uma garota do interior, pura, deve ser um alívio.

— E então?

— Vou jantar com Cromwell e Henry Courtenay esta noite. Devo dizer que nos aliaremos a ele contra Ana?

Lembro-me do poder dos Bolena recentemente inflado e da vasta riqueza dos Howard e penso que, ainda assim, podemos olhar para eles como inferiores a nós.

— Sim — digo. — Mas diga-lhes que nosso preço para esse apoio é a restauração da princesa e das abadias. Manteremos a excomunhão em segredo, mas o rei precisa retornar a Roma.

Montague volta do jantar com Cromwell trocando os pés, tão bêbado que mal consegue ficar em pé. Eu havia ido para a cama quando ele dá pancadas em minha porta, pergunta se pode entrar e, quando abro, mantém-se no umbral e diz que não vai invadir.

— Filho! — digo sorrindo. — Você está bêbado como um menino de estábulo.

— Thomas Cromwell tem uma cabeça de ferro — diz, cheio de arrependimento.

— Espero que não tenha falado mais do que aquilo que combinamos.

Montague se encosta no batente da porta e ofega pesadamente. Uma lufada morna de cerveja, vinho e creio que conhaque, pois Cromwell tem gostos exóticos, sopra de leve em meu rosto.

— Vá para a cama — digo. — Logo estará enjoado como um cão de manhã.

Ele balança a cabeça com espanto.

— Ele tem uma cabeça de ferro — repete. — Uma cabeça de ferro e um coração como uma bigorna. Sabe o que está fazendo?

— Não.

— Colocando seu tio, seu próprio tio, Thomas Howard, para obter provas contra ela. Thomas Howard encontrará provas contra o casamento. Interrogará testemunhas contra a sobrinha.

— Homens de cabeça de ferro e coração de pedra. E a princesa Maria?

Como uma coruja, Montague acena com a cabeça para mim.

— Eu não me esqueço de seu amor por ela, nunca me esqueço, milady mãe. Coloquei o assunto na mesa de imediato. Lembrei-lhe de imediato.

— E o que ele diz? — pergunto-lhe, contendo minha impaciência para mergulhar a cabeça de meu filho bêbado num balde de água gelada.

— Disse que ela receberá um séquito adequado e será honrada em sua nova casa. Será declarada legítima. Será restaurada. Virá para a corte, e a rainha Joana será sua amiga.

Eu quase sufoco diante do novo nome:

— Rainha Joana?

Ele acena com a cabeça.

— Incrível, né?

— Tem certeza disso?

— Cromwell tem certeza.

Aproximo-me dele ignorando o cheiro de vinho, conhaque e cerveja. Dou pancadinhas em seu rosto, enquanto sorri para mim.

— Muito bem. Está perfeito — digo. — Talvez isso tudo acabe bem. E Cromwell não está apenas jogando verde. Trata-se da vontade do rei?

— Cromwell sempre faz apenas a vontade do rei — diz Montague com confiança. — Pode estar certa disso. E agora o rei quer a princesa restaurada em sua posição, e que a Bolena se vá.

— Amém — digo, e gentilmente empurro Montague para fora da porta de meus aposentos, onde os seus homens o aguardam.

— Coloquem-no na cama — digo. — E o deixem dormir a manhã toda.

Mansão da Rosa, St. Lawrence Pountney, Londres, abril de 1536

Acalentando este segredo e subitamente cheia de esperanças, vou visitar minha prima Gertrude Courtenay em sua casa em St. Lawrence Pountney, Londres. Seu marido Henry está na corte, na preparação da justa de Primeiro de Maio, e Montague tem de permanecer na corte também. Depois da justa, todos participarão de um grande banquete a ser celebrado na França, cujo anfitrião será o rei Francisco. Seja o que for que Cromwell esteja planejando contra aquela Bolena, está fazendo com calma, e não há como promover uma aproximação da Espanha ou um retorno a Roma. Uma vez que não confio em Thomas Cromwell mais do que confiaria em qualquer soldado mercenário vindo dos bordéis de Putney, considero que é bem provável que ele esteja jogando nos dois lados ao mesmo tempo, Bolena e a França contra minha princesa Maria e a Espanha, até que possa se assegurar de qual lado sairá vitorioso.

A prima Gertrude está arrebentando de fofocas. Ela me agarra no momento em que desmonto do cavalo e atravessamos o salão.

— Venha — diz ela. — Venha até o jardim, quero falar com você e não quero que ninguém nos ouça.

Rindo, eu a sigo.

— O que há de tão urgente?

Assim que se vira para falar, meu riso morre, tão séria ela parece.

— Gertrude?

— O rei falou em particular com meu marido — diz ela. — Eu não ousei escrever-lhe. Conversaram depois que a concubina perdeu o bebê. Diz que agora ele entende que Deus não lhe dará um filho com ela.

— Eu sei — digo. — Já ouvi a mesma coisa. Até no campo já estão comentando. Todos na corte devem saber e, já que sabem, a única explicação é que o rei e Cromwell devem querer que todos saibam.

— Isto você não ouviu: diz que ela o seduziu por meio de bruxaria, e que é por isso que nunca terão um filho juntos.

Fico atônita.

— Bruxaria? — Baixo minha voz para repetir a palavra perigosa. Acusar uma mulher de bruxaria é equivalente a condená-la à morte. Afinal, como uma mulher pode provar que um desastre não é algo feito por ela? Se alguém diz ter sido vítima de mau-olhado ou bruxaria, como a pessoa pode provar que não foi assim? Se um rei diz que foi enfeitiçado, quem lhe dirá que está enganado?

— Deus a salve! O que meu primo Henry diz?

— Não disse nada. Estava atônito demais para falar. Ademais, o que poderia ele dizer? Todos achamos que ela o levou à loucura, todos pensamos que ela estivesse levando todos à loucura. O rei estava claramente intoxicado, estava fora de si, quem diria que não era bruxaria?

— Porque o vimos brincar com ela como com um peixe — digo, com irritação. — Não houve mistério, não houve magia. Você não vê que Joana Seymour está sendo bem aconselhada para jogar esse mesmo jogo? Avançando, recuando, meio seduzida e depois batendo em retirada? Já não vimos o rei loucamente apaixonado por meia dúzia de mulheres? Não é magia, é o que qualquer vagabunda faz quando tem sagacidade para perceber o que acontece. A diferença com a Bolena é que ela era mais rápida em sua sagacidade do que as outras, tinha uma família que a apoiava. E a rainha, Deus a abençoe, estava envelhecendo e não podia mais ter filhos.

— Sim. — Gertrude se estabiliza. — Sim, você está certa. Mas, uma vez mais, se o rei acha que foi enfeitiçado e que ela é uma bruxa, que isso explica seus abortos, então isso é tudo que importa.

— E o que importa a seguir é o que ele fará a respeito — digo.

— Ele a descartará — diz Gertudre, em triunfo. — Ele a culpará por tudo e a descartará. E nós, Cromwell e todos os nossos parentes o ajudarão a fazê-lo.

— Como? — indago. — Pois se é exatamente nisto que Montague está trabalhando, junto com Cromwell, Carew e Seymour.

Ela sorri abertamente para mim:

— Não apenas eles — observa ela. — Dezenas de outros. E nós sequer temos de fazer alguma coisa. Aquele demônio do Cromwell fará tudo em nosso lugar.

Fico para jantar com Gertrude e permaneceria mais tempo, mas um dos homens de Montague vem ter comigo durante a tarde e me pede que retorne a L'Erber.

— O que aconteceu? — Gertrude vem comigo até os estábulos, onde meu cavalo está selado e pronto.

— Não sei — digo.

— Mas não estamos correndo perigo, estamos? — pede confirmação, tendo em mente nosso brinde no jantar à queda de Ana, à volta do rei ao seu estado normal e à nomeação da princesa Maria como legítima herdeira.

— Acho que não — digo. — Montague teria me alertado. Acredito que ele tenha algum trabalho para mim. Talvez estejamos do lado certo, até que enfim.

L'Erber, Londres, maio de 1536

Montague anda de um lado para o outro em nossa capela particular, como se desejasse estar correndo para o litoral até o prestativo mestre do barco, em Grays, e navegar em direção ao seu irmão Reginald.

— Ele enlouqueceu — diz, num sussurro. — Eu acho mesmo que ele enlouqueceu desta vez. Ninguém está seguro, ninguém sabe o que ele fará em seguida.

Estou atônita com essa reversão repentina. Ponho meu gorro de lado e pego as mãos de meu filho.

— Acalme-se. Conte o que aconteceu,

— A senhora não ouviu nada nas ruas?

— Nada. Algumas pessoas me saudaram enquanto eu passava, mas estavam quase todas em silêncio...

— É porque é impossível acreditar. — Ele bate a mão na boca e olha em volta. Não há ninguém na capela exceto nós, o fogo da vela bruxuleia, e não há nenhuma porta se fechando para fazê-las tremeluzir. Estamos a sós.

Montague apoia-se nos calcanhares e cai de joelhos diante de mim. Percebo que está pálido e tremendo, profundamente perturbado.

— Ele prendeu Ana Bolena por adultério — deixa escapar. — E homens de sua corte, por manterem os segredos dela. Ainda não sabemos quantos. Ainda não sabemos quem.

— "Quantos"? — repito, incredulamente. — Como assim "quantos"?

Ele estende as mãos.

— Eu sei! Por que acusaria mais de um homem, mesmo que ela houvesse se deitado com muitos? Por que razão permitiria que uma coisa dessas se tornasse pública? E que mentira extraordinária quando ele poderia simplesmente descartá-la sem uma palavra! Prenderam Thomas Wyatt e Henry Norris, mas também o rapaz que canta em seus aposentos e até o próprio irmão dela. — Olha para mim. — A senhora o conhece! No que ele está pensando? Por que faria isso?

— Espere — digo. — Não consigo entender.

Vou à cadeira do padre e afundo nela, pois meus joelhos se enfraquecem sob meu próprio peso. Penso que estou ficando velha demais para isso, não tenho rapidez de pensamento o suficiente para chegar à suspeita ou a conclusões. Henrique, o rei, se movimenta rápido demais para mim de um modo que Henrique, o príncipe, jamais se movimentaria. Pois o príncipe era rápido e inteligente, mas o rei é rápido e astuto como um louco: selvagemente determinado.

Lentamente, Montague repete os nomes para mim, acrescenta mais um par de nomes de outros homens que parecem estar desaparecidos da corte.

— Cromwell anda dizendo que ela deu à luz um monstro — diz meu filho. — Como se isso provasse tudo.

— Um monstro? — repito, estupidamente.

— Não um natimorto humano. Um tipo de réptil.

Olho meu filho com inexpressivo horror.

— Meu Deus, como Thomas Cromwell é capaz de encontrar pecado e sodomia em todo lugar que olha! Até mesmo em meu priorado, no quarto da rainha! Que mente esse homem tem. Que voz ouvirá ele em suas preces?

— É a mente do rei que interessa. — Montague põe a mão em meu joelho e me olha como se eu ainda fosse sua mãe todo-poderosa e pudesse tornar tudo melhor. — Cromwell só faz o que o rei quer. Ele a julgará por adultério.

— Vai julgá-la por adultério? A própria esposa?

— Deus me ajude, eu estarei no júri.

— Você estará no júri?

— Nós concordamos! — Ele salta, fica em pé e se abaixa de novo. — Todos os que nos encontramos com Cromwell, que afirmaram que o ajudariam a anular o casamento, foram convocados para o júri. Achávamos que ele estivesse falando sobre a libertação do rei de seus falsos votos de casamento. Achávamos que inquiriríamos a validade do casamento e o consideraríamos inválido. Mas não! Não é isto!

— Ele está pondo em questão o casamento? Irá anulá-lo? — indago. — Como ele tentou fazer com a rainha?

— Não! Não! Não! A senhora não está entendendo? Ele não porá o casamento em questão. Ele a julgará por adultério. E o irmão dela, e alguns outros homens, sabe Deus quem, sabe Deus quantos. Sabe lá Deus se são até mesmo nossos amigos ou nossos primos. Com certeza, só mesmo Deus saberá!

— Algum dos nossos? — pergunto com ansiedade. — Alguém de nossa família ou daqueles que trabalham conosco? Os apoiadores da princesa?

— Não. Até onde sei, não. Pelo menos ninguém do nosso grupo foi preso ainda. Isso é que é tão estranho. Todos os que desapareceram são do grupo da Bolena, que viviam entrando e saindo de seus aposentos o dia inteiro. — Montague faz uma pequena careta. — A senhora sabe de quem se trata. Norris, Brereton...

— Homens de quem Cromwell não gosta — observo. — Mas por que o rapaz do alaúde?

— Não sei! — Montague esfrega o rosto com as mãos. — Foi o primeiro que pegaram. Talvez porque Cromwell possa torturá-lo até que confesse? Cromwell pode torturá-lo até que indique os nomes de outras pessoas? Até que ele dê os nomes que Cromwell quer?

— Tortura? — repito. — Torturá-lo? O rei está usando tortura? Com um menino? O pequeno músico?

Montague olha para mim como se o país que conhecemos e amamos, nossa herança, estivesse cambaleando rumo ao inferno sob nossos pés.

— E eu concordei em participar do júri — diz ele.

Não apenas meu filho Montague, mas vinte e cinco outros homens do reino têm de se sentar para assistir ao julgamento da mulher que eles chamavam de rainha. Preside o júri o tio dela, com a expressão severa diante da queda daquela mulher que ele empurrou para o trono, que se tornou a rainha que odiou. A seu lado está o antigo amante dela, Henry Percy, tremendo de febre, resmungando que está doente demais para fazer aquele serviço, que não deveriam obrigá-lo a fazê-lo.

Todos os senhores de minha família estão lá. Uma boa parte do júri é composta por meus parentes ou partidários, que apoiam a princesa Maria e odeiam Bolena desde que ela usurpou o trono. Para nós, embora a contabilidade de beijos e seduções fosse mais do que suficiente, a acusação de que ela envenenara a rainha e planejava envenenar a princesa é uma amarga confirmação de nossos piores temores. O restante do júri é composto por homens de Henrique, aqueles que odeiam ou amam segundo suas ordens. Ela não fez amigos enquanto foi rainha, ninguém diz uma palavra em sua defesa. Não há qualquer possibilidade de que haja justiça para ela enquanto eles estudam as provas que Thomas Cromwell tão persuasivamente preparou.

Elizabeth Somerset, a condessa de Worcester, que compareceu ao velório da rainha comigo em Peterborough, voltou-se contra sua amiga Ana e forneceu um rol de flertes e coisas piores ocorridas no quarto da rainha. Há muitos rumores. É uma confusão de pequenas fofocas e escândalos grotescos.

Montague vem para casa com as feições cansadas e irritadas.

— Que vergonha — diz, brevemente. — O rei acredita que até cem homens a possuíram. Que desgraça.

Eu passo a ele um copo de cerveja enquanto o observo.

— Você pronunciou "culpada"? — indago-lhe.

— Sim — diz ele. — As provas eram inquestionáveis, lorde Cromwell cuidou de cada detalhe que alguém pudesse questionar. Por alguma razão, acima de minha compreensão, permitiu que o próprio George Bolena dissesse à corte em alto e bom som que o rei era incapaz de gerar um filho. Ele anunciou a impotência do rei.

— Eles provaram que ela assassinou a rainha?

— Eles a acusaram disso. Parece que é o bastante.

— Eles a aprisionarão? Ou a mandarão para um convento?

Montague volta-se para mim, com a expressão coberta de piedade.

— Não. Ele irá matá-la.

Mansão Bisham, Berkshire, maio de 1536

Deixo Londres. Não suporto ouvir a especulação e as fofocas, a narração constante dos detalhes obscenos do julgamento, a curiosidade infindável sobre o que virá a seguir. Nem mesmo as pessoas que odiavam Bolena conseguem entender por que o rei não proclama seu casamento inválido, declara sua filha Isabel bastarda e descarta sua mãe, colocando-a em algum castelo frio distante onde possa morrer no abandono.

Algumas dessas coisas são concretizadas: o casamento é anulado, a menina Isabel é declarada bastarda. E ainda assim a mulher é mantida na Torre e os planos de execução seguem em frente.

Estou contente por estar longe da cidade, mas não consigo tirar da cabeça a mulher que está presa na Torre. No priorado fechado e degradado, vou até a capela fria e me ajoelho nas pedras do chão que dão para o leste, embora o belo crucifixo e o altar lavrado em prata tenham sido retirados. Encontro-me rezando diante de um altar vazio por uma mulher que eu odiava, cujos agentes roubaram meus objetos sagrados.

Não há precedentes para a execução de uma rainha da Inglaterra. Não é possível decapitar uma rainha. Uma mulher jamais caminhou da

Torre até o pequeno trecho de gramado diante da capela para encontrar sua morte. Não consigo imaginar uma situação dessas. Não aguento imaginá-lo. E não consigo acreditar que Henrique Tudor, o príncipe que conheci, poderia voltar-se contra uma mulher que amara como essa. Ele é um rei cujos namoros corteses são uma síntese de sua corte. Não pode ser brutal; é sempre amor, amor verdadeiro, para Henrique. Decerto ele não pode sentenciar sua esposa, e mãe de sua filha, à morte. Sei que se voltou contra sua boa rainha, que a mandou embora e a abandonou. Mas é diferente, completamente diferente, fugir de uma mulher que o desapontou e ignorá-la, e mudar de uma hora para outra e ordenar a morte de uma amante.

Rezo por Ana, mas meus pensamentos voltam-se constantemente para o rei. Acho que ele deve estar em um acesso de ira ciumenta, envergonhado daquilo que os homens dizem a seu respeito, exposto pela sagacidade rancorosa dos Bolena, sentindo o peso da idade, sentindo que a beleza de sua juventude está borrada pela gordura de seu rosto. Todos os dias deve olhar-se no espelho e ver o jovem e belo príncipe desaparecendo por trás do rosto inchado de um rei velho e risível, o menino dourado se convertendo no Fura-Terra. Todos adoravam Henrique quando ele era um rei mais novo. Ele não consegue entender como sua corte e a mulher que ele elevou do nada puderam voltar-se contra ele e — pior — rir dele, como de um velho corno e gordo.

Mas me engano. Enquanto penso no homem sensível recolhido em sua vergonha, irado pela perda da mulher em nome de quem tantas coisas destruiu, Henrique está, na verdade, consertando seu orgulho ao cortejar a menina Seymour. Não está olhando no espelho e pranteando sua juventude. Ele subirá o rio em seu barco, com tocadores de alaúde cantando fanhosos, para jantar com ela todas as noites. Está enviando a ela pequenos presentes e planejando seu futuro como se fossem noivos prometidos em maio. Não está pranteando sua juventude, ele a está reivindicando. E alguns dias depois de o tiro de canhão vindo da Torre anunciar a Londres inteira que o rei cometeu um dos piores crimes que um homem pode cometer — assassinou a sua esposa —, Henrique casa-se novamente e nós temos uma nova rainha: Joana.

— O embaixador espanhol contou-me que Joana trará a princesa à corte e fará com que seja honrada — diz-me Geoffrey. Caminhamos nos campos, na direção de Home Farm, contemplando a colheita verde. Em algum lugar, no meio do espinheiro da cerca viva, há um melro que canta em desafio ao mundo notas harmoniosas, cheias de esperança.

— Mesmo?

Geoffrey sorri.

— Nosso inimigo morreu e nós sobrevivemos. O rei em pessoa chamou Henry Fitzroy para junto dele, tomou-o nos braços e disse que aquela Bolena o teria matado e à nossa princesa, e que ele era bem-aventurado por ainda tê-los.

— Mandará chamar a princesa?

— Tão logo Joana seja proclamada rainha e se estabeleça o pessoal a seu serviço. Nossa princesa viverá com sua nova mãe, a rainha, dentro de uns dias.

Dou o braço ao meu filho favorito e descanso a cabeça por um momento em seu ombro.

— Você sabe, numa vida de tantos altos e baixos, eu me vejo quase surpresa por ainda estar aqui. Estou muito surpresa por ver tudo se acertando novamente.

Ele dá um tapinha em minha mão.

— Quem sabe? A senhora ainda pode ver sua amada princesa coroada.

— Shh, shh — digo, embora os campos estejam vazios, exceto por um trabalhador cavando uma vala bloqueada, ao longe. Agora é traição até mesmo falar da morte do rei. Todo dia Cromwell cria uma lei nova para proteger a reputação do rei.

Posso ouvir o som dos cascos na estrada e retornamos à casa. Vejo o estandarte de Montague tremulando acima das cercas vivas e quando caminhamos pelo pátio do estábulo o vemos desmontando do cavalo. Caminha rapidamente em nossa direção, ajoelha-se, pedindo minha bênção, e então se levanta.

— Tenho notícias de Greenwich — diz. — Boas notícias.

— A princesa retornará à corte! — adivinha Geoffrey. — Eu não disse?

— Ainda melhor que isso — diz Montague. — A senhora é quem está convidada a retornar à corte — diz ele. — Milady mãe, estou aqui com o convite pessoal do rei. O exílio chegou ao fim, a senhora está prestes a voltar.

Não sei o que dizer. Olho para seu rosto sorridente e luto para encontrar as palavras.

— Uma restauração?

— Uma restauração completa. Tudo será como antes. A princesa em seu palácio, a senhora a seu lado.

— Deus seja louvado — exclama Geoffrey. — A senhora comandará o pessoal da princesa Maria mais uma vez, como estava habituada a fazer. Estará onde devia estar, onde todos nós devíamos estar, na corte, e posições e rendimentos virão em sua direção mais uma vez, virão para todos nós.

— Está com dívidas, Geoffrey? — pergunta Montague, com um leve sorriso brincalhão.

— Duvido que seja capaz de administrar uma pequena propriedade, constantemente em contendas legais com os vizinhos — diz Geoffrey, irritado. — Tudo o que desejo é que tenhamos o que é nosso novamente. Milady mãe deveria estar à frente da corte, e todos nós deveríamos lá estar também. Nós somos Plantageneta! Nascemos para governar, o mínimo que podemos fazer é aconselhar.

— E eu tomarei conta da princesa — digo. A única coisa que me interessa.

— Governanta da princesa de novo. — Montague toma minhas mãos e sorri para mim. — Parabéns!

Palácio de Greenwich, Londres, junho de 1536

Volto para Londres com Montague, seu estandarte nos antecedendo, a Rosa Branca sobre minha cabeça, seus guardas lindamente montados e vestidos à minha volta, e praticamente assim que chegamos à cidade, seguindo em direção à nossa embarcação no rio, vejo que as pessoas surgem, correm à nossa frente, e começam a nos saudar. No momento em que chegamos mais perto do rio, há milhares de pessoas nas ruas gritando meu nome e bênçãos, perguntando pela princesa e finalmente gritando "À Warwick! À Warwick!".

— Já chega. — Montague acena com a cabeça para um dos guardas que cavalgam para o interior da multidão, espremendo as pessoas com seu grande cavalo, pega o cabo de sua espada e aplica uma pancada surda no jovem legalista.

— Montague — digo, chocada. — Ele estava apenas nos saudando.

— Ele não pode — diz Montague com rigidez. — A senhora está de volta à corte, e estamos restaurados, mas as coisas não são como antes. O rei não é como antes. Creio que jamais será o mesmo novamente.

— Pensei que estivesse feliz com Joana Seymour — observo. — Pensei que ela fosse a única mulher que ele amou.

Montague esconde um sorriso irônico diante de meu sarcasmo.

— Está feliz com ela — diz cautelosamente. — Mas não está tão apaixonado que possa suportar uma palavra que seja de crítica ou de dúvida. E alguém clamando pela senhora, ou pela princesa, ou pela Igreja, é o tipo de crítica que ele não suporta ouvir.

Meus aposentos na corte são os mesmos que eu tinha antes, tanto tempo atrás, quando era a dama de companhia de Catarina, que era uma rainha de apenas 23 anos, arrancada da pobreza e do desespero por um rei de 17 anos, e quando nós pensávamos que nada daria errado novamente.

Vou apresentar meus respeitos à nova rainha em seus aposentos, e faço minha mesura a Joana Seymour, uma menina que eu conheci quando era uma dama de companhia tímida e bastante incompetente de Catarina. De sua pálida superioridade deduzo que se lembra de ter sido repreendida por mim por seu desajeitamento, e me certifico de me curvar bem baixo, e lá em baixo permanecer, até que ela me convide a levantar.

Não dou o mais leve sinal de que me divirto enquanto supervisiono seu quarto e suas damas.

Cada ornamento em madeira que trazia um urso ou um falcão e um vistoso "A" foi raspado e lixado e agora lá se vê um "J" ou uma fênix que se levanta. Seu lema untuoso, "Destinada a obedecer e servir", está sendo bordado por suas damas num painel colorido com o verde dos Tudor. Elas me cumprimentam com prazer. Algumas são velhas amigas. Elizabeth Darrel serviu Catarina comigo; Mary Brandon, meia-irmã de Frances Gray; e, o mais surpreendente de tudo, Jane Bolena, a viúva de George Bolena, que forneceu provas fatais contra o próprio marido e sua cunhada, Ana. Ela parece ter se recuperado com notável suavidade da dor e do desastre que se abateu sobre sua família, e se curva para mim de forma muito polida.

Admiro-me da corte da rainha Joana. Nomear Jane Bolena como sua dama de companhia é dar as boas-vindas conscientes a uma espiã que se venderá por qualquer preço. Certamente ela deve saber que, uma vez que Jane Bolena mandou seu marido e sua cunhada ao patíbulo, ela dificilmente hesitará em comprometer um estranho. Mas depois compreendo. Estas não são damas escolhidas por Joana, são mulheres aqui colocadas por seus parentes para obter vantagens, emolumentos e atrair a atenção do rei. São as vis servidoras introduzidas aqui em benefício deles. Isto não é uma corte inglesa em qualquer sentido que eu poderia compreendê-la. Isto é um ninho de ratos.

Tenho permissão para escrever à princesa Maria, embora ainda não possa visitá-la. Mantenho a paciência com esta proscrição, certa de que Henrique a trará para a corte. A rainha Joana fala com gentileza a seu respeito e pede meu conselho a propósito de lhe enviar suas novas roupas e uma capa de montaria. Escolhemos juntas um vestido e algumas mangas de veludo de um vermelho profundo, que sei que combinarão com ela, e as enviamos ao norte, por meio de um mensageiro real, a apenas cinquenta quilômetros de Hunsdon, onde ela se prepara para voltar à corte.

Escrevo para perguntar por sua saúde, por sua felicidade. Escrevo contando que a verei em breve, que voltaremos a ser felizes juntas, que tenho a esperança de que o rei me permitirá dirigir os serviços dedicados a ela e de que tudo será como antes. Digo que a corte está tranquila e alegre novamente, e que ela encontrará em Joana uma rainha e uma amiga. Não escrevo que elas têm muito em comum, estando separadas por apenas oito anos de idade uma da outra, exceto, é claro, que Maria nasceu e foi criada para ser uma princesa, e Joana, para ser a desinteressante filha de um cavaleiro rural, e espero por uma resposta.

Querida Lady Margaret,

Sinto muito e estou tão triste por não poder ir à corte e estar com a senhora de novo. Tive a desventura de ofender meu pai, o rei, pois faria de tudo para obedecer-lhe e honrá-lo, mas não posso desobedecer e desonrar minha mãe santificada ou meu Deus. Ore por mim.

Maria

Não entendo sua carta, então dirijo-me imediatamente aos aposentos do rei para encontrar Montague. Ele está jogando cartas com um dos irmãos Seymour, que agora são grandes homens. Espero o jogo acabar e rio diante das perdas cuidadosamente estudadas de Montague. Henry Seymour levanta seus ganhos, curva-se para mim e caminha pela galeria.

— O que aconteceu com a princesa? — indago sucintamente, as mãos agarrando sua carta profundamente escondida em meu bolso.

— O rei não a trará para a corte até que ela faça o juramento — diz, com brevidade. — Ele enviou Norfolk até ela, que a amaldiçoou pessoalmente e a chamou de traidora.

Balanço a cabeça, em atordoamento.

— Por quê? Por que o rei insistiria que ela fizesse o juramento agora? A rainha Catarina morreu, Ana morreu, Isabel foi declarada bastarda e ele tem uma nova rainha que, queira Deus, dará a ele um filho e herdeiro. Por que ele insistiria para que ela fizesse o juramento agora? Qual o sentido disso?

Montague afasta-se de meu rosto ansioso e dá alguns passos.

— Não sei — diz, simplesmente. — Não faz sentido. Pensei que quando Bolena estivesse morta todos os nossos problemas acabariam. Pensei que o rei fosse se reconciliar com Roma. Não sei por que persiste nisso. Principalmente, não sei por que persiste em ficar contra a filha. Não se fala com um cão da maneira como Norfolk falou com ela.

Ponho a mão na boca para abafar um grito:

— Ele a ameaçou?

— Disse que, se ela fosse filha dele, bateria sua cabeça na parede até que ficasse mole como uma maçã assada.

— Não! — Não consigo crer que até mesmo Thomas Howard ousaria falar com uma princesa dessa maneira. Não consigo crer que qualquer pai permitiria que um tal homem ameaçasse sua filha com violência. — Meu Deus, Montague, o que faremos?

Meu filho parece um homem que está sendo levado, gradual e inexoravelmente, em direção ao perigo, um cavalo de guerra encaminhando-se, relutante, na direção dos canhões.

— Pensei que nossos problemas tivessem terminado, mas eles apenas estão recomeçando — diz, lentamente. — Acho que precisamos sumir com ela. A rainha Joana fala em seu favor, até Cromwell o aconselha dizendo que a princesa deveria vir à corte, mas o rei gritou para Joana que a princesa deveria ser julgada por traição e que Joana era uma tola por advogar em sua causa. Creio que o rei se voltou contra ela, acho que decidiu que é sua inimiga. Sua simples presença, mesmo a distância, representa uma afronta a ele. Não consegue vê-la e esquecer-se de como tratou sua mãe. Não pode pensar nela e fingir que não houve nenhuma Ana. Não pode fingir que não é velho demais para ser seu pai, não consegue suportar o pensamento de que ela lhe resiste. Temos de sumir com ela. Não creio que esteja segura no reino dele.

Geoffrey cavalga mais uma vez na direção da aldeia secreta de Grays, à beira do rio, e volta avisando que o barqueiro está pronto para partir ao nosso sinal e permanece leal à princesa. Nosso parente em Calais, Arthur Plantageneta, lorde Lisle, escreve-me dizendo que pode receber as provisões de mercadorias que estou preparando para lhe enviar e que uma mensagem a seu administrador em Londres o advertirá de quando tudo deverá ser entregue. Montague traz uma dúzia de cavalos para a corte, dizendo que os está treinando para a temporada de caça. Nosso primo, Henry Courtenay, paga um menino de estábulo em Hunsdon para obter notícias e descobre que a princesa agora tem permissão para caminhar pelo jardim todas as manhãs, em nome de sua boa saúde.

Estou acompanhando a rainha Joana à capela antes do desjejum quando vejo Montague no séquito do rei. Ele vem em minha direção, ajoelha-se pedindo minhas bênçãos e, quando minha mão está pousada em sua cabeça, sussurra:

— Norfolk denunciou seu meio-irmão ao rei e Tom foi preso por traição.

Dissimulo em minha expressão o choque que sinto quando Montague se levanta e me dá o braço.

— Venha — digo, rapidamente.

— Não. — Ele me conduz na direção da capela, curva-se para a rainha e recua. — Não faça nada fora do ordinário — lembra-me.

Enquanto o padre reza a missa, as costas voltadas para a congregação, o murmúrio baixo em latim flutuando sobre nós, percebo que estou agarrando as contas de meu rosário, conferindo-as vezes seguidas. Definitivamente, não é possível que um Howard tenha feito qualquer coisa contra o rei. Tom Howard ascendeu com sua família fazendo tudo aquilo que o rei lhes pedia. Não há partidários mais leais, mais domesticados, em todo o país. Mal consigo ouvir a missa, não consigo rezar. Relanceio os olhos pela cabeça abaixada da rainha e me pergunto se ela sabe.

Não é antes de a corte dirigir-se para o desjejum que eu posso caminhar ao lado de Montague e aparentar que estamos conversando calmamente, uma mãe com seu filho:

— O que Tommy Howard fez?

— Seduziu a filha da rainha escocesa, a sua antiga pupila: Margaret Douglas. Eles se casaram em segredo na Páscoa.

— Lady Margaret! — exclamo. Raras vezes a vi desde que deixei meu encargo de servir Ana Bolena. Por um instante, tudo o que consigo sentir é alívio por não ser a princesa ameaçada por novos problemas, mas então penso na linda menina que estava sob meus cuidados, mas perdida na corte. — Nunca teria feito qualquer coisa que não condissesse com o comportamento de uma princesa — digo, com ferocidade. — Era dama de companhia de nossa princesa e filha de Margaret Tudor. Não me diga que ela casou sem permissão, secretamente, com um plebeu!

— Eu lhe digo, sim — diz Montague diretamente.

— Casou-se com Tom Howard? Em segredo? Como o rei descobriu?

— Todos estão dizendo que o duque lhe contou. Norfolk trairia seu próprio meio-irmão?

— Sim — respondo na mesma hora. — Porque ele não pode correr o risco de o rei pensar que havia um complô para casar mais um herdeiro real com a família Howard. Ele já tem Henry Fitzroy na família; o que pareceria se a família capturasse outro herdeiro Tudor?

— Ao rei, pareceria que eles estão se preparando para usurpar o trono — diz Montague, soturnamente.

— Melhor para nós que ele suspeite dos Howard em lugar dos Plantageneta — observo. — Mas o que acontecerá com Lady Margaret? O rei está muito bravo?

— Ele está furioso! Pior do que eu esperaria. E irritado com a esposa de Henry Fitzroy, Mary Howard, que os ajudou a se encontrarem.

— Como puderam ser tão tolos? — Balanço a cabeça. — Lady Margaret sabe que qualquer um que a corteje está se posicionando próximo ao trono. Em tempos como estes, ninguém sabe quão próximo. Se a princesa Isabel é declarada bastarda e a princesa Maria não é restaurada, então Lady Margaret é a terceira na linha de sucessão do trono, depois de sua mãe e seu irmão.

— Ela sabe disso agora — diz Montague. O rei diz que o duque de Norfolk impôs uma divisão de traição no seio do reino.

— Ele usou o termo "traidor"?

— Usou.

— Mas, espere — digo. — Espere, Montague, deixe-me pensar. — Dou uns passos, afastando-me dele e em seguida volto. — Pense por um momento. Por que o duque de Norfolk a apressaria? Como você diz, se o rei renega as princesas, Lady Margaret está na linha de sucessão do trono.

Por que Norfolk não levou vantagem deste casamento secreto para colocar a herdeira do trono em sua família? Por que encorajou o casamento e o manteve em segredo?

Montague está prestes a responder quando eu exponho o complô para ele:

— Norfolk precisa ter certeza de que o rei vai nomear Henry Fitzroy como seu herdeiro, e então faz de Mary Howard, sua filha, a rainha da Inglaterra. De outra forma, ele teria apoiado o casamento e o mantido em segredo como outra conexão real útil.

— Palavras perigosas — diz Montague, tão baixinho que mal posso ouvi-lo.

— Norfolk jamais trairia seu irmão senão por uma chance melhor de chegar ao trono, com sua filha casada com o herdeiro do rei. — Respiro. — Norfolk estaria à procura da melhor oportunidade para si e sua família. Ele sabe que não é Lady Margaret. Ele deve estar certo de que Fitzroy será nomeado herdeiro.

— E então? — pergunta Montague. — O que isso significa para nós?

Sinto-me esfriar enquanto me dou conta.

— Significa que você está certo e precisamos tirar a princesa do país — digo. — O rei jamais a restaurará. E ela está em seu caminho. Corre perigo se permanecer em seu caminho. Qualquer um que o obstrui sempre corre perigo.

Estou com a jovem rainha Joana em sua sala de recepção aguardando, modestamente, ao lado de seu trono, enquanto centenas de pessoas curvam-se diante dela e pedem um ou outro favor. Joana parece bastante inexpressiva diante desta súbita manifestação de interesse por sua saúde e bem-estar. Todos oferecem um pequeno presente que ela toma e passa a uma de suas damas, que o coloca sobre uma mesa postada atrás dela. Vez ou outra lança-me um olhar para se certificar de que estou observando e aprovando a conduta de suas damas e o decoro de sua sala. Gentilmente, aceno com a cabeça. Apesar das despesas do séquito da princesa, ainda sou a mulher mais rica da corte por direito próprio, com o mais grandioso dos títulos por direito próprio e, de longe, a mais velha. Tenho 62 anos e Joana é a sexta rainha que vejo neste trono. Está certa em relancear em minha direção seus tímidos olhos azuis para confirmar se faz tudo corretamente.

Ela começou seu reinado com um erro terrível. Lady Margaret Douglas jamais poderia ter tido permissão para encontrar-se em segredo com Tom Howard. Mary Howard, a jovem duquesa casada com Henry Fitzroy, jamais deveria ter tido permissão para encorajá-los. A rainha Joana, subindo a um trono que ainda estava aquecido pelo suor de pavor da última ocupante, aturdida por sua própria ascensão, não observou o comportamento de sua nova corte, não sabia o que estava acontecendo. Mas agora Tom está na Torre, acusado de traição, Lady Margaret está confinada em seus aposentos e o rei está furioso com todos.

— Não, ela foi presa, ela está na Torre também — conta-me Jane Bolena animadamente.

Sinto o familiar baque em meu coração ao simples pensamento sobre a Torre:

— Lady Margaret? Sob que acusação?

— Traição.

Aquela palavra, vinda de Jane Bolena, é como uma sentença de morte.

— Como pode ela ser acusada de traição, quando tudo que fez foi se casar com um jovem por amor? — pergunto, sendo razoável. — Tolice, sim. Desobediência, sim. E é claro que o rei se sente ofendido. E com razão. Mas como isto constitui traição?

Jane Bolena baixa os olhos:

— É traição se o rei diz que é — declara. — E ele afirma que eles são culpados. E a pena é a morte.

Estou terrivelmente abalada. Se o rei é capaz de acusar sua amada sobrinha de traição e de colocá-la na Torre sob uma sentença de morte, certamente é capaz de acusar sua filha também. Principalmente quando a chama de filha bastarda e manda seus piores homens ameaçá-la com violência. Vou até os aposentos do rei para conferenciar com Montague quando ouço o ruído dos passos dos soldados atrás de mim.

Por um momento, penso que desmaiarei de medo e me encolho junto à parede, sentindo a pedra fria, fria como uma cela na torre, nas minhas costas. Espero, com o coração martelando enquanto passam; duas dúzias de homens da guarda do rei nas librés brilhantes dos Tudor marchando no mesmo ritmo, pelos corredores do Palácio de Greenwich, na direção da sala de recepção real.

Assim que passam por mim, temo por Montague. Sussurro:

— Meu filho. — E sigo rapidamente atrás dos soldados quando eles marcham pelas escadas que conduzem aos aposentos do rei, onde a grande porta da sala de recepção encontra-se aberta e eles entram em duas fileiras, lado a lado, ameaçadoramente fortes.

A sala está cheia, mas o rei não está lá. O trono está vazio; Henrique está lá dentro, em seus aposentos, a portas fechadas com sua corte. Ele não testemunhará a detenção. Se houver gritos e pranto, não será perturbado. Quando olho em torno da sala ocupada, noto com alívio que Montague também não se encontra ali, provavelmente está lá dentro com o rei.

Os soldados não estão aqui em busca de meu filho. Em vez disso, o oficial caminha cheio de confiança na direção de Anthony Browne, o favorito do rei, seu cavalariço-chefe, em quem depositava toda a confiança, e solicita com polidez que siga com eles. Anthony levanta-se do lugar onde estava relaxando junto à janela, sorri como o cortesão que ele é e pergunta afetando negligência.

— Por que, qual é a acusação?

— Traição. — A resposta vem rápida e todos aqueles que estão em volta de Anthony parecem derreter.

O oficial olha para a corte, que está subitamente atônita, em silêncio chocado.

— Sir Francis Bryan! — chama.

— Aqui — diz Sir Francis. Ele avança e os homens que estão com ele dão um passo para trás, como se o não conhecessem, como se jamais o tivessem conhecido. Ele sorri, o tapa-olho encarando cegamente a corte, sem enxergar amigos. — Como posso servi-lo, oficial? Precisa de meu auxílio?

— O senhor pode vir comigo — ordena o oficial, com um tipo de humor soturno —, pois está detido também.

— Eu? — pergunta Francis Bryan, primo desta rainha, primo da rainha anterior também, um homem confiante do favor real depois de anos de amizade. — Para quê? Sob que possível alegação?

— Traição — diz o homem, pela segunda vez. — Traição.

Observo os dois homens saírem com a guarda e descubro o duque de Norfolk, Thomas Howard, junto a meu cotovelo.

— O que será que fizeram? — pergunto. Bryan especificamente sobreviveu a mil perigos, tendo sido exilado da corte pelo menos duas vezes e tendo retornado incólume cada uma delas.

— Fico contente de que a senhora não saiba. — Vem a resposta ameaçadora. — Eles conspiraram com Lady Maria, a filha bastarda do rei. Planejavam retirá-la de Hunsdon e, de navio, mandá-la para Flandres. Eu os enforcaria por isso. Eu bem a veria enforcada por isso.

Volto para os aposentos da rainha, o medo mordiscando meus calcanhares durante todo o trajeto. As damas me perguntam o que está acontecendo e eu conto que presenciei a prisão de dois dos mais firmes amigos do rei. Não lhes conto o que o duque de Norfolk disse. Tenho medo demais para pronunciar as palavras. Lady Woods conta-me que meu parente, Henry Courtenay, fora dispensado do Conselho Privado sob suspeita de conspirar a favor da princesa. Faço a melhor interpretação de que sou capaz de uma mulher chocada por notícias extraordinárias.

— A senhora não se corresponde com Lady Maria? — diz Lady Woods. — Não mantém contato com ela? Seu antigo encargo? Embora todos saibam que a ama e que voltou à corte para servi-la?

— Eu me correspondo com ela apenas por intermédio de lorde Cromwell — digo. — Tenho uma afeição por ela, é claro. Escrevo-lhe juntamente com a rainha.

— Mas não a encoraja?

Lanço um olhar pela sala. Jane Bolena mantém-se imóvel sobre sua costura, como se não estivesse pensando sobre a costura.

— É evidente que não — digo. — Fiz o juramento, como todo mundo.

— Não todo mundo — retruca Jane, levantando os olhos do trabalho. — Seu filho Reginald deixou a Inglaterra sem jurar.

— Meu filho Reginald está preparando um relatório para o rei sobre o casamento da rainha Catarina e a governança da Igreja da Inglaterra — digo, com firmeza. — O próprio rei o incumbiu e Reginald responderá. Ele é um erudito do rei, exatamente como que foi criado para ser. Está trabalhando para ele. Sua lealdade não pode ser questionada, nem a minha.

— Oh, é claro — diz Jane, com um sorrisinho, pendendo a cabeça em direção ao trabalho. — Não quis sugerir nada diferente disso.

Vejo Montague durante o jantar, mas não posso falar-lhe com facilidade até que as mesas são limpas e se inicia a música para dançar. O rei parece alegre de ver Joana dançando com suas damas e então, quando lhe imploram, ele se levanta e convida uma das bonitas meninas novas para dançar com ele.

Percebo que o observo quase como se fosse um estranho. Está muito diferente do príncipe que todos nós amávamos tanto, quando sua mãe estava viva e ele era o segundo filho, há muito, muito tempo. Quarenta anos atrás. Ele engordou bastante: suas pernas, que eram tão fortes e flexíveis, agora estão curvadas; os músculos da panturrilha avolumam-se contidos pela jarreteira azul; sua barriga é um volume redondo, mas sua jaqueta é tão almofadada e tão densamente cosida que ele mais parece imponente que gordo. Seus ombros são largos como os de qualquer grande atleta sob o enchimento engomado. Além disso, o enchimento e o manto sobreposto fazem com que ele fique tão grande que só consegue passar por uma porta dupla quando ela está totalmente aberta. Sua rica cabeleira de cachos castanho-avermelhados está ficando rala e, embora ele a mantenha cuidadosamente escovada e cacheada, ainda assim o couro cabeludo brilha palidamente por baixo. Sua barba, começando a se manchar de branco, cresce escassa e cacheada. Catarina jamais o deixaria usar barba, ela reclamava que a barba arranhava seu rosto. Esta rainha nada pode negar-lhe e não ousaria reclamar.

E seu rosto... seu rosto, agora avivado pela dança desajeitada, sorrindo para a jovem que olha para cima em sua direção, como se ela fosse incapaz de pensar num prazer maior do que o de um homem com idade para ser seu pai apertando sua mão e a enlaçando quando a dança lhes permite aproximarem-se. É este rosto que me faz hesitar.

Ele não parece mais um filho de Elizabeth. A beleza clara dos perfis da família dela, de nossa família, está maculada pela gordura das bochechas, do queixo. Suas feições definidas estão borradas sob o rosto em desmoronamento de seu querido príncipe Henrique. Os olhos dele parecem menores em suas faces inchadas, sua boca cor-de-rosa enruga-se em reprovação com tamanha frequência que ele parece mau. Ele ainda é um belo homem, este ainda é um belo rosto, mas sua expressão não é bela. Parece mesquinho, parece autoindulgente. Nem sua mãe nem ninguém de nossa linhagem jamais foram mesquinhos. Eram reis e rainhas de grande porte; este seu descendente, embora se vista tão ricamente, embora se apresente com tamanho poder, é — sob o enchimento, sob a gordura — um homem pequeno, com o despeito e desejo de vingança de um homem pequeno. Nosso problema, o problema da corte, o problema do reino, é que concedemos a esse brigão de mente mesquinha o poder do papa e o exército do rei.

— A senhora parece muito séria, Lady Pole — observa Nicholas Carew.

Imediatamente, tiro meus olhos do rei e sorrio.

— Estava a quilômetros daqui — digo.

— Na verdade, sei de alguém que eu desejaria que estivesse a quilômetros daqui esta noite.

— Oh, o senhor sabe?

— Posso ajudar a senhora a salvá-la.

— Não podemos tratar disso agora, não aqui — digo. — Não depois do que aconteceu hoje.

Ele acena com a cabeça.

— Irei a seus aposentos após o desjejum, amanhã, se me for permitido.

Espero, mas Nicholas Carew não vem. Não posso ser vista procurando-o, então saio para cavalgar com as damas da corte da rainha e, quando nos encontramos com os cavalheiros para um piquenique junto ao rio, sento-me à mesa das damas e mal olho na direção da corte. Vejo de imediato que ele não está lá.

Procuro imediatamente por Montague. O rei está na mesa superior, com a rainha Joana a seu lado. Está ruidoso, rindo, pedindo mais vinho e elogiando o cozinheiro; uma torta enorme está diante dele, e ele come a carne de seu recheio com a longa colher dourada de servir, oferecendo-a a Joana, derrubando molho em seu vestido fino. Vejo num instante que está faltando Montague. Não se encontra na mesa superior, nem entre os demais cavalheiros dos aposentos. Sinto o suor formigando debaixo dos braços e fico apreensiva. Olho para aquela dúzia ou mais de jovens e penso que faltam outros além de Montague e Carew, mas não consigo ver de imediato quem está ausente. Isso me lembra da vez que procurei por Montague e Thomas More disse-me que ele fora exilado da corte. Agora Thomas More se fora para sempre e, mais uma vez, não sei se meu filho está em segurança.

— A senhora está procurando por seu filho — adivinha Jane Bolena, sentada à minha frente, espetando uma fatia de carne assada no garfo e mordiscando sua beiradinha, delicada como uma princesa francesa.

— Sim, eu esperava que estivesse aqui.

— Não precisa se preocupar. O cavalo dele teve uma manqueira e ele voltou — adianta-se Jane. — Não creio que tenha sido levado com os outros.

Olho para seu sorriso desdenhoso, provocador.

— Que outros? — pergunto. — Do que você está falando?

Seus olhos escuros estão límpidos.

— Ora, Thomas Cherney e John Russel foram levados para interrogatório. Lorde Cromwell acredita que eles estiveram fazendo complô para encorajar Lady Maria a desafiar seu pai.

— Isso não é possível — digo, friamente. — Eles são servos leais do rei, e o que descreve seria traição.

Ela olha diretamente para mim, um brilho malicioso em seus lindos olhos escuros.

— Suponho que seria. E, de qualquer forma, há coisas piores.

— O que pode ser pior do que isto, Lady Rochford?

— Nicholas Carew foi preso. Você imaginou que ele seria um traidor?

— Não sei — digo estupidamente.

— E sua amiga, que serviu Lady Maria quando ela estava a seu encargo, a esposa do camarista, sua amiga Lady Anne Hussey! Ela foi presa por conspirar e foi levada à Torre. Temo que eles prenderão todos aqueles que se orgulharam de ser amigos de Lady Maria. Rezo para que ninguém suspeite da senhora.

— Eu agradeço por suas orações — digo. — Espero jamais precisar delas.

Montague vem até meus aposentos antes do jantar naquela noite. Ando em sua direção e apoio minha testa em seu ombro.

— Abrace-me — digo.

Ele sempre fica tímido em minha presença. Geoffrey sempre me dá um grande abraço, mas Montague é mais reticente.

— Abrace-me — digo, novamente. — Tive muito medo hoje.

— Ainda estamos em segurança. Ninguém nos traiu e ninguém duvida de sua lealdade ao rei. Henry Courtenay não foi preso, apenas dispensado do Conselho Privado por suspeita junto com William Fitzwilliam. Francis Bryan será libertado.

Sento-me.

— Agora não podemos levar a princesa embora — diz Montague. — Os homens de Courtenay foram levados, desapareceram dos estábulos. Ninguém tem a chave da porta dela e ninguém pode tirá-la de casa. Carew pagava uma aia, mas não somos capazes de entrar em contato com ela sem seu intermédio. Ele está preso, mas não sei onde. Temos de esperar.

— Prenderam Anne Hussey.

— Fiquei sabendo. Não sei quantos membros de nosso pessoal em Richmond estão sendo interrogados.

— Deus os ajude. Você alertou Geoffrey?

— Enviei-lhe uma mensagem para que se mantenha cuidando das colheitas e permaneça quieto — diz Montague, soturnamente. — Ele não deveria tentar visitar a princesa, ela está sendo novamente vigiada noite e dia. Quebraram nosso complô como se fosse um ovo. Ela tem um guarda em sua porta e uma aia trancada com ela todas as noites em seu quarto. Não deixam nem mesmo que dê uma volta no jardim.

— E o embaixador espanhol?

O rosto de Montague está sombrio.

— Ele me diz que está tentando obter uma dispensa do papa, de forma que possa fazer o juramento de que o casamento dos pais dela não foi válido, que ela é uma bastarda e que o rei está à frente da Igreja. Chapuys diz que ela deve jurar. Será presa se não o fizer. — Ele vê minha expressão horrorizada. — Presa e decapitada — diz. — É por isso que Chapuys está lhe dizendo que faça o juramento, ganhe tempo, e depois a tiraremos daqui.

Maria tem apenas 20 anos. Apenas 20 anos e sua mãe foi sepultada não faz um ano. Foi separada de seus amigos e está mantida em cativeiro como uma pecadora, como uma criminosa. Não tem mais que sua fé em Deus para apoiá-la e tem medo de que a vontade Dele seja a de que ela morra com uma mártir de sua fé.

Um conselho de juízes, reunido para investigar sua desobediência traiçoeira em relação a seu pai, luta brevemente contra sua consciência e concorda que ela seja enviada a Hunsdon, onde agora é mantida como prisioneira, sem qualquer tentativa de ocultar sua desgraça. Preparam um documento intitulado "A Submissão de Lady Maria" e dizem-lhe que ela deve assiná-lo ou a acusarão de traição. A acusação de traição prevê a pena de morte e ela sabe que alguns homens estão detidos na Torre acusados de tentar resgatá-la e que a vida deles depende do que ela fará a seguir. Ela acredita que sua mãe foi envenenada pela esposa de seu pai, acredita que ela seu pai a decapitará se não lhe obedecer. Ninguém pode resgatá-la, ninguém pode sequer vê-la.

Pobre menina querida. Ela assina as três cláusulas. Primeiro assina que aceita seu pai como rei da Inglaterra e que obedecerá a suas leis. Depois, assina que o reconhece como chefe terreno supremo da Igreja da Inglaterra e, por fim, assina a seguinte cláusula:

> *De livre e boa vontade reconheço e atesto que o casamento entre Sua Graça e minha mãe, pelas leis de Deus e dos homens, foi incestuoso e ilegal.*

— Ela assinou? — pergunta-me Geoffrey, numa breve visita a Londres, vindo para pegar dinheiro emprestado de mim e horrorizado com as novidades.

Aceno com a cabeça.

— Somente Deus sabe o quanto lhe custou jurar em Seu santo nome que sua mãe era uma puta incestuosa. Mas ela assinou e aceita que é Lady Maria, não uma princesa, e sim uma bastarda.

— Nós deveríamos tê-la levado embora muito antes de tudo isso! — exclama Geoffrey, furiosamente. — Deveríamos ter entrado lá antes que os advogados chegassem e a apanhassem!

— Não podíamos — digo. — Você sabe que não podíamos. Nós nos atrasamos quando ela esteve doente porque pensamos que estaria a salvo depois da morte de Ana, e então o complô foi descoberto. Temos sorte por não estarmos na Torre com os outros.

Lorde Cromwell promulga um ato junto às Casas do Parlamento, o qual determina que o rei deverá nomear seu próprio herdeiro. Seu herdeiro será escolha dele, seja filho de Joana ou — como animadamente declara — de qualquer esposa subsequente.

— Ele planeja se casar novamente? — indaga Geoffrey.

— Não está determinando tal coisa — diz Montague. — Nossa princesa foi denegada, e a bastarda Isabel perdeu seu título. O rei diz em voz alta que se não tiver filhos com a rainha Joana, então estará livre para escolher seu herdeiro. No momento, tem três filhos de sua própria geração, todos declarados bastardos, dentre os quais escolher: a princesa legítima, a princesa bastarda e o duque bastardo.

— Todos se perguntam quem ele pretende indicar — diz Geoffrey. — No Parlamento, enquanto se liam as bulas, os homens me perguntavam quem o rei tinha a intenção que fosse seu herdeiro. Alguém chegou a me perguntar se o rei nomearia nosso primo, Henry Courtenay, e restauraria nossa família.

Montague dá uma curta risada.

— Ele destrói seus filhos de forma que precisa voltar-se para os primos?

— Ninguém pensa que ele terá um filho com Joana? — pergunto. — Este ato demonstra que ele duvida da própria potência?

Desde que Ana Bolena foi para a forca por rir com seus irmãos de que o rei não era capaz de concretizar o ato, estamos todos bem conscientes de que é ilegal afirmar tal coisa. Vejo o olhar de Montague na direção da porta e das janelas gradeadas.

— Não. Ele nomeará Fitzroy — afirma Geoffrey, com certeza. — Fitzroy caminhou na frente dele na abertura do Parlamento, usando o barrete do rei diante de todos. Não poderia ser mais conspícuo. Foi-lhe concedida a metade das terras e posições do pobre Henry Norris, e o rei o estabelecerá no Castelo de Baynard com sua mulher, Mary Howard.

— Foi lá que Henrique Tudor ficou quando veio a Londres pela primeira vez — observo. — Antes de sua coroação como Henrique VII, antes de se mudar para Westminster.

Geoffrey assente com a cabeça.

Trata-se de um sinal para todos. A princesa Maria, a bastarda Isabel e o bastardo Fitzroy são igualmente bastardos, mas a princesa Maria somente agora é libertada da prisão e Isabel é um bebê frágil. Fitzroy é o único que possui castelo e terras, e agora um palácio no coração de Londres.

— O rei ainda pode ter um filho com Joana — observa Montague. — É nisso que ele concentra suas esperanças. Se este casamento é bom diante dos olhos de Deus, por que não teria ele um filho agora? Ela é uma jovem de 28 anos, de uma boa e fértil estirpe.

Geoffrey olha para mim, como se eu soubesse por que não.

— Ele não terá um filho vivo. Nunca terá. Há uma maldição, não há, milady mãe?

Digo o que sempre digo:

— Não sei.

— Se houver uma tal maldição, de que o rei não poderá ter nenhum filho e herdeiro, isso nada significa porque ele tem Fitzroy — diz Montague, com irritação. — Essa conversa de maldições é uma perda de tempo porque há um duque às portas de ser nomeado herdeiro do rei e de afastar a princesa, prova viva de que não há maldição nenhuma.

Geoffrey ignora seu irmão e volta-se para mim:

— Havia uma maldição?

— Não sei.

King's Place, Hackney, Londres, junho de 1536

Estou quase cantando de esperança quando atravessamos a cavalo as muralhas da cidade na direção dos campos e seguimos para o norte e o leste para a aldeia de Hackney. É um dia de verão que promete tempo bom e dourado de sol; Geoffrey cavalga à minha direita, Montague, à minha esquerda e, por um instante, entre meus meninos, cavalgando para longe de Londres e da vaga imagem da Torre, tenho momentos de intensa alegria.

Assim que a princesa Maria renegou sua mãe e sua fé, o rei mandou buscá-la e lhe deu um lindo alojamento de caça a apenas poucos quilômetros de Westminster, prometendo-lhe um retorno à corte. Ela tem permissão de ver os amigos e de caminhar e cavalgar como desejar. Está livre. Ela me manda chamar imediatamente, e tem permissão para me ver.

— A senhora ficará chocada quando a vir — avisa-me Geoffrey. — Passaram-se mais de dois anos desde a última vez que a senhora a viu, e ela esteve doente e muito infeliz.

— Ambas estivemos doentes e muito infelizes — digo. — Para mim, estará bonita. Lamento só não ter sido capaz de poupá-la de sua infelicidade.

— E eu, que não conseguimos tirá-la daqui — diz Geoffrey, soturno.

— Parem com isso — interrompe-o Montague rapidamente. — Esses dias passaram, graças a Deus, e nós sobrevivemos a eles, de uma forma ou de outra. Jamais os mencionem novamente.

— Há notícias de Carew? — pergunta Geoffrey a Montague, mantendo a voz baixa, embora não haja ninguém próximo de nós, a não ser alguns de nossos guardas, seguindo à frente e atrás, distantes demais para escutar.

Sombriamente, Montague nega com a cabeça.

— Nada que nos ligue a ele? — pressiona-o Geoffrey.

— Todos sabem que a milady mãe ama a princesa como a uma filha — diz Montague, com irritação. — Todos sabem que eu conversei com os conspiradores. Todos nós jantamos com Cromwell e conspiramos para a queda de Ana. Você não precisa ser um Cromwell para construir um caso contra nós. Temos apenas que esperar que ele não queira construir um caso contra nós agora.

— Metade do Conselho Privado se opôs a que o rei deserdasse a princesa — reclama Geoffrey. — A maioria deles falou comigo contra isso.

— E se Cromwell quiser derrubar metade do Conselho Privado, pode ter a certeza de que terá provas para fazê-lo. — Montague olha através de mim para seu irmão. — E pela maneira que soa, você será o primeiro atrás de quem ele virá.

— Porque eu sou o primeiro a falar em favor dela! — explode Geoffrey. — Eu a defendo.

— Quietos, meninos — repreendo-os. — Ninguém duvida de vocês. Montague, não provoque seu irmão. Vocês parecem crianças de novo!

Montague mergulha a cabeça num meio pedido de desculpas e eu olho para a frente, onde o velho abrigo de caça se posiciona, numa pequena elevação do terreno, os torreões apenas visíveis sobre as árvores.

— Ela está nos esperando? — pergunto. Sinto que estou nervosa.

— É claro — confirma Montague. — Assim que saudou o rei perguntou se poderia vê-la. E ele concordou. Disse que sabia que ela a amava e que a senhora sempre tinha sido uma boa guardiã para ela.

Dos confins do bosque podemos ver a alameda que leva ao castelo, e há cavaleiros vindo em nossa direção, num meio galope despreocupado. Tento enxergar, protejo meus olhos do brilho dos raios do sol, e posso ver que são damas cavalgando entre homens, posso ver o brilho de seus vestidos. Penso que vieram para nos encontrar, dou uma pequena risada e faço com que meu cavalo trote e depois chegue a meio-galope.

— Oláááá! Eeeeiiii! — Geoffrey lança o grito de caça e me segue, enquanto cavalgo à frente, e então estou praticamente certa, depois tenho certeza de que, no meio dos cavaleiros, está a princesa em pessoa e que ela está sentindo, assim como eu, que não consegue esperar nem mais um instante e ela montou em seu cavalo para me encontrar.

— Vossa Graça! — grito para ela, esquecendo-me completamente de que mudou de título. — Maria!

Os cavalos diminuem a velocidade quando os dois grupos se juntam e eu refreio meu caçador, que resfolega, excitado. Um dos guardas corre até sua cabeça e me ajuda a descer da sela, e minha querida princesa precipita-se de seu cavalo, como se fosse criança novamente, saltando em minha direção e mergulhando em meus braços, enquanto a abraço com força.

Ela chora, é claro que chora. Eu abaixo minha cabeça, coloco sua face molhada junto à minha e sinto minha própria dor e meu sentido de perda crescerem, até que esteja pronta para chorar também.

— Venham — diz Montague, com suavidade, atrás de mim. — Venha, milady mãe, venha, Lady Maria. — Ele balança a cabeça enquanto diz isso, como se pedisse desculpas por utilizar o título falso. — Vamos todos para casa e lá poderão conversar o dia inteiro.

— A senhora está a salvo — diz Maria, olhando para mim. Agora posso ver as olheiras profundas sob seus olhos e a preocupação em seu rosto. Ela jamais terá a aparência radiosa de uma criança privilegiada novamente. A perda da mãe e a crueldade súbita do pai deixaram-na cheia de cicatrizes, e sua pele pálida e a boca firme revelam uma mulher que aprendeu a lidar com a dor com grande determinação desde muito jovem.

— Estou a salvo, mas tenho sentido muito medo pela senhora.

Ela balança a cabeça como se dissesse que jamais conseguirá contar-me pelo que passou.

— A senhora foi ao velório de minha mãe — diz ela, entregando as rédeas de seu cavalo ao cavalariço e enlaçando seu braço ao meu e assim nos dirigimos à casa, no mesmo passo.

— Foi muito solene, muito lindo, e um bom número daqueles dentre nós que a amávamos tivemos a permissão para participar.

— Não me deixaram ir. Não me deixaram nem mesmo pagar para que rezassem por ela. Além do mais, tiraram tudo de mim.

— Eu sei.

— Mas agora tudo está melhor — diz, com um corajoso sorrisinho. — Meu pai perdoou minha obstinação e ninguém pode ser mais gentil do que a rainha Joana. Deu-me um anel de diamante e meu pai deu-me mil coroas.

— E tem um administrador adequado para cuidar de tudo em seu nome? — pergunto com ansiedade. — Um camarista a seu serviço?

Uma sombra atravessa seu rosto.

— Sir John Shelton é meu camarista e Lady Anne dirige o serviço.

Assinto com a cabeça. Então, os carcereiros se convertem em serviçais. Imagino que ainda se comuniquem com lorde Cromwell.

— Lorde John Hussey não tem permissão para servir-me, nem sua esposa — diz Maria.

— Sua esposa está presa — digo, bem baixinho. — Na Torre.

— E meu mestre, Richard Fetherston?

— Na Torre.

— Mas a senhora está em segurança.

— Estou — digo. — E muito feliz por estar com você de novo.

Passamos o dia todo conversando. Fechamos as portas para todos e falamos livremente. Ela pergunta por meus filhos. Conto de minhas pequenas damas de companhia, minhas netas Katherine e Winifred. Falo de meu orgulho e meu amor pelo filho de Montague, Henry, que tem 9 anos.

— Nós o chamamos de Harry — digo-lhe. — Você devia vê-lo sobre um cavalo, ele pode montar qualquer coisa. Ele me aterroriza!

Conto da perda do menino de Arthur, mas que suas duas meninas estão bem. Ursula deu aos Stafford uma prole de três meninos e uma menina, e Geoffrey, meu bebê, tem seus próprios bebês: Arthur, de 5 anos, Margaret, de 4, Elizabeth, de 3, e nosso mais novo bebê, o pequeno Thomas.

Ela conta algumas pequenas histórias sobre sua meia-irmã, Isabel, rindo das coisas que a criança diz e elogiando sua sagacidade e seu charme. Pergunta sobre as damas que vieram servir Joana e ri quando digo que todas elas são indicações de Seymour ou escolhas de Cromwell, ainda que inadequadas para o serviço, e que, às vezes, Joana olha para elas aturdida pelo fato de todas se encontrarem nos aposentos da rainha.

— E a Igreja? — pergunta-me ela, em voz baixa. — E os monastérios?

— Acabando-se um por um. Perdemos o Priorado de Bisham — digo. — Os homens de Cromwell o inspecionaram, acharam-no insuficiente e o entregaram a um prior que nunca está lá, cuja única intenção é declará-lo corrupto e entregá-lo a eles.

— Não pode ser verdade que tantas casas falharam em sua fé — diz ela. — Bisham era uma boa casa de orações, eu sei que era.

— Nenhuma das investigações é honesta, apenas uma maneira de persuadir a abadessa ou o prior de abrir mão de viver ali e ir embora. Os visitadores de Cromwell já estiveram em todos os pequenos monastérios. Creio que estarão nas grandes casas também. Eles os acusam de crimes terríveis. Havia alguns lugares que estavam vendendo relíquias, você conhece esse tipo de coisa, e alguns outros onde se vivia confortavelmente demais para suas almas. Mas não se trata de uma reforma, embora seja assim que eles querem chamá-lo. Trata-se de uma destruição.

— Por lucro?

— Sim, apenas por lucro — digo. — Só Deus sabe quantos tesouros saíram dos altares para o Tesouro Real, e as ricas fazendas e as construções que haviam sido compradas por seus vizinhos. Cromwell teve de criar toda uma nova corte para administrar essa riqueza. Se um dia você herdar, minha querida, não reconhecerá seu reino; foi deixado no osso.

— Se eu um dia herdar, eu o consertarei — diz ela, bem baixinho. — Juro. Eu o consertarei.

Sittingbourne, Kent, julho de 1536

A corte se encaminha para Dover a fim de inspecionar as novas fortificações, em seguida os recém-casados vão caçar. Os cortesãos suspeitos foram libertados da Torre, e meu parente Henry Courtenay retorna à corte, mas não ao Conselho Privado.

— Provou sua inocência? — pergunto-lhe, em voz baixa, enquanto montamos e nos preparamos para cavalgar.

— Nada foi ou deixou de ser provado — diz-me, enquanto me ajuda a subir na sela e olha para mim, taciturna, contra a brilhante luz do sol. — Acho que não se tratava de verificar nossa culpa, mas de nos assustar e nos lançar em desespero. E isso foi obtido com certeza — diz ele, com um sorriso irônico.

Esse costumava ser o período mais feliz do ano para o rei, mas não nesse verão. Henrique olha para o prato de Joana enquanto ela come seu desjejum como se desejasse que se sentisse enjoada. Ele observa-a, com a cabeça levemente inclinada, enquanto ela dança com suas damas, como se fosse ficar mais satisfeito se ela se sentisse cansada. Eu não sou a única pessoa que acha que ele está em busca de uma culpa, perguntando-se por que ela não está grávida, considerando que deve haver algum defeito que a faça indigna de gerar um herdeiro Tudor, ou mesmo para ser coroada rainha. Eles estão casados há menos de oito semanas, mas o rei é rápido em identificar falhas nos outros. Exige perfeição — e esta é a mulher que desposou porque tinha certeza de que era o oposto perfeito de Ana Bolena.

Sittingbourne é uma grande cidade de estalagens, construída na Watling Street, a estrada que leva de Dover a Londres, a principal rota de peregrinação ao Santuário de Becket em Canterbury. Ficamos no Lyon, e sua sala de banquetes é tão vasta, e seus quartos, tão numerosos que são capazes de abrigar quase toda a corte em suas edificações, e apenas os agregados e os servos mais inferiores têm de ficar em estalagens próximas.

Pela primeira vez em minha vida vejo que os peregrinos, embora tirem seus capuzes diante do estandarte real, viram o rosto para o rei. Não ousam ir além disso, mas não lhe dão bênçãos nem sorriem quando ele cavalga entre eles. Acusam-no de fechar os monastérios menores e os conventos, temem que ele prosseguirá na destruição dos maiores. São pessoas devotas, acostumadas a rezar numa igreja de abadia de suas pequenas cidades, que agora descobrem que a abadia está fechada e algum novo Tudor de cara feia está pegando o chumbo dos telhados e o vidro das janelas. Estas são pessoas que têm fé nos santos dos pequenos santuários de beira de estrada, cujos pais e avós foram salvos do purgatório pelos altares de família que agora estão destruídos. Quem irá rezar uma missa para eles? Estas são pessoas que foram criadas para reverenciar as igrejas locais, que alugavam terras dos monastérios, que iam para o hospital dos conventos quando adoeciam, que iam até a cozinha das abadias em tempos de fome. Quando o rei ordenou a visitação e depois o fechamento dos monastérios menores e dos conventos, arrancou o coração das pequenas comunidades e entregou seus tesouros a estranhos.

Agora estes peregrinos estão viajando para reverenciar um membro da Igreja assassinado por outro rei, outro Henrique. Eles creem que Thomas Becket resistiu pela Igreja contra o rei e os milagres que ocorrem constantemente em seu celebrado santuário provarão que o membro da Igreja estava certo, e o rei, errado. Enquanto os guardas reais trotam pela aldeia, saltam de seus grandes cavalos e fazem fila na rua, os peregrinos sussurram sobre John Fisher, que morreu no patíbulo real por sua fé, sobre Thomas More, que se recusou a dizer que o rei era o líder legítimo da Igreja e preferiu entregar sua vida a assinar seu nome. Quando o séquito real cavalga, acenando à direita e à esquerda, com o habitual charme dos Tudor, não há faces sorridentes nem gritos animados em resposta. Em vez disso, viram a cabeça ou olham para baixo e há um murmúrio descontente, como uma profunda correnteza represada.

Henrique ouve o lamento e a desaprovação do povo. Sua cabeça se eleva e ele olha friamente para os peregrinos que permanecem às portas das estalagens ou se inclinam pelas janelas para ver o homem que está destruindo sua Igreja. Os membros da guarda real ouvem esse murmúrio, olhando em volta intranquilamente, experimentando sua lealdade dividida, mesmo no interior de sua categoria.

Muitas pessoas, sabendo que eu sou a governanta da princesa e líder de seu serviço, gritam para mim "Deus a abençoe! Deus a abençoe!", temendo até mesmo pronunciar seu nome e seu verdadeiro título, já que juraram renegá-la, mas ainda desejando manifestar seu amor e lealdade.

Henrique, habitualmente viajando entre seus ricos palácios, na maioria das vezes em embarcações, sempre fortemente guardado, nunca ouvira antes o estrondo de mil sussurros de crítica. É como um trovão distante, baixo e ainda assim ameaçador. O rei olha em torno, mas não consegue ver uma única pessoa falando contra ele. Abruptamente, ri alto por nada, como se estivesse tentando demonstrar que não está incomodado com essa recepção descontente e se deixa sair pesadamente do cavalo, lança as rédeas a um cavalariço e permanece parado como um tronco, as mãos na cintura, um gordo bloco de homem, como se instigasse qualquer um a desafiá-lo. Não há nenhuma face carrancuda na multidão, ninguém se levantará para ser martirizado. Se Henrique visse um inimigo, ele o cortaria ao meio ali onde estivesse. Coragem jamais lhe faltou. Mas ninguém se opõe a ele. Tudo o que há é um sussurro monótono, sem uma origem, de descontentamento. O povo não gosta mais de seu rei, não confia mais nele com sua Igreja, não acredita que sua vontade lhe é concedida por Deus, sente falta da rainha Catarina, está horrorizado com as histórias da culpa e da morte da rainha Ana. Como é possível que uma tal mulher pudesse ser a eleita de um rei de direito divino? Ele a escolheu para provar que era o melhor, que poderia se casar com a melhor. Uma vez que agora ela demonstrou ser o pior, o que dizer dele?

Nada sabem a respeito da rainha Joana, mas ouviram dizer que dançou na noite da execução e se casou com o rei onze dias depois de ele ter decapitado sua esposa, senhora dela. Acham que deve ser uma mulher sem piedade. Para eles, o rei já não é o príncipe cuja chegada tudo corrige, não é mais o jovem cujas loucuras e brincadeiras eram sinal de um excesso cheio de alegria. Seu amor por ele tornou-se duvidoso, seu amor por ele tornou-se temeroso. Na verdade, seu amor por ele acabou-se.

Henrique olha em torno de si e mexe a cabeça como se desprezasse a pequena aldeia e as cabeças baixas dos peregrinos silenciosos. Ele me faz lembrar, por um instante, da aparência de seu pai, como se pensasse que nós todos fôssemos uns tolos, que ele tomara o trono e o reino por causa de seu espírito sagaz e astuto e que nos desprezava a todos porque lhe havíamos permitido tomá-los. Henrique olha para baixo, na direção de Joana, de pé, ao seu lado, esperando para caminhar com ele pelas portas escancaradas da estalagem. O rosto dele não se suaviza com a visão de sua cabeça loura abaixada. Olha para ela como se se tratasse de mais uma tola que fará exatamente o que ele quer, mesmo que custe sua vida.

Seguimos atrás como escravos, quando ocorre uma perturbação no meio da multidão mais além. São cavaleiros que vêm pela estrada e tentam abrir caminho. Vejo Montague, que segue o rei, olhando para trás na direção do barulho. É um dos serviçais de Fitzroy, com o cavalo esfalfado, parecendo ter sido duramente fustigado talvez por toda a distância, desde o Palácio de St. James, a residência londrina do jovem duque.

Um pequeno aceno de cabeça de Montague, enquanto ele penetra a escuridão do saguão da estalagem, impele-me a esperar do lado de fora e descobrir que novidades fizeram os servos de Fitzroy cavalgarem tão rapidamente. O homem abre caminho por entre a multidão, enquanto seu cavalariço espera atrás, segurando o cavalo.

Imediatamente as pessoas se juntam em torno dele, clamando por notícias, e eu fico para trás, para escutar. Ele sacode a cabeça e fala baixo. Ouço-o claramente dizer que nada poderia ter sido feito, o pobre jovem, nada poderia ter sido feito.

Entro na estalagem, onde a sala de recepção do rei está cheia com os membros da corte, falando e imaginando o que teria acontecido. Joana está sentada no trono, tentando parecer despreocupada e conversando com suas damas. A porta do quarto do rei está fechada, com Montague ali perto.

— Ele entrou lá com o mensageiro — diz-me Montague, em voz baixa. — Trancou todos para fora. O que aconteceu?

— Acho que Fitzroy pode estar morto — digo.

Os olhos de Montague se arregalam e ele faz uma pequena exclamação, mas é um conspirador tão treinado agora que mal dá demonstrações disso.

— Um acidente?

— Não sei.

Ouve-se um grande brado atrás das portas, um rugido terrível, como o de um touro quando um mastim apertou sua garganta e ele cai de joelhos. É o ruído de um homem mortalmente ferido.

— Não! Não! Não!

Joana se vira com o grito, põe-se de pé imediatamente e oscila, indecisa. A corte cai em absoluto silêncio e a observa, enquanto ela senta-se de volta no trono e depois volta a se levantar. Seu irmão fala rapidamente com ela e Joana, obedientemente, segue para a porta do quarto, mas então recua e faz um pequeno gesto com a mão, impedindo os guardas de abri-la.

— Não consigo — diz ela.

Procura-me com os olhos e eu me aproximo, ficando a seu lado.

— O que devo fazer? — indaga.

De dentro do quarto vem um único e alto soluço. Joana parece bastante aterrorizada.

— Devo ir ter com ele? Thomas diz que sim. O que está acontecendo?

Antes que eu possa responder, Thomas Seymour está ao lado da irmã, a mão no meio de suas costas, literalmente impulsionando-a na direção da porta fechada.

— Entre — diz, entre os dentes.

Ela finca os calcanhares no chão, rola os olhos em minha direção:

— Lorde Cromwell não deveria entrar lá? — sussurra.

— Nem mesmo ele é capaz de levantar os mortos! — estoura Thomas. — A senhora precisa entrar.

— Venha comigo. — Joana estende o braço e agarra minha mão enquanto o guarda abre a porta. O mensageiro tropeça, de saída, e Thomas Seymour nos empurra e bate a porta atrás de nós.

Henrique está ajoelhado no chão, curvado sobre um escabelo cheio de enchimento, o rosto mergulhado no espesso bordado. Soluça convulsivamente, como uma criança, rouco como se a dor rasgasse seu coração.

— Não! — diz, recuperando o fôlego e, em seguida, solta um grande gemido.

Com cuidado, como alguém que se aproxima de um animal ferido, Joana avança em sua direção. Ela para e se curva, com a mão pairando sobre seus ombros pesados. Olha para mim, assinto com a cabeça e ela coloca a mão em suas costas, tão levemente, que ele seria incapaz de sentir através do enchimento da roupa.

Ele esfrega o rosto para lá e para cá contra os nós de ouro e os cequins do escabelo; seu punho fechado golpeia o banco e em seguida as tábuas corridas do piso.

— Não! Não! Não!

Joana salta para trás diante dessa violência e olha para mim. Henrique solta um gemido de aflição, joga o escabelo para longe e se lança no chão com o rosto para baixo, rolando de um lado para outro entre as ervas juncadas e a palha.

— Meu filho! Meu filho! Meu único filho!

Joana encolhe-se, fugindo de seus braços em agitação e de suas pernas que chutam, mas eu avanço e me ajoelho junto a sua cabeça.

— Deus o abençoe, o mantenha e o conduza para a vida eterna — digo, em voz baixa.

— Não! — Henrique levanta as costas, os cabelos cheios de ervas e palha e grita em meu rosto: — Não! Não para a vida eterna. Ele é o meu menino! Ele é o meu herdeiro! Preciso dele aqui!

Ele está assustador em sua fúria, com o rosto vermelho, mas então vejo o lugar onde o escabelo arranhou seu rosto, cortou suas pálpebras, de forma que sangue e lágrimas correm por seu rosto e eu vejo a criança desesperada que ele era quando seu irmão morreu e, apenas um ano depois, sua mãe também. Vejo o menino que fora protegido da vida e agora ela invadira seu quarto de criança, seu mundo. Um menino que raramente fora contrariado e que agora subitamente via tudo o que amava sendo tomado.

— Oh, Henrique — digo, e minha voz está cheia de piedade.

Ele se lamenta e se coloca em meu colo. Agarra minha cintura como se quisesse me esmagar.

— Não consigo... — diz ele. — Não consigo.

— Eu sei — digo. Penso em todas as vezes que eu tive de ir até esse jovem e dizer a ele que seu filho havia morrido, e agora ele tem a mesma idade que eu naquele tempo e, mais uma vez, tenho de dizer que ele perdera um filho.

— Meu menino!

Agarro-o com a mesma força com que ele me abraça. Embalo-o e nos movemos juntos, como se ele fosse um grande bebê, chorando no colo da mãe por causa da mágoa da infância.

— Ele era meu herdeiro — geme. — Era meu herdeiro. Era minha cara. Todos diziam.

— Era — digo, com gentileza.

— Ele era bonito como eu.

— Era.

— Era como se ele nunca fosse morrer...

— Eu sei.

Um novo ataque de soluço se segue, e eu o abraço enquanto chora, arrasado. Olho por sobre seus ombros na direção de Joana. Ela está simplesmente pasma. Encara o rei, curvado no chão, chorando como uma criança, como se ele fosse algum monstro estranho de um conto de fadas que nada tivesse a ver com ela. Seus olhos deslizam para a porta; ela deseja estar muito longe disto tudo.

— Existe uma maldição — diz Henrique, subitamente, sentando-se e escrutinando meu rosto. Suas pálpebras estão inchadas e vermelhas, seu rosto, manchado e arranhado, seu barrete, nas cinzas da lareira. — Deve haver uma maldição contra mim. Por que outro motivo eu perderia todos que amo? Por que mais eu seria tão miserável? Como posso ser rei e o mais desgraçado dos homens do mundo?

Mesmo neste momento, com este pai enlutado agarrado às minhas mãos, não direi nada.

— De que maneira Bessie Blount ofendeu a Deus para Ele me atacar assim? — indaga-me Henrique. — O que o duque de Richmond fez de errado? Por que Deus o tiraria de mim, se não existisse uma maldição?

— Ele estava doente? — pergunto, em voz baixa.

— Foi tudo tão rápido — murmura Henrique. — Eu sabia que ele não estava bem, mas não era sério. Mandei-lhe meu médico, fiz tudo o que um pai deve fazer... — Recupera o ar com um pequeno soluço. — Não falhei em nada — diz, de maneira mais decidida. — Não pode ser algo que eu fiz. Tem de ser a vontade Deus que ele tenha sido tirado de mim. Deve ter sido algo que Bessie fez. Deve haver algum pecado.

Ele se interrompe, toma minha mão e a coloca em sua face ferida, em fogo.

— Não consigo suportar — diz, simplesmente. — Não posso acreditar. Diga que não é verdade.

As lágrimas inundam meu rosto. Silenciosamente, balanço a cabeça.

— Eu não direi nada — diz Henrique. — Diga que não é verdade.

— Não posso negá-lo — digo, com firmeza. — Sinto muito. Sinto muito, Henrique. Sinto tanto. Mas ele se foi.

Sua boca se abre e ele baba, os olhos duros e cheios de lágrimas. Ele mal consegue emitir qualquer som.

— Não aguento — murmura. — O que vai ser de mim?

Levanto-me do chão, sento-me no escabelo e estendo minhas mãos para ele, como se fosse aquele menininho na ala das crianças, mais uma vez. Ele rasteja em minha direção e apoia a cabeça em meu colo e se entrega às lágrimas. Acaricio seus cabelos ralos, limpo seu rosto ferido com a manga de linho de meu vestido e o deixo chorar e chorar, enquanto o quarto se torna dourado com o pôr do sol, e cinza com o anoitecer, e Joana Seymour está sentada, como uma pequena estátua, na outra extremidade do quarto, horrorizada demais para se mexer.

À medida que o entardecer avança, transformando-se em noite, os soluços do rei gradualmente convertem-se num choramingar e, então, num tremor, até que penso que adormeceu, mas em seguida ele move-se e seus ombros elevam-se. Quando chega a hora do jantar, não se move e Joana mantém sua estranha vigília silenciosa comigo, enquanto testemunhamos a amargura do rei. Então, quando os sinos da cidade tocam as Completas, abre-se um vão na porta, Thomas Cromwell entra no quarto e compreende tudo em um relance arguto de olhos.

— Oh! — exclama Joana, aliviada, levantando-se e fazendo um pequeno gesto distraído, abanando as mãos, como se para mostrar ao lorde secretário que o rei estava arruinado de dor e que era melhor Thomas assumir o comando.

— A senhora gostaria de ir jantar, Vossa Graça? — pergunta Cromwell, com uma mesura. — A senhora poderia dizer à corte que o rei está jantando em seus aposentos, privadamente.

Joana dá um pequeno miado de concordância, sai do quarto e Cromwell volta-se para mim, com o rei em meus braços, como se eu propusesse um problema difícil.

— Condessa — diz-me ele, curvando-se.

Inclino a cabeça, mas nada digo. É como se eu estivesse segurando uma criança adormecida que eu não quisesse acordar.

— Posso chamar os camareiros do quarto de dormir para colocá-lo na cama? — pergunta ele.

— E o médico, com uma beberagem para ele dormir — sugiro, num sussurro.

O médico vem, o rei levanta a cabeça e obedientemente bebe sua dose. Permanece de olhos fechados, como se não suportasse ver os olhares curiosos, solidários ou, o pior de tudo, divertidos dos camareiros do quarto de dormir, que preparam a cama, perfuram-na com uma espada, para prevenirem-se contra assassinos, aquecem-na com uma caçarola cheia de carvão e então se postam na cabeceira e nos pés, aguardando suas instruções.

— Ponham Sua Majestade na cama — ordena Cromwell.

Sobressalto-me um pouco diante do novo título. Agora que o rei é o único governante da Inglaterra e o papa nada mais é do que um vigário de Roma, ele decidiu reivindicar que vale tanto quanto um imperador. Não deve mais ser chamado de "Vossa Graça", como qualquer duque, embora isto fosse bom o suficiente para seu pai, o primeiro Tudor, e bom o suficiente para toda minha família. Agora ele tem um título imperial: ele é "Majestade". Agora sua recém-forjada majestade está tão abatida pela dor que seus humildes súditos precisam levantá-lo até a cama — e eles têm medo de tocá-lo.

Os camareiros hesitam em como se aproximar dele.

— Oh, pelo amor de Deus! — exclama Cromwell, com irritação.

São necessários seis deles para levá-lo do chão à cama, sua cabeça está mole e as lágrimas saem de seus olhos fechados. Ordeno que os camareiros tirem suas lindamente trabalhadas botas de montaria e Cromwell diz-lhes que tirem sua pesada jaqueta, e assim o deixamos dormir ainda meio vestido, como um bêbado. Um dos camareiros dormirá numa cama baixa sobre o chão; nós os vemos jogar moedas para definir quem será o azarado que terá de ficar. Ninguém quer passar a noite com Henrique, pois ele ronca, peida e chora. Dois membros da guarda real ficarão à porta.

— Ele dormirá — diz Cromwell. — Mas quando acordar, o que a senhora acha, Lady Margaret? Ele está arrasado?

— É uma perda terrível — admito. — Perder um filho é sempre terrível, mas perder um filho quando ele atravessava uma doença da infância e tinha a vida toda diante de si...

— Perder um herdeiro — observa Cromwell.

Nada digo. Não vou compartilhar qualquer opinião sobre o herdeiro do rei.

Cromwell acena com a cabeça:

— Mas de seu ponto de vista: não é melhor assim?

A pergunta é tão desumana que hesito e olho para ele, como se não o tivesse ouvido corretamente.

— Isso faz de Lady Maria a única herdeira provável — observa. — Ou a senhora diria "princesa"?

— Eu não falo sobre ela nunca. E eu digo Lady Maria. Assinei o juramento e sei que o senhor promulgou um ato do Parlamento que estabelece que o rei escolherá seu herdeiro.

Peço que a refeição seja trazida aos meus aposentos. Não suporto a ideia de juntar-me à corte, tão ruidosa com sua tagarelice e especulação. Montague entra com as frutas frescas e cristalizadas, serve um copo de vinho e se senta à minha frente.

— Ele desmoronou? — pergunta friamente.

— Sim — digo.

— Ele ficou assim quando perdeu o bebê Bolena — diz. — Chorou, enfureceu-se e depois nada falou. Então, quando encerrou seu luto, negou que houvesse acontecido. E tivemos um enterro secreto.

— É uma perda terrível para ele — observo. — Disse que faria de Fitzroy seu herdeiro.

— E agora não tem qualquer herdeiro homem, exatamente como previa a maldição.

— Eu não sei nada sobre isso — digo.

Pela manhã o rei está enrubescido e taciturno, os olhos vermelhos e inchados, a expressão abatida. Ignora-me completamente. É como se eu não estivesse lá durante o desjejum, e como se não estivesse lá na noite passada. Ele come compulsivamente, pedindo mais e mais carne, mais cerveja, um pouco de vinho, um pouco de pão recém-assado, pastéis, como se fosse devorar o mundo, e depois vai mais uma vez até sua capela. Sento-me com a rainha e suas damas em nossos aposentos iluminados que dão para a rua principal, de forma que vemos os mensageiros na libré de Norfolk indo e vindo, mas a morte do jovem duque não é anunciada à corte e ninguém sabe se deve se vestir de luto ou não.

Por três dias ficamos em Sittingbourne, e nem mesmo o rei fala algo sobre Fitzroy, embora cada vez mais pessoas saibam que ele morreu. No quarto dia a corte segue em frente, na direção de Dover, mas ninguém anunciou ainda que o duque morreu, e a corte não iniciou seu luto, e o velório não foi organizado.

É como se tudo estivesse suspenso no tempo, congelado como uma cachoeira de inverno com a cascata vertendo um instante e o seguinte interrompido em silêncio. O rei nada diz; a corte sabe de tudo mas age obedientemente, como se estivesse em completa ignorância. Fitzroy não cavalga de Londres para encontrar-nos, ele jamais montará novamente e ainda assim nós todos temos de fingir que o esperamos chegar.

— Isto é loucura — diz-me Montague.

— Não sei o que devo fazer — diz a rainha, lamentosamente, a seu irmão. — Isso não tem qualquer relação comigo. Encomendei um vestido de luto. Mas não sei se devo vesti-lo.

— Howard precisa falar alguma coisa — determina Thomas Seymour. — Fitzroy era seu genro. Não há motivo para que nenhum de nós organize um velório adequado para o bastardo. Não há motivo para que nós peçamos explicações ao rei.

Thomas Howard sobe até o trono quando Henrique se senta na sala de recepção antes do jantar e solicita, com a voz tão baixa que apenas os homens mais próximos a ele podem ouvir, se tem permissão para deixar a corte, voltar para casa e enterrar seu genro.

Cuidadosamente, não pronuncia o nome de Fitzroy. O rei acena para que se aproxime, sussurra em seu ouvido e em seguida vira-se e faz um gesto para que vá embora. Thomas Howard deixa a corte sem dizer uma palavra a ninguém e vai para sua casa em Norfolk. Mais tarde, ouvimos dizer que ele sepultou o genro e suas esperanças no Priorado de Thetford, com apenas dois homens acompanhando o velório, num caixão de madeira simples e em segredo.

— Por quê? — pergunta-me Montague. — Por que tudo é mantido em segredo?

— Porque Henrique não aguenta perder mais um filho — digo. — E porque agora ele mantém a corte em tal obediência, e nós somos tão tolos, que se ele não quer pensar em algo, nenhum de nós fala nada. Se ele perde seu filho e não consegue suportar a dor, então o menino é sepultado fora de suas vistas. E quando quiser fazer a próxima coisa completamente errada, nós pensaremos que se fortaleceu. Ele pode negar a verdade e ninguém discutirá com ele.

Bisham Manor, Berkshire, julho de 1536

Fico em casa enquanto a corte segue adiante, e caminho por meus campos observando o trigo já dourado. Saio com o pessoal da ceifa no primeiro dia da colheita e os observo quando vão a passos largos, lado a lado, através dos campos, suas foices cortando a safra ondulante, as lebres e os coelhos fugindo como flechas diante deles e então os meninos os perseguem com terriers que latem.

Atrás dos homens vêm as mulheres, abraçando grandes maços de trigo, atando-os com um movimento experiente, os vestidos erguidos para que possam andar rapidamente, as mangas enroladas no alto dos braços musculosos. Muitas delas levam um bebê amarrado nas costas, e a maioria tem um par de filhos a reboque, com os mais velhos recolhendo as espigas caídas de trigo de maneira que nada se desperdiça.

Sinto a alegria selvagem de um avaro que vê o ouro entrando em seu baú. Eu preferiria ter uma boa safra a toda prataria que pudesse roubar de uma abadia. Sento sobre meu cavalo, vejo os locatários trabalharem e sorrio quando me chamam e me dizem que este é um ano bom, um ano bom para todos nós.

Cavalgo de volta para casa e percebo que há um cavalo estranho nos estábulos e um homem tomando um gole de cerveja na porta da cozinha. Ele me vê quando chego ao jardim e tira o chapéu — é um barrete esquisito, italiano, eu diria. Desmonto e espero que venha até mim.

— Tenho uma mensagem de seu filho, condessa — diz. — Ele está bem e lhe manda seus melhores votos.

— Estou feliz por ter notícias dele — digo, ocultando minha ansiedade. Estamos todos aguardando, estivemos aguardando por meses, que Reginald concluísse seu relatório sobre a reivindicação do rei de ser o líder máximo da Igreja da Inglaterra. Reginald promete que o trabalho será concluído logo e que ele apoiará as concepções do rei. Não sei como atravessará o pântano em que Thomas More se perdeu, como evitará a armadilha que pegou John Fisher, mas não há ninguém em toda a Cristandade mais culto que meu filho Reginald. Se há um precedente para um rei como o nosso na longa história da Igreja, ele o encontrará, e quem sabe pode encontrar uma forma de restaurar a princesa Maria também.

— Lerei a mensagem e escreverei uma resposta — digo-lhe.

Ele se curva:

— Estarei preparado para levá-la amanhã.

— O administrador indicará onde dormir e comer esta noite.

Atravesso a porta que conduz ao jardim interno, sento-me sob as rosas e rompo o selo da carta de Reginald para mim.

Ele está em Veneza. Descanso a carta nos joelhos, fecho os olhos e tento imaginar meu filho numa fabulosa cidade de riqueza e beleza, onde as portas das casas se abrem para a água corrente e ele tem de tomar um barco para ir à grande biblioteca onde é um erudito honorável.

Escreve-me dizendo que está doente e pensando na morte. Não tem tristeza, mas sim uma sensação de paz.

Concluí meu relatório e o enviei sob a forma de uma longa carta ao rei. Não visa à publicação, é apenas a opinião que ele solicitou. O erudito que há nele reconhecerá a força da lógica, o teólogo compreenderá os argumentos históricos. O tolo e o sensual ficarão chocados por eu o chamar de ambas as coisas, mas creio que a morte de sua concubina lhe dá oportunidade de voltar à Igreja, o que ele deve fazer para salvar sua alma. Sou seu profeta, como aquele que Deus enviou a Davi. Se ele puder escutar-me, ainda pode ser salvo.

Eu o aconselhei a entregar a carta a seus melhores eruditos para que produzam uma súmula para ele. É uma longa carta e eu sei que não terá a paciência para lê-la inteira! Mas há homens na Inglaterra que a lerão e ignorarão as palavras veementes para ouvir a verdade. Eles podem me responder e talvez eu escreva novamente. Não é uma declaração que vise à publicação para que todos os homens a admirem, é um documento para discussão entre homens de erudição.

Tenho estado doente, mas não descansarei. Há aqueles que ficariam contentes de me ver morto e há dias em que eu estaria feliz de estar no sono da morte. Lembro-me bem, e espero que a senhora também se lembre, de que, quando eu era apenas um menininho, a senhora me entregou inteiramente a Deus e afastou-se de mim, deixando-me nas mãos de nosso Senhor. Não se preocupe comigo agora — ainda estou nas mãos Dele, onde me deixou.

Seu filho amoroso e obediente
Reginald

Seguro a carta contra o rosto, como se fosse capaz de sentir o cheiro do incenso e da vela de cera do estúdio onde ele a escreveu. Beijo a assinatura, para o caso de ele a ter beijado antes de selá-la e enviá-la. Penso que de fato o perdi, se ele se afastou da vida e anseia pela morte. A única coisa que eu lhe teria ensinado se o tivesse mantido ao meu lado é jamais fatigar-se da vida, mas agarrar-se a ela a quase qualquer custo. Nunca me preparei para a morte, nem mesmo indo para o parto, e jamais poria minha cabeça no cepo para ser cortada. Penso que jamais deveria tê-lo deixado com os monges cartuxos, embora fossem bons homens, embora eu estivesse pobre e sem qualquer outro meio de alimentá-lo. Eu deveria ter mendigado à beira da estrada com meu filho nos braços, antes de permitir que eles o tirassem de mim. Jamais deveria ter permitido que ele crescesse para se transformar num homem que se vê nas mãos de Deus e reza para ir para o céu.

Eu o perdi quando o deixei no priorado, eu o perdi quando o mandei a Oxford. Eu o perdi quando o mandei a Pádua, e agora entendo a completa extensão e a natureza definitiva de minha perda. Uma vez, casei-me com um bom homem e tive cinco lindos filhos, agora sou uma velha senhora, uma viúva com apenas dois meninos na Inglaterra e Reginald, o mais brilhante e o que mais precisava de mim, está longe, muito longe de mim, sonhando com a própria morte.

Seguro a carta contra meu coração e choro por meu filho cansado da vida e, em seguida, começo a pensar. Reli a carta e me pergunto o que ele quer dizer com "palavras veementes". Pergunto-me o que quer dizer com ser um profeta para o rei. Espero profundamente que não tenha escrito algo que vá mexer com as suspeitas do rei, sempre prontas a manifestar-se, ou despertar sua incansável fúria.

Palácio de Westminster, Londres, outubro de 1536

A corte retorna a Londres e, assim que o rei chega a seus aposentos, sou convocada a seu quarto. É claro, espero que ele me nomeie chefe do serviço da princesa. Saio correndo de meus aposentos, atravesso o pátio, passo por uma pequena porta e subo a escada, sigo pelo grande salão até chegar aos aposentos do rei no labirinto que é o Palácio de Westminster.

Atravesso a sala de recepção lotada com um sorriso de antecipação no rosto. Eles precisam esperar, mas eu fui convocada. Com certeza ele me nomeará para servir a princesa e eu posso guiá-la de volta a seu título e verdadeira posição.

Há mais pessoas do que nunca esperando para ver o rei, e a maior parte delas tem um conjunto de projetos ou um mapa nas mãos. Os mosteiros e igrejas da Inglaterra estão sendo loteados, um após o outro, e todos querem sua parte.

Mas há homens que parecem inquietos. Reconheço um velho amigo de meu marido, um dos habitantes de Hull, e o cumprimento com a cabeça quando passo.

— O rei a verá? — pergunta ele, com premência.

— Estou indo ter com ele agora — digo.

— Por favor, peça para que ele permita que eu o veja — diz o homem. — Estamos morrendo de medo em Hull.

— Eu lhe direi, se puder — aviso. — Qual o problema?

— As pessoas não aguentam mais ver suas igrejas tomadas — diz rapidamente, um olho na porta do quarto. — Não tolerarão isso. Quando um mosteiro é arrasado, a cidade inteira é roubada. Não conseguimos governar as cidades, os cidadãos não suportarão mais. Estão todos em alerta no norte, falam em defender os mosteiros e expulsar os inspetores que vierem para fechá-los.

— O senhor deve dizê-lo a lorde Cromwell, este é o trabalho dele.

— Ele sabe. Mas não avisa ao rei. Não entende o perigo que corremos. Digo-lhe, não conseguiremos manter o norte contra as pessoas se elas se unirem.

— Defendendo a Igreja? — digo, lentamente.

Ele assente com a cabeça.

— Dizendo que tudo foi previsto. E falando a favor da princesa.

Um dos camareiros do rei abre a porta do quarto e acena para mim. Deixo o homem, sem dizer qualquer outra palavra, e entro.

Está frio e escuro no quarto, onde as cortinas estão fechadas, isolando o cinza de uma tarde de outono, e o fogo está pronto na grelha, mas ainda não foi aceso. O rei está sentado atrás de uma larga mesa preta polida, numa cadeira entalhada, soturno. A mesa diante dele está tomada por papéis e um secretário aguarda na longínqua extremidade, a pena erguida, como se o rei estivesse ditando uma carta e interrompesse o que fazia ao ouvir a sentinela bater na porta e abri-la. Lorde Cromwell posta-se de lado e educadamente curva a cabeça para mim enquanto entro.

Sou capaz de farejar perigo, assim como um cavalo é capaz de sentir as toras de madeira fracas numa ponte que apodrece. Miro do olhar baixo de Cromwell até o secretário a postos e é como se todos posássemos para um retrato do pintor da corte, o mestre Holbein. O título da obra seria "Julgamento".

Levanto a cabeça e ando até a mesa e vejo o olhar do homem mais poderoso da Cristandade. Não sinto medo. Não sentirei medo. Sou uma Plantageneta. Conheço o cheiro do perigo tão bem quanto conheço o cheiro denso de sangue fresco, o cheiro agudo de veneno de rato. Cheirei-o em meu berçário; este é o cheiro de minha infância, de toda a minha vida.

— Vossa Majestade. — Levanto-me de minha mesura e posto-me diante dele, as mãos juntas à minha frente, o rosto sereno.

Ele encontra meu olhar e me encara com os olhos vazios. Deixo que ele mantenha o silêncio, enquanto sinto a bile salgada subindo pela garganta, lentamente. Engulo-a, então ele começa:

— A senhora sabe do que se trata — diz, com rudeza, empurrando um manuscrito encadernado em minha direção.

Eu avanço e, quando lorde Cromwell faz um aceno, eu o tomo nas mãos. Minhas mãos não tremem.

Vejo que o título está em latim.

— Esta é a carta de meu filho? — indago. Minha voz não treme.

Lorde Cromwell curva a cabeça.

— A senhora sabe como ele a chamou? — explode Henrique.

Balanço a cabeça.

— *Pro ecclesiasticae unitatis defensione* — lê Henrique em voz alta. — A senhora sabe o que isto significa?

Dirijo-lhe um olhar demorado.

— Majestade, o senhor sabe que sim. Eu costumava ensinar-lhe latim.

É quase como se ele perdesse o equilíbrio, como se eu o lembrasse do menino que foi. Por um momento apenas, ele hesita, mas em seguida infla de grandeza novamente:

— Pela defesa da unidade da Igreja — diz. — Mas sou eu um defensor da fé ou não?

Acho que posso sorrir para ele, meus lábios não tremem.

— É claro que é.

— E o Líder Supremo da Igreja da Inglaterra?

— É claro que é.

— Então seu filho é culpado de insulto, de traição, quando questiona meu direito de comandar minha Igreja e defendê-la? O mero título de sua carta é uma traição em si mesmo!

— Eu não li essa carta — digo.

— Ele escreveu para ela — diz lorde Cromwell, em voz baixa, para o rei.

— Ele é meu filho, é óbvio que escreve para mim — respondo para o rei, ignorando Cromwell. — Contou-me que enviou-lhe uma carta. Não um relatório, não um livro, nada que visasse à publicação, nada com um título. Contou-me que o senhor havia lhe pedido sua opinião sobre certos assuntos e ele obedeceu, estudou, consultou e escreveu sua opinião.

— É uma opinião cheia de traição — diz o rei, diretamente. — Ele é pior do que Thomas More, muito pior. Thomas More jamais deveria ter morrido pelo que disse, ele nunca disse nada assim. Ele deveria estar vivo agora, o melhor de meus conselheiros, e seu filho, decapitado em seu lugar.

Engulo em seco.

— Reginald não deve ter escrito nada que sequer se aproximasse de traição — digo, em voz baixa. — E eu imploro seu perdão para ele se o fez. Ele não tinha ideia do que estava escrevendo. Não tinha ideia do que estava estudando. Tem sido seu erudito por muitos anos, trabalhando sob suas ordens.

— Ele diz o que todos vocês pensam! — Henrique levanta-se e inclina-se para mim. Seus olhos estão brilhando. — A senhora ousa negá-lo? Na minha frente?!

— Eu não sei o que ele diz — repito. — Mas nenhum membro de minha família na Inglaterra pronuncia ou pensa ou mesmo sonha uma única palavra de traição. Somos leais ao senhor. — Volto-me para Cromwell. — Fizemos o juramento sem demora. O senhor fechou o Priorado de Bisham, que eu mesma fundei, e eu não reclamei, nem mesmo quando o senhor nomeou um prior de sua escolha e dispensou o prior Richard e todos os cônegos e esvaziou a capela. O senhor tomou as joias de Lady Maria da lista que fiz para o senhor e, quando a trancou, obedeci e jamais escrevi a ela. Montague é um servo leal e um amigo, Geoffrey serve ao senhor no

Parlamento. Nós somos parentes, parentes leais e jamais fizemos qualquer coisa contra o senhor.

O rei subitamente dá um tapa na mesa com a mão pesada, o que soa como um tiro de pistola:

— Não aguento mais! — brada ele.

Não pulo, permaneço imóvel. Volto-me para ele, encaro-o diretamente, como o guardião da Torre encara as caras dos animais selvagens. Thomas More uma vez disse-me: leão ou rei, jamais demonstre medo ou você será um homem morto.

O rei se inclina para mim e grita em meu rosto:

— Para todo lugar que me viro há pessoas conspirando contra mim, sussurrando, escrevendo... — Ele joga o manuscrito de Reginald no chão com outro gesto de fúria. — Ninguém pensa no que faço pelo país, ninguém pensa em como eu sofro, liderando o país à frente, levando a todos das trevas para as luzes, servindo a Deus a despeito de todos a minha volta, todos... — Subitamente vira-se para Cromwell. — O que estão fazendo em Lincoln? O que estão fazendo em Yorkshire? O que dizem contra mim? Por que você não os mantém calados? Por que estão deambulando pelas ruas de Hull? E por que permitiu que Pole escrevesse isso? — grita. — Por que seria um tolo tão grande?

Cromwell balança a cabeça, como se estivesse admirado com sua própria estupidez. E imediatamente, como está levando a culpa pelas más notícias, começa a amenizá-las. Um instante atrás advogava contra mim, agora defende-se junto comigo, e as acusações ficam muito menos sérias. Vejo-o transformar-se, como um dançarino num teatro de máscaras, para retorcer a linha na direção oposta.

— O duque de Norfolk sufocará a insurreição do norte — diz ele, de maneira a abrandar tudo. — Não passa de um punhado de camponeses berrando por pão. E esta carta, vinda de seu erudito, Reginald Pole, não significa nada. Trata-se apenas de uma carta particular — diz. — É apenas a opinião de um homem. Se Vossa Majestade condescendesse em refutá-la, como ela poderia manter-se de pé? Seu entendimento é naturalmente maior que o dele. Quem sequer a leria se o senhor a rechaçasse? Quem se importa com o que Reginald Pole pensa?

Henrique se lança na direção da janela e olha para fora, em direção do entardecer suave. As corujas que vivem no sótão dessa antiga edificação piam e ele observa quando um grande mocho branco do celeiro passa suavemente, num adejar sereno. Os sinos repicam em toda a grande cidade. Penso por um momento sobre o que aconteceria a esse rei se os sinos começassem a tocar ao reverso e as pessoas ouvissem o sinal para se levantar contra ele.

— A senhora escreverá a seu filho — cospe Henrique, sem olhar em minha direção. — E lhe dirá para vir à Inglaterra encarar-me, como um homem. A senhora o repudiará. Dirá que ele não é seu filho por ter falado contra seu rei. Não aceitarei lealdades divididas. Ou a senhora me serve ou é mãe dele. Pode escolher.

— O senhor é meu rei — digo simplesmente. — Nasceu para ser rei, sempre foi meu rei. Nunca o nego. O senhor deve julgar o que é melhor para todo o reino e para mim, como sua mais humilde e amorosa serva.

Ele se vira e me olha. É como se, subitamente, seu mau humor esvanecesse por completo. Está sorrindo, como se eu houvesse dito algo que faz todo o sentido para ele:

— Eu *nasci* para ser rei — diz, em voz baixa. — É a vontade de Deus. Dizer qualquer outra coisa é questionar a Deus. Diga isso a seu filho.

Concordo com a cabeça.

— Deus pôs Artur de lado para fazer-me rei — recorda-me ele, quase timidamente. — Não pôs? A senhora o viu fazer isso. É testemunha.

Não dou qualquer indicação de o quanto me custa falar da morte de Artur com seu irmão mais novo.

— Deus em pessoa o colocou no trono — concordo.

— A melhor escolha — afirma ele.

Curvo a cabeça em assentimento.

O rei suspira como se de alguma forma alcançasse um lugar onde pudesse estar em paz.

Olho para Cromwell e parece que a audiência acabou. Faz um aceno de cabeça, seu rosto está um pouco pálido. Penso que às vezes Cromwell precisa cavar fundo para encontrar a coragem de encarar este monstro que ele mesmo criou.

Faço uma mesura e estou prestes a ir até a porta quando um pequeno gesto de alerta do secretário na extremidade da mesa recorda-me de que não temos mais permissão para virar as costas para o rei. Sua grandeza é tanta que temos de deixar sua presença andando de costas.

Pertenço à ancestral família real da Inglaterra. Meu pai foi irmão de dois reis. Penso por um instante que parecerei uma tola demonstrando excessivo respeito a esse tirano, cujas costas estão voltadas para mim, que nem sequer verá a homenagem que sou obrigada a fazer-lhe. Depois penso que o único tolo é aquele que falha em sobreviver nestes tempos difíceis e dirijo um sorriso a Thomas Cromwell, que diz, se ele fosse capaz de lê-lo: "Quão baixo descemos, você e eu, para manter a cabeça sobre nossos ombros?" e faço uma nova mesura e dou seis passos para trás, tateando cegamente atrás de minhas costas pela maçaneta, e saio do cômodo.

Montague vem ao meu quarto depois das Completas, tarde da noite.

— O que ele lhe disse? — indaga. Seus cabelos estão em pé, como se estivesse passando as mãos por eles em exasperação. Abaixo-os com uma carícia e ajeito seu chapéu. Ele afasta a cabeça de meu toque. — Ele rasgou a carta de Reginald diante de mim. Meu irmão não fez outra coisa além de nos arruinar. Creio que o rei jamais o perdoará. Não aguenta qualquer crítica. Gritou comigo.

— Disse-me que eu tenho de renegar Reginald — admito. — Estava mais bravo do que jamais o vi antes.

— Assustou Cromwell — diz Montague. — Vi suas mãos tremerem. Eu estava de joelhos, juro que minhas pernas me falhariam se eu estivesse de pé. Nada o agradou durante o jantar. A rainha falou-lhe sobre um favor para alguém e ele disse que ela não dispunha de suficiente boa vontade da parte dele para esbanjá-la com outros. Na frente de todo mundo! Pensei que ela choraria diante de toda a corte. Então, após o jantar, ele levou-me para um canto, estava fora de si.

— Joana está aterrorizada com ele — observo. — Não como a rainha Catarina, nem mesmo como Ana. Ela não conseguiu nem mesmo aprender a lidar com ele.

— O que faremos? — indaga Montague. — Deus sabe que não somos capazes de controlá-lo. O que pode ter possuído Reginald para nos expor desta maneira?

— Ele teve de fazê-lo! — defendo-o. — Era isso ou encher página após página com mentiras. O rei ordenou que ele desse sua opinião. Ele teve de dizer o que pensava.

— Chamou o rei de tirano e de animal vingativo! — Montague eleva o tom de voz e então se lembra de que essas palavras sozinhas são traição e cobre a boca com a mão.

— Teremos de renegá-lo — digo, cheia de infelicidade. — Sei que teremos.

Montague lança-se sobre uma cadeira e mexe as mãos no ar.

— Ele não se deu conta de como está a vida na Inglaterra hoje em dia?

— Sabe muito bem — digo. — Provavelmente ninguém sabe melhor do que ele. Está advertindo o rei que, se ele continuar com a destruição dos mosteiros, o povo irá se rebelar contra ele e o imperador espanhol nos invadirá. E o norte já se sublevou.

— Os plebeus voltaram-se contra o chanceler do bispo em Horncastle — conta-me Montague, com a voz baixa. — Estão espalhando fogueiras até pelo menos Yorkshire. Mas Reginald declarou-se contra o rei cedo demais. Sua carta é traição.

— Não vejo o que mais ele poderia ter escrito — digo. — O rei pediu sua opinião. Ele a deu. Diz que a princesa deveria ter seu título e o papa deveria ser o líder da Igreja. Você diria algo diferente disso?

— Sim! Meu Deus, eu jamais diria a verdade a esse rei!

— Mas e se você estivesse longe e recebesse a ordem de escrever sua opinião honesta?

Montague sai de sua cadeira e se ajoelha a meu lado, de maneira que pode sussurrar em meu ouvido:

— Milady mãe, Reginald está longe, mas nós, não. Temo pela senhora, por mim, por meu filho Harry, por todos os meus filhos, e por todos os nossos parentes. Não importa se Reginald está certo; eu sei que ele está! Não interessa se a maior parte da Inglaterra concordaria com ele. Não são apenas os plebeus que marcham em Lincolnshire. Estão levando a pequena nobreza consigo e chamando os senhores para que se revoltem com eles! Todo dia alguém me procura ou me manda uma mensagem ou me pergunta o que faremos. Mas, ao dizer a verdade, colocou-nos em enorme perigo. O rei não é mais um erudito zeloso, não é mais um filho devoto da Igreja. Transformou-se num homem fora de controle para seus mestres, para os padres, talvez para si mesmo. Não faz sentido dar ao rei uma opinião honesta; ele não quer outra coisa senão que o louvem. Não suporta nem uma palavra de crítica. É implacável com aqueles que falam contra ele. É fatal dizer a verdade na Inglaterra agora. Reginald está distante e aproveitando o privilégio de falar, mas nós estamos aqui. Nossas vidas é que correm risco.

Fico em silêncio.

— Eu sei — digo. — Não acho que ele poderia ter feito diferente, teve de falar. Mas sei que nos colocou em perigo.

— E Geoffrey também — diz Montague. — Pense em seu precioso filho. A carta de Reginald colocou-nos em perigo.

— O que podemos fazer para nos mantermos a salvo?

— Não há segurança para nós. Somos a família real. Ou nos pronunciamos como Reginald ou não. Tudo o que podemos fazer é traçar uma linha entre Reginald e nós. Tudo o que podemos dizer é que ele não fala em nosso nome, que negamos o que ele diz, que o incitamos a ficar calado. E podemos implorar-lhe que não publique a carta e a senhora pode ordenar que ele não vá a Roma.

— Mas e se Reginald publicá-la? E se ele for a Roma e persuadir o papa a publicar a excomunhão e convocar uma cruzada contra a Inglaterra?

Montague põe a cabeça entre as mãos:

— Então estou pronto — diz bem baixinho. — Quando o imperador nos invadir, sublevarei os locatários e marcharemos com os plebeus da Inglaterra. Defenderemos a Igreja, derrubaremos o rei e colocaremos a princesa no trono.

— Nós o faremos? — pergunto, como se não soubesse que a resposta é sim.

— Temos de fazê-lo — diz Montague soturnamente. Então ele me olha e eu vejo o meu próprio medo estampado em seu rosto. — Mas estou com medo — admite honestamente.

Tanto Montague quanto eu escrevemos para Reginald. Geoffrey escreve também, e enviamos as cartas por meio dos mensageiros de Cromwell, de maneira que ele possa ver como, escrito claramente, nós condenamos Reginald por sua loucura, por ter abusado de sua posição de erudito do rei e como o conclamamos a retirar tudo aquilo que dissera.

> *Tomai um outro caminho e servi vosso mestre como vosso dever sagrado manda, a menos que desejeis ser um embaraço para vossa mãe.*

Deixo a carta sem selo, mas beijo minha assinatura e mantenho a esperança de que ele saberá. Não retirará nem mesmo uma palavra do que escreveu, e saberá que relatou apenas a verdade. Saberá que eu não quereria que ele negasse a verdade, mas jamais poderá voltar enquanto o rei viver. Talvez, devido a minha idade avançada, jamais o veja novamente. A única forma de minha família se reunir outra vez é se Reginald vier da Espanha com um exército para sublevar os plebeus, restaurar a Igreja e entronar a princesa. "Que venha o dia!", sussurro, e então levo minha carta a Thomas Cromwell para que seus espiões a estudem em busca de um código de traição.

O grande homem, lorde secretário e vice-gerente da Igreja, convida-me para ir ter com ele em seu quarto, onde três homens se curvam sobre cartas e livros de contas. O trabalho do mundo roda em torno de Thomas Cromwell, assim como rodava em torno de seu velho mestre, Thomas Wolsey. Ele cuida de tudo.

— O rei solicita que seu filho venha à corte e explique sua carta — diz-me. Fora de meu campo de visão percebo que um dos escreventes para com a pena levantada, desejando registrar minha resposta.

— Rezo para que ele venha — digo. — Recomendarei a ele, como sua mãe, que venha. Ele deve mostrar obediência a Sua Graciosa Majestade, como nós todos, como foi ensinado a fazer.

— Sua Majestade não está descontente com seu primo Reginald no momento — diz Cromwell, com gentileza. — Quer entender seus argumentos, quer que Reginald converse com outros eruditos para que possam entrar em acordo.

— Que excelente ideia. — Olho diretamente para seu rosto sorridente. — Direi a Reginald que venha imediatamente. Acrescentarei uma nota à minha carta.

Cromwell, o grande mentiroso, o grande herético, o grande alcoviteiro de seu senhor, curva a cabeça como se estivesse impressionado com minha lealdade. Eu, má como ele, curvo a minha de volta.

L'Erber, Londres, outubro de 1536

Montague vem me ver em minha casa logo cedo, enquanto a corte está na missa. Vem até minha capela e se ajoelha a meu lado sobre as pedras que cobrem o chão enquanto o padre, escondido pelo painel do crucifixo, as costas voltadas para nós, reza os mistérios da missa e traz as bênçãos de Deus para mim e para meu pessoal silenciosamente ajoelhado.

Ao fundo, intocada e não lida, está a Bíblia que o rei ordenou que deveria ser colocada em todas as igrejas. Cada membro de meu pessoal acredita que Deus fala em latim com sua Igreja. O inglês é a língua cotidiana dos mortais, da feira, dos estercos. Como qualquer coisa que vem de Deus pode ser escrita na língua em que se criam carneiros e se trata de dinheiro? Deus é o verbo, é o papa, o padre, o pão e o vinho, o latim misterioso da litania, a Bíblia ilegível. Mas não desafiamos o rei neste ponto, não desafiaremos o rei em nada.

— A rainha Joana ajoelhou-se diante do rei e implorou que restaurasse as abadias e não as roubasse do povo. — Montague baixa a cabeça como se rezasse e murmura as notícias para mim sobre seu rosário. — Lincolnshire está sublevado para defender as abadias, não há uma única aldeia que não esteja em marcha.

— Chegou nossa hora?

Montague curva ainda mais a cabeça de forma que ninguém pode vê-lo sorrir:

— Logo chegará — diz. — O rei está enviando Thomas Howard, duque de Norfolk, para derrotar os comuns. Ele pensa que será bem-sucedido prontamente.

— Você acha?

— Rezo. — Montague nem sequer diz por que reza. — E a princesa expressa-lhe seu amor. O rei a trouxe, e a pequena Isabel também, para a corte. Para um homem que diz que os plebeus serão facilmente derrotados, até parece que ele teria mandado buscar as filhas para mantê-las em segurança.

Montague vai embora assim que o serviço se encerra, mas não preciso dele para me trazer notícias. Logo Londres inteira estará zumbindo. O ajudante do cozinheiro, enviado ao mercado para trazer um pouco de noz-moscada, chega em casa com a alegação de que quarenta mil homens, armados e montados, marcham em Boston.

Meu administrador de Londres vem até mim para contar que dois rapazes de Lincolnshire fugiram, foram para casa juntar-se aos plebeus.

— O que pensavam estar fazendo? — pergunto.

— Fizeram um juramento — diz ele, a voz cuidadosamente branda. — Aparentemente eles juraram que a Igreja deve ter seus rendimentos e fundos, que os mosteiros não serão destruídos, mas sim restaurados, e que os falsos bispos e conselheiros que recomendaram esses erros devem ser afastados do rei e do reino.

— Exigências arrojadas — digo, mantendo meu rosto completamente imóvel.

— Exigências arrojadas na cara do perigo — acrescenta ele. — O rei enviou seu amigo Charles Brandon, duque de Suffolk, para se juntar ao duque de Norfolk contra os rebeldes.

— Dois duques contra um punhado de tolos? — digo. — Deus livre os plebeus da loucura e dos ferimentos.

— Os plebeus podem cuidar de si mesmos. Não estarão desarmados — diz. — E há alguns outros com eles. A pequena nobreza está com eles, e trazem cavalos e armas. Talvez os duques é que tenham que tomar cuidado com sua segurança. Dizem que Yorkshire está pronta para se sublevar, e Tom Darcy foi enviado ao rei para perguntar qual é sua resposta.

— Lorde Thomas Darcy? — Penso no homem que tem minha insígnia de amor-perfeito no bolso.

— Os rebeldes têm uma bandeira — continua meu administrador. — Eles marcham sob as cinco chagas de Cristo. Dizem que se trata de uma guerra santa. A Igreja contra os infiéis, os plebeus contra o rei.

— E onde está lorde Hussey? — pergunto, mencionando um dos senhores do reino, o antigo camarista da princesa.

— Ele está com os rebeldes — responde meu administrador, balançando a cabeça diante da minha expressão vazia de pasmo. — E sua esposa está fora da Torre, junto dele.

O país está perturbado por rumores de insurreições, até mesmo no sul, de forma que permaneço em Londres no início de outubro. Tomo minha embarcação rio abaixo num dia frio enquanto a neblina repousa sobre as águas, o sol do ocaso brilha avermelhado e a maré está alta, e a correnteza, forte.

— Melhor andar sobre a ponte, milady — diz o mestre de minha embarcação. Eles me deixam nos degraus estreitos e molhados e remam de volta até o meio do canal para enfrentar as águas turbulentas e apanhar-me do outro lado.

Uma das minhas netas, Katherine, segura meu braço. Temos um homem de libré na minha frente e outro atrás de nós, enquanto percorremos o curto caminho até a escada molhada do outro lado da ponte. Há mendigos, é claro, mas eles saem da frente quando nos veem chegando. Tento não demonstrar minha perplexidade quando vejo um hábito de freira, imundo de meses de espera, e vejo o rosto fatigado, desesperado, de uma mulher que se devotou a Deus e depois se viu atirada à sarjeta. Faço um sinal à irmã de Katherine, Winifred, que, sem ser solicitada, lança uma moeda à mulher.

Um homem sai das trevas e se posta diante de nós.

— Quem é? — pergunta a um de meus serviçais.

— Sou Margaret Pole, condessa de Salisbury — digo, bruscamente. — E é melhor você deixar-me passar.

Ele sorri, feliz como um fora-da-lei numa floresta, e se curva profundamente:

— Passe, milady, passe com nossas bênçãos — diz. — Pois sabemos quem são nossos amigos. E Deus esteja com a senhora, pois também é uma peregrina e tem um portão de peregrinação a atingir.

Paro rapidamente.

— O que disse?

— Não é uma rebelião — diz, em voz bem baixa. — A senhora talvez saiba, tanto quanto eu. É uma peregrinação. Nós a chamamos de Peregrinação da Graça. E dizemos uns aos outros que precisamos passar pelo portão da peregrinação.

Ele hesita e vê meu rosto enquanto ouço as palavras "Peregrinação da Graça".

— Estamos marchando sob as cinco chagas de Cristo — diz. — E eu sei que a senhora, e todos os antigos senhores da Rosa Branca, são peregrinos como nós.

Os rebeldes que dizem marchar na Peregrinação da Graça capturaram Sir Thomas Percy, ou então ele se juntou a eles; ninguém parece saber. São liderados por um bom homem, um homem honesto de Yorkshire, Robert Aske, e no meio de outubro soubemos que Aske cavalgou para a grande cidade do norte, York, sem que nenhuma flecha a defendesse. Escancararam o portão para ele e para a força que todos agora chamam de peregrinos. São vinte mil bravos. Isto é quatro vezes a força que tomou a Inglaterra em Bosworth; é um exército suficientemente grande para tomar toda a Inglaterra.

Seu primeiro ato foi restaurar duas casas beneditinas na cidade, a Santíssima Trindade e o Convento de São Clemente. Quando tocaram os sinos da Santíssima Trindade, o povo gritou de júbilo e foi assistir à missa.

Minha aposta é a de que o rei fará de tudo para evitar uma batalha aberta. Fora oferecido o perdão aos rebeldes de Lincolnshire se eles simplesmente fossem para casa, mas por que eles fariam isso, agora que o enorme condado de Yorkshire fora às armas?

— Recebi a ordem de convocar os locatários e me preparar para a marcha — diz-me Montague. Ele vem a L'Erber quando os serviçais estão tirando a mesa após o jantar. Os músicos afinam os instrumentos e uma mascarada será interpretada. Indico a Montague que se sente a meu lado e inclino a cabeça em sua direção, de forma que ele pode falar suavemente junto ao meu capuz.

— Ordenaram-me que vá para o norte e derrote a peregrinação — diz. — Geoffrey também tem de organizar uma força.

— O que você fará? — Toco no bolso a insígnia bordada que lorde Darcy deu-me, as cinco chagas de Cristo e a Rosa Branca dos York. — Você não pode abrir fogo contra os peregrinos.

Ele balança a cabeça:

— Nunca — diz, simplesmente. — Além do mais, todos dizem que quando o exército do rei vir os peregrinos, trocará de lado e se juntará a eles. Acontece todos os dias. A cada carta que o rei envia com ordens para seus comandantes, faz seguir uma outra perguntando se permanecem leais a ele. Não confia em ninguém. Ele está certo. Acontece que ninguém é digno de confiança.

— Quem ele tem no campo de batalha?

— Thomas Howard, duque de Norfolk, o rei confia nele tanto quanto é possível; Talbot, lorde Shrewsbury, está marchando para apoiá-lo, mas é pela velha religião e pelos costumes antigos; Charles Brandon recusou-se a ir, dizendo que queria estar em casa para manter seu condado fora da insurreição: foi mandado a Yorkshire contra a vontade; Lorde Thomas Darcy diz que foi aprisionado em seu castelo pelos rebeldes, mas como tem se manifestado contra a destruição dos mosteiros desde o primeiro momento do divórcio da rainha. Ninguém sabe se ele não está apenas esperando o momento certo para juntar-se aos peregrinos; John Hussey mandou uma carta para dizer que foi raptado por eles, mas todos sabem que ele era o camarista da princesa e a ama profundamente, e sua esposa a apoia integralmente. O rei está comendo as unhas ansiosamente, está num frenesi de fúria e autopiedade.

— E o que... — interrompo-me quando um mensageiro vestido com a libré de Montague entra no salão, vem até perto dele e aguarda. Montague indica que se aproxime, escuta atentamente e então volta-se para mim.

— Tom Darcy rendeu seu castelo aos rebeldes — diz. — Os peregrinos tomaram Pontefract e todos os que estavam sob o comando de Darcy no castelo e na cidade fizeram o juramento peregrino. O arcebispo de York está entre eles.

Olha meu rosto:

— O velho Tom combaterá em sua última cruzada — diz, obliquamente. — Usará a insígnia das cinco chagas.

— Tom está usando a insígnia? — pergunto.

— Ele tinha a insígnia de cruzado em seu castelo — diz. — Entregou-a aos peregrinos. Eles marcham por Deus contra a heresia e usando as cinco chagas de Cristo. Nenhum cristão pode atirar neles sob esse estandarte sagrado.

— O que devemos fazer?

— A senhora vai para o campo — decide Montague. — Se o sul se levantar pelos peregrinos, eles precisarão de liderança, de dinheiro e de suprimentos. A senhora pode liderá-los em Berkshire. Eu me comunicarei com a senhora, de forma que saiba o que está acontecendo no norte. Geoffrey e eu vamos para o norte com nossas forças e nos juntaremos aos peregrinos quando chegar o momento. Enviarei uma mensagem para que Reginald venha imediatamente.

— Ele virá para casa?

— Na liderança de um exército espanhol, queira Deus.

Mansão de Bisham, Berkshire, outubro de 1536

Não consigo ter notícias aqui no campo, mas ouço histórias extraordinárias sobre milhares de homens marchando sobre as abadias destruídas e as reconstruindo enquanto declamam os grandes salmos sempre entoados ali. As pessoas falam de um cometa nos céus de Yorkshire e dizem que a sublevação foi para baixo da terra em Lincolnshire, que o rei Fura-Terra terá de cavar para encontrar os peregrinos que, no entanto, já estão nas montanhas e vales de Yorkshire, e ele nunca mais imporá sua vontade suja sobre eles.

Recebo uma carta de Gertrude, que me conta que seu marido, meu primo Henry Courtenay, recebeu ordens do rei para reunir um exército e se colocar sob o comando de lorde Talbot e marchar para o norte, tão cedo quanto possível. O rei disse que lideraria seu exército. Mas as notícias do norte são tão aterradoras que, em vez disso, envia meus parentes.

É tarde demais. O rei não deu aos comandantes dinheiro suficiente para pagar os homens e eles estão tão mal calçados, há tão poucos a cavalo que não conseguem chegar ao norte com a rapidez necessária.

De qualquer forma, todos eles sabem que, quando o exército do rei avistar o estandarte dos peregrinos, irá desertar, entregando-lhes suas ramas. E Thomas Howard está reclamando de ter de manter Yorkshire fora da revolta sem nada, enquanto todo o dinheiro, todas as tropas vão para George Talbot, e o crédito, para Charles Brandon. O rei não sabe quem são seus amigos ou como mantê-los, então como poderia ele enfrentar seus inimigos?

O melhor de tudo é que Norfolk tem autoridade para tratar com os rebeldes e está prestes a garantir-lhes a salvação das abadias. Se também formos capazes de manter a princesa em segurança neste momento, esta será então uma grande vitória.

Eu lhe mandarei notícias assim que as tiver. O exército real e os peregrinos estão prestes a se encontrar em batalha e os peregrinos contam-se aos muitos milhares. E todas as hostes do céu estão também do nosso lado.

Queime esta carta.

Estou na cozinha das carnes em Bisham assistindo ao caçador que traz os animais silvestres. São dois grandes gamos e uma corça cuja carne eles preparam no campo para não estragar, e agora penduram no cômodo fresco com piso revestido de pedra para recolher o sangue nos escoadouros.

— Enforcaram nosso amigo Legh sem mais nem menos — informa-me em voz baixa o mestre dos cães de caça.

Precavidamente, não viro a cabeça. Parece que nós dois estamos inspecionando a carcaça esfolada.

— Enforcaram? — pergunto. — Thomas Legh, que aqui veio para fechar o priorado?

— Sim — disse ele, com uma satisfação discreta. — Às portas de Lincoln. E o chanceler do bispo de Lincoln. Ele, que forneceu provas contra a santa rainha. É como se tudo estivesse voltando ao estado correto, não é, Vossa Senhoria?

Sorrio, mas tomo a precaução de não dizer nada.

— E seu filho Reginald chegará logo com um exército sagrado? — pergunta, no mais baixo dos sussurros. — Os plebeus ficariam contentes em saber disso.

— Logo — digo, e ele se curva e vai embora.

Comemos a carne de caça, fizemos tortas, cozinhamos sopa com os ossos e demos aos cães, antes de ter notícias de Doncaster, onde os lordes, a pequena nobreza e os plebeus do norte sublevaram-se em batalha contra o exército do rei. Meus dois filhos estão do lado errado, deixando passar o tempo, prontos para apoiar os peregrinos. Montague envia um mensageiro até mim.

Os peregrinos entregaram suas exigências a Thomas Howard. Teve sorte que aceitaram parlamentar. Se tivessem lutado, Howard teria sido derrotado. Deveria haver mais de trinta mil deles, liderados por cada cavalheiro e lorde de Yorkshire. O exército do rei tem fome e sede, os campos em torno de nós sendo muito pobres e ninguém nos querendo bem. Não recebi nenhum dinheiro para pagar meus homens e os outros estão marchando por ainda menos do que me prometeram. O tempo está horrível também e dizem que há pestilência na cidade.

Os peregrinos ganharam esta guerra e apresentam suas exigências. Desejam que a fé de nossos pais seja restaurada, que a lei possa ser restaurada e que Cromwell, Richard Rice e os bispos hereges sejam banidos. Não há um único homem no exército do rei, incluindo Thomas Howard, que não concorde. Charles Brandon encoraja-os também. É como imaginávamos desde que pela primeira vez o rei se voltou contra a rainha e tomou Cromwell como conselheiro. Assim, Thomas Howard irá cavalgar até o rei com as exigências dos peregrinos por um perdão geral e um acordo para restaurar os velhos costumes.

Milady mãe, estou cheio de esperanças.

Queime esta carta.

L'Erber, Londres, novembro de 1536

Eu deveria estar preparando a Mansão de Bisham para o Natal, mas não consigo me concentrar em nada quando penso em meus dois filhos, com o exército do rei atrás deles e os peregrinos a sua frente, aguardando a concordância de Henrique com a trégua. No final, pego os três filhos de Montague e vou para Londres, esperando receber notícias.

Não lhes prometo a delícia de assistir a uma coroação completa, mas eles sabem que o rei prometeu coroar sua esposa, e a cerimônia deveria ter lugar no Dia de Todos os Santos. Minha crença é a de que ele não terá condições de realizar uma grande coroação enquanto envia homens e armas para o norte e estará furioso e temeroso ao mesmo tempo. Não poderá andar a passos largos, cheio de confiança diante de uma multidão e permitir que todos o admirem e a sua linda esposa. Esta rebelião abalou-o e, enquanto estiver assim, lançado aos temores de sua infância de que não é bom o bastante, simplesmente não conseguirá planejar uma cerimônia grandiosa.

Logo após ter chegado e rezado em minha capela, vou à minha sala de recepção para encontrar-me com todos os locatários e suplicantes que desejam me ver. Desejam-me Feliz Natal, fazem seus pedidos, pagam suas taxas e aluguéis sazonais. Dentre eles há um homem que reconheço, um padre amigo de meu capelão exilado, John Helyar.

— Você pode me deixar sozinha — digo a meu neto Harry.

Ele me olha, o rosto brilhante e cheio de expectativas:

— Posso ficar, milady avó, posso ser seu pajem. Não estou cansado de ficar de pé.

— Não — digo. — Mas pode ser que eu fique aqui o dia todo. Você pode descer aos estábulos ou sair para as ruas, pode dar uma olhada por aí.

Ele faz uma pequena mesura e sai, lança-se pela sala como uma flecha, e só então faço um aceno de cabeça ao amigo de Helyar, saudando-o, e indico ao meu administrador que ele pode vir conversar comigo.

— Padre Richard Langgrische de Havant — lembra-me ele.

— É claro.

— Trago cumprimentos de seu filho Geoffrey. Estive com ele nos exércitos do rei ao norte — diz ele.

— Fico contente em sabê-lo — digo, claramente. — Fico contente que meu filho esteja prosperando a serviço do rei. Ele está bem?

— Ambos os seus filhos estão bem — diz ele. — E confiantes de que esses problemas logo passarão.

Assinto com a cabeça.

— O senhor pode jantar no grande salão esta noite.

Ele se curva.

— Obrigado.

Mais alguém avança com uma reclamação sobre o custo da cerveja na cervejaria de um de meus locatários, meu administrador posiciona-se ao meu lado e toma nota do problema.

— Leve aquele homem para meus aposentos antes do jantar — digo, em voz baixa. — Assegure-se de que ninguém o veja.

Ele nem pisca. Simplesmente anota a reclamação de que a cerveja fora misturada à agua, que as canecas não respeitam a medida padrão e acena para que o próximo requerente se aproxime.

Langgrische aguarda-me junto à pequena lareira de meu quarto de dormir, escondido como se fosse um amante secreto. Não consigo reprimir um sorriso. Faz muito tempo desde que houve um homem à minha espera no meu quarto. Sou viúva faz trinta e dois anos agora.

— Quais as novidades? — Sento-me em minha cadeira junto ao fogo e ele fica em pé ao meu lado.

Ele me mostra um pequeno pedaço de tecido, um sinal como o que um homem usaria costurado no colarinho. Combina com a insígnia que Tom Darcy me deu, as cinco chagas de Cristo com uma rosa branca sobre elas. Discretamente toco-o como se fosse uma relíquia de fé e o devolvo a ele.

— Os peregrinos dispersaram a maior parte de suas forças, aguardando que o rei concordasse com seus termos. O rei enviou uma ordem desonrosa a Tom Darcy para encontrar-se com o líder dos peregrinos, Robert Aske, como se fosse negociar em termos honrosos, sequestrá-lo e entregá-lo aos homens de Cromwell.

— E o que disse Tom?

— Ele disse que sua cota de armas jamais teria tal nódoa.

Aceno com a cabeça.

— Este é Tom. E meus filhos?

— Estão bem. Ambos dispensando homens de suas forças para os peregrinos todos os dias, mas comprometidos por juramento às forças do rei, ninguém suspeitando de nada de diferente. O rei perguntou por mais detalhes das exigências dos peregrinos e eles esclareceram.

— Montague e Geoffrey creem que o rei atenderá às exigências?

— Ele terá de fazê-lo — disse o homem, simplesmente. — Os peregrinos podem superar o exército real num instante, estão apenas aguardando uma resposta porque não desejam entrar em guerra contra o rei.

— Como é possível considerarem-se súditos leais enfileirados para a batalha quando eles enforcam seus servos?

— Tem havido um número notavelmente baixo de mortes — diz. — Porque quase ninguém discorda deles.

— Thomas Legh seria um enforcamento que valeria a pena — concordo.

Ele ri.

— Teriam-no enforcado se o houvessem capturado, mas ele fugiu. Mandou o cozinheiro em seu lugar, como covarde que é, e eles o enforcaram no lugar dele. Os peregrinos não atacam os lordes ou o rei. Culpam apenas seus conselheiros. Cromwell deve ser banido, a demolição dos mosteiros, revertida, e a senhora e sua família, restaurada ao conselho do rei.

Olha-me quase malicioso e sorri.

— Também tenho notícias de seu outro filho, Reginald.

— Está em Roma? — pergunto, com ansiedade.

Ele assente com a cabeça.

— Está para ser sagrado cardeal — diz ele, deslumbrado. — Está para vir à Inglaterra na condição de cardeal, para restaurar a Igreja em sua glória, assim que o rei concordar com as exigências dos peregrinos.

— O papa mandará meu filho de volta para casa para restaurar a Igreja?

— Para salvar-nos a todos — diz Langgrische, devotamente.

L'Erber, Londres, dezembro de 1536

Neste ano observaremos os doze dias de Natal segundo o antigo costume. O priorado em Bisham pode ainda estar fechado, mas aqui em Londres eu abro minha capela e acendo as luzes do Advento na janela. Mantenho a porta aberta de maneira que qualquer um possa entrar e ver o altar adornado com tecido de ouro, o cálice e o crucifixo luzindo na escuridão com cheiro de incenso, o brilho da custódia de cristal abrigando o mistério da hóstia, os santos em fila na capela com seus rostos sorridentes, confiantes e, nas paredes, os estandartes da Igreja e de minha família. Na escuridão do canto da capela o estandarte da Rosa Branca reluz palidamente; em sua frente está o rico amor-perfeito da família Pole em púrpura imperial do papa. Ajoelho-me, enterro o rosto nas mãos e penso que não há razão para que Reginald não venha a se tornar papa.

Este é um Natal grandioso para nossa família e para a Inglaterra. Talvez este seja o ano em que meu filho Reginald venha para casa restaurar a Igreja à sua posição legítima, e meus filhos Montague e Geoffrey recolocarão o rei em seu verdadeiro lugar real.

Fico sabendo por um bilhete de minha prima Gertrude, entregue por um mensageiro do embaixador espanhol, e pelo meu próprio pessoal de Londres, que o rei foi convencido de que a Inglaterra estará sem governo, sem mencionar o norte, a menos que ele forje um acordo com os peregrinos. Disseram-lhe, direta e respeitosamente, que a Igreja tem de retornar a Roma, assim como os antigos conselheiros, às suas câmaras. O rei pode reclamar de que ninguém tem o direito de dizer-lhe a quem deva consultar, mas sabe, assim como os lordes, que nada correu bem em seu reino desde que rebaixou os escrivães do mais alto ofício e decidiu fingir se casar com a filha de meu administrador.

O rei finalmente consente — apesar de tempestuoso e irritado, não pode fazer nada, a não ser consentir —, e Thomas Howard cavalga de volta para o norte, atravessando lufadas de neve sob um clima congelante, levando o perdão do rei. Tem de esperar no frio, fora de Doncaster, enquanto o arauto de Lancaster oferece o perdão do rei a milhares de homens pacientes em suas fileiras concentradas e silenciosas. Robert Aske, o líder que veio de praticamente lugar nenhum, ajoelha-se diante de seus milhares de peregrinos e diz-lhes que eles obtiveram uma grande vitória. Solicita que o dispensem de seu posto de capitão. Quando concordam, arranca a insígnia das cinco chagas e promete que não portarão outra insígnia que não a do rei.

Quando ouço isto, pego a insígnia que me foi dada por Tom Darcy e a coloco no fundo de um baú no meu guarda-roupa. Não preciso mais dela como lembrança de minha lealdade. A peregrinação chegou ao fim e os peregrinos venceram; todos nós podemos deixar de lado a insígnia e meus filhos, todos eles, podem voltar para casa.

Londres está repleta de júbilo com essas novidades. Tocam os sinos das igrejas para o serviço de Natal, mas todos sabem que eles repicam porque salvamos o país e a Igreja, e salvamos o rei de si próprio. Levo todo meu pessoal para ver o desfile da corte de Westminster até Greenwich, e nós rimos e andamos sobre o leito congelado do rio. Está tão frio que as crianças podem escorregar e deslizar no gelo, e meus netos Katherine, Winifred e Harry agarram-se em meus braços e imploram para que eu os reboque.

A corte, em sua glória dourada de Natal, caminha pelo centro do rio, os bispos com suas capas de asperge, com as mitras na cabeça e os báculos cravejados de joias, faiscando sob a luz de milhares de tochas. Os soldados mantêm a turba afastada, de maneira que os cavalos, com ferraduras especiais para o gelo com travas pontiagudas, possam seguir pelo meio do rio, como se se tratasse de uma grande estrada serpenteando por uma cidade congelada, como se pudessem cavalgar todo o caminho até as Rússias. Todos os telhados de Londres estão recobertos de neve; cada ponta de colmo traz uma franja de cintilantes pingentes de gelo. Os cidadãos prósperos e seus filhos estão ilustremente vestidos nas cores sagradas de vermelho e verde, lançando seus chapéus avermelhados para o ar e gritando "Deus salve o rei! Deus salve a rainha!".

Quando a princesa Maria sai, vestida de branco sobre seu cavalo branco, recebe o maior rugido que a multidão é capaz de produzir. "Deus salve a princesa!" Meu neto Harry fica exaltado ao vê-la, pula e a saúda, os olhos luzindo de lealdade. O povo de Londres não se importa que ela deva ser chamada de Lady Maria e que não seja mais princesa. Sabem que restauraram a Igreja e também não têm a menor dúvida de que restaurarão a princesa.

Ela sorri como eu a ensinei e vira a cabeça para a esquerda e para a direita, de modo que ninguém se sinta negligenciado. Ergue a mão enluvada e vejo que usa luvas de couro branco lindamente bordadas, cosida com pérolas; finalmente é tratada como a princesa que deveria ser. Seu cavalo tem arreios verde-escuros, sua sela é de couro verde. Sobre sua cabeça tremulam seus estandartes ao vento gelado e eu sorrio ao ver que está trazendo a rosa Tudor, com o vermelho ao centro tão pequeno que parece uma rosa branca, e ela traz também o estandarte de sua mãe, a romã.

Tem o mais belo dos toucados sobre a cabeça, prateado claro com uma pluma, veste um rico casaco branco bordado com fio de prata e adornado de pérolas. Sua saia longa e cheia é branca também, caindo de ambos os lados da sela, e ela monta bem, as rédeas firmemente seguras na mão, a cabeça alta.

A seu lado, cavalgando um pônei baio como se tivesse o direito de estar ali, segue a menina Bolena de 3 anos de idade, com o belo rosto sob um chapéu escarlate, acenando para todos. Maria se dirige a ela de tempos em tempos. É evidente que ama sua meia-irmã Isabel. A turba a aplaude por isso. Maria tem um coração terno e sempre está em busca de alguém para amar.

— Não posso fazer uma mesura para ela? — pede Harry.

Balanço a cabeça:

— Hoje não. Irei levá-lo até ela numa outra ocasião.

Recuo de maneira que ela não possa me ver. Não quero ser a lembrança viva de dias mais duros e não quero que ela pense que estou chamando sua atenção sobre isso no dia de seu triunfo. Quero que sinta o júbilo que deveria sentir desde a infância. Quero que seja uma princesa sem remorsos. Teve raros dias felizes, nenhum desde a chegada da puta Bolena, mas este é um deles. Não quero que seja ensombrecido pela tristeza de que não pode ter-me a seu lado, de que ainda estamos separadas.

Estou contente de vê-la da margem do rio. Penso que finalmente o rei está recobrando o senso e que nós enfrentamos alguns estranhos anos de crueldade louca, quando ele não sabia o que fazia e não havia ninguém com a coragem de detê-lo. Mas agora o povo tratou de fazer isso. Com a coragem dos santos, as pessoas comuns levantaram-se e avisaram Henrique Tudor de que seu pai conquistou o território, mas não foi capaz de tomar suas almas.

Wolsey não faria tal coisa, a menina Bolena não conseguiria fazê-lo, Cromwell nem pensou em fazer algo assim, mas o povo da Inglaterra disse a seu rei que ele ultrapassou a linha que o próprio povo traçou. Não detém o poder sobre todas as coisas em seu reino, não tem poder sobre eles.

Não tenho dúvida de que chegará o dia em que ele verá que esteve enganado sobre a rainha Catarina também, e agirá com justiça diante da filha dela. É claro que agirá. Ele nada ganha proclamando-a bastarda agora. Ele a proclamará como sua filha mais velha, irá chamá-la de volta a seu serviço e lhe fará um grandioso casamento com uma das cabeças coroadas da Europa. Irei com ela e me certificarei de que estará segura e feliz em seu novo palácio aonde quer que ela tenha de ir para se casar.

— Serei seu pajem — diz Harry, dando voz a meus pensamentos. — Eu a servirei, serei seu pajem! — Eu olho para ele e acaricio sua face gelada.

Um grande alarido se eleva da multidão à espera quando os membros da guarda real surgem marchando, mantendo o ritmo, embora aqui e ali alguém escorregue. Ninguém cai. Às vezes têm de usar o calcanhar das botas para manter-se erguidos, mas parecem corajosos e brilhantes na libré verde e branca, e então, finalmente, eis o rei cavalgando atrás deles, glorioso, vestido de púrpura imperial como se fosse o próprio Santo Imperador de Roma em pessoa, com Joana a seu lado, soterrada de peles.

Agora ele é uma figura massiva. Alto nas costas de um grande cavalo, praticamente usado para puxar arado, Henrique duplica os ombros largos e a enorme garupa do animal com sua própria robustez. Seu casaco é tão densamente acolchoado que ele tem a largura de dois homens, seu chapéu está arranjado com peles ao redor, como um grande balde em sua cabeça calva. Usa o manto jogado para trás, para que todos possam ver a glória de seu casaco e de seu colete e, ainda, admirar o caudal da capa, de rico veludo púrpura, chegando quase ao chão.

Suas mãos segurando as rédeas estão vestidas com luvas de couro onde refletem diamantes e ametistas. Traz pedras preciosas no chapéu, na bainha de seu manto, até mesmo em sua sela. Parece um rei gloriosamente triunfante entrando em sua cidade, e os cidadãos, os plebeus e a pequena nobreza de Londres bramem sua aprovação deste gigante maior que a vida montado em seu enorme cavalo enquanto cavalga num grandioso rio congelado.

Joana a seu lado é minúscula. Eles a vestiram de azul e ela parece fria e sem vida. Usa um capuz azul que fica alto e pesado sobre sua cabeça. Traz também uma capa azul ondulante que de tempos em tempos fica presa e lhe dá um solavanco para trás obrigando-a a agarrar-se às rédeas. Está montada num magnífico cavalo cinzento, mas não cavalga como uma rainha. Parece nervosa quando o cavalo escorrega uma vez no gelo e restabelece o equilíbrio.

Sorri para as sonoras saudações à sua volta, quase como se pensasse que elas se dirigem a outra pessoa. Dou-me conta de que assistiu a outras duas esposas respondendo ao brado de "Deus salve a rainha" e precisa lembrar--se de que o brado leal se refere a ela.

Aguardamos até que toda a corte tenha passado, os lordes e seus serviçais, todos os bispos, até mesmo Cromwell vestido com sua modesta beca escura guarnecida de ricas peles ocultas e, por fim, os embaixadores estrangeiros. Vejo o pequeno e delicado embaixador espanhol, mas puxo o capuz de minha capa guarnecida de peles sobre o rosto e me certifico de que não me veja. Não quero receber nenhum sinal disfarçado dele; este não é um dia para conspirar. Obtivemos a vitória de que precisávamos. Este é um dia de celebração. Espero com todo meu pessoal até que o último soldado tenha passado e os que o seguirão serão as carroças dos serviçais e digo:

— É o fim do espetáculo, crianças. Hora de ir para casa.

— Oh, milady avó, não podemos esperar até que os caçadores tragam os cachorros? — pede Harry.

— Não — determino. — Eles já os levaram e os falcões já estarão em seus poleiros com as cortinas baixadas para protegê-los do frio. Não há mais nada para se ver e está ficando muito tarde.

— Mas por que não podemos ir com a corte? — pergunta Katherine. — Nós não pertencemos à corte?

Enfio sua mãozinha em meu braço.

— No próximo ano iremos — prometo-lhe. — Tenho certeza de que o rei nos chamará de volta para seu lado, com toda nossa família, e no próximo ano passaremos o Natal na corte.

É véspera de Natal em L'Erber e eu estou na capela, de joelhos, esperando o momento em que ouvirei o primeiro, depois outro, depois mil sinos dobrando à hora da meia-noite e então cem sinos romperem num repique completo para celebrar o nascimento de nosso Senhor.

Ouço a porta de fora abrir-se subitamente, em seguida fechar-se com um estrondo e sinto o torvelinho do ar frio quando as velas bruxuleiam. Repentinamente meu filho Montague está se curvando diante do altar e então ajoelhando-se na minha frente, pedindo-me a bênção.

— Meu filho! Oh! Meu filho!

— Milady mãe, receba as bênçãos natalinas.

— Feliz Natal, Montague! Acabou de chegar do norte?

— Cavalguei com Robert Aske em pessoa — diz ele.

— Ele está aqui? Os peregrinos estão em Londres?

— Ele foi chamado à corte. É o convidado do rei para o banquete de Natal. Recebeu tal honra.

Ouço suas palavras, mas não consigo acreditar nelas.

— O rei chamou Robert Aske, o líder dos peregrinos, à corte para o Natal?

— Como um súdito leal, um conselheiro.

Estendo a mão para meu filho:

— O líder peregrino e o rei?

— É a paz. É a vitória.

— Não acredito que nossos problemas se acabaram.

— Amém — diz ele. — Quem poderia acreditar nisso?

L'Erber, Londres, janeiro-fevereiro de 1537

Montague vai à corte no dia seguinte levando Harry consigo, o qual trota em seu comboio, muito solene e sério e, quando volta ao final dos doze dias de Natal, vem direto para os meus aposentos contar-me sobre o encontro entre o rei e o peregrino.

— Ele falou ao rei com inacreditável franqueza. Ninguém pensaria que isso seria possível.

— O que ele disse?

Montague olha em volta, mas apenas minhas netas estão comigo, mais um par de damas e, além disso, o tempo de temer espiões já passou.

— Ele disse na cara de Sua Majestade que estava ali apenas para falar daquilo que vai no coração do povo, e que o povo não tolerará que Cromwell seja um conselheiro.

— Cromwell estava lá, escutando isso?

— Sim. Isso é que tornou sua atitude tão corajosa. Cromwell estava furioso, jurou que todos os homens do norte eram traidores, e o rei olhou de um para o outro e colocou seu braço no ombro de Robert Aske.

— O rei preferiu Aske a Cromwell?

— Diante de todos.

— Cromwell deve estar fora de si.

— Está com medo. Pense no que aconteceu com seu mestre, Wolsey! Se o rei se voltar contra ele, não tem amigos. Thomas Howard assistiria a seu enforcamento de seu patíbulo amanhã. Ele inventou leis que podem ser torcidas para pegar qualquer um. Se for pego em suas próprias malhas, nenhum de nós levantaria uma mão para ajudá-lo.

— E o rei?

— Entregou a Aske seu próprio casaco de cetim escarlate. Deu-lhe a corrente de ouro que estava em seu pescoço. Perguntou-lhe o que queria. Meu Deus, como é corajoso aquele homem de Yorkshire! Ele dobrou o joelho, mas levantou a cabeça e falou com o rei sem temor. Disse que Cromwell era um tirano e que aqueles que expulsou dos mosteiros eram bons homens, lançados à pobreza pela cobiça de Cromwell, e que o povo da Inglaterra não conseguiria viver sem as abadias. Disse que a Igreja é o coração da Inglaterra, não pode ser atacada sem que todos nós sejamos feridos. O rei escutou-o, ouviu cada palavra e, ao final, disse que o tornaria membro de seu Conselho Privado.

Interrompo para olhar o rosto brilhante de Harry.

— Você o viu? Você o ouviu?

Ele assente com a cabeça.

— É muito silencioso e nós não o notamos em princípio, mas então percebemos que é a pessoa mais importante ali. É uma figura agradável de se ver, embora seja cego de um olho. Ele é reservado e sorridente. E é realmente corajoso.

Volto-me a Montague:

— Vejo que ele é muito cativante. Mas, membro do Conselho Privado?

— Por que não? É um cavalheiro de Yorkshire, parente dos Seymour, mais bem-nascido do que Cromwell. Mas, de qualquer maneira, ele recusou. Pense nisso! Curvou-se e disse que não era necessário. O que deseja é um Parlamento livre e o Conselho deveria ser governado pelos antigos lordes, não por pessoas que vieram do nada. E o rei disse que manterá o Parlamento livre em York para dar mostras de sua boa vontade, e a rainha será coroada lá, e a assembleia da Igreja se reunirá lá para determinar seus ensinamentos.

Por um momento fico atônita com essa transformação e, em seguida, diante da tranquila certeza de Montague, faço o sinal da cruz e abaixo a cabeça por um instante.

— Aquilo que sempre pedimos.

— Mais — confirma meu filho. — Mais do que nós sonhamos pedir, mais do que imaginamos que o rei concederia.

— E o que mais? — pergunto.

Montague sorri para mim:

— Reginald aguarda ser chamado. Está em Flandres, a um dia de viagem por mar. No momento em que o rei mandá-lo buscar, virá e restaurará a Igreja na Inglaterra.

— O rei o mandará buscar?

— Ele o nomeará cardeal para a restauração.

Estou tão admirada do pensamento de Reginald voltar para casa com honra, para colocar tudo em ordem, que fecho os olhos por um momento e dou graças a Deus que Ele tenha me concedido uma vida longa o suficiente para ver isso.

— Como isso veio a acontecer? — pergunto a Montague. — Por que o rei está fazendo isso, e tão facilmente?

Montague faz um sinal com a cabeça. Ele também se questionou sobre isso.

— Creio que ele finalmente entendeu que foi longe demais. Creio que Aske falou-lhe dos números dos exércitos de peregrinos e de suas esperanças. Aske disse que eles amam o rei, mas culpam Cromwell, e o rei quer ser amado mais do que tudo. Em Aske ele enxerga um bom homem. Enxerga um bom inglês, pronto para amar e seguir um bom rei, levado à rebelião por causa de mudanças intoleráveis. Quando encontrou Aske, enxergou outra forma de ser amado, enxergou outra forma de ser real. Pode jogar-lhes a reputação de Cromwell como uma esmola, pode restaurar os mosteiros. Ele próprio ama a Igreja, ama os costumes dos peregrinos. Nunca interrompeu a observância da liturgia ou dos rituais. É como se ele repentinamente visse um novo papel numa mascarada: o rei que faz tudo certo.

Montague para por um momento, põe a mão carinhosa no ombro de seu filhinho.

— Ou, talvez, milady mãe, seja melhor do que isso. Talvez eu esteja falando com amargor quando deveria ver que um milagre aconteceu. Talvez a luz tenha brilhado no rei, talvez por fim Deus tenha realmente falado com ele e ele mudou verdadeiramente de ideia. Então, que Deus seja louvado, pois Ele salvou a Inglaterra.

Geralmente fico melancólica depois das festas de Natal. O pensamento de um longo inverno estende-se diante de mim, e eu não consigo imaginar a primavera. Mesmo quando a neve derrete nos telhados e goteja nos escoadouros, não penso em um clima mais quente. Antes, envolvo-me em minhas peles e sei que ainda há muitos dias de umidade e manhãs cinzentas até que o tempo melhore. O gelo espesso derrete e liberta o rio, que está cinzento e bravo; as profundas nuvens de nevasca rolam pelos céus para deixar em seu lugar uma luz que é fria e dura. Normalmente a esta altura do ano encolho-me dentro de casa e reclamo se alguém esquece uma porta aberta em qualquer cômodo. Sinto a corrente de ar, digo-lhes. Sinto-a nos meus tornozelos, gelando meu pé.

Mas neste ano estou contente, como um gato mimado suavizado pelo fogo, observando o granizo bater na janela onde meu neto Harry desenha nos vidros embaçados. Neste ano imagino Robert Aske cavalgando para o norte, saudado em cada taverna e cada casa pelo caminho, por pessoas desejosas de saber as notícias, contando-lhes que o rei recuperou seu bom senso, que a rainha será coroada em York, que o rei prometeu um Parlamento livre e que as abadias serão restauradas aos fiéis.

Imagino os monges que vagueiam em torno das grandes construções, mendigando onde antes eles serviam, reunindo-se em torno de seu cavalo e pedindo-lhe que conte mais uma vez, que jure que é verdade. Penso neles abrindo as portas da capela, ajoelhando-se diante do espaço onde era o altar, prometendo que recomeçarão o trabalho, tocando os sinos para o primeiro serviço. E penso em Robert mostrando-lhes a corrente de ouro e contando que o rei a retirou do próprio pescoço para colocá-la em seus ombros, dizendo que era um sinal de seu favorecimento e oferecendo-lhe uma cadeira no Conselho Privado.

Mas então ouvimos estranhos relatos. Alguns dos peregrinos que receberam o perdão geral parecem ter quebrado os termos de seu trato e estão armados novamente. Thomas Howard prende meia dúzia de malfeitores e envia seus nomes a Thomas Cromwell — e Thomas Cromwell ainda ocupa seu gabinete.

Alguns dos cavalheiros e a maior parte dos lordes do norte vão conversar com Thomas Howard, duque de Norfolk, e compartilham com ele sua preocupação de que o norte se torne ingovernável neste festival de liberdade. Robert Aske garante aos peregrinos, que não há uma rebelião contra a autoridade do rei — é de ver! Ele leva consigo o perdão do rei, veste o casaco de cetim escarlate do rei. Sempre haverá aqueles homens que se aproveitam de tempos tumultuados — não fazem diferença entre paz e perdão. A paz será mantida, o perdão será mantido, os peregrinos ganharam tudo o que pediram e o rei lhes deu sua palavra.

E ainda Sir Thomas Percy e Sir Ingram Percy, que cavalgaram com os peregrinos que marcharam sob o estandarte das cinco chagas, recebem ordens para vir à corte e, quando chegam a Londres, são presos imediatamente e mandados à Torre.

— Não quer dizer nada — diz-me Geoffrey quando passa por L'Erber a caminho de casa, em Lordington. — Os Percy sempre tiveram uma lei para si próprios. Estavam usando os peregrinos como escudo para desafiar o rei. São rebeldes, não peregrinos. O lugar deles é a Torre.

— Mas não lhes foi concedido um perdão?

— Ninguém teria a expectativa de que o rei honrasse um perdão para essa dupla.

Não discuto, já que Geoffrey está confiante e as notícias do norte são boas. As abadias estão reabrindo, os peregrinos estão se dispersando com seus indultos, cada um fazendo um juramento de lealdade ao rei, todos convencidos de que os bons tempos chegaram afinal. Lentamente, discretamente, os religiosos retornam às abadias e suas portas são reabertas. Cada igreja de aldeia tem sua história de um pequeno milagre. As pessoas trazem uma custódia de cristal de um esconderijo sob o telhado de palha; carpinteiros fazem renascer as lindas talhas de santos de onde elas foram retiradas para serem guardadas em segurança em pilhas de madeira; fazendeiros cavam com cuidado as valas de drenagem e de lá retiram crucifixos; hábitos surgem de guarda-roupas escondidos; os monges voltam a suas celas. Remendam as janelas, fazem reparos nos telhados, e digo ao meu administrador que encontre o prior Richard e o convide para voltar a Bisham.

— Milady avó, a senhora acha que meu tio Reginald virá para casa? — pergunta-me Harry, o filho de Montague.

E eu respondo, sorrindo:

— Sim, sim, creio que virá.

Mas em York, em fevereiro, nove homens são acusados de traição por Thomas Howard, duque de Norfolk, e são sentenciados à forca.

— Como pode eles serem enforcados? Eles não têm o perdão? — pergunto a Geoffrey.

— Milady mãe, o duque é um homem duro. Ele deve sentir que precisa demonstrar ao rei que, embora simpatize com os peregrinos, é rígido com os rebeldes. Enforcará um ou dois para mostrar sua força.

Mais uma vez não discuto com meu filho, mas tenho medo de que o perdão do rei não se esteja provando uma garantia de segurança. Certamente os plebeus parecem pensar dessa maneira, pois Carlisle passa suas tropas em revista com desespero, e eles marcham contra o exército de Thomas Howard como se lutassem por suas vidas, apostando tudo num último lance de dados. Centenas são mortos pelos bem armados, bem alimentados, bem montados lordes do norte que estavam ao seu lado durante a peregrinação, mas os abandonaram na trégua.

Recebemos as notícias em Londres no meio de fevereiro e os cidadãos fazem tocar os sinos de júbilo por aqueles pobres homens do norte terem sido derrotados pelos lordes que, apenas alguns meses antes, eram apoiados por eles. Dizem que aquele Sir Christopher Dacre matou setecentos homens e aprisionou o restante, enforcando-os nas arvorezinhas raquíticas que são as únicas que crescem no duro noroeste, e Thomas Cromwell prometeu-lhe um condado por este serviço.

Inspirado pela brutalidade, Thomas Howard declara lei marcial no norte, o que significa que os magistrados e os lordes não têm qualquer poder contra seu governo. Howard pode ser o juiz, o júri e o carrasco de homens que não têm qualquer defesa a oferecer. Ele declara guerra a seus próprios camponeses — isso não representa qualquer dificuldade para o homem que decapitou os sobrinhos. Ele mantém audiências improvisadas nas cidades pequenas, distribui e executa sentenças de morte instantâneas. Os fabricantes de correntes de Carlisle ficam sem ferro e os homens precisam ser enforcados envoltos em corda para simbolizar sua vergonha. Thomas Howard avança para enforcar aldeões em seus próprios jardinzinhos, de forma que todos saibam que o caminho do peregrino conduz à morte. Seus homens vão a todas as pequenas aldeias e a cada lugarejo faminto, no período mais frio do ano, e exige saber quem marchou com os peregrinos e fez seu juramento. Quem tocou o sino da igreja ao reverso. Quem rezou pela volta da Igreja. E quem saiu e não voltou para casa.

Montague escreve-me um bilhete de Greenwich, onde está com a corte.

O rei ordenou a Norfolk que fosse a todos os mosteiros que ofereceram qualquer resistência. Diz que os monges e cônegos devem ser um exemplo péssimo para os outros. Creio que ele quer dizer que é para matá-los. Reze por nós.

Não entendo os tempos em que vivo. Leio a carta de meu filho uma, duas, três vezes e a queimo assim que aprendo as palavras terríveis de cor. Vou para minha capela, ajoelho-me na pedra fria do chão e rezo, mas me dou conta de que tudo o que faço é correr as contas do rosário pelas mãos e chacoalhar a cabeça, como se quisesse negar as coisas horríveis que estão acontecendo com os homens que se chamavam de peregrinos e marcharam em nome da graça.

O rei ouviu dizer que algumas viúvas e órfãos recuperaram os corpos de seus maridos e pais executados como rebeldes e os enterraram secretamente, à noite, em seus cemitérios. Ele enviou ordens a Thomas Howard dizendo-lhe que encontrasse essas famílias e as castigasse. Os corpos devem ser retirados do solo consagrado. Ele quer que os corpos fiquem pendurados até apodrecerem.

Milady mãe, acho que ele enlouqueceu.

Thomas Howard, duque de Norfolk, abusando da própria consciência, obedece ao rei em tudo, fechando mosteiros e lacrando as portas daqueles que foram reabertos. Ninguém recebe qualquer explicação por isso, nenhuma explicação parece necessária. Agora os edifícios devem ser entregues aos lordes para que os utilizem como pedreiras, de onde retirar as pedras; as terras devem ser vendidas aos fazendeiros das redondezas. Os plebeus não devem mais olhar para as abadias como seu consolo e socorro, os monges devem ser mendigos sem-teto. Nossa Senhora não deve ser invocada em pequenas capelas ou oratórios de beira de estrada. Não deve haver mais peregrinações, não deve haver qualquer esperança. Uma canção vem do norte dizendo que não deve haver Maio, e eu olho através do vidro grosso para o pátio cinzento, onde a neve derrete lentamente, e penso que a primavera está chegando sem trazer alegria, sem amor, e que isso está realmente acontecendo. Os meses se sucederão mas, ainda assim, não haverá nenhum Maio feliz.

Mansão de Bisham, Berkshire, primavera de 1537

Assim que as estradas estão suficientemente secas para serem transitadas, deixo Londres e vou para Bisham. Harry vai com o pai, seu rostinho intrigado com aquela estação que tanto prometia não parecer de maneira nenhuma com a primavera. Sigo numa sela para mulheres na garupa de meu cavalariço-chefe e fico satisfeita por poder me apoiar nas largas costas do homem enquanto o cavalo desenvolve suas passadas largas pela estrada lamacenta que leva a Berkshire.

Assim, estou fora da cidade quando levam Tom Darcy à Torre e o interrogam. Ele tem pouca paciência com eles, Deus abençoe esse homem velho por seu temperamento feroz. Traz o perdão do rei no bolso e ainda assim é preso. Olha Thomas Cromwell nos olhos, conhece-o de seus julgamentos e júris, e ainda assim diz-lhe, enquanto registram por escrito o que fala como prova contra ele, "Cromwell, você é o criador e peça-chave de toda esta rebelião e confusão". Quando o filho do ferreiro pisca diante de sua fala direta, Darcy promete-lhe uma morte certa no patíbulo dizendo-lhe que se chegar o dia em que houver somente um nobre vivo na Inglaterra, aquele único lorde decapitará Cromwell.

Eles também prendem John Hussey, o antigo camarista da princesa, e eu penso nele pacientemente observando-me perder tempo fazendo o inventário das joias dela, e no amor fiel de sua esposa por Maria. Rezo para que ninguém conte à princesa que seu antigo camarista está preso na Torre para interrogatório.

Sua inquisição, longa, vingativa, detalhada, cheia de maus-tratos, é de pouca utilidade para Cromwell, pois nem Tom Darcy nem John Hussey lhe darão um único nome, de homem ou de mulher. Darcy nada diz sobre cavalgar com os peregrinos ou sobre abrir as portas do Castelo de Pontefract para eles. Fala que tinha as insígnias de peregrino num baú do castelo desde sua última cruzada à Terra Santa e se recusou a revelar quem as recebeu de suas mãos. Diz: "O velho Tom não tem sequer um dente de traidor em sua cabeça, é leal até o último homem."

Henry Courtenay escreve-me:

Ore por mim, prima, pois fui nomeado alto lorde comissário do julgamento daqueles bons lordes, John Hussey e Tom Darcy. Obtive de Cromwell a promessa de que, se considerarmos Tom culpado, ele terá sua pena comutada em banimento e poderá voltar para casa mais tarde. Mas não há qualquer esperança para John Hussey.

Leio a carta em pé junto à forja, enquanto aguardo que ferrem meu cavalo e, no instante em que absorvo seu significado, lanço-a no coração do fogo e me volto para o mensageiro vestido na libré de Exeter:

— Você voltará diretamente a seu senhor?

Ele concorda com a cabeça.

— Diga-lhe o seguinte de minha parte. Certifique-se de que não cometerá enganos. Diga-lhe que eu repeti um velho ditado; estas não são minhas palavras, mas um dito que os homens do campo gostam de repetir. Diga-lhe que os camponeses falam que não se deve colocar a cabeça de um homem no cepo, a menos que se queira cortá-la. Você é capaz de se lembrar disso?

Ele assente com a cabeça.

— Eu conheço. Meu avô costumava dizê-lo. Viveu em tempos difíceis. "Não se deve colocar a cabeça de um homem no cepo a menos que se queira cortá-la."

Dou-lhe uma moeda.

— Não conte a mais ninguém — digo. — E essas palavras não são minhas.

Espero por notícias do julgamento. Montague escreve-me.

> *John Hussey é um homem morto. Darcy foi considerado culpado, mas será perdoado e poupado.*

É uma mentira de Cromwell, o grande mentiroso. E o ditado do povo era verdadeiro — não se deve colocar a cabeça de um homem no cepo a menos que se queira cortá-la. Os lordes pensam que obtiveram uma promessa que salvará Tom Darcy, de forma que o declararam culpado e esperam que o rei comute sua sentença de execução em banimento.

Mas o rei falha com esse grande inglês e ele é enviado para o cepo.

Mansão de Bisham, Berkshire, verão de 1537

Penso em Tom Darcy e em como ele tinha a esperança de que morreria na cruzada lutando por sua fé, e quando me contam que foi decapitado como um traidor em Tower Hill, em junho, quando as andorinhas investem, ocupadas, do rio para a Torre construindo seus ninhos para o verão, sei que morreu por sua fé, como ele queria.

Um mascate vem à porta dos fundos e diz que traz um lindo presente para mim. Desço até o pátio dos estábulos, onde ele se senta sobre uma escadinha de montar com seu pacote aos pés. Curva-se ao me ver.

— Tenho algo para a senhora — diz. — Disse que entregaria à senhora e iria embora. Então, agora vou.

— Quanto é?

Ele balança a cabeça e deixa cair uma bolsinha em minha mão:

— O homem que me deu isto disse-me que deseja sorte à senhora e que tempos melhores virão — diz ele, que coloca seu fardo sobre os ombros e se afasta do pátio.

Abro a bolsinha e, com a pontinha do dedo, deposito o pequeno broche na mão. É o broche de amor-perfeito que dei ao velho Tom Darcy. Ele nunca apelou para mim porque pensou que havia obtido uma vitória e que o rei dera sua palavra de perdão. Ele nunca apelou para mim porque pensava estar guardado por Deus. Coloco o broche no bolso e me afasto dali.

O sacrifício seletivo do norte continua. Oito homens e uma mulher acusados de traição se apresentaram aos juízes. São lordes e membros da pequena nobreza, dois deles meus parentes distantes, todos eles meus conhecidos, todos eles bons cristãos e súditos leais. E dentre eles se encontra o homem de Yorkshire, Robert Aske.

O jovem que usava o casaco de cetim do rei nos ombros aguarda seu julgamento na Torre de Londres sem dinheiro, sem uma muda de roupa e pouca comida. Ninguém ousa mandar-lhe nada e, se alguém ousasse, os guardas roubariam. Recebeu o perdão real integral por liderar a Peregrinação da Graça e, desde então, embora tenham aparecido sublevações e homens desesperados lutando por suas vidas, nem os liderou nem os encorajou. Desde que voltou ao norte vindo da corte, não fez outra coisa além de tentar persuadir os homens a aceitarem o perdão e confiar na palavra do rei. Por isto ele está na Torre. Inteligentemente, Cromwell sugere que desde o momento em que Aske acreditou que haveria um Parlamento no norte, desde que jurou que os mosteiros seriam reabertos, ele estava assegurando ao povo que a peregrinação tinha alcançado seus objetivos e que isto então é — deve ser — traição.

Caminho sob o sol escaldante dos campos do meu lar e olho o amadurecimento do trigo. Será uma boa colheita este ano. Penso em Tom Darcy enviando-me uma mensagem de que tempos melhores virão e que Thomas Cromwell determinou que tal esperança é traição. Pergunto-me se o trigo está planejando amadurecer e se isso é traição. Ao pôr do sol uma lebre surge da plantação e corre num grande semicírculo à minha frente e então para, senta-se sobre as patas encolhidas e olha para mim com seus olhos escuros e inteligentes.

— E você? — digo-lhe, em voz baixa. — Está aproveitando o tempo que tem? É uma traidora esperando que voltem os dias melhores?

Eles julgam todos que trazem a Londres e a todos declaram culpados. Acusam membros da igreja: o prior de Guisborough, o abade de Jervaulx, o abade da Abadia das Fontes. Prendem Margaret Bulmer por amar tanto a seu marido que o aconselhou a fugir quando pensou que a peregrinação fracassara. Seu próprio capelão fornece provas contra ela, e seu marido, Sir John Bulmer, é enforcado e esquartejado em Tyburn enquanto sua esposa é queimada em Smithfield. Sir John é culpado de traição; ela, culpada de amá-lo.

Levam Robert Aske da Torre para a corte de justiça para seu julgamento e de volta à prisão, embora da última vez que esteve em Londres tenha festejado na corte e tenha sido abraçado pelo rei. Levam-no da Torre até o norte da Inglaterra para que possa morrer bem à vista dos homens que o ouviram prometer o perdão. Levam-no a York e desfilam com ele pela cidade, atônita e silenciosa, diante da queda de seu filho mais corajoso. Levam-no bem ao topo da Torre de Clifford, nas muralhas de York. Ele lê uma confissão e eles colocam uma corda em seu pescoço, onde o rei pôs sua própria corrente de ouro; envolvem-no em correntes de ferro e o enforcam.

Alguns dos lordes e eu conversamos com Cromwell em busca de misericórdia para os homens do norte. "Misericórdia! Misericórdia! Misericórdia!" Ele não teve nenhuma.

Montague vem visitar-me no meio do verão. Há juncos frescos em todos os cômodos e as janelas estão abertas ao ar adocicado, de forma que a casa se enche com o canto dos pássaros.

Ele me encontra no jardim, colhendo ervas contra a peste, pois o último verão foi terrível, em especial para os pobres, principalmente no norte. Eu havia gasto todos os óleos em minha enfermaria e preciso fazer mais. Montague se ajoelha diante de mim, repouso minha mão revestida de verde em sua cabeça e percebo, pela primeira vez, alguns fios grisalhos no meio do seu cabelo cor de bronze.

— Montague, filho, você está ficando velho — digo severamente para ele. — Não posso ter um filho grisalho, isso me fará sentir-me muito idosa.

— Bem, seu querido Geoffrey está ficando careca — diz ele alegremente, levantando-se. — Como a senhora poderá suportar isso?

— Como ele suportará isso? — Sorrio. Geoffrey sempre fora tão vaidoso com sua aparência.

— Ele usará um chapéu o tempo todo — prevê Montague. — E deixará crescer a barba, como o rei.

O sorriso morre em meu rosto.

– Como andam as coisas na corte? — pergunto diretamente.

— Vamos caminhar? — Ele toma meu braço e ando ao seu lado, para longe do jardineiro e dos ajudantes, para além do jardim das ervas, além do portão de madeira, até a campina que desce até o rio. A grama cortada está crescendo novamente, quase na altura de nossos joelhos; vamos obter uma segunda colheita de feno deste campo rico, verde e pontuado por margaridas, ranúnculos e as cabeças de papoulas brilhantes, avermelhadas. Bem acima de nós, uma cotovia se alça no céu sem nuvens, mais e mais ruidosa a cada bater de asas. Paramos e observamos o elevado ponto preto, até que esteja praticamente invisível, então o som termina de forma abrupta e o pássaro mergulha em direção a seu ninho escondido.

— Estive em contato com Reginald — diz Montague. — O rei enviou Francis Bryan para capturá-lo e eu tive de alertá-lo.

— Onde ele está agora?

— Ele estava em Cambrai. Esteve sob cerco na cidade por algum tempo, com Bryan esperando que pusesse um pé para fora. Bryan disse que se ele pusesse um pé na França, ele o teria abatido a tiros.

— Oh, Montague! Ele recebeu o alerta?

— Sim, mas já sabe que tem de tomar cuidado. Sabe que o rei e Cromwell não se deterão diante de nada para calá-lo. Eles sabem que Reginald manteve contato com os peregrinos e que escreve à princesa. Sabem que está reunindo um exército para combatê-los. Geoffrey queria levar a mensagem. Depois ele me disse que queria juntar-se a Reginald no exílio.

— Você disse que ele não pode fazer isso?

— É claro que disse. Mas Geoffrey não aguenta mais este país. O rei não o recebe na corte. Meu irmão está com dívidas novamente e não aguenta mais viver sob o governo dos Tudor. Convenceu-se de que os peregrinos haviam vencido, pensou que o rei tinha recuperado o bom senso. Não quer mais ficar na Inglaterra.

— E o que ele pensa que aconteceria com seus filhos? E com sua esposa? E suas terras?

Montague sorri.

— Oh, a senhora sabe como ele é. Inflamou-se e disse que iria e então pensou mais uma vez e disse que ficaria e esperaria por tempos melhores. Ele sabe que se qualquer um de nós for para o exílio seria ainda pior para os demais que permanecessem. Sabe que perderia tudo se fosse.

— Quem levou sua mensagem a Reginald?

— Hugh Holland, o antigo administrador de Geoffrey. Ele estabeleceu-se no transporte de trigo em Londres.

— Eu o conheço. — Este é o mercador que negocia com Flandres e transportou John Helyar para um lugar seguro.

— Holland estava transportando uma carga de trigo, desejava ver Reginald e servir à causa.

Descemos o pequeno monte e chegamos ao rio. Uma faísca azul como uma safira de asas beija a superfície como uma flecha: um martim-pescador.

— Eu jamais conseguiria ir embora — digo. — Nunca nem sequer penso em ir embora. Sinto como se tivesse de testemunhar o que acontece aqui. Preciso estar aqui mesmo quando os mosteiros tiverem ido embora, mesmo quando os ossos dos santos forem tirados dos oratórios e rolarem nos esgotos.

— Eu sei — diz ele, com tristeza. — Sinto o mesmo. É o meu país. Sofro o que tiver de sofrer. Preciso estar aqui também.

— Henrique não pode continuar para sempre — digo, sabendo que as palavras são traição, mas sou arrastada à traição. — Ele precisa morrer logo. E não tem qualquer herdeiro legítimo, a não ser nossa princesa.

— A senhora não pensa que a rainha poderia lhe dar um filho? — pergunta-me Montague. — Ela está distante. Ele promoveu um grande Te Deum na Catedral de St. Paul e então enviou-a para Hampton Court, para o parto.

— E nossa princesa?

— Em Hampton Court também, ajudando a rainha. Ela é mantida em seu estatuto real. — Sorri para mim. — A rainha é terna com ela e a princesa Maria ama sua madrasta.

— E o rei não está com elas?

— Está com medo da peste. Foi embora com uma corte ambulante.

— Ele abandonou a rainha em seu resguardo?

Montague encolhe os ombros.

— A senhora não acha que se este bebê morrer também ele não preferiria estar bem longe? Já há gente suficiente dizendo que ele não é capaz de ter um filho saudável. Não quer ver outro bebê ser enterrado.

Balanço a cabeça ao pensamento de uma jovem deixada sozinha no parto de seu primeiro filho e de seu marido distanciar-se dela para o caso de o bebê morrer, de ela morrer.

— A senhora não acha que ela terá um menino saudável, acha? — desafia-me Montague. Todos os peregrinos estão dizendo que sua linhagem é amaldiçoada. Dizem que ele jamais teria um príncipe vivo porque seu pai tinha o sangue de inocentes na cabeça, porque matou os príncipes de York, nossos príncipes. É isso o que a senhora pensa? Que ele matou os dois príncipes York e então seu irmão?

Balanço a cabeça.

— Não gosto de pensar nisso — digo, em voz baixa, voltando a andar pelo caminho à margem do rio. — Tento não pensar nisso.

— Mas a senhora acha que os Tudor mataram os príncipes? — pergunta ele, bem baixinho. — Foi Milady, a Mãe do Rei? Quando ela era casada com o Condestável da Torre e seu filho aguardava para invadir? Sabendo que ele não poderia reivindicar o trono enquanto eles estivessem vivos?

— Quem mais? — respondo. — Ninguém mais ganharia nada com suas mortes. E com certeza vemos agora que os Tudor têm estômago para quase todo tipo de pecado.

L'Erber, Londres, outono de 1537

Estou em minha grande cama em Londres, com as cortinas baixadas barrando o frio de outono, quando ouço os sinos que começam a repicar, um clangor triunfante que brota com um único sino e depois ressoa em toda a cidade. Luto para levantar e jogo um robe nos ombros quando a porta de meu quarto se abre e minha aia entra, uma vela tremulando de excitação em sua mão.

— Vossa Graça! Há notícias de Hampton Court! A rainha teve um menino! A rainha teve um menino!

— Deus a abençoe e a mantenha — desejo, com sinceridade. Ninguém poderia querer nada de mal a Joana Seymour, a mais afetuosa das mulheres e uma excelente madrasta para minha amada princesa. — Eles disseram se o bebê é forte?

A moça sorri e encolhe os ombros em silêncio. É claro que sob as novas leis é impossível até perguntar se o bebê real está bem, uma vez que isso pressupõe uma dúvida sobre a potência do rei.

— Bem, que Deus abençoe a ambos — digo.

— Podemos sair? — pergunta a moça. — Eu e as outras meninas? Estão acontecendo danças lá fora e eles fizeram uma fogueira.

— Vocês podem ir, desde que fiquem todas juntas — digo-lhe. — E venham ao amanhecer.

Ela sorri para mim.

— A senhora não vai se vestir? — pergunta.

Balanço a cabeça. Parece que se passou um longo tempo desde a última vez que fiquei acordada a noite toda para assistir, junto à cama real, ao nascimento de um novo bebê e levei a notícia para o rei.

— Voltarei a dormir — digo. — E faremos orações pela saúde da rainha e do príncipe pela manhã.

Notícias chegam de Hampton Court: o bebê está bem e vingando, foi batizado Eduardo, a princesa Maria carregou-o durante a cerimônia. Se viver, será o novo herdeiro Tudor e ela jamais será rainha; mas eu sei — e quem saberia mais do que eu, que compartilhei as quatro grandes mágoas da rainha Catarina? — que um bebê saudável não é necessariamente um futuro rei.

Então ouço dizer, assim como eu temia, que os médicos da rainha foram chamados de volta a Hampton Court. Mas não é pelo bebê; é a rainha quem está doente. Nesses dias perigosos depois do parto, parece que as sombras caíram sobre a mãe. Vou imediatamente até minha capela e rezo por Joana Seymour, mas ela morre naquela noite, apenas duas semanas depois de dar à luz seu filhinho.

Dizem que o rei está arrasado, que ele perdeu a mãe de seu filho e a única mulher que amou verdadeiramente. Dizem que jamais voltará a se casar, que Joana era imaculada, perfeita, a única verdadeira esposa que ele jamais tivera. Penso que ela conquistou na morte a perfeição que nenhuma mulher poderia demonstrar em vida. A perfeição do rei é toda imaginária, agora que ele tem uma esposa imaginária perfeita.

— E ele é capaz de amar alguém? — pergunta Geoffrey. — Este é o rei que ordenou que mulheres fossem julgadas por traição por recuperar os cadáveres de seus maridos e dar-lhes um sepultamento adequado. Ele é capaz sequer de imaginar o que é a dor?

Penso no menino em busca de uma esposa, pálido, um ano depois da morte de sua mãe, mas, menos de um mês depois da morte de sua esposa, ele já está em busca de uma nova: uma princesa da França ou da Espanha. Montague, vestido de luto, vem até mim em L'Erber, lutando para não rir ao contar-me que o rei pediu a todas as princesas da França que venham até Calais para que ele possa escolher a mais bela para ser sua próxima noiva.

Os franceses estão profundamente insultados, já que é como se as damas reais da França fossem novilhas numa feira, e nenhuma princesa está animada para ser a quarta esposa de um matador de mulheres; mas Henrique não compreende que não é mais altamente desejável. Ele não se dá conta de que não é mais o mais belo príncipe da Cristandade, famoso por sua erudição e vida devota. Agora ele está envelhecendo — 46 anos em seu último aniversário, mais gordo a cada dia que passa e inimigo jurado do papa, líder da Igreja. E ainda assim ele não é capaz de entender que não é amado, nem admirado, nem o centro das atenções.

— Milady mãe, uma coisa boa adveio da morte da rainha. A senhora achará difícil de acreditar, mas o rei está restaurando o priorado — diz Montague.

— Qual priorado?

— O nosso.

Não entendo.

— Ele está nos devolvendo o Priorado de Bisham?

— Sim — diz Montague. — Chamou-me para o seu lado na galeria real de Hampton Court onde ele se senta, acima da capela, em seu próprio quartinho de onde pode ver o altar. Lê e assina seus papéis enquanto o padre celebra a missa lá embaixo. Ele estava rezando, excepcionalmente, não trabalhando, e fez o sinal da cruz, beijou seu rosário e se voltou para mim com um sorriso agradável. Disse que quer que rezem pela alma de

Joana e perguntou se a senhora faria o obséquio de restaurar o priorado com uma oração em intenção da alma dela.

— Mas ele tem fechado as grandes casas religiosas de norte a sul do país a cada dia! Robert Aske e todos os outros, centenas deles, morreram tentando salvar os mosteiros.

— Bem, agora ele quer restaurar um.

— Mas ele não disse que não existe algo como o purgatório e que não haveria necessidade de rezar em intenção das almas?

— Aparentemente, ele quer orações para Joana e para si mesmo.

— Cromwell em pessoa denunciou o falso prior e fechou nosso priorado.

— E isto está para ser revertido.

Por um momento fico simplesmente atônita, depois vejo que estou recebendo o maior dos presentes para uma mulher devota: o priorado de minha família de volta a meus cuidados.

— É uma grande honra para nós. — Estou profundamente admirada pelo pensamento de que teremos permissão para abrir nossa linda capela novamente, que os monges cantarão o cantochão na galeria cheia de ecos, que a hóstia sagrada estará atrás do altar mais uma vez numa custódia brilhante, e as velas serão acesas diante dela, de forma que a luz brilhe pela janela na direção das trevas de um mundo difícil. — Ele realmente está nos dando permissão? De todos os priorados e conventos e mosteiros da Inglaterra que ele fechou, está dando permissão para que esta única luz brilhe? Nossa capela? Onde pendem os estandartes da Rosa Branca?

— Está — diz Montague, sorrindo. — Eu sabia o quanto isso significaria para a senhora. Estou tão contente, milady mãe.

— Posso torná-la linda mais uma vez — sussurro. Já consigo imaginar os estandartes pendendo novamente na capela-mor, o silencioso ruído de pessoas entrando na igreja para assistir à missa, encontrando presentes à porta, a hospitalidade aos viajantes, e o poder e a quietude de um lugar de oração. — É apenas um lugar pequeno, mas eu posso restaurar a Igreja de Bisham. Será o único priorado da Inglaterra, mas ficará de pé e emitirá uma frágil luzinha para as trevas da Inglaterra de Henrique.

Palácio de Greenwich, Londres, Natal de 1537

Montague e eu, acompanhados por meu neto Harry como pajem, visitamos Greenwich para levar os presentes do rei e encontramos uma corte ainda em luto pela rainha Joana. É o mais silencioso Natal que eu já vi. Mas o rei aceita nossos presentes com um sorriso e nos dá os bons votos da estação. Pergunta-me se vi o príncipe Eduardo e me dá permissão para visitar o bebezinho em seu berçário. Ele diz que posso levar meu neto e faz um gesto de cabeça sorridente a Harry.

Os temores do rei por seu filho são dolorosamente evidentes. Há dupla guarda nas portas e ninguém pode entrar sem uma ordem escrita. Absolutamente ninguém, nem mesmo um duque. Admiro o bebê que parece bem e forte e comprimo uma moeda de ouro na mão da ama, dizendo que rezarei para que ele continue saudável. Deixo-o berrando para ser alimentado; um Tudor em suas exigências ruidosas.

Tendo prestado meus respeitos, estou livre para ir até os aposentos da princesa. Ela tem sua própria pequena corte, suas damas em torno dela, mas quando me vê salta e corre em minha direção e eu a envolvo nos braços e a abraço, como sempre fiz.

— E quem é este? — Olha para baixo na direção de Harry, que está sobre um dos joelhos, a mãozinha no coração.

— Este é meu neto Harry.

— Eu posso servi-la — diz, sem fôlego.

— Eu teria grande prazer em tê-lo a meu serviço. — Ela dá a mão a ele, que se levanta e se curva, o rostinho entorpecido com a adoração a um ídolo. — Sua avó dirá quando você poderá se reunir ao meu pessoal — diz-lhe. — Imagino que você seja necessário em casa.

— Não tenho utilidade em casa, estou bem à toa, eles não sentiriam falta de mim — diz ele, procurando persuadi-la, mas sendo bem-sucedido apenas em fazê-la rir.

— Então você pode vir para mim quando for muito útil e trabalhador — diz ela.

Ela me conduz a seu quarto, onde ficamos a sós e eu posso olhar para seu rosto pálido, enxugar as lágrimas de suas faces e sorrir para ela.

— Minha querida menina.

— Oh, Lady Margaret!

De imediato posso ver que ela não tem se alimentado adequadamente, há olheiras sob seus olhos e está muito pálida.

— Não está se sentindo bem?

Maria encolhe o ombro:

— Nada fora do ordinário. Estive tão triste pela rainha. Fiquei tão chocada... Não conseguia acreditar que ela morreu daquele jeito... Por um instante eu até duvidei de minha fé. Não entendia como Deus poderia levá-la...

Ela se interrompe, apoia a testa sobre meu ombro e eu carinhosamente bato com a mão em suas costas. Pobre menina que perdeu uma mãe como a dela e depois ama e perde uma madrasta! Esta menina passará o resto da vida procurando alguém em quem possa confiar e a quem possa amar.

— Temos de acreditar que ela está com Deus — digo, carinhosamente. — E rezamos missas por sua alma em minha capela em Bisham.

Ela sorri diante disso.

— Sim, o rei contou-me. Estou tão contente. Mas, Lady Margaret, e as outras abadias?

Ponho um dedo gentilmente sobre seus lábios.

— Eu sei. Há muito a lamentar.

— A senhora tem notícias de seu filho? — sussurra ela, a voz tão suave que tenho de me curvar para ouvi-la. — De Reginald?

— Ele estava reunindo forças para apoiar os peregrinos quando propuseram a paz e forjaram um acordo com seu pai — digo. — Quando teve notícias da derrota deles, foi chamado de volta a Roma. Ele está lá, a salvo.

Ela faz um sinal com a cabeça. Soa uma batida na porta e uma de suas novas aias põe a cabeça para dentro do quarto.

— Não podemos conversar agora — decide a princesa. — Mas quando escrever-lhe pode dizer que estou sendo bem tratada, acho que posso me sentir em segurança. E agora tenho um irmãozinho. Meu pai está em paz comigo e com minha meia-irmã Isabel. Ele tem um filho, por fim. Talvez possa ser feliz.

Pego sua mão e saímos para onde estão as damas, algumas delas espiãs. Todas se levantam e nos fazem mesuras. Sorrio da mesma forma para todas elas.

Castelo de Warblington, Hampshire, verão de 1538

Permaneço em minha casa em Warblington durante o verão. A corte em procissão passa ali perto, mas neste ano não aparecem cavaleiros que descem a estrada para se assegurar de que eu possa abrigar o grande grupo. O rei não quer ficar, ainda que os campos estejam tão verdes e amplos, e as florestas, tão ricamente sortidas de caça quanto na época em que ele dizia que esta era sua casa predileta na Inglaterra.

Olho para a grande ala que construí para o conforto da rainha Catarina e seu jovem marido e penso que foi dinheiro desperdiçado, e foi amor desperdiçado. Penso que o dinheiro ou o amor oferecido aos Tudor é sempre desperdiçado, visto que o menino tão amado por sua mãe foi mimado por todos nós.

Ouço de minha casa em Bisham que Thomas Cromwell nos tomou o priorado pela segunda vez. Os monges que ali estavam para rezar por Joana Seymour foram mandados embora, os cânticos que deveriam durar para sempre, os únicos cânticos da Inglaterra, estão calados. A capa de asperges é levada embora, nosso priorado é fechado novamente. Foi reaberto por uma extravagância Tudor. Fechado por ordem de Cromwell. Eu nem escrevo para protestar.

Pelo menos estou confiante em que a princesa esteja segura em Hampton Court visitando seu meio-irmão no Palácio de Richmond. Sem qualquer dúvida, ela terá uma nova madrasta até o fim do ano, e rezo todas as noites para que o rei escolha uma mulher que será gentil com nossa princesa. Estarão procurando por um marido para ela também. A família real portuguesa foi sugerida, e Montague e eu concordamos que, seja qual for minha idade e para qualquer lugar que ela seja enviada, eu devo ir com ela para vê-la estabelecer-se em seu novo lar.

Estou ocupada este verão em Warblington com os preparativos para a colheita e atualizando os registros, mas um dia meu administrador chega e me conta que um novo paciente em nosso novo hospital, um homem chamado Gervase Tyndale, andou perguntando ao cirurgião Richard Eyre por que não há livros da nova doutrina na igreja ou no hospital. Alguém lhe diz que é de conhecimento geral que eu, e toda minha família, cremos nos velhos usos, no padre disseminando a palavra de Deus aos fiéis, durante a santa missa, em fé, não em ações.

— Ele quis saber daquele cavalariço que a senhora dispensou, milady. O luterano que teria convertido metade do pátio dos estábulos? E perguntou por seu capelão, John Helyar, e se ele sempre visita seu filho Reginald em Roma ou onde quer que esteja. E pergunta o que está fazendo seu filho Reginald, fora da Inglaterra há tanto tempo.

Sempre há fofocas em uma cidade pequena. Sempre há fofocas sobre a Casa Grande. Mas experimento uma sensação de inquietude, pois esta é uma fofoca sobre o castelo, sobre o hospital, sobre nossa fé, bem quando passamos incólumes pela peregrinação, e bem quando nossa princesa encontrou alguma segurança no lugar a que pertence.

— Acho que você faria bem se dissesse a esse homem que tenha boas maneiras com seus anfitriões — digo ao administrador. — E diga ao senhor Eyre, o cirurgião, que não preciso que ele divida minhas opiniões com metade do país.

O administrador dá um pequeno sorriso.

— Nada de mal aconteceu — diz. — Não há nada a saber. Mas direi uma palavra discreta.

Penso muito pouco nisto até que estou em minha sala de recepção lidando com os negócios da propriedade, Montague ao meu lado, quando Geoffrey entra com Richard Eyre, o cirurgião, e Hugh Holland, seu amigo, o mercador de grãos. Ao vê-lo, fico agudamente alerta, como um cervo atento diante do estalido de um graveto. Pergunto-me por que Geoffrey trouxe estes homens até mim.

— Milady mãe, gostaria de falar com a senhora — diz Geoffrey, ajoelhando-se para receber minha bênção.

Sei que meu sorriso está tenso.

— Algum problema? — pergunto a ele.

— Creio que não. Mas o cirurgião aqui diz que um paciente no hospital...

— Gervase Tyndale — interrompe o cirurgião, com uma mesura.

— Um paciente no hospital quer estabelecer aqui uma escola da nova doutrina, e alguém lhe disse que não há vocação para isso aqui e que a senhora não o permitiria. Agora ele se foi cheio de maus sentimentos, dizendo a todos que não permitimos os livros que o rei licenciou e que Hugh Holland aqui, meu amigo, vai e volta com recados entre nós e Reginald.

— Não há nada de errado nisso — digo, cautelosamente, olhando para Montague. — É uma fofoca que poderíamos dispersar. Não há provas...

— Não, mas pode-se fazer com que soe errado — aponta Geoffrey.

— E este é o mercador que levou a Reginald meu alerta — diz Montague em meu ouvido. — E transportou para o estrangeiro seu capelão para nós. Então, há algum fogo sob essa fumaça.

Em voz alta ele se volta para o cirurgião.

— E onde está o senhor Tyndale agora?

— Eu o dispensei assim que ele melhorou — diz o cirurgião prontamente. — O administrador de milady disse que ela não gostava de fofocas.

— Pode estar certo de que não gosto — digo-lhe de forma categórica. — Pago ao senhor para curar os pobres, não para tagarelar a meu respeito

— Ninguém sabe onde ele está — diz Geoffrey, nervoso. — E se ele esteve nos observando por um tempo? A senhora pensa que ele pode ter ido até Thomas Cromwell?

Montague sorri sem alegria.

— Isso é uma certeza.

— Como pode estar certo disso?

— Porque qualquer um com informações sempre vai até Cromwell.

— O que devemos fazer? — Geoffrey olha de mim para seu irmão mais velho.

— O melhor seria ir até Cromwell você mesmo. Conte-lhe sobre esse pequeno desacordo e que esse bando de velhos está fazendo fofocas a respeito de nada. — Olho para o cirurgião. — Garanta-lhe nossa lealdade. Lembre-lhe de que o rei em pessoa restaurou nosso priorado em Bisham e diga que temos uma Bíblia em inglês na igreja que qualquer um pode ler. Diga-lhe que ensinamos a nova doutrina na escolinha com os livros licenciados pelo rei. Conte-lhe que o professor está ensinando as crianças a ler para que possam estudar suas orações em inglês. E deixe que estes pobres homens possam explicar aquilo que se diz contra eles e que nós todos somos servos leais do rei.

Geoffrey parece nervoso.

— Você virá comigo? — pergunta bem baixinho a Montague.

— Não — diz Montague com firmeza. — Isto não é nada. Não há nada a temer. Melhor que vá apenas um de nós para dizer a Cromwell que não há nada de seu interesse aqui, nem no castelo, nem na mansão. Diga a ele que o senhor Holland levou uma mensagem com notícias da família a Reginald, meses atrás, nada mais. Mas vá agora, e diga-lhe tudo. Ele provavelmente já sabe. Mas se você for e lhe contar pessoalmente, terá um tom de franqueza.

— Você não pode ir?

Geoffrey pede tão encarecidamente que eu me viro para Montague e pergunto:

— Filho, você não pode ir com ele? Você pode falar mais facilmente com Thomas Cromwell do que Geoffrey.

Montague ri brevemente e sacode a cabeça:

— A senhora não sabe como Cromwell pensa — diz ele. — Se formos os dois, parece que estamos preocupados. Você vai, Geoffrey, e lhe conte tudo. Não temos nada a esconder, e ele sabe disso. Mas vá hoje, para que possa contar nosso lado da história antes que esse Tyndale chegue lá e entregue um relatório para seu patrão.

— E leve algum dinheiro — digo bem baixo.

— A senhora sabe que não tenho um centavo neste mundo! — diz Geoffrey, irritado.

— Montague lhe dará algum da sala do tesouro — digo. — Dê um presente a Cromwell e meus melhores votos.

— Como saberei o que dar a ele?! — exclama Geoffrey. — Ele sabe que eu tenho um bolso cheio de dívidas!

— Ele saberá que o presente vem de minha parte como uma garantia de nossa amizade — digo, com suavidade. Pego minhas grandes chaves e sigo na frente, a caminho da sala do tesouro.

A porta se abre com duas trancas. Geoffrey para na soleira e olha em volta com um sinal de desejo. Há prateleiras com cálices para uso da capela, há caixas de moedas, de cobre para os lenhadores e os trabalhadores de diária, de prata para as taxas trimestrais e baús de ouro trancados e aparafusados no chão. Pego uma taça de prata lindamente lavrada de seu invólucro de lã:

— Esta é perfeita para ele.

— Prata lavrada? — pergunta Geoffrey, duvidando. — Por que não mandar alguma coisa de ouro?

Sorrio.

— É brilhante, é nova, faísca mais do que brilha. É a cara de Cromwell. Leve-a para ele.

Geoffrey volta de Londres cheio de orgulho de sua própria inteligência. Ele me conta como falou com Thomas Cromwell:

— Não como se estivesse ansioso ou algo parecido, mas de homem para homem, tranquilamente, como um grande homem se dirigindo a outro.

Cromwell entendera de imediato que se tratava de fofoca de aldeões invejosos que se acham superiores. Contou ao chanceler que era claro que nós escrevemos a Reginald a respeito de assuntos familiares e que Hugh Holland levara mensagens nossas, mas que nós jamais deixamos de culpar Reginald por sua terrível carta para o rei e, evidentemente, imploramos para que ele se certificasse de que ela jamais fosse publicada e que ele nos prometeu que ela seria suprimida.

— Disse-lhe que era má teologia em mau estilo! — diz-me divertidamente. — Lembrei-lhe que a senhora escreveu para Reginald e enviou-lhe uma mensagem por meio do próprio Cromwell.

Geoffrey foi tão bem-sucedido com Cromwell que as mercadorias de Hugh Holland, que estavam retidas no cais, foram-lhe devolvidas em sua totalidade e que os três homens, Holland, meu filho e o cirurgião, estão livres para ir aonde quiserem.

Geoffrey e eu cavalgamos juntos até Buckinghamshire para levar as boas novas a Montague, que está em casa em Bockmer. Temos uma escolta de meia dúzia de homens e minhas netas Katherine e Winifred vêm comigo para a casa de sua família.

Cavalgamos pelos campos e árvores familiares das terras de Montague e então eu vejo, vindo em nossa direção, os estandartes reais tremulantes à frente da guarda, cavalgando rapidamente. O capitão de minha guarda grita "Alto!" e "Aguardar!" enquanto damos passagem aos homens do rei, como todos os súditos leais devem fazer.

É uma dúzia deles, com roupas de montaria, mas usando peitoral de ferro e levando espadas e lanças. O cavaleiro à frente traz o estandarte real com as três flores-de-lis e os três leões, que ele baixa em saudação a meu estandarte quando nos vê aguardando sua passagem. Viajam com rapidez, num fatigante trote sentado, e no centro da cavalgada está um prisioneiro: um homem de cabeça descoberta, com seu gibão virado nos ombros, e com um ferimento escurecendo a maçã de seu rosto, as mãos amarradas às costas e os pés atados sob a barriga do cavalo.

— Deus me livre — respira Geoffrey. — É Hugh Holland, o mercador de grãos.

O rosto redondo e sorridente do mercador de Londres está lívido, pálido, as mãos agarrando o rabicho da sela atrás de si para se manter sobre o cavalo, que se move com velocidade, já que ele sofre violentos solavancos com o ritmo forçado.

Eles passam por nós sem reduzir o ritmo. O capitão lança-nos um rápido olhar cheio de suspeita, como se pensasse que poderíamos ter cavalgado para resgatar Hugh Holland. Ergo a mão para reconhecer sua autoridade, e isso chama a atenção de Hugh. Ele vê nosso estandarte e a libré de meus homens e grita:

— Mantenham-se a caminho, pois vocês virão depois de mim!

Com o barulho dos freios dos cavalos e os solavancos dos cavaleiros, na confusão da poeira e na afobação de sua passagem, eles já se foram, antes que Geoffrey possa responder. Ele se volta para mim, o rosto sem cor, e diz:

— Mas Cromwell foi claro. Ele estava satisfeito. Nós explicamos.

— Isso deve ser alguma outra coisa — digo, embora não pense que seja. — Vamos até a casa de Montague e lhe perguntamos.

Casa de Bockmer, Buckinghamshire, verão de 1538

A casa de Montague está em alvoroço. Os homens do rei quebraram mesas, bancos de espaldar alto e bancos comuns no grande salão quando prenderam Hugh Holland. Ele resistiu-lhes e correu por todo o salão; os homens foram arrebentando as coisas atrás dele, como cães desajeitados na caça de um gamo aterrorizado.

Minha nora Jane foi para seus aposentos em lágrimas. Montague supervisiona os trabalhadores que remontam as mesas do salão e tenta amenizar tudo. Mas posso dizer que ele está abalado quando Geoffrey irrompe gritando:

— Por que o levaram? Que razões deram?

— Eles não precisam dar uma razão, Geoffrey. Você sabe disso.

— Mas Cromwell me garantiu em pessoa.

— De fato. O rei também havia perdoado Robert Aske, lembra?

— Quietos — digo, no mesmo instante. — Trata-se de algum engano, não é necessário ter medo de nada. Isto é entre Hugh Holland e a lei. Nada a ver conosco.

— Eles revistaram meus aposentos — diz Montague com firmeza, voltando as costas aos homens que estão recolhendo as peças de estanho espalhadas. — Arrebentaram minha casa. Tem a ver conosco, sim.

— O que eles encontraram? — sussurra Geoffrey.

— Nada — diz Montague com firmeza. — Eu queimo minhas cartas assim que as leio. — Ele se vira para mim. — A senhora não guarda nada, não é, milady mãe? A senhora as queima assim que as lê?

Faço um aceno de cabeça.

— Sim, todas elas.

— Nada fica de lembrança? Nem mesmo as de Reginald?

Balanço a cabeça.

— Nada. Nunca.

Geoffrey está pálido.

— Eu tenho alguns papéis — confessa. — Eu guardei alguns papéis.

Montague se volta contra ele:

— O quê?! — indaga. — Não, não me diga uma coisa dessas. Não quero ouvir. Tolo! Você é um tolo, Geoffrey! Destrua tudo! Não importa como.

Ele me pega pelo braço e me conduz para fora do salão. Hesito; este é meu filho, meu querido filho.

— Envie o capelão John Collins — digo rapidamente para Geoffrey sobre o ombro. — Você pode confiar nele. Mande-o ir ter com seu administrador ou, melhor, com Constance, e diga para que ela queime tudo que houver em seus aposentos.

Geoffrey assente com a cabeça, o rosto pálido, e sai apressadamente.

— Por que ele é tão tolo? — indaga Montague, puxando-me pelas escadas na direção da sala de recepção de sua esposa. — Ele não devia guardar nada, sabe disso!

— Não é um tolo — digo, recuperando o fôlego e fazendo os homens pararem antes de abrirem as portas. — Mas ama a Igreja tal qual era. Foi criado na Abadia de Syon, que foi nosso refúgio. Você não pode culpá-lo por amar seu lar. Era um menininho e nós não tínhamos nada. Nós vivemos às custas da Igreja como se ela fosse nossa família. E ama a princesa, como eu amo. Não pode evitar demonstrá-lo.

— Não agora! — diz Montague em poucas palavras. — Não podemos nos dar ao luxo de demonstrar nosso amor. Nem por um momento. O rei é um homem perigoso, milady mãe. Nunca se sabe, hoje em dia, como ele vai receber as coisas. Num minuto está cheio de suspeitas e nervoso e, no seguinte, está pendurado no seu ombro e é seu melhor amigo. Observa-me como se quisesse me comer, devorar-me para seu prazer, e então canta "Pastime with Good Company" e é como se estivéssemos nos velhos tempos. Nunca se sabe como está o seu humor.

— Mas ele sempre se lembra, jamais se esquece, de que seu trono foi conquistado num campo de batalha por acaso e por traição. Acaso e traição podem se voltar contra ele, fácil assim. E ele tem um filho frágil num berço, e ninguém o defenderá. Sabe que há uma maldição e que ela recai com justiça sobre sua casa.

A esposa de Montague, Jane, está apavorada e chorando em seu quarto quando entro com Katherine e Winifred, e ela as toma para si, abençoa-as e diz que jamais perdoará o pai delas por expô-las ao perigo. O pequeno Harry curva-se para mim e permanece firme ao lado de seu pai como se não tivesse medo de nada.

— Não quero ouvir mais nenhuma palavra, Jane — digo diretamente a ela. — Mais nenhuma palavra.

Aquilo a faz se controlar e dirigir-me uma mesura.

— Desculpe-me, milady mãe. Foi um choque por causa daquele homem terrível fugindo da guarda. Eles quebraram alguns copos.

— Devemos ficar contentes que lorde Cromwell apanhou-o se ele é culpado e, se é inocente, será rapidamente libertado — digo, com vigor. Repouso minha mão no pequeno ombro estreito de Harry. — Não temos nada a temer, pois sempre fomos leais ao rei.

Ele olha para mim.

— Nós somos primos leais — adianta-se.

— Somos e sempre fomos.

Jane segue minha pista e pelo restante do dia procuramos agir como se fosse uma visita familiar normal. Jantamos no grande salão e nosso pessoal finge estar tão alegre quanto nós na mesa alta, olhando-os comer e beber, tentamos sorrir e tagarelar.

Depois do jantar mandamos as crianças a seus quartos, deixamos o pessoal com sua bebida e seus jogos e vamos aos aposentos de Montague. Geoffrey não consegue parar, não consegue ficar sentado num lugar. Ele ronda da janela à lareira, do banco de espaldar alto ao banquinho.

— Eu tenho a cópia de um sermão — diz ele, repentinamente. — Mas ele foi pregado antes do rei! Não pode haver problema com isso. E, de qualquer modo, Collins o terá queimado.

— Paz. — Montague olha para ele.

— Tenho algumas cartas do bispo Stokesley, mas não há nada nelas.

— Você deveria tê-las queimado no momento que as recebeu — diz Montague. — Como eu lhe disse. Anos atrás.

— Não há nada nelas! — exclama Geoffrey.

— Mas ele, por sua vez, pode ter escrito alguma coisa a outra pessoa. Você não quer levar problemas para a porta deles, nem que seus outros amigos tragam problemas à sua.

— Oh, você queima tudo? — indaga repentinamente Geoffrey, pensando que surpreenderá seu irmão.

— Tudo, como eu lhe disse para fazer anos atrás — responde Montague calmamente. Volta-se para mim. — A senhora também, não é, milady mãe?

— Sim — digo. — Não há nada, em nenhuma de minhas casas, que possam encontrar.

— Por que eles procurariam? — diz Jane, com irritação.

— Porque somos quem somos — respondo-lhe. — E você sabe disso, Jane. Você nasceu uma Neville. Você sabe o que isso significa. Nós somos os Plantageneta. Nós somos a Rosa Branca, e o rei sabe que o povo nos ama.

Ela vira seu rosto amargo:

— Pensei que estivesse me casando com uma grande Casa — diz. — Não pensei que estivesse me unindo a uma família em perigo.

— Grandeza quer dizer perigo — digo, simplesmente. — E creio que você sabia disso naquele tempo, como sabe agora.

Geoffrey anda até a janela, olha para fora, volta para o quarto.

— Acho que irei a Londres — diz. — Irei e verei Thomas Cromwell, e descobrirei o que ele está fazendo com Hugh Holland e lhe direi — ele respira fundo, está ficando sem ar — direi a ele — diz, com mais força — que não há nada contra Holland, e nada contra mim, e nada contra qualquer um de nós.

— Eu irei com você — diz Montague surpreendentemente.

— Vai? — pergunto, quando Jane suspende a agulha de costura e olha para seu marido, como se fosse proibi-lo. Seu olhar voa para mim como se fosse pedir que mandasse meu filho mais novo sem um protetor, para que ela pudesse manter seu marido seguro em casa.

— Sim — diz Montague. — Cromwell precisa saber que não pode brincar de gato e rato conosco. Ele é um grande gato no celeiro do rei, não há maior. Mas, ainda assim, penso que temos crédito que podemos usar. E ele precisa saber que não nos assusta. — Olha para a expressão agastada de Geoffrey. — Que não me assusta — corrige-se.

— O que pensa disso, milady mãe? — instiga-me Jane a proibir meus dois filhos de irem juntos.

— Penso que é uma ideia muito boa — digo, calmamente. — Não temos nada a esconder e não temos nada a temer. Não fizemos nada que contrariasse a lei. Amamos a Igreja e honramos a princesa, mas isso não é crime. Nem mesmo Cromwell pode compor uma lei que torne isso crime. Vá, meu filho Montague, vá com minhas bênçãos.

Fico em Bockmer por uma semana, esperando notícias, com Jane e as crianças. Montague envia-nos uma carta assim que chega a Londres, mas depois disso só há silêncio.

— Acho que vou eu mesma a Londres — digo a ela. — E escreverei a você assim que tiver notícias.

— Por favor, faça isso, milady mãe — diz ela, com firmeza. — Sempre fico contente em saber que está com boa saúde.

Ela desce comigo até o pátio do estábulo e fica ao lado de meu cavalo enquanto eu subo cansada da escadinha à sela para mulheres na garupa de meu cavalariço-chefe. No pátio dos estábulos, meus acompanhantes montam seus cavalos: minhas duas netas, as filhas de Jane, Katherine e Winifred. Harry ficará em casa com a mãe, embora se remexa num pé e no outro, tentando chamar minha atenção, esperando que eu o leve comigo. Sorrio para o rosto pálido de minha nora.

— Não fique assustada, Jane — digo. — Já passamos por situações piores do que esta.

— Já?

Penso na história da minha família, nas derrotas e batalhas, as traições e execuções que mancham nossa Casa e servem de marcos para nossa incessante marcha para dentro e para fora do trono da Inglaterra.

— Oh, sim — digo. — Muito piores.

L'Erber, Londres, verão de 1538

Montague vem me ver no momento em que chego a Londres. Jantamos no salão como se fosse uma visita casual, ele fala prazerosamente da corte e da boa saúde do príncipe bebê e então nos retiramos aos aposentos atrás da mesa alta e fechamos a porta.

— Geoffrey está na Torre — diz, em voz baixa, no momento em que me sento, como se temesse que eu fosse cair diante da notícia. Toma minha mão e olha para meu rosto atônito. — Tente ficar calma, milady mãe. Não foi acusado de nada, não há nada que possam alegar contra ele. Esta é a maneira de Cromwell trabalhar. Ele amedronta as pessoas com palavras rudes.

Sinto-me em choque, ponho a mão no coração e posso sentir o martelar de meu pulso sob os dedos como um tambor. Puxo o ar e descubro que não consigo respirar. O rosto preocupado de Montague olhando para mim fica desfocado quando minha visão escurece, chego a pensar por um instante que estou morrendo de medo.

Então vem uma rajada de ar quente em meu rosto, e eu estou respirando novamente, e Montague diz:

— Não diga nada, milady mãe, até que tenha recuperado o fôlego, pois aqui estão Katherine e Winifred, que chamei para ajudá-la quando desmaiou.

Ele segura minha mão e aperta a ponta de meus dedos, então não falo nada, sorrio para minhas netas e digo:

— Oh, estou bem melhor agora. Devo ter comido demais no jantar porque senti uma dor muito forte. É o que eu ganho por ter comido tanta sobremesa!

— Tem certeza de que está bem? — pergunta Katherine, passando os olhos de mim para seu pai. — A senhora está muito pálida.

— Estou bem agora — digo. — Vocês poderiam trazer-me um pouco de vinho? Montague poderia esquentá-lo para mim. Estarei bem em um instante.

Apressam-se para ir buscá-lo enquanto Montague fecha a janela e os sons da noite numa rua de Londres são abafados. Aconchego um xale em volta dos ombros e lhes agradeço quando voltam com o vinho, fazem uma mesura e se retiram.

Nada dizemos enquanto Montague mergulha a haste aquecida na caneca de prata e ela ferve, e o cheiro do vinho quente e das especiarias preenche o pequeno aposento. Ele me entrega uma xícara e serve-se de um pouco, puxa um banquinho para sentar-se ao meu pé, como se fosse um menino de novo, na infância que ele nunca teve.

— Desculpe-me — digo. — Comportei-me como uma tola.

— Eu mesmo fiquei chocado. A senhora está bem agora?

— Sim. Pode contar-me. Pode contar-me o que está acontecendo.

— Quando chegamos aqui, pedimos para ver Cromwell, e ele nos fez esperar por dias. No final, encontrei-me com ele, como se fosse por acidente e lhe contei que havia rumores a nosso respeito, contrários a nosso bom nome, e que eu ficaria contente em saber que Gervase Tyndale teve a língua cortada como um aviso para os outros. Ele não me disse sim nem não, mas me pediu que levasse Geoffrey até sua casa.

Montague se inclina à frente e empurra as toras da lareira com a ponta de sua bota de montaria.

— A senhora sabe como é a casa de Cromwell — diz. — Aprendizes e escriturários em toda parte, não se sabe quem é quem, e Cromwell andando no meio de tudo como se fosse um inquilino.

— Nunca estive em sua casa — digo, com desdém. — Não estamos na lista dos convidados para o jantar.

— Bem, não — diz Montague, com um sorriso. — Mas, de qualquer maneira, é um lugar movimentado, amigável, interessante, e as pessoas esperando para vê-lo fariam seus olhos saltar da cabeça! Todo mundo, de todo tipo e de toda condição, todos com negócios a tratar com ele, com relatórios para ele, ou espiando para ele. Quem sabe?

— E você e Geoffrey o viram?

— Ele conversou conosco e então pediu que jantássemos com ele, e nós ficamos e comemos um bom jantar. Então ele teve de sair e pediu a Geoffrey que voltasse no dia seguinte, já que havia algumas coisas que gostaria de esclarecer.

Sinto meu peito apertar novamente e bato na base de minha garganta como se para lembrar meu coração de continuar batendo.

— E Geoffrey foi?

— Eu disse que fosse. Disse-lhe que fosse franco. Cromwell havia lido a mensagem que Holland levou a Reginald. Ele sabia que não se tratava do preço do trigo em Berkshire no último verão. Sabia que nós o havíamos alertado de que Francis Bryan fora enviado para capturá-lo. Ele acusou Geoffrey de deslealdade.

— Mas não de traição?

— Não, não de traição. Não é traição contar a um homem, seu próprio irmão, que alguém está indo para matá-lo.

— E Geoffrey confessou?

Montague suspira.

— Ele negou no início, mas depois ficou óbvio que Holland contara a Cromwell sobre as duas mensagens para Reginald e as respostas de Reginald para nós.

— Mas elas ainda não constituem traição. — Descubro que estou me agarrando a este fato.

— Não. Mas obviamente ele deve ter torturado Holland para obter as mensagens.

Engulo, pensando no homem de rosto redondo que veio até minha casa, e no ferimento em sua face quando passou correndo por nós na estrada.

— Cromwell ousaria torturar um mercador de Londres? — pergunto. — E sua guilda? E seus amigos? E os mercadores da cidade? Eles não defendem os seus?

— Cromwell deve pensar que ele está envolvido em alguma coisa. E aparentemente ele ousa mesmo e é por isso que, ontem, prendeu Geoffrey.

— Ele não... ele não... — Sinto que não consigo pronunciar meu medo.

— Não, ele não torturará Geoffrey. Ele não ousaria tocar em um de nós. O conselho do rei não permite. Mas Geoffrey está em pânico. Não sei o que ele poderá dizer.

— Ele jamais diria algo que pudesse nos prejudicar — digo. Descubro que estou sorrindo, mesmo nesse perigo, ao pensar no coração amoroso, fiel, de meu filho. — Ele jamais diria algo que pudesse nos prejudicar.

— Não, e, além disso, por pior que seja, tudo o que fizemos foi alertar um irmão de que estava em perigo. Ninguém poderia nos culpar por isso.

— O que podemos fazer? — indago. Quero correr à Torre imediatamente, mas meus joelhos estão fracos e eu nem sou capaz de ficar em pé.

— Não temos permissão para visitá-lo. Apenas sua esposa pode ir à Torre para vê-lo. Assim, mandei buscar Constance. Ela estará aqui amanhã. E depois de ela o ter visto e se certificado de que ele não disse nada, vou ter com Cromwell novamente. Devo até mesmo falar com o rei quando ele voltar, se eu puder pegá-lo de bom humor.

— Henrique sabe disso?

— Minha esperança é a de que ele não saiba de nada. Bem poderia ser que Cromwell tivesse extrapolado e que o rei ficasse furioso com ele quando descobrisse. Seu humor é tão pouco confiável nestes últimos tempos que ele censura Cromwell na mesma medida em que concorda com ele. Se puder pegá-lo no momento certo. Se ele estiver se sentindo sentimental em relação a nós e irritado com Cromwell, pode tomar este acontecimento como um insulto a nós, seus parentes, e dispensar Cromwell por isso.

— Ele está tão instável?

— Milady mãe, nenhum de nós sabe, do amanhecer ao crepúsculo, como estará seu humor, nem quando ou por que ele subitamente mudará.

Passo o resto da tarde e a maior parte da noite sobre os joelhos na capela, rezando a meu Deus pela segurança de meu filho, mas não tenho certeza de que Ele está me ouvindo. Penso nos milhares de mães sobre seus joelhos na Inglaterra esta noite, rezando pela segurança de seus filhos, ou pelas almas deles, que morreram por menos do que Geoffrey e Montague fizeram.

Penso nas portas das abadias batendo, abertas ao luar da noite de verão inglesa, nos baús sagrados e nas coisas santas caídas sobre as pedras do piso que brilham em quadrados escuros, quando os homens de Cromwell destroem os oratórios e jogam fora as relíquias. Dizem que o oratório de Thomas Becket, que o próprio rei visitou de joelhos, foi quebrado e as ricas ofertas e joias magníficas desapareceram na nova Corte de Acréscimos de lorde Cromwell, e os ossos sagrados do santo foram perdidos.

Depois de um curto instante, apoio-me nos calcanhares e sinto dor em minhas costas. Não posso vir perturbar Deus; há tanta coisa para Ele corrigir esta noite. Penso n'Ele, velho e fatigado, como eu estou velha e fatigada, sentindo, como eu, que há tanta coisa para corrigir e que a Inglaterra, Seu país especial, está em completa desordem.

L'Erber, Londres, *outono de 1538*

Constance vai diretamente até a Torre assim que chega a Londres, e depois vem a L'Erber. Eu a conduzo aos meus aposentos e dou-lhe uma caneca de cerveja com especiarias, tiro as luvas de suas mãos frias e desvisto a capa e o xale de seus ombros magros. Ela olha para mim e para Montague como se pensasse que ambos pudéssemos salvá-la.

— Nunca o vi dessa maneira antes — diz ela. — Não sei o que posso fazer.

— Como ele está? — pergunta Montague com gentileza.

— Chorando — diz ela. — Enfurecido pelo cômodo. Batendo na porta, mas ninguém aparece. Agarrando as barras da janela e as sacudindo, como se pensasse ser possível pôr abaixo as paredes da Torre. E então ele se virou, ajoelhou-se, e chorou, e disse que não podia aguentar mais.

Fico horrorizada.

— Machucaram-no?

Ela sacode a cabeça.

— Não tocaram em seu corpo, mas seu orgulho...

— Ele falou sobre a acusação? — pergunta Montague, pacientemente.

Ela sacode a cabeça.

— Não está me escutando? Ele está colérico. Está delirando.

— Ele não está falando de forma coerente?

Posso ouvir a esperança na voz de Montague.

— Ele está agindo como um louco — diz ela. — Reza, chora e então, subitamente, declara que não fez nada, e depois diz que todos o culpam, e depois diz que deveria ter fugido, mas que você o impediu, que você sempre o impede, e depois diz que não pode ficar na Inglaterra de qualquer maneira por causa das dívidas. — Seus olhos se voltam para mim. — Diz que sua mãe deve pagar suas dívidas.

— Você seria capaz de dizer se ele foi adequadamente interrogado? Foi acusado de qualquer crime?

Ela nega com a cabeça.

— Precisamos mandar-lhe roupas e comida — diz. — Ele sente frio. Não há fogo em seu quarto. Tem apenas sua capa de montaria e ele a jogou no chão e a pisoteou.

— Providenciarei isso imediatamente — digo.

— Mas você não sabe se ele foi adequadamente interrogado nem o que ele disse? — Montague pede confirmação.

— Diz que não fez nada — repete ela. — Diz que eles vêm e gritam com ele todos os dias. Mas ele nada diz porque nada fez.

O ordálio de Geoffrey continua por mais um dia. Mando meu administrador com um pacote com roupas quentes e com ordem para comprar comida numa padaria próxima à Torre e levar uma refeição decente para o meu menino. Ele volta e diz que os guardas confiscaram as roupas, mas achou que eles ficariam com elas, e que não lhe foi dada permissão para pedir uma refeição para ele.

— Eu irei com Constance amanhã e verei se posso ordenar-lhes que lhe entreguem ao menos um jantar — digo a Montague quando entro na sala de recepção cheia de ecos de L'Erber. Está vazia, sem requerentes, sem locatários, sem amigos. — Ela pode levar uma capa de inverno, roupas de linho e alguma roupa de cama.

Montague está de pé junto à janela, a cabeça baixa, em silêncio.

— Você viu o rei? — pergunto-lhe. — Conseguiu falar-lhe em favor de Geoffrey? Ele sabia que Geoffrey está detido?

— Ele já sabia — diz Montague, estupidamente. — Não havia nada que eu pudesse dizer, pois ele já sabia.

— Cromwell agiu com a autoridade dele?

— Isso jamais saberemos, milady mãe. Porque o rei não soube por Cromwell. Ele soube pelo próprio Geoffrey. Aparentemente, Geoffrey escreveu-lhe.

— Escreveu ao rei?

— Sim. Cromwell mostrou-me a carta. Geoffrey escreveu ao rei que se o rei lhe mandasse alguns confortos, então dirá tudo o que sabe, mesmo se isso afetar sua mãe, ou seu irmão.

Por um instante ouço as palavras, mas não consigo compreender seu sentido. Então compreendo.

— Não! — Tenho um ataque de horror. — Não pode ser verdade. Tem de ser uma falsificação! Cromwell deve estar enganando você! Isso é bem o que ele faria!

— Não. Eu li o bilhete. Era a letra de Geoffrey. Eu não estou enganado. Essas foram suas palavras exatas.

— Ofereceu-se para trair a mim e a você, em troca de algumas roupas quentes e de um bom jantar?

— Parece que sim.

— Montague, ele deve ter ficado louco. Jamais faria uma coisa dessas. Jamais me faria mal. Deve estar fora de si. Meu Deus, meu pobre menino, deve estar delirando.

— Esperemos que sim — diz Montague, rancoroso. — Pois se estiver louco não poderá testemunhar.

Constance volta da Torre apoiada em dois empregados, incapaz de andar, incapaz de falar.

— Ele está doente? — Levo-a pelos ombros e a encaro como se pudesse ver o que há de errado com meu filho no horror vazio da expressão de sua esposa. — Qual o problema? Qual o problema, Constance? Conte-me.

Ela chacoalha a cabeça. Ela geme.

— Não, não.

— Ele perdeu o juízo?

Ela esconde o rosto nas mãos e soluça.

— Constance, fale comigo! Eles o torturaram? — Dou voz ao meu maior medo.

— Não, não.

— Ele não está com o suor, está?

Ela levanta a cabeça.

— Milady mãe, ele tentou se matar. Apanhou uma faca da mesa e se atirou sobre ela, esfaqueando-se perto do coração.

Abruptamente deixo-a e agarro uma cadeira alta para me apoiar.

— É fatal? O ferimento é fatal? Meu menino!

Ela assente com a cabeça.

— É bem ruim. Não me deixaram ficar com ele. Eu vi curativos grossos em seu peito; eles o ataram duas vezes. Ele não falava. Ele não conseguia falar. Estava deitado na cama, o sangue vazando sob os curativos. Contaram-me o que ele fizera e ele não falava. Simplesmente virou o rosto para a parede.

— Um médico o visitou? Fizeram o curativo?

Ela assente com a cabeça.

Montague entra no quarto atrás de nós, com a expressão espectral, um sorriso torcido.

— Uma faca da mesa de jantar?

— Sim — diz ela.

— E ele teve um bom jantar?

É uma pergunta tão estranha de se fazer no meio desta tragédia que ela se vira e o encara. Constance não sabe o que ele quis dizer, mas eu sei.

— Teve um jantar muito bom, vários pratos, e havia fogo na grelha e alguém lhe mandou roupas novas — responde ela.

— Nossas roupas?

— Não — diz ela, desnorteada. — Alguém mandou-lhe alguns confortos, coisas novas, mas não me disseram quem.

Montague assente com a cabeça e sai do quarto, sem dizer qualquer palavra, sem olhar-me.

Na manhã seguinte, num silencioso desjejum em meus aposentos, nós dois juntos na pequena mesa diante da lareira, Montague conta-me que seu empregado não veio para casa na última noite e ninguém sabe onde está.

— O que você acha? — pergunto, em voz baixa.

— Acho que Geoffrey o apontou como um empregado que leva cartas e mensagens para mim, e que ele foi preso — diz Montague baixinho.

— Filho, não acredito que Geoffrey nos trairia ou a qualquer um de nossa gente.

— Milady mãe, ele prometeu ao rei que nos trairia em troca de roupas quentes, fogo e um bom jantar. Serviram-lhe um bom jantar ontem e hoje levaram-lhe seu desjejum. Neste momento ele está sendo interrogado por William Fitzwilliam, o conde de Southampton. Ele está comandando a investigação. Teria sido melhor para Geoffrey, e melhor para nós, se ele tivesse enfiado a faca no coração e fosse trazido de volta para casa.

— Não! — digo, erguendo minha voz para Montague. — Não diga isso! Não diga uma tolice dessas. Não diga algo tão cruel assim. Você fala como uma criança que não sabe nada sobre a morte. Nunca, *nunca* é melhor morrer. Não pense assim. Filho, sei que está com medo. Você não acha que eu também estou? Eu vi meu irmão ir para aquela mesma Torre e só saiu de lá para morrer. Até mesmo meu pai morreu lá, acusado de traição. Você não acha que a Torre é um constante medo para mim, e que pensar que Geoffrey está lá é como o pior dos meus pesadelos? E que agora eu penso que podem me levar? E que agora eu penso que podem levá-lo? Meu filho? Meu herdeiro? — Fico calada diante da visão de seu rosto.

— Sabe, às vezes eu penso nela como nossa casa de família — diz, bem baixinho, tão baixinho que eu mal posso ouvi-lo. — Nosso mais antigo e mais verdadeiro lar da família. E que o cemitério da Torre é nosso túmulo de família, o cofre Plantageneta aonde todos nós, no final, acabamos indo.

Constance visita o marido novamente, mas o encontra numa névoa de febre por causa de seu ferimento. Ele é bem-cuidado e bem servido, mas quando vai visitá-lo há uma mulher no quarto — aquela que normalmente vem para cuidar dos mortos — e um guarda na porta, e meu filho não pode dizer nada em particular para ela.

— Mas ele não tinha nada a dizer — diz, baixo, para mim. — Ele não me olhou, não me perguntou das crianças, não me perguntou nem mesmo da senhora. Virou o rosto para a parede e chorou.

O empregado de Montague, Jerome, não reaparece em L'Erber. Temos de concluir que ele está preso ou detido na casa de Cromwell, à espera do dia em que fornecerá alguma prova.

E então, logo depois da Tércia, as portas da rua são escancaradas e os homens da guarda real marcham pelo salão de entrada para prender meu filho Montague.

Estamos indo para o desjejum, e Montague vira-se quando as folhas douradas da parreira entram, vindas da rua, impulsionadas pelos pés dos guardas.

— Preciso ir imediatamente, ou posso tomar meu desjejum antes? — pergunta ele, como se fosse uma questãozinha de conveniência para todos.

— Melhor vir agora, senhor — diz o capitão, desajeitadamente. Ele se curva para mim e para Constance. — Peço-lhes perdão, Vossa Senhoria, milady.

Vou até Montague:

— Providenciarei comida e roupas para você — prometo-lhe. — E farei o que puder. Irei ter com o rei.

— Não. Volte para Bisham — diz ele, rapidamente. — Mantenha-se longe da Torre. Vá hoje, milady mãe.

Seu rosto está muito sério, e ele parece muito mais velho do que os seus 46 anos. Lembro que levaram meu irmão quando ele era apenas um menininho, e o mataram quando era um jovem. Agora aqui está meu filho, e levou todo este tempo, todos estes vários anos, para virem atrás dele. Estou tonta de medo, não consigo pensar no que devo fazer.

— Deus o abençoe, meu filho — digo.

Ele se ajoelha diante de mim, como fez milhares de vezes, e eu pouso a mão em sua cabeça.

— Deus abençoe a todos nós — diz ele, simplesmente. Meu pai viveu sua vida tentando evitar este dia. Eu também. Talvez tudo termine bem. E ele se levanta e sai de casa sem chapéu, capa ou luvas.

Estou no pátio do estábulo, vendo-os arrumarem as carroças para que nós partamos, quando um dos homens de Courtenay traz-me uma mensagem de Gertrude, esposa de meu primo.

Prenderam Henry esta manhã. Irei ter com você quando puder.

Não posso esperar por ela, então digo aos guardas e às carroças do meu pessoal que partam à frente pelas estradas congeladas até Warblington, depois eu os seguirei com meu velho cavalo. Pego meia dúzia de homens e minhas netas Katherine e Winifred e cavalgo pelas ruas estreitas de Londres até a linda casa de Gertrude, a Mansão da Rosa. A cidade se prepara para o Natal. Os vendedores de pé atrás dos braseiros brilhantes mexendo castanhas ardentes, e os cheiros evocativos da estação — vinho com especiarias, canela, madeira queimada, açúcar queimado, noz-moscada — flutuam em trilhas de fumaça cinzenta no ar congelante.

Deixo os cavalos na grande porta da rua, minhas netas e eu entramos no salão, e depois na sala de recepção de Gertrude. Está estranhamente quieta e vazia. O administrador avança para saudar-me.

— Condessa, sinto muito por vê-la aqui.

— Por quê? — pergunto. — Minha prima Lady Courtenay ia me ver. Vim para me despedir dela. Estou indo para o campo. — A pequena Winifred aproxima-se de mim e eu seguro sua mãozinha para consolá-la.

— Meu senhor foi preso.

— Eu soube. Tenho certeza de que será solto imediatamente. Sei que ele é totalmente inocente.

O administrador curva-se.

— Eu sei, milady. Não há nenhum servo mais leal ao rei do que meu senhor. Todos sabemos disso. Todos dissemos isso quando nos perguntaram.

— E onde está minha prima Gertrude?

Ele hesita.

— Sinto muito, Vossa Senhoria. Ela foi presa também. Foi para a Torre.

Subitamente compreendo que o silêncio desta sala está cheio dos ecos de um lugar que foi esvaziado abruptamente. Há fragmentos de trabalhos de costura na poltrona junto à janela e um livro aberto sobre o leitor, no canto da sala.

Olho em volta e me dou conta de que esta tirania é como a outra doença dos Tudor, a doença do suor. Vem rapidamente, leva aqueles a quem se ama e não há nada que possa ser feito. Cheguei tarde demais, deveria ter vindo antes. Não a defendi, não salvei Montague nem Geoffrey. Não falei a favor de Robert Aske, nem de Tom Darcy, nem de John Hussey, nem de Thomas More, nem a favor de John Fisher.

— Levarei Edward comigo — digo, pensando no filho de Gertrude. Ele só tem 12 anos, deve estar apavorado. Deveriam tê-lo me mandado imediatamente, no minuto em que seus pais foram presos. — Busque-o para mim. Diga-lhe que sua prima está aqui para levá-lo para casa enquanto sua mãe e seu pai estão detidos.

Inexplicavelmente, os olhos do administrador enchem-se de lágrimas e então ele me diz por que a casa está tão vazia:

— Ele se foi — diz. — Levaram-no também. O pequeno senhor. Foi para a Torre.

Castelo de Warblington, Hampshire, outono de 1538

Meu administrador vem até meus aposentos, batendo na porta e então entrando, fechando-a atrás de si como se quisesse manter algum segredo. Lá fora posso ouvir o alarido das pessoas que vieram me ver. Estou sozinha, tentando encontrar coragem para sair e enfrentar as questões de aluguéis, limites de terras, as plantações que devem ser cultivadas no próximo verão, o décimo a ser pago. As cem pequenas preocupações de uma grande propriedade que tem sido meu orgulho e minha alegria por toda minha vida, mas agora parece com uma linda gaiola, onde eu trabalhei e vivi e fui feliz enquanto lá fora o país que amo escorregou para o inferno.

— O que é?

Seu rosto está carregado de preocupação.

— O conde de Southampton e o bispo de Ely querem vê-la, milady — diz ele.

Levanto-me, colocando a mão na parte baixa das costas onde uma dor teimosa vai e vem com o clima. Penso brevemente, covardemente, como estou cansada.

— Eles disseram o que querem?

Ele balança a cabeça. Forço-me a ficar bem ereta e saio para minha sala de recepção.

Conheço William Fitzwilliam desde que ele brincava com o príncipe Henrique na ala das crianças, e agora é um conde recém-nomeado. Sei o quanto estará contente com essa honraria. Curva-se para mim, mas não há nada de caloroso em seu rosto. Sorrio para ele e me viro para o bispo de Ely, Thomas Goodrich.

— Meus senhores, são muito bem-vindos ao Castelo de Warblington — digo, calmamente. — Espero que jantem conosco. Ficarão aqui esta noite?

William Fitzwilliam tem a elegância de parecer levemente desconfortável:

— Estamos aqui para lhe fazer algumas perguntas — diz. — O rei ordena que a senhora responda com a verdade em nome de sua honra.

Eu assinto com a cabeça, ainda sorrindo.

— E ficaremos até que obtenhamos uma resposta satisfatória — diz o bispo.

— Os senhores devem permanecer tanto tempo quanto desejarem — digo, sem sinceridade. Faço um gesto para meu administrador. — Veja para que o pessoal dos senhores seja abrigado e seu cavalos sigam para o estábulo — digo. — E ponha pratos extra para o jantar, e os melhores quartos para nossos dois honrosos hóspedes.

Ele se curva e sai. Olho em torno da minha sala de recepção lotada. Há um murmúrio, nada claro, nada estabelecido, apenas uma sensação de que os locatários e requerentes na sala não gostam da visita desses grandiosos cavalheiros vindo de Londres para me interrogar em minha casa. Ninguém diz nada de desleal, mas há um farfalhar de sussurros, como um rosnado.

William parece intranquilo.

— Podemos ir a uma sala mais adequada?

Olho em volta e sorrio para meu povo.

— Não posso falar-lhes hoje — digo claramente, de forma que a mais pobre das viúvas, ao fundo, possa me ouvir. — Sinto muito por isso. Tenho de responder a algumas perguntas destes dois grandes senhores. Eu lhes direi, como digo a vocês, que nem eu nem meus filhos sequer pensamos, fizemos ou sonhamos algo que seja desleal ao rei. E que nenhum de vocês fez qualquer coisa também. E nenhum de nós jamais fará.

— Dito com facilidade — diz o bispo de forma desagradável.

— Porque é verdade. — Sobreponho-me a ele e sigo à frente até meus aposentos.

Sob a janela ogival há uma mesa onde às vezes sento-me para escrever. Indico com um gesto que eles podem se sentar onde desejarem, e pego uma cadeira para mim, as costas para a luz invernal, de frente para a sala.

William Fitzwilliam conta-me, como se fosse matéria de menor interesse, que esteve interrogando meus filhos Geoffrey e Montague. Assinto com a cabeça diante da informação, e ignoro a rápida pontada de fúria assassina ao pensamento de este recém-alçado à nobreza interrogando meus meninos, meus meninos Plantageneta. Ele diz que ambos falaram com ele francamente, quer implicar que sabe tudo a nosso respeito, e, então, pressiona para que eu admita que os ouvi falando contra o rei.

Eu nego terminantemente e afirmo que nunca disse uma palavra contra Sua Majestade. Afirmo que meus meninos jamais quiseram se reunir a Reginald, e que não escrevi cartas secretas para o filho que mais me desapontou. Não sei nada sobre o administrador de Geoffrey, Hugh Holland, exceto que ele deixou o serviço de Geoffrey e foi dedicar-se aos negócios em Londres como mercador, creio. Pode ter levado cartas com notícias da família para nós. Sei que Geoffrey esteve com lorde Cromwell e explicou tudo, para sua satisfação, de tal forma que as mercadorias de Holland lhe foram devolvidas. Fico contente com isso. Lorde Cromwell tem a obrigação de manter o rei em segurança, e todos nós devemos-lhe nosso agradecimento por realizar tamanha missão. Meu filho ficou contente de prestar-lhe contas. Nunca recebi cartas secretas, portanto nunca as queimei.

Seguidamente perguntam-me as mesmas coisas, e seguidamente digo-lhes apenas o que dissera antes: que não fiz nada, que meus filhos não fizeram nada e que eles não podem provar nada contra nós.

Então levanto-me da mesa e lhes digo que estou acostumada a rezar a esta hora na capela de minha família. Rezamos aqui da maneira nova e há uma Bíblia em inglês para qualquer um ler. Comeremos depois das orações. Se sentirem falta de qualquer coisa em seus aposentos, devem pedir e eu ficarei encantada em assegurar o conforto de todos.

Um vendedor ambulante com presentes de Natal vindo da feira dos gansos de Londres conta às aias na porta da cozinha que meu primo Edward Neville foi preso, assim como John Collins, capelão de Montague, George Croftes, chanceler da Catedral de Chichester, um padre e vários de seus serviçais. Eu digo à aia que me sussurra estas coisas para que compre os presentes que quiser e que não dê ouvidos a fofocas. Isso não tem nada a ver conosco.

Servimos um bom jantar a nossos hóspedes e depois temos cantos de Natal. Minhas damas e aias dançam, então eu peço licença e vou para fora, enquanto o céu torna-se cinzento, para caminhar entre as medas. Consola-me, quando meus preciosos filhos estão em perigo, ver a palha e o feno curvarem-se com o vento e que tudo está seco e seguro. Entro no celeiro, as vacas movendo-se suavemente entre a palha em uma extremidade e meu valioso e lindo carneiro na outra, e sinto o cheiro de animais quentes seguramente cercados contra o tempo frio. Gostaria de poder ficar aqui a noite toda sob a luz da pequena lanterna com o suave respirar dos animais e talvez na véspera de Natal, à meia-noite, eu poderia vê-los ajoelhando-se em memória daquele outro estábulo, onde os animais ajoelharam-se diante da manjedoura e a Luz do Mundo fundou a Igreja que honrei toda a minha vida, que não está, nem nunca esteve, sob o comando de qualquer rei.

No dia seguinte William e o bispo voltam ao meu quarto e me fazem as mesmas perguntas. Eu lhes dou as mesmas respostas e eles cuidadosamente anotam-nas e as enviam para Londres. Podemos fazer isso todos os dias até o fim do mundo e os tormentos do inferno. Jamais direi qualquer coisa que possa levantar suspeitas em relação a nenhum dos meus filhos aprisionados. É verdade que estou fatigada de meus inquisidores e suas repetidas perguntas, mas não fracassarei por causa disso. Não colocarei minha cabeça sobre o cepo desejando o descanso eterno. Eles podem perguntar-me até que os mortos saiam de seus túmulos, que me encontrarão tão muda quanto meu irmão sem cabeça. Sou uma velha, com 65 anos agora, mas não estou pronta para o túmulo, e não sou fraca a ponto de ser intimidada por homens que conheci nas fraldas. Não direi nada.

Na Torre, os prisioneiros também aguardam. Os clérigos recentemente presos cedem e admitem que, embora tenham feito o juramento do rei, jamais acreditaram, em seu coração, que Henrique era o líder supremo da Igreja. Prometem que não fizeram nada além de cortar seus próprios corações com o falso juramento, não juntaram fundos nem homens, não conspiraram nem falaram. Discretamente desejaram a restauração dos mosteiros e a volta dos costumes antigos. Inocentemente rezaram por tempos melhores.

Edward Neville, meu primo, fez um pouquinho além. Uma vez, uma única vez, disse a Geoffrey que desejava que a princesa pudesse chegar ao trono e que Reginald pudesse voltar para casa. Geoffrey conta aos inquisidores sobre essa troca de palavras. Deus perdoe meu filho amado, de coração falso, de coração fraco, que lhes conta o que seu primo disse uma vez, em confiança, anos atrás, falando a um homem a quem confiava como em um irmão.

Meu primo Henry Courtenay não pode ser acusado pois não conseguiram encontrar nada contra ele. Deve ter falado com Neville, ou com meu filho Montague, mas nenhum deles diz nada sobre qualquer conversa, e não confessam nada eles mesmos. Permanecem verdadeiros uns para com os outros, como os parentes devem ser. Ninguém diz nada sobre o outro, nem confessa nada a seu próprio respeito. Nem mesmo quando lhes dizem que o outro os atraiçoou. Sorriem como verdadeiros lordes cavalheirescos que são, conhecem uma mentira sendo dita contra a honra de sua família. Mantêm seu silêncio.

É claro, a esposa de meu primo, Gertrude, era bem conhecida por ter visitado a Moça Santa de Kent e por ter lamentado a rainha Catarina, mas já foi perdoada por isso. Ainda assim, eles a mantém presa e a interrogam todos os dias em torno do que a Moça de Kent lhe disse sobre a morte do rei e o fracasso de seu casamento com Ana Bolena. Seu filho Edward vive num quartinho ao lado do dela e lhe é permitido ter um mestre e se exercitar nos jardins. Penso que esse é um bom sinal de que eles planejam libertá-lo logo, pois com certeza não o manteriam com suas lições se não pensassem que um dia ele iria à universidade.

Tudo o que têm contra Henry Courtenay é uma frase. Ele é conhecido por ter dito: "Confio que verei um mundo melhor um dia." Quando ouço isto, vou para a capela e ponho as mãos na cabeça para pensar na esperança de meu primo em um mundo alegre e que esse lugar-comum de otimismo seja citado como uma prova contra ele.

Quando me ajoelho diante do altar penso "Deus o abençoe, Henry Courtenay", e não posso discordar. Deus o abençoe, Henry, e a todos os prisioneiros que são mantidos assim por sua fé e por suas crenças, onde quer que estejam esta noite. Deus o abençoe, Henry Courtenay, pois penso como você pensou, e como Tom Darcy pensou. Como você, eu ainda espero por um mundo melhor um dia.

Antes mesmo de meu filho e Henry Courtenay serem julgados, colocaram lorde Delaware na Torre por se recusar a compor o júri do julgamento. Não há nada contra ele, nem mesmo um sussurro, nada que Thomas Cromwell possa inventar. Delaware simplesmente demonstra seu desgosto por esses julgamentos. Jurou que não iria julgar outro de seus velhos amigos depois de mandar Tom Darcy ao patíbulo, e agora recusa-se a participar do julgamento de meu filho. Eles o mantêm prisioneiro por um ou dois dias, inundando Londres com fofocas a seu respeito e então têm de liberá-lo para voltar para casa e ordenam que fique lá.

É claro que não posso ir ter com ele, não posso nem mesmo enviar uma mensagem de agradecimento enquanto meus inquisidores se sentarem comigo do desjejum ao jantar e me perguntarem repetidamente se eu me lembro de dezoito anos atrás, quando Montague disse qualquer coisa quando passeava no jardim com Henry Courtenay, se o oficial de minhas cozinhas Thomas Standich cantou canções de esperança e rebelião. Se alguém mencionou Maio. Se alguém disse que Maio jamais chegaria. Mas meu ajudante de estábulo encarrega-se de um serviço para mim em L'Erber e, quando lorde Delaware está passeando em seu jardim no dia seguinte, encontra, lançado sobre os muros e repousando em seu caminho, um botão de rosa branca feito de seda, e ele sabe que sou-lhe grata.

— Temo, condessa, que a senhora terá de ser minha hóspede — diz-me William ao jantar.

— Não — digo. — Preciso ficar aqui. Há muito trabalho a ser feito numa propriedade deste tamanho, e minha presença ajuda a manter as coisas calmas.

— Teremos de assumir esse risco — diz o bispo, sorrindo de seu próprio senso de humor. — Pois a senhora será aprisionada em Cowdray. A senhora pode manter as coisas calmas em Sussex. E, por favor, não se preocupe com sua propriedade e com seus bens, porque nós os estamos confiscando.

— Meu lar? — pergunto. — Você está confiscando o Castelo de Warblington?

— Sim — diz William. — Por favor, esteja preparada para partir imediatamente.

Penso no rosto pálido de Hugh Holland quando seu cavalo foi arrastado de Brockmer a Londres com ele amarrado sobre a sela.

— Precisarei de uma liteira — digo. — Não consigo cavalgar todo esse caminho.

— A senhora consegue cavalgar numa sela para mulheres na garupa de meu capitão — diz William, friamente.

— William Fitzwilliam, tenho idade suficiente para ser sua mãe, você não deveria me tratar tão rudemente! — explodo repentinamente e então vejo o interesse crescer em seu rosto.

— Seus filhos são muito piores do que eu — diz ele. — Pois estão confessando que são rebeldes diante do rei. Isto é um tratamento rude para uma mãe, já que serão a sua ruína.

Eu recuo, aliso meu vestido e controlo meu ímpeto.

— Eles não estão dizendo nada disso — digo, em voz baixa. — E não sei de nada contra eles.

Leva dois dias para que cavalguemos do sul até Midhurst. As estradas estão tão ruins, cheias de lama e alagadas, que nos perdemos meia dúzia de vezes. Há apenas um ano poderíamos ficar confortáveis num dos mosteiros da estrada, e os monges nos mandariam um rapaz para nos colocar no caminho certo, mas agora passamos por uma grande igreja de abadia e ela está nas trevas, com a janela de vitrais destruída para que levassem o chumbo, e a ardósia do telhado foi roubada.

Não há qualquer lugar onde possamos ficar durante a noite exceto uma estalagem velha e suja em Petersfield, e os mendigos na porta da cozinha e na rua dão testemunho, com sua fome e seu desespero, do efeito do fechamento das cozinhas, do hospital e das assistências dadas pelas abadias.

Casa de Cowdray, Sussex, inverno de 1538

É um lindo fim de tarde de geada quando chegamos aos vastos campos antes de Cowdray e cavalgamos sob as árvores sem folhas. O céu é de um rosa claríssimo, pois o sol afunda atrás das bordas da densa floresta às margens da estrada do vale Rother. Sinto falta dos meus campos quando vejo as pastagens repousantes de Cowdray. Tenho de confiar que os verei novamente, que irei para casa, que meus filhos virão para mim, que este frio pôr do sol levará à escuridão e depois a um amanhecer, e o amanhã trará dias melhores para mim e para os meus.

Esta é a nova casa de Fitzwilliam, e ele tem o orgulho de um homem que adentrou uma nova propriedade. Desmontamos pesadamente diante da porta aberta que dá para um salão revestido de madeira e lá está Mabel Clifford, sua esposa, com suas damas ao seu redor, em seu melhor vestido, um capuz inglês enfiado baixo na cabeça, a expressão obscurecida pelo mau humor.

Concedo-lhe a mais leve das cortesias e a observo responder com inveja. Claramente ela sabe que não há necessidade de usar seus bons modos, mas não sabe exatamente como deve se comportar.

— Mandei preparar os quartos da torre — diz ela por sobre mim para o marido quando ele entra no salão jogando a capa e tirando as luvas.

— Muito bem — diz. Vira-se para mim. — A senhora fará as refeições em seus aposentos e será servida pelo seu pessoal. Pode caminhar pelos jardins ou ao longo do rio, se desejar, desde que dois de meus homens estejam com a senhora. Não é permitido cavalgar.

— Cavalgar onde? — pergunto, insolentemente.

Ele dá uma pausa.

— Cavalgar em qualquer lugar.

— Obviamente, eu não quero cavalgar em qualquer lugar que não seja minha casa — digo. — E, se eu quisesse ir para o estrangeiro, como você parece sugerir, eu o teria feito há muito tempo. Vivi em meu lar por muitos anos. — Deixo meu olhar ir até o rosto vermelho, irritado, de sua esposa e até os novos douramentos dos trabalhos em madeira. — Minha família esteve aqui por séculos. E eu espero ainda viver em minha casa por muitos anos. Não sou nenhuma rebelde e não tenho sangue rebelde.

Isso enfurece Mabel, como eu sei que enfureceria, já que seu pai andou escondido a maior parte da vida como traidor de minha família, os Plantageneta.

— Então, por favor, mostre-me meus aposentos imediatamente, pois estou cansada.

William vira-se e dá uma ordem a um serviçal, que me conduz até a lateral do edifício, onde os quartos da torre estão dispostos, um sobre o outro, em torno de uma escada circular. E a subo exausta, lentamente, cada osso em meu corpo doendo. Mas ainda assim não me permitem que vá sozinha e eu não vou segurar no corrimão, apoiando-me para subir quando alguém estiver vendo. William vem comigo e quando estou ansiando para sentar-me diante do fogo e comer meu jantar, pergunta-me mais uma vez o que eu sei de Reginald e se Geoffrey planejava fugir para encontrá-lo.

Na manhã seguinte, antes do desjejum, quando faço minhas orações, vem ter comigo de novo e, desta vez, traz papéis na mão. Assim que deixamos minha casa em Warblington, vasculharam meus aposentos, colocando-os de cabeça para baixo em busca de qualquer coisa que pudesse ser usada contra mim. Encontraram uma carta que eu escrevera pela metade para meu filho Montague, mas ela nada mais diz, além de que ele deve ser leal ao rei e confiar em Deus. Eles interrogaram Thomas Standish, o pobre oficial de minhas cozinhas, e o fizeram declarar que Geoffrey poderia fugir. William faz um grande alvoroço com isso, mas eu me lembro da conversa e o interrompo:

— O senhor está enganado, meu lorde. Isso foi depois que Geoffrey se feriu quando preso na Torre. Estávamos com medo de que ele morresse, foi por isso que mestre Standish disse que ele temia que Geoffrey poderia fugir.

— Vejo que a senhora deturpa e muda o sentido das palavras — diz William, irritado.

— Na verdade, não — digo simplesmente. — E eu preferiria não trocar mais qualquer palavra com o senhor.

Estou preparada para que ele venha ter comigo de novo após o desjejum, mas é Mabel que vem até meus aposentos, onde estou ouvindo Katherine lendo a oração do dia, e diz:

— Meu senhor foi para Londres e não a interrogará hoje, madame.

— Fico contente com isso — digo, em voz baixa. — Pois é um trabalho fatigante ficar contando a verdade vezes e vezes sem fim.

— A senhora não ficará contente quando eu disser aonde ele foi — diz ela, com um triunfo de desprezo.

Eu espero. Pego a mão de Katherine.

— Foi apresentar provas contra seus filhos em seus julgamentos. Serão acusados de traição e condenados à morte — diz.

Trata-se do pai de Katherine, mas eu mantenho sua mão num aperto forte e nós duas olhamos diretamente para Mabel Fitzwilliam. Não chorarei na frente de uma tal mulher, e estou orgulhosa da compostura de minha neta.

— Lady Fitzwilliam, a senhora deveria sentir vergonha — digo, baixinho. — Nenhuma mulher deveria ser tão cruel diante do sofrimento de outra mulher. Nenhuma mulher deveria atormentar uma filha como a senhora está fazendo. Não é de espantar que a senhora não consiga dar um filho a seu senhor, pois já que não tem coração, não deve ter útero também.

Seu rosto fica vermelho de raiva:

— Eu posso não ter filhos, mas muito em breve a senhora também não terá! — grita ela e se precipita para fora do quarto.

Meu filho Montague vai para diante de seus amigos e parentes que compõem o júri e é acusado de falar contra o rei, aprovar os feitos de Reginald e sonhar com a morte de Henrique. Parece que agora Cromwell pode inquirir o sono de um homem. Seu confessor reportou a Cromwell que uma manhã Montague lhe disse que sonhou que seu irmão voltava para casa e estava feliz. Eles interrogaram os sonhos de Montague e consideraram-nos culpados. Ele alega inocência, mas não lhe permitem que fale em sua própria defesa. Ninguém tem permissão de falar por ele.

Geoffrey, a criança que eu mantive ao meu lado quando seus irmãos estavam longe, meu filho favorito, meu filho mimado, meu bebê, fornece provas contra seu irmão Montague, seus primos Henry e Edward e o restante de nós. Deus o perdoe. Diz que sua primeira opção era se matar para não testemunhar contra o irmão, mas Deus então gravou nele que se ele tivesse dez irmãos, ou dez filhos, preferiria lançar todos ao risco da morte a deixar seu país, seu senhor soberano e sua própria alma em perigo. Geoffrey dirige-se a seus amigos e parentes com lágrimas nos olhos:

— Deixem-nos morrer, seremos apenas uns poucos, já que seria melhor nossa deserção do que todo o nosso país ser levado à ruína.

Eu não sei o que Montague pensa quando Geoffrey argumenta em favor de sua morte e da morte de nossos primos. Eu não penso nada. Tento desesperadamente saber nada desse julgamento, e tento não pensar no que ele significa. Estou de joelhos no pequeno quarto em Cowdray, onde coloquei meu crucifixo e minha Bíblia, as mãos apertadas contra o rosto, rezando e rezando para que Deus leve o rei à misericórdia e deixe que meu filho inocente se vá e mande meu pobre filho que testemunha de volta para sua esposa. Atrás de mim, Katherine e Winifred rezam por seu pai, os rostos pasmos e temerosos.

Vivo em silêncio em meus aposentos, olhando para as campinas do rio que correm na direção dos gramados de South Downs, desejando estar em minha casa, desejando que meus filhos estivessem comigo, desejando ser uma jovem de novo, quando minha vida era limitada e minhas esperanças eram seguramente definidas por meu marido, Sir Richard. Agora eu o amo como falhei em amá-lo antes. Penso agora que ele impôs a si mesmo a missão de me manter segura, de manter-nos a todos seguros, e que eu deveria ter sido mais grata. Mas sou velha e sábia o suficiente para saber que todos os arrependimentos são fúteis, então pendo a cabeça em minhas orações e espero que ele ouça que reconheço o que fez, ao se casar com uma mulher tão próxima ao trono, e que sei o que ele fez quando passou sua vida inteira nos afastando cada vez mais do glamour perigoso. Eu também tentei nos manter escondidos, mas somos a Rosa Branca — a flor que brilha até na mais escura e densa cerca viva, que pode ser vista mesmo na escuridão da noite, como a lua, brilhando palidamente entre as folhas em movimento.

Casa de Cowdray, Sussex, dezembro de 1538

Em meu quarto da torre ouço os serviçais começarem os preparativos para o Natal, exatamente como fazemos em Bisham, exatamente como o rei deve estar fazendo em Greenwich. Jejuam para o Advento, cortam os ramos do azevinho e da hera, do espinheiro e da giesta e trançam uma guirlanda verde de Natal, arrastam uma poderosa tora que queimará na lareira até o fim da festa, ensaiam os cânticos e treinam as danças. Encomendam temperos especiais e começam a longa preparação dos pratos da estação para os doze dias de banquete. Ouço os serviçais alvoroçados do lado de fora da minha porta e sonho que estou em casa, até que acordo e me lembro de que estou longe de lá, esperando que William Fitzwilliam venha de Londres e me conte que meus filhos estão mortos, e minhas esperanças, findas.

Ele chega no início de dezembro. Ouço o estrépito de sua tropa de cavalos no caminho e os gritos para os ajudantes de estábulo, e eu abro a janela de meu quarto de dormir e olho para baixo para ver William e seus homens em torno dele, o alvoroço de sua chegada e sua esposa que sai para cumprimentá-lo, a respiração dos cavalos lançando fumaça no ar frio, o estalido do gelo na grama sob seus pés.

Eu o observo quando desmonta, sua capa brilhante, seu chapéu bordado, a maneira como bate um pulso contra o outro quando suas mãos estão frias. Seu beijo distraído na mulher, suas ordens gritadas para os homens. Este é o homem que me trará a mágoa. Este é o homem que irá me dizer que foi tudo em vão, que minha vida toda não valeu nada, que meus filhos estão mortos.

Ele vem diretamente para o meu quarto, como se não pudesse esperar para saborear seu triunfo. Seu rosto está solene, mas seus olhos brilham.

— Vossa Senhoria, sinto em dizer-lhe que seu filho lorde Montague está morto.

Eu o encaro, de olhos secos:

— Sinto ouvi-lo — digo, com firmeza. — Sob qual acusação?

— Traição — diz, com tranquilidade. — Seu filho e seus primos Henry Courtenay e Edward Neville foram levados diante de seus pares, julgados e considerados culpados de traição contra o rei.

— Oh, eles se declararam culpados? — pergunto, a voz saindo cortante entre meus lábios frios.

— Foram considerados culpados — diz ele, como se essa fosse uma resposta, como se essa alguma vez pudesse ser considerada uma resposta digna. — O rei mostrou-lhes piedade.

Sinto meu coração saltar.

— Piedade?

— Ele autorizou que fossem executados em Tower Hill, não em Tyburn.

— Sei que meu filho e seus primos eram inocentes de qualquer acusação de traição a nosso mais amado rei — digo. — Onde estão a esposa de Henry, Lady Courtenay, e seu filho Edward?

Ele estaca diante disso. Que tolo ele é, quase se esqueceu deles.

— Ainda na Torre — diz, taciturno.

— E meu filho Geoffrey?

Ele não gosta de perguntas. Vocifera:

— Madame, não cabe à senhora interrogar-me. Seu filho é um traidor morto e a senhora é suspeita.

— De fato — digo, rapidamente. — Cabe a você interrogar-me, hábil como é. Todos declararam-se inocentes e você não encontrou qualquer prova contra eles. Eu sou inocente, e você não encontrará qualquer prova contra mim. Deus o ajude, William Fitzwilliam, pois está no mau caminho. Interrogue-me como quiser, ainda que eu tenha idade para ser sua mãe. Descobrirá que eu não fiz nada de errado, assim como meu querido filho Montague não fez nada de errado.

É um erro dizer seu nome. Posso ouvir que minha voz falhou e não tenho certeza se conseguirei falar de novo. William incha de orgulho diante de minha fraqueza.

— Fique certa de que a interrogarei novamente — diz.

Fora das vistas, atrás das costas, belisco a pele das palmas das mãos.

— Fique certo de que não descobrirá nada — digo, amargamente. — E, no fim, esta casa cairá sobre sua cabeça, e este rio se levantará contra sua pessoa, e se arrependerá do dia que se colocou contra mim com toda essa pompa e estupidez e escarneceu de mim com a morte de um homem melhor do que você, meu filho Montague.

— A senhora me amaldiçoa? — Arqueja ele, todo pálido e suado, tremendo com o conhecimento de que esta casa já é amaldiçoada com a demolição do Priorado de Cowdray, amaldiçoada por fogo e água.

Balanço a cabeça:

— É claro que não. Não creio em tal bobagem. Cada um faz seu próprio destino. Mas quando dá falso testemunho contra um bom homem como meu filho, quando me interroga, mesmo sabendo que eu não fiz nada de errado, você está do lado da maldade do mundo, e seus amigos e aliados o abraçarão.

Mabel vem para escarnecer de mim com uma lista completa de mortes. George Croftes, John Collins e Hugh Holland foram enforcados, arrastados e esquartejados em Tyburn, as cabeças expostas na Ponte de Londres. Meu filho Montague, meu precioso filho e herdeiro, foi decapitado em Tower Hill, seus primos Henry Courtenay e Edward Neville o seguiram no patíbulo e no machado.

— Mortos como traidores — diz ela.

— Execuções sem provas — respondo.

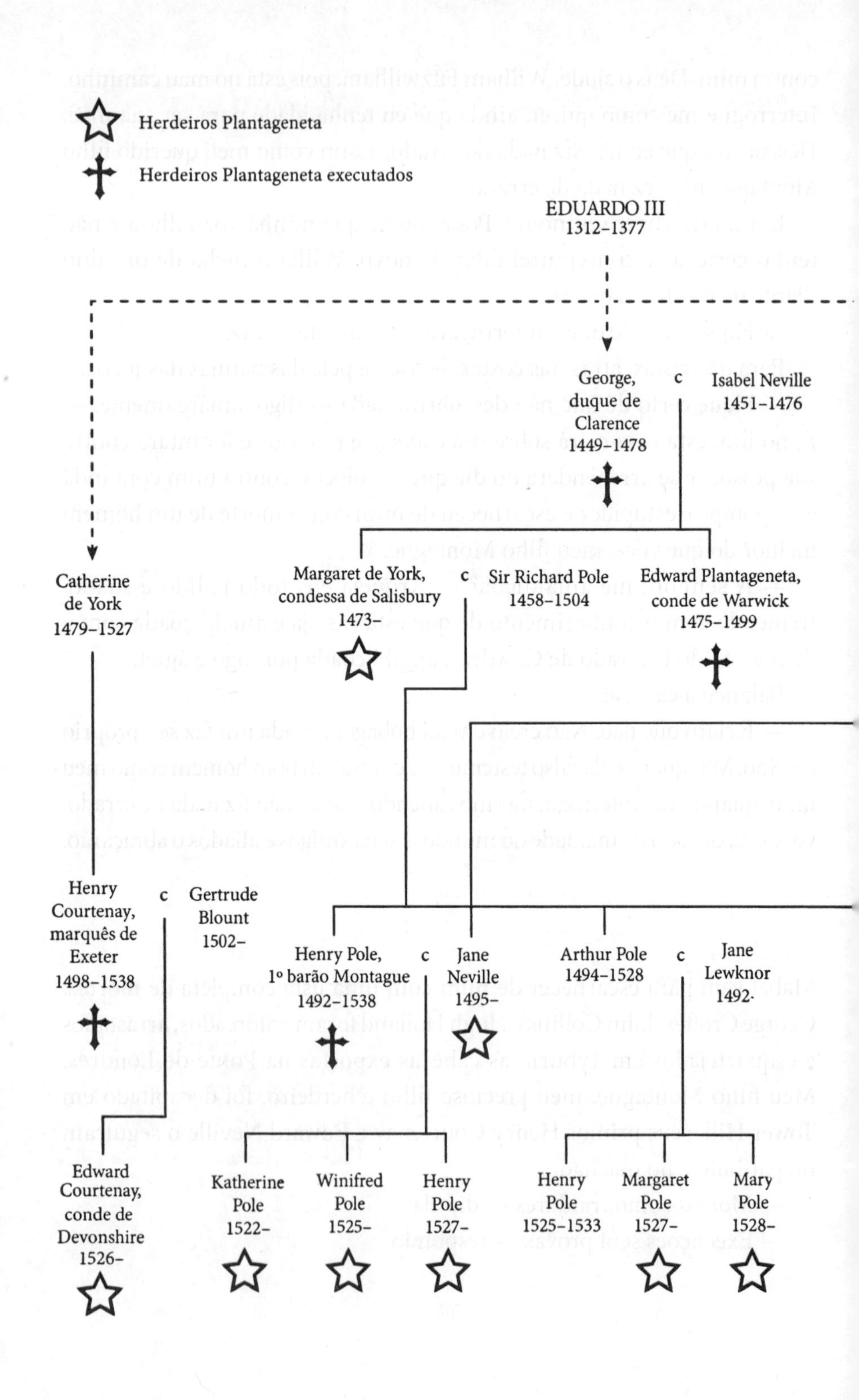
Herdeiros Plantageneta
Herdeiros Plantageneta executados
EDUARDO III
1312–1377
George,
duque de
Clarence
1449–1478
c
Isabel Neville
1451–1476
Catherine
de York
1479–1527
Margaret de York,
condessa de Salisbury
1473–
c
Sir Richard Pole
1458–1504
Edward Plantageneta,
conde de Warwick
1475–1499
Henry
Courtenay,
marquês de
Exeter
1498–1538
c
Gertrude
Blount
1502–
Henry Pole,
1º barão Montague
1492–1538
c
Jane
Neville
1495–
Arthur Pole
1494–1528
c
Jane
Lewknor
1492-
Edward
Courtenay,
conde de
Devonshire
1526–
Katherine
Pole
1522–
Winifred
Pole
1525–
Henry
Pole
1527–
Henry
Pole
1525–1533
Margaret
Pole
1527–
Mary
Pole
1528–

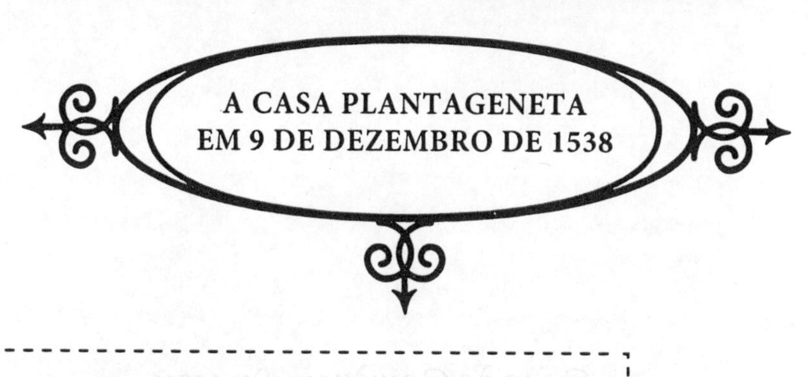

A CASA PLANTAGENETA EM 9 DE DEZEMBRO DE 1538

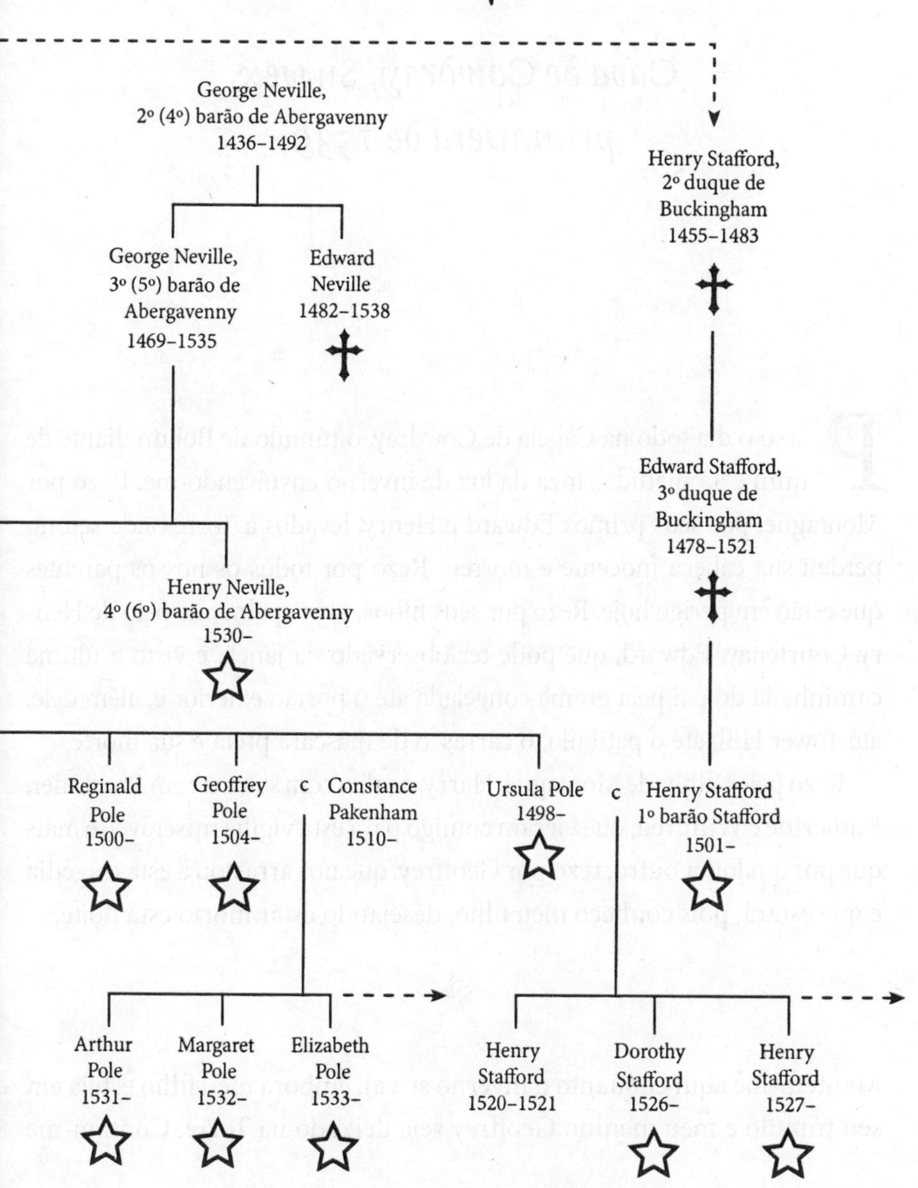

Casa de Cowdray, Sussex, primavera de 1539

Passo o dia todo na Capela de Cowdray, o túmulo de Bohun diante de mim e a quietude cinza da luz de inverno envolvendo-me. Rezo por Montague, por seus primos Edward e Henry, levados à Torre onde seu tio perdeu sua cabeça inocente e morreu. Rezo por todos os nossos parentes que estão em perigo hoje. Rezo por seus filhos, principalmente pelo de Henry Courtenay, Edward, que pode ter observado da janela e visto a última caminhada do pai pela grama congelada até o portão exterior e, além dele, até Tower Hill, até o patíbulo, o carrasco de máscara preta e sua morte.

Rezo pelos filhos de Montague, Harry, a salvo com sua mãe em Brockmer, Katherine e Winifred, que vieram comigo para esta vigília miserável, e mais que por qualquer outro, rezo por Geoffrey, que nos arrastou a esta tragédia e que estará, pois conheço meu filho, desejando estar morto esta noite.

Mantêm-me aqui enquanto o inverno se vai, embora meu filho esteja em seu túmulo e meu menino Geoffrey seja deixado na Torre. Contam-me que ele tentou se sufocar, esmagando-se sob a cama com o acolchoado pressionado ao rosto. É assim, diz-se, que seus primos, os príncipes da Torre, morreram: sufocados entre dois colchões. Mas isso não é fatal para meu filho, e talvez também não tenha sido para os príncipes. Geoffrey continua sendo, como fora durante todo este inverno, um traidor do rei, de seu irmão e de si mesmo, um terrível traidor de sua família e de mim, sua mãe. Eles o deixam dentro das muralhas frias da Torre e eu sei que se ele ficar lá por muito tempo, morrerá de qualquer maneira, do frio no inverno, ou da peste no verão, e não terá a menor importância se seu testemunho era verdadeiro ou falso porque este menino, que prometia tanto, estará morto. Morto como seu irmão Arthur, que faleceu nos primores de sua bela juventude, morto como seu irmão Montague, que faleceu mantendo a fé e tentando salvar seus primos.

Levam Sir Nicholas Carew para a Torre e anunciam que estava planejando destruir o rei, tomar o trono e casar seu filho com a princesa Maria. William Fitzwilliam conta-me isso, com os olhos brilhantes, como se eu fosse cair de joelhos e dizer que este era meu plano secreto todo o tempo.

— Nicholas Carew? — digo, descrente. — O cavalariço-chefe do rei? Aquele que ele amou e em quem confiou em cada dia destes quarenta anos? Seu mais amado companheiro na justa e na guerra, desde que eram crianças?

— Sim — diz William, a alegria desaparecendo de seu rosto porque ele era companheiro deles também, e conhece a loucura disto tudo. — O próprio. A senhora não sabe que Carew amava a rainha Catarina e discordava do rei em relação à forma como tratava a princesa?

Encolho os ombros, como se isso não significasse grande coisa.

— Muitas pessoas amavam Catarina — digo. — O rei amava a rainha. Seu Thomas Cromwell irá levar todos da corte dela à morte? Seriam milhares de pessoas. E você entre elas.

William enrubesce.

— A senhora pensa que é tão sábia! — deixa escapar. — Mas terminará no patíbulo! Guarde minhas palavras, condessa. A senhora terminará no patíbulo.

Contenho meu ímpeto e minhas palavras, pois penso que há mais do que as frustrações de um jovem diante de uma mulher mais velha que sabe mais do que ele jamais aprenderá. Olho em seu rosto como se fosse ler as veias vermelhas, os cabelos ralos, a gordura da autoindulgência sob o queixo e o beiço mesquinho em seu rosto.

— Talvez eu termine — digo, em voz baixa. — Mas pode dizer a seu patrão Cromwell que eu não sou culpada de coisa nenhuma e que, se ele me matar, matará uma mulher inocente e que meu sangue e o de meus parentes macularão a sua história por toda a eternidade.

Olho seu rosto, subitamente pálido.

— E a sua também, William Fitzwilliam — digo. — As pessoas se lembrarão de que você me manteve em sua casa contra minha vontade. Duvido que manterá seu cavalo preso por tanto tempo.

Durante todo o período de frio, pranteio meu filho Montague por sua honestidade, por sua constante honra e por seu companheirismo. Culpo-me por não lhe ter dado valor antes, por tê-lo deixado pensar que meu amor por Geoffrey era maior do que meu amor por todos os meus meninos. Queria ter dito a Montague o quanto ele estava em meu coração, como eu dependia dele, como adorei vê-lo crescer e se elevar à sua grande posição, como seu humor me aquecia, como seu cuidado me alertava, que ele era um homem de quem seu pai se orgulharia, que eu tinha orgulho dele, que ainda tenho.

Escrevo para minha nora, sua esposa Jane. Ela não responde, mas deixa suas filhas sob meus cuidados. Já recebeu cartas demais, quem sabe, seladas com a Rosa Branca. Minha sala na torre é pequena e apertada, e meu quarto, ainda menor, então eu insisto para que minhas netas caminhem comigo junto ao rio frio nos jardins todos os dias, esteja o tempo como estiver, e que elas cavalguem duas vezes por semana. Elas são constantemente vigiadas para o caso de receberem ou enviarem uma carta e se tornam pálidas e caladas com os cuidados de prisioneiras habituais.

Estranhamente, a perda de Montague faz-me lembrar da perda de seu irmão Arthur, e eu choro por ele novamente. Fico contente, de certa maneira, por Arthur não ter vivido para ver a tragédia de sua família e a loucura de seu antigo amigo, o rei. Arthur morreu nos anos da luz do sol, quando nós pensávamos que tudo era possível. Agora estamos no coração frio de um longo inverno.

Sonho com meu irmão, que caminhou para a morte onde meu filho também caminhou. Sonho com meu pai, que morreu na Torre também. Às vezes sonho somente com a Torre, seu volume quadrado ameaçador como um dedo apontado para cima, acusando o céu, e penso que é como uma lápide para os jovens de minha família.

Gertrude Courtenay, agora uma viúva, ainda é mantida lá, numa cela fria. O caso contra ela piora em vez de obscurecer com o tempo, pois Thomas Cromwell continua encontrando cartas que ele alega serem dela nos aposentos de outras pessoas que ele espera condenar. A crer-se em Cromwell, minha prima Gertrude passou a vida escrevendo cartas de traição a todos aqueles de que Cromwell suspeita. Mas Cromwell não pode ser desafiado, uma vez que torna realidade os caprichos do rei. Quando Nicholas Carew vem a julgamento nesta primavera, escrevem com uma letra floreada um maço de cartas de Gertrude como prova contra ele, embora ninguém as olhe detidamente, exceto Cromwell.

Nicholas Carew, querido amigo do rei, cortesão amado da rainha Catarina, amigo constante e leal da princesa, vai para o patíbulo em Tower Hill, andando nas pegadas de meu filho, e morre como ele, sem provas.

Pobre Geoffrey, o mais triste de todos os meus filhos, que estava vivendo uma vida pior do que a morte, recebe o perdão e é libertado. Sua esposa está grávida em casa, de forma que ele cambaleia para fora pela porta dos fundos, aluga um cavalo e segue de volta para casa em Lordington. Ele não escreve para mim, não envia qualquer mensagem, não tenta libertar-me, não tenta limpar meu nome. Imagino que viva como um morto, enclausurado em seu fracasso. Imagino que sua esposa o despreza. Imagino que ele se odeie.

Nesta primavera, acho que estou mais triste do que jamais estive. Às vezes penso em meu marido, Sir Richard, e que ele passou a vida tentando me salvar do destino de minha família e que eu falhei com ele. Não mantive seus filhos em segurança, não consegui esconder meu nome no dele.

— Se a senhora confessasse, receberia o perdão e poderia sair, livre — diz Mabel em uma de suas visitas regulares a meus pequenos aposentos. Ela vem uma vez por semana, como se para se certificar, como uma boa anfitriã, de que tenho tudo de que preciso. Na realidade, vem a pedido do marido para me interrogar e me tentar com pensamentos de fuga. — Apenas confesse, Vossa Senhoria. Confesse e pode voltar para casa. A senhora deve querer muito ir para casa. Sempre diz que sente tanta falta dela.

— Eu desejo muito estar em casa, e eu iria para lá se pudesse — digo, com firmeza. — Mas não tenho nada a confessar.

— Mas a acusação é quase nada! — observa ela. — A senhora poderia confessar que uma vez sonhou que o rei não era um bom rei; é suficiente, é tudo o que eles querem escutar. Essa seria uma confissão de traição sob a nova lei e eles poderiam conceder-lhe o perdão por isso, como fizeram com Geoffrey, e a senhora estaria livre! Todos que a senhora amava ou com quem conspirou estão mortos, de qualquer maneira. A senhora não salva ninguém fazendo de sua vida uma miséria.

— Mas eu jamais sonhei uma coisa dessas — digo, com firmeza. — Nunca pensei uma coisa dessas, ou disse uma coisa dessas, ou escrevi uma coisa dessas. Nunca conspirei com quem quer que seja, vivo ou morto.

— Mas a senhora deve ter sentido muito quando John Fisher foi executado — diz ela, rapidamente. — Um homem tão bom, um homem tão santo.

— Eu senti muito que ele tenha se oposto ao rei — digo. — Mas eu não me opus ao rei.

— Então, a senhora não sentiu muito quando o rei colocou de lado a princesa viúva Catarina de Aragão?

— É claro que senti. Ela era minha amiga. Eu senti muito que seu casamento fosse considerado inválido. Mas eu nada disse em sua defesa e fiz o juramento para declarar que ele era inválido.

— E a senhora queria servir Lady Maria quando o rei declarou que ela era bastarda. Eu sei que queria, não pode negar isso!

— Eu amava Lady Maria, e eu ainda a amo — respondo. — Eu a serviria fosse qual fosse sua posição no mundo. Mas não fiz qualquer reivindicação por ela.

— Mas a senhora pensa nela como uma princesa — pressiona-me ela. — No fundo do coração.

— Eu penso que o rei deve ser aquele que decide isso.

Ela para, levanta-se e dá uma pequena volta no aposento apertado.

— Eu não a manterei aqui para sempre — avisa-me. — Já falei para o meu marido que não posso abrigá-la e a suas damas para sempre. E meu lorde Cromwell quererá pôr fim a esta situação.

— Eu ficaria feliz em ir embora — digo, em voz baixa. — Prometeria permanecer pacificamente em minha casa e não ver nem falar com ninguém. Não me sobrou nenhum filho. Eu veria apenas minha filha e meus netos. Eu poderia prometê-lo. Eles poderiam me libertar sob palavra de honra.

Ela se vira e olha para mim, o rosto vivo de malignidade, e gargalha diante da pobreza de minhas esperanças:

— Que casa? — pergunta. — Traidores não têm casas, eles perdem tudo. Para onde a senhora pensa que vai? Seu grande castelo? Sua linda mansão? Sua bela casa em Londres? Nada disso é sua propriedade mais. A senhora não vai a lugar algum, a menos que confesse. E eu não a manterei aqui. Há só um lugar para a senhora. — Espero em silêncio que ela pronuncie o nome do único lugar no mundo que me apavora ao máximo. — A Torre.

A estrada para a Torre, maio de 1539

Levam-me, cavalgando numa sela para mulheres, na garupa de um dos guardas de William Fitzwilliam. Saímos antes do amanhecer, quando o céu lentamente se ilumina e os pássaros começam a cantar. Atravessamos as ruelas estreitas de Sussex cujas margens estão pontilhadas de margaridas e o espinheiro está se recobrindo da espuma branca das flores em suas bordas. Passamos por campinas onde a grama cresce densa e suntuosa e as cantigas dos pássaros são uma reverberação de notas, como se eles se deliciassem com a vida em si. Cavalgamos o dia todo até Lambeth, onde uma barcaça chata está à nossa espera, sem qualquer estandarte tremulando no mastro. Claramente Thomas Cromwell não quer que os cidadãos de Londres vejam-me seguir meus filhos para a Torre.

É uma viagem estranha pelas águas, quase um sonho. Estou sozinha numa barcaça anônima, como se eu tivesse me livrado de meus estandartes de família e de meu nome, como se por fim eu estivesse livre de minha perigosa herança. Está escuro, e o sol começa a se pôr às nossas costas, deixando um longo filete de luz dourada no leito do rio, e as aves aquáticas estão voando rumo às margens e se abrigando, chapinhando e piando, para passar a noite. Posso ouvir um cuco em algum lugar nas campinas que margeiam o rio e me lembro de como Geoffrey costumava ouvir o primeiro cuco da primavera quando era um menininho e nós vivíamos com as irmãs em Syon. Agora a abadia está fechada, e Geoffrey está destruído, e apenas aquele pássaro infiel, o cuco, ainda chama.

Fico de pé na popa e olho para trás, para o sulco do barco, com as águas cinzentas em turbilhão e observo o pôr do sol tornando as pequenas nuvens cor-de-rosa e creme. Velejei por este rio muitas vezes em minha vida: estive na embarcação da coroação, como uma convidada de honra e membro da família real, estive em minha própria embarcação sob meu estandarte. Fui a mulher mais rica da Inglaterra, conduzindo a maior das honras, com quatro lindos filhos ladeando-me, cada um deles apto a herdar meu nome e minha fortuna. E agora eu não tenho quase nada, e a barcaça chata anônima segue discretamente rio abaixo sem ser vista. À medida que o tambor amortecido soa, os remadores mantêm o ritmo e a embarcação se move para a frente com um impulso firme pela água. Sinto como se tudo fosse um sonho, não passasse de um sonho, e esse sonho estivesse agora chegando ao fim.

Quando a escura figura da Torre aparece, a grande ponte levadiça do portão junto à água levanta-se com nossa aproximação. O condestável da Torre, Sir William Kingston, aguarda-nos na escada. Eles estendem a prancha e eu ando firmemente em sua direção, a cabeça alta. Ele se curva profundamente quando me vê, e percebo que seu rosto está pálido e tenso. Ele toma minha mão para ajudar-me a subir os degraus e quando avança eu vejo um menino que estava escondido atrás dele. Eu o vejo, e o reconheço, e meu coração fica paralisado com sua visão como se houvesse me sacudido para que eu acordasse e eu soubesse que não se trata de um sonho, mas da pior coisa que já aconteceu nesta longa vida.

É meu neto Harry. É meu neto Harry! Eles prenderam o menino de Montague!

Ele está gritando de alegria por me ver, o que me faz chorar quando seus braços enlaçam minha cintura e ele dança a minha volta. Ele acha que eu vim para levá-lo para casa, e está rindo de encantamento. Ele tenta embarcar e eu levo alguns instantes até que possa explicar a ele que eu também estou aprisionada, e eu vejo seu rostinho empalidecer de horror enquanto tenta não chorar.

Agarramos a mão um do outro e vamos juntos em direção à entrada escura. Eles estão nos abrigando na torre do jardim. Eu recuo e olho para Sir William:

— Não aqui — digo. Não contarei a ele que não posso suportar ser aprisionada onde meu irmão esperou pela liberdade por tanto tempo. — Não nesta torre. Eu não consigo lidar com esta escada. É muito estreita, muito íngreme. Não sou capaz de subi-la e descê-la.

— A senhora não a subirá e descerá — diz ele, com seu péssimo humor. — A senhora apenas subirá. Nós a ajudaremos.

Eles meio que me carregam pela tortuosa escada circular até o quarto do primeiro andar. Harry ocupa um pequeno quarto acima do meu, com vista para o gramado. Eu tenho um quarto maior, com vista para o gramado por uma janela e o rio por meio de uma seteira. Não há fogo aceso em nenhuma lareira, os quartos são frios e sem alegria. As paredes são de pedra nua, entalhada aqui e ali com o nome e a insígnia de prisioneiros anteriores. Não suporto olhar para os nomes de meu pai, de meu irmão ou de meus filhos.

Harry vai até a janela e aponta para seu primo, o menino de Courtenay, nas estreitas ruas lá embaixo. Ele está abrigado com sua mãe na Torre Beauchamp. Seus quartos são mais confortáveis. Edward parece muito entediado e sozinho, mas ele e sua mãe têm comida suficiente e receberam roupas quentes para o inverno. Com o espírito leve de um menino de 11 anos, Harry já está mais animado, contente que eu esteja com ele. Pede-me que vá visitar Gertrude Courtenay e fica chocado quando eu digo que não tenho permissão para sair de meu quarto, que quando ele vier me ver a porta será trancada atrás dele, e ele poderá sair apenas quando um guarda vier soltá-lo. Ele me olha, o rosto inocente franzindo, como se estivesse intrigado:

— Mas nós poderemos ir para casa? — pergunta. — Iremos logo para casa?

Quase tenho coragem suficiente para assegurá-lo de que irá logo para casa. Há provas, reais ou simuladas, contra Gertrude; eles urdirão algo contra mim, mas Harry tem apenas 11 anos, e Edward, 13, e não pode haver nada contra esses meninos, com exceção do fato de eles terem nascido Plantageneta. Penso que nem mesmo o rei pode ter ido tão longe no temor por minha família para manter dois meninos como estes na Torre como traidores.

E então interrompo meus cálculos otimistas e me lembro de que Henrique VII prendeu meu irmão exatamente com essa idade, por apenas esta razão, e que meu irmão saiu apenas para percorrer o caminho de pedras até Tower Hill, rumo ao patíbulo.

A Torre, Londres, verão de 1539

O Parlamento se reúne e Cromwell apresenta diante dele um Ato de Desonra, que declara todos nós Plantageneta traidores, sem a necessidade de julgamento ou provas. Nosso bom nome é um crime, nossos bens foram confiscados pela Coroa, nossos filhos, deserdados. O nome de Gertrude e o meu são incluídos entre os dos homens mortos.

Forjam as dezenas de cartas que dizem terem sido escritas por Gertrude, forjam uma carta escrita por mim endereçada a meu filho Reginald e jamais entregue, na qual afirmo meu amor por ele, e então Thomas Cromwell em pessoa ergue uma bolsa e, como um mágico de rua, retira de dentro dela a insígnia que Tom Darcy me deu, a insígnia de seda branca onde estão bordadas as cinco chagas de Cristo com uma rosa branca logo acima.

A casa está em silêncio quando Thomas Cromwell a agita. Talvez ele tivesse a esperança de que clamariam num alarido geral, pedindo minha cabeça. Cromwell oferece a insígnia como prova conclusiva de minha culpa. Ele não me acusa de qualquer crime — mesmo hoje em dia, ter uma insígnia bordada numa caixa velha em sua casa não é crime —, e as Casas dos Comuns e dos Lordes mal respondem. Talvez estejam fartos de desonras, talvez estejam fatigados de tantas mortes. Talvez muitos deles tenham uma insígnia exatamente como esta, jogada numa caixa velha em suas casas de campo, do tempo em que pensavam que dias melhores viriam, e havia muitos peregrinos marchando em busca de graça. De qualquer maneira, é tudo que Cromwell tem como prova e eu serei mantida na Torre, segundo o desejo de Sua Majestade, assim como meu neto Harry, Gertrude e seu menino.

A Torre, Londres, *inverno de 1539*

É como se nossas vidas ficassem imóveis à medida que o tempo frio congela a água em nossas canecas e as gotas que caem da ardósia do telhado se transformam em longos e pontiagudos dedos de gelo. A Harry é permitido que assista às aulas de Edward, e ele fica nos aposentos dos Courtenay, onde há uma mesa melhor do que a minha, para o jantar. Gertrude e eu trocamos mensagens de boa vontade, mas nunca escrevemos uma palavra uma à outra. Meu primo William de la Pole morre sozinho na cela fria onde vivia como prisioneiro. Um homem inocente, um parente. Permaneceu aqui por trinta e sete anos. Rezo por ele, mas procuro não pensar nele. Leio enquanto a luz é suficiente, costuro sentada junto à janela com vista para o gramado. Rezo no pequeno altar no canto de meu quarto. Não especulo sobre minha libertação, sobre liberdade, sobre o futuro. Tento não pensar em absolutamente nada. Estudo resistência.

Apenas o mundo exterior segue em frente. Ursula escreve-me contando que Constance e Geoffrey têm um bebê, que será chamado Catherine, e que o rei se casará com uma nova esposa. Encontraram uma princesa que está disposta a se casar com um homem que ela nunca viu e de quem ela só ouviu os piores rumores. Ana de Cleves está prestes a fazer a longa jornada, desde sua terra natal protestante até o país que o rei e Cromwell estão destruindo, na próxima primavera.

A Torre, Londres, *primavera de 1540*

Resistimos a um longo ano e a um inverno amargamente frio na condição de prisioneiros em nossas celas, vendo o céu apenas como tiras cinzentas emolduradas pelas barras de ferro, sentindo o vento que vem do rio em correntes de ar frio sob as portas grossas, ouvindo apenas o simples chamado do tordo de inverno e o lamento incessante das gaivotas a distância.

Harry está crescendo e ficando cada vez mais alto, perdendo as calças e os sapatos, e eu tenho de implorar ao sentinela para que requeira roupas novas para ele. Só temos permissão para acender o fogo em nossos quartos quando está muito frio, e eu vejo meus dedos engrossarem e se avermelharem com frieiras. Fica escuro muito cedo na Torre, e permanece escuro por muito tempo. A alvorada chega cada vez mais tarde durante este inverno, e quando a neblina vem do rio ou as nuvens estão muito baixas, a luz nem sequer chega.

Tento me manter animada e otimista em nome de Harry, e leio com ele em latim e francês, mas quando ele se retira para dormir em sua minúscula cela e eu estou trancada na minha, puxo meu cobertor fino sobre a cabeça e fico ali repousando de olhos secos na escuridão bolorenta e sei que fui castigada demais pela tristeza para chorar.

Esperamos que a primavera torne verdes as árvores do gramado da Torre e que nós possamos ouvir o melro cantando no pomar do condestável. Os meninos têm a permissão de sair para o gramado e brincar, e alguém monta um alvo e lhes dá arco e flecha. Outra pessoa lhes dá um jogo de boliche e desenha uma cancha para eles. Embora os dias fiquem mais quentes, ainda está muito frio em nossos quartos, e então peço ao sentinela que me permita mandar buscar algumas roupas. Sou servida por minha dama de companhia e pela aia do mestre controlador, e estou envergonhada de que não posso pagar seus rendimentos. O sentinela apresenta uma petição em meu nome e eu recebo algumas roupas e algum dinheiro e então, surpreendentemente, sem qualquer razão, Gertrude Courtenay é libertada.

William Fitzwilliam vem em pessoa com o sentinela para me dar as boas notícias.

— Nós também vamos? — pergunto-lhe calmamente. Ponho minha mão no estreito ombro de Harry e sinto-o estremecer como um esmerilhão cativo diante da ideia da liberdade.

— Sinto muito, Vossa Senhoria — diz Thomas Philips, o sentinela. — Ainda não chegaram ordens para libertá-la.

Sinto os ombros de Harry caírem e Thomas vê a aparência de meu rosto.

— Quem sabe em breve. — E se volta para Harry: — Mas você não perderá seu companheiro, então não ficará sozinho — diz ele, procurando soar animador.

— Edward não está indo com sua mãe? — pergunto. — Por que soltariam Lady Courtenay e manteriam seu filho preso?

Assim que ele cruza os olhos com os meus, dá-se conta, como eu, que este é o aprisionamento dos Plantageneta, e não dos traidores. Gertrude pode ir porque nasceu uma Blount, filha do barão Mountjoy. Mas seu filho Edward precisa ficar porque seu nome é Courtenay.

Não há acusação, não pode haver acusação nenhuma. Ele é uma criança e nunca saiu de sua casa. É o rei juntando os filhos Plantageneta sob seu domínio, como um Fura-Terra, minando os alicerces de uma casa; como um monstro de conto de fadas, comendo crianças, uma por uma.

Penso nos pequenos Harry e Edward, seus olhos brilhantes, ávidos, e nos cabelos ruivos encaracolados de Harry. Penso nas muralhas frias da Torre e nos longos dias de cativeiro, e encontro um novo nível de resistência, de dor. Olho para William Fitzwilliam e lhe digo:

— Conforme o rei desejar.

— A senhora não acha que isto é injusto? — diz ele, como se especulasse, como se fosse meu amigo e pudesse apelar pela libertação dos meninos. — A senhora não acha que deveria se manifestar? Apelar?

Encolho os ombros.

— Ele é o rei — digo. — Ele é o imperador, o líder supremo da Igreja. Seu julgamento deve estar correto. Não pensa que o julgamento dele é infalível, meu senhor?

Ele pisca diante daquilo, como a toupeira que é o seu senhor, e engole seco:

— Ele não está enganado — diz, rapidamente, como se eu fosse capaz de espioná-lo.

— É claro que não — afirmo.

A Torre, Londres, verão de 1540

É mais fácil durante o verão, pois, ainda que eu não seja autorizada a deixar minha cela, Harry e Edward podem ir e vir à vontade, desde que permaneçam dentro dos limites da Torre. Tentam se divertir, como os meninos sempre fazem, brincando, lutando, sonhando acordados, até mesmo pescando nas profundezas escuras do portão que dá para o rio e nadando no fosso. Minha aia vai e vem para a Torre todos os dias e às vezes me traz algumas guloseimas da estação. Um dia ela traz meia dúzia de morangos e no momento em que os saboreio estou de volta ao meu pomar na Mansão de Bisham, o morno suco espremido em minha língua, o sol quente nas minhas costas e o mundo a meus pés.

— E tenho notícias — diz ela.

Relanceio os olhos para a porta onde um carcereiro pode estar passando.

— Tome cuidado com o que diz — lembro-lhe.

— Todos já sabem — diz ela. — O rei está para repudiar sua nova esposa, embora ela esteja no país há apenas sete meses.

De imediato penso em minha princesa, Lady Maria, que perderá mais uma madrasta e amiga.

— Repudiá-la? — repito, cautelosa com as palavras, imaginando se ela poderá ser acusada de algo monstruoso e morta.

— Falam que o casamento nunca foi de verdade — diz minha aia, sua voz num minúsculo murmúrio. — E ela será chamada de a irmã do rei e viverá no Castelo de Richmond.

Sei que pareço bastante inexpressiva para ela mas não consigo compreender um mundo onde um rei possa chamar sua esposa de irmã e mandá-la morar em seu próprio palácio. Não há mesmo ninguém aconselhando Henrique? Ninguém está lhe dizendo que a verdade não é algo que ele possa criar, que ele não possa inventar sozinho? Ele não pode chamar uma mulher de esposa hoje e chamá-la de irmã no dia seguinte. Não pode dizer que sua filha não é uma princesa. Não pode dizer que ele é o papa. Quem achará coragem finalmente para dizer o que está ficando cada vez mais claro: que o rei não vê o mundo como ele é, que sua visão é irreal, que — embora seja traição dizê-lo — o rei está completamente louco?

Logo no dia seguinte estou olhando pela seteira que dá para o rio quando vejo a embarcação de Howard descer rapidamente o rio e virar, os remos mudando de posição com grande habilidade para uma entrada rápida para a doca interna assim que o portão do rio chia abrindo. Algum coitado, um novo prisioneiro capturado por Thomas Howard, penso, e observo com interesse quando uma figura sólida é arrastada da embarcação, brigando como um arrieiro, e luta com meia dúzia de homens no cais.

— Deus o ajude — digo enquanto ele se lança dessa maneira, como um urso capturado sem esperança de liberdade. Eles têm guardas prontos para cair sobre ele e luta contra eles por todo o caminho, escada acima, até sair do campo de visão sob a proteção de minha janela, quando me esmago contra a pedra e empurro o rosto dentro da seteira.

Fico com a curiosidade solitária de prisioneiro, mas também penso reconhecer este homem que arremete contra seus carcereiros. Eu o reconheci desde o momento em que ele deixou a embarcação, suas roupas escuras de clérigo no melhor corte de tecido preto, os ombros largos e o barrete de veludo preto. Meu olho fica paralisado pela surpresa, meu rosto imprensado contra a pedra fria de forma que consigo ver Thomas Cromwell, preso, encarcerado, lutando, arrastado para a mesma Torre à qual ele mandou tantos homens.

Saio da seteira, cambaleio até a cama, caio ajoelhada e ponho as mãos no rosto. Encontro-me chorando, finalmente, as lágrimas quentes escorrendo entre meus dedos.

— Graças a Deus — grito suavemente. — Graças a Deus, que me conduziu segura até este dia. Harry e Edward estão salvos, os menininhos estão salvos, pois o conselheiro cruel do rei caiu, e nós seremos libertados.

Thomas Philips, o sentinela, vem me contar apenas que Thomas Cromwell, destituído de sua cadeia de comando e de sua autoridade, foi levado e está aprisionado na Torre, gritando por perdão, como tantos bons homens gritaram antes dele. Ele deve ouvir, como eu ouço, o som da construção do patíbulo em Tower Hill, e num dia tão agradável e ensolarado quanto o dia em que eles pegaram John Fisher e Thomas More, seus inimigos. Finalmente o inimigo da fé na Inglaterra anda nas pegadas deles e segue para a morte.

Falo a meu neto Harry e a seu primo Edward que se mantenham longe das janelas e não olhem para fora quando o inimigo derrotado de sua família atravessar o portão cheio de ecos, sobre a ponte levadiça, e subir lentamente a estrada pavimentada de pedras que leva a Tower Hill. Mas ouvimos o rufar de tambores e o alarido de mofa da multidão. Eu me ajoelho diante do crucifixo e penso em meu filho Montague prevendo que Cromwell, que se fazia de surdo aos pedidos constantes de misericórdia, um dia gritaria essa palavra, mas não encontraria misericórdia nenhuma para si mesmo

Espero que a porta de minha cela seja escancarada para que sejamos libertados. Estamos aprisionados sob o Ato de Desonra de Cromwell; agora que está morto, nós com certeza seremos libertados.

Ninguém veio até agora, mas talvez tenhamos passado despercebidos, já que o rei se casou novamente e, diz-se, estaria meio louco de alegria com sua nova noiva. Mais uma moça Howard, a pequena Kitty Howard, jovem o suficiente para ser sua neta, bonitinha como todas as meninas Howard são. Penso em Geoffrey dizendo que os Howard em relação ao rei são como a lebre para um cão de caça Talbot, e então me lembro de não pensar de forma nenhuma em Geoffrey.

Espero que o rei retorne de sua lua de mel cheio até a borda da boa vontade de um recém-casado, que alguém o lembre de nós e que ele assine nossa soltura. Então ouço dizer que sua felicidade ruiu abruptamente e que está doente e se trancou isolado numa espécie de desolação insana e se aprisionou, assim como eu estou confinada, em dois pequenos quartos, enlouquecido com a dor e atormentado pelas esperanças fracassadas, doente até a alma e cansado demais para cuidar de qualquer negócio.

Todo o verão eu espero ouvir que o rei saiu de sua melancolia, todo o outono, e então, quando o tempo começa a esfriar novamente, penso que talvez o rei irá nos perdoar e libertar no Ano-Novo, depois do Natal, como parte das celebrações da temporada, mas ele não o faz.

A Torre, Londres, primavera de 1541

O rei levará a noiva, que ele chama de "rosa sem espinho", numa grande procissão até o norte, para fazer a viagem que nunca ousou realizar, para exibir-se ao povo do norte e aceitar suas desculpas pela Peregrinação da Graça. Irá se hospedar com homens que têm casas recém-construídas com pedras dos mosteiros demolidos, cavalgará por terras onde os ossos dos traidores ainda chocalham dentro das correntes pelos patíbulos à beira da estrada. Passará alegremente por entre pessoas cujas vidas acabaram quando sua Igreja foi destruída, cuja fé não tem um lar, que não têm esperança. Vestirá seu corpo imensamente gordo com o verde Lincoln, fingirá ser Robin Hood e fará a criança com quem se casou dançar de verde como uma Lady Marian.

Ainda tenho esperança. Ainda tenho esperança, como meu falecido primo Henry Courtenay uma vez teve, em dias melhores e num mundo melhor. Quem sabe o rei soltará Harry, Edward e a mim antes de ir para o norte, como parte de sua clemência e perdão. Se ele foi capaz de perdoar York, uma cidade Plantageneta que escancarou seus portões para os peregrinos, certamente será capaz de perdoar esses dois meninos inocentes.

Acordo ao amanhecer de uma dessas manhãs claras e ouço os pássaros cantando do lado de fora de minha janela e observo a luz do sol andar lentamente pela muralha. Thomas Philips, o sentinela, surpreende-me ao bater à minha porta e, quando me levantei e puxei um robe sobre a camisola, ele entra, parecendo estar doente:

— O que houve? — indago, imediatamente ansiosa. — Meu neto está doente?

— Ele está bem, ele está bem — diz, precipitadamente.

— Edward, então?

— Ele está bem.

— Então o que houve, senhor Philips? O senhor parece perturbado. O que há de errado?

— Estou consternado. — É tudo o que consegue dizer. Ele vira a cabeça para o outro lado, sacode-a em negação, pigarreia. Algo o perturba tanto que mal consegue falar. — Estou consternado em dizer que a senhora será executada.

— Eu? — É completamente impossível. A execução de Ana Bolena foi precedida de um tribunal onde os pares do reino se convenceram de que ela era uma bruxa adúltera. Uma mulher da nobreza, membro da família real, não pode ser executada, não sem uma acusação formal, não sem um julgamento.

— Sim.

Vou até a janela baixa com vista para o gramado e olho.

— Não pode ser — digo. — Não pode ser.

Philips pigarreia novamente.

— Assim foi ordenado.

— Não há um patíbulo — digo, simplesmente. Aponto para Tower Hill, além dos muros. — Não há um patíbulo.

— Estão trazendo um cepo — diz ele. — Colocando-o na grama.

Eu viro e o encaro:

— Um cepo? Eles colocarão um cepo no gramado e me executarão em segredo?

Ele confirma com a cabeça.

— Não há acusação, não há tribunal. Não há um patíbulo. O homem que me acusou está morto, acusado de traição. Não pode ser.

— É assim — diz ele. — Imploro que prepare sua alma, Vossa Senhoria.

— Quando? — pergunto, esperando que diga depois de amanhã, ou no final da semana.

Ele diz:

— Às sete horas. Em uma hora e meia — e sai do quarto, cabisbaixo.

Não consigo compreender que tenho apenas uma hora e meia de vida. O capelão vem e ouve minha confissão e imploro-lhe que vá imediatamente até os meninos e lhes dê minhas bênçãos e lhes diga para que fiquem longe da janela que dá para o gramado e para o pequeno cepo que puseram ali. Um pequeno grupo de pessoas reuniu-se. Vejo a cadeia de comando do prefeito de Londres, mas é cedo e todos foram pegos despreparados, só algumas pessoas foram avisadas, e apenas algumas vieram.

Isso torna tudo ainda pior, penso. O rei deve ter tomado essa decisão num capricho, talvez na noite passada, e devem ter enviado suas ordens esta manhã. E ninguém o dissuadiu. De toda minha fértil família, não sobrou ninguém que pudesse dissuadi-lo.

Tento rezar, mas minha cabeça vagueia como um potro na campina durante a primavera. Dispus em meu testamento que minhas dívidas fossem pagas e orações fossem oferecidas por intenção de minha alma, que eu fosse enterrada em meu antigo priorado. Mas duvido que eles se darão o trabalho de levar meu corpo — subitamente me lembro de que minha cabeça estará num cesto — até minha velha capela. Talvez, então, eu repousarei na capela da Torre, com meu filho Montague. Isso me consola até que me lembro de meu neto Harry, e me pergunto quem cuidará dele, se um dia será solto ou se morrerá aqui, um outro menino Plantageneta enterrado na Torre.

Penso em tudo isso enquanto minha dama de companhia me veste, coloca a capa nova sobre meus ombros e prende meu cabelo sob o capuz para deixar o pescoço livre para o machado.

— Isso não está certo — digo, irritada, como se os cordões do vestido estivessem atados erradamente, e ela cai sobre os joelhos e chora, esfregando os olhos na bainha de meu vestido.

— É cruel! — grita ela.

— Quieta — digo. Sinto que não posso ser perturbada por sua tristeza, não consigo compreendê-la. Sinto um torpor, como se não entendesse suas palavras ou o que está para acontecer agora.

O padre está esperando à porta juntamente com a guarda. Tudo parece acontecer tão rapidamente e eu tenho medo de não estar preparada. Penso, é claro, que assim que eu pisar a grama, um perdão virá da parte do rei. Seria típico de sua concepção de um grande espetáculo condenar uma mulher depois do jantar e perdoá-la antes do desjejum, de forma que todos poderiam testemunhar seu poder e sua misericórdia.

Retardo ao máximo a descida pelas escadas, o braço de minha dama de companhia sob o meu, não só porque minhas pernas estão duras e desacostumadas do exercício, mas também quero dar bastante tempo ao mensageiro do rei para vir com o pergaminho, as fitas e o selo. Mas, quando chegamos à porta da Torre, ninguém está lá, apenas a pequena multidão às margens do estreito caminho de pedras, e no fim desse caminho o cepo de madeira improvisado e um jovem com um capuz preto com um machado a seu lado.

Tomo minhas moedinhas frias na mão para pagar-lhe quando o capelão me precede e caminhamos juntos pelo pequeno trecho em sua direção. Não olho para a Torre Beauchamp para verificar se meu neto me desobedeceu e está olhando pela janela de Edward. Não acho que seria capaz de colocar um pé adiante do outro se visse seus rostos olhando para mim enquanto caminho para a morte.

Uma rajada de vento vem do rio e os estandartes subitamente tremulam. Respiro fundo e penso naqueles que saíram da Torre antes de mim, com a certeza de que iam para o céu. Penso em meu irmão, caminhando para Tower Hill, sentindo a chuva no rosto e a grama úmida sob as botas. Meu irmãozinho, inocente de tudo, como meu neto, exceto de seu nome. Nenhum de nós foi aprisionado pelo que fizemos. Fomos aprisionados pelo que somos, e ninguém pode mudar isso.

Chegamos ao carrasco, embora eu mal tenha sentido a caminhada. Queria ter pensado mais em minha alma e rezado enquanto andava. Não tenho pensamentos coerentes, não completei minhas orações, não estou preparada para a morte. Deposito as duas moedinhas em sua mão coberta pelo couro preto. Seus olhos cintilam pelos buracos da máscara. Percebo que sua mão está tremendo e ele coloca as moedas no bolso e segura firme o machado.

Fico de pé diante dele e digo as palavras que toda pessoa condenada tem de dizer. Reforço minha lealdade ao rei e recomendo obediência a ele. Por um momento, sinto que rio alto diante dessa ideia. Como alguém consegue obedecer a um rei cujos desejos mudam a cada minuto? Como alguém pode ser leal a um louco? Transmito meu amor e minhas bênçãos ao jovem príncipe Eduardo, embora duvide que ele viverá o suficiente para se tornar um adulto. Pobre menino, pobre menino Tudor amaldiçoado. Também transmito meu amor e minhas bênçãos à princesa Maria e me lembro de chamá-la de Lady Maria, e digo que tenho a esperança de que me abençoe, a mim que a amei tão calorosamente.

— Já chega — interrompe-me Philips. — Lamento, Vossa Senhoria, mas a senhora não tem mais permissão para falar.

O carrasco avança e diz:

— Coloque sua cabeça sobre o cepo e estique as mãos quando estiver pronta, madame.

Obedientemente, ponho minhas mãos no cepo e desajeitadamente abaixo-me até a grama. Sinto seu cheiro sob meus joelhos. Tenho consciência de minha dor nas costas e do som de uma gaivota gritando e de alguém chorando. E repentinamente, quando estou prestes a colocar minha testa contra a áspera parte de cima do cepo de madeira e esticar meus braços para sinalizar que ele pode dar o golpe, um ímpeto de júbilo, um desejo de vida, subitamente me invade e eu digo:

— Não.

É tarde demais, o machado está erguido sobre minha cabeça, ele o está baixando, mas eu digo:

— Não.

Então sento e, apoiada no cepo, dou um impulso para me levantar.

Recebo um terrível golpe na nuca, quase sem dor nenhuma. Ele me lança no chão e eu digo "Não" outra vez e, subitamente, eu estou plena de êxtase e rebeldia. Não cedo à vontade do louco Henrique Tudor e não coloco a cabeça submissamente sobre o cepo e jamais colocarei. Vou lutar por minha vida e digo "Não" quando recebo outro golpe, e "Não" quando fujo de rastros, o sangue escorrendo do ferimento em meu pescoço e cabeça, cegando-me, mas não afogando o júbilo de lutar por minha vida mesmo quando ela está me escapando e testemunhando, até o último momento, o erro que Henrique Tudor cometeu contra mim e contra os meus.

— Não! — grito. — Não! Não! Não!

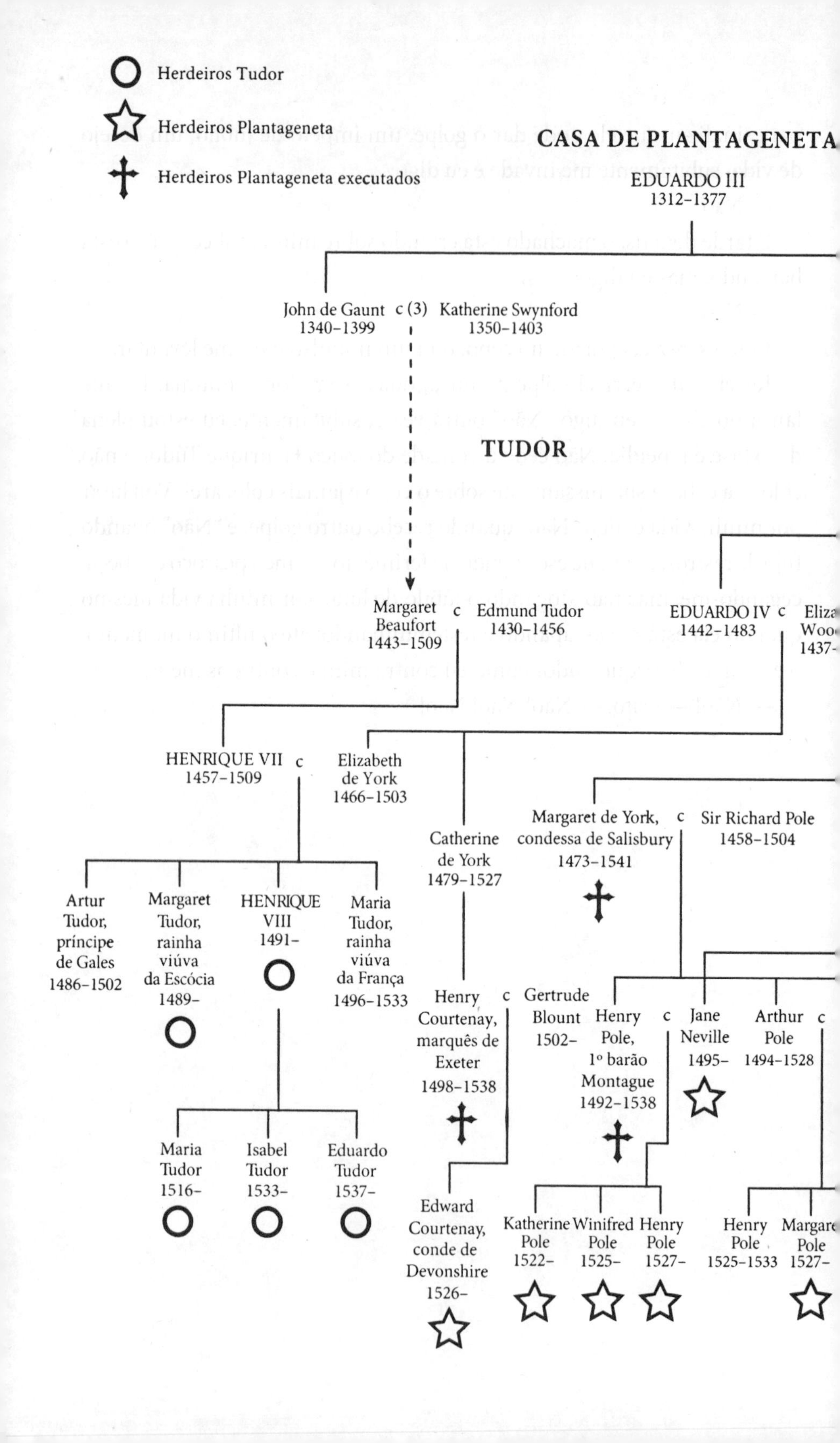
Herdeiros Tudor
Herdeiros Plantageneta
Herdeiros Plantageneta executados
CASA DE PLANTAGENETA
EDUARDO III
1312–1377
John de Gaunt
1340–1399
c (3)
Katherine Swynford
1350–1403
TUDOR
Margaret Beaufort
1443–1509
c
Edmund Tudor
1430–1456
EDUARDO IV
1442–1483
c
HENRIQUE VII
1457–1509
c
Elizabeth de York
1466–1503
Catherine de York
1479–1527
Margaret de York, condessa de Salisbury
1473–1541
c
Sir Richard Pole
1458–1504
Artur Tudor, príncipe de Gales
1486–1502
Margaret Tudor, rainha viúva da Escócia
1489–
HENRIQUE VIII
1491–
Maria Tudor, rainha viúva da França
1496–1533
Henry Courtenay, marquês de Exeter
1498–1538
c
Gertrude Blount
1502–
Henry Pole, 1º barão Montague
1492–1538
c
Jane Neville
1495–
Arthur Pole
1494–1528
c
Maria Tudor
1516–
Isabel Tudor
1533–
Eduardo Tudor
1537–
Edward Courtenay, conde de Devonshire
1526–
Katherine Pole
1522–
Winifred Pole
1525–
Henry Pole
1527–
Henry Pole
1525–1533
Pole
1527–

AS CASAS TUDOR E PLANTAGENETA EM 27 DE MAIO DE 1541

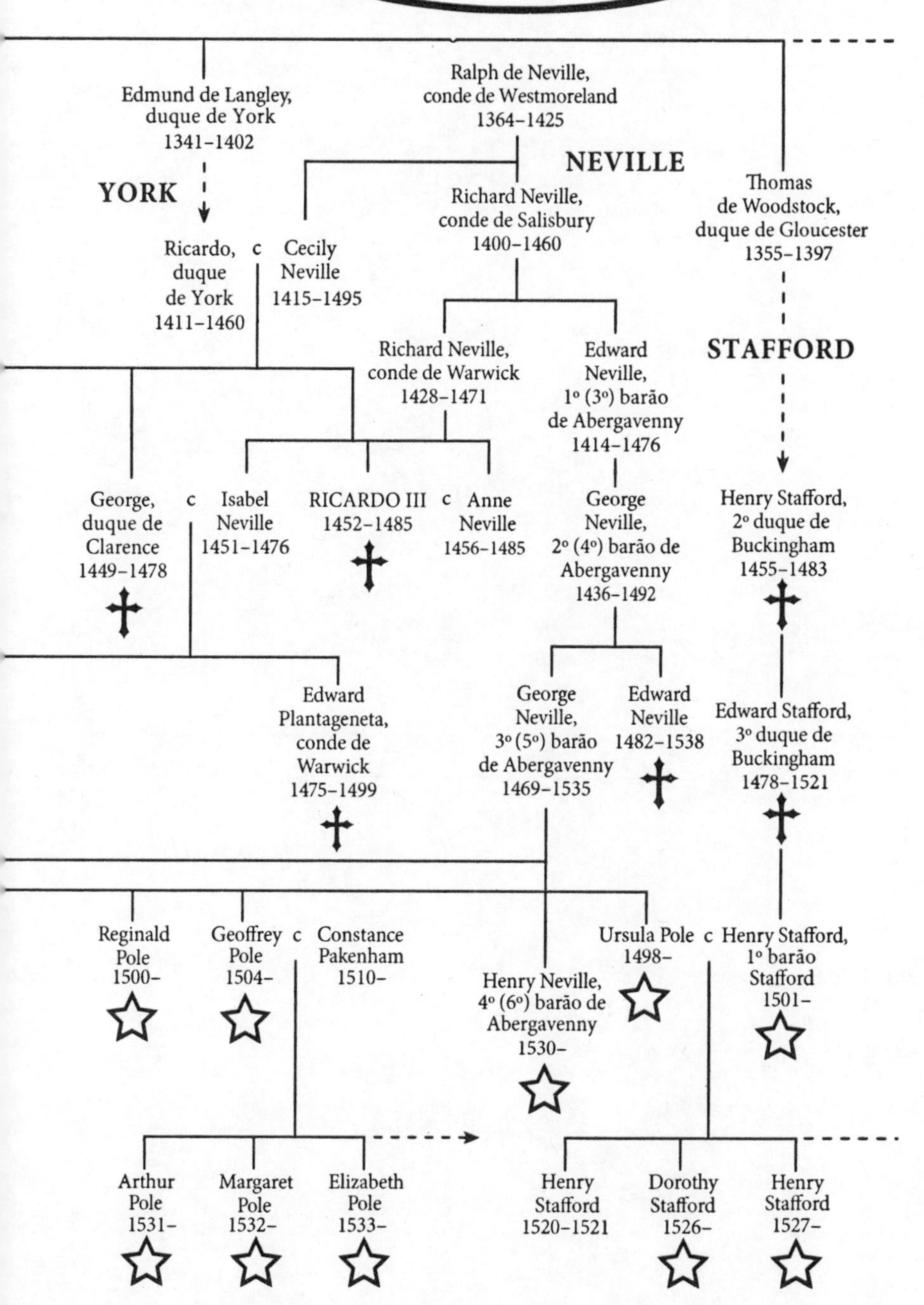

Nota da Autora

Este livro narra a história de uma longa existência vivida no centro dos acontecimentos que, por se tratar da vida de uma mulher, foi amplamente ignorada pelos cronistas do período e pelos historiadores. A maior candidatura de Margaret Pole à fama deve-se ao fato de ter sido a vítima mais velha de Henrique VIII no patíbulo — tinha 67 anos quando foi brutalmente assassinada no gramado da Torre —, mas sua vida, como procurei mostrar aqui, foi vivida no coração da corte Tudor e no centro da antiga família real.

De fato, quanto mais eu estudava e pensava a respeito de sua vida e de sua família cheia de ramificações, os Plantageneta, mais eu me questionava se ela não estava no centro da conspiração: às vezes ativamente, às vezes silenciosamente, talvez sempre consciente da candidatura de sua família ao trono, e sempre com um herdeiro da Coroa no exílio, preparando-se para uma invasão, ou aprisionado. Jamais houve um tempo em que Henrique VII ou seu filho estivessem livres do temor de um herdeiro Plantageneta e, embora vários historiadores vejam a questão como uma paranoia Tudor, me pergunto se não houve uma ameaça legítima constante da antiga família real, um tipo de movimento de resistência: por vezes ativo, mas sempre presente.

O livro se abre com a sugestão controversa de que Catarina de Aragão decidiu mentir sobre seu casamento com Artur, de forma que pudesse se casar pela segunda vez com o irmão dele, Henrique. Eu acredito que a análise dos fatos sobre os quais há consenso — a consumação oficial, o jovem casal vivendo em Ludlow, sua juventude e saúde, e a ausência de qualquer preocupação — indica de maneira convincente que eles se casaram e consumaram o casamento. Com certeza, todos assim consideravam à época, e a própria mãe de Catarina requereu uma dispensa do papa que permitiria a sua filha se casar novamente, tendo consumado o casamento ou não.

Décadas depois, quando lhe perguntaram se o casamento com Artur fora consumado, ela tinha todas as razões para mentir: ela defendia seu casamento com Henrique VIII e a legitimidade de sua filha. Foi a visão estereotipada de mulher dos historiadores posteriores (principalmente os historiadores vitorianos) que sugeriu que, uma vez que Catarina era uma "boa" mulher, ela seria incapaz de contar uma mentira. Eu tendo a assumir uma visão mais liberal da mendacidade feminina.

Como historiadora, posso examinar um lado posto em oposição ao outro e compartilhar minha visão com o leitor. Como escritora, preciso estruturar a história a partir de um ponto de vista coerente, assim a prestação de contas do primeiro casamento de Catarina e sua decisão de se casar com o príncipe Henrique é ficcional e baseada em minha interpretação dos fatos históricos.

Tomei da pesquisa de Sir John Dewhurst as datas das gravidezes de Catarina de Aragão. Existem muitos trabalhos sobre a perda dos bebês de Henrique VIII. Pesquisas interessantes de Catrina Banks Whithley e Kyra Kramer sugerem que Henrique pode ter tido o raro sangue Kell positivo, que pode provocar abortos, morte fetal ou infantil quando a mãe tem o mais comum sangue Kell negativo. Whithley e Kramer também sugerem que os sintomas posteriores de paranoia e fúria podem ter sido causados pela síndrome de McLeod — uma doença encontrada apenas em indivíduos portadores de sangue Kell positivo. A síndrome de McLeod geralmente se desenvolve quando os acometidos por ela estão em torno dos 40 anos de idade e causa degeneração física e mudanças de personalidade que resultam em paranoia, depressão e comportamento irracional.

É interessante que Whithley e Kramer rastreiem o antígeno de Kell até Jacquetta, duquesa de Bedford, suspeita de bruxaria e mãe de Elizabeth Woodville. Às vezes, estranhamente, a ficção cria uma metáfora para uma verdade histórica: numa cena ficcional do livro, Elizabeth, juntamente com sua filha Elizabeth de York, amaldiçoa o assassino de seus filhos, jurando que eles perderão o filho e os netos, quando na vida real seus genes — desconhecidos e indetectáveis à época — entraram na linhagem Tudor por meio de sua filha e podem ter causado as mortes de quatro bebês de Catarina de Aragão e três de Ana Bolena.

Este livro é sobre o declínio de Henrique VIII, do lindo e jovem príncipe, visto como o salvador de seu país, ao tirano doente, obeso. A deterioração do jovem rei é o assunto de várias belas histórias — listo algumas das que considero mais úteis em "Bibliografia" —, mas esta é a primeira vez em minha pesquisa que eu compreendi integralmente a brutalidade do reinado e a profundidade de sua corrupção. Fez-me pensar em como um governante pode com facilidade se tornar um tirano, principalmente se ninguém se opõe a ele. À medida que Henrique mudava de um conselheiro a outro, à medida que seu temperamento deteriorava e seu uso do patíbulo tornava-se um ato de terror contra seu povo, pode-se ver nesse bem conhecido e bem-amado mundo Tudor a ascensão de um déspota. Henrique pôde enforcar homens e mulheres fiéis do norte porque ninguém se levantou para defender Thomas More, John Fisher ou mesmo o duque de Buckingham. Ele percebeu que poderia executar duas de suas esposas, divorciar-se de outra e ameaçar a última porque ninguém efetivamente defendeu sua primeira esposa. A figura do amado Henrique nas histórias da escola primária, de um governante excêntrico e glamoroso que se casou com seis mulheres, é também a figura feia de um abusador de esposas e crianças e de um assassino em série que declarou guerra contra seu próprio povo, e mesmo contra sua própria família.

A resposta de Henrique ao apelo dos peregrinos pela manutenção de seus governantes e religiosos tradicionais foi a de atacar o norte da Inglaterra e os fiéis da Igreja Católica Romana. O rei foi conscientemente desonesto em sua perseguição de pessoas que acreditavam, primeiramente, que podiam apelar a ele em busca de justiça e, depois, que ele lhes havia concedido perdão completo e poderiam confiar em sua palavra. Este é um dos piores episódios da história inglesa, ainda que seja pouco conhecido, talvez porque se trate de uma história de derrota e tragédia, e os perdedores raramente contam a história.

Margaret foi ao cadafalso sem uma acusação formal, um julgamento, ou mesmo um anúncio adequado, tal como descrevo aqui. Sua execução foi desajeitada, talvez por causa de um carrasco incompetente, talvez porque ela tenha se recusado a baixar a cabeça no cepo. Como um tributo a ela, e a todas as mulheres que se recusam a aceitar a punição imposta a elas por um mundo injusto, eu a descrevo neste livro morrendo como deve ter vivido — resistindo à tirania dos Tudor. Ela foi beatificada em 1866 como uma mártir da fé e é homenageada pela Igreja como beata Margaret Pole no dia 28 de maio de cada ano.

Seu neto Henry desapareceu, tendo provavelmente morrido na Torre. Edward Courtenay só foi solto com a ascensão de Maria I, que o libertou e lhe deu o título de conde de Devon, em setembro de 1553. Geoffrey Pole fugiu da Inglaterra e obteve absolvição do papa de sua traição a seu irmão, retornando apenas quando a princesa Maria chegou ao trono, assim como Reginald, que foi sagrado e se tornou o arcebispo de Canterbury, trabalhando muito proximamente a Maria I para restaurar a Igreja Católica Romana na Inglaterra por toda a duração de seu reinado.

Há algo nesta história — de uma velha família deslocada contra sua vontade, de sua lealdade a uma jovem que sofreu um tratamento extraordinariamente injusto, da profunda ligação com sua fé e sua tentativa de sobreviver — que considerei muito comovente para pesquisar e sobre o qual escrever. A ficção, como sempre, é secundária à história; as mulheres reais são sempre mais complexas e mais conflituosas, mais grandiosas do que as heroínas do livro, assim como as mulheres reais de agora, como as de então, são frequentemente mais grandiosas do que são consideradas, às vezes mais grandiosas do que o mundo deseja que sejam.

Bibliografia

Livros

Ackroyd, Peter. *The Life of Thomas More*. Londres: Chatto & Windus, 1998.

Alexander, Michael Van Cleave. *The First of the Tudors: A Study of Henry VII and His Reign*. Londres: Croom Helm, 1981. Primeira edição em 1937.

Amt, Emilie. *Women's Lives in Medieval Europe: A Sourcebook*. Londres: Routledge, 1993.

Bacon, Francis. *The History of the Reign of King Henry VII and Selected Works*. Editado por Brian Vickers. Cambridge: Cambridge University Press, 1998.

Baer, Ann. *Down the Common: A Year in the Life of a Medieval Woman*. Londres: Michael O'Mara Books, 1996.

Barnhouse, Rebecca. *The Book of the Knight of the Tower: Manners for Young Medieval Women*. Basingstoke: Palgrave Macmillan, 2006.

Besant, Sir Walter. *London in the Time of the Tudors*. Londres: Adam & Charles Black, 1904.

Cavendish, George. *Thomas Wolsey, Late Cardinal: His Life and Death*. Editado por Roger Lockyer. Londres: The Folio Society, 1962. Primeira edição em 1810.

Childs, Jessie. *Henry VIII's Last Victim: Life and Times of Henry Howard, Earl of Surrey*. Londres: Jonathan Cape, 2006.

Chrimes, S. B. *Henry VII*. Londres: Eyre Methuen, 1972.

______. *Lancastrians, Yorkists, and Henry VII*. Londres: Macmillan, 1964.

Cooper, Charles Henry. *Memoir of Margaret: Countess of Richmond and Derby*. Cambridge: Cambridge University Press, 1874.

Cunningham, Sean. *Henry VII*. Reimpressão, Londres: Routledge, 2007. 1ª edição em 1967.

Ditchfield, P. H. & William Page, eds. "Houses of the Austin Canons: The Priory of Bisham" and "Houses of the Austin Canons: The Priory of Poughley". Em: *A History of the County of Berkshire*, vol. 2, 82–87. Londres: A. Constable, 1907.

Dodds, Madeline Hope & Ruth Dodds. *The Pilgrimage of Grace 1536–1537 and the Exeter Conspiracy, 1538*. Vols. 1 e 2. Cambridge: Cambridge University Press, 1915.

Doner, Margaret. *Lies and Lust in the Tudor Court: The Fifth Wife of Henry VIII*. Lincoln, NE: Universe, 2004.

Duggan, Anne J. *Queens and Queenship in Medieval Europe*. Woodbridge: Boydell Press, 1997.

Dutton, Levin. *The Wisdom of the Psychopaths: Lessons in Life from Saints, Spies and Serial Killers*. Londres: Heinemann, 2012.

Elton, G. R. *England Under the Tudors*. Londres: Methuen, 1955.

Fellows, Nicholas. *Disorder and Rebellion in Tudor England*. Bath: Hodder & Stoughton Educational, 2001.

Fletcher, Anthony, & Diarmaid MacCulloch. *Tudor Rebellions*. 5ª edição revista. Harlow: Pearson Longman, 2008. 1ª edição em 1968.

Fox, Julia. *Jane Boleyn: The Infamous Lady Rochford*. Londres: Weidenfeld & Nicolson, 2007.

Goodman, Anthony. *The War of the Roses: Military Activity and English Society, 1452–97*. Londres: Routledge & Kegan Paul, 1981.

Gregory, Phillipa, David Baldwin e Michael Jones. *The Women of the Cousins' War: The Duchess, the Queen and the King's Mother*. Londres: Simon & Schuster, 2011.

Gristwood, Sarah. *Blood Sisters: The Hidden Lives of the Women Behind the Wars of the Roses*. Londres: HarperPress, 2012.

Grummitt, David. *The Calais Garrison, War and Military Service in England, 1436–1558*. Woodbridge: Boydell & Brewer, 2008.

Guy, John. *Tudor England*. Oxford: Oxford University Press, 1988.
Hare, Robert D. *Without Conscience: The Disturbing World of the Psychopath*, Nova York: Pocket Books, 1995.
Harvey, Nancy L. *Elizabeth of York: Tudor Queen*. Londres: Arthur Baker, 1973.
Howard, Maurice. *The Tudor Image*. Londres: Tate Gallery Publishing, 1995.
Hutchinson, Robert. *House of Treason: The Rise and Fall of a Tudor Dynasty*. Londres: Weidenfeld & Nicolson, 2009.
______. *Young Henry: The Rise of Henry VIII*. Londres: Orion, 2011.
Iness, Arthur D. *England Under the Tudors*. Londres: Methuen, 1905.
Jackman, S. W. *Deviating Voices: Women and Orthodox Religious Tradition*. Cambridge: Lutterworth Press, 2003.
Jones, Michael K. e Malcolm G. Underwood. *The King's Mother: Lady Margaret Beaufort, Countess of Richmond and Derby*. Cambridge: Cambridge University Press, 1992.
Jones, Philippa. *The Other Tudors: Henry VIII's Mistresses and Bastards*. Londres: New Holland, 2009.
Karras, Ruth Mazo. *Sexuality in Medieval Europe: Doing unto Others*. Nova York: Routledge, 2005.
Kesseiring, K. J. *Mercy and Authority in the Tudor State*. Cambridge: Cambridge University Press, 2003.
Kramer, Kyra Cornelius. *Blood Will Tell: A Medical Explanation of the Tyranny of Henry VIII*. Bloomington, IN: Ash Wood Press, 2012.
Laynesmith, J. L. *The Last Medieval Queens: English Queenship 1445–1503*. Oxford: Oxford University Press, 2004.
Lewis, Katherine J. Noël James Menuge e Kim M. Phillips, eds. *Young Medieval Women*. Stroud: Sutton, 1999
Licence, Amy. *Elizabeth of York: The Forgotten Tudor Queen*. Stroud: Amberley, 2013.
______. *In Bed with the Tudors: The Sex Lives of a Dynasty from Elizabeth of York to Elizabeth I*. Stroud: Amberley, 2012.
Lipscomb, Suzannah. *1536: The Year that Changed Henry VIII*. Oxford: Lion, 2009.
Loades, David. *Henry VIII: Court, Church and Conflict*. Londres: National Archive, 2007.
Mayer, Thomas. *Reginald Pole: Prince and Prophet*. Cambridge: Cambridge University Press, 2000.

McKee, John. *Dame Elizabeth Barton O.S.B.: The Holy Maid of Kent.* Londres: Burns, Oates & Washbourne, 1925.
Mortimer, Ian. *The Time Traveller's Guide to Medieval England.* Londres: Vintage, 2009.
Mühlbach, Luise. *Henry VIII and His Court* (ilustrado). Traduzido por H. N. Pierce. Nova York: Appleton & Co., 1867.
Murphy, Beverley A. *Bastard Prince: Henry VIII's Lost Son.* Stroud: Sutton, 2001.
Neame, Alan. *The Holy Maid of Kent: The Life of Elizabeth Barton, 1506–1534.* Londres: Hodder & Stoughton, 1971.
Neillands, Robin. *The Wars of the Roses.* Londres: Cassell, 1992.
Penn, Thomas. *The Winter King.* Londres: Allen Lane, 2011.
Perry, Maria. *Sisters to the King: The Tumultuous Lives of Henry VIII's Sisters — Margaret of Scotland and Mary of France.* Londres: André Deutsch, 1998.
Phillips, Kim M. *Medieval Maidens: Young Women and Gender in England, 1270–1540.* Manchester: Manchester University Press, 2003.
Pierce, Hazel. *Margaret Pole: Countess of Salisbury, 1473–1541: Loyalty, Lineage and Leadership.* Cardiff: University of Wales Press, 2009.
Plowden, Alison. *The House of Tudor.* Londres: Weidenfeld & Nicolson, 1976.
Prestwich, Michael. *Plantagenet England, 1225–1360.* Oxford: Clarendon Press, 2005.
Read, Conyers. *The Tudors: Personalities and Practical Politics in Sixteenth Century England.* Oxford: Oxford University Press, 1936.
Ridley, Jasper. *The Tudor Age.* Londres: Constable, 1988.
Rubin, Miri. *The Hollow Crown: A History of Britain in the Late Middle Ages.* Londres: Allen Lane, 2005.
Scarisbrick, J. J. *Henry VIII.* Londres: Eyre & Spottiswoode, 1968.
Searle, Mark & Kenneth W. Stevenson. *Documents of the Marriage Liturgy.* Collegeville, MN: Liturgical Press, 1992.
Seward, Desmond. *The Demon's Brood.* Londres: Constable, 2014.
______. *The Last White Rose: Dynasty, Rebellion and Treason.* Londres: Constable, 2010.
Shagan, Ethan H. *Popular Politics in the English Reformation.* Cambridge: Cambridge University Press, 2003.
Sharpe, Kevin. *Selling the Tudor Monarchy: Authority and Image in Sixteenth Century England.* New Haven, CT: Yale University Press, 2009.

Sheridan, Thomas. *Puzzling People: The Labyrinth of the Psychopath*. UK: Velluminous Press, 2011.

Simon, Linda. *Of Virtue Rare: Margaret Beaufort: Matriarch of the House of Tudor*. Boston: Houghton Mifflin, 1982.

Simons, Eric N. *Henry VII: The First Tudor King*. Londres: Frederick Muller, 1968.

Skidmore, Chris. *Edward VI: The Lost King of England*. Londres: Weidenfeld & Nicolson, 2007.

Smith, Lacey Baldwin. *Treason in Tudor England: Politics and Paranoia*. Londres: Jonathan Cape, 1986.

St. Aubyn, Giles. *The Year of Three Kings: 1483*. Londres: Collins, 1983.

Starkey, David. *Henry: Virtuous Prince*. Londres: HarperPress, 2008.

______. *Six Wives: The Queens of Henry VIII*. Londres: Chatto & Windus, 2003.

Stout, Martha. *The Sociopath Next Door: The Ruthless versus the Rest of Us*. Nova York: Broadway Books, 2005.

Thomas, Paul. *Authority and Disorder in Tudor Times 1485–1603*. Cambridge: Cambridge University Press, 1999.

Vergil, Polydore. *Three Books of Polydore Vergil's English History: Comprising the Reigns of Henry VI, Edward IV and Richard III*. Editado por Henry Ellis. Londres: Camden Society, 1844.

Ward, Jennifer. *Women in Medieval Europe, 1200–1500*. Londres: Longman, 2002.

Warnicke, Retha M. *The Rise and Fall of Anne Boleyn*. Cambridge: Cambridge University Press, 1989.

Watt, Diane. *Secretaries of God: Women Prophets in Late Medieval and Early Modern England*. Woodbridge: D.S. Brewer, 1997.

Weatherford, John W. *Crime and Punishment in the England of Shakespeare and Milton*. Jefferson, NC: McFarland, 2001.

Weightman, Christine. *Margaret of York: The Diabolical Duchess*. Stroud: Amberley, 2009.

Weir, Alison. *Children of England: The Heirs of King Henry VIII*. Londres: Jonathan Cape, 1996.

______. *Henry VIII: King and Court*. Londres: Jonathan Cape, 2001.

______. *Lancaster and York: The Wars of the Roses*. Londres: Jonathan Cape, 1995.

______. *The Six Wives of Henry VIII*. Londres: Bodley Head, 1991.

Withelock, Anna. *Mary Tudor: England's First Queen*. Londres: Bloomsbury, 2009.

Williams, Neville e Antonia Fraser. *The Life and Times of Henry VII*. Londres: Weidenfeld & Nicolson, 1973.

Williamson, Hugh Ross. *The Cardinal in Exile*. Londres: Michael Joseph, 1969.

Wilson, Derek. *In the Lion's Court: Power, Ambition and Sudden Death in the Reign of Henry VIII*. Londres: Hutchinson, 2001.

______. *The Plantagenets: The Kings That Made Britain*. Londres: Quercus, 2011.

Periódicos

Cheney, A. Denton. "The Holy Maid of Kent." *Transactions of the Royal Historical Society*, vol. 18 (1904): 107–29.

Dewhurst, John. "The Alleged Miscarriages of Catherine of Aragon and Anne Boleyn." *Medical History*, vol. 28, n. 1 (1984): 49–56.

Rex, R. "The Execution of the Holy Maid of Kent." *Historical Research*, vol. 64, n. 154 (1991): 216–20.

Shagan, Ethan H. "Print, Orality and Communications in the Maid of Kent Affair." *Journal of Ecclesiastical History* (2001): 21-33.

Whatmore, L. E. "The Sermon against the Holly Maid of Kent and her Adherents, Delivered at St. Paul Cross, November the 23rd, 1533, and Canterbury, December the 7th." *English Historical Review*, vol. 58 (1943): 463–75.

Whitley, Catrina Banks e Kyra Kramer. "A New Explanation for the Reproductive Woes and Midlife Decline of Henry VIII." *Historical Journal*, vol. 53 (2010): 827–48.

Williams, C. H. "The Rebellion of Humphrey Stafford in 1486". *The English Historical Review*, vol. 43, n. 170 (1928): 181–89.

Este livro foi composto na tipografia
Minion Pro, em corpo 11,5/16, e impresso
em papel off-white no Sistema Cameron da
Divisão Gráfica da Distribuidora Record.